KB079063

그 책에
마음을
주지 마세요

5

문시현 장편소설

동아

그책에
마음을
주지 마세요 5

초판 1쇄 인쇄일 | 2019년 08월 26일
초판 1쇄 발행일 | 2019년 09월 03일

지은이 | 문시현
펴낸이 | 박성면
펴낸곳 | (주)동아

출판등록 | 제406-2012-000056호
주소 | 경기도 파주시 문발로 115, 세종출판벤처타운 201-A호
전화 | (031)8071-5201
팩스 | (031)8071-5204
E-mail | bear6370@hanmail.net

정가 | 12,800원

ISBN 979-11-6302-244-2 (04810)
        979-11-6302-125-4 (set)

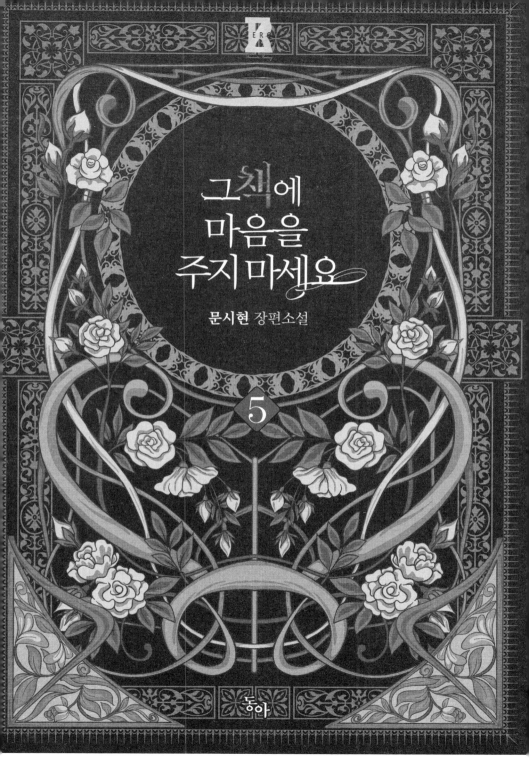

Contents

20. 나를 사랑하지 않는 당신에게

자녀가 똑똑하다면, 리프예국으로 보내야 한다는 말이 있다. 오래전부터 인재 교육에 힘쓴 리프예국은 대륙에서 가장 큰 교육기관을 소유하고 있었다.

이러한 만큼 각종 인재들이 모였다. 또한 인재들 사이에는 수많은 괴짜들이 존재했다. 지금 가볍게 걸어가는 키세스가 대표적인 예였다. 그는 고고학 전공자로서 고대 표의 문자를 줄줄 외는 괴짜이자 막 준학자 과정을 밟고 있는 인재였다.

막 칼타니아스의 고대 신어를 읊조리던 키세스는 어느 방문 앞에서 문을 쾅 열었다. 방 안은 먼지와 함께 새하얀 종이로 가득했다. 키세스는 성큼 걸어갔다.

"아벨!"

그가 종이가 잔뜩 쌓인 한 곳에 멈춰 섰다.

"일어나. 얼른!"

키세스가 종이를 들춰내자 놀랍게도 사람이 있었다.

"으…… 누구…… 키세스?"

서류를 이불 삼아 늘어져 있던 남자가 느리게 눈을 떴다. 졸음기 가득한 남자의 눈동자는 짙은 암녹색이었다.

"나 밤샜다니까……."

"중요한건 그게 아니야. 너 이번에 임시 교사를 맡았다고. 안식년을 맞이한 리차드 2급 학자 나리 대신 하기로 한 거 기억 안 나?"

아벨이 눈을 크게 끔뻑였다. 곧이어 그는 제 얼굴을 거칠게 문질렀다.

"아아아."

"기억났지? 어서 가."

그러나 아벨의 눈동자는 여전히 잠에 잠겨 있었다. 그런 아벨을 억지로 일으킨 키세스는 아벨을 덮은 서류 뭉치를 대충 치워 두고는 들고 온 것을 그에게 건넸다.

"이거 너희 반 명부."

아벨이 맡게 될 반의 이름표였다. 아벨이 보는 둥 마는 둥 하며 채 끝까지 보기도 전에 툭 내려놓았다. 그런 아벨을 보며 쯧 혀를 차는 키세스였다.

"그러고 보니……."

그러다 문득 생각난 것이 있었다.

"네가 맡은 반에 네 모국 사람이 있더라. 칼타니아스."

"칼타니아스?"

아벨이 반문했다. 키세스가 끄덕였다.

"그래. 거기. 거기서 왔어."

"그 폐쇄적인 곳에서 견학을 요청했다고? 그래서 누가 왔는데?"

"이야, 너 진짜 소문이 느리구나? 웬 황녀가 학생으로 찾아왔다고 하잖아. 며칠 네 반에 머물다 갈걸?"

아벨은 천천히 눈을 깜빡였다. 참으로 오랜만에 타인에게서 듣는 제 나라의 이름이었다. 그는 고개를 깔았다.

'황녀?'

황녀라니 이게 무슨 소린가. 그에게는 아니 땐 장작에 불이 붙는 일이었다. 잠시 뒷머리를 긁적인 아벨이 명부를 가져왔다. 그러고는 천천히 명부를 넘겼다. 그가 찾던 이름은 가장 마지막에 있었다.

'아실리 로제.'

잊지 말라고 친절하게 초상화도 함께였다.

"기간은 일주일 정도. 목적은 견학이라더라."

아벨은 뺨을 긁적였다.

아실리 로제, 그 이름은 낯설었지만 모습은 기억했다. 아올레시아와 그의 친누이인 2황녀 에리스. 이 둘은 절친한 친우였다.

'이거 참. 그 갓난애가 이렇게 컸구나.'

신기한 느낌이었다. 어린 그는 두 사람 사이에서 보았다. 제 누나와 누나의 친우의 품에 안겨 채 눈도 뜨지 못했던 갓난아기였던 그녀의 모습을 말이다. 분명 제 여동생이었다.

'친혈육은 아니지만 말이지…….'

그는 눈썹을 긁적였다. 깊은 생각에 빠질 때, 그가 보이는 버릇이었다.

'그런데 어째서 이곳에 온 거지?'

아카데미에 왕족이나 황족의 방문이 드문 일은 아니었다. 폭넓은 견해를 익히기 위해서 찾아오기도 했고, 실제로 입학하는 자들도 수두룩했으니까. 하지만 이렇게 갑자기 오는 일은 드물었다. 입학 시즌도 아니지 않은가.

"있잖아."

또한 칼타니아스는 여느 나라와 달랐다. 그곳은 매우 폐쇄적인 나라였다. 그래서 칼타니아스에서 오는 이는 매우 드물었다. 출입이 엄격히 제한되는 나라일 뿐 아니라 위로 올라가며, 또 성별이 여성일 경우엔 더욱이 금지했으니까.

"그 황녀도 묘한 힘을 가지고 있으려나?"

키세스는 흘끔 아벨을 훔쳐보았다.

"너처럼."

키세스는 호기심을 숨기지 못했다. 제국에서 오는 이들 족족 묘한 힘을 가지고 있었다. 이들은 그것을 신력이라 부르곤 했다.

"모르지."

아벨이 어수룩하게 뒷머리를 긁적였다.

'가능성은 있으려나.'

일어난 아벨은 보통 성인의 배 이상으로 컸다. 이를 두고 아벨은 늘 자신이 모시는 신 때문이라 말했다. 그 신은 바람의 신이다, 이건 신이 내린 신관의 특징이다 등등 처음에 설명했지만, 타국인인 키세스는 이해하지 못했다.

그는 리프예국에서 나고 자란 이였다. 리프예국에는 국교가 없었다. 그렇기에 더욱 이해가 힘들었다. 신이 실제로 존재하다니 가당키나 한 일인가.

휘이이잉.

그러나 지금처럼 그의 힘을 목격한 순간이면 키세스는 이해하고 만다. 방 한가운데 선 아벨의 눈동자에서 신비한 금빛이 솟구치고 있었다. 그는 바람에 머리가 흔들거리도록 두었다.

'세상에 신비라는 건 존재하는구나.'

바람이 불어 마치 서류들이 살아 있는 것처럼 움직여 차곡차곡 움직이고 있었다. 멍하니 쳐다보는 키세스 옆에서 아벨이 아무렇지 않게 목을 움직이며 문을 바라볼 때였다. 자그만 소년이 고개를 쏙 내밀었다.

"아벨 클라우드 학자님 계시나요?"

청색 머리칼을 가진 소년이었다. 소년은 푸른 눈을 깜빡이며 아벨을 불렀다.

"여기 계셨네요."

그에 아벨은 미간을 푹 찡그렸다. 반갑지 않은 손님이었다.

"오늘부터 저희 반 수업이시라지요?"

곧 아벨이 입을 삐죽이며 굵직한 목소리로 말했다.

"그래. '폰투스'."

그가 성큼 소년에게로 걸어갔다.

"참 성실하기도 하지."

"비꼬지 마세요. 학자님은 단순해서 전부 티 난답니다."

소년은 신기하게도 은발이 가닥가닥 섞인 청색 머리칼을 가지고 있었다.

"어서 가요. 학자님."

몸이 스치는 순간 아벨이 소년이 들릴 정도로만 작게 속삭였다.

"거. 저한테 존댓말 좀 쓰지 마십쇼. 눈과 바다의 대신관 나리."

작게 징그럽다며 투덜거리는 아벨을 바라보며 소년은 그저 웃고 있었다. 아벨이 지나온 자리 뒤로 잔향처럼 남은 바람이 커튼을 흩트려 놓았다.

* * *

제국의 날씨는 1년 내내 봄에서 가을 온도를 유지했으며, 더위와 추위는 아주 잠깐씩 다녀가곤 했다. 당연히 복식도 하늘하늘하고 속이 비치거나 얇은 천을 주로 사용한다.

"아실리, 넌 그곳에 학생 신분으로 가게 될 거야."

"응. 대충 들었어."

반면 리프예국은 춥다. 이곳은 1년 내내 서늘한 날씨를 유지했다. 제국과는 확연히 다르다. 요컨대 기본적으로 초가을에서 늦가을 즈음 서늘하고 쌀쌀한 날씨를 기본으로 한다는 것이다. 계절이 존재하나 여기서 조금 따뜻하거나 더 추워진다거나 이런 모양이다.

"엣취, 오늘부터 데인 너도 학교, 아니 아카데미로 간다고?"

이곳에 도착한 지 이틀째. 국경을 넘는 순간부터 나를 덮친 추위는 지금까지도 이어지고 있었다. 지금이 꽤 따뜻한 편이라 들었는데도 나는 연신 재채기를 해야 했다.

"응. 난 다른 학년을 맡을 거야."

데인이 고개를 끄덕이며 내게 지도를 보여 주었다.

"여기 이 건물부터 여기까지."

"찾으면 된다고?"

"맞아. 네가 2학년, 내가 3학년을 비롯한 고학년."

"눈과 바다의 신관을 찾기 위해서 말이지?"

"응."

나는 데인을 바라봤다.

"미안해. 황제 폐하께서 내게 맡긴 일인데."

데인은 언제나처럼 다정한 얼굴에 달콤한 웃음을 가득 머금고는 내게 말했다.

"전혀."

네 일인걸. 하고 그가 나지막하게 말했다.

"그냥 황제라고 말해. 존칭이 아깝잖아."

"……뭐?"

"그런 눈으로 보지 말아 줘. 나는 황제를 좋아하지 않아."

그는 내게 다가와 손을 들어 올렸다. 움찔, 나도 모르게 다가온 그를 피해 물러난다. 그는 잠시 나를 바라보며 생긋 미소했다.

"머리카락."

그가 뺨에 붙은 머리카락을 떼어 내며 말했다. 그러고는 다시 나를 바라봤다.

"너를 수정에 제물로 넣으려 했던 쓰레기잖아?"

나는 잠시 망설이다 말고 끄덕였다.

"……그렇지. 어어…… 그런데 데인."

"응."

그가 나른하게 대꾸했다. 왜일까 여전히 다정한 얼굴인데……. 미묘한 차이가 느껴진다. 데인이 조금 바뀐 것 같다고 느꼈다. 하지만 성격이 조금 변한 것 같다는 말은 굳이 꺼내지 않았다.

"음. 있잖……. 아, 아무것도 아니야."

출발한 마차에서부터 데인과 나 사이에는 기묘한 기류가 흘렀다.

"응. 아실리."

그 분위기는 리프예국에 도착한 지금까지도 이어지고 있었다.

"과민 반응입니다."

레이 경은 딱 잘라 말했다.

"데인 황자님은 전과 같으십니다."

"아니야."

"맞습니다."

나는 조금 불만스럽게 레이 경을 바라봤다. 조금 전, 이 꿉꿉하고 기묘한 데인과의 기류를 어찌하면 좋을까 생각하던 도중 레이 경이 내게 물었다. 무슨 일이 있느냐고. 나는 잠시 망설이다가 생각하던 것을 말했다. 그리고 이런 답이 나온 것이다.

"정말입니다. 황자님은 전과 다른 것이 전혀 없습니다."

내 역설에도 그는 단호했다. 이에 나는 미간을 찌푸렸다.

"경은 데인 편인거지?"

"그럴 리가 있겠습니까."

불경스럽게도 그의 눈에 한심함이 스치는 걸 나는 똑똑히 봤다. 뭐이런 호위님이 다 있나. 불만스럽게 쳐다봤다. 그러자 레이 경은 깊은 남색 눈동자로 나를 한참 바라보더니 무심하게 이렇게 말했다.

"변한 것은 황녀님의 시선이지 않을까요."

"내 시선?"

그가 끄덕였다.

"황녀님께서 황자님을 바라보는 시선, 관점……. 그리고 황자님을 생각하시는 마음 말입니다."

"내가 데인을 어떻게 생각하는데? ……경은 알아?"

"그걸 제가 어찌 압니까."

퉁명스러운 어조에 나 또한 뱁새눈을 하고서 그를 바라봤다.

"경. 친절할 거면 일관되게 친절하게 대해 줄래?"

"전 황녀님께 차였는데요."

그 말에 할 말을 잃었다. 설마하니 이런 직구는 아니지 않나. 뭐 이런 양반이 다 있냐는 눈으로 본다.

"우리 확실히 하자. 경이 고백을 안 한 거야."

"결과를 알았으니까요."

레이 경은 무심히 직구를 던져 놓고는 다시 고개를 돌렸다. 나는 바람에 나풀거리는 그의 남색 고수머리를 바라보다가 곧이어 미간을 찌푸렸다.

"했으면 달라졌습니까?"

그저 해 본 말인 것 같았다. 떠보려 하거나 기대한 기색은 어디에도 없었다. 그것이 날 불편하게 했다. 아니, 레이 경. 쓸데없이 핵심을 파고들었잖아. 레이 경이 물었어도 처음부터 말을 하면 안 됐었다. 마음이 더욱 불편해졌으니까.

"그런데, 경."

"네."

레이 경이 걸음을 멈춤에 따라 나도 덩달아 걸음을 멈췄다.

"이젠 아실리 님이라고 안 불러?"

"싫으십니까?"

"아니? 이상해서. 데인은 데인 황자님, 플뢰온은 플뢰온 황자님이라고 잘 부르잖아."

"그랬죠."

그가 무덤덤하게 대꾸했다.

"편하게 계속 나도 이름으로 부르는 건 어때?"

"싫습니다."

레이 경은 한 걸음 뒤에서 고요하고 편안한 낯으로 나를 응시했다.

"왜?"

레이 경의 표정이 묘해진 것은 그 순간이었다. 그의 시선이 나를 살짝 비껴갔다.

"들으면 후회하실 텐데."

등골로 차가운 것이 쏴아아 내려가는 기분. 여기서 침묵을 지킨다면 분명 어색해질 것 같다. 나는 피식 웃었다.

"아아. 경. 내가 호기심에 독약도 먹을 사람이었어."

들고 있던 일기장을 흔들며 장난스럽게 말했다. 그런 내가 우습다는 듯 살짝 미소한 레이 경은 그런 나를 보며 또한 가벼이 말했다.

"이제는 이름으로 불러 드리면……. 곤란할 것 같습니다."

"곤란?"

그가 천천히 눈을 깔았다. 웃는 듯 아닌 듯 흐린 표정이 덤덤한 얼굴 위로 스쳐 지나갔다. 곧이어 그가 여상한 어조로 중얼거렸다.

"제가 부르지 못하는 이름이 생각날 것 같아서요."

나는 그가 내뱉고 나서야 결코 가볍지 않은 말임을 알았지만. 돌이키기엔 지나 버린 뒤였다. 마치 결혼 전 친구가 부른 자리에 눈치 없는 친구가 얘 너 전 애인은 어쩌고? 물어본 느낌이었다.

"……아마시아를 말하는 거야?"

아마시아, 제국에서만 쓰이는 중간 이름.

이것은 오직 단 한 사람에게만 허락하는 이름이다. 아직 누구에게도 허락되지 않은 아실리 로제의 '로제'처럼. 레이 경은 천천히 끄덕였다.

"경은······. 날 그 이름으로 부르고 싶었어?"

"네."

그는 바람을 그대로 감내하는 비석처럼 웃었다. 정말로 우직한 비석처럼 말이다. 내가 떨어지지 않는 입을 떼어 내려 할 때였다.

"황녀님!"

누군가 달려와 어깨를 잡았다.

"으아아아."

아니, 정정한다. 잡으려 했다. 그보다 레이 경이 먼저 나를 잡으며 떼어 놓았지만. 덕분에 막 나타난 남자는 균형을 잃었다. 그리고 넘어지려던 것을 겨우겨우 손을 휘저어 다시 균형을 잡았다. 막 나오려던 말이 쏙 들어갔다. 레이 경의 품에서 고개만 돌린다.

"체쟌 왕자님?"

"네!"

체자르니안 왕자가 있었다.

"기다렸어요! 오늘부터 제가 안내해 드리기로 했잖아요?"

나를 바라보는 얼굴은 풀밭 위 강아지처럼 잔뜩 상기된 낯이었다.

"기억하시죠? 네?"

눈을 깜빡인다. 소년과 청년의 중간쯤 되는 단단한 턱 위로 붉어진 뺨이 보였다.

"그럼요."

월터의 체자르니안 왕자, 그는 이곳 아카데미에 작년 입학한 학부생이었다. 도착하자마자 그를 만났던 일을 떠올린다. 왕자는 날 기다렸다며 직접 숙소로 안내하기까지 했다. 그의 친절에 데인과 레이 경은 매우 불편해했지만.

"어제도 말씀드렸지만."

"네!"

눈앞에서 은발이 거칠게 곡선을 그렸다. 체쟌 왕자가 세차게 고개를 끄덕인 탓이었다.

"왕자님께서 이곳의 학생인 줄은 몰랐네요."

물론 나도 여기 와서 알게 된 거다. 책 『루스벨라의 빛』 속에는 이런 언급이 없었으니 말이다.

"마중 감사해요. 왕자님."

귀빈 숙사에서 나오는 길은 하나뿐이었다. 아마도 왕자는 쭉 이 길에서 날 기다리고 있었던 모양이었다. 조금 얼어붙은 그의 뺨이 신경쓰였다.

"벼, 별말씀을요. 그럼 가시겠어요?"

나는 살짝 끄덕여 보였다.

"도착했군요."

뒤에서 레이 경이 중얼거렸다. 레이 경의 말처럼 어느새 건물이 코앞이었다. 나는 웅장한 건물을 보며 천천히 눈을 깜빡였다. 옛날 프랑스 베르사유 궁전을 연상하게 하는 거대한 4층 건물이 앞에 있었다.

리프예국 왕립 아카데미.

교육 시설 겸 각종 학문의 학회 본거지이다. 전 대륙의 학자들이 모이는 곳이기도 했다. 별칭은 지식의 요람. 이곳에서 배우지 못할 학문이 없다고 해서 붙은 이름이었다. 하지만 내겐 이런 의미보다도 더욱 그게 와닿는 것이 있었다. 이곳 어딘가에 루스벨라가 있다.

"황녀님, 이쪽! 이쪽이에요!"

나는 천천히 체쟌 왕자의 뒤를 따라 걸었다.

주어진 시간은 단 7일이었다. 황제는 내게 눈과 바다의 신관과 혼돈의 신관 사이에 있을 반란 모의 증거를 찾아오라 지시했다. 요컨대, 7일 안에 이 넓은 건물 안에서 루스벨라를 찾아야 했고, 눈과 바다의 신관과 혼돈의 신관의 꼬리를 잡아내야 했다.

7일이라…….

문득 처음 죽음을 선고받았던 날이 생각났다. 그때도 일기장은 내게 7일의 시간을 주었다. 이런 걸 보면 난 참 7일이란 숫자와 악연이 깊은지도 모르겠다. 피식, 입술 사이로 쓴웃음이 새어 나왔다.

"대체 무슨 꿍꿍이인 걸까."

황제는 왜 이 시기에 나를 이곳으로 보낸 걸까.

"네?"

"아뇨."

모든 것이 의심스럽다.

"아무것도 아니에요."

나는 체쟌 왕자를 향해 생긋 웃었다.

"……와."

"이곳이 강의실이에요."

잠시 뒤, 체쟌 왕자를 따라 커다란 강의실로 들어간 나는 작게 감탄을 토해 냈다.

"멋지네요."

태어난 뒤 줄곧 거대한 신전과 신전처럼 생긴 궁에 익숙했기 때문일까. 전혀 다른 양식의 책상이 낯설기만 했다.

"그렇죠?"

청량한 고목 내음이 어렴풋이 코로 흘러 들어왔다. 칼타니아스에서는 가구의 주재료로 돌을 이용했다면 리프예국은 나무를 사용했다. 이곳은 외부인의 출입이 금지된 곳이었다. 이 때문에 레이 경과는 일찍이 입구에서 헤어진 지 오래였다.

왕자가 말하길 이곳의 학년 말 시험은 아주 어려워 갈수록 숫자가 줄어든단다. 그래서 넓은 강의실에는 의외로 사람이 드물었다. 시험을 통과하지 못하면 진급할 수 없다고.

"여기 앉으세요!"

손수 의자를 빼서 탁탁 두드리는 왕자가 나를 휙 올려다봤다. 그를 보며 눈을 깜빡이던 나는 품 웃음을 터트렸다. 이 남자에게 꼬리가 있다면 살랑살랑 흔들리고 있을 것 같아서였다. 아닌 게 아니라 나를 보는 눈의 반짝임이 공을 쫓아가는 강아지같이 반짝반짝했다.

"왕자님께서는 참 친절하시네요."

"네? 물론이죠!"

"여성에게 이렇게 친절하신 모습이 보기 좋아요."

"물론……. 네네?"

"고마워요."

그가 펑 얼굴이 터질 것처럼 붉은 낯을 손바닥 사이에 숨겼다. 나는 슬쩍 미소를 삼키며 강의실을 둘러봤다. 칠판이라거나 분필 그리고 곳곳이 유럽의 고풍스런 가구들을 연상하게 했다.

예스러운 가구에서 눈을 떼어 내며 학생 쪽을 둘러볼 때였다. 나는 줄곧 나를 바라보던 한 소년과 눈이 마주쳤다. 보통 우연히 시선이 마주쳤으면 피할 만도 한데 소년은 물끄러미 나를 바라봤다. 얌전하게 생긴 소년이었다. 그런데 왠까. 마치 그가 줄곧 나를 보고 있었던 것 같은 이상한 기분이 들었다.

이때 문이 벌컥 열리며, 한 남자가 들어왔다.

"담당 학자인가 봐요."

왕자가 소곤소곤 속삭인다. 그의 말처럼 남자가 교단 쪽으로 가는 걸로 보아 선생 내지는 교수인 모양이었다. 못 본 사이 강의실에 사람이 꽤 들어차 있었다. 대개가 체쟌 왕자 또래의 소년 소녀였다.

탁.

남자가 성의 없이 명부를 내려놓는 것과 함께 곧이어 소년의 시선도 떨어졌다.

"이 반을 임시로 맡게 된 조교 아벨 클라우드입니다. 호칭은 성심껏 부르도록 하세요."

교단에 선 남자는 이십 대 중반쯤으로 보이는 젊은 남자였다. 무척이나 커다란 체구였다. 바닥에서 올려다보는 것보다 천장에서 내려오는 것이 더 가까울 만큼. 아마도 내가 본 사람 중에 제일 큰 것 같다.

"학생들과 나는 스승과 제자이면서 함께 학문을 함께하는 동료이며 선후배기도 합니다. 이곳은 신분도 재산도 중요하지 않으며 실력만이 스스로를 증명하는 곳입니다. 가끔 이런 기본적인 사항을 잊는 이가 있는데, 여기에 대한 이견도 항의도 받지 않습니다. 부디 이 점 명심하길 바랍니다."

남자의 눈동자가 도르르 굴러가다가 한곳에서 멈췄다.

"특별 대우를 바란다면 조용히 돌아가도 좋습니다."

짧게 처진 녹청색 머리칼 아래, 짙은 녹색의 눈동자가 자리했다. 왜일까, 녹음이 생각나는 눈동자를 본 순간 아모르가 떠올랐다. 하지만 아모르의 푸릇한 색에 비해 남자의 눈은 이끼처럼 어두운 녹색을 띠고 있었다.

"참고로 나는 편애를 즐기는 사람입니다."

내용은 경고에 가까웠지만 왜인지 어조는 매우 장난스러웠다.

"내 눈에 띈다면 적어도 편안한 생활을 누리겠지만, 그 반대는 굳이 말을 하지 않아도 되리라 봅니다. 특히, 다른 목적을 띤 채 이곳에 오는 이라면 말입니다."

그리고 그는 내게 시선을 고정하고 있었다. 줄곧 나를 바라보던 남자가 씩 웃었다. 그의 시원한 미소가 품은 건 묵직한 목소리와는 어울리지 않는 활기였다.

"전달할 것은 이게 전부입니다."

내게서 시선을 떼어 낸 아벨이 심드렁한 표정으로 돌아갔다. 탁탁 명부를 정당히 챙겨 한손에 든 아벨이 고개만 돌렸다.

"참."

막 기억났다는 목소리였다.

"이곳은 대도서관을 제외한 모든 건물이 야간 출입이 통제됩니다. 오 밤중에 돌아다니다가 추방당한 모 왕국 왕자님도 계셨다고 하니 알아 두면 좋겠네요."

아벨은 명부로 제 머리를 툭툭 치며 대수롭지 않게 말했다. 간드러 지는 말씨와 다르게 투박한 어조였다.

"특히나 도둑이 기승을 부리거든요. 그래서 침입자는 엄히 다스립니다. 그 외엔 뭐 자유로우니 자율적으로 뭐든 해도 좋습니다."

수업은 이것으로 끝이었다. 보통 오전부터 오후까지 이어지는 수업이 있다고 하지만, 오늘은 없다고 한다.

나는 그 뒤 체쟌 왕자의 안내를 받아 이곳저곳을 살핀 뒤 그대로
돌아왔다.

* * *

그날 밤.

막 씻고 응접실로 나가자 데인이 탁자에 기댄 채 무엇인가를 읽고
있었다. 옆에 놓인 봉투를 보아 편지인 것은 분명한데 데인은 내가 온
것도 눈치채지 못한 듯했다. 저렇게 골몰하다니.

"데인?"

부름에 그가 느긋하게 고개를 들었다. 그래서 나는 잘못 본 것인가
했다. 조금 전 그는 이상할 정도로 심각한 낯이었으니까.

"그건 뭐야?"

"아아. 제국에서 온 서신. 형이 보낸 거야."

플뢰온이? 별일이었다. 플뢰온은 편지를 즐기지 않는 성미였으니까.

"그런데 왜 그리 심각하게 읽어?"

"응. 그랬나?"

거기다 봉투를 보아 하니 데인에게 보낸 것 같았다. 데인은 내 것이
따로 있노라고 말해 주었다. 나는 이어 플뢰온의 편지를 읽으며 실소
를 금치 못했다.

"순전히 잔소리네."

요약하자면 밥이나 잘 챙겨 먹으란 소리 같은데 참 길게도 써 났다
싶었다. 그의 결벽적인 성향을 고스란히 드러낸 단정한 필체를 다시
보고는 내려놓았다.

"학교는 어땠어?"

"그냥 그랬어. 수업을 안 했어서……. 맞아. 나 담당 학자에게 찍힌 것 같아."

"그래? 담당 학자가 누구인데? 어느 과목?"

"과목은 모르겠어. 이름은…… 아벨? 아벨 클라우드였나."

"뭐?"

나는 데인을 바라보며 오늘 있었던 일을 얘기했다. 데인은 왜인지 웃는 듯 곤란한 표정을 지으며 말했다.

"아벨? 정말 아벨 클라우드였어?"

"응?"

"남색 머리에 녹색 눈동자? 그리고 신장이 거대하고?"

천천히 끄덕이자 데인이 표정을 굳혔다. 그는 아랫입술을 깨물었다 놓으며 궁금해하는 내 쪽을 향해 웃어 보였다.

"음, 아실리. 그 사람은 칼타니아스의 3황자야."

"뭐?"

"내겐 형님이자 네겐 오라버니."

이게 무슨 말이야. 형이 왜 거기서 나와? 내가 딱 그런 표정으로 쳐다보고 있었나 보다. 데인은 이해한다는 듯 끄덕였다. 그도 놀란 모양이었다. 좀처럼 당황하지 않는 얼굴이 퍽 진지했다.

"추방되었다고 하지 않았어?"

"맞아. 추방된 것으로 알려져 있지. 하지만 사실은 죄를 짓고 추격으로부터 도망간 것이라고 하더라."

"죄?"

"응. 황실의 위협으로부터 말이야. 그리고 사라졌지."

데인이 손을 뻗어 내 뺨으로 손을 가져왔다. 그는 머리카락을 떼어 내고는 다시 생각에 잠겼다.

"그 사람은 마지막 바람의 신관이었어. 본래는 2황녀도 함께 바람의 신관이었지만 황제에게 모든 힘을 빼앗기고 공작 부인이 되었으니. 최후의 신관이지."

그러고는 짐짓 심각한 표정을 한 데인이 의문을 드러냈다.

"오래전 실종된 사람이 왜 여기 있지?"

3황자라. 그 단어가 주는 울림은 기묘했지만 큰 감흥을 주진 못했다. 평생 볼 거라 생각하지 못했던 사람이었다. 책 속에서도 크게 다뤄지지 않은 사람이어서 그런가? 하지만 여기서 그를 보게 됐다.

우연일까.

돌아보면 내 주변의 일들은 항상 이유가 있었다. 모든 것이 그랬다.

다음 날, 레이 경은 대사관에 데인의 답신을 전하러 잠시 자리를 비웠다. 떠나기 전 데인과 짐짓 심각한 대화를 나누는 것을 보았다. 뭘까. 급한 일이면 나에게도 닿겠거니 생각하며 눈을 떼어 냈다.

조금 뒤 레이 경이 떠나고 데인이 다가와 손끝을 가볍게 붙잡았다. 무언의 허락을 묻는 시선에 살짝 고개를 끄덕이자 그가 내 손에 깍지를 끼웠다.

"너를 만난 정원도 가을이었어. 낙엽이 지는 가을."

계절은 가을이었다. 이곳에서 가장 날이 좋은 시기가 지금이라 한다. 등굣길을 데인과 함께하며 그를 흘끗 보았다. 이상하게도 내가 볼 때, 보는 족족 시선이 마주쳤다. 줄곧 내내 나만 보고 있기라도 한 듯이.

"있지, 데인."

"응?"

한참을 망설이던 나는 결국 꺼내지 못했다. 네가 만났다는 날은 언제를 말하는 거야? 우리가 만난 날은 봄이었잖아. 너는 어떤 '나'를 기억하고 있는 거야? 묻지 못한 것이 숨과 함께 넘어간다.

나는 그의 얼굴을 가려 버렸다. 여전히 닿지 않은 채였다.

"그만 봐. 닳아."

데인이 내 손을 잡아 천천히 내렸다.

"보고 있어도 보고 싶은걸."

"……전부터 말하고 싶었는데, 너 그거 나 꼬신 거였어?"

한 번은 묻고 싶었다. 정말. 데인이 고개를 숙이며 풉 하고 웃었다. 살랑 실바람에 갈색 머리칼이 포근하게 나부꼈다. 그가 나른하게 고개를 돌려 시선을 마주했다.

"이제야 알았어?"

그가 눈을 휙 휘었다. 감정을 떠나 잘 만든 조각 같은 남자와 그의 입꼬리에 걸린 황홀한 미소에 나도 모르게 멍하니 바라봤다. 정말 얼굴만큼은 데인이 제국 최고인 것 같다.

"네가 말했잖아."

"뭐를?"

"멋있어져서 복수하라고. 그때는 당해 주겠다고."

<으음, 저 아실리? 흉내가 아니라 진짜 황자인데.>

문득 과거의 기억이 떠올랐다. 이제는 아주 오랜 일처럼 느껴지는 4년 전이었다.

<그럼 멋있어져서 복수해. 당해 줄게.>

나와 체구도 신장도 비슷했던 사람이 나보다 훌쩍 큰 청년의 얼굴을

하고서 나를 달콤하게 바라보고 있었다.

<약속해. 그때 가면 내가 애원할지도 몰라. 너무 잘생겨져서.>

햇살을 담뿍 받은 땅의 색처럼 부드러운 머리카락만 여전할 뿐 더는 내가 아는 어린 소년의 모습은 없었다.

"난 약속을 지켰어. 아실리."

그가 손을 흔들며 나를 보낼 때까지. 우리의 남매로서의 추억은 정말 추억으로 남았으며 이제는 두 남녀가 있을 뿐이란 걸 다시 자각했다.

"하……."

데인을 보내고 나는 허전한 손을 바라보다 팔목을 바라봤다. 잎사귀로 엮은 듯 푸릇한 색의 팔찌가 달랑 흔들거린다. 너무 멀어서 닿지 않는 걸까. 아니면 깊은 잠에 빠져 있는 걸까. 눈을 감는다. 정신 차리자. 더 중요한 것이 있잖아.

"……수업에 들어가지 않으신다고요?"

잠시 뒤 강의실 앞에서 체쟌 왕자가 쩔쩔매는 표정으로 나를 쳐다봤다. 고개를 끄덕인다.

"네. 리프예국의 대도서관. 그곳에 가고 싶어요."

나는 시시각각 변하는 체쟌 왕자의 당황한 표정을 마주해야 했다. 그야 그럴 것이다. 온 지 겨우 3일 만에 수업에 불참하겠다고 했으니까. 그는 내가 견학을 목적으로 이곳에 온 줄 알고 있을 테니 더욱 이해할 수 없는 일일 것이다.

"아시다시피 제겐 일주일밖에 없어요. 사흘이 지났으니 오늘까지 딱 4일 남았네요."

하지만 상황이 급했다. 할 일이 너무 많다. 모든 퀘스트를 마치고 보상까지 얻어 가려면 이것저것 챙길 여유조차 없었다.

"그러니 제가 좋아하는 걸 보고 싶어요. 도서관은 이쪽으로 가면 되나요?"

"네. 그렇지만."

"그리고 도서관은 일주일이란 시간으로도 살펴보기 힘들 정도로 넓다지요."

"그것도 그렇지만……."

체챤 왕자는 눈을 깜빡이며 어쩔 줄 몰라 했다. 그 모습에 다시 조그만 강아지가 겹쳐 보였다. 그도 그럴 것이 그는 마치 화장실 가고 싶은 강아지처럼 끙끙대며 나를 바라봤다.

"전 꼭 도서관을 돌아보고 싶어요."

"이유를 여쭤도 될까요?"

"찾고 싶은 것이 있거든요."

물론 거짓말이다. 난 책이 아닌 루스벨라를 찾아볼 생각이니까. 가늠할 수 없을 정도로 넓은 이곳은 이렇게 찾는다고 해도 찾을 수 있을지 모를 정도였다.

"그럼. 황녀님."

왕자는 내 고집을 꺾을 수 없다 생각했는지 빠르게 체념한 모양이었다. 대신 돌연 도서관은 넓다며, 갑자기 건물의 규모니 장서량에 대해서 장황한 연설을 늘어놓았다. 이해할 수 없다는 듯이 바라보자 우물쭈물하던 왕자가 그렁그렁한 눈으로 나를 응시했다.

"그러니까 나중에라도 제가 안내해 드리면 안 될까요?"

"네?"

왜인지 왕자의 눈동자에는 아쉬움이 가득했다.

"그러니까 황녀님 시간 되실 때라도. 네?"

이에 당황한 것은 내 쪽이었다. 이건 뭘까. 체쟌 왕자가 마치 비 오는 날 버려진 강아지처럼 나를 바라봤다. 그의 눈동자에 어린 것은 부담스러울 정도의 선의와 호의였다.

"왕자님께서 왜요?"

"그건……. 아, 아무튼 부탁드려요! 네?"

그는 책 속 조연이었다. 내 삶의 조연이 아니었기에 잠시 잊긴 했지만 꽤나 비중이 높은 인물이었다. 된다고 할 때까지 한참을 이리 쳐다볼 것 같았기에 나는 마지못해 끄덕였다. 이미 과거 제국 방문에서 그의 고집을 경험한 탓이다. 결국 왕자는 다음 산책까지 약속하고서 홀로 돌아갔다.

"이상하네……."

그러고 보니 왜지? 이 왕자는 이상하게 내게 호감이 높다. 이건 내가 칼타니아스에서 그의 부탁을 전부 들어줬기 때문인가? 지금 본편대로 가고 있는 걸까. 아니면 본편과 다르게 가고 있는 걸까.

새삼스러운 고민일지도 모른다. 잘 모르겠다. 왕자가 내게 왜 이렇게 호의를 베푸는지. 이것이 훗날 영향을 미칠까? 분명 루스벨라에게 푹 빠지는 조연인데 말이다. 피식 웃었다. 마성의 주인공을 어떻게 이겨. 내가 그 정도로 영향을 끼쳤을 리가 없는데.

체쟌 왕자와 헤어지고 나는 도서관으로 가는 길을 쭉 걸었다. 일단 도서관으로 간다는 말은 완전히 거짓은 아니었다. 일단 그쪽부터 뒤져봐야 할 테니까.

『루스벨라의 빛』 속 루스벨라는 매우 똑똑하고 영리한 여성이었다. 언변이 뛰어날 뿐 아니라 높은 학구열 때문에 도서관에서 보내는 장면이 자주 묘사되었다. 물론 도서관에서 공부만 한 건 아니었지. 임도 보고

뽕도 따고. 남주란 도랑도 치고 섭남이란 가재도 잡고. 아무튼 도서관은 그녀가 자주 출물하는 장소 중 하나일 것이다.

"……만날 수 있다면 말이지."

문제는 이곳의 크기였다. 넓어도 정말 넓었다. 실제로 이곳은 거의 도시에 비견되곤 했다. 모든 학문을 위해 설립된 곳이었으니. 나는 끙 신음을 흘렸다. 여기서 어떻게 찾지? 전생의 대학과는 비교도 안 될 정도로 넓은 곳인데. 나는 손에 쥔 일기장을 바라봤다.

"……이럴 때 활약 좀 해 봐."

몇 백, 몇 천 번을 봤을지 모를 낡은 문양을 바라보며 입을 떼었다.

"마지막이잖아."

어라, 마지막? 왜 이런 말이 나온 건지 모르겠다. 마지막이라니. 아모르의 마지막이 될지도 몰라서인가? 스스로 한 말에 어처구니가 없어 미간을 찌푸릴 때였다. 순간 왼쪽 뺨이 따끔했다.

"빛?"

아릿한 고통에 뺨의 흉터를 쓸어내리던 그때였다. 일기장이 희미한 빛을 드러냈다.

"설마."

황급히 아무 장이나 펼치자 일기장의 빈 페이지가 기다렸다는 듯 잉 크로 물들고 있었다. 그리고 파도 같은 일렁임은 서서히 필체로 자리 잡았다.

……달려.

내가 서 있는 곳은 갈림길이었다.

"어디로? 어느 쪽으로 가라는 말이야?"

그러자 글을 쓰는 것처럼 필체가 서걱서걱 쓰인다.

왼쪽. 얼른.

고개를 든 나는 왼쪽으로 몸을 틀었다. 때마침 나타나긴 했지만 왜일까 일기장의 빛은 평소와 다르게 현저히 약했다. 나는 달리며 언젠가 펜네와 했던 대화를 떠올렸다.

<황녀님. 리프예국에서 힘이 약해져도 놀라지 마세요.>

칼타니아스를 벗어난 신관은 본래의 힘에 반밖에 내지 못한다고 한다.

<칼타니아스의 신력은 이 땅에 깃든 주신의 힘을 기반으로 합니다. 이 땅에서 멀어지면 힘 또한 약해지지요.>

이는 일기장 또한 마찬가지인 듯했다. 카스토르도 아올레시아도 공통적으로 말하길 이것은 신력을 기반으로 만들어진 것이라 했으니까. 희미하게 나타났다 사라지는 안내가 사라지기 전에 걸음을 재촉했다. 그렇게 조금 더 뛰었을까. 나는 어느 한적한 공터에 도착했다.

멈춰.

일기장의 지시에 따라 멈췄다. 헉헉. 숨을 몰아쉬며 나는 얼른 고개를 돌려 주변을 살폈다. 도서관과는 꽤 멀리 떨어진 곳이었다.

어째서 이곳으로 데려온 거지?

주변은 고즈넉한 정원이었다. 건물은 곳곳이 창문이 열려 있었고, 흰 커튼이 펄럭이는 곳도 있었다.

다시 한 번 주변을 살필 때, 날카로운 소리가 파고들었다.

"이봐요, 거기! 거기 아가씨!"

누군가 외치고 있었다. 나는 얼른 위를 바라봤다. 누군가 난간에서 옆 창문을 가리키며 고래고래 소리치고 있었다. 그 바로 아래에 웬 여자가 걷는 중이었다.

"……젠장."

누군가 가리키는 손끝을 따라가니 난간 위에 위태롭게 놓인 화분이 보였다. 심지어 작게 진동하고 있었다. 뭐야. 주인공을 내 손으로 구하라는 건가? 아니면 본편의 내용이기에 지켜봐야 하는 걸까. 위급한 순간에서 머리가 빠르게 돌아갔다.

"이봐요, 거기!"

그러나 다급한 음성과 함께 아슬아슬한 위치의 화분을 한 번 더 바라본 나는 달렸다. 멀리서 봐도 휘둥그레 눈이 뜨일 법한 미인, 저건 분명 주인공이었다. 하지만 주변엔 아무도 없다.

바로 밑으로 보이는 금발을 향해 나는 달렸다. 당연하겠지만 턱없이 부족했다. 하지만 빨리, 더 빨리 달릴 다리가 필요해. 간절히 빌었기 때문이었을까. 나는 간신히 여자의 팔을 잡아 내 쪽으로 잡아당길 수 있었다.

"피해요!"

한발 늦게 누군가의 외침이 들려왔고, 쨍그랑! 사기그릇이 산산조각 나는 소리가 귀를 파고들었다.

"하아. 하아."

뺨에서 아린 감각이 느껴졌다. 타이밍 좋게 나는 이미 여자를 붙잡고 바닥에 앉아 헉헉 숨을 몰아쉬고 있었다.

"하아, 괜찮아요?"

나는 쳐다보지도 않고 물었다. 그리고 가냘픈 목소리가 돌아왔다.

"아……. 네에. 이게 대체."

그러고 보니 언젠가 이런 상황이 있었던 것도 같은데. 언제였더라. 레베카를 구할 때였던 것 같다. 놀라지도 않는 나를 보면 이제 위기와 한 몸이 된 것 같다. 여자 대신 저 화분에 맞았다면 이번 생은 이대로 끝이었겠지. 왜인지 뺨이 간지럽다. 손을 들어 올려 뺨을 닦으려 하는데 누군가 그보다 먼저 손을 탁, 잡는 타인의 손이 있었다.

"만지면 안 돼요."

나는 고개를 들어 손의 주인을 응시했다.

"네?"

마침내 우리 눈이 마주했다.

"사기 조각이 들어갔을지도 몰라요."

나는 크게 눈을 깜빡였다.

흰 도자기를 깎아 만든 것과 같이 유려한 곡선을 지닌 이마와 상아빛 뺨, 장미를 머금은 것처럼 새빨간 입술.

모든 것이 책에 쓰인 것과 일치한다.

"제게 약이 있어요. 전 약학부라……."

누구보다도 아름답고 찬란한 미녀가 지금 내 앞에 존재한다.

"잠시만요."

나는 그녀의 동그란 뒤통수를 멍하니 바라봤다. 맙소사. 나도 모르게 중얼거린다. 조금 전 본 게 정말 사실일까? 눈을 크게 깜빡여 본다. 주먹을 쥐어 손톱을 손바닥에 깊이 박아 보고서야 지금이 꿈이 아니란 것을 알았다.

『태양의 가장 찬란한 조각을 녹인 것처럼 금을 녹인 것처럼 아름다운 금발.』

그녀가 나를 돌아본다. 책 속 구절이 자동으로 재생되는 기분이었다. 내가 아는 한 이 세계에서 이토록 아름다운 머리칼을 가진 여자는 하나밖에 없었다.

"이걸 어째……. 약이 이것밖에 없네. 끄응. 할 수 없나."

『그 머리색과 같은 당신의 눈동자가 나를 향할 때, 나는 사랑에 빠졌소.』

마침내 나는 찾았구나.

나를 바라보는 이 눈동자. 머리색과 같은 찬란한 금빛 눈동자, 이것은 정말로…….

"약 발라 드려도 될까요?"

"네? 네."

루스벨라다.

"구해 주셔서 감사해요. 고마운 분. 저는 한쪽 귀가 들리지 않아서요."

"네……."

찾았다 루스벨라.

"정말로 고마워요."

나는 약을 바르는 그녀의 손목을 부드럽게 감싸 쥐었다. 막 손수건으로 뺨을 닦아 내던 루스벨라의 순진한 눈이 나를 향했다. 나야말로 고마워.

"어쩌죠······."

나타나 줘서.

"아파요."

존재해 줘서. 그녀가 눈을 동그랗게 뜬다. 그녀에겐 사슴 같다는 말이 잘 어울렸다. 아주 어린 사슴 캐릭터가 찰떡같이 어울리는 것 같았다.

"아파요? 조금만 참으면 안 될까요······."

"저 많이 아픈데······."

또한 순진하며 물정을 몰라 그 좋은 머리로도 깜빡 속아 넘어가는 성격 또한 일치하는 것 같다.

"아, 아니다. 저한테 더 좋은 약이 있는데 그걸로 발라 드려도 될까요?"

"더 좋은 약이요?"

"네. 방에 다녀와야 하지만······."

"음 그것보다는요."

나는 루스벨라의 손목을 쥔 채 엄지로 슬쩍 쓸어내렸다. 그리고 눈을 휘며, 입꼬리를 천천히 끌어 올렸다.

"약학부라고 하셨죠? 그럼 약에 대해 잘 아시겠네요."

"네. 아직 많이 부족하지만요."

물론 나는 이게 겸손이란 걸 알고 있다. 책 속 루스벨라는 매우 영리한 여성이었다. 아카데미 내에서도 두각을 나타낸 이였기도 했고 그래서 남주가 죽어 갈 때 직접 약을 구해 오기도 했다. 책 속에서 무엇이든 치료하는 약이던 '넥타르'. 그 약의 재료와 제조법은 오직 루스벨라만이 알고 있다.

"있잖아요. 저는 방금 그쪽을 구했어요. 그렇죠? 저것을 맞았으면 크게 다치거나……. 죽었을지도 몰라요. 달리 말해 그쪽의 목숨을 구한 거예요."

나는 그녀와 눈을 마주하며 낮게 속삭였다. 사색이 된 루스벨라는 얼른 고개를 끄덕였다.

"네, 네네. 마, 맞아요."

"이런, 떨지 마세요. 둘 다 무사하잖아요. 다만 정말 위험한 상황이었단 걸 말씀드리고 싶었던 거니까."

그녀를 단호하고 다정하게 타일렀다. 거짓은 아니다. 저 화분을 정통으로 맞았다면 죽었을 테니까. 물론 주인공이니까 크게 다치지는 않았을지도 모른다. 혹은 누군가는 구했을지도 모른다. 하지만 누가 안단 말인가? 그 상처로 죽어 버렸을지. 사람은 생각보다 쉽게 죽는다는 걸 안다. 이건 겪어 본 자만이 갖는 무게였다.

"무엇을 원하시나요?"

나는 천천히 시선을 들어 올렸다. 루스벨라가 꿀꺽 침을 삼키며 나를 바라보고 있었다.

"내가 해 준 것만큼만."

나는 생긋 미소했다. 루스벨라, 네가 내게 줄 것은 어렵지 않아.

"그쪽도 내게 그 정도를 주면 돼요."

그녀의 손은 따뜻했다. 마음에 뜨거운 것이 솟구쳤다.

"사실 나는 원하는 약이 있는데 찾을 길이 없어 막막했거든요."

마침내 이 세계의 주인공을 만났다. 그리고 직접 이 손으로 주인공의 손을 잡았다.

"어렵지 않죠?"

어찌 기쁘지 않을 수 있을까. 달콤한 꿀처럼 반짝이는 네 눈동자가 당황으로 흐려지더라도 뜻을 꺾지 않을 거야. 계산적인 것 같지만 내 사람을 지키는 게 더 급하니까. 아모르의 약을 내게 줘. 나긋한 어조로 그녀가 눈치채지 못할 정도로 미약하게 그녀를 압박했다.

"난 아실리 로제예요."

이 순간을 기다려 왔다.

"칼타니아스에서 온 황녀랍니다."

안녕. 난 엑스트라고, 네게서 뼹을 뜯을 거란다.

"아."

루스벨라가 눈을 깜빡이더니 곧 가장 화려한 봄처럼 웃었다. 그녀 옆에서만 꽃이 날리는 것 같았다. 곧이어 뒤에서 불어온 바람이 머리칼을 흔들어 놓았다. 흩날리는 풀잎과 꽃잎 사이, 머리카락을 걷어 낸 그녀의 낮은 경계나 악의라고는 전혀 보이지 않는 화사한 웃음이었다.

"저는 약학부 졸업반 루스벨라 샤이 제엘로에요."

그녀는 내 손을 잡으며 당연하다는 듯 고개를 끄덕였다. 내 제안에 대한 긍정이었다. 바라 마지않던 일이었다. 현명하면서 심지 굳고 심성이 고운 사람. 그녀는 모든 것에 선량했다.

"뭐든 도와드릴게요."

잘된 일이었다. 그런데 왜일까, 이 순간이 카스토르를 만나기 전처럼 불길하게 느껴지는 것은.

"무엇이든 말씀하세요."

눈을 깜빡인다. 손바닥 안에서 파르르 파르르 작게 떠는 일기장의 진동이 느껴졌다.

* * *

"안녕하세요. 점심 같이 먹어 줄래요?"

살랑살랑 봄바람이 이는 것처럼 부드러운 목소리에 지나가는 이들의 시선이 몰렸다. 루스벨라는 그런 시선을 느끼지 못하는 듯 내게로 졸졸졸 걸어왔다. 그녀의 손에는 작은 보따리 두 개가 달랑달랑 들려 있었다. 나는 그녀의 손과 얼굴을 번갈아 보며 눈을 깜빡였다.

"루스벨라 씨?"

"네. 편히 루스벨라라 불러 주세요."

내가 이곳의 학생이었다면 선배가 옳은 호칭이었겠지만, 나는 견학 내지는 사신의 신분이었다. 루스벨라도 이를 아는 듯 수업에 참여하지 않고 돌아다니는 나를 보고도 당황하지 않았다.

"반으로 찾아갔더니 도서관으로 갔을 거라고 해서요."

"반? 제가 속한 반을 어떻게 아셨어요?"

나는 고개를 갸웃했다.

"교복을 입고 계시지 않았잖아요."

그녀가 검지를 입술로 가져가며 눈을 휘었다. 마치 순정만화 주인공이 할 법한 행동도 그녀가 하면 빛나는 그림 속 한 장면이 되는 것 같다.

"그럼 일단 1학년은 아닐 테고, 제게 전공을 말씀하지 않는 걸로 봐서 견학하러 온 분이 아니지 않을까 했어요. 직접 밝히셨잖아요?"

"아."

그런다 해도 수많은 반 중 나를 어찌 찾았다는 거지? 그녀의 정보 수집 능력이 뛰어난 건지 발이 넓은 건지 몰라도 아무튼 영리한 여자였다. 나는 책 속 주인공을 다시금 묘한 눈으로 바라봤다.

이제는 세월에 무뎌졌지만 이곳은 책 속이었다. 하지만 나는 이걸 좀 오래 잊고 산 것 같다. 하기야 나는 본편이 시작되기 전의 시간을 살았으니까. 또한 일기장과 죽음으로 삶이 뒤집어졌기에 루스벨라가 어떻게 지내고 있을지 생각한 건 최근에 들어서였다.

"도서관에는 무엇을 찾으러 가시는 건가요? 도와드릴까요?"

고개를 기울인 그녀가 낭랑한 목소리로 말했다.

리프예국에서의 4일째, 어제와 마찬가지로 수업에 참여하지 않았다. 어제는 루스벨라를 찾았다면 이젠 황제가 시킨 명을 이행할 차례였다. 눈과 바다의 대신관과 혼돈의 신관을 찾는 것. 일단 루스벨라가 약을 만들기 전에 실마리라도 찾아 둘 생각이었다. 루스벨라가 이렇게 찾아 올 줄은 몰랐지만.

"일단 그거부터 먹을까요?"

"네?"

"그것, 먹자고 가져온 것 아닌가요."

나는 도시락을 가리키며 생긋 웃었다. 루스벨라 요리 실력은 무난 했던 걸로 기억한다. 또한 루스벨라가 이렇게 찾아온 이상 그녀에게 정보를 듣는 것도 나쁘지 않을 것 같았다.

"여기에요."

루스벨라가 데려온 곳은 어제 그녀를 구했던 공터에서 멀지 않은 곳 이었다. 낙엽이 팔랑팔랑 지는 고즈넉한 풍경이 가을 하늘과 썩 잘 어 울렸다. 우린 한적한 벤치에 앉아 루스벨라가 가져온 도시락을 풀었다.

나는 루스벨라가 만든 도시락을 먹고는 눈을 크게 깜빡였다. 생각 이상으로 맛있는데? 이걸 평범하다고 한 남주는 어디 사는 뭐 하는 놈 이지.

"맛있어요."

중얼거리자 루스벨라가 기쁘다는 듯 볼을 붉게 물들였다. 이거도 먹어 보세요, 저거도 먹어 보세요. 지저귀는 목소리가 듣기 고왔다. 참 순진한 아가씨였다. 아니다. 하렘물의 여주인공은 이렇게 예쁘고 아름다워야 미모에서 먹고 들어가나 보다. 우리의 대화에서 본론이 나온 것은 음식이 반쯤 사라졌을 때였다.

"제게 약을 원하신다고 했잖아요. 어떤 것을 원하시나요?"

나는 그녀를 흘끗 보았다. 잠시 뜸을 들였다가 천천히 입술을 열었다.

"넥타르요. 모든 병을 고친다는 약이요."

"……그거 전설 속에 나오는 약인데."

루스벨라가 곤란하다는 듯 중얼거렸다. 응, 나도 알아. 하지만 당신은 이미 방법을 알고 있잖아? 나는 짐짓 모르는 척 눈웃음을 보였다.

"안 될까요?"

"……그 약을 어디에 쓰실 건지 여쭤도 될까요?"

루스벨라가 조심스럽게 물었다. 그녀는 알고 있다. 약 '넥타르'는 정말 절박한 자들만이 찾는 약이라는 것을. 그것을 찾는 이들의 바람은 일종의 신기루와도 같았다. 루스벨라는 이걸 실현해 내고 말았지만.

"제게는 사랑하는 사람이 있어요. 그 사람이 많이 아파요."

나는 천천히 눈을 깔았다. 흐린 시야로 흰 바람 같은 사람의 모습이 내려앉았다.

"아주 많이요."

이곳에 없는 아모르를 떠올리며 나는 문득 팔목을 문질렀다. 팔찌를 만지면 꼭 그가 대답해 줄 거란 쓴 착각을 삼키며.

"아주 많이 아파서……, 나는 그가 언제……. 내가 없는 곳에서 죽어 버릴까 봐 무서워요."

본디 이 소설은 수많은 이들이 죽는 소설이었다. 그것이 현실로 다가오면서 왈칵 두려움이 앞섰다.

"태어나면서 단 한 번도 건강한 적 없던 사람에게."

루스벨라가 칼타니아스로 갈 때까지 아모르는 살아 있다. 그러나 얼마 지나지 않아 죽었다. 본편대로 진행된다면 아모르는 죽는다. 나는 정해진 사실을 바꾸려 하고 있다. 본편이 변해 운명이 비껴 나간다면…….

생명의 근원이라는 신력을 아주 많이 소진했다는 치료 신관의 말이 가슴에 생채기를 남겼다.

<황녀님, 4황자님께서는 얼마 남지 않으셨습니다……>

안 돼. 그러지 마. ……죽지 마.

"마음 편히 웃을 수 있는 봄을 선물하고 싶어요."

아모르. 사실 나는 당신이 루스벨라를 사랑할 것이라 생각했다. 예정대로 루스벨라가 나타나 거짓말처럼 그녀를 사랑하게 되더라도 당신을 원망할 것 같지 않다. 당신은 이미 내게 많은 것을 주었다. 벌써 많은 것을 잃었고 잃은 당신이. 가진 것 없던 당신이 모든 것을 내게 주었는데, 내가 무엇을 망설일까.

느리게 눈을 떴을 때, 눈물이 흘렀다.

"나는 세상에 없는 것을 쫓아 이곳에 왔어요."

나는 아주 먼 곳에서 왔다. 그리고 낯선 세계에서 사랑하는 이를 만났다. 안타까운 사람이었다. 한 글자, 다시 한 글자.

"이 순간에도 잃을까 봐 절박해요."

나지막하게 읊조렸다.

"조급해서. 참을 수가 없어요."

마침내 반은 꾸며 내고 반은 진심인 눈물이 흘러내렸을 때, 루스벨라는 내 손을 잡고 있었다.

"아…… 실리라 불러도 될까요?"

왜일까 이름을 부르던 목소리가 살짝 떨린 것처럼 들렸다. 루스벨라가 연민이 가득한 낯으로 나를 바라보고 있었다.

"내게도 사랑하는 사람이 있었어요. 아주 많이 사랑했어요."

나는 묘한 기분을 느끼며 끄덕였다.

"왜일까……. 당신은 남 같지 않아요."

루스벨라가 어렵사리 말을 꺼냈다. 도자기처럼 하얀 낯빛에 가득 담긴 감정들이 뚝뚝 흘러내렸다. 선량한 주인공. 그녀는 나를 연민하고 있었다. 이 순간이 흡사 동화 속에서 뛰쳐나온 한 장면 같았다. 처음 만난 사람에게도 이리 쉽사리 동조하기에 주인공인걸까.

"넥타르는 존재해요."

루스벨라가 어렵사리 말했다.

"내가 만들어 줄게요."

황녀인 나보다도 아름다우며 심성 고운 그녀가 이런 연민을 지나치긴 어려웠을 것이다. 마침내 승낙의 말이 떨어졌다.

"다만, 이 약은 재료가 무척 까다로워요. 특히나 하나는 음……. 구하는 방법이 좀……."

"뭐든 도울게요."

"정말요?"

루스벨라가 짐짓 장난스러운 미소를 보였다.

"괜찮겠어요? 야간에 약초 금고를 뒤져서 훔쳐 와야 하거든요."

나는 눈을 깜빡이다 풉 웃었다.

"많이 해 본 솜씨네요?"

"비밀이에요."

모른 척 물었지만 나는 그녀가 이미 해 본 일인 것을 안다. 이에 루스벨라가 고개를 기울이며 해사하게 웃었다.

"스릴 있겠네요."

그녀는 그 대답이 무척 마음에 들었던 모양이다. 하기야 루스벨라가 순진하긴 해도 그저 얌전하기만 한 아가씨는 아니었지.

그 뒤 그녀는 재료를 하나하나 알려 주었고, 나는 반도 알아듣지 못했지만 끄덕였다. 그렇게 시간이 흐르고 우리는 도시락을 정리해 일어났다. 도란도란 이야기를 나누는 짧은 시간 안에 치마 위로 낙엽이 쌓였다. 내가 낙엽을 치우는 동안 가을 하늘을 바라보던 루스벨라가 생각났다는 듯 입을 떼었다.

"그거 알아요? 넥타르는 칼타니아스에서 처음 만들어진 약이에요. 서쪽 나라."

익숙한 이름에 고개를 들면 어느새 나를 바라보는 루스벨라가 있었다.

"아스클레피오스."

"아스클레피오스? 의료의 신?"

루스벨라가 웃으며 끄덕였다.

"네. 칼타니아스에서 벗어난 아스클레피오스의 신관이 만든 것이 넥타르예요. 오랜 세월이 흘러 리프예국 학자들이 개량했고, 수백 년 동안 존재했지만, 어느 날 레시피는 사라졌죠."

나는 눈물이 채 가시지 않은 물기 어린 눈으로 루스벨라를 보았다.

"잘 아시네요."

내가 칭찬하자 루스벨라는 수줍게 웃다가 고개를 들었다.

"칼타니아스는 제 고향이니까요."

그녀의 황금색 눈동자가 예쁘게 휘었다.

……뭐?

번개처럼 내리꽂혀 온몸을 관통하는 것이 있었다.

"제 양모는 칼타니아스와 월터 사이의 국경에서 저를 주웠다고 해요. 어린아이가 국경을 헤매고 있었다니, 이상하죠?"

그녀의 황금색 눈동자는 내가 아는 이의 것과 다르게 다정했고 따뜻했다. 이 순간 묘한 기시감을 느꼈다.

"아주 어린 저는 국경을 넘어오느라 상처투성이였대요."

잠시 틈을 둔 루스벨라가 생긋 웃었다. 과거에 개의치 않는다는 표정이었다.

"전 기억도 나지 않지만요."

칼타니아스 그리고 황금색 눈동자. 순간 등으로 소름이 오소소 돋았다.

"그…… 렇군요."

뭘까. 이게 뭘까. 뭐지? 생각나는 것들이 무수하게 많았지만 말로써 정리되지 않았다. 마치 언어로 된 강이 범람해 나를 덮친 기분이었다.

"그럼 당신은 나와 같은 고향 사람인 셈이네요."

루스벨라와 칼타니아스. 책 속 루스벨라는 사랑의 도피 장소로 왜 많은 나라 중 칼타니아스를 골랐을까? 한 번도 생각해 보지 않았다. 나오지 않았기에 모른다. 생각해 본 적도 없다.

"네. 저는 그곳에서 태어난 것 같아요."

하지만 이 순간 나는 그 답을 알게 되었다.

"제 고향인 셈이죠."

뒤에서 바람이 불어와 나와 루스벨라의 머리카락을 흔들어 놓았다. 같은 색이나 전혀 다른 색이었다. 그녀의 금빛 머리는 막 순금을 녹여

틀에 넣어 놓은 듯 무척이나 반짝였으며 나는 바스러지는 금색이었다. 또한 그녀는 결이 좋은 생머리였고 나는 곱슬머리였다.

그러나 그녀는 칼타니아스의 핏줄이었다. 정확히는 황가의 핏줄. 확신했다. 아니 확신할 수밖에 없었다. 칼타니아스, 황금색 눈동자, 목숨의 위협을 받은 어린아이. 황가의 핏줄이 아니고서 어찌 이런 일을 겪겠어.

먼 곳에서 종탑의 종소리가 울렸다.

"이런, 시간이 벌써 이렇게……."

루스벨라가 곤란한 얼굴로 종탑을 바라볼 때였다.

"루스벨라!"

내가 무어라 말을 건네기도 전에 루스벨라가 고개를 휙 돌렸다. 내 시선도 함께 돌아간다. 먼 곳에서 한 남자가 손을 크게 흔들고 있었다. 갈색 머리카락을 높이 올려 묶은 남자. 그를 본 루스벨라의 얼굴에 함박 미소가 떠올랐다.

"슬론!"

슬로레니안. 『루스벨라의 빛』 속 남자 주인공이었다.

달려간 루스벨라가 두 팔을 벌린 남자에게 안겼다. 빙그르 도는 치마가 팔락거리며 떠올랐다 가라앉는다. 연인의 모습은 가을에서 봄을 그려 냈다. 시야를 가린 머리카락을 들춰내자 루스벨라가 무어라 속삭이고 있었다. 멀어서 들리지는 않았지만 루스벨라를 안고 있던 남자가 나를 바라봤다.

그러나 그 눈은 무심히 떨어져 나갔다.

"……남자 주인공."

나는 조용히 중얼거렸다. 루스벨라의 하나뿐인 사랑. 그의 모습은 동생인 체자르니안과 비슷하면서도 전혀 달랐다. 동생이 눈이 처진,

순한 강아지였다면 형인 그는 커다란 도사견에 견줄 만한 위압감을 품고 있었다.

루스벨라가 내게 손을 흔들었다. 나는 억지로 미소를 끌어 올리며 들어 올린 손을 흔들었다. 완전히 멀어진 그녀를 뒤로하며 천천히 떨어트린 고개, 시선은 일기장을 향했다.

가슴에 쉼 없이 파도가 치고 있었다.

루스벨라가 칼타니아스 출신이다. 이게 과연 무슨 의미일까. 일기장은 나를 루스벨라에게 인도했다. 그렇다면 일기장은 무엇을 알고 있다는 얘기인가? 만약, 루스벨라를 알고 있다면 내가 무엇을 하길 바란단 말인가.

눈을 감았다.

"속 시원하게 말을 해 봐."

왜 나는 이곳에 태어났어?

일기장이 희미한 빛을 흩뿌렸다. 마치 머나먼 땅에서 자신이 할 수 있는 것은 없다는 듯이. 펼쳐도 아무것도 없는 일기장을 덮으며 고개를 들었다.

이젠 어떡해야 할까.

첫 번째 목적을 이뤘다. 루스벨라를 찾고 아모르의 약을 구하는 것. 사실상 목적을 이뤘으니 완성된 약을 얻을 때까지 루스벨라에게 붙일 은 없다. 그러나 가슴을 간지럽히는 이것은 오랫동안 나를 괴롭혀 온 감정이었다.

어째서 줄곧 깨닫지 못했던 것일까. 루스벨라의 눈동자는 금색이었다. 제국에서 금색은 주신의 힘을 가진 자에게만 주어진다. 왜일까. 지금 여기에 대한 진실이 성큼 다가온 기분이었다. 그리고 이 기회를 놓친다면 영영 알지 못할 것 같았다.

왜, 나는 일기장을 얻었는가?

나는 고개를 들었다. 이 순간 내게 답을 줄 이가 떠올랐다.

<남색 머리에 녹색 눈동자? 그리고 신장이 거대하고?>

데인이 표정을 굳히게 했던 사람, 그는 궁금해하는 내게 말을 아꼈다.

<음, 아실리. 그 사람은 칼타니아스의 3황자야.>

오래전 제국에서 추방된 사람이 이곳에 있었다. 마지막 바람의 신관,
마지막 신관이란 이름이 내게 많은 것을 상기시켰다.

아모르와 헤르난. 그들 또한 최후의 신관이었다. 동시에 황제의 지
척에서 고통받거나 고통을 감내한 이들이기도 했다. 마지막 신관들이
갖는 공통점은 황제의 관심이었다. 그렇다면 그는 무엇을 알고 있을
것이다. 황제에게 숨겨져 있을 자식이라거나 이런 것들.

3황자 아벨 클라우드. 그를 찾아야 했다.

* * *

이곳은 너무나도 넓어 마음만큼 빨리 가진 못했다. 하지만 한참을
물어물어 나는 조교실 앞에 도착했다. 시선이 문패에 적힌 이름에서
미끄러져 복도를 향했다. 막상 찾긴 했지만 들어갈 엄두가 나질 않아
서였다. 문 앞에서 잠시 손을 쥐었다가 폈다. 어느새 창문으로 들어오
는 빛은 주홍색이었다.

나는 똑똑 문을 두드렸다.

"들어와."

달칵 문이 열리며 실바람이 스친다. 눈을 뜨자, 아벨이 책상에 앉아
있었다. 커다란 그의 모습 뒤로 서산으로 지는 석양이 보였다.

"네가 노크를 하다니 별일이네."

그는 나를 보지 못한 것 같았다. 서류 쪽에 코를 박듯이 숙인 아벨은 무엇이 불편한지 주름이 잔뜩 진 얼굴이었다.

"뭐야. 키세스. 너 왜 대답이 없어? 서류는 저녁까지 주겠……."

나는 그와 눈이 마주쳤다. 짙은 암녹색 눈동자가 놀람으로 커진다.

"어라."

그가 서류를 툭 떨어트렸다.

"음, 그러니까, 넌. 아실리?"

굵고 긴 손가락이 나를 가리켰고 나는 천천히 끄덕였다.

"네. 저를 아시나요?"

아벨은 턱을 괴고 침묵에 잠겼다. 아마도 망설이는 것 같았다. 앉아 있는 그는 키가 몹시 컸지만, 마른 편이었다. 손은 무척이나 커 눈썹을 긁적이는 손은 나의 두 배는 될 것 같았다.

"알고 있다고 할지……. 본 적은 있지."

일어난 그가 성큼 다가왔다. 나는 움찔했다. 커다란 그림자가 다가오는 것에 대한 본능적인 반응이었다.

"뭐랄까. 내가 널 본 건 네가 아주 작은 아기였을 때야. 나는 어렸고 너는 더욱 어렸지."

"어렸을 때요?"

"그래. 누님을 따라 아올레시아 님의 처소를 방문한 적 있어. 그분과 함께 짐승의 도시에도 간 적 있지."

그가 건네는 목소리는 초여름 숲의 바람처럼 꽤나 상쾌한 느낌이었다.

"이렇게 크게 된 모습을 보게 될 줄은 몰랐고 말이야."

내 앞에서 멈춘 그가 곤란하다는 듯이 중얼거렸다.

"나도 나이가 먹긴 했나 보네. 영감님이나 할 생각이 들다니. 이런. 좋지 않아……."

그는 눈썹을 한 번 더 긁적이는가 싶더니 나에게 휙 입꼬리를 휘어 웃어 주었다. 그러고 나서 손을 뻗었는데, 나는 놀란 얼굴로 그를 바라봤다. 내가 물러날 새도 없이 그가 날 들어 올린 것이다.

"저……저기? 자, 잠깐……."

"아. 미안, 미안."

잠깐, 하고 중얼거리는 내게 그가 사과했다.

"이렇게 해야 잘 보일 것 같아서."

굵은 목소리라 속에서부터 울리는 울림이 있었다. 그의 시선은 도망칠 곳 없는 직선 같았다. 그는 나를 들어 올린 채 한참을 바라봤다. 장난스러운 얼굴 속 얼핏 보이는 진득한 시선. 명절날 혹은 모임에서 부친의 친구들이 나를 보던 시선과 비슷했다.

잠시 뒤 그는 감상에 사로잡힌 듯 표정이 묘해졌다. 나를 찾기보다는 내게서 무엇인가를 찾고 있는 듯한 시선이었다.

"그래. 지금 시간에 나를 찾아온 용건이 뭔데?"

자세를 고치고, 나를 편안히 안아 든 그가 말했다.

"그건……."

"수업에 관련한 건 아니잖아. 그렇지?"

아벨이 비죽 입을 휘며 살짝 덧니가 살짝 드러났다. 그 모습은 재미난 것을 떠올린 악동과도 비슷했다. 이미 그도 내가 수업을 3일째 들어가지 않은 것을 알고 있을 것이다. 나는 망설이다가 굳은 얼굴로 입을 떼어 냈다.

"물어봐 주셨으니까 본론부터 말할게요."

나는 그의 옷을 살짝 쥐었다. 그러자 웃고 있지만 진지한 눈이 내게 닿았다. 당장 자세가 신경 쓰이긴 했지만, 의외로 편안했기에 잠시 넘기기로 했다. 더욱 급한 것이 있었으니까.

"이곳에 「주신의 후계자」가 있는 걸 알고 있었어요?"

그러자 아벨의 눈이 조금 전처럼 커진다.

"아니?"

돌아온 대답은 힘이 빠질 정도로 담백했다.

"정말 없어요?"

"……맹세해. 이곳에 10년 넘게 있었지만 한 번도 본 적 없는데."

그의 부드러운 시선이 내게 자리했다.

"지금 너를 제외하고."

"……저요?"

그가 퍽 개구지게 미소했다.

"그래, 너. 네게서 기운이 넘치다 못해 흘러나오는 이 힘은 주신의 힘이야. 「주신의 후계자」 맞지?"

그 말에 나는 움찔 떨었다. 그를 쳐다보자 그가 씩 눈을 휘었다. 나를 단단하게 안고 있는 팔이 문득 불편하게 느껴졌다. 우습게도 이 짙은 눈동자 속에는 나를 낯설어하는 모습과 익숙하게 느끼는 모습 두 가지가 공존하고 있던 것이다.

"맞아요. 나는 「주신의 후계자」예요. 하지만 아직 「각성」하지 못했고……."

"곧 하겠네."

"네. 곧 할 거고…… 네?"

"아냐, 계속 얘기해."

나는 그를 미심쩍게 바라보며 다시 말했다. 데인과 레이 경은 신관이 아니다. 그렇기에 물을 수 없는 것이 있었다.

"이곳에 와서 한 여성을 만났어요. 이름은 루스벨라. 금색 머리카락과 금색 눈동자를 가지고 있어요. 약학부고 약초와 의학에 매우 능통한 사람이에요. 그리고 칼타니아스 출신이에요. 어릴 적에 도망 왔다고 했어요. 당신이라면 여기서 뭔가를 깨달았을 거예요. 그렇죠? 그리고 이것이 무엇을 의미하는지 알고 있을 거예요."

"흐음. 그 여성이 주신의 신관이다?"

"네."

바로 그거다. 내가 끄덕였다.

"당신도 알겠지만 제국에서 금색 눈동자는 결코 흔치 않아요. 아니, 황족밖에 없죠. 그런데다가 본인 입으로 제국 출신이라고 했으니."

"황족이나, 혹은 황족과 관련 있는 이다?"

신관은 본능적으로 「주신의 힘」을 느낀다. 소릭스는 이것이 숨 쉬듯 자연스러운 일이라고 했다. 아벨은 바람의 신관이라 했다. 그러니 이상함을 느꼈을지도 모른다.

"무엇을 느낀 건지 모르겠지만, 너는 그 여성에게서 힘을 느꼈니?"

"아니요. 그건……."

"아니지만?"

그가 피식 웃었다.

"사실 공공연한 비밀이지만 방계의 후손에서도 「주신의 후계자」가 나오기도 해."

"루스벨라가, 아니 그 사람이 방계의 후손이라는 말이에요?"

"현 황제의 슬하에 사생아는 없어. 확실해. 그러니 그럴 가능성이 있다는 거지."

아벨이 단호하게 말했다. 그러면서 흘끗 나를 보더니 눈을 내리깔며
웃었다.

"황제는 자신의 핏줄을 절대 밖으로 돌도록 두지 않아. 그리고 황제의
피를 잇지 않은 건 오직 너뿐이지."

".......당신이 어떻게 그걸 알고 있죠?"

"내 누나인 2황녀 에리스가 네 모친 아올레시아와 친우였으니까.
그리고 네 아버진 좋은 형이었어. 나에겐 말이야."

"아버지?"

"아실론, 그 사람도 방계였지."

내가 더듬거리며 따라하자 아실론, 하고 그가 다시 말해 주었다.
아마도 내 친부의 이름이었을 것이 입안에서 맴돌았다.

"방계는 대체로 힘이 약해. 주신의 후계자라지만 그 힘이 있다는 것
도 자각하지 못할 정도인 경우도 있고. 나는 네가 말한 힘을 느끼지
못했어. 그리고 내 눈을 속일 수 있는 힘은 미치도록 강대한 힘이거나
미약해서 채 느끼지 못하거나 둘 중 하나야. 하지만 전자라면 결코 지
금까지 살아남을 수 없을 거다. 죽었을 테니까. 적어도 1황자, 아니
지금은 황태자구나. 아무튼 황태자 정도가 아니라면 살아남지 못하고
죽을 테니까."

"황제에게?"

"그래. 네 부친처럼."

그가 대답 대신 미소로 응수했다. 그 침묵은 긍정이었다.

"황제는 제국을 위해 무엇이든 할 수 있는 미치광이야. 힘에 대한
집착은 날로 커졌고, 현재에 이르러 광기에 가까운 집착이 되었지. 네

아버지는 거기 희생된 사람이었어. 과거 방계는 죽는 게 당연했어.”

“그 사람은 살아 있어요. 그리고 금색 눈동자를 가졌고.”

“도망쳤다며. 어린애가 국경까지 갈리는 없으니 부모가 도망가게 한 거겠지. 아마도 그 부모 중 하나는 유폐된 황족이었을 거야.”

“하지만.”

나는 입술을 우물거렸다. 마음에 걸리는 가시를 채 빼내지도 못했는데 그가 먼저 떼어 내는 바람에 입을 꾹 다물게 됐다.

“황궁에서 온 너라면 알고 있을 거야. 4황자, 평생 유폐된 내 동생을.”

아모르의 얘기에 나도 모르게 고개를 들었다.

“어째서 지금 아모르 얘기가 나오는 거죠?”

“마찬가지기 때문이지.”

“무엇이요?”

그가 대답 대신 웃어 보였다.

“이상하지 않아? 왜 한 대에 한 명씩 「주신의 후계자」가 나타났을까.”

그건 언젠가 나도 느낀 적 있는 의문이었다. 내 표정을 알아챈 듯 아벨이 말했다.

“나머지를 가둬 놓은 것. 놀랍게도 제국 어딘가에는 후계자의 힘을 가진 자들을 감금시켜 놓은 땅이 존재해. 그 땅에는 살아도 산 것이 알려져서는 안 될 이들이 살고 있었지. 그리고 가엾은 이들의 끝은 늙어 죽거나 수정의 제물이 되거나 둘 중 하나.”

그는 차라리 그곳에서 늙어 죽는 편이 덜 고통스러울지도 모른다며 읊조렸다. 그의 쓸쓸한 미소에 나 또한 복잡한 심경이었다.

“그러니까 그 여성은 윗대 누군가의 후손일지도 모르지.”

진실이 성큼 다가왔다. 나는 내가 알지 못했던 이야기 속 실마리를 알게 되었지만 왜일까. 전혀 기쁘지 않았다.

"그럼 그녀에겐 힘이 없다는 거예요?"

"글쎄?"

"뭔가 알고 있는 표정이네요."

그가 풋 웃으며, 예리한 걸 하고 중얼거렸다.

"「주신의 후계자」가 가지는 힘의 특징 중 하나는 이성과 동성을 불문하고 사람을 홀리는 것이지. 혹시 그 여성은 아주 매력적이지 않던?"

그야 아름답긴 했지……. 작중 최고 미녀였으니까. 그의 말을 듣던 중 스쳐 지나가는 것이 있었다.

'마성'. 누구든 루스벨라를 보면 빠져들고 말았다는 서술.

설마.

"그 매력이란 힘의 세기에 상관없이 존재해. 사실 가장 무서운 힘이기도 하지."

내가 아는 『루스벨라의 빛』이 하렘 소설이 될 수 있었던 이유가 여기 있었던 걸까. 아니, 그런 것이 분명하다. 「주신의 후계자」들에게 정녕 '마성'이 있다면. 나는 카스토르를 끝내 두려워하며 그를 우러르는 대신들을 떠올렸다. 그토록 증오했지만 녹아들 것처럼 달콤하다 느꼈던 그의 목소리도 함께.

"정리하자면 아주 약한 힘을 가진 이들에게 있는 것이기도 하단 거지."

퍼뜩 정신을 차리자 아벨의 진득한 시선이 눈앞에 있었다. 꼭 나를 두고 말한 것 같아 난 고개를 숙이며 건조하게 뇌까렸다.

"……나에겐 없어요."

"글쎄?"

아벨이 나를 고쳐 안으며 툭 이마를 기울였다. 이마가 부딪쳤다가 금세 떨어진다.

"적어도 10년 이상 떨어져 지낸 내게서 단숨에 네가 원하는 이야기를 끌어낸 게 무엇이라 생각해?"

나는 고개를 들었다.

"이런 말 낯간지러워서 못하는데."

"네?"

날 향한 아벨의 시선은 따뜻하고 다정한 느낌이었고 동시에 낯설었다.

"귀엽게 자랐구나. 이상한 기분이야."

장난 같은 그 말에 나는 미간을 살짝 찌푸렸다. 어째서일까 문득 플뢰온이 생각났다. 낯선 이에게서 플뢰온이 겹쳐 보인다니 생경한 느낌이라 생각하면서.

"너는 내 여동생이야. 너를 사랑스럽게 자라도록 지켜 준 사람이 궁금하다. 조금 아쉽기도 해."

"……그러니까 지금 당신이 내게 과하게 보이는 호감이 바로 주신의 후계자가 가진 힘 때문이라는 거죠?"

그가 우습다는 듯 소리 내어 웃었다.

"학습 능력이 빠른데."

진중하고도 상쾌한 웃음소리가 귀를 선명하게 울렸다. 그를 보며 무어라 더 꺼내려고 할 때였다. 끼이익, 경첩 소리를 내며 문이 열렸다.

"학자님, 키세스 학자님께서 찾으시던데요."

고개를 돌리자 그곳엔 작은 소년이 있었다. 키는 나보다 조금 더 클까 싶은 왜소한 체격의 소년이었다. 소년의 흔들거리는 남색 머리카락을 보던 나는 돌연 이 요상한 상황에 대해 자각했다. 조교에게 안겨 있는 학생이라니 누가 봐도 오해하기 딱 좋은 모습이었다.

그러나 당황한 내가 버둥거리기도 전에 소년이 먼저 입술을 열었다. 태연한 목소리였다.

"아이참. 또 그러시네, 학자님."

그러고는 상큼하게 미소하며, "학자님 그러다 잡혀가요."라며 직구를 날렸다.

"귀여운 학생들만 보면 휙휙 끌어안지 말아 달라고 부탁드렸잖아요."

그에 아벨이 마음에 안 든다는 듯 미간을 홱 찌푸렸다. 꽤나 준수했던 그의 얼굴이 인상파 초상화처럼 변했다.

"어서 내려 주세요. 당황했잖아요."

그 순간 아벨이 나를 내려주었다. 아벨이 내려 주자마자 나는 얼른 그와 떨어져 치마를 툭툭 털었다. 이렇게 획 들려 본 건 레이 경이나 소릭스 말고는 없던 일이라 꽤나 민망하고 어색했던 탓이다. 그것도 몇 년 전의 일이었고.

"안녕하세요."

내가 또르르 시선을 굴리자 소년은 태연하게 웃으며 나를 향했다.

"저와 같은 반 맞죠? 그러니까 제국의 황녀님?"

"네? 아. 안녕. 맞아요. 아실리 로제예요."

"아실리."

그가 중얼거렸다. 그러고 보니 처음 체쟌 왕자와 교실에 들어갔을 때 본 소년이었다. 그 뒤로 들어가지 않아 잊었지만. 그때는 그저 평범한 인상이라 생각했건만, 가까이서 본 인상은 느낌이 전혀 달랐다.

"제 이름은 폰투스예요."

눈처럼 새하얀 얼굴, 그리고 양쪽 눈동자의 색이 미묘하게 차이가 났다. 청색과 조금 연한 청색. 마치 바다의 구간을 나눠 각기 담아 놓은 것처럼 느껴졌다.

"저도 칼타니아스 출신이에요."

그의 손을 마주 잡는 순간 손바닥을 파고드는 오싹한 한기를 느꼈다. 마치 얼음을 잡기라도 한 것처럼 차가운 냉기가 폰투스의 손바닥에 감돌고 있었다. 폰투스를 바라보자 그는 내 표정을 눈치챘다는 듯 빙긋 웃었다.

그 순간 소년의 색이 다른 눈동자에서 기묘한 보랏빛이 솟구쳤다. 아, 어찌 모를 수가 있을까. 내가 수없이 보았던 것이었다.

신관의 힘이다.

소름이 오소소 돋는 기분이었다. 3황자와 함께 있는 신관, 그리고 그에게서 느껴지는 서늘한 한기와 냉기. 나는 황급히 뒤로 뒷걸음치다가 돌아서 문고리를 잡았다.

"가, 가 볼게요. 오늘 고마웠어요."

아벨은 고개를 끄덕였다. 나는 얼른 등을 돌렸다.

"그럼, 아실리. 필요한 것이 있으면 언제든 찾아와."

돌아서는 나에게 아벨이 말했다. 뒤돌아보자 책상에 기댄 아벨과 그 옆으로 고요히 서 있는 폰투스가 보였다.

"또 봐요. 황녀님."

커튼이 바람에 팔랑거렸다. 아벨의 시선이 잠시지만 폰투스를 향했다. 왜일까. 두 사람은 조교와 학생의 관계일 텐데 아벨이 그의 눈치를 보는 기분이 들었다. 하나 기분 탓이겠거니 하며 고개를 돌렸다. 마지막까지 나를 물끄러미 응시하는 시선을 모른 체하며.

폰투스는 마지막 순간 입모양으로 내게 중얼거렸다.

<찾아갈게요.>

그러나 이미 나는 본능적으로 느끼고 있었다.

방을 빠져나오고 나서도 한참을 걸었다. 그제야 나는 손을 바라본다. 손바닥에서 채 녹지 못한 서리가 툭 바닥으로 떨어졌다. 곧 물이 된 것이 카펫에 녹아들었다.

나는 눈과 바다의 대신관을 찾은 것 같다.

아니, 찾았다.

기묘한 확신이 들었다. 이건 오래전 아모르 앞에서 독이 든 차를 들이켰을 때와 비슷한 기분이었다. 그때 나는 죽기 전 내가 되살아날 것임을 어렴풋이 알았다. 정확히 표현할 수 없지만 분명하게 존재하는 확신. 지금도 그러했다. 조금 전 본 소년은 눈과 바다의 대신관이다.

하지만 어째서 저런 모습이지? 내가 알기론 그는 삼십 대를 훌쩍 넘긴 성인이었다. 출발하기 전 소릭스로부터 들은 것이니 분명했다.

그날 저녁, 나는 데인에게 얼른 이 사실을 알렸다.

"아실리, 그들은 이미 너를 주시하고 있을 거야."

데인에게 말했더니 놀랍게도 그는 이미 알고 있었다고 했다. 뿐만 아니라 이름 또한 일치한다고. 이미 데인은 혼돈의 신관 흔적 또한 발견한 뒤였다.

"3황자와 눈과 바다의 신관이 손을 잡은 거야? 어째서?"

"모르지."

그 말을 하는 데인의 얼굴은 착잡해 보였지만, 금방 사라졌다.

"……아니. 알 것 같지만."

이제 나와 데인이 찾을 것이 바뀌었다. 대신관 '폰투스'가 어째서 나와 비슷한 소년의 모습을 하고 있느냐는 질문의 해답과 반란 모의 증거를 찾는 것이었다.

"아실리, 물질적인 증거는 내가 찾을 테니까. 너는 폰투스를 만나되, 아무것도 하지 말고 안전을 기해 줘."

"데인."

데인은 단호했다.

"난 내 몸을 지킬 수단이 있지만, 너는 그렇지 않잖아. 레이가 들어가지 못하는 강의실에서 넌 무방비한 상태야."

인정할 수밖에 없는 사실이었다. 힘겹게 끄덕인다.

"알았어."

반란. 사실은 황제 좋은 일 시켜 주고 싶지 않은 게 진심이었으나, 빨리 돌아가려면 찾는 수밖에 없다.

"증거라……."

과연 무엇이 증거가 될 수 있을까? 데인은 이 두 집단 사이에 나눠 가진 것이 있을 거라고 했다. 이걸 찾으면 된다고. 데인은 뭔가 짚이는 게 있는 눈치였다.

다음 날, 나는 더는 학교 곳곳을 헤매지 않고 다시 교실로 들어갔다. 수업은 빠르게 지나갔고, 금방 점심시간이 찾아왔다.

"증거요?"

눈을 뜨자 데인의 잔상이 사라진다. 그리고 루스벨라의 유려한 낯이 자리했다. 나는 먹다 만 빵을 다시 입에 넣으며 슬쩍 웃었다.

"네. 오빠랑 게임을 하는데, 오빠가 숨긴 물건을 찾을 수가 없어서요."

"아하. 숨바꼭질 같은 거군요?"

"그렇죠. 찾을 게 물건이지만요."

루스벨라는 들고 있던 빵을 내려다놓고 고민에 잠겼다. 점심이라 함께 식사를 하는 참이었다.

"으음, 어디에 있을까."

"저 대신 고민해 주시는 거예요?"

"그럼요, 아실리! 저도 고민해 볼게요. 그러니까……."

그녀의 머리칼 위로 가을 햇살이 내려앉았다. 반사광에 눈이 부셨다. 꼭 금빛 비단을 길게 늘어놓은 것 같은 머리칼에 감탄을 흘린다.

"음, 아실리. 가까운 곳을 뒤져 보면 어때요?"

"가까운 곳이요?"

"네. 사람은 중요한 것을 자신과 가까운 곳에 두는 법이거든요."

"아……."

가을바람이 서늘하고 시원한 느낌을 남기며 뺨을 스치고 지나갔다. 루스벨라는 흔들거리는 머리칼을 귀 뒤로 넘겼다.

"보물을 숨기는 곳은 스스로에게 가장 익숙한 곳이겠지요."

그런가. 나는 생각에 잠겼다. 그럼 반란 증거를 숨겨 둔 곳이 아벨의 조교실이 될까? 아니면 기숙사일지도 모른다.

이곳에 거주하는 학자들은 급수에 따라 개인 집을 소유하거나 보통은 전용 기숙사에 머무른다고 했다. 그리고 아벨이 아니더라도 폰투스라는 소년의 방에 있을지도 모르고. 생각이 깊어질 무렵 루스벨라가 나를 불렀다.

"아참. 아실리, 혹시 이틀 뒤 시간 괜찮아요?"

"이틀 뒤요?"

이틀 뒤면 이곳에 머무르는 마지막 날이었다. 다음 날 꼼짝없이 이곳을 떠나야겠지. 루스벨라를 바라보자 그녀가 쉿, 검지를 입술에 가져다 대고는 목소리를 낮췄다.

"이틀 뒤, 약초를 가지러 가요."

"아. 그럼."

"네. 오늘부터 이틀 뒤 밤에 완성된 '넥타르'를 줄게요."

루스벨라가 가볍게 덧붙였다.

"재료가 전부 갖춰졌을 때, 만드는 건 2시간이면 충분하거든요."

나는 슬쩍 주변을 보고는 얼른 고개를 끄덕였다. 이제 약은 확실히 얻었다. 남은 것은 반란 증거를 찾아내는 것뿐이었다.

그런데 일이 너무 술술 풀리는 것이 아닐까? 이렇게 착착 진행되는 중인데, 목뒤가 어쩐지 섬뜩했다. 사실 일주일 안에 무리라고 생각했던 일이 착착 진행되고 있었다. 이것에 불안을 느끼는 건 내가 불행에 길들여졌기 때문일까.

"루스벨라, 괜찮다면 우리 말 편히 할래요?"

루스벨라는 나보다 나이가 많았다. 아니 많은가? 사실 이것도 추측이다. 졸업반이니까 그렇지 않을까? 그러고 보니 그녀가 정확히 몇 살이었더라……. 나는 그녀의 얼굴을 유심히 보았다. 분명 향기를 물씬 품은 성숙한 낯이었다. 그런데 찬찬히 보았을 때, 앳된 모습이 남아 있다는 것을 알았다.

"말이요?"

"네."

내가 말을 건네자 그녀는 잠시 눈을 굴리는가 싶더니 해사하게 미소했다. 꿀을 담은 듯 반짝이는 눈동자가 휘어지며 끄덕였다.

"좋아요. 아니, 좋아."

루스벨라와 약속을 한 뒤 헤어진 길이었다. 나는 걷다가 문득 책을 두고 왔다는 것을 알았다. 그렇게 돌아가자 루스벨라가 그곳에 서 있었다. 어라? 아직 돌아가지 않은 건가.

그러고 보니 옆에는 남주인공이 함께였다. 그녀는 물끄러미 교정을 바라보고 있었다. 우아하고 나긋한 낯으로 보던 그녀가 한순간 슬픈 표정을 지었다. 그때, 슬로레니안이 루스벨라의 어깨에 손을 올렸다.

탁.

루스벨라가 그 손을 쳐냈다.

"……각…… 지 마."

그러고는 슬픈 표정을 지은 채 무어라 중얼거렸다. 순간 바람이 불어 머리칼이 얼굴을 가렸다. 루스벨라의 표정을 한순간 놓쳤다.

"……져!"

머리칼을 다시 쓸어 올렸을 때, 루스벨라는 슬로레니안에게 안겨 있었다. 나는 그렇게 그들이 먼 곳으로 사라지기를 기다렸다가 책을 챙겼다.

왜인지 루스벨라가 소리를 높인 것이 마음에 걸렸지만 이내 그럴 수 있다 생각했다. 두 사람이 주인공이라지만 이야기가 진행되며 갈등이 없던 것도 아니었으니.

'두 사람도 싸울 때가 있는가 보네.'

다시 돌아가는 길은 한적했다. 루스벨라와 함께 점심을 먹는 곳은 한적한 공터였다. 아무래도 그녀는 시선을 즐기지 않는 듯했다. 하기야 가만히 있어도 이성이 줄줄이 줄을 이어 호감을 표하는데 티는 내지 않아도 피곤하지 않을까. 물론 어디까지나 추측이지만.

텅 빈 길을 뚜벅뚜벅 걷고 있을 때였다. 나는 걸음을 멈췄다. 솜털이 오소소 일었다. 다시 한 걸음 발을 딛는 순간 소름이 돋았다. 고개를 든다. 나는 길을 딛는 발소리가 하나가 아니란 것을 알았다.

"누구세요?"

돌아보자 여전히 한적한 길이었다. 정말이지 이곳은 쓸데없이 넓구나. 나는 인상을 찌푸린 채 누군가 나타나기를 기다렸다. 아니나 다를까 양옆 숲에서 사람이 나타났다. 각각 세 명씩, 합이 여섯이었다.

그중 가장 앞에 있던 사람이 회색 로브를 벗었다. 평범한 중년 여성이었다. 어디에서나 볼 법한 평범한 얼굴이었다. 그러나 나는 그녀의 머리 위에 쓴 가시나무 면류관을 곧바로 알아봤다. 그리고 가슴에서 흔들거리는 목걸이. 너무나도 익숙한 형태였다.

"저희와 함께해 주시겠어요?"

여섯 명의 사람 중 하나가 말했다.

"……당신들, 「가시나무 왕관」?"

"네."

중년 여성은 혼돈의 신관 표식을 숨기지 않았다.

"저희 정체를 아셨으니 저희가 당신을 애타게 찾았다는 것도 아시겠군요."

"당신들이 나를?"

"이런."

여성이 낭패라는 듯 살짝 미소했다.

"이건 모르셨군요."

"당신들…… 무슨 꿍꿍이야."

"아무것도. 그저 당신을 모시러 왔을 뿐입니다."

낭패였다.

아무도 없는 곳에서 이렇게 맞닥뜨리다니. 어느새 나머지 이들이 빈틈없이 내 주위를 메우고 있었다. 내가 일기장을 콱 부여잡았다. 그와 동시에 일기장에서 희미한 빛이 피었다. 아지랑이는 보랏빛과 금빛을 띠고 내 주변을 맴돌았다. 어째서 늘 보랏빛이던 아지랑이가 금빛 또한 함께 띠는 걸까. 그러나 신경 쓸 새가 없었다.

"경계하지 마시길. 싸우러 온 것이 아닙니다."

"그걸 내가 어떻게 믿어."

경계를 지우지 못한 내 얼굴에 여자가 하는 수 없다는 듯 고개를 저었다. 그 순간 뒷목에서 둔탁한 충격이 느껴졌다. 인상을 찡그리며 돌아서자 놀란 듯한 남자의 모습이 보였다. 이 정도 충격은 그저 아릴 뿐이었다.

"아시나요? 당신이 고통을 느끼지 못하는 것. 그 능력은 죽음의 후계자가 가지는 능력이랍니다."

어느 순간 다가온 여자가 내게 손을 뻗었다.

"훗, 너희⋯⋯."

목으로 가냘픈 손이 둘러지며 무엇인가 코를 막았다. 꽃 수천 송이를 녹인 것처럼 지독한 꽃향기였다. 아, 나는 이 향기를 알고 있다. 몽롱해졌다.

그렇게 점차 시야가 저물어 가며 나는 기절했다.

* * *

깜깜한 하늘 아래, 나는 자욱한 안개 속을 걷고 있었다.

수십 번 악몽을 꾸면서 얻은 능력이 있다면 바로 꿈속에서 꿈임을 알아차리는 것이었다. 내 꿈은 늘 하얀 궁의 복도를 걷는 것으로부터 시작했는데, 웬일인지 오늘은 조금 달랐다.

늘 겪었던 죽음의 꿈이 아닌 다른 공간이 펼쳐졌다.

"와……."

원목으로 된 책꽂이는 내가 아는 것과 달랐다. 나는 몹시도 현대적인 책꽂이를 보며 새삼 반가움을 느꼈다. 조금 고개를 돌리자 낡은 책상과 손잡이가 헐거운 서랍장. 옷걸이에는 즐겨 썼던 모자가 걸려 있었다.

얼마 만에 보는 '내 방'일까. 아니 이 세계에서 태어난 뒤로 처음 보는 것이었다. 그리고 책이 가득 꽂힌 책꽂이. 내가 가장 아끼던 책들이 꽂혀 있었다.

수없이 많은 소설들에 풋 하고 웃었다. 나는 책꽂이를 한번 쓸어 보다가 책 사이에서 하나를 집어 들었다.

"『루스벨라의 빛』."

번쩍번쩍한 금박이 예사롭지 않은 빛을 띠고 있었다. 나는 그 책을 읽었다. 어차피 전부 아는 내용이겠지만, 내가 조금 전까지 살고 있던 세계가 책의 형태를 한 것을 한참을 바라봤다. 그렇게 막 첫 장을 넘길 때였다. 누군가 문을 벌컥 열었다.

"뭐해?"

잠시 누구일까 한참을 바라봤다.

"아. 그냥."

이상했다. 분명 나에게 말을 건 목소리는 나와 오래 알았고 친했던 친구였는데, 얼굴이 보이지 않았다. 마치 얼굴에만 하얗게 처리를 한 것처럼 흐릿해서 아무것도 보이지 않았다.

"실없기는."

꿈이라서 그렇겠거니 하고 나는 고개를 끄덕였다. 친구는 손을 급한 것처럼 획획 까딱였다.

"라면 끓였어. 분다. 어여 먹으러 와!"

"아, 잠깐. 나 이것만 읽고."

그러자 내 손을 잡아당기던 그녀가 고개를 갸웃했다.

"뭘 읽어?"

"어? 당연히 이 책……."

"뭘 읽었다는 거야? 아무것도 없는데."

고개를 획 들었다. 내 손에는 아무것도 없었다. 책꽂이는 여전히 자리해 있었다. 그러나 책은 빈틈없이 맞물려 있었다. 내가 조금 전 뽑았던 책도, 뽑아진 자리도 없다.

조금 전과 같은 방 안에 단 하나, 『루스벨라의 빛』만이 없었다. 마치 처음부터 없었던 것처럼 말이다.

"하지만……."

다시 고개를 내리자 손에는 다시 책이 들려 있었다.

"여기 있어!"

책은 있다. 없을 리가 없다. 그러나 그렇게 외쳤을 때 『루스벨라의 빛』 책이 눈앞에서 빛으로 산화하며 산산조각 부서진다. 그렇게 책이 사라지고 껍데기가 벗겨진 곳에는 다름 아닌 일기장이 있었다.

"일기장……."

일기장은 허공에 떠 있었고 나를 바라보고 있는 것처럼 느껴졌다. 광택 없는 가죽 표지를 쓸었다. 희미한 보랏빛, 그리고 다시 황금빛이 함께했다.

일기장. 그것이 스르륵 펼쳐지며, 글씨를 덧그렸다.

깨어날 시간이야.

진실이 머지않았어, 아실리.

고개를 들었을 때, 나는 다시 어둠 속에 있었다.

* * *

"헉······."

벌떡 일어났다. 숨을 길게 헉헉 몰아쉬었다. 무슨 꿈을 꿨더라? 희미했지만 과거의 내가 있었던 세계라는 건 알겠다.

꿈은 일어나는 순간 희미해져 사라졌다. 머리를 거칠게 쓸어 넘겼다. 이상한 일이다. 난 늘 선명한 악몽만 꾸었다. 그런데 기억이 남지 않는 꿈이라니.

"일어나셨습니까?"

고개를 돌리자 누군가 앞에 앉아있었다. 굽혔던 상체를 바로 세우자, 아직 희미한 시야에 소년이 눈에 잡혔다.

"폰투스."

폰투스가 빙긋 미소했다.

"네. 저의 다른 이름도 알고 계시리라 생각합니다."

난 한쪽 눈을 찡그리며 폰투스를 바라봤다. 손등으로 턱 끝을 닦으니 흥건한 땀이 느껴졌다.

"눈과 바다의 대신관."

그가 정답이라는 듯 고개를 끄덕였다. 무슨 꿍꿍이일까. 소년의 반듯한 미소는 도리어 경계심을 부추겼다.

"날 기절시키면서 데려온 이유가 뭐야."

"죄송합니다. 그건 저도 예상하지 못한 일이었어요."

폰투스에게 짐짓 미안한 표정이 떠올랐다. 거짓은 아닌 것 같았다. 폰투스의 푸른 눈동자로 미미한 걱정이 스쳤으니까.

"아무래도 당신께서는 「각성통」을 호되게 앓는 모양이에요. 그건 힘이 강할수록 고통을 동반하며 고통스러운 꿈을 꾸게 합니다."

땀을 너무 흘렸는지 머리가 지끈거렸다. 동시에 시야가 흔들렸다. 그러나 나는 눈앞에 있는 소년을 똑바로 마주하려 애썼다.

"용건을 말해. 설명을 하기 위해 나를 데려온 게 아니잖아."

머리가 욱신거려서 말이 곱게 나가지 않았다. 그리고 나를 안타깝게 바라보는 저 시선도 이해할 수 없었다. 헤르난 때문일까. 나는 이유 없는 호의를 경계하고 있었다.

"예. 원하신다면 그리하겠습니다."

폰투스는 얌전히 감정을 지워 냈다. 그리고 담담한 낯으로 미소했다.

"정식으로 소개하겠습니다. 저는 폰투스. 눈과 바다의 대신관입니다."

뚜벅뚜벅 발소리만 들렸다.

"또한 「죽음의 후계자」를 모시며 혼돈의 신관을 이끄는 자."

다음 순간 나는 눈을 크게 떴다.

"당신을 찾기 위해, 오랫동안 헤맸습니다."

한쪽 무릎을 굽힌 소년이 나를 올려다봤다.

"나의 주군에게 충성을 맹세하기 위해서."

소년의 홍채에서 푸른 보랏빛이 소용돌이 치고 있었다. 보랏빛은 홍채를 물들이고 아지랑이처럼 일렁였다.

"무슨 소리야?"

"당신은 「죽음의 후계자」. 「주신의 후계자」와 대립할 수 있는 유일한 분."

낯선 호칭에 고개를 들었다.

"나는 「주신의 후계자」야……."

"아닙니다. 당신은 두 가지 힘을 동시에 가지고 계십니다. 그중 한쪽은 틀림없는 「죽음의 후계자」이십니다."

폰투스가 손을 잡아 입을 맞췄다. 그 순간 등골을 파고드는 한기가 느껴졌다. 바닥에서부터 올라오는 하얀 김에 눈을 깜빡였다.

"당신과 만나는 날을 기다려 왔습니다."

보라색 아지랑이가 일어난다. 그것은 폰투스를 감싸고 있었다. 그 순간 나를 잡은 손이 점차 커지기 시작했다.

"저는 죽음의 신관의 저주를 받아 자랄 수 없는 저주에 걸렸습니다. 그자는 아올레시아 님을 배신한 변절자였지요."

소년의 어깨가 커지는 것과 함께 그와 나의 눈높이가 줄어들었다. 어느새 진지한 눈을 가진 장성한 사내가 나를 올려다보고 있었다. 더 이상 소년의 모습은 찾아볼 수 없었다.

"오래전 몰살된 죽음의 신관과 가엾은 혼돈의 신관을 대신해 아룁니다."

사내의 모습을 한 남자가 내 손등에 다시 한 번 입을 맞췄다.

"당신은 모든 비극을 끝낼 자. 나의 주군."

그러고는 고개를 들었다.

"부디 비극을 끝내고, 황제가 되어 주십시오. 모든 것은 준비되어 있습니다."

나는 한동안 입을 떼지 못했다. 무겁게 깔린 분위기가 나를 짓누르고 있었다. 아릿한 두통과 함께 머릿속이 어지럽게 흔들렸다. 알아듣지 못한 것은 아니었다.

무슨 소리야. 내가 황제라니? 이것만큼 기막힌 일이 또 어디 있단 말인가. 이 순간 폰투스가 나를 놀리는 것처럼 느껴졌다. 그동안 내가 어떤 처지였는데? 무슨 일을 겪었는데?

죽음을 말하는 것이 아니다. 나는 황녀로서, 이름 모를 황족으로서 넌더리 날 만큼 모욕을 겪었다. 그런 현실에 순응하고 적응했던 것은 나에게 위로 나아갈 욕심이 없기 때문이었다. 누구나 우러르는 권력과 권좌가 탐나지 않았기 때문이라고.

그런데 이 남자는 내게 무엇이라고 한 거지? 기가 찬 웃음이 터졌다. 웃음 끝에 내게 떠오른 것은 잔뜩 비뚤어진 비웃음이었다.

"나를 데려다 놓은 게 이것 때문인가요? 터무니없는 소릴 하고 있네."

나는 이미 더러운 꼴을 넌더리 나게 봤으며 누구도 상상 못 할 진창을 굴렀다. 그리고 이 순간 그는 내게 새로운 지옥을 제안했다. 황위라. 그 위로 올라가기 위해선 누구와 경쟁해야 하는데. 카스토르 아닌가.

물론 그를 증오한다. 하지만 그를 끌어내리고 그 자리에 올라가고 싶은 것은 아니다. 왜? 왜 내가 제국을 짊어진단 말인가. 나는 내 사람과 나와 내가 사랑하는 이들이 행복하기만을 바라는 사람이었다. 스스로도 알았다. 황제에 맞지 않는 소시민이라는 걸.

"이봐요. 대신관."

무엇보다 가능할 리 없다.

"나는 황녀예요."

제국의 법은 황녀를 황위에 올릴 수 없다. 나는 그 소리를 지겹도록 들었다.

"이 제국이 어떤 법을 가졌는지 당신이 모를 리 없잖아."

그는 진지하게 나를 바라보며 말했다.

"새로운 황제가 되시면 됩니다."

참지 못하고 울분이 치솟았다. 당신이 무엇이라고 내게 그런 소릴 하는 거지? 더듬는 손에 걸린 것을 집어 던졌다.

"그대는, 당신은 내가 어떤 삶을 살아왔는지 알아? ……나는 말이야, 지옥 같은 삶을 살았어!"

아마도 당신은 상상도 못할 지옥이다. 나는 그 지옥에서 악몽을 헤치며 하루를 살아왔다. 언젠가 행복해지기 위해서.

"당신이 뭔데 내게 짐을 지워?"

내가 사랑하는 사람이 이런 말을 꺼냈다면 나는 결코 이렇게 반응 하지 않았을 것이다. 그들은 나를 봤고 알았고 지켜봤다. 내게 희생을 강요하지 않았다. 도리어 대신 가져가려 했다. 그렇기에 나는 이들을 지키려 했다. 이들을 위해 짊어지려 했다.

"황제가 되기 위해서 2황자를 제치고, 그래 카스토르 그자를 제치고. 내가 황제가 돼서 무엇을 할 수 있는데?"

"신음하는 여신관들이 제 삶을 찾을 수 있습니다."

나는 입을 벌린 그대로 그를 바라봤다. 폰투스는 진지한 낯으로 내 손을 잡았다. 색이 다른 홍채 속에서 보랏빛 아지랑이가 꽃처럼 이지 러지고 있었다. 발밑에서 올라오는 한기가 더욱 강해졌다.

"그리고 황녀님, 당신의 삶 또한 돌려받을 수 있습니다."

"내 삶?"

"어째서 이곳에 오신 것인지 모르겠습니까?"

어째서라니. 황제가 나를 이곳에 보냈다. 눈과 바다의 신관 그리고 혼돈의 신관 사이의 반란 모의 증거를 찾기 위해서……. 잠깐, 분명 눈앞의 폰투스는 그 스스로 말했다. 자신이 눈과 바다의 대신관이며 동시에 혼돈의 신관을 이끌고 있다고. 황제가 이것을 몰랐을까.

아니다.

나는 멈칫했다. 천천히 고개를 돌렸다. 그가 내 표정을 알아차린 듯 끄덕였다.

"황제는 당신을 이곳에 보냈습니다."

이미 두 집단이 같은 집단이라는 것을 알고 있었다. 이로 가정했을 때, 황제는 아마도…….

"'반란'은 나를 일부러 이곳에 보내기 위한 이유인가요?"

"예."

공손히 고개를 숙였던 폰투스가 고개를 들었다.

"당신은 돌아가면 수정에 제물로 바쳐집니다."

그의 머리칼에서 간간이 보이는 은빛 머리카락은 꼭 바다 위 얼어붙은 얼음 조각처럼 보였다.

"반란 수뇌를 잡지 못했다는 이유거나. 반란에 가담했다거나. 죄목은 반란죄이겠지요. 과거 1황녀에게 그랬듯이 황제는 당신을 잡아들일 것입니다."

"……1황녀. 그 사람이 그렇게 죽었다고?"

"네. 죄목은 반란죄였습니다. 그리고 이후 황녀에 관한 언급조차 금기가 된 것입니다."

폰투스가 씁쓸하게 웃었다. 그가 손을 쥐었다.

"주군이시여, 부디 사라지는 자들을 가엾게 여겨 돌아봐 주시지 않겠습니까."

간절함이 느껴졌다. 가슴에 구멍이 뻥 뚫린 것처럼 시린 바람이 속을 채웠다. 갈 곳 잃을 배처럼 위태롭게 눈을 깜빡이며 입을 달싹였다.

"나는."

눈을 질끈 감으며 무어라 할 때였다. 무엇을 느낀 것인지 폰투스가 고개를 획 돌렸다. 그가 보고 있는 것은 꽉 닫힌 문이었다.

"사실 제가 당신께 접근할 수 있었던 것은 그의 협조가 있었기 때문이었습니다."

"그?"

"7황자. 데인 로웰."

폰투스가 조금 빠른 어조로 말했다. 그리고 문이 쾅 열렸다.

"이미 그는 이곳에 온 이틀 만에 모든 것을 눈치채고 저희와 접촉을 시도했습니다. 당신을 데려올 때 사용한 약도 그가 만든 것이죠."

그 순간 낯선 음성이 치고 들어왔다.

"그리고 이런 데 쓰라고 준 것이 아니었지."

나는 얼른 고개를 돌렸다. 그곳에는 문지방을 짚은 채 숨을 거칠게 몰아쉬는 데인이 보였다.

"하아, 하아…… 웃기는군."

데인이 뚝 떨어지는 땀을 닦아 낸다. 그의 얼굴에는 무시무시한 분노가 어려 있었다.

"이게 무슨 짓이야. 난 접촉을 허락한 적이 없는데?"

데인은 나른하게 웃었지만, 붉은 눈동자 속에 불길이 일고 있었다. 가라앉은 눈동자가 향한 곳은 폰투스가 있는 쪽이었다.

"시간이 촉박했습니다."

"내가 듣고 싶은 대답은 그딴 대답이 아니야. 나는 이런 식의 접근을 허락하지 않았다고 했어. 내 말이 우스웠나?"

데인이 비웃으며 성큼 걸어왔다.

"그러게 이런 식은 좋지 않을 거라고 했잖아. 대신관."

데인의 뒤로 거대한 인영이 보였다. 아벨은 이 사달을 바라보며 혀를 쯧 찼다. 그가 머리를 숙여 방 안으로 들어왔다.

"이봐, 대신관 나리. 급한 마음은 알지만 절차란 게 있는 거야."

"당신은 닥치는 게 좋겠군요."

폰투스가 냉정하게 말했다.

"움직일 의지 없는 황자의 얘기는 듣고 싶지 않습니다."

"거 말하고는."

아벨이 미간을 홱 찌푸리며 투덜거렸다. 그는 폰투스의 차분하게 뇌까린 독설에도 신경 쓰지 않는 낯이었다.

"일단 물러나는 게 좋겠군요."

폰투스가 일어났다. 그에게서 넘어온 차가운 바람이 뺨을 간지럽혔다. 그는 허리를 숙여 내 손등에 입을 맞췄다.

"다시 찾아뵙겠습니다. 아직 알려 드릴 것이 남았으니까요."

눈과 바다의 신관, 그는 입술마저 차가웠다.

"황녀님, 저희는 당신을 따릅니다. 아니, 오직 당신만을 따릅니다. 그리고……."

고개를 든 그가 일순 놀랄 정도로 얼굴을 풀어냈다.

"언제나 「죽음의 후계자」의 행복을 바랍니다."

폰투스가 보일 듯 말 듯 희미하게 웃어 보였다.

'언젠가 아올레시아 님의 행복을 바랐듯이…….'

속삭임은 잘 들리지 않았다. 한순간 스친 미소는 아련했으며, 그리움이

담긴 슬픈 얼굴이었다. 그 순간 보랏빛 아지랑이가 다시 그를 감싸더니
사라진 뒤로 예의 소년이 미소했다.

"그럼."

소년이 허리를 깊이 숙였다.

"당신의 결정을 기다리겠습니다."

* * *

밖으로 나왔을 때, 시간은 이미 초승달이 둥둥 뜬 밤이었다. 오랫동안
기절해 있던 걸까. 파스스 흩어지는 나무줄기를 바라봤다. 밤바람이 차
가웠다. 데인의 뒤를 따라 한달음에 방에 도착할 것 같았다. 그러나 몸이
따라 주질 않았다.

방에 도착했을 때, 방 안은 텅 비어 있었다.

"······레이 경은?"

"맡길 일이 있어서 대사관에 보냈어."

데인의 목소리는 차가웠다. 그가 업었던 나를 내려놓았다. 한기가
느껴지는 응접실에서 눈을 떼어 데인을 바라봤다. 그는 여전히 나를
보지 않은 채 "내일 오후쯤에 돌아올 거야." 하고 중얼거렸다.

"데인. 왜 나를 보지 않아?"

"······."

너는 아무 잘못도 하지 않았는데 왜 고개를 숙이고 있어.

"데인. 나 좀 봐."

천천히 고개를 든 그의 시선이 나를 향했다. 데인의 눈에는 채 식지
않은 열기와 착잡함이 한데 섞여 있었다. 아마도 그는 내게 건넬 말을

고르고 있는 듯했다. 그러나 내 창백한 안색을 눈치챘음인지 곧 희미하게 웃었다.

"일단 쉬는 게 좋겠다."

나는 흔들리는 그를 보다 휘청였다. 나를 붙잡은 단단한 팔을 보아 흔들린 건 데인이 아니라 나인 모양이다.

"일단 한숨 자고 다시 보자."

데인은 늘 이랬다. 언제나 나를 먼저 배려했다. 나는 때로, 아니 항상 자기 자신보다도 나를 배려하는 그를 알고 있었다. 이번도 그랬다. 힘없이 그를 올려다보면 부디 쉬어 달라는 뜻을 완곡히 담은 낯이 있었다. 나는 느릿하게 끄덕였다.

"한숨 푹 자."

그가 나를 방으로 밀어 넣고, 조금 뒤 달칵 문이 닫혔다.

"하……."

문이 닫히자마자 등을 기댄 채 주르륵 주저앉았다. 문에 달라붙은 머리카락에서 따끔한 정전기가 느껴졌다 한참 텅 빈 방을 바라봤을까. 나는 손을 더듬어 다른 쪽 손등을 힘껏 꼬집었다. 미약한 충격이었지만 잠을 몰아내기에는 충분했다. 고개를 들었다. 넘실거리는 파도가 나를 덮쳤다. 사념으로 이루어진 것들이 귀에서 쉴 새 없이 속삭인다.

<당신은 「죽음의 후계자」 .>

< 「주신의 후계자」 와 대적할 수 있는 유일한 분입니다.>

그럴 리가 없다. 나는 아무것도 없는 황녀였다. 무력감에 사로잡혀 불행에 쫓기는 불쌍한 이라고 생각했다.

"말해 봐."

내 한 몸 같은 수첩, 일기장. 이제는 손을 뻗었을 때 눈앞에 자리했다.

나는 그것을 바라보며 입술을 깨물었다.

"네가 바란 결과가 이거였어?"

책 『루스벨라의 빛』 속 나는 아무것도 아닌 엑스트라였다. 누구보다 이 사실을 잘 알고 있는데, 황제라니 이 무슨 아니 땐 굴뚝에 연기가 나는 소리냐고.

"날 황제로 만들 생각이야? 황제는 율리안이 되어야 해."

왜냐면, 왜냐하면…… 왜였지?

"내가 그런 걸 어떻게 해?"

그래. 내가 못하니까.

"……나한테 왜 이러는 거야? 날더러 어떻게 하라고! 왜!"

폰투스의 말이, 의미가 무겁게 짓눌렀다.

"그래. 카스토르가 황제가 되지 않았으면 좋겠어."

카스토르가 밉다. 그를 증오한다. 괴로움에 몸서리쳐 죽어 버렸으면 좋겠다. 그 증오는 흐려지지도 무뎌지지도 않은 채 지금까지도 나를 지탱하는 기둥이었다.

"그런데 이건 다르잖아……."

하지만 황제가 되는 것은 전혀 다른 얘기였다. 나는 평생 구석 궁에 갇혀 지냈던 힘없는 황녀였다. 황제의 진짜 딸도 아니었다. 나의 무엇이 황제에 어울린단 말인가.

아. 나는 텅 빈 웃음을 터트렸다. 하나가 있긴 했지. 아올레시아. 내 친모가 죽음의 신관이었으니까.

죽음의 신관. 혼돈의 신관의 다른 이름. 「죽음의 후계자」는 죽음의 신전 후계자였다. 이곳은 대신전 일족과 가문을 따르는 평신관들로 나뉘며 오래전 황가에 반기를 일으키고 몰살당한 역사가 있는 반역자들.

서쪽 땅으로 쫓겨나 엄격한 감시 속에 살고 있다고 들었다. 줄곧 외가쪽 이야기를 듣지 못한 것은 이 때문이었다. 그런데 사실은 나의 외가인 대신관 일족이 몰살당했다고 한다. 살아남은 이가 없다고.

<당신은 돌아가면 수정에 제물로 바쳐집니다.>

사실 내 운명은 카스토르가 찾아온 첫날에 끝난 거였다면? 일기장을 만났기 때문에 되살아난 거라면, 그리고 일기장이 바라는 것이 결국 지금 나타난 결과라면. 그리고 제국으로 돌아가 제물로 바쳐질 운명이라면.

나는 평생을 농락당한 걸까?

일기장은 답이 없었다. 나는 비죽이 웃었다. 하긴 네가 답할 리 없다. 항상 멋대로 나타났다가 사라졌으니까. 손을 오므리자 손안의 일기장 페이지가 구겨진다. 그리고 손을 펴고 기다리자 일기장은 언제 그랬냐는 듯 원래의 페이지로 돌아왔다.

천천히 다리를 굽혔다. 굽힌 다리를 팔로 감싸며 얼굴을 묻었다.

"……추워."

손을 쥐었다가 편다. 그러고는 손을 바라본다. 이 손안에는 아무것도 없다. 평생 무언가를 가져 본 적 없는 텅 빈 손. 가난한 이에게 천금의 황금을 준다 한들 어찌 유용하게 쓸 수 있을까.

나는 흐린 얼굴로 웃었다.

"모르겠어."

긴 시간 나는 누구의 이해도 받지 못할 시간을 보냈다.

"모든 사람이, 모든 것이, 세상이 내게 움직이기를 요구하는데 사실 나는…… 그저 내 방과 몇 명의 이들만 있다면 충분했어."

손가락이 손바닥을 파고들었다.

"내게 바라는 게 뭐니?"

아주 많은 이들이 곁에 남았지만 나만이 이해할 수 없는 영역이 있었다.

<아실리. 세상에는 너와 나만이 이해할 수 있는 세상이 있어. 그렇지 않니……. 나만이 너를 이해할 수 있어.>

카스토르 네 말이 맞아. 웃음을 터트렸다. 죽인 이와 죽은 자만이 기억하고 이해하는 세상이 있어. 인정할 수 없지만 너만이 이 허무함을 알겠지. 하지만, 그래서 네가 증오스럽다. 어지러웠다. 어느새 나는 팔찌를 꽉 부여잡고 있었다.

"……오라버니."

팔찌를 쥐었다가 놓으며 다시 그를 불렀다. 몇 번 더 반복했을까……. 팔찌에 희미한 빛이 스미기 시작했다. 은은한 녹색 빛을 본 순간 천천히 머리를 들었다.

"오라버니?"

—그래.

희미하고 멀게 들렸지만, 분명 그의 목소리였다.

—불러 놓고 말이 없어.

아냐, 일부러 대답하지 않는 게 아니라……. 목이 메었다. 어떤 말부터 해야 할지 모르겠다.

"깨어난 거예요?"

출발할 때 신관으로부터 아모르는 다시 잠이 들었다고 들었다. 잠시 깨어난 걸까? 곧 들려올 음성을 기다렸다.

—그래. 막.

돌아온 건 억눌린 목소리였다. 나는 잠시 망설이다가 꾹꾹 눌러 참았던 것을 토해 냈다.

"목소리가 듣고 싶어서요."

아모르는 말이 없었다.

잘 지냈어요? 나는 못 지냈어요.

아모르는 오랜 시간 나의 유일한 이해자였다. 그래서 이것을 말하는 것이 옳은지 아닌지 판단이 서질 않으면서 어느새 입을 떼고 있었다. 천천히 입을 떼었을 때 빠져나온 것은 내가 듣기에도 아주 건조한 목소리였다.

"있잖아요. 오라버니."

—응. 듣고 있어.

다정한 목소리가 돌아왔다.

"이제 오라버니가 아닌 거죠?"

그가 피식 웃었다. 희미하게 웃는 그의 낯이 저절로 그려졌다. 나는 팔찌를 쥐었다 놓으며 천천히 입술을 움직였다.

"그러니까……."

—그래. 처음부터 나는 네 오라버니가 아니었지만.

"네."

—……무슨 일 있나? 목소리가 왜 그래.

나는 고개를 숙이며, 양손에 팔찌를 거머쥐었다.

"많은 일이 있었어요. 그것도 며칠 사이요."

—아프진 않았고?

"그건 내가 할 말이에요. 있잖아요. 오라버니."

—응?

이 순간 떠올린 건 조금 전 대신관 폰투스의 진지한 음성이었다.

"내가 황제가 된다고 하면 어떨 것 같아요?"

아모르는 잠시 말이 없었다. 잠시의 침묵 뒤로 천천히 숨소리와 함께 나른한 음성이 들려왔다.

—그건 결정인가? 망설이고 있는 건가. 아니면…… 떠밀려 하는 선택?

놀랍게도 그는 잔잔한 목소리로 되물었다.

"모르겠어요."

갑작스러웠으니까. 눈을 깔았다. 내가 겪은 모든 일은 준비할 새도 없이 내려친 벼락과 같았다. 그렇기에 온몸을 관통하는 고통에 신음을 흘리는 것 말고는 할 수 없었다. 지금도 그랬다.

—뭐가 됐든 너와 함께할 테니까. 이젠 너를 혼자 보내지 않아.

"지지하겠다는 거예요? 반란을 일으키자고 하는 건데."

—뒤가 아니라 옆.

가벼운 응수에 아모르가 진지하게 대꾸했다. 나는 웃다 말고 팔찌를 응시했다.

—네 옆에 있을 거야.

가슴을 강아지풀로 간지럽히는 것처럼 잔잔한 감각이 스며든다. 이 조각을 행복이라 말할 수 있을까. 눈을 감았다.

언젠가 공작 부인이 내게 했던 말을 떠올린다. 사랑의 신이 이르길 사랑에는 세 가지 형태가 있다고. 위를 보고, 아래를 보고, 그리고 마주 보는 것. 사람은 이 사랑에서 각기 하나를 선택한다고.

나는 이 순간 내게 어떤 사랑이 필요했던 것인지 알았다.

—그 자리가 황제가 된다면 글쎄. 나는 네 부군이 되는 건가.

"전 오라버니와 혼인한다고 한 적 없는데."

—들어줄 때까지 네 방에 찾아갈 거야.

"그거 범죄예요."

—……방문 앞에 있도록 하지.

조금 뚱한 목소리가 돌아왔다. 나는 다시 웃음을 터트렸다. 한결 가벼운 마음이 되어서 그가 있을 저편을 바라봤다. 창문에는 짐승이 베어 문 것처럼 폭 파인 초승달이 동동 떠 있었다. 우리는 지금 같은 달을 바라보고 있을까.

"오라버니는 정해진 운명이 있다고 믿어요?"

—너는 어떻게 생각하지?

"나는 있다고 생각해요. 그렇다면요……."

아모르는 침묵했지만, 나는 그가 다음 말을 기다리고 있음을 알았다.

"그 운명은 바뀔 수 없는 걸까요?"

나는 속으로 그를 불러보았다.

있잖아, 나는 이 책의 주인공을 만났어. 본래 당신이 사랑했을 사람은 무척이나 밝고 사랑스러웠으며, 가엾은 이를 연민할 줄 아는 심성 고운 성격에 내가 아는 모습 그대로였어.

"나는 그렇지 않다고 생각해요."

나는 죽었을 운명을 무수히 뛰어넘어 이 자리에 있다. 수없이 예고된 죽음. 죽음 뒤에 찾아온 허무함과 황망함은 이루 말할 데 없이 고통스럽고, 당신이 나를 봤던 무수한 날은 나를 상처 입히며 일상을 유지하려 했던 날이었다.

"왜냐면 내가 살아 있음은 나는 그렇지 않다는 증거니까."

당신은 끊임없이 내게 내리는 눈이었다. 쌓이고 쌓여 나를 덮어 버린 흰 설원. 따뜻해서 이대로 잠들어 버리고 싶은 계절이었다.

잘 들어요.

"……아모르."

그러니까 원래 이 이름은 루스벨라가 당신에게 담았어야 했어. 나는 아마도 먼 곳에서 그것을 지켜보며 당신의 행복을 빌었을 거야. 루스벨라를 만난 순간마저도 나는 그렇게 생각했고 충분히 지킬 자신이 있었어.

"아모르."

그런데 내가 아는 세상은 여전히 춥고 외로워서 당신이 없으면 안 될 것 같아.

"왜 말이 없어요?"

당신은 지난 차가운 악몽에서 내게 유일하게 피는 꽃이었으니까.

나는 눈물이 고인 눈으로 팔찌를 바라보며 웃었다. 내게도 행복이 찾아온다면 거기에 당신이 있으면 좋겠다고 생각했다.

—다시 한번.

그가 떨리는 목소리로 말했다.

—이름을 불러 줘.

언젠가 당신에 내게 바랐던 소박하고 간절했던 소원, 이젠 내가 이뤄 줄 테니까. 죽지 않고 곁에 있어 줘.

"아모르."

손에 쥔 것을 놓고 싶지 않다. 이런 욕심이 내게도 있었나 보다. 당신이 알게 했나보다.

"불러 달라고 했잖아요."

한참 동안 아무런 말도 없던 아모르로부터 떨리는 목소리가 들려온 것은 조금 더 시간이 흐른 뒤였다.

—행복해서……. 죽어 버릴 것 같아.

우리가 제대로 된 대화를 할 수 있게 된 건 다시 한참 시간이 흐른 이후였다. 정확히는 아모르가 말을 하지 않은 것이지만.

—그래서 황제가 될 생각인가?

"잘 모르겠어요."

아모르에게 보이지 않을 것임을 알면서도 고개를 저어 보였다. 갑작스럽게 정할 것은 아니었다. 제국에는 2황자가 건재했다. 그리고 그를 따르는 무수한 신관들이 있었다. 율리안과는 싸우고 싶지 않다. 더군다나 당장 황제가 되겠다고 반란을 일으켰다간 괜히 카스토르를 도와주는 꼴이 될지도 모른다.

나는 아모르에게 조금 전 있었던 폰투스와의 일을 조곤조곤 얘기했다. 모든 얘기를 들은 뒤 아모르가 딱 잘라 말했다.

—너는 조금 전부터 불가능할 거라 예상하는데, 사실 불가능한 일은 아니야.

무슨 말일까. 나는 그의 말을 더 자세히 듣기 위해 팔찌를 귀에 가져다 댔다. 잠시 기침을 하고 나서 아모르가 말했다.

—눈과 바다의 신전이 있는 곳은 수도 다음으로 큰 도시지. 거기다 주신 다음가는 2등위 신전이야. 그런 그가 자신을 혼돈의 신관이라 소개했다고? 지금은 사라진 신전의 신관들을 흡수했겠군.

"아모르. 죽음의 신관이 곧 혼돈의 신관을 말하는 거 아니었어요?"

—그렇기도 하고 아니기도 해. 지금의 황제는 제 뜻을 따르지 않는 신전을 지워 버리고 '혼돈의 신관'으로 몰아서 몰살시켰으니까. 아무튼 간에 눈과 바다의 신전은 이런 신관들을 흡수해 하나같이 강력한 신관들을 보유했다고 봐야겠지.

"아⋯⋯."

그는 요컨대 황실 다음가는 강력한 군사가 나를 따르겠다 선언한 것이나 다름없다고 말했다.

　—아실리. 만약 네가 황제가 되겠다고 선언했을 때, 네 뒤를 지지할 이들을 말해 볼까. 처음에는 그래 내가 있겠군. 나는 다스리진 않지만 곡창 지대를 소유한 4등위 신전의 대신관이지. 그리고 네 오라비인 6황자. 그가 있는 불카누스는 제국에서 손꼽히는 재력을 소유한 곳이다. 그리고 네게 충성을 맹세한 조영관이 있겠군. 신력과 재력, 무력 어디 빠지는 것이 하나 있나?

　내가 말을 잇지 못하자, 아모르가 이어 말했다.

　—이 중심에 누가 있을까.

　꼭 장난을 치듯 뒤를 늘어트린 그의 음성에는 나른한 장난기가 스며 있었다.

　—이 모든 요소와 사람을 이어 주는 구심원이 누구라고 생각해?

　나는 잠시 흔들리는 바람을 바라봤다. 푸른 달빛은 조금 전 보았던 폰투스의 머리카락을 연상시켰다. 다시 팔찌로 시선을 돌렸다.

　"그…… 렇게 말하니까 내가 꼭 대단한 사람 같잖아요."

　아모르가 단호하게 말했다.

　—넌 대단한 사람이 맞아.

　그의 목소리엔 웃음기가 스며 있었지만 거짓은 섞여 있지 않았다. 항상 직설적인 그였으니 아마도 진심일 것이다.

　—그래서 초조하기도 하고.

　"초조하다니요?"

　—널 사랑하는 이들은 나를 초조하게 해…….

　길게 이어지는 목소리가 점차 멀어지고 있었다. 그의 목소리에 잔잔한 아련함이 스며들었다.

─한평생 죽음을 기다린 내게 삶을 알려 주었지.

"아모르."

─너는 빛이야.

말을 잇지 못하고 침묵하자, 아모르가 다시 말했다.

─미안. 다시 졸음이 쏟아져.

"괜찮아요. 어서 자요."

역시 회복이 되지 않았구나. 나는 눈을 꼭 감았다가 뜨며 끄덕였다.

"아모르."

─응……. 좋구나. 그 목소리.

"당신도 내게 불러 줘요."

나는 웃으며 팔찌를 쓰다듬었다. 풀을 엮은 것처럼 촉촉한 감촉이 좋았다. 잠시 내게 쏟아지는 사랑을 주었던 이를 떠올렸다. 내게는 과분해 응답할 수 없던 레이 경의 사랑에서 눈을 감았다. 미안해. 미안해요. 평생 당신에게 이 미안함을 지울 수 없겠지, 나는.

"로제라고."

아모르는 잠이 번쩍 깨기라도 한 듯 숨을 크게 들이켰다. 그리고 시간을 두고 천천히 입을 떼었다.

─로제.

"응. 푹 쉬어요."

아모르와의 아쉬운 마지막 인사를 뒤로하고 나는 일단 정신을 차리기 위해 씻는 일부터 시작했다.

욕실에서 나왔을 때 아직 어둠이 채 저물지 않은 밤이었다. 나는 수건을 머리에 얹은 채 방을 나섰다. 싸늘한 응접실로 나와 소파로 향할 때였다.

"아실리."

뚝뚝. 머리에서 떨어진 물이 어깨를 적신다.

"데인?"

창문에 기대서 있는 데인이 보였다. 잠들지 않았던 걸까.

"어째서 자지 않고 나왔어."

"아. 찝찝해서 씻었는데. 잠이 깨 버렸네."

고개만 돌린 그가 도리어 내게 물었다.

"잠이 오지 않았어?"

"응…….조금."

생각할 것이 아주 많았다. 잠들기 아까운 시간. 앉아서 고민이라도 해볼 참이었다. 앞으로에 대해서. 나에 대해서. 모든 것에 대해서 말이다.

"그랬구나."

그가 나긋하게 미소했다. 이어 성큼 다가온 그가 내게서 수건을 빼앗아서는 나를 앉히고 머리를 닦아 주기 시작했다. 깜짝 놀란 내가 이러지 말라며 수건을 빼앗으려 하자 그는 자연스럽게 손을 피하며 말했다.

"하게 해 줘."

부드럽지만 단호한 손이 나를 붙잡고, 말했다.

"……이런 것이 아니면 넌 나와 가까이 있지 않으려 할 테니까."

멈칫. 내가 어쩌지 못하고 멈춘 사이 데인은 허공에서 멈춘 내 손을 잡아 손끝에 입을 맞췄다. 부드럽게 흘러내린 머리카락 사이로 나를 응시하는 데인의 눈에 움찔 손을 뒤로 뺐다.

"……데인."

강렬할 정도로 붉은 시선에 압도되는 기분이었다.

"있잖아."

고개를 돌린 채 중얼거렸다. 억눌린 목소리가 새어 나왔다.

"나 줄곧 네게 하고 싶었던 말이 있어."

돌아보지 않아도 나를 바라보는 시선이 느껴졌다. 머리를 가득 메운 3황자가 사라지고 그가 그 자리를 대신했다.

"나는 네 감정을 알아. 알고 있어."

"아실리."

그가 날 불렀다. 나는 고개를 저으며 다시 말했다.

"들어 줘. 데인. 나는 사실⋯⋯."

"아실리!"

깍지를 낀 손이 하늘로 들리며 난 어느새 소파에 등을 기대어 데인을 바라보고 있었다. 데인의 얼굴 뒤로 새파란 밤하늘이 보였다.

"왜 나를 보지 않아?"

그리고 밤하늘은 그의 머리로 점차 가려지더니 어느새 데인이 그의 얼굴로 내 시야를 가득 메웠다. 그가 이마를 맞댄 채 나를 바라보고 있노라면, 천천히 내려온 입술이 코끝을 스쳤다. 눈앞에서 처마 끝처럼 말려 올라간 눈썹이 잘게 진동했다.

"나를 봐 줘."

다정한 목소리가 나긋하게 내려앉았다. 달처럼 떠 있는 눈동자는 붉은 색이었다. 이 어둠 속에서 빛을 잃지 않고서 나를 향하고 있었다.

"너를 처음 본 날은 여름의 끝자락이었어."

숨이 코앞에서 느껴졌다.

"그리고 나는 처음 그 순간에 사로잡혀 10년을 너만 바라봤어."

입술이 파도처럼 나를 덮쳤다. 신음마저 삼켜져 만류할 새도 없이 갑작스러웠다. 그는 깍지를 낀 손을 부여잡으며 안으로 파고들었다.

소파에 묻혀 머리카락이 정전기로 달라붙는 느낌이 들었다. 등받이에 기댄 채 위에서 아래로 다가오는 그의 입술을 느꼈다.

차츰 등이 올라가며 옷이 말려 올라갔다. 맨살이 드러난 다리로 찬바람이 엉겨 붙는다. 동의 없이 다가온 키스는 오래전 헤르난이 이성을 잃고 다가왔던 것과는 달랐다. 키스는 부드러웠고 언제든 내가 뿌리칠 수 있게 두었다. 그는 마지막 순간마저 나를 배려했다.

"으응······웃······."

혀가 혀와 얽히는 감각이 선명하도록 되새겨졌다. 타액이 오고 가며 입술이 벌어지고 다물어지는 것을 수어 번 반복했다.

"하아······. 왜······."

마침내 입술이 떨어지며 데인이 중얼거렸다.

"피하지 않는 건데?"

코끝이 스치는 감각에 나는 흐리게 웃었다. 나는 이미 알고 있다. 결코 달라지지 않으리란 걸. 데인은 결코 강제하지도, 내가 허락하지 않은 일을 하지 않으리란 것을. 실제로 그와 맞잡은 손은 부드러웠으며 시선은 마음이 아릴 정도로 다정했다. 이 아름다운 사람이 나로 슬퍼하는 것을 보고 싶지 않았다.

"하아······. 미안해. 데인. 나는 네가 말하는 것을 기억하지 못해."

"알아."

데인은 어린 시절 많은 것을 아는 나를 보았다고 했다. 어린 아실리에 깃든 어른인 '안'을 만났다고. 하지만 정작 나는 그날의 기억도, 추억도, 나의 진짜 이름마저 알지 못한다. 그 홀로 간직한 추억은 내게 닿지 못하고 슬프게 바스러졌다.

"아실리. 무슨 말을 해도 소용없다는 걸 알아."

데인이 아리도록 다정하게 웃었다.

"하지만 내게 기회를 줄 수 있잖아."

그가 시간을 내세워 간청했다. 그의 머리가 내 어깨로 떨어졌다. 데인이 가늘게 떨고 있었다. 나는 그 홀로 앓아 온 시간을 쉬이 짐작할 수 없어 눈을 감았다.

"단 하루만 나를 바라봐 줘. 아니······. 1시간만이라도."

데인은 나를 안다. 어쩌면 나보다도 나를 안다. 그는 내가 말하기도 전에 나의 죽음을 짐작한 사람이었다. 지독하게 영리하며 그 능력으로 황제 눈에 들었던 사람이었으니까.

"왜 나는 안 돼?"

그렇기에 그는 알고 있을 것이다. 이리 한들 변하는 것은 없을 거라고. 감정은 마음대로 옮겨 가는 것이 아니니까.

"넌 내게 나를 기억하지 못할 거라고 말했어. 차라리 너를 잊어 달라고 했지."

그를 적신 나는 내가 기억 못 하는 나였다. 그는 이 세상에 없는 사람을 사랑했다.

"그래서 그러려고 했어. 잊은 척 살겠다고. 네게 평생 말하지 않겠다 다짐했어. 하지만, 하지만 아실리······ 이건 너무 아파."

어깨를 쥔 손은 차마 힘을 주지 못하고 있었다. 이 순간에도 그는 내가 아플까 봐 걱정하고 있었다. 아······. 나는 울 것처럼 얼굴을 흐렸다. 가슴이 얇게 포를 썰어 낸 것처럼 쓰라렸다.

"나를 사랑하지 않는 너는."

내 어깨에 이마를 기댄 그에게서 나온 목소리는 쥐어 짜낸 얇은 음성이었다. 나를 위해 살았던 사람이 숨도 쉬지 못할 만큼.

"너무 나를 아프게 해……."

헐떡인다.

"안될 사랑이란 걸 알았어. 알고 있어. 그럼에도 마음대로 멈출 수도 그칠 수도 없었어."

나를 쥔 그의 손끝이 파르라니 떨었다.

"사랑해, 아실리."

데인이 엉망이 된 낯으로 미소했다.

스케치북에 여러 색을 구분 없이 칠해 둔 것처럼 더러워진 그림이 앞에 있다. 그는 이젠 무슨 색이 된 것인지 알 수 없는 그림과 같았다.

<안녕. 난 네 오라버니야.>

눈물에 그의 얼굴이 번진다. 바람 한 점 불지 않는 방에 정적이 장막처럼 내려앉았다. 시간이 되감기듯 거슬러 올라가 나는 어느 봄날에 서 있었다. 그 속에 어린 나와 어린 데인이 있다. 내가 기억하는 우리의 첫 만남이었다.

<오라버니?>

<응. 널 보길 기다려 왔어.>

서쪽 영지에서 막 돌아온 나는 환생과 현실의 좁혀지지 않는 괴리감과 권태로 똘똘 뭉친 사람이었다.

<잘 부탁해. 아실리.>

<네게 소중한 사람이 되고 싶어.>

네 말을 그저 지나가는 말처럼 생각했다. 그 말이 어떤 의미인 줄 몰랐기에 나는 너를 그저 이상한 사람이라 생각했다. 다가오는 네게 무심했다. 그 감정이 시간 속에 쌓여 차차 변해 갔다.

<네가 원한다면 난, 지나가지 않는 밤이 될 거야.>

너와 있으면 품에 안긴 듯 편안했다.

<나는 너라면 무엇이든 좋아. 아실리>

기억을 잃은 날에 네가 가진 다정함은 깃털을 꼬아 놓은 줄처럼 나를 붙잡아 주었다. 그 안락함에 잠시 취하고 싶었던 때도 있었다. 다정한 너는 내게 소중한 이였다. 언제나 날 향해 난연히 웃던 얼굴. 내게 햇살처럼 내려온 너는 내 차가운 온도를 끌어 올린 볕이었다.

어쩌면 우리는 달라질 수 있었을까.

안타깝게도 우리는 가까이 있으며 서로를 몰랐다. 한 차례 나와 만났던 이라는 것도 잊은 채. 시간은 흘러서 지금 시간에 부딪쳤다. 눈을 뜨자 고개를 늘어뜨린 데인이 있다.

"아실리, 평생에 걸쳐 바란 것이 있어. 오늘 하루만. 내게 들어줄래?"

그는 이 사랑의 끝을 알고 있었다. 끝내 기억하지 못한 나는 그의 사랑을 이해할 수 없으며 받아 줄 수 없을 거라고.

"단 한번만. 네 아마시아를 부르게 해 줘."

나 역시 우리의 선연한 끝을 알고 있으면서도 끝내 뿌리치지 못했다. 역시 사랑이란 건 내게 너무 어렵고 불가해한 영역이었다. 아모르에게 마음을 토해 냈음에도 나는 여전히 덤덤하게 나와 내 불행을 바라보고 있었다. 그래서 10년을 내걸고 고작 하루를 바라는 그의 심정이 짐작도 가지 않았다.

"그래."

긴 시간 나를 지켜온 그의 말을 거부할 수 없어 나는 천천히 끄덕였다.

"로…… 제."

그의 입술이 미약하게 떨렸다.

"로제."

"······응."

촉촉이 젖은 입술이 천천히 내려앉았다. 새가 쪼는 것처럼 부드럽게 내려온 그는 아랫입술을 가볍게 물었다가 놓으며 자신의 입술로 내 입술을 벌리게 했다. 천천히 파고드는 입술에 움찔 손을 떨면 그가 괜찮다는 듯 손끝을 다독였다. 그가 쥔 손은 위를 향한 채 붙잡혀 있었다. 잡은 힘은 미약해 언제라도 뿌리칠 수 있었다.

나는 천천히 그의 손을 거머쥐었다.

오래전 과거. 내가 기억하지 못하는 나는 데인 널 좋아했을까. 끝내 네게 답을 줄 수 없어서, 이것이 네게 줄 수 있는 최대한의 것이라고.

그는 그림자였다. 황제의 그림자였으며 어둠을 인내하며 나를 지킨 그림자였다. 네 미소가 지나간 계절처럼 가슴에 뻥 구멍을 낸다. 보답할 수 없는 사랑에 눈물이 흘렀다.

"아실리. 네가 날 사랑하지 않더라도."

데인이 흘러내린 내 눈물을 닦으며 천천히 말했다.

"네 영원한 지지자로 남을게."

* * *

아침은 공평하게 내린 형벌이었다. 내일을 바라지 않는 이에게도 내일을 바라는 이에게도 똑같이 찾아왔다.

아침 식사는 무척이나 고요했다. 데인은 전과 다름없었지만 나는 그 모습이 힘겨워 눈을 깔았다. 그는 내 이런 마음을 알지만 모른 척하는 것 같았다. 시간이 필요한 일이겠지. 시간이 흐르면 우리는 다시 예전과 같이 지낼 수 있을까.

작은 가시 조각이 가슴 한구석에서 그렇지 않다고 속삭였지만. 나는 눈을 감았다.

밥을 먹고 향한 곳은 아벨의 연구실이었다. 이미 나를 데리러 온 이가 방문 앞에 있었던 것이다. 자신을 혼돈의 신관 중 하나라고 소개한 여자는 메이드 차림이었다. 순간 혼돈의 신관이 여기에 얼마나 깊숙이 파고든 걸까 생각했다.

"오셨습니까."

문을 열고 들어가자 앉아있던 폰투스가 천천히 일어났다.

"기다리고 있었습니다."

폰투스의 옆에는 아벨이 있었다. 왜인지 모르지만 아벨은 못마땅한 표정을 짓고 있었다.

"둘 다 수업은 어쩌고 이곳에 있는 거죠?"

폰투스가 눈을 접었다. 단정한 미소가 소년의 모습과 어우러졌다.

"아벨은 수업이 없는 날이고 저는 딱히 들어가지 않아도 상관없습니다."

"이봐, 대신관. 당신이라면 있던 수업도 빼게 했을 거잖아."

3황자 아벨이 실종된 시간은 10년을 훌쩍 넘겼다. 만일 아벨이 그 시간 동안 이곳에 정착한 것이라면 적어도 10년을 여기에 머물렀다는 이야기였다. 그와 협력하는 것 같은 눈과 바다의 신관도 이 정도쯤 여기 머물렀을까. 그러고 보니 리프예국은 눈과 바다의 도시가 있는 제국 서쪽과 그리 멀지 않았다.

"그래요. 내게 하고 싶은 말이 있다고 했죠. 뭔가요?"

나는 폰투스가 내민 의자를 사양하지 않으며 말했다. 아벨이 호오, 소리를 낸다. 그의 암녹색 눈에 이채를 띠면서 편안히 기대 다리를 꼰

내 모습을 슬쩍 훑었다. 폰투스는 본론으로 바로 들어가자는 내 의도에 반항 없이 순순히 따랐다.

"이것을 봐 주시겠습니까."

폰투스가 내게 작은 브로치를 내밀었다.

"이것은 죽음의 표식입니다."

브로치는 신기하게도 뿔잔 모양이었다. 촘촘히 그려진 물결무늬를 따라가면 장식한 보석이 보였다. 앞쪽에 달린 보라색 보석 안으로 열쇠가 담겨 있었다.

"뿔잔과 열쇠, 수선화. 그리고 자수정. 이것 전부 죽음의 신을 상징합니다."

"뿔잔……."

브로치를 만지고 있노라면 울퉁불퉁한 표면이 손끝에 느껴졌다. 폰투스는 소중한 것을 다루듯 꺼냈지만, 투박하고 평범했다.

"거기에는 제 이름이 새겨져 있습니다. 저는 죽음의 신관이 아니지만 오래전에 아올레시아 님께 선물로 받은 것이니까요."

나는 브로치를 돌려 보다 말고 고개를 들었다.

"현재는 거의 유실되어 남아 있는 것이 없지만, 본래 죽음의 신관들이라면 누구나 가지고 있는 물건입니다. 또한 그렇기에 이것이 바로 눈과 바다의 신전과 죽음의 신전이 결탁했다는 증거이자 반란의 상징입니다."

당황이 물밀 듯 밀려 나왔다. 나는 표정을 숨기지 않고 그대로 찡그렸다.

"아시겠지만 이는 제 약점이기도 합니다. 이것을 눈과 바다의 신관이 주었다고 하면 저는 꼼짝없이 반역자가 될 테니까요."

"······이걸 내게 주는 이유가 뭐죠?"

내 표정을 알아차린 듯 그가 낮지도 높지도 않은 목소리로 말했다.

"지금부터 들려드릴 이야기를 들어 주시는 대가입니다."

"어쩌려고 이러는지 모르겠네요. 생각 안 해 봤어요? 내가 이걸 가져가서 그대로 황제에게 넘긴다면 어쩌려고."

"상관없습니다."

"뭐······?"

당황해서 되묻지만 폰투스의 답은 같았다.

"뜻대로 하시면 됩니다."

이해할 수 없었다. 어제까지 내게 황제가 되어 달라 청했던 이가 아닌가? 이제 와서 고발해도 상관없노라 하는 것이 이해가지 않았다.

"이 이야기를 듣고 나서 같은 생각이 드신다면 기꺼이 그리해 주십시오."

폰투스는 차분하게 미소했다. 처음 볼 때부터 소년답다 느끼지 않았던 눈은 무척이나 깊었다. 나는 이것이 폰투스의 수라는 것을 어렴풋이 짐작하면서도 미간만 찡그리며 그의 다음 말을 기다렸다.

"죽음의 신에 대해 어느 정도 알고 계십니까?"

"금기된 내용이기에 거의 알지 못한다고 봐야겠죠."

"그럼 죽음의 신이 유폐되기 전 주신의 뒤를 이어 2등위 신이었다는 사실은 알고 계셨습니까?"

"······그 이야기는 들은 적 있어요. 주신과 형제였다고."

폰투스가 사무적으로 끄덕인다.

"죽음의 신전은 특이하게 두 종류의 신관으로 나눠집니다. 이 중 대신관 일족을 「죽음의 후계자」라 부르며 이들 중에서 강한 후계자의 힘을 가진 이들은 황족처럼 한 대에 한두 명 정도만 나타나며, 나머지는 일반 평신관입니다. 여기서 「죽음의 후계자」가 가진 힘은 오직 부모에서 자식으로 계승됩니다.”

즉 「주신의 후계자」, 황제가 가진 힘과 같다는 얘기였다. 나는 가볍게 끄덕였다. 얼마 전 소릭스가 해 준 얘기와 크게 다르지 않았다.

“죽음의 신관이 어째서 핍박을 받고 지금처럼 지워졌느냐. 이 이야기는 아주 오래전으로 거슬러 올라갑니다.”

하나 곧 소릭스에게서는 듣지 못했던 이야기가 흘러나왔다.

“주신의 사랑을 받은 초대 황제를 아실 거라고 생각합니다. 지금은 지워진 역사 속 주신은 초대 황제를 아꼈습니다. 집착이었을지도 모르겠습니다만 감정이 깊었다는 것은 부정할 수 없는 사실이겠지요…….. 그러나 초대 황제에게는 사랑하는 반려가 있었습니다. 그 반려가 바로 죽음의 신이었습니다.”

“……죽음의 신?”

어째서 수천 년 전 초대 황제와 주신 건국 설화를 꺼내는 것인가 싶던 황당함은 곧이어 의문으로 번졌다.

“죽음의 신은 그 때문에 유폐되었습니다. 초대 황제가 주신 그를 사랑하지 않았기 때문에…….”

사랑하지 않았다는 말에서 잠시 폰투스의 표정이 흐려졌다. 그는 나타난 것보다 빠르게 서글픈 얼굴을 지워 내고서 이어 말했다.

“사실 생략된 수많은 이야기가 있습니다만 중요한 것만 알려 드리겠습니다. 주신은 초대 황제를 열렬하게 사랑했고 그 결과 형제인 죽음의 신을 유폐시켰습니다. 그녀를 감금시켜 평생 한 발자국도 나설 수 없는 몸으로 만들었습니다.”

초대 황제는 죽을 때까지 반려를 보지 못했다. 그리고 죽음에 이르러서야 감금에서 자유로워졌다.

나는 이 말을 해 주었던 아올레시아를 떠올렸다. 흐린 듯 곧 사라질 것 같던 아련한 미소도 함께.

"초대 황제가 죽은 뒤 주신은 그녀의 소원을 들어주기 위해 이 제국에 그의 살과 뼈를 뿌렸습니다. 흔히 황혼을 향해 절하는 것은 이 땅 전부에 그가 있기 때문입니다."

폰투스가 잠시 목을 가다듬었다.

"하지만 주신은 사라지기 전, 힘을 모두 쏟아부어도 영원한 제국을 만들기는 힘들다는 것을 알았습니다. 이에 주신은 오래전 유폐했던 형제의 힘을 쓰기로 합니다. 그리고 이윽고 죽음의 신이 유폐된 돌이 커다란 수정으로 빚어졌습니다."

나는 고개를 번쩍 들었다.

'거대한 수정이라니.'

스쳐 지나가는 것이 있었다. 이 제국의 모든 힘을 지탱하는 수정. 오직 황제만이 다룰 수 있는 것이라면……. 아올레시아와 함께 보았던 것이잖아. 놀란 눈으로 폰투스를 바라보면 그가 옳다는 듯 고개를 끄덕였다.

"죽음의 신이 유폐된 곳은 제국의 수정 속입니다."

"하지만 수정은 황제와 후계자만 다룰 수 있다고 했는데……."

"정확히는 주신의 힘입니다. 하지만 동력은 유폐된 죽음의 신의 힘입니다."

이 말을 하는 폰투스 또한 편한 마음은 아닌지 그는 불편한 얼굴이었다.

"죽음의 후계자들이 계속 태어나는 것은 죽음의신이 유폐되었으되, 완전히 죽은 것은 아니기 때문이라 추측하고 있습니다. 저희는."

"대체 왜……."

"글쎄요. 주신은 초대 황제의 소원을 들어주는 동시에 죽음의 신과 초대 황제를 영원토록 만나지 못하게 했는지도 모릅니다……. 그녀의 영혼은 아마 저승에 가서도 반려를 만나지 못했을 겁니다."

이야기를 들려주듯 낮아졌던 목소리가 끝을 읊조렸다. 나는 그저 얼떨떨했다.

"이것이 수천 년간 황실이 묻으려고 했던 진실이며 신을 되찾으려 했던 죽음의 신관의 목적입니다. 황녀님, 당위성은 당신에게 있습니다."

나는 바닥을 바라보던 시선을 들었다. 심호흡. 호흡을 가다듬는다.

"수정 속에는 죽음의 신이 깃들어 있습니다. 「죽음의 후계자」인 당신께서 황제가 되는 것이 당연하지 않겠습니까."

"……대신관."

"처음 혼돈의 신관은 단지 죽음의 신관을 이르는 이름이었습니다. 하지만 지금은 핍박받는 신관의 이름이 되었습니다. 황녀님, 몰살당한 이들 다수는 여성 신관이었습니다. 또한 황실로 끌려가 수정의 제물이 되었지요. 황제가 원하는 것은 제국의 존속입니다. 그러나 방법이 잘못되었습니다."

"대신관 그대가 황제와 황태자를 싫어하는 이유는 알겠어. 하지만 2황자가 있잖아. 그 사람은……."

선량하다. 그리 말하려 할 때보다 빠르게 폰투스가 말했다.

"아니요. 2황자 율리안은 이미 이 진실을 아는 이들과 손을 잡았습니다. 현재 권력을 잡은 신관들. 그가 황제가 된다면 사정이 나아질지도 모릅니다. 그러나 그것은 반걸음…… 그저 반걸음 나아가는 것에 지나지 않을 겁니다."

폰투스가 입술을 깨물었다.

"모자란 힘을 채우기 위해 황제와 같은 선택을 하지 않으리라고 어찌 알 수 있단 말입니까."

율리안이 황위 계승자로서 내세운 것은 분리 정치였다.

정치와 국정은 황제가 된 그가 보되 신력에 관한 것은 후계자의 힘을 가진 5황자에게 주는 것. 그러나 5황자가 가진 힘은 미약했다. 황궁에 있는 이라면 누구든 아는 사실이다.

폰투스의 말이 맞았다. 제국은 신력이 없으면 유지할 수 없다. 마치 현대인에게 어느 날 갑자기 전기 없이 살라는 것과 같다. 과연 율리안에게도 그런 유혹이 오지 않을까?

"당신은 이를 바로잡을 수 있습니다."

폰투스가 일어나 한쪽 무릎을 꿇었다. 그가 내 손을 잡은 채 고개를 들었다. 어제처럼 사내의 모습을 하진 않았다. 그러나 날 향한 시선은 어제의 그 우묵한 깊이와 다르지 않은 눈이었다.

"당신께서는 불완전하게 힘을 쓰고 계십니다. 각성하시면 완벽하게 사용하실 겁니다."

고개를 든 그의 진지한 시선과 마주했다. 이상한 기분이었다. 소년의 몸을 하고서 성인의 시선을 가진 이와 마주한다는 건.

어쩌면 지난날 나와 마주한 이들이 이런 기분이었을까.

"당신의 각성이 늦어지는 이유를 아십니까? 당신께서는 분명 신의 힘을 지녔음에도 아직 각성하지 못하셨습니다. 분명 성인이 되기 전에 하는 것임에도……."

지긋지긋한 두통을 떠올렸다. 오랜 시간 나를 괴롭힐 뿐 어떠한 징조도 보이지 않았던 힘. 오히려 원망스럽기까지 했다. 탁자에 올려 둔 일기장에서 시선을 돌려 그를 바라봤다. 내가 가장 묻고 싶다. 당신은 여기에 대한 답을 알고 있느냐고.

"이는 황녀님께서 주신의 힘과 죽음의 힘. 두 가지 힘을 동시에 지니셨기 때문입니다."

폰투스가 단호히 말했다.

"「죽음의 후계자」가 가진 힘은 '불사'입니다."

"……죽지 않는다고?"

"죽지 않는 것은 아닙니다. 다만 부상 회복이 빠르며, 고통을 느끼지 못합니다. 또한 정신이 단련됩니다. 설사 죽더라도 미치지 않게끔."

그는 이것이 어떤 고통에도 견디게 하는 힘이라 말했다. 내가 지금껏 고통을 느끼지 못한 게 죽음의 힘 때문이라고? 무수한 죽음을 겪고도 미치지 않은 것 또한 이 때문이라고? 이어 내게로 허탈한 웃음이 밀려왔다.

그는 그저 비유로 말했을 뿐, 그런 일이 내게 실제로 일어났다고는 생각도 못한 듯했다. 죽더라도 미치지 않는다. 그래, 이것 때문이었나?

"신관은 어떤 신인지에 따라 각기 각성 조건이 다릅니다. 당신께서는 유일무이한 두 신의 후계자로서, 두 신의 조건을 각각 충족시키기 위해 배로 시간이 걸리셨겠지요. 하지만 이도 머지않았음을 저는 느낄 수 있습니다. 당신께 부족한 것은 '죽음의 힘' 쪽입니다."

"죽음의 힘?"

"네. 이 조건 또한 오래지 않아 달성되겠지요."

조건이 달성된다는 부분에서 폰투스가 눈을 깔았다. 줄곧 단단하던 표정에서 잠시나마 불편함을 읽어 낸 나는 아벨을 바라봤다. 어째서인지 아벨은 폰투스보다 더 노골적인 표정으로 고개를 돌렸다. 뭐지? 기묘한 느낌을 물으려 할 때, 폰투스가 제 목에서 목걸이를 벗어 냈다.

"이것은 「바다의 결정」입니다."

눈과 바다의 성물이라며 그는 각 대신관에게는 고유의 성물이 존재하고, 이러한 성물은 힘을 담은 조각이라고도 설명했다.

"중요한 거라고?"

"글쎄요. 큰 힘이 담긴 것은 아니나…… 때때로 신관의 첫 성물은 커다란 힘을 담기도 합니다."

그에 나는 아모르의 팔찌를 떠올렸다. 아니 이건 평범한 쪽인가? 시선 끝에 일기장이 걸렸다.

"이것이 당신의 각성을 조금 앞당길 수 있을 듯합니다."

"……어떻게 사용하는 건데?"

"지금 깨트리면 됩니다."

여전히 얼떨떨함과 꺼림칙함을 떼어 내지 못하고 망설이자 폰투스는 내 손을 조심스럽게 들어 목걸이를 쥐여 주었다. 눈과 바다의 성물은 꼭 에어컨 밑에 손을 댄 것처럼 서늘하고 차가웠다.

"이대로 깨트리시면 됩니다. 제가 깨서는 효과를 볼 수 없으니, 황녀님이 직접 깨셔야 합니다."

나는 그의 음성을 들으며 작게 끄덕였다. 어쨌거나 각성에 도움이 된다면 거절할 이유는 없었다. 나라고 이따금 오는 고통이나 이상한 꿈들이 달갑진 않았으니까.

쨍그랑.

이어서 그가 건넨 보석이 부서졌다. 깨진 파편 사이에서 흘러나온 푸른빛이 내 몸을 한번 휘감았다. 그러나 이외에는 아무런 일도 없었다.

"스며드는 데 시간이 필요할 겁니다."

"아 그런가."

"네. 모두 스민 순간 황녀님의 각성 순간을 도울 겁니다. 아울러 이로써 아마 황녀님의 각성 기간을 대폭 줄여 줄 겁니다."

보통의 신관들은 일주일 넘는 각성 기간을 갖기도 했다. 하지만 이것은 기간을 아주 짧게 줄이며 고통을 덜어 줄 수도 있다나. 나는 손바닥을 펼치고는 쥐었다가 폈다. 플라시보 효과인지는 모르겠으나 몸이 조금 가벼워진 것도 같았다.

천천히 고개를 들어 올렸다. 폰투스에게 고맙다고 인사를 건네자 그는 고개를 가로저었다. 그의 얼굴로 씁쓸한 듯 희미한 미소가 스친 것도 같았다.

"부디⋯⋯."

폰투스가 중얼거렸다.

"기억해 주십시오."

그는 간청했다. 모든 죽어 가는 이들을 가엾게 보아 달라.

문득 스치듯 보았던 혼돈의 신관을 떠올렸다. 그리고 다음 순간 떠올린 것은 수도에서 납치당했던 여성들의 처절했던 모습. 너덜너덜한 채로 서로를 부둥켜안고 울던 모습⋯⋯.

눈을 감았다. 이것이 언젠가 내 모습이 될 거였을까.

"당신만이 잘못된 제국을 새롭게 바꾸리라 믿습니다."

그가 차분하고 단호하게 읊조렸다. 진중한 목소리로.

　　　　　　　　＊　＊　＊

　밤이라 그런지 입김이 하얗다. 보석 같은 별들이 동굴 안 종유석처럼 하늘에 콕콕 박혀 있었다. 새파란 달을 쳐다보던 나는 천천히 고개를 내렸다.

　"조금 춥네."

　"그렇지?"

　루스벨라의 말에 고개를 끄덕였다. 눈앞에는 어둠에 잠긴 건물이 있었다. 낮에는 웅장하더니 밤이 깔린 건물은 으스스하기 그지없다.

　오늘은 루스벨라와 함께 잠입하기로 한 밤이었다. 아마도 건물 어딘가에 있을 비밀 창고에서 약초를 훔쳐 온다고 했지? 습관적으로 주머니를 매만진다.

　문이 잠긴 것 같은데 어떻게 들어가지? 의문은 금세 풀렸다. 루스벨라와 함께 수풀을 헤치고 들어간 곳에는 작은 창문이 있었다. 내 키를 훌쩍 넘기는 높이였고, 루스벨라의 머리보다 살짝 위쪽에 있었다.

　"사람은 도구를 사용하는 법이죠."

　습관적으로 존댓말을 붙인 루스벨라가 아차 싶었는지 작게 웃었다. 그러더니 수풀 사이를 뒤져 작은 상자를 가져왔다. 정사각형의 상자는 발판으로 쓰기 딱 좋았다.

　"어쩐지 능숙해 보이는데."

　먼저 발판에 올라서 창문을 여는 루스벨라를 보며 중얼거렸다. 그녀는 창문을 열다 말고 고개만 돌려 생긋 웃었다. 싱그럽기 그지없는 낯이었다.

　"내가 살던 곳에 커다란 울타리가 있었어요. 아니, 있었어."

"울타리?"

"응. 종종 올라가곤 했는데. 어릴 때 나는 작은 편이어서 이런 발판을 가지고 나와서 올라가곤 했어."

그녀는 나를 보며 눈을 깊게 휘었다.

"아마 그때는 아실리만큼 작았을 거야."

나는 새삼스런 눈으로 그녀를 바라봤다. 작았다고? 신기하네. 지금의 그녀는 평균 키를 웃도는 늘씬한 체형이었다. 어쩐지 희망을 얻는 기분이다.

<당신의 각성은 머지않았습니다.>

만약, 각성하게 되면 나도 이렇게 클 수 있는 걸까. 뭐 솔직히 큰 기대는 없지만. 이런 생각을 하는 까닭은 친모인 아올레시아가 평균에 조금 못 미치는 가녀린 체구였기 때문이었다. 그녀를 닮았다면 기대를 크게 하지 않는 편이 좋을지도. 아니다. 혹시 몰라. 얼굴도 못 본 친부를 닮았을지.

"손잡아 줄게."

어느새 먼저 창문으로 넘어간 루스벨라가 내게 손을 내밀었다. 나는 그걸 물끄러미 바라보다 폴짝 뛰어 창문에 매달렸다. 그리고 손을 잡았다. 그 순간이었다.

욱씬―

뺨이 아려 왔다. 상처가 있는 뺨이었다. 잡은 손에서부터 저릿한 감각이 밀려왔다. 그러나 찰나라 좋을 만큼 짧은 순간에 지나가 버렸다. 정신을 차렸을 때, 이미 창문을 넘어온 뒤였다. 방금 뭐였지? 허리를 펴며 손을 쥐었다가 편다. 파르르. 일기장이 진동하고 있었다.

"뭐야……."

루스벨라가 무슨 일이냐는 듯 쳐다봤다. 나는 얼른 고개를 저었다.

일기장의 진동은 금방 멎었다. 하지만 붉은 잉크가 떨어진 듯 가슴에 진한 파문을 그린다.

이곳에 도착했을 때, 일기장은 나를 루스벨라에게 인도했다. 책 속 주인공 루스벨라를 알고 있던 걸까? 아니면 내 미래와 관련 있기 때문일까? 이곳에 와서 힘을 잃은 일기장은 답이 없다. 아니 제국에 있었더라도 답을 줬을지 모를 일이다. 나는 언제나처럼 혼자 해결하기 위해 머리를 굴렸다.

"여기야. 여기가 약초 창고."

루스벨라의 뒤를 따라가니 금방 창고 입구에 도달했다. 어두운 창고 문을 연 루스벨라는 길을 잘 알고 있는 모양인지 각가지 서랍과 바닥에 널린 재료들을 피해 구불구불 얽힌 길을 잘 걸어갔다. 달빛에 의지해 가까스로 루스벨라를 따를 때였다.

멀리서 발자국 소리가 들렸다. 낮은 웅성임도 함께였다.

"아, 지루하다 정말."

"그러게. 순찰한다고 뭐 볼 게 있긴 하나. 그냥 창고인데."

꽤 낮고 중후한 목소리. 아마도 순찰하는 남자들인 듯했다. 나는 얼른 루스벨라의 손을 잡아당겨 구석으로 몸을 밀어 넣었다. 그리고 루스벨라의 입을 막고 검지를 들었다. 동시에 문이 달칵 열렸다.

"여기도 이상 없어."

"뭘 문을 열어 보고 그래."

목소리가 멀어지고 있었다.

"뭐 그게 일이니까."

발소리도 함께 멀어진다. 천천히 입술에서 손을 떼어 내자 루스벨라가 놀란 눈을 깜빡였다.

"대단해요. 아니 대단해."

"응?"

"지금 모습이 멋져서!"

루스벨라가 강아지 같은 눈을 예쁘게 휘었다.

"내가 아실리 나이에는 못했거든요. 용감해. 멋져."

가까이서 본 루스벨라의 눈은 동그랗고 컸으나 순한 인상을 풍겼다. 이렇게 무방비하게 휘어지니 더욱 그랬다. 나는 눈을 깜빡이며 데구루루 옆으로 굴렸다.

"그러고 보니 루스벨라는 몇 살이야?"

"몰라요."

"어?"

나는 다시 고개를 돌렸다. 루스벨라가 눈을 장난스럽게 접었다.

"내가 몇 살에 주워졌는지 모르니까요. 양부모님이 정해 준 생일로 보면 열아홉 살이지만. 진짜 나이는 몰라요."

"아……. 말 편히 해."

"아, 응. 자꾸 까먹네."

달빛에 드러난 그녀의 낯이 무척이나 예쁘달까. 화사한 미소에 뭇 이성들이 홀딱 넘어가는 이유를 알 것 같았다.

"다 왔어."

루스벨라가 나를 데려간 곳에는 커다란 책꽂이가 있었다. 약초학 서적인지 책꽂이에는 책이 한가득 꽂혀 있었는데 루스벨라가 책 중 하나를 당겼다. 반쯤 빼고는 그걸 잡고 잡아당기자 신기하게도 책꽂이가 문처럼 스르륵 열리는 것이 아닌가. 여기에 대해 몰랐던 것은 아니지만 책 속 장소를 그대로 보게 된 것에 생경함을 느꼈다.

"신기하죠?"

여전히 존대를 섞어 사용하는 루스벨라가 놀란 나를 보며 생긋 웃었다. 그리고 함께 들어간 곳은 아주 작은 방이었다.

비밀의 방치고는 조금 조잡하고 낡은 느낌이었다. 꿉꿉한 먼지 냄새마저 느껴지는 이곳은 책 속 주인공들이 사랑을 속삭이던 장소였다. 둘이 들어가면 딱 들어차는 아득한 공간. 작은 창문에서 쏟아지는 달빛이 시리도록 눈부셨다.

"……이런 곳은 어떻게 알았어?"

알고 있지만 물었다.

"오래전 약초학 최고 학자님이 만들어 놓고 잊은 곳이래. 귀한 약초가 가득하지만 아무도 몰라서 사용하지 못 한다고 아는 선배한테 들었어."

그 '선배'란 스쳐 가는 조연 중에 하나일 것이다. 제 사랑을 받아 주지 않는 그녀에게 해코지하려다 남주에게 몰래 처리당하던가.

새록새록 책의 장면이 떠오르기 시작했다. 그녀는 이 장소에서 남주를 구할 귀한 약 '넥타르'의 약초를 얻기도 했다. 나는 선명하도록 떠오르는 장면에 눈을 찌푸렸다.

"혹시 네가 사랑하는 사람도 아팠어?"

내 물음에 잠시 눈을 동그랗게 뜬 루스벨라가 이내 흰 꽃처럼 예쁘게 웃었다.

"아팠었지."

그러더니 고개를 기울이며 물었다.

"그런데 그건 왜 물어보는 거야?"

"어?"

아차, 싶었다.

"아. 문득 물어본 거야. 너도 내게 사랑하는 사람이 있었다고 했잖아. 약이나 약초에 대해서도 참 잘 알고. 무엇보다 넥타르에 대해서도 잘 알잖아."

나는 고개를 살짝 숙였다.

"내가 사랑하는 사람이 아픈 사람이니까. 너도 그런 적 있나 해서."

"그렇구나."

잠시 뒤 약초를 한 아름 챙긴 루스벨라와 함께 복도로 나섰다. 곧바로 약을 만들어 주기로 했다. 약을 만드는 데는 불이 필요하므로 비밀 창고는 약을 만들기에 용이하지 않아서였다.

"이쪽으로 가면 빈 화장실이 있어. 낡아서 아무도 쓰지 않는 곳이야."

"잘 아는구나?"

"응!"

루스벨라가 커다란 눈을 반으로 접어 장난스럽게 속삭였다.

"아주 많이 가 봤으니까."

돈을 아주 많이 들인 건물답게 낡았다는 화장실조차 무척이나 넓다. 솔직히 내 눈에는 멀쩡해 보였다. 내 궁보다는 훨씬 멀쩡한데? 새삼 황녀의 처우가 얼마나 열악했는지 깨달으며 루스벨라 옆에 털썩 주저앉았다.

"이상하네. 밤의 경비는 아주 삼엄하다고 들었는데."

루스벨라가 동의한다는 듯 끄덕이며, 고개를 갸웃했다.

"보통은 삼엄한 편이야. 그런데 이상하긴 해. 오늘은 순찰이 느슨한 느낌이었거든."

"그래?"

"응. 운이 좋았나 봐. 아실리."

책 속 루스벨라는 사랑스럽고 아름다운 아가씨였다. 누구나 한번 보면 해바라기처럼 열렬한 사랑에 빠지고야 마는 태양 같은 아가씨.

그녀의 묘사를 떠올리며 한창 약을 만드는 데 열중하는 루스벨라를 찬찬히 훑었다. 그녀는 가지런히 놓인 약초를 잘게 썰거나 다져 작은 냄비에 털어 넣었다. 그녀는 종종 이곳에서 실험하곤 했단다. 그래서인지 장비는 모두 갖춰져 있었다.

"황궁은 어떤 곳이야?"

"응?"

작은 냄비에서 보글보글 김이 오르고 있었다. 루스벨라는 나를 보지 않고서 말했다.

"아실리는 황녀님이잖아. 궁금해서."

"……별건 없어. 있더라도 네가 생각한 것과 전혀 다를 거야."

"왜?"

암. 돌이켜 보면 내 생활은 아마도 그녀가 상상한 꽃 같은 나날과 큰 차이가 있을 거다.

나는 피식 웃고는 턱을 괸 채 중얼거렸다.

"난 버려진 황녀였으니까."

처음부터 내 처지는 고정되어 있었다. 표본처럼 박제처럼 황궁에 고정된 불우한 처지의 황녀. 정작 나는 버려진 것에 안타까워하지도 슬퍼하지도 않았지만. 만족했다. 그저 평범하면 만족했을 그런 삶. 그랬는데 어느 순간부터 내 삶은 폭풍에 휘말렸다.

루스벨라가 잠시 어쩔 줄 모르는 얼굴을 했다.

"저, 괜한 걸 물었나 봐. 미안해."

"아니야. 이렇게 말했지만 나름 괜찮은 생활을 했어. 좋아해 주는 오빠도 있었고. 좋은 사람도 있었고…… 한때는 힘들기도 했지만."

책 속 루스벨라가 주요 인물을 바라보며 늘 묻는 말이 있다. '당신은 행복하신가요?' 책 속 그녀는 행복을 찾아 스스로 여정을 떠났고 긴 여정에서 묻고 답했다.

"아실리……. 음. 그럼."

루스벨라가 천천히 고개를 내렸다.

달빛을 깎아 내 만든 조각처럼 미려한 낯이 내게로 떨어진다. 순진하리만치 말간 금빛 눈동자가 이쪽을 향했다.

"지금은 행복해?"

책 속 주인공. 어쩌면 이세계의 주인공이 내게 물었다.

행복하냐고.

"글쎄."

나는 어깨를 살짝 으쓱 추어올리며 웃었다.

행복이라. 오랫동안 내게 그 이름은 무지개 설화와 같았다. 무지개 저 끝에는 보물이 묻혀 있대. 하지만 그 누구도 찾은 적 없고 본 적 없는 보물. 평생 그 보물을 찾아다닌 나그네가 나였다.

행복하냐고……. 이전의 내게 물었다면 나는 당연히 아니라고 했을 것이다.

"너무 뜬금없는 질문이네."

하지만 이젠 억지로라도 말해 보고 싶다.

"행복해."

죽고 또 죽어 죽음을 한없이 반복했던 날보다는 행복해.

"더 행복해지고 싶고."

그리고 마침내 모든 걸 마무리 짓고 나서, 나는.

"행복해질 거야."

아침에 일어나는 것이 괴롭지 않은 아침. 행복한 아침을 맞이하고 싶어. 더는 괴롭지 않고 싶다고. 루스벨라에게 미처 말하지 못한 진심을 속으로 중얼거렸다.

"그렇구나……."

루스벨라는 활짝 웃었다. 잠시 역광에 잡힌 얼굴이 보이지 않았다.

"앞으로도 그랬으면 좋겠다."

무어라 콕 집어 말할 수 없는 기시감에 루스벨라를 바라보면 그녀는 나를 보고 있지 않았다. 뭐였지? 마침 냄비가 다 끓었다며 아래를 바라보는 얼굴은 이쪽에서 보이지 않았다. 잘못 본 건가.

"완성됐어!"

루스벨라가 플라스크같이 생긴 병을 내밀었다. 병 속에서 회색 액체가 찰랑이고 있었다. 막 손을 대려 하자 루스벨라가 자신의 쪽으로 끌어당겼다. 의아함에 고개를 들면 루스벨라가 마치 장난감을 문 강아지처럼 눈을 빛내고 있었다. 잠시 금색 눈동자에 움찔했다가 응시한다.

"신기한 걸 보여 줄까?"

조곤조곤 속삭인 루스벨라가 내 손목을 가지런히 잡았다. 그 순간 묘한 감각이 손에서부터 찾아왔다. 그리고 다시 사라진다. 루스벨라는 제 손을 떼어 내며 쥐고 있던 잎을 보여 주었다.

"사실 난 넥타르를 딱 한 번 만들어 본 적 있어요. 이 레시피를 발견했을 때예요."

다시 존댓말로 돌아온 루스벨라가 낮게 속삭이고 나는 천천히 끄덕였다.

"그때도 마지막에 이 수선화 잎을 넣었는데 신기한 일이 일어났죠."

그녀가 천천히 잎사귀를 병 안으로 집어넣었다.

"넥타르의 마지막 공정은 이 잎사귀를 넣는 거거든요."

잎사귀가 회색 액체에 사르르 녹을 때였다. 그냥 녹는 거 아닌가? 대수롭지 않게 지켜보던 그때 회색이던 액체가 차차 물들었다. 액체를 물들인 색은 찬란한 금색이었다. 놀라 그녀를 바라보면 나는 더욱 눈을 크게 떴다.

"신기하죠? 이렇게 빛이 나요. 왜일까요?"

그녀의 금색 눈동자엔 호기심과 뿌듯함이 가득했다. 나는 천천히 입을 떼었다. 확실히 무채색이 오롯이 금빛으로 물드는 과정은 신기하긴 했다.

"레시피도 이런 내용이야?"

"네. 그런데 이렇게 반짝반짝 빛이 난다는 말은 없었는데……. 이 내용은 소실된 건가 싶어요."

"말 편히 하라니까."

"아. 맞다."

루스벨라가 배시시 웃었다.

"그랬지."

그러고는 그녀는 다시 병을 뿌듯하게 바라봤다. 그러나 왜일까 병을 바라보는 루스벨라의 표정이 차차 굳었다. 왜? 그녀는 짐짓 심각한 낯이 되었다가 고개를 들었을 때, 울상을 지었다.

"어, 어떡하죠. 아니 어떡해, 아실리?"

"왜 그래?"

"한 가질 간과했어……."

미간을 찌푸리는 그녀를 다독이며 이유를 물었다.

"이 약, 효과를 보려면 한 시간 내에 마셔야 해. 아……. 처음 만들었을 때는 무심하게 지나쳤던 사실이라 이제야 생각났어."

루스벨라가 병을 든 채 안절부절못하며 말했다. 무슨 소리야. 처음 듣는 얘기다. 책 속에서는 그저 루스벨라가 넥타르란 약을 만들어서 남주에게 주었다고……. 아, 루스벨라는 제조한 즉시 줄 수 있었구나.

나는 까맣게 몰려오는 어둠에 잠시 눈을 감았다가 뜬다.

"그 사람이 이곳에 올 수 있어?"

"없지."

갇혀 있는 사람이니까.

"아……."

루스벨라는 더욱 어쩔 줄 모르는 표정이 되었다. 그러나 그것도 잠시 고개를 든 그녀는 곧 결연한 표정에 휩싸여 있었다. 해일이 와도 단단할 것 같은 낯. 그녀에게서 나온 말은 지극히 주인공다웠다. 선량하고 심성 고운.

"그럼. 내가 제국에 함께 갈게."

"뭐?"

나도 모르게 반문했다.

"네가 사랑하는 사람이 죽어 간다고 했잖아. 도울게."

"제국에 오겠다고?"

제국이 네게 얼마나 위험한지 모르면서? 눈이 파르르 떨렸다. 책 속 내용대로라면 제국에서 기다리는 것은 카스토르의 집착뿐이다. 정말 본편대로 이어질지는 모르겠지만, 어쨌든 내용대로라면 그녀를 기다리는 것은 가혹한 시련이다.

나는 떨리는 입술을 꾹 깨물었다가 놓으며 물었다.

"……어째서 그렇게 하는 거야?"

그 말에 고아한 색을 품은 눈동자가 깃털처럼 길게 깜빡인다. 루스벨라는 잠시 망설였다. 그녀는 순진하게 미소했다.

"같은 고향 사람이잖아."

무어라 할 말을 잃고 입술만 달싹였다. 뭐라고 대꾸해야 좋을지 모르겠다. 지금 루스벨라를 데려가는 건 책 속 내용과도 다를 뿐 아니라 그녀를 시련 속으로 끌어들이는 일이었다.

이미 나는 책 속의 많은 내용을 틀어 놓았으므로 책 속과 달라지는 건 상관없었다. 그렇지만 루스벨라가 제국에 오는 건 다른 얘기잖아. 지금까지 내가 바꾼 건 레베카와 아하시야 같은 조연의 삶이다. 그런데 루스벨라는? 이 세계의 커다란 줄기였다.

하지만 루스벨라를 데려가지 않으면 아모르는 죽을지 모른다. 떠나기 직전 치료 신관이 고비라고 하지 않았던가. 어쩌면 본편처럼 많이 아프긴 해도 루스벨라가 원래대로 남주와 나타날 때까지 살아 있을지도 모른다. 그러나 나는 '어쩌면'이라는 가정에 아모르의 목숨을 맡기는 어리석은 짓은 하고 싶지 않다.

이윽고 내가 입을 떼려 할 때였다.

두두두. 심상치 않은 발소리가 들렸다. 나는 깜짝 놀라 뒤를 돌아봤다. 소리가 아주 가깝다. 발자국 소리가 이렇게 가까워질 때까지 몰랐다니.

"대체 누구지. 우리가 이곳에 있다고 아는 것 같아."

이건 저쪽에서 일부러 숨겼다는 이야기였다. 흘끗 보자 루스벨라도 마찬가지로 놀란 얼굴이었다. 문이 열리고 한 무리의 사람이 등장했다. 수는 다섯. 회색 로브가 낯설지 않았다. 혼돈의 신관.

나는 그들의 등장에 눈을 찌푸렸다. 그중엔 나를 아벨에게 데려가기 위해 기절시켰던 이도 있었다.

"헉, 헉, 헉…… 황녀님……."

중년 여자가 내 얼굴을 보더니 화색과 함께 얼굴을 잔뜩 흐렸다. 그러고는 성큼 다가와 무릎을 굽혔다.

"아룁니다. 황녀님!"

"순찰대가 느슨한 거 당신들 때문이었어?"

"네. 네! 온 학교를 뒤져 황녀님을 찾고 있었습니다!"

나를? 이 시간에? 오늘 잠시 외출한 건 데인에게 얘기를 해 뒀는데 어째서? 인상을 찌푸리며 그녀를 바라봤다.

"큰일…… 큰일 났습니다!"

중년 여성은 짧은 시간에 수차례나 입을 달싹였다.

이윽고 잔인한 선고가 떨어졌다.

"제국에서 반란이 일어났다고 합니다!"

뭐?

"반란이라니? 그게 무슨 소리야."

그러자 중년 여성이 고개를 아래로 떨어트렸다. 흡사 하기 힘든 말을 억지로 하려는 사람처럼 급박한 어조 사이에 느린 숨이 끼어들었다.

"반란은 실패로 돌아가……."

마침내 숨을 삼키며 속삭였다.

"주모자인 2황자와 6황자가 사로잡혔다고 합니다."

19.5 아올레시아

깊은 밤, 소녀는 밤을 한눈에 담았다. 그러나 그녀가 보고 있는 것은 자욱한 별빛을 그린 하늘이 아니었다.

"황가의 방계 자손이라."

그녀가 고개를 기울였다.

"방계는 존재 자체가 금지된 걸로 아는데요……."

이곳은 테레나 궁. 웬 낯선 이들이 아올레시아의 궁에 들어온 것이 조금 전이었다.

"이렇게 찾아온 것을 보아선, 이 궁이 비어 있는 줄 아셨나 보네요."

"아아."

분명 그녀의 앞에 선 여자는 제국 제일의 검이라 불리는 마리사였다. 휘날리는 붉은 머리가 그 증거였다.

"실수인 것 같네."

아올레시아가 시선을 마리사의 뒤로 옮겨 당황해 눈을 데구루루 굴리는 여자를 바라봤다.

"반란이라도 도모할 생각인가요?"

아올레시아가 손끝으로 검을 밀어냈다. 그러고는 눈을 내리깔며 맑게 미소했다. 고갯짓을 따라 자색 은발이 달빛에서 요요한 빛을 드러냈다.

"안타깝지만 버려진 궁에도 주인이 생겼답니다."

모두가 버려진 궁이라 알고 있는 테레나 궁은 얼마 전 새 주인을 맞이했다. 바로 아올레시아 그녀였다. 황제의 명으로 고향에서 억지로 끌려와 갇힌 「죽음의 후계자」를 모르는 건 그 자리에 없던 사람뿐이다.

"1황녀님. 처음 뵙는군요."

가령, 월터 왕국으로 잠시 떠나 있던 1황녀라거나.

아올레시아는 천천히 고개를 돌려 1황녀의 옆에 서 있는 남자를 바라보았다.

'타국으로 떠났던 1황녀와 그녀가 데려온 남자는 방계손 「주신의 후계자」라…….'

저 남자는 다름 아닌 금기시된 방계 황손이었다. 미미하게 느껴지는 주신의 힘이 증거였다.

'아무리 봐도 반란 말고는 생각할 수가 없는데.'

남자의 머리는 금발이지만 색이 바랬다. 얼핏 황가의 상징인 고운 금발을 연상시켰으나 황제가 가진 찬란한 것과는 대비되는 색이었다.

또한 실루엣이 황제와 닮았지만 자세히 보면 이목구비가 조금 다르다. 어둠 속에서도 선명하게 보이는 옆모습을 바라보며 아올레시아가 눈을 얼핏 찡그렸다.

저 남자는 황족이었을 누군가의 자손이 분명했고 제국은 방계 혈통을 엄격히 금지하고 있다. 이 말인즉 1황녀는 감히 존재해선 안 될 자를 데려온 것이다.

"아, 저, 바, 반란, 반란?"

이름 모를 남자의 입이 멍하니 벌어졌다. 한편, 1황녀는 이미 당황을 벗어던진 지 오래였다. 무엇이 그리 즐거운지 함박 미소를 띠었다. 마리사가 말리거나 말거나 뚜벅뚜벅 걸어온 1황녀가 아올레시아의 손을 잡았다.

"어떻게 알았니? 맞았어! 난 반란을 일으킬 거야."

"황녀님!"

아올레시아가 놀라 1황녀의 얼굴을 바라봤다. 그녀의 시선 끝으로 마리사가 홱 찡그리며 이마에 손을 얹는 모습이 걸렸다. 의도한 소리는 아니었다는 소린가.

"너 정말 똑똑하다!"

짐짓 입꼬리를 끌어 올린 1황녀가 아올레시아를 잡고 있는 손을 아래위로 크게 흔들었다. 그 행동은 아올레시아가 당황하거나 말거나 계속되었다.

"……진심인가요?"

아올레시아가 겨우 충격에서 빠져나와 겨우 물었다. 인상을 잔뜩 찌푸린 낯이었으나 무척이나 고왔다. 이에 1황녀가 작게 감탄을 토해 내며 말했다.

"진심이면 좋겠어?"

아올레시아가 침묵하자, 1황녀는 크게 미소했다.

"하하하. 물론 농담이야."

그녀는 곧 소리 내어 웃었다. 얼굴에 걸친 유리알이 달빛을 반사하며 푸른빛을 띠었다. 1황녀는 제국민은 사용하지 않는 월터의 물건을 얼굴에 걸치고 있었다. 안경이었다.

"하지만."

1황녀의 동그란 유리알 안쪽에 찬연하게 빛나는 눈동자가 자리해 있었다.

"언젠가 실현할 진심이기도 해."

홍채 속에서 가늘게 일렁이는 금빛 사선, 그것은 참으로 예쁘고도 경이로운 빛이었다. 아올레시아는 당황을 드러내지 않기 위해 애썼다. 말도 안 되는 이야기를 들었으니까.

'도대체……. 지금 이건 제정신으로 하는 말일까?'

이미 1황녀가 「주신의 후계자」 라는 것은 아올레시아도 알고 있다. 하지만 모든 이들이 알다시피 황녀는 황위를 이을 수 없다. 이것은 법과 정의의 신 테미스가 수호하는 지엄한 국법으로 정해진 일, 그러니 이 황녀가 무슨 말을 하는 것인지 뜻을 알 수 없었다.

'황녀가 반란이라니.'

또한 제국엔 적법한 후계자가 이미 있었다. 아홉 살 난 카스토르의 힘은 날로 강해지고 있었으며, 강력한 후계자가 있는 이상 1황녀의 계승권은 없는 것이나 마찬가지였다. 아올레시아가 눈을 가늘게 찡그렸다.

"그러는 너는 「죽음의 후계자」 . 맞지? 죽음의 신전의 단 하나뿐인 후계자. 그렇지 않아도 네가 수도에 왔다는 이야긴 들었어."

1황녀가 끄덕일 새도 없이 바로 이어 말했다.

"아바마마가 널 여기 가둬 둔 모양이구나? 넌 인질이겠지."

"……글쎄요. 황제께서 저를 왜 인질로 두시겠어요?"

아올레시아는 태연하려 애썼다.

"왜겠어. 「죽음의 후계자」는 「주신의 후계자」에게 맞설 수 있는 유일한 신관이니까 그런 것이겠지. 무엇보다 지금은 사라진 죽음의 신은 본래 주신 다음가는 2등위 신이었잖아? 주신이 유폐해 버렸지만."

"금기된 역사를 읊으심은 옳은 일이 아니라 생각됩니다."

"들었어. 죽음의 신전에 강력한 후계자가 태어났고, 그게 여자란 걸 말이야. 그래서 데려왔다지? 죽음의 신전을 견제하기 위해서 말이야."

그러나 1황녀는 아올레시아의 차분한 목소리에도 아랑곳 않았다. 아올레시아가 생각하기로 1황녀는 자신의 말만 좋을 대로 하는 사람인 듯했다.

"아바마마는 제국이 어지러워지는 걸 경계하는 분이니까."

아올레시아가 눈치챈 것처럼 1황녀 또한 그녀의 정체를 알아챘다. 그리고 그녀가 여기에 갇히듯 머물게 된 이유까지도 말이다. 아올레시아가 만만찮은 사람이라고 생각할 때, 1황녀가 손을 놓았다.

"근데 네 예상은 틀렸어. 우린 대단한 반란 모의씩이나 하려고 온 게 아니야. 셋이서 반란이라니 우습잖니."

1황녀의 동그란 눈이 휙 접혔다.

"그저 저 애에게 황궁을 구경시켜 주려고 잠시 들어온 거고, 금방 나갈 생각이었어. 아무리 나라도 이건 위험하거든."

1황녀가 씨익 웃고는 아직도 멍하니 서 있던 남자를 아올레시아의 앞으로 끌고 왔다.

"자자, 너도 인사해. 아실론. 전에 말한 적 있지? 보라색 눈동자는 어떤 신관이라고?"

"주, 죽음의 신관?"

남자가 더듬더듬 말했다. 꽤나 듣기 좋은 음성이었다.

"좋아. 누나의 가르침을 잘 배웠구나. 빨리 인사하렴."

"아, 안녕하세요."

1황녀에게 떠밀린 남자가 인사를 건넸다. 아올레시아가 천천히 고개를 들었다.

"그, 저, 아실론이라 하고, 평민이라 성은 없습니다."

귀로 내려앉은 음성은 나지막하니 노래하듯 편안한 음성이었으나, 그녀가 듣기에도 잔뜩 얼어붙은 목소리였다.

"그리고 1황녀님과는 아주아주 먼 친척……입니다."

달빛을 배경으로 역광을 쬔 남자의 실루엣이 점차 아올레시아의 시야로 들어왔다. 가까이서 남자를 본 아올레시아는 놀라고 말았다.

그는 얼어붙은 목소리로는 상상 못했던 외모를 지니고 있었다. 축 아래로 처진 눈동자는 촉촉했고, 이목구비가 조화로웠다. 다시 말해 흠잡을 데가 없다고 할까. 뛰어난 미인들이 많다는 미와 사랑의 신관들에 익숙해진 아올레시아조차 인정할 만큼 말이다.

"방계라는 거죠?"

"네? 네네."

꼼꼼히 뜯어보니 남자다운 것보다는 귀엽다는 느낌에 가까웠다. 이건 퍽 사내답지 못한 태도 때문이기도 했고, 또 고양이처럼 축 내려간 눈꼬리 때문이기도 했다. 거기다 눈동자는 금색과 갈색이 섞인 오묘한 색이다.

'흐응……. 억울한 표정을 잘 지을 것 같은 얼굴이네.'

아올레시아가 조금 엉뚱한 생각을 했다.

"저기……."

남자가 아올레시아를 바라보았다. 그러나 그는 곧 자신을 당당히 바라보는 아올레시아의 시선에 다시 고개를 푹 숙이고 말았다.

"말씀하세요."

아올레시아는 달빛 아래 남자의 얼굴이 상당히 붉다는 것을 알았다.

"그, 저는 평민이니 말은 편히……."

왜일까. 남자가 그녀와 눈을 마주친 순간 귀까지 잔뜩 붉혔다.

"대화에 성은 필요치 않다 생각해요."

"네?"

"신분에 연연하지 말라는 이야기예요."

본래라면 황족인 저쪽이 윗사람이나 금기된 존재니 아올레시아가 높은 쪽이 맞았다. 그러나 이런 건 그녀에게 하등 상관없었다. 우물쭈물한 태도는 그녀가 딱 싫어하는 쪽에 가까웠지만, 어쨌거나 아올레시아도 예의를 담아 소개했다.

"반가워요. 아올레시아입니다. 죽음의 신전 후계자예요."

그렇게 아올레시아가 예의상 미소한 순간이었다.

남자의 얼굴이 붉게 물들었다. 아올레시아는 신기한 순간이라 생각했다. 마치 시간이 되감아진 것처럼 천천히 느리게 지나가는 이 순간이, 남자의 뺨과 귀를 걸쳐 물들이는 붉음이 꼭 봄에 흐드러진 꽃과 같다 생각할 때.

"저, 저!"

"……네?"

덥석. 남자가 들어 올린 손으로 그녀의 손을 잡았다. 그가 굳은 낯으로 아올레시아를 응시했다. 덩달아 긴장한 아올레시아가 눈을 크게 깜빡였고, 이내 남자의 모양 좋은 입술이 떨어졌다.

"저와 결혼해 주세요!"

돌이켜 보면, 아올레시아가 진심으로 웃을 수 있던 시간은 진정한 친우와 만났을 때.

"야, 이 미친놈아!"

"꺄악! 마리사, 때리지 마!"

그리고 그를 사랑했던 때였다.

* * *

"황제가 황녀를 리프예국으로 보냈다고 들었습니다."

아올레시아가 천천히 고개를 들었다. 동시에 눈앞을 가득 메우던 그리운 얼굴이 사라지고, 대신 그곳에 단아한 여성의 얼굴이 자리했다.

"그곳에는 눈과 바다의 신관이 있지 않습니까?"

눈앞에는 6황비 이오스테가 있었다.

"그렇지요."

아올레시아는 마치 아무것도 떠올리지 않았다는 듯이 이오스테를 향해 빙긋 미소했다.

"눈과 바다의 대신관은 그대와 연관이 깊은 자로 알고 있습니다."

"그런가요?"

이오스테는 한때 불카누스란 대신전의 후계자였던 자로 뛰어난 두뇌와 눈치를 가지고 있었다. 그러니 많은 것을 짐작했을지도 모른다.

"이오스테께서는 제가 일부러 황녀를 눈과 바다의 신관에게 보냈다 생각하시는군요."

"네. 그자는 한때 당신을 열렬히 사모했던 자였으니까요."

수천 년 전부터 죽음의 신전과 눈과 바다의 도시는 각별한 교류를 나누었다. 그들의 신들이 서로 무척이나 가까운 사이였기 때문이었다.

　지하를 다스리는 죽음의 신은 주신과 형제로 그와 대등하게 여겨지는 존재였다. 눈과 바다의 신은 죽음의 신에게 충성을 맹세했다. 이런 군신 관계는 신관 사이에도 이어져 눈과 바다의 신관은 늘 죽음의 신전에 충성을 다하곤 했는데, 눈과 바다의 대신관 폰투스라면 죽음의 신전에 유달리 더 충성했던 자였다.

　'유명했지.'

　그자가 아올레시아에게 푹 빠져 앞뒤 가리지 않고 구애했던 사실은 소문에 무지한 이오스테도 알 정도였다.

　'물론 20년도 전에 이야기지만.'

　아무튼 간에 이 시기에 황녀를 밖으로 내보내다니, 황제의 명이라고 하나 이오스테는 믿지 않았다.

　"이대로 황녀를 멀리 떠나보낼 생각이십니까?"

　황제를 제 손 안에 두고 좌지우지하는 여자다. 수를 쓰지 않았을 리가 없다. 그러나 아올레시아는 미소만 깊이 지을 뿐 도통 입을 열질 않았다. 이오스테가 눈썹을 조금 치켜세웠다.

　그녀가 참지 못하고 입을 떼어 내려 할 때, 아올레시아가 나긋나긋하게 말했다.

　"당신은 어떤가요? 황녀가 멀리 떠나길 바라나요?"

　아올레시아의 목소리는 이성을 유혹하듯 녹진했지만, 물기 마른 모래처럼 어딘가 건조했다.

　"글쎄요. 가능하다면."

　이에 이오스테는 잠시 생각에 빠졌다. 아실리 로제, 그 어린 황녀. 비록 자주 얼굴을 본 것은 아니나 오래도록 곁에서 돌본 아이였다. 자주 보지 않은 까닭은 소녀를 보면 여러 감정이 교차했기 때문이었다.

"이곳에서 비극을 맞이하는 편보다는 낫다 여겨집니다."

"당신답네요, 이오스테."

"허어. 그건 무슨 뜻이십니까?"

이오스테가 느릿하게 시선을 돌려 아올레시아를 응시했다. 그녀의 얼굴엔 단아하지만 무시할 수 없는 위엄이 서려 있었다. 사실 누구든 그녀의 얼굴을 본 순간 6황자 플뢰온의 눈매가 누구에게서 온 것인지 알아차리곤 했다. 정작 이오스테는 플뢰온을 보며 오래전 황제의 손에 죽은 그녀의 오라비를 떠올렸지만.

"그저 당신은 누구에게도 정을 주지 않으니 다른 이에게는 가차 없이 말했으려니 하는 거랍니다."

그러나 날이 선 시선임에도 아올레시아는 그 시선을 차분히 받아넘 겼다. 오히려 여유롭게 웃어 보이며 이리 말하기까지 했다.

"그대는 그대의 아이에게도 정을 내어 주지 않는 사람이니까. 황녀를 아끼는 그대의 마음이 느껴졌어요."

그건 타인의 호의를 믿지 않는 이오스테의 성격을 꿰뚫는 말이었다. 이오스테가 이내 눈을 깔았다. 그녀는 말을 할까, 여기에 대해서 고민 했다. 곧 이오스테가 천천히 고개를 들었다. 그러고는 말했다.

"남 일같이 말씀하지 마십시오. 황녀는……. 그대의 딸입니다."

"그런가요?"

이오스테가 차분하게 아올레시아를 올려다보았을 때, 아올레시아는 변함없는 얼굴로 미소하고 있었다. 그것이 조금 차갑게 느껴지기도 했다.

"그것은 부정할 수 없는 사실이긴 해요."

그 말에 이오스테는 자신도 모르게 입술로 한숨 같은 긴 숨을 토해 냈다. 그러고는 눈을 느리게 깜빡였다.

'어째서 이름을 부르지 않는 겁니까.'

그녀는 한탄하는 동시에 감탄했다. 지금 이 감탄은 눈앞의 여자가 몹시도 아름다웠던 탓이다.

미와 사랑의 여신의 신관이 가장 아름답다 하더니…… 아침의 유리를 조각내 심어 둔 것처럼 은은한 은발은 마치 누구도 밟지 않은 새하얀 설원을 보는 기분이었다. 달빛을 조각조각 썩둑 썰어 곳곳에 숨겨 둔 것일까. 신비로운 매력이 가득한 사람이었다.

'때로…… 너무 아름다운 것은 슬픔을 불러오는구나. 이것은 내가 그녀의 연유를 알기 때문인가.'

그러나 이오스테가 느끼기에 아올레시아의 아름다움은 생기가 사라진 식물이었다. 누군가 허락 없이 뽑아 버린 나무, 죽어 버린 인형. 그래, 섬세하게 만들어진 유리 조형물 같았다. 그리고 이오스테는 이런 느낌을 알고 있었다.

평생 스스로를 바라보며 느꼈던 것과 같았으니까.

"아올레시아. 나는 그대가 시키는 대로 무엇이든 했습니다."

자신의 두 손을 응시한 이오스테가 조소했다.

"그 아이의 교육부터 그 아이의 내성의 일. 또한 연회에 참석하지 않아도 되도록 뒤를 알게 모르게 봐주었습니다. 내가 찾지 못하기에 내 아이가 정을 붙이게 했습니다."

"네. 그러했지요, 이오스테."

이오스테가 잠시 망설였다. 이내 날숨과 함께 진심을 토해 냈다.

"그 과정에서 나도 모르게 그대의 아이를 어여삐 여기고 정을 주었습니다."

오래전 이오스테에게 손을 내민 사람이 아올레시아였다. 황제를 함께 원망하고 미워하자고 그리 말했다. 이오스테는 그 손을 잡았다. 달리 선택할 길이 없었다. 절망스러웠으니까. 그때부터 이오스테는 깊은 절망에서 자신을 건져 낸 여자, 아올레시아가 시키는 것을 그대로 따랐다. 거기엔 아실리 로제에 대한 것들이 전부였다.

"정이라……. 황녀가 그리도 사랑스럽던가요?"

아올레시아는 망치와 모루를 잃고 슬퍼하는 이오스테를 알고 있었다. 위로는 적절했고 충성스러운 그녀를 얻었다. 이젠 그녀도 이유를 들을 차례였다. 이오스테가 꼿꼿이 등을 세운 채, 아올레시아의 답을 기다렸다.

"모든 걸 잃은 그대에게 채워질 만큼?"

아실리 로제는 분명 그녀의 아이임에도 아올레시아는 딸의 이름을 부르지 않았다. 이오스테가 느끼기에 이것은 억지로 정을 떼 놓으려 하는 노력의 일환으로 보이다가도 때론 정말 무감한 것처럼 느껴지기도 했다.

"글쎄요. 사랑스럽다……. 그 표현의 뜻은 모르겠습니다. 하지만 아올레시아."

"네."

"그 아이는 황궁의 유일한 꽃이라 불립니다."

"네. 그러하지요."

지금의 아올레시아의 목소리에는 여전히 제 딸에 대한 어떤 감정도 담겨 있지 않은 것처럼 느껴졌다.

"왜 그 아이는 꽃으로 불려야 합니까?"

"무엇이 잘못되었나요?"

"사람은 그저 가만히 피어 있는 꽃이 될 수 없습니다."

아실리 로제는 태어나면서 이미 많은 것이 정해져 있었다. 전부 아실리 로제의 의사와는 무관한 일이었다. 그녀는 드레스를 입을지 다른 옷을 입을지 자유를 누리지 못했고, 방만하거나 멋대로 굴 자유를 잃었다. 한 마리 우아한 백조처럼 시선과 몸짓을 통제하며, 조신하고 얌전하게 자신을 정제하는 과정을 거쳤다.

"모두가 그 아이를 '꽃'이라 부를 때, 나는 홀로 안타까워했습니다."

"그런가요?"

언젠가 정해진 혼처를 위해 가다듬는 영애들과 다를 것 없는 삶이었다. 창살 없는 뇌옥. 채 여덟 살도 되지 않은 아이가 받는 수많은 교양 수업을 바라보며 이오스테가 느낀 것이었다.

"이런 나의 마음이 곧 당신의 마음이 아닙니까? 나는 당신과 내가 같다고 생각했습니다. 당신 또한 신관이기에 이곳에 끌려와 모든 걸 잃고 황제의 첩이 되지 않았습니까? 그 아이는 황녀입니다. 황녀가 걸을 길이 우리와 무엇이 다릅니까?"

이미 오래전 황제에게 찬란한 미래를 잃었다. 그때 모든 희망을 잃었다. 그녀와 아울레시아는 절망으로 승화된 자들이며 아실리 로제는 잃을 것이 예고된 이였다.

"설사 혼사를 치른다고 해도 황녀의 끝은 제물로 바쳐지는 것입니다!"

이오스테의 고향 불카누스의 신전은 모든 것에서 자유로웠다. 그곳에선 그녀에게 무엇 하나 강요하지 않았다.

예쁜 미소, 하얀 손, 아름다운 드레스……. 전부 이곳으로 오게 되며 강요받은 것이었다. 그리고 변했다. 그녀의 의사와는 무관하게 그렇게 그녀 스스로가 아닌 다른 이가 되었다.

'불카누스에서는 상상도 못했던 일이기에…… 낯설었다.'

아실리에게 느끼는 이것은 그녀가 누군가의 어미이기에 느끼는 걸까? 모르겠다. 그녀는 아실리가 안타까웠다. 그렇다면 이것은 정녕 누군가의 어머니이고 시녀들이 그토록 강요하던 모성애 때문인가?

아니. 이오스테는 그것과는 조금 다르다고 생각했다. 자신은 모정이 없는 사람이다.

'신력을 가진 여자가 죽지 않으려면 황제의 첩이 되는 세상이다.'

아올레시아도 이러한 기분을 알 것이라 생각했다. 억지로 낳은 아이를 사랑해야 하는가? 글쎄, 이오스테는 살아갈수록 모정이란 무엇인지 모르겠다고 생각했다.

"나는 이 제국에 환멸을 느낍니다."

이오스테가 고개를 들었을 때, 청명하고 고운 낯이 바로 앞에 있었다.

"아올레시아, 당신은 그렇지 않습니까?"

그녀는 때때로 아올레시아를 볼 때 인간의 것이 아닌 것처럼 아득하고 아련한 기분이 들었다. 이건 많은 것을 잃은 자만이 공감하는 기분일지도 모른다.

"당신은 지금조차도 말이 없군요. 답답합니다……. 나는, 당신을 처음 만났던 그때부터 지금까지도. 당신이 원하는 것을 모르겠습니다."

이오스테는 제 이마를 손으로 짚었다. 가는 입술 사이로 깊은 한숨이 새어 나왔다. 그러나 가슴 한편에서는 연민과 동정이 일었다. 그녀의 어찌 되어도 상관없다는 초연한 저 표정이 이해 가지 않는 것은 아니었으니까.

"이오스테."

먼 곳을 바라보던 아올레시아가 천천히 고개를 돌렸다.

"미안해요."

낮에 뜬 달처럼 은은한 머리칼이 석양빛을 화사하게 반사했다. 아올레시아가 천천히 입을 떼어 냈다. 유혹하듯 살살 휘던 눈웃음을 지워 낸 낯은 정제된 우물의 물처럼 깨끗했다. 바꿔 말해 속이 훤히 보이는 통처럼 텅 비어 보였다.

"제가 원하는 것은 그대와 크게 다르지 않답니다. 하지만 이것이 그대를 답답하게 만들었을 줄은 몰랐어요."

아올레시아가 손을 가지런히 모았다.

"반란은 순조롭게 준비되고 있나요?"

그 말에 단아하던 이오스테의 표정이 순식간에 찡그려졌다, 그녀가 고개를 휙 치켜올렸을 때, 경계 어린 눈동자가 아올레시아를 향했다.

"알고 계셨군요."

"그럼요. 어찌 모르겠어요."

아올레시아는 새벽별처럼 시리게 미소했다.

"그대가 제게 연락이 뜸해진 순간부터 알게 되었답니다. 기다리는 데 지친 당신이 2황자의 반란에 가담했다는 걸요."

찡그린 표정의 이오스테가 테이블 아래의 손을 쥐었다가 폈다. 모를 거라고 생각하진 않았지만, 이렇게 직설적으로 꺼낼 줄은 몰랐던 탓이었다.

"아. 황제 폐하께서는 아직 모르시니 안심하셔도 좋아요."

이오스테는 황제의 언급에 당황했다.

"당황한 얼굴이기에 한마디 덧붙이자면. 예상하는 건 어렵지 않았답니다. 지금까지 당신은 내가 시키는 대로 무엇이든 해 줬잖아요?"

사실이었다. 이오스테는 아올레시아와 손을 잡은 순간부터 그녀가 시키는 일을 전부 해 왔다. 플뢰온과 아실리가 가까워진 것은 이오스테의 공이었다. 쌍둥이 형과 사이가 틀어진 아이는 여동생에게 집착하듯 정을 쏟아 주었다.

"초조했겠지요."

그러나 그녀는 이 모든 것이 무엇 때문에 하는 것인지 어떤 결과를 바라는 것인지 아무것도 알지 못했다. 깜깜한 어둠을 걷고 있는 것 같았다.

이오스테가 믿었던 것은 아올레시아의 상실감과 증오였다. 지금도 그 믿음은 남아 있었다. 잃은 자만이 믿을 수 있는 확고한 감정이었다.

"어찌 탓을 할까요……. 허무하고, 허탈할 순간에 다가온 기회는 무엇보다 달콤함을 아는 것을요."

하지만 이오스테는 지쳤다. 너무 오랜 세월을 기다렸기 때문이었다. 지쳐 가던 이때 한 줄기 빛처럼 다가온 2황자의 제안은 사막을 방황하던 방랑자에게 떨어진 한 줄기 물처럼 아찔하도록 달콤했다.

<반란을 도와주시겠습니까? 모든 것은 준비되어 있습니다.>

그 명단을 보았을 때 이 정도면 어쩌면……. 하는 생각이 들었다. 강력한 신관이 한데 뭉쳤으니까. 사실 그 순간에도 아올레시아가 떠올랐다.

'그녀는 황녀를 보며 무슨 생각을 했을까.'

이오스테가 정말로 아올레시아의 뜻을 몰랐던 것은 아니었다. 이오스테는 영리했기에 아올레시아의 뜻을 알아차렸다. 그녀가 바라는 것은 너무나 이상적이었지만, 한편으로는 바라게 되는 것이며 어쩌면 이오스테가 죽기 전 꼭 한 번 보고 싶었던 것이기도 했다. 그러나 가능성이 적었으며, 너무나 멀었다. 결국 그녀는 가까이 있는 차악을 택했다.

"네. 사실입니다. 3개월 전 저는 반란에 찬성하였습니다."

침묵을 깨트리며 이오스테가 순순히 수긍했다. 어느새 그녀는 차분한 표정을 되찾았다.

"불카누스는 5일 뒤 2황자 율리안의 반란에서 앞장설 것입니다."

반란이라, 무시무시한 말이었다. 모든 것을 잃을지도 모른다. 그러나 그녀는 그리해도 된다. 복수는 정당했다. 한때 이오스테는 누구보다 자유롭던 대장장이였다. 영혼을 잃은 그녀는 누구에게 호소할 것인가?

망치와 창작으로 영혼이 행복했던 삶. 굳은살과 터지거나 부푼 물집으로 가득했던 손은 새하얗게 변했다. 이제는 그 자리에 추억만 남아 자리하고 있었다. 흉터마저 사라진 손에서 그녀는 망치를 잊었다. 억지로 잊게 했다.

"모든 준비가 끝났습니다. 이젠…… 돌이킬 수 없습니다."

망설이던 이오스테가 눈을 감으며 덧붙였다.

"당신에게 말할까 망설였습니다."

지난 세월은 이오스테에게 살아 있되 죽어 있는 시간이었다. 죽음으로 가는 처연한 여정이었다.

"당신이 당장 이 사실을 황제에게 고한다면 나는 곧바로 사형대로 끌려갈 테니까요."

모래시계의 모래처럼 그저 의미 없이 구멍으로 빠져나가는 시간을 견디는 것은 고통스러웠다. 그녀가 차마 정신을 놓지 못했던 것은 황제를 향한 시리도록 선명한 원한 때문이었다.

<우리 불카누스의 이리들은 이 땅에서 너를 앗아 간 순간을 잊지 않았다.>

그녀도 불카누스의 대장장이들도 그를 향한 원한을 잊지 않았기 때문이었다.

<나의 딸, 신의 망치는 언제나 네 뜻을 따를 거란다.>

살아도 산 것이 아닌, 오랫동안 원망을 품고 부유하던 사람이 그녀였다. 그러니 어찌 복수를 탓하는 자가 있을까.

<안녕하세요, 이오스테.>

이오스테는 아올레시아가 말하지 않을 것이라 믿었다.

<함께 복수할래요? 자살로 떠나는 여정이겠지만. 괜찮잖아요. 잃을 것도 없는 나와 당신이니까요.>

한때, 이오스테는 죽은 눈으로 인형처럼 아름답게 미소하는 여자를 따르기로 결심했다. 살아 있되 죽어 버린 자는 동족을 기꺼이 알아보는 법이었다.

"말릴 리가 없잖아요. 이오스테."

아올레시아가 그날처럼 화려하게 미소했다.

"저야말로 바라 마지않은 소원인걸요."

볕 아래 드러난 아올레시아의 얼굴은 화려한 무대 조명 아래 보이는 배우의 것과 닮아 있었다. 이오스테는 이 아름다운 여자가 누구보다 비극적인 삶을 살았다는 걸 알고 있었다.

"썩은 내가 진동하는 남자에게 가장 비참한 죽음을 선사하자."

아올레시아가 노래하듯 속삭였다. 그녀의 속삭임과 함께 이곳은 그녀의 무대가 되었다. 저 비치는 석양은 기꺼이 그녀만을 비추는 훌륭한 조명이었다.

"쓰레기에겐 쓰레기 같은 고통을. 지옥불이 천국으로 느껴질 고통을."

아올레시아가 낭랑하게 읊조렸다.

"황궁이 불에 모조리 타 버리고, 개돼지처럼 끌려온 황제가 그가 죽인 여자들의 가족에게 돌팔매를 맞고, 결국은 가장 비참하게 죽는다면 얼마나 좋을까요? 이것만큼 기쁜 일이 또 있을까……."

"반란이 성공한다면 그리될 것입니다."

"네. '성공'한다면."

반을 접어 화사하게 웃는 아올레시아의 눈은 과연 성공할 수 있느냐고 묻고 있었다.

"친애하는 이오스테, 복수는 가슴을 뜨겁게, 머리를 차갑게 식혀 하는 것이라 하였지요. 그대는 모든 것을 계산해 보았나요?"

글쎄, 냉정하게 따질 시간이 자신에게 있었던가? 오랜 세월을 기다렸다.

"황제는 죽어 가는 몸입니다."

"황제는 주신의 신관이랍니다."

더는 기다릴 수 없다. 물론 생각을 하지 않은 것은 아니었다.

"끝을 오래 남겨 두고 있지 않다는 것을 당신이 제게 말씀하지 않으셨습니까."

지금 이오스테의 눈에는 첩첩이 쌓인 증오가 새파랗게 빛을 내보이고 있었다.

어째서 이 여자는 이렇게 태연한 걸까? 자신은 허탈하고 체념하고 허무해져 결국은 견딜 수가 없는데. 어쩌면 이 여자는 일찍이 먼저 거쳐 초연해진 것인지도 모른다. 하지만 이오스테 그녀가 그러하기엔 수십 년이 지나도 사그라지지 않는 검붉은 분노가 자리 잡고 있었다.

"너무 오래 기다렸습니다. 아올레시아."

이것은 불붙은 수레고 마차였다. 멈출 수 없었다. 결국은 자신을 잡아먹는 화마가 된다 해도.

"저는 이 분노에 모든 것을 맡길 것이며……."

설사, 그녀의 아들마저 잡아먹는 지옥으로 가는 길이라 해도.

"반드시 성공할 것입니다."

돌이킬 수 없다.

떠나기 전 이오스테가 말했다.

"어쩌면, 오늘이 우리의 마지막 만남일지도 모르겠습니다."

그 말에 아올레시아가 가만히 이오스테를 보았다.

"……그러네요."

이오스테는 그녀에게서 처음 보는 표정을 읽어 냈다. 아쉬움이라니. 이 여자가 그런 감정도 가질 줄 알았던가. 아올레시아가 양손으로 이오스테의 한 손을 붙잡았다.

"이오스테. 나는 당신을 좋아했어요."

손끝이 차가웠다. 목소리는 나붓하게 내려앉았다.

"지금에 와서 말린다고 한들, 들리지 않을 것임을 압니다."

그러면서 짓는 미소는 지는 꽃처럼 덧없이 보였으며, 바스러지는 잎처럼 약했고 희미했다. 왜일까, 이오스테는 그 모습에서 황녀를 떠올렸다. 어쩌면, 황녀가 각성한다면…… 아올레시아를 닮게 될까?

"황제를 쉽게 보지 마세요. 많은 힘을 잃었다고는 하나 당신과 나. 모든 후궁에게 했던 악랄한 힘을 잊지 마세요."

언제인가부터 미소 짓지 않게 된 아실리 로제와 그녀의 친모는 꼭 닮아 있었다.

"부디 최후의 순간까지 긴장을 늦추지 마세요. 이것이 내가 당신에게 주는 마지막 조언입니다."

이오스테와 아올레시아, 두 여자는 10년도 더 전에 만나 함께 증오와 원망을 다졌던 동료이자 동지였다. 비록 이오스테는 그녀가 바라는 바를 끝까지 모른 채로 헤어지게 됐지만, 그녀를 연민했다. 아마도 아올레시아 또한 그럴 것이라 믿었다.

"죽음 앞에서 행운을."

아올레시아가 농염하게 웃으며, 이오스테의 찬 손가락에 입을 맞췄다. 그녀가 손에 찬 반지는 3개. 아올레시아는 반지 하나하나에 입을 맞췄다. 어딘가 요사스런 시선과 다르게 행위는 무척이나 경건하게 느껴졌다.

'이오스테. 가엾은 사람…….'

신관의 키스는 많은 것을 의미한다. 지금은 마지막으로 동료에게 보내는 안위를 바라는 것이었다.

"부디 뜻하는 바를 이루시길."

아올레시아는 끝내 그 반란이 실패로 그칠 것이라고 말하지 않았다.

* * *

"그대는 참 잔인한 사람이야."

한참을 이오스테가 나간 자리를 바라보고 있었을까 나른한 목소리가 귀를 간지럽혔다.

"어쩐 일이신가요. 전하."

아올레시아가 고개를 돌렸다. 그곳에는 언제 온 것인지 모를 흑발의 사내가 서 있었다.

"아무것도. 구경이랄까."

카스토르였다.

"몇십 년간 함께했던 여자가 죽음으로 가는 길을 막지 않는 모습이

흥미로웠어. 아주 잘 보았지."

곧 바람이 불며 남자의 긴 머리가 어깨 뒤로 흩날렸다. 날렵한 선을 그린 턱과 뺨 위로 머리카락 몇 올이 힘없이 부딪쳤다. 카스토르는 금빛 눈을 엷게 휘었다.

"당신은 참 지독한 사람이야. 그렇지 않나?"

귀를 녹일 것처럼 황홀한 그의 목소리가 인정하라는 듯 부추겼다.

"제 속을 어지럽히실 의도라면 그만두시지요. 황태자 전하."

아올레시아가 한쪽 입꼬리만 끌어 올렸다. 비웃음이었다.

"제게 별 의미 없으니까요."

높낮이 없이 단조로운 아올레시아의 대꾸에도 카스토르의 눈웃음은 더욱 깊어질 뿐이었다.

"시답지 않다니. 너무 정이 없지 않나."

성큼 다가온 카스토르가 아올레시아 맞은편에 걸터앉았다. 그는 태연한 눈을 하고서 아올레시아를 바라보았다.

"동료에겐 좀 더 속을 털어놓아도 좋아. 그대와 나는 내 아바마마를 함께 증오하는 동료가 아닌가."

"흐응, 정이 넘쳐 나는 동료는 아니란 생각이 드는군요. 쓰레기와 쓰레기가 가장 큰 쓰레기를 치워 내기 위해 결합한 썩은 동맹이니."

아올레시아의 행동과 표정에는 조금 전 이오스테를 대한 것과 다르게 교태가 가득했다. 카스토르가 알고 있는 그녀의 모습은 황제의 앞에서 꾸며 내는 모습과 같았으므로 당연한 일이었다. 그런 아올레시아를 바라보며 카스토르는 조금 다른 말을 꺼냈다.

"왜 6황비에게 사실을 알려 주지 않았지?"

"무엇을 말씀하시는 건가요?"

"내가 율리안의 반란에 아무것도 하지 않을 거라고 말이야. 그 아이와 약속했단 걸 그대도 알고 있을 텐데."

"말해 줄 의무는 없지요."

"6황비가 좋아했을 텐데?"

아올레시아가 눈을 내리깔며 비웃었다.

"……전하께서 나서지 않아도 반란이 실패할 것이라는 것을 전해야 했단 말인가요?"

죽어 가는 황제에게는 비장의 한 수가 있었다. 그녀라고 황제의 악랄함을 모르겠나. 왜 찢어 죽이고 싶지 않을까. 하지만 그 긴 세월 동안 황제의 '최후의 수'를 어찌할 방법을 찾지 못해 움직이지 못한 것이었다. 그리고 이것은 카스토르 또한 마찬가지였다. 그렇기에 설사 이오스테에게 말해 준다고 하여도 율리안은 해결할 수 없는 것이었다.

아올레시아가 천천히 고개를 들었다.

"전하."

카스토르가 눈만 굴려 그녀를 응시했다. 권태가 가득 담긴 시선이었다. 귀찮다는 시선이기도 했다. 이런 모습은 아올레시아에게 낯선 것이 아니었다. 본디 황태자는 누구에게든 이런 모습이었으니까.

"전하께서는 아직 폐하를 증오하십니까?"

"그래."

단호한 음성이었다.

"율리안 님을 미워하십니까?"

"그래. 따분한 질문이구나."

카스토르는 감흥 없다는 눈으로 성의 없이 대꾸했다.

"그럼 여전히 저희는 동료로군요."

아올레시아는 조소했다. 황제는 아올레시아에게 집착했다. 그것을 사랑이라는 이름으로 포장하면서 말이다. 이밖에도 제 아들이자, 강력한 주신의 후계자인 황태자에게도 집착했다. 그의 힘을 제 손안에 넣고자 하는 노력을 아끼지 않으면서. 다시 말해 카스토르에게도 애정을 빙자한 끔찍한 짓들을 자행했다.

황제의 아들은 신기하게도 제 아비처럼 자랐다. 아니, 이전까지는 황제를 향한 증오를 제외하면 모든 것에 무심하기 짝이 없는 이라 생각했었으나 이젠 달랐다. 그는 어떤 것에 집착하고 있었다.

황제의 아들, 광기 어린 황태자. 우습게도 이 남자가 단 하나 집착하는 것이 있다면 바로 자신의 딸, 아실리 로제였다.

"아아. 그렇지. 동료. 껍데기만도 못한 동료 말이지."

카스토르는 아올레시아를 보지 않은 채 미소했다. 차라리 저잣거리 아무나 잡아서 맺더라도 당신과 나보다는 낫겠다며 감흥 없이 읊조렸다. 그의 얼굴엔 귀찮다는 듯 건성으로 띤 미소가 흐리게 자리 잡고 있었다. 그는 누군가를 죽일 때가 아니면 늘 이런 낯이었다.

"전하께서 바라는 것은 무엇입니까?"

"제국의 멸망."

카스토르가 단조롭게 대꾸했다.

"저 또한 그렇답니다. 여전히."

팔을 괸 채 먼 곳을 보던 카스토르가 천천히 아올레시아를 향해 고개를 돌렸다.

이 여인이 저 몰래 무슨 다른 꿍꿍이를 꾸미고 있다.

카스토르는 이성적인 머리로 그리 결론지었다. 보통은 사람의 속을 읽을 수 있었으나 아올레시아처럼 죽음의 힘을 가진 이들은 읽기 어려웠다. 그러나 그녀는 읽지 않아도 알 수 있었다. 그리고 대체로 이런 것들은 가만있어도 알게 되곤 했다. 그렇기에 모든 것이 시시하고 무감하게 느껴졌다.

이상한가? 아니, 사실 그가 정상이라 생각하는 것들이 타인에게는 어긋난 것으로 받아들여지기에 잘은 모르겠다 생각했다.

그러나 이런 카스토르의 눈으로도 스스로 딸을 아끼는 듯하면서 동시에 사지로 모는 아올레시아의 행동은 이해할 수 없는 것에 가까웠다. 과연 저 여자는 자신의 딸을 사랑하고 있나? 그는 사랑을 모르기에 짐작할 수 없다.

'아아.'

이 아슬아슬한 시기에 반란의 증거를 가져오라며 타국으로 보내다니. 설사 가져오지 못하면 황제가 재미 삼아 살해할지도 모르는 일이다. 곧바로 수정의 제물로 바쳐 버릴지도 모르고.

'그렇게 두지 않겠지만.'

카스토르가 픽 웃었다.

누구도 그를 이해 못하면 어떠한가. 그가 넘어선 광기는 이미 누구에게도 이해받지 못할 것이다. 아무도 모르는 광기와 불가해에 있는 것이 자신이거늘. 그렇기에 단 하나만을 바라보았다. 그리고 바라고 있다. 바로 아실리 로제를.

"그대는 그대의 딸의 원수와 오랜 동맹을 맺고 지금도 그러하지."

검은 머리카락이 까만 밤처럼 의자에 내려앉았다. 카스토르가 나른하게 고개를 기울이며, 느슨한 금빛 시선이 아올레시아를 향했다.

"그대야말로 괜찮나? 당신의 딸이 나를 지독하게 증오하고 있다는 것을 알고 있을 텐데."

아올레시아는 대꾸 대신 입꼬리를 끌어 올려 미소했다. 그 모습에 카스토르는 막 피어오르던 흥미를 다시 잃었다. 그러나 여전히 이 여자에게서 눈을 뗄 수 없는 이유는 단 하나였다.

저 눈동자.

아실리 로제와 같은 색의 눈동자가 그곳에 있었다. 잠시지만 저 눈동자만 떼어 내 가져갈 수 없을까 생각했다. 그의 검은 눈알만 도려낼 수 있으니까. 그러나 고개를 저었다. 아직은 필요한 패였다.

광기는 가끔 이성을 잠식한다. 그 선은 스스로도 주체할 수가 없는 것이었다.

"아아……. 재미없는 시간의 연속이겠군."

아실리 로제가 이곳에 없다. 카스토르는 길게 한숨지었다. 무료한 짐승의 포효였다. 그것마저 진심이 느껴지지 않는 것이었지만.

아올레시아가 카스토르를 바라봤다. 느리게 깜빡이는 금색 눈동자는 먼 지평선을 향해 있었다. 색은 황제의 것과 같다. 찬연한 금빛을 바라보고 있자니 속에서 구역질이 치밀어 올라오는 것 같았다.

<저는 시간을 반복했어요. 카스토르에게 죽어서요.>

카스토르의 말처럼 카스토르는 아실리에게 다시없을 증오스러운 원수였다. 아올레시아에게 황제가 그러하듯 말이다. 그러나 아올레시아는 환멸을 드러내는 대신 미소를 입에 건 채 가만히 마주 보는 쪽을 택했다.

<모든 아이는 사랑스럽답니다. 누구에게나 모성애가 있어요. 아올레시아 당신에게도요.>

한때, 아올레시아는 아실리 로제가 그대로 죽어 버려도 상관없다고 생각했다. 그래서 배 속에 있던 아이를 그대로 버리고자 했다. 하지만 아이를 갓 낳았을 때, 왜인지 아이는 죽을 것처럼 헐떡였다.

<이분은 신관이십니다. 그러나 신력이 없습니다. 황비님.>

청천벽력 같은 소리였다. 죽기를 바랐지만, 정말 죽는다고 하니 왜일까. 아올레시아는 어느새 2황녀인 에리스에게 빌어 짐승의 도시에 와 있었다. 그건 스스로도 이해할 수 없는 일이었다. 아니, 그때까지도 죽기보다는 살아서 제국의 멸망을 봐 주었으면 하는 마음이었다.

'전하. 저는 그 아이에게 선택의 기회를 주었답니다.'

아올레시아는 제국의 멸망을 바란다. 이것은 그녀의 오랜 소원이자 바람이었다. 죽기 전까지 절대로 변하지 않을 것이다. 설사 그녀의 딸이 앞을 가로막는다고 해도 말이다. 아올레시아는 아실리 로제를 사랑하지 않았다.

마음이 변한 것은 여섯 살 난 아실리 로제와 재회했을 때였다.

<나를 낳아 준 사람이라고 해도, 나를 사랑할 의무는 없어요.>

왜일까. 그 말을 듣는 순간 아올레시아는 사랑을 시작했다. 딸이라서 사랑한 것은 아니다. 그저 사람을 향한 사랑이었다.

<엄마란 건…… . 당연한 이름이 아니더라고요.>

누구도 건네지 못한 그 말을 딸이자 딸이 아닌 누군가에게서 들었기에. 소녀는 자신이 이 세계의 사람이 아니라고 했다.

<지금 내가 이 순간을 잊어도 이해하세요.>

혜성이란 죽어 가는 별의 단말마라 하였다. 아올레시아는 오래전부터 죽음을 향해 달려가는 혜성이었다. 무엇도 그녀를 바꿀 수는 없었다. 하지만 아올레시아는 마음을 바꿔 그 아이에게 기회를 주기로 했다.

만약, 그녀가 이 어긋난 모든 걸 바꾸고 싶어 한다면, 그것을 할 수 있는 도약의 발판 정도는 마련해 주기로.

'아가, 모든 것은 네 선택에 달렸단다.'

곧 흥미를 잃은 카스토르가 돌아갔다. 창문 밖, 멀어지는 검은 그림자를 보며 아올레시아는 생각했다. 그는 스스로 알고 있을까? 현재 자신의 모습을.

황제로 인해 괴물이 되어 버린 사내는 제 모든 것을 한 가지에 쏟고 있었다. 그리고 그것은 황제가 아올레시아에게 하는 행동과 같았다. 지독하도록 음습하고 더러운 핏줄이다.

"……제 딸이 당신을 증오하는 것을 알고 있습니다."

아올레시아가 카스토르가 앉았던 자리를 바라보며 중얼거렸다.

"어찌 모르나요. 당신을 미워하지 않는다면 거짓이겠지요."

오래도록 텅 빈 자리를 바라보던 아올레시아는 참았던 감정을 토해 냈다. 그러나 그것은 너무나 깊어 오히려 차분하고 조용하게 빠져나왔다.

<황제는 네가 사랑하는 남자를 죽이고, 내 언니를 죽였어. 그런데도 가겠다고?>

오래전 사랑하던 남편이 죽고, 친우였던 1황녀마저 죽은 날. 2황녀이자 바람의 신관인 에리스가 말했다. 어째서 모든 걸 망친 사내의 옆으로 가는 것이냐고. 차라리 자신과 함께 먼 곳으로 가자고 빌었다.

그러나 그것은 실현되지 못했고 에리스는 모든 힘을 박탈당한 채 공작저로 팔리듯 끌려갔다. 그녀의 동생인 3황자 아벨 클라우드만이 겨우 제국 밖으로 도망갈 수 있었다. 남겨진 아올레시아의 처지도 그리 다르지 않았다.

"하지만. 제 아이의 복수는 하지 않겠습니다."

아올레시아는 모든 것을 앗아 간 황제의 옆에서 미소했다. 팔짱을 끼고 입을 맞추며, 안겼다. 달콤한 말을 속삭이며, 입 안의 혀처럼 굴었다. 어느새 그녀에게는 이름이 생겼다.

＜딸을 버린 비정한 요부.＞

＜뱀같이 요사스런 넌 같으니.＞

그녀는 오래지 않은 시간 전 아실리 로제에게 미처 말하지 못했던 것이 있었다.

＜당신은 결국 내가 불행해지길 바라지 않았던 건가요?＞

나는 복수에 눈이 먼, 카스토르와는 또 다른 괴물이란다.

황제를 증오한다. 모든 것을 앗아 간 이 제국을 환멸하고 있다. 그러나 아실리 로제를 연민한다. 모순된 감정이 존재했다. 그러나 증오가 너무나 깊어 그녀는 아실리 로제의 손을 완전히 들어 줄 수 없다. 그렇기에 카스토르와 손을 잡은 것을 후회하지 않는다. 수십 년이 지난 지금도 여전히 그녀는 멸망을 바라고 있었다.

'아가, 이걸 알게 되면 넌 나를 미워할까?'

곧 나붓이 미소한 아올레시아가 조용히 속삭였다. 사랑스러운, 그러나 끝내 사랑하지 못했던 나의 딸에게.

"복수는 스스로의 손으로 하는 것이랍니다. 전하."

네가 나의 딸이라면, 그는 지독한 벌을 받겠구나.

아올레시아는 최후를 그려 보며, 아찔하게 미소했다.

네가 정녕 모든 것을 바꿔 놓는다면, 내가 하려는 일 또한 멈추게 되겠지.

21. 슬픔에 피어나는 꽃

나는 찬물에 빠진 것처럼 아무것도 할 수 없었다. 소리가 웅웅 울렸다. 닿지 않는 말은 소음이 되어 내내 귀를 맴돌았다.

반란이라니. 누가? 플뢰온이? 왜?

정신 차렸을 때, 나는 공터에 서 있었다. 언제 온 것인지 모를 폰투스와 아벨이 보였다. 그리고 데인과 레이 경까지 보이는 순간 여기가 어딘지 깨달았다.

나는 눈을 가려 버렸다.

"황녀님!"

정신을 차린 걸 가장 먼저 알아챈 사람은 폰투스였다. 성큼 다가온 그가 내게 상황을 설명했다.

"들으셨겠지만, 반란이 일어났습니다. 지금 바로 떠나셔야 합니다."

나는 파르르 떠는 눈꺼풀을 지그시 감았다가 뜬다. 진짜, 진짜였구나.

"황제가…… 황녀님을 찾고 있습니다."

이어 눈을 뜨고 내가 본 것은 폰투스가 아니었다. 폰투스의 어깨 너머 나를 물끄러미 보고 있던 데인이었다. 그와 눈이 마주쳤다. 그가 웃는 것도 우는 것도 아닌 미소를 지었다.

<플뢰온한테 편지라고? 네 건 무슨 내용인데?>

<별거 아냐.>

그 웃음을 보고 알았다. 데인은 이미 이렇게 될 거라고 알고 있었음을.

"잘 들으십시오. 황제는 돌아온 황녀님을 수정에 제물로 바치려 할 겁니다."

폰투스가 다급하게 말했다.

"황녀님께서는 두 가지 힘을 가지고 계십니다. 둘 모두 강력한 힘이지요. 따라서 황녀님이 수정의 일부가 된 순간…… 황제는 완전한 힘을 갖게 될지도 모릅니다."

"황제가 완전한 힘을 가지면 어떻게 되는데?"

그는 망설이다가 덧붙였다.

"황제가 힘을 갖게 되면…… 제가 나서도 돌이킬 수 없을 겁니다. 아니, 당신을 잃은 시점부터 저희는 실패한 것이나 다름없습니다."

주신의 힘과 죽음의 힘. 첫 번째 신과 두 번째 신의 힘 모두 가진 나는 강력한 동력이 될 거란 소리였다. 이로 황제가 거대한 힘을 갖게 될지도 모른다고. 그리고 지금과 같은 상황이 앞으로도 이어질 거란 얘기였다.

나는 고개를 들었다.

"내가 어떻게 하면 돼?"

그는 다급했으나 침착했다. 눈동자에 엿보인 차분함은 그가 방법을 알고 있다는 것을 뜻했다. 폰투스는 살짝 미소를 지었다. 때 아닌 대견함을 담으면서.

"당신께 연락 수단을 드리겠습니다. 준비되셨을 때 저희를 불러 주시면 됩니다. 저희는 준비된 상태로 당신을 기다리고 있을 겁니다."

나는 폰투스를 물끄러미 바라보며 얼굴을 흐렸다. 느리게 입을 떼었다.

"그건 반란이야."

폰투스는 대답하지 않았다. 예의 서늘한 미소와 함께 뒤로 물러날 뿐. 그의 손짓에 공터에 모인 이들이 부산스럽게 움직인다. 어느새 떠날 준비가 끝난 지 오래였다.

"루스벨라는 어디 갔어?"

말없이 중얼거렸을 때, 사람들을 헤치며 누군가 나타났다. 거짓말처럼 나타난 루스벨라였다. 그녀는 부산스러운 공터를 훑더니 나를 찾자마자 성큼 다가왔다.

"아실리!"

"루스벨라! 어디에 갔었어."

"아, 사람들이 아실리를 데려갈 때 말했는데 못 들었구나. 슬론에게 다녀오겠다고 했어."

"아."

남자 주인공에 다녀왔다고 말하는 루스벨라의 낯은 아주 산뜻했다.

"가기 전에 다녀온다고 말하려고."

"어딜 가?"

다음 순간 이어져 나온 말에 나는 멍하니 듣고 말았다.

"제국."

"뭐?"

나는 눈을 크게 깜빡였다. 간다니 어딜? 제국에? 대체. 조금 전 루스벨라는 듣지 못한 걸까? 아니. 그럴 리 없었다.

"무슨 말도 안 되는 소리야. 루스벨라. 제국에서 반란이 일어났다고……"

"응. 들었어."

"들었다면서 모른다는 거야? 위험해."

루스벨라가 잠시 망설이더니 천천히 말했다. 느릿한 말씨였지만 조금은 단호한 어투로.

"하지만, 내가 가지 않으면 네 사랑하는 사람은 죽을지도 모른다며."

"……."

"그건 싫어."

나는 순간 훅 다가오는 감정에 휘말릴 뻔했지만 그래도 안 되는 건 안 되는 거였다. 반란이 일어난 뒤 제국은 몹시도 혼란스러울 터였다. 당장 내 안전도 도모하지 못하는 상황에서 주인공까지 챙길 수 있을까? 안 된다고 말하려 할 때였다. 루스벨라가 손을 붙잡았다.

"아실리, 널 돕고 싶어."

그녀가 진득하게 내 눈을 응시했다.

"네가 말했잖아. 목숨에는 목숨으로. 너는 날 구해 줬어."

선명하리만치 맑은 금색 눈동자에 흠칫 떨었다. 그러나 어딘가 카스토르와 다른 느낌에 차차 안정을 되찾으며 그녀를 바라봤다. 물끄러미 응시하는 시선에도 그녀는 피하지 않았다.

"은혜를 갚게 해 줘."

그녀가 해사하게 웃었다. 바람이 불며 나와 그녀의 머리칼을 뒤에서 덮쳤고, 황금의 불꽃이 이는 것 같았다.

"난 도움이 될 거야."

아주 선량한, 주인공의 눈동자에 나는 허탈하게 웃고 말았다. 이 무모함은 주인공이라서일까? 하지만 유혹적이다. 루스벨라를 데려가면 아모르를 병에서 구할 수 있다. 그 고통에서, 나락에서 구할 수 있다. 나는 그녀의 손을 끝내 떨쳐 내지 못했다.

루스벨라를 데려간다는 말에 다들 놀라움을 금치 못하며 누군가는 결사반대를 외쳤다. 가뜩이나 위험한 길에 짐을 달고 갈 수는 없다는 폰투스의 말은 옳았다.

그러나 곧 아모르의 얘기를 듣게 된 그는 물러나고 말았다. 내 뜻을 굽히지 않으리라고 깨달은 것에 가까웠다. 그리고 나와 동시에 데인마저 수긍하자 그는 완전히 물러났다.

"그 애의 뜻이야. 더 이상의 말은 듣지 않겠어."

데인이 한마디로 일축했다. 그렇게 말하는 데인은 어떤 표정이었을까. 나는 데인의 얼굴을 보지 못한 채 루스벨라를 바라보며 충고했다.

"잘 들어. 루스벨라. 위험할 땐, 바로 돌려보낼 거야."

"응."

"뒤도 돌아보지 말고 도망가."

어쨌거나 그녀는 이야기의 주인공, 정해진 이야기가 아닌 내용에다가 잘못되기라도 하면 이 세상이 어찌 될지 모르는 일이었다. 루스벨라는 무구한 얼굴로 내 손을 꼬옥 붙잡았다.

"약속할게."

어쩐지 그녀의 얼굴에서 무엇인가 겹쳐 보이는 것 같았지만 끝끝내 그것이 무엇인지는 알 수 없었다.

"준비되셨습니까?"

폰투스의 물음에 고개를 끄덕였다. 나는 당연히 올 때처럼 마차를 타고 제국으로 돌아가리라 생각했지만, 폰투스가 내놓은 방법은 생각지도 못한 것이었다.

"아벨, 아니 3황자님이 이동시켜 주실 겁니다."

"아벨이?"

"네. 저분은 바람의 신, 서풍 제피로스의 마지막 대신관이니까요."

나는 아벨을 슬쩍 쳐다봤다. 그는 서풍의 마지막 신관이며 아벨이 가진 신력으로 우리를 한 번에 이동시켜 줄 수 있다고. 아벨은 썩 내키는 표정이 아니었지만, 거부하진 않았다. 아마도 신력을 쓰는 것에 대한 거부감인 듯했다.

"미리 말해 두지만 내가 이동시킬 수 있는 인원은 2명이 한계야. 그러니 너. 네가 몇째였더라. 다섯째? 여섯째?"

"7황자입니다."

데인이 고저 없는 목소리로 대꾸했다.

"아, 그래. 미안. 암튼 너와 저 검사는 내가 이동시켜 주고. 아실리 너는 이걸 써라."

나는 엉겁결에 날아온 것을 잡았다. 아벨이 전해 준 것은 자그만 목걸이였다. 새하얀 돌을 깎아 만든 것이었는데, 정사각형이었고 작은 구멍에 보석이 박혀 있었다. 보석은 총 6개로 그중 3개는 작은 빛이 맴돌았다. 나머지는 불이 꺼진 것처럼 어두웠다.

"서풍의 신물이야. 빛을 가진 보석 보이지? 거기 있는 횟수만큼 이동할 수 있다. 원래 대신관만 사용할 수 있는 거지만……."

"나는 「주신의 후계자」니까 무리 없이 사용할 수 있다고?"

아벨이 슬쩍 눈을 크게 뜨더니, 씩 웃었다.

"그렇지."

그가 그렇게 말하며 내 머리를 한번 쓰다듬었다.

"한시가 급하니 뭐라 더 말하고 싶어도 못하겠네. 저기 눈의 대신관 나리께서 시퍼렇게 노려보니 말이야."

"쓸데없는 소리 하지 마십시오."

"아아. 그래, 그래. ······어차피 나는 도망자다 이거지."

아벨이 이마를 만지작거렸다. 그사이 다가온 데인이 내게 속삭였다.

"아실리, 도착하면 바로 4황자 궁으로 가. 나는 내 수족을 챙겨서 상황을 본 뒤에 그곳으로 갈게."

"데인."

데인이 서글픈 웃음을 지었다. 그와 함께 그에게서 넘어온 한숨에서 쓴맛이 느껴지는 기분이었다.

"네가 우리에게 하고 싶은 말이 많은 거 알아."

"······."

"돌아가서 모두 얘기할게."

나는 입술 위로 올라온 손가락에 더는 말을 잇지 못했다.

"이건 형이 원한 일이기도 해."

단호한 붉은 눈동자에 나는 끄덕일 수밖에 없었다. 여기서 더 따지고 다그쳐야 소용없을 것이다. 내 오라버니들은 하나같이 지독한 고집쟁이들이었으니까.

"알았어. 대신 안전해야 해. 나만 살아서는 아무것도 할 수 없어. 약속해. 다치지도, 죽지도 않겠다고."

나는 레이 경을 보며 고갯짓했다. 데인을 지키라는 뜻에 레이 경은 살짝 미간을 찌푸렸지만, 곧 보일 듯 말 듯 끄덕였다.

"그래."

데인이 미약하게 웃으며 뺨에 입을 맞추고는 물러났다. 그리고 데인이 서 있던 자리를 아벨이 메웠다. 그는 손을 까딱이며 신력을 일으켰다.

"아아. 신이시여."

아벨이 일어나는 빛무리를 보며 중얼거렸다.

"당신의 방탕자가 10년 만에 당신의 이름을 불러 보네요."

바닥에 그려진 기하학적인 주술진이 그의 힘에 응답하며 녹색 빛무리를 일으켰다. 언젠가 비석을 이용하며 보았던 바람을 닮은 그 빛이었다.

이곳은 제국 밖이기에 혼돈의 신관들의 신력과 주술진의 보조를 받는다고 했다. 원으로 선 신관들, 색색의 빛무리, 그리고 점차 하나로 뭉치며 커지는 녹색 바람. 그 모습이 녹색 파도를 일으키는 듯 실로 장관이었다.

"아실리, 돌아가면 누님께 안부를 전해 주겠어? 아마도 공작가에 있을 거야."

마지막으로 다가온 아벨이 내 머리를 쓰다듬었다. 다정한 손길이었다. 나는 머리를 매만지는 손을 좋아하지 않았지만 그는 싫지 않았다.

"나는 네 아버질 알아. 정말 다정한 사람이었지."

"그런가요."

"응. 그래서 난 네게 짐을 지우는 것에 반대했어."

나는 그를 물끄러미 바라보다가 그의 손을 치워 냈다.

"도망쳐도 좋아. 나처럼."

새침하게 쳐낸 나는 고개를 들어 까마득한 높이에 있는 그를 올려다 봤다. 그러고는 새치름하게 말했다.

"누님이라고 했나요?"

"응."

나는 희미하게 웃었다.

"직접 와서 보세요."

그의 눈이 커졌다가 이내 쓸쓸하게 휘어졌다. 내게 담긴 뜻을 알아챘기 때문이리라. 나는 그를 보는 대신 루스벨라를 향해 손을 내밀었다.

"갈까?"

멍하니 바람을 보던 루스벨라가 방긋 웃으며 내 손을 잡았다.

"아실리, 지금 당신은 꼭 어디든 데려가 줄 것 같아요."

"가보고 싶은 곳이 있어?"

"네. 아주 오래전부터 저는……."

루스벨라가 작게 웃었다. 그 순간 신물에서 빛이 나며 눈앞이 흐려졌다. 나는 루스벨라에게서 정확한 답을 듣지 못했고, 눈을 떴을 때 고요한 숲이었다.

"……비석?"

금지된 숲이었다.

'어째서 금지된 숲으로 온 거지?'

아벨은 신물이 원하는 장소로 데려다줄 거라고 했다. 나는 분명 내 궁 테레나를 떠올렸는데……

이건 폰투스를 비롯한 신관들의 뜻이기도 했다. 아모르의 궁은 아모르의 신력으로 보호되고 있어 자칫 좌표가 꼬이기 쉽다고 했으니까. 나는 두리번거리다가 이곳이 내 궁에서 멀지 않은 곳이라고 확신했다. 뾰족 솟은 지붕이 익숙한 모양이었으니까. 나는 이내 비석을 응시했다.

"어차피 잘됐어."

바로 비석을 이용할 생각이었으니까. 아벨이 준 신물을 목걸이에 끼고는 루스벨라의 손을 잡고 나머지 손을 비석 위에 올려 뒀다.

"너무 놀라지 마."

루스벨라는 아직도 놀란 토끼 눈을 숨기지 못한 채로 끄덕였다.

"이미 너무 놀라서 더는 놀라지 못할 것 같아요!"

바람이 다시 한 번 불어오며, 눈을 두어 번 깜빡였을 때 나와 루스벨라는 비석과 한 쌍을 이루는 또 다른 비석 앞에 서 있었다.

"이쪽이야."

나는 서둘러 숲을 빠져나왔다. 그리고 아모르의 궁 뒤 정원에 도착했을 때 낭패한 표정을 숨기지 못했다.

"어째서……."

그의 궁으로 가는 문이 모조리 식물로 꽁꽁 묶여 있었다. 보통 내가 들어갈 때만은 열어 주던 넝쿨들이 어쩐 일인지 꼼짝도 하지 않던 것이다. 나는 넝쿨을 꽉 쥐었다가 놓기를 반복했다. 한시가 급했다. 이걸 억지로 뜯어내야 하는 걸까?

<나는 식물의 이야기를 듣지. 그들은 내 동료이고 어미고 친구였어.>

하필 그의 말이 지금 떠오를 게 뭐란 말이야. 차마 그것을 뜯지 못하며 멍하니 바라볼 때였다. 성큼 뻗어 나온 손이 넝쿨을 뜯어냈다. 이어서 다른 줄기와 꽃을 꺾어 내고, 제법 굵직한 나무를 끙끙대며 부러뜨리는 데 성공한 루스벨라가 나를 바라봤다.

"아실리, 소중한 거였어요? 한시가 급하다고 해서."

"아……."

그림자에 가려 잘은 보이지 않지만 그녀는 눈치를 보는 것 같았다. 나는 눈을 깜빡이며 얼른 고개를 저었다. 나는 이래서 문제야. 늘 생각이 많아서 시간을 허비했다. 이것도 주인공의 요소인 걸까? 루스벨라는 생각하기 전에 먼저 행동했다.

당장 중요한 것은 따로 있었다. 이 시간에도 시시각각 죽어 가고 있을 아모르, 그보다 중요한 것은 없으니까. 하지만 나는 상처투성이가 된 루스벨라의 손을 본 순간 움찔하고 말았다.

"……이게 주인공과 아닌 사람의 차이인가 봐."

"응?"

"으응. 아무것도 아니야."

두 명이서 뜯어내고 부러뜨리자 생각보다 더 빠른 시간에 궁으로 들어갈 수 있었다. 궁 안에는 희미한 불마저 없었다. 복도는 지나치게 조용했다. 사람이 없는 것은 물론 불빛 하나 없는 건물은 버려진 건물처럼 보이기까지 했다. 나마저 가로막았던 식물이 다른 이라고 들여보냈을 리 없으니.

그에게 무슨 일이 있었던 것일까? 나는 감으로 계단을 찾아 성큼성큼 올라갔다. 언제나 밤에 찾아갔던 길이었기에 눈을 감고도 찾을 수 있었다. 그러나 지금 머리를 채운 것은 플뢰온과…… 다른 생각이었다.

만약 원작대로 아모르와 루스벨라가 만난다면, 어떻게 되는 거지? 물론 이 만남은 원작과 같지 않다. 원래라면 루스벨라는 시간을 조금 더 두고 이곳을 찾게 되니까.

하지만 시기가 중요한 것이 아니라면?

잠시 아모르가 다른 누군가를 사랑하는 모습을 생각했다. 가상의 여성을 향해 웃고, 그녀를 소중하게 안아 드는 아모르. 다정한 목소리, 간절한 목소리. 이름을 불러 달라 간청하며, 끝내 그녀를 위해 세상에 단 하나뿐인 꽃을 피워 내는 아모르…….

눈을 질끈 감았다. 괜찮다. 괜찮을 거라고 생각했다. 아니 괜찮아야만 했다. 처음부터 내 것이 아니었잖아? 이 세계에는 정해진 것이 있었다.

그런데, 그럼 내 고통도 정해져 있던 거잖아. 내 불행도. 이상했다. 이 세계에 정말로 정해진 이야기 같은 게 있다면 왜 주인공도 아닌 내게 이토록 가혹했나? 불씨를 지핀 의심은 계단을 오를수록 커지기만 했다. 루스벨라가 조용했기에 고민은 깊어졌다.

이 세계의 운명을 담은 일기장 같은 게 왜 내 손에 들어온 거지? 인간의 운명을 담고 있는 일기장이라니 한낱 엑스트라에게 너무 과분한 것이 아닌가. 보통 엑스트라에게 과분한 물건이 주어질 때 그 엑스트라는 악당이든 정의의 주인공이든 누군가에게 보물을 약탈당하기 마련이었다.

"여기야."

마침내 문 앞에 멈춰 섰을 때, 문이 너무 차가워 보였다. 아니, 운명의 온도인지도 모르겠다. 문고리를 쥐지 못했다. 루스벨라를 보게 된 아모르가 어떤 눈을 할지 몰라서. 내가 아는 당신이 더는 당신이 아니라면, 서릿발 같은 바람이 손끝을 훔치는 것 같다. 이 기분을 알고 있다.

두려움이다. 나는 당신이 달라질까 두려워하고 있다. 지난 시간 내내 나를 사랑하는 당신을 외면해 놓고서, 이제는 당신이 변해 버릴까 무서워 문을 열지 못하고 있다.

'루스벨라, 마성의 여자.'

진실을 마주하면 나는 어떤 얼굴을 해야 할까?

루스벨라가 의아한 낯으로 나를 보는 것 같았지만 나는 차마 손을 뻗지 못했다. 그런 나를 알아채기라도 한듯 문이 스르륵 열리며 안쪽에서 낯익은 목소리가 들렸다.

"뭐 해."

한 줄기 바람이 이마를 간지럽힌다. 청량한 숲의 향기가 이어 느껴졌다.

"왔으면 들어오지 않고서."

사랑스러운 목소리, 내가 들어갔을 때 그 목소리는 여전히 나를 향하고 있을까.

나는 침을 꿀꺽 삼켰다. 문틈의 경계를 넘어가는 데 한참이 걸렸다. 마침내 성큼 걸어가자 뒤에서 조심스러운 걸음이 나를 따랐다. 차마 루스벨라를 볼 수 없었던 나는 앞을 응시했다. 열린 창문으로 펄럭이는 흰 커튼을 바라보며 나는 익숙한 기둥 앞에 멈춰 섰다.

새하얀 이불보가 시야를 채웠다. 봉긋하게 솟아오른 산, 아모르의 다리를 바라보며 나는 문득 최근 아카데미에서 있었던 하나를 떠올렸다. 그리 오래지 않은 기억이었다.

짧게나마 아카데미를 다니는 동안 내 옆을 지킨 건 체쟌 왕자였다. 월터 왕국의 2왕자인 그는 의외로 상식이 풍부했고 아카데미의 곳곳에 위치한 건물과 거기에 따른 재미난 이야기를 해 주었다.

루스벨라를 찾은 뒤에는 그리 필요 없는 이야기였지만, 그는 내가 건물에 큰 관심을 보인다고 생각했고, 나는 그 오해를 풀지 않으려 했다. 여기엔 내게 말을 거는 얼굴이 너무 행복해 보여서 차마 말하지 못한 것도 있었다.

그러던 어느 오후에 나는 그에게 물었다.

<루스벨라를 처음 봤을 때, 어떤 느낌이 들었나요?>

이야기 속 체쟌 왕자는 루스벨라를 열렬히 사랑하던 남자 중 하나였다. 그의 사랑은 하나의 이상이요, 그는 사랑을 열망하는 신도였다.

물론 비이성적인 집착을 보인 것은 아니다. 그는 기사였고, 순진한 청년이었고, 그녀를 멀리서 바라보되 전쟁에서 사랑하는 여성을 위해 검을 들어 그림자마저 지키려 했던 은빛 기사였다. 그렇기에 줄곧 궁금하던 차였고, 묻지 않을 수 없었다.

<음⋯⋯ 솔직하게요?>

지난 시간 무뎌진 나는 감정에 서툴렀고, 그래서 내가 잘못 본 것인지도 몰랐다. 섬세한 감정은 알기 힘든 나였다. 그럼에도 이상했다. 내가 바라보는 체쟌은 루스벨라에 대해 어떤 열망도 보이지 않았기에.

<음. 황녀님의 부탁에 그녀를 찾아갔을 때, 그러니까 얼굴을 봤을 때요. 무척 아름다운 사람이라고 생각했어요.>

그는 턱을 긁적이며 고개를 기울였다. 허공을 응시한 걸로 보아 회상하는 듯했다.

<아, 물론 황녀님이 더, 더 더 예쁘시지만요.>

잠시 허둥대던 그는 내가 괜찮다고 말하고서야 붉은 얼굴을 가라앉혔다.

<그리고요⋯⋯>

뜻밖에도 그는 말을 망설였다. 줄곧 무슨 이야기가 되었던 신나게 꺼내던 그였기에 그 반응이 사뭇 생소했다. 나는 끄덕였고 내 허락에 체쟌이 조심스럽게 입을 떼었다.

<홀릴 것 같은? 꼭 사랑해야 할 것 같은⋯⋯ 그래요⋯⋯ 설렜어요. 꼭 처음 사랑에 빠진 것처럼⋯⋯ 이상하게 느껴지시죠? 그런데 정말 그런 기분이었어요. 멋대로 심장이 뛰는 거.>

어조는 몹시 조심스러웠고, 말을 꺼내는 내내 조금 혼란스러운 얼굴이었다.

<그래서 황녀님께 알려 드린 뒤로는 가까이하지 않았어요. 꼭……>

그가 시선을 떨어트리며 '사랑에 빠져 버릴 것 같아서요.' 하고 중얼거렸다. 그러면서 나를 흘끗 응시했는데, 나와 눈이 마주치자 얼른 피했다.

<그렇게 해야만 할 것 같았어요.>

분명 제 감정인데 통제가 되지 않았다며 말하는 그의 얼굴은 혼란이 섞여 있었다. 우리가 나눈 루스벨라에 관한 이야기는 이것이 전부였다. 그 이후로는 폰투스를 만났고 루스벨라와 시간을 보냈기에 보지 못했다.

……그러고 보니 그에게는 인사조차 남기지 못한 이별이구나.

<황녀님.>

나는 나를 바라보며 붉게 물드는 체쟌의 얼굴이 어떤 의미인지 모르지 않았다. 어째서 체쟌이 나를 좋아하게 된 것인지 모른다. 그러나 분명한 것은, 그는 나를 좋아했음에도 루스벨라를 본 순간 흔들렸다.

루스벨라의 고향은 이곳 칼타니아스였고, 만약 그녀가 정말로 방계 핏줄이라면 그녀의 '마성'은 주신의 힘에서 기인한 것인지도 모른다.

카스토르가 최악의 폭군이었음에도 모두가 그의 매력을 인정했다. 주신의 힘이란 그런 걸까. 사람의 감정을 마구 흔들어 놓는 힘. 내게도 그런 게 있다면 결코 사용하고 싶지 않은 힘이었다. 루스벨라는 이 힘을 의식 없이 쓰고 있는 것인지도 모른다.

툭. 무엇인가 이마를 툭 때렸다. 난 화들짝 놀라 고개를 들었다.

"사람을 앞에 두고 무슨 생각을 그렇게 해."

아모르가 씩 웃었다. 아니, 달빛에 의지해 겨우 보이는 정도였으니 나는 소리로 그가 웃었음을 짐작했다. 그는 무릎을 세워 턱을 기대고 있었고, 커튼이 펄럭이는 창문 아래 달빛이 그의 머리와 새하얀 이불로 떨어졌다.

역광에 그의 얼굴이 보이지 않았기에 나도 모르게 가까이 가던 나는 얼마 지나지 않아 걸음을 멈추고 말았다.

"얼…… 얼굴이 왜 그래요!"

"아. 역시 그것부터 지적하는구나."

마침내 달빛 아래 드러난 그의 얼굴은 엉망이었다. 여기저기 멍이 보였고 뺨에는 짐승이 할퀴기라도 한듯 깊이 팬 상처가 자리하고 있었다. 왼쪽 뺨의 상처는 검상인 것 같다. 입술 옆에 자리한 피딱지를 본 순간 뻗은 손이 허공에서 멈추고 말았다.

"별거 아니야. 황제가 나를 중앙 궁으로 데려가려 했는데 거절을 조금 격하게 했더니."

"싸웠어요?"

"싸운 것도 아니지. 아니, 이겼어."

내 얼굴을 바라보던 그가 얼른 말을 바꿨다.

성치 않은 몸으로 황명을 거부했단 말이야? 그는 환자였고 죽지 않은 게 용했다. 궁을 꽁꽁 싸매고 있던 식물들로 이미 무슨 일이 있었을 거라고는 생각했지만 그의 상태는 엉망이었다. 그리고 나는 그동안 아카데미에서 잘 먹고 잘 지냈다. 플뢰온이 반란으로 차가운 감옥에 갇히는 동안. 아모르가 목숨을 걸고 이 궁을 지키는 동안.

가슴속에 이는 분노와 서글픔으로 어찌할 바를 몰라 주춤 물러나자 나를 잡아당긴 손이 내 팔목을 잡아챘다.

"그런 얼굴 하지 마라."

아모르가 내 손바닥을 뺨에 가져가며 나를 응시했다. 기쁨으로 가득한 눈으로 상처 따위 아랑곳 않은 아주 행복한 얼굴로.

"네가 이곳으로 올 것이니까. 이곳을 지키고 싶었어."

그가 안도의 숨을 길게 내쉰다. 곧 손바닥으로 간질간질한 감촉이 느껴졌다. 손바닥에 입 맞춘 아모르가 무방비한 미소를 지었다. 그러고는 천천히 흰 눈동자가 내게서 옆으로 옮겨갔다.

"그런데 함께 온 이는 데인 로웰이 아니구나."

"아."

나는 그제야 고개를 돌렸다. 루스벨라가 두 걸음 정도 떨어진 곳에서 우리를 물끄러미 응시하고 있었다. 눈이 마주치자 그녀는 머쓱한 미소를 지어 보였다. 나도 함께 머쓱해진 마음에 뺨을 긁적였다. 나는 곧 "인사해요." 하고 아모르에게로 중얼거렸다.

"……제 친구예요."

"친구?"

"네. 아카데미에서 사귄 친구."

아카데미에서 사귀었다고 말하자 그는 잠시 놀란 낯으로 나를 바라봤다. 그렇게 경계가 심한 주제에 잘도 친구를 데려왔다는 얼굴 반, 그리고 어째서 네 친구가 내 궁에 있냐는 얼굴 반인 듯했다.

곧 그는 제 이마를 문질렀다. 머리칼을 헝클이나 싶더니 고개를 들었다. 묘하게 뾰족한 눈매가 부드러이 휘어지는 순간 나는 눈을 크게 떴다.

"반갑습니다. 나는 아모르 노테 칼타니아스. 제국의 4황자입니다."

"아, 루스벨라. 루스벨라예요."

그가 무척이나 나긋하고 부드러운 음성으로 속삭였다.

"궁에 들이며 아무것도 준비하지 못해 유감스럽습니다."

청아한 느낌이 남은 목소리와 말씨가 잘 어우러졌다.

"시종인과 시녀들 모두 안전을 위해 모두 내보냈습니다. 그래서 귀족 영애를 모시기에는 부족함이 많을 겁니다."

아모르가 눈썹을 늘어트리며 유감스럽다는 표정을 지었다. 속이 좋지 않았다. 아니 심장께가 욱신거린 것 같다. 다음 순간 아모르에게서 이런 온유한 미소가 나올 수 있다는 걸 처음 알게 됐다.

"아니, 아니에요."

다정한 표정, 살살 녹듯 보드라운 목소리. 나는 멍하니 두 사람이 인사를 나누는 풍경을 바라봤다. 마치 저기 흩날리는 커튼이라도 된 듯 사물로 변한 것 같은 기분으로.

나는 본능적으로 알았다. 이건 아마도…… 책 속 아모르가 루스벨라에게 지었을 표정과 목소리였다.

"만나서 반갑습니다."

평생 보지 못하리라 생각했다. 처음에는 이런 모습을 보기 전에 죽을 거라고 생각했고, 이후에는 루스벨라가 나타날 때 아모르에게 얼씬도 하지 않을 거라고 생각했으니까. 책 속 큰 줄기에 손을 대지 않겠다 다짐했던 때였다.

그러나 레베카와 아하시야를 거치며 '메인 스토리'만은 바꾸지 않겠다 결심하는 걸로 바뀌었다. 메인 스토리를 바꾸지 않는 이유는 간단했다. 내 운명도 어찌 될지 모르니까. 그러나 지금 이 상황에 가슴이 크게 울렁거렸다.

정말로 보게 될 줄 몰랐던, 아니 사실은 보고 싶지 않았던 모습이 있다. 입술을 지그시 깨물었다. 이어 손등으로 눈을 가렸고, 앞을 보지 않으려고 했다.

손등을 지그시 눌러 흘러넘치는 마음을 보지 못하게 감춘다. 언젠가 글자로 접했던 그의 모습이 스쳐 간다. 평소의 억센 까칠함을 온데간데없이 감춘 그는 이전에도 그랬던 것처럼 다정하고 온화했다.

얼굴을 찡그렸다. 지금 내 얼굴이 보기 싫다. 아주 못나고 추한 얼굴일 것 같아서.

당신은 정말로 주인공에게 다정한 사람이었구나.

"왜 그래?"

눈을 가렸던 손이 천천히 내려가며, 평소에 보았던 표정이 눈앞에 있었다. 루스벨라를 향했던 나긋함이라고는 없는, 내가 늘 보았던 얼굴이다.

"아파?"

그의 녹안에 담겨 있는 걱정을 본 나는 천천히 고개를 저었다.

"아뇨."

이럴 때가 아니다. 곳곳에 상처 가득한 아모르의 얼굴을 보며 마음을 다잡았다.

"……아무것도 아니에요."

나는 배시시 웃었다. 아모르가 그 모습에 불안한 사람처럼 내 손을 흔들며 몇 번이고 아프냐고 물었다. 그러나 나는 몇 번 아니다 고개를 흔들었다. 그리고 루스벨라에게 눈짓했고, 그녀는 얼른 끄덕이며 들고 있던 가방을 열었다.

"루스벨라가 이곳에 온 건 당신을 위해서예요."

크로스백처럼 메고 있던 천 가방에서 나온 것은 아카데미에서 보았던 실험 기구들이었다. 그리고 약을 만들기 위한 도구기도 했다.

"루스벨라가 당신의 병을 치료할 약을 만들어 줄 거예요."

나는 루스벨라가 이곳에 온 이유를 설명했다.

"그런 약은 세상에 존재하지 않아."

아모르는 찡그리며 불신의 표정을 드러냈다.

"'넥타르'라면요?"

"뭐?"

아모르가 놀람을 숨기지 못하며 입을 달싹였다.

"그건 이미 세상에서 사라진 약이야…… 약보다는 의료의 신관이 만드는 성물에 가까운 거야. 있을 리 없어."

"아뇨. 루스벨라는 만들 수 있어요."

루스벨라가 얼른 끄덕였다.

"네! 가능해요!"

아모르가 나와 루스벨라를 번갈아보며 수려한 아미를 찌푸렸다. 그는 얼굴 곳곳을 다치고도 수려한 미를 드러냈는데, 오히려 이쪽이 아슬아슬하고 물 머금은 꽃처럼 위태로운 매력이 돋보였다. 상처 입고도 이런 청초한 미를 뽐내는 것에 감탄했다.

재료를 보던 아모르가 입술을 달싹였다. 정말 넥타르를 만들 거라고 알아본 모양이었다.

"……가능하다고?"

"네."

'넥타르'는 오래전 의료의 신관만이 만들 수 있던 약이자 액체로 된 성물에 가까웠다고 한다. 그것이 타국으로 넘어가며 약이 된 모양이지만. 루스벨라가 이걸 만들 수 있는 것도 그녀가 칼타니아스인이며 동시에 약에 관한 해박한 지식을 가졌기 때문인 것 같다.

"너 대체 아카데미에 가서 뭘 하고 온 거야."

책에서는 그저 그녀가 박식한 사람이라고 했지만 사실 신력 또한 재료였을지도. 모든 사정을 들은 아모르는 여전히 회의감을 지우지 못했다. 오랫동안 자신을 얽맨 병이 사라지는 게 영 믿기지 않는 모양이었다.

"오라버니의 병을 치료해 주기로 약속했잖아요."

"······내 병은 저주야."

"네. 병이든 저주든. 풀 수 있잖아요. '넥타르'라면요."

아모르는 더는 덧붙이기를 포기한 듯했다.

잠시 방 안에는 부글부글 물이 끓는 소리만 존재했다. 아카데미에서 그랬듯 완성되기까지 오랜 시간이 걸리지 않았다.

"이걸 넣으면 완성이에요."

낡은 화장실에서처럼 마지막 과정으로 루스벨라가 수선화 꽃잎을 넣었다. 그리고 우중충하던 색이 금색으로 변한 것을 본 아모르의 눈이 휘둥그레 커졌다. 그가 무어라 입을 떼려 하기 전에 나는 얼른 아모르의 손을 붙잡았다. 그리고 그와 눈을 맞추고 고개를 저었다.

'안 돼요.'

아모르가 말하고 싶은 바를 알고 있다. 하지만 루스벨라는 자신의 힘을 모르는 편이 좋다. 본편에서도 그녀는 끝내 자신의 힘을 몰랐으니까. 이미 어그러지고 틀어질 대로 틀어져 버린 미래지만 더는 건드리고 싶지 않은 마음이었다.

뒤늦은 욕심인 것 같지만.

나는 두 사람을 보며 씁쓸하게 웃었다.

곧 완성된 약이 아모르 손에 들려 있었다. 루스벨라는 뿌듯한 표정으로 나를 바라봤다. 꼭 공을 줍고서 칭찬을 바라는 강아지 같은 눈빛에 나도 모르게 웃고 말았다.

이게 정말 주신의 힘인지 그녀의 매력인지 모르지만 루스벨라는 선하고 사랑스러웠다. 이유 없는 호의를 베푸는 것. 이것이 얼마나 어려운 것인지 안다. 내게는 누구도 나를 돕지 않았던 시간이 있었고, 차가운 시간을 겪은 나는 호의에 취약했다. 알고 있지만 바꾸지 못한 내 약점이기도 했다.

그러나 바꾸지 못한 것에 가깝다. 바꾸려고 하면 더는 내가 아니게 될 테니까. 그래서 나는…… 그녀를 미워하지 못하리란 걸 알았다. 반란이 일어난 나라에 넘어와 넥타르를 만들어 준 주인공을 미워할 수 없다는 것을.

"제가 이걸 마시고 정말 나을지는 모르겠지만."

병을 바라보던 아모르가 천천히 고개를 들었다. 그가 푸스스 눈을 휘었다. 삐죽 올라간 눈꼬리가 부드럽게 휘어진다.

"영애의 호의는 감사히 받겠습니다. 그리고 잊지 않겠습니다."

"아니. 아니에요."

루스벨라가 손을 내저었다.

"약은 아실리 앞에서 마시고 싶군요."

"네. 아마 잠시 고통이 느껴질 거지만 치료되는 과정이에요."

아모르가 끄덕였다.

"그런 과정은…… 제가 제일 잘 알겁니다."

그러고는 루스벨라를 바라보며 그녀에게 이쪽으로 오길 부탁했다. 곧 루스벨라가 다가왔고, 아모르는 그녀에게 손을 뻗게 했다.

"실례하겠습니다."

나지막한 사과와 함께 손이 닿지 않게 루스벨라의 손끝 아래로 손을 뻗은 아모르가 약간의 틈을 두고 길게 숨을 불었다. 녹색 빛무리가 뻗어 나가며 그녀의 손끝에 휘감겼다.

"앞날에 행운이 함께하길 바랍니다."

아모르가 하는 행위는 축복을 내리는 것과 비슷했지만, 다르기도 했다. 아니 본디 축복은 키스로 하는 것이 아니었나? 혼란스러움에 눈을 깜빡일 때였다.

그 순간 아모르가 손을 휙 뻗었고, 허리 사이로 들어온 팔이 나를 쑥 끌어당겼다. 휙 뒤집어진 시야에 고개를 들면 아모르 품 안에 갇혀 그를 올려다보고 있었다.

"사실, 축복이란 입맞춤에서 시작되는 것입니다. 그런데 제게는 온 마음을 준 여성이 있으니 불가하군요."

웃음소리가 바로 옆에서 귀를 간지럽혔다. 아모르가 내 어깨에 뺨을 비비며 낮게 숨을 쉬었다.

"평생 사랑하는 여인의 이름만 담고 싶기에 은인의 이름을 부르는 것 또한 불가하군요. 대가가 미비하여 죄송합니다."

병을 내려놓은 아모르가 이어 말했다.

"대신 원하는 것이 있다면 무엇이든 말씀해 주시겠습니까?"

나는 아모르가 카스토르와 율리안을 제외하고 모든 이에게 까칠하고 오만한 사람임을 알고 있다. 직접 보기도 했으니까. 그래서 이 순간 그의 다정함이 여주인공이 가진 마법 때문이라고 생각했다. 루스벨라가 가진 힘에 그 또한 이끌렸던 것이라고.

"할 수 있는 선에서 뭐든 드리지요."

그는 여전히 나긋하고 다정한 목소리였다. 그래서 나는 더욱 얼떨떨한 기분이었다.

"아뇨, 아뇨. 괜찮아요. 대가를 바란 것이 아닌 걸요."

루스벨라가 한 점 악의 없는 미소를 보였다. 그리고 잠시 내 쪽을 물끄러미 바라보더니 한 걸음 뒤로 물러나며 말했다.

"궁금했어요. 누구일지."

"네?"

"아니요. 아실리가 사랑하는 사람이 어떤 사람일지요. 행복해 보여서 다행이네요."

달빛 아래 금빛 머리칼이 어깨 아래로 스르륵 흘러내렸다. 그녀는 느슨하게 묶은 머리칼을 풀어 내렸다.

"두 사람을 보면서 잠시 저도 사랑했던 사람과 행복한 기억이 생각났어요."

"그렇습니까?"

"음. 솔직하게요, 아주 조금 질투도 나거든요."

루스벨라는 고개를 기울여 조금 짓궂게 웃고는 뱅그르르 돌아 늘어놓은 기구를 정리하기 시작했다. 잠시 뒤 가방에 모두 챙겨 든 그녀가 씩씩하게 물었다.

"저는 어디에 머물면 될까요? 참 시종인은 괜찮답니다. 있어도 거절했을 거예요. 어릴 때부터 혼자 하는 것에 습관이 들어서."

"아실리와 같군요."

아모르의 중얼거림에 루스벨라가 기쁘다는 듯 살짝 수줍게 미소했다. 그녀가 어머나, 하고 작게 중얼거렸다.

"이런 점도 같다니 기뻐요."

빛이 그녀가 있는 곳에만 쏟아지듯 아름다운 모습이었다.

"손님을 맞이하기에 밤이 늦었군요. 제국의 밤은 긴 편입니다."

곧 아모르가 기다리라며 손을 한 곳으로 뻗었다. 그의 손끝에 녹청색 기운이 뭉치기 시작했다. 아모르의 눈에 여울처럼 금빛이 일렁이는가 싶더니 손을 거둬들였다.

"캉!"

그가 손을 거둔 자리에 반투명한 여우가 있었다. 눈처럼 새하얀 여우였는데, 크기는 북극여우와 사막여우의 중간 정도 되었고 상당히 앙증맞은 생김새였다. 아모르의 고갯짓에 여우가 귀를 쫑긋하며 총총 걸어가더니 루스벨라 발치에 멈춰 섰다. 루스벨라가 다시금 어머나 하고 소리쳤다.

"그 여우가 쓸 만한 방으로 안내해 줄 겁니다."

"감사해요."

루스벨라는 신기한 눈으로 여우를 콕 찔러 보더니 만져진다는 것에 화들짝 놀라 안아 들었다. 여우는 귀찮은지 캉캉 울며 그녀의 품을 빠져나가 문틈으로 쏙 사라졌다. 그러더니 돌아서서 꼬리를 살랑살랑 흔들었다. 따라오라는 모양이었다. 루스벨라는 여우를 따라가는 대신 고개를 돌려 나를 봤다. 그러고는 몸을 돌려서 내 손을 꼭 붙잡았다.

"아실리. 있잖아요. 친구라고 말해 줘서 기뻤어요. 조금 전에요."

해사한 미소에 나는 잠시 눈을 깜빡였다. 눈앞에서 무방비하게 웃는 미녀란 엄청난 파괴력을 지니고 있었다. 생각했던 일은 일어나지 않았다. 대신 생각할 수 없었던 가장 긍정적인 일만 겹쳐서 펼쳐졌다.

이것이 주인공의 능력이라면. 이 기쁨과 행복이 주인공인 당신이 내게 선사한 것이라면. 아름다운 미소에 따라 웃고 마는 나를 느낀다.

"네."

이것이 주인공만이 가진 마법이라면 나는 이길 수 없겠다.

루스벨라가 사라진 뒤 한동안 침묵이 흘렀다. 아니, 아모르는 내가 말을 꺼내길 기다리고 있을 것이다. 이런 분위기를 거짓말처럼 알아채는 사람이니까. 그러나 나는 담아 둔 말 대신 몸을 뒤척였다.

"음, 힘들겠다. 내려갈게요."

그러나 그러기도 전에 그의 손에 붙잡혀 다시 품에 가둬졌다. 허리를 끌어안는 단단한 팔에 조금 망설였다가 천천히 고개를 들었다.

시선은 턱에 머무른 채 속삭였다.

"……내려 주세요."

"……원한다면."

그러자 앞이 휑해지더니 번쩍 들린 그대로 침대에 앉혀지며 등으로 딱딱한 벽이 느껴졌다. 아모르가 침대 기둥을 짚어 내가 가려던 퇴로를 차단했다. 그는 잠시 그 자세로 옅게 숨을 내쉬었다. 신음에 가까운 소리에 나는 고개를 들려다 반쯤 올라간 그대로 멈추고 말았다.

"얼른, 약 먹어요. 제한 시간이 있다고 했어요."

"알아. 1시간."

그가 불만 가득한 쉰 목소리로 뱉었다.

"왜 내 눈을 보지 않지?"

거울을 보지 않았지만 분명 난 곤란한 표정이었을 것이다. 그가 좀 더 가까워지는 기척이 느껴졌다.

"뭐가 문제인 건데."

치맛자락을 꾹 쥐었다. 여전히 말이 없는 나를 잠시 지켜보던 그가 크게 숨을 들이켰다. 조금 거칠다 싶은 소리에 고개를 들려고 하는 순간 치마를 쥔 손이 붙들렸다.

"설마, 그동안 마음이 바뀌었어? 데인 로웰 그놈이 좋아진 건가?"

"아모르?"

"그래도 안 돼. 더는 놔줄 수 없어. 네가 날 붙잡았잖아. ……이름을 불러 줬잖아."

숨결이 바로 앞에서 느껴졌다. 그의 얼굴이 바로 앞에 있었다.

"돌이키고 싶다고 해도 이젠 안 돼."

나는 눈을 깜빡였다. 그러나 다음 순간 어깨로 떨어진 무게와 함께 나는 얼어붙고 말았다.

"……알고 있어. 이기적인 걸 알고 있다."

"잠깐만요 아모르!"

"나는…… 너 없이는 살 수가 없어."

오해를 한 거라고. 얼른 입을 떼어서 이 오해를 풀어야 하는데, 입술이 떨어지지 않는다. 아니 심장이 잘게 떨렸다.

"네가 나를 좋아하지 않는다 해도. 네 곁에 있고 싶다."

아모르가 스르륵 고개를 들었다. 그의 눈동자가 촉촉했다. 들어 올린 손을 그의 머리 위에 올려놓자, 그가 고개를 내리고 은하늘빛 머리칼이 사르르 쏟아진다.

대체 못 본 사이 무엇을 먹은 것인지 이렇게 위험한 낯을 하고 유혹하는 건지 모르겠다. 어째서 처음 본 날 살쾡이 같은 모습은 온데간데없고 울망울망한 눈으로 꼬리를 입에 문 설표가 있는 걸까. 새벽이슬같이 청초한 낯에 나는 눈을 질끈 감았다가 떠야 했다. 이상한 기분이 들었다.

그의 눈이 천천히 떨어진다.

내리깐 속눈썹이 나비처럼 팔랑일 때마다 심장이 조금 울렁였다. 왜 이 순간 이토록 위태롭고 애처로운 낯으로 나를 괴롭히는 것인지 모르겠다. 나는 아래로 내려가 드러난 새하얀 어깨를 보지 않으려 고개를 돌렸다. 어째서 첫날밤 새색시 옷고름 푸는 신랑의 기분인 것이냐고.

"버리지 마."

"……그러니까 아모르 무슨 오해를 하고 있는 거예요."

그의 눈을 바라본 순간 숨을 들이켰다. 새벽이슬처럼 청초한 모습의 그를 바라보며 나는 하려던 말을 잊었다. 그는 절벽 위에 핀 꽃처럼 아슬아슬한 모습으로 나를 눈을 내리깔았다.

"네가 좋다면 누구든 옆에 둬도 좋아…… 나를 버리지만 않는다면."

그가 눈을 느리게 깜빡였다. 숨이 콱 막힌다. 나는 잘 차려진 상에 수저만 올려놓을 것인지 이 위태롭고 애처로운 낯을 한 남자를 어르고 설득해서 오해를 풀 것인지 망설였다. 망설임은 길지 않았다.

"아모르. 날 봐요."

결국 나는 이성의 끈을 가까스로 지켜 냈고, 그의 뺨을 그러모아 쥐었다.

"내가 왜 당신을 버려요?"

"……."

촉촉하게 젖은 눈망울이 나를 향했고, 아슬아슬한 이성의 끈을 다시 한 번 잡아야 했다. 가슴이 울렁였다.

"내가 어떻게 당신을 버려."

그를 버릴 수 있을 리 없다. 아니 아모르는 절대 모를 것이다. 조금 전 문의 경계를 넘어서며 내가 어떤 생각을 했는지, 루스벨라를 소개하는 내 마음이 어떠했을지.

"당신의 이름을 부른 순간부터."

나는 천천히 입을 쪽하고 맞췄다.

"내 마음은 당신을 향하고 있었는걸요."

조금 전엔 그의 모습에 정신을 뺏겨 몰랐지만, 그의 뺨이 불덩이처럼 뜨겁다는 것을 알았다. 들어 올린 손으로 그의 이마를 짚었다.

"이 몸으로 잘도 멀쩡한 척했네요."

"······멀쩡해."

나는 손을 그의 머리 위에 올렸다. 은하늘빛 머리칼이 손끝에서 흐트러진다. 그가 머리를 잡고 있던 내 손을 잡아채고, 나를 물끄러미 응시했다.

"그럼 왜 내 눈을 피했지?"

"그건······."

살쾡이 같던 까칠한 시선은 어딜 간 거냐고. 이 울망울망한 눈앞에서 거짓말하는 것은 무리였다.

"······워서요."

"뭐?"

"부끄러워서요!"

나는 아모르에게 잡히지 않은 손으로 이마를 매만졌다. 시선을 살짝 빗겨 보며, 나는 또박또박 말했다. 기왕 꺼낸 말, 얼버무리는 건 성미에 맞지 않았다.

"당신이 처음 듣는 목소리로, 처음 보는 얼굴로 웃는데 어떻게 좋아해요? 알아요! 이런 걸 따지는 나도 이상해요. 중요한 건 이 순간에도 아픈 아모르고, 당신 생명인데! 이딴 쓸데없는 걸 신경 쓴 내가 바보 같고 싫고 미워요."

"······."

"나는 감정에 무뎌서 하나를 깨닫는 데 아주 오랜 시간이 걸렸어요. 당신을 향한 이 감정이 오롯이 당신에게만 그렇다는 걸 알기까지 오랜 시간이 걸렸듯이요. 지금도 나는 이게 사랑인지 모르겠어요."

나는 천천히 가슴을 짚었다.

"당신을 보면 죽었던 마음이 간지러워요. 당신과 함께 있으면 웃게되고, 당신이 그만 궁 밖으로 나가서 많은 것을 보고 웃었으면 좋겠어요. 오래 살아 줬으면 좋겠다고요."

그 말을 하는 순간 나는 어느새 아모르를 똑바로 마주 보고 있었다.

"당신이 다른 사람을 사랑하게 되어도 행복하길 바랄 것 같다고요."

"……뭐?"

"물론 조금…… 조금 힘들 것 같지만."

아니 사실은 더 많이 힘들 것 같다.

"누가 누굴 사랑해? 내가 너 아닌 사람을 사랑한다고?"

딱딱하게 굳은 얼굴을 본 나는 절로 낮아진 목소리로 중얼거렸다.

"아니……."

서릿발처럼 차가운 아모르의 얼굴에 어쩐지 묘하게 안심이 되는기분이었다. 나는 표정이 풀어지지 않게 애쓰며, 떨어지지 않는 입을억지로 떼어 냈다.

"나는 아모르가 루스벨라에게 다정한 모습을 보고 반한 건가 생각했단 말이에요."

"……."

"……그렇게 보지 마요. 나도 이렇게 착각한 게 부끄러워요."

한숨과 함께 덧붙였다.

"어째서 그런 거예요?"

"……네 친구니까."

아모르가 작게 중얼거렸다.

"네 친구니 존중하고, 그리고…… 잘 보여야 한다고 생각했다."

"……루스벨라에게 점수 따서 어쩌려고요?"

"점수?"

살짝 미간을 찡그리며 고개를 갸웃하는 아모르에게 고개를 흔들었다. 저 모습이 귀여워 보이다니 지금 좀 위험하다고 생각하면서.

"그 여우는 뭐예요? 나한테는 한 번도 보여 주지 않았잖아요."

"아니, 그건 내 신력이 형상화된……."

"헤르난의 새 같은 거예요? 어째서 그걸 처음 본 사람이 내가 아니에요?"

"……."

"……미안해요."

그는 표정 하나 바뀌지 않고 조곤조곤 따지는 모습에 당황한 듯했다. 사실 아닌 척해도 당황하긴 나도 마찬가지인데. 나도 내게 이렇게 유치한 면이 남아 있는 줄 몰랐으니까. 아주 오래전 무뎌지기 전에는 이런 모습이 있었을지도 모르지만.

전생에 내가 만났던 이들은 가볍고 스쳐 가는 만남뿐이었다. 가볍게 만나 호의로 이어 가다가 식으면 자연스럽게 헤어지는 과정을 거쳤다. 연인이나 애인이란 거창한 의미를 담을 정도도 아닌 가벼운 관계였다.

이렇게 사랑에 건조하고 무지한 채로 환생했고, 죽음을 겪고 감정에 무뎌졌다. 기쁨도 슬픔도 흐려진 내게 가슴을 간지럽히는 감정은 사치였다.

이전까지는 그랬다. 내겐 증오뿐이었고, 그것으로 가득 채워져 있었다. 지금도 그런가. 잘은 모르겠다. 카스토르를 향한 증오가 사라진 건 아니지만 이 간질간질한 감정이 가슴 한편을 차지한 것은 분명했다.

"당신이 사랑하는 게 나뿐이어서 기뻐요. 나 또한 당신을 아주 많이 좋아하니까요."

기왕 쪽팔릴 거 전부 말이나 하고 쪽팔리자 싶었지만 생각 이상으로 반향이 크다. 이래서 사람이 흑역사는 함부로 만들지 말라고 하는 거야. 얼굴을 가린 지 얼마 지나지 않아 가렸던 내 손이 아프지 않게 잡힌 손에 떼어진다.

"다시 한 번…… 다시 한 번 말해 주겠어?"

분명 놀리듯 웃고 있을 거라 생각했던 아모르는 뜻밖에 갈급한 표정이었다. 나는 주춤 뒤로 허리를 젖혔다. 그러나 이내 곧 등으로 딱딱한 벽이 느껴졌다.

"다시."

그가 관자놀이에 입을 쪽 하고 맞췄다.

"아모르. 잠깐."

서툰 입맞춤에 나는 그대로 눈을 감았다. 그의 입술은 몹시 뜨거웠지만, 그가 놓아줄 때까지 밀어내지 못했다. 서툴게 입으로 찾아든 그를 받아들이며 방황하는 손을 잡아 주었다. 아모르는 키스가 이어지는 동안 내게 자꾸만 파고들었고, 떨어졌을 때 나는 누워서 그를 올려다보고 있었다.

"살게."

그가 눈 밑이 붉어진 얼굴로 긴 숨을 내쉰 순간, 확 퍼지는 청량한 향기에 아찔한 기분이었다.

"아주 오래. 오랫동안."

눈을 찡그리며 차츰 떴을 때, 나는 눈을 동그랗게 떴다.

"나는 너를 사랑한 순간 살고 싶다고 생각했어."

달빛은 분명 저만치 멀어졌는데 환한 조명을 켜 놓은 듯 황홀한 미소에 나는 눈을 피했다. 오늘의 그는 너무 아찔하고 아슬아슬했다.

아무리 아픈 사람이라지만, 이건 너무하지 않느냐고.

"······얼른 약이나 먹어요."

그는 마침내 돌아갈 집을 찾은 아이처럼 환히 웃었다. 아주 행복하게.

"네가 먹여 줄 건가?"

나를 내려다보던 아모르가 나른하게 미소했다.

흐트러진 머리를 쓸어 주던 그는 눈을 접어 더욱 깊게 웃었다. 평소의 까칠함은 저 멀리 날려 보낸 모습이었다.

"잔말 말고 얼른 마셔요."

나는 그를 슬쩍 밀어내며 넥타르를 집어 들었다.

"네가 바라는 건 뭐든."

그는 소리 내어 웃으며 약을 받아들였다. 그러고는 나지막하게 덧붙였다.

"로제."

그의 시선과 마주했을 때 괜스레 얼굴이 붉어지는 느낌에 슬쩍 피했다. 아모르가 덧붙인다.

"바란다면 생명도 기꺼이."

"무슨 소릴······ 죽는 건 안 돼요. 아니, 바라지도 않을 거라고요."

조금 풀어진 기분은 알겠지만, 그런 무서운 소리는 하지 않아 줬으면 좋겠다. 작게 중얼거리자 그가 나를 감싸 안으며 미안하다고 속삭였다. 티는 안 냈지만 생경하고 신기한 기분이었다.

분명 사과를 할 바엔 자리를 피해 버리는 오만한 사람이었다. 그런데 어느새 이렇게 변한 걸까. 이젠 나를 바라보는 눈빛이 하얀 여우처럼 요망하기까지 하다.

"아실리, 미리 말해 둘게."

약을 들어 올린 아모르가 작게 말했다.

"이 약을 먹으면 잠시 괴로움에 몸부림칠 거다."

"아……."

놀라지 말라는 말에 나는 무겁게 끄덕였다. 아모르는 잠시 나를 보며 망설이는가 싶더니 이내 넥타르를 삼켰다. 그의 입속으로 황금색 액체가 사라진 뒤에도 한동안은 고요했다.

"아모르!"

신음은 갑작스럽게 터져 나왔다. 허리를 반으로 접어 끙끙대는 그를 황급히 부축하려 했지만, 그가 손을 들어 괜찮다는 표시를 해보었다.

"떨어져……."

"네?"

그 순간 그에게서 실바람이 새어 나오는가 싶더니, 순식간에 폭발적인 기운으로 똘똘 뭉쳐 폭풍을 만들어 냈다. 어지러운 기운 속에서 나는 이것이 신력이라는 것을 어렵지 않게 알아챘다.

"제길, 아실리……. 도망."

아모르를 감싼 신력은 무어라 할 새도 없이 나마저 끌어들였고 그 순간 시야가 암전되었다.

다시 눈을 떴을 때, 나는 커다란 대전 안에 있었다. 한눈에 봐도 거대한 공동 안 거대한 기둥이 보였고 익숙한 그리스식이었지만, 내가 본 것 중에 가장 거대했다. 눈부시도록 새하얀 대리석에는 각기 계절을 상징하는 신이 새겨져 있었고, 우아하게 물결치는 곡선 문양이 있었다. 나는 조그만 아이를 바라보고 있었다.

<저 아이가 식물의 대신관인가.>

나는 위에서 아래로 아이를 바라보며 감흥 없는 탄사를 토했다. 늙고 주름진 내 손이 한번 휘젓자, 금빛 빛무리가 덜덜 떠는 아이를 한번 휘감았다.

이건 대체 무슨 힘인 거지? 곧 알았다. 나와 시야를 공유한 사람은 주신의 신관이었고, 빛이 아이로 스며든 순간 나는 어렵지 않게 충만한 신력을 느꼈다.

거대한 힘. 그건 콸콸 떨어지는 폭포처럼 엄청난 것이었다. 아니 나는 확신했다. 아마도 지금 느끼고 있는 그대로라면 성장했을 때 전율이 일 정도로 커다란 것이라고.

<아모르는 아주 많은 신력을 가지고 있어요. 신력의 총량으로는 역대 황제들을 능가하겠죠. 아마도 신력의 총량만은 저 다음으로 많을 거예요.>

시야가 돌아가며, 살랑 흔들거리는 검은 머리칼이 보였다. 지금보다 훨씬 어린 소년 모습의 카스토르가 고요하게 웃고 있었다. 계단 아래 그림자처럼 선 그는 나를 빤히 응시했다. 나는 주름진 손을 쥐었다가 폈다.

<저런, 죽이시려고요?>

카스토르는 살짝 미소했다.

<죽이신다면, 아버지의 힘으로는 감당할 수 없을 거예요. 저를 옭아매고 있는 저주에 들이는 힘을 푼다면 이 신력을 소화할 수 있겠지만, 그럴 수는 없으시죠? 그렇게 되면 자유롭게 된 제가 아버지를 죽일 테니까요.>

나붓하게 웃는 소년의 그 말에 나는 불꽃처럼 타오르는 분노를 느꼈다. 참을 수 없는 분기로 손을 부들부들 떨었다. 내 것은 아니지만,

아마도 이 주름진 손의 주인이 화를 내고 있는 듯했다.

<죽이지 말고 가둬라.>

곧 나의 입을 가르고 으르렁거리는 목소리가 회장을 갈랐다.

<서서히 죽이면, 시체에서라도 쓸모가 있겠지.>

모두가 아이가 기절했다고 생각했지만, 나는 파르르 떠는 눈꺼풀을 보았다. 기절한 아이와 카스토르, 카스토르가 아버지라 부른 것. 짧은 순간이지만 판단하기에 충분했다.

아이는 기절하지 않고 죽은 체하고 있었다. 카스토르가 아모르를 안고 나가며 등이 멀어지는 것과 함께 점차 시야가 흐려졌다.

다시 시야가 맑아졌을 땐, 눈부시도록 새하얀 공간이었다. 컴퓨터 그래픽이 하나하나 재생되는 것처럼 점차 형상을 갖추고, 식물로 가득한 방이 되었다.

<저를 왜 살려 주셨어요?>

아모르는 안쓰러울 정도로 덜덜 떨고 있었다. 검은 머리칼의 소년은 그런 아이를 보며 손을 뻗었다. 그러나 아모르가 눈을 질끈 감자, 그 손을 뒤로 물렸다. 그러고는 옅게 미소했다.

<죽을지 살지 네 손으로 선택하게 해 주려고.>

아모르가 슬그머니 눈을 떴을 때, 카스토르는 표정 변화 없이 그를 바라보고 있었다.

<살고 싶니?>

아모르는 두려움이 가득한 얼굴로 끄덕였다. 떨고 있었지만 확고한 의사에 카스토르가 그의 머리를 쓰다듬었다.

<아모르, 너는 제국에서 나 다음으로 강한 신관이야.>

<…….>

깊은 금빛 눈동자가 아모르를 나른하게 담았다.

<그런데, 그런 너도 나를 죽여 줄 수는 없구나.>

웃는 그의 얼굴은 산 자의 생기가 느껴지지 않았다.

<죽고 싶다면 언제든 말하렴. 고통 없이 죽을지. 고통 속에서 살아 갈지.>

웃고 있지만 죽은 얼굴이었다.

무수히 본 적 있던 얼굴. 나는 저 얼굴을 알고 있다. 그것은 연못에서 세숫물에서 그리고 거울에서 지독하도록 마주치던 얼굴이다. 카스토르 는 한때의 나처럼 모든 걸 잃은 자의 얼굴을 하고 웃고 있었다.

<내게는 선택권이 주어지지 않았거든.>

공간의 끝에서부터 점차 물거품처럼 사라지기 시작한다. 깃털이 나부끼듯 공간이 거품처럼 사라진 뒤로 또 다른 공간이 나타났다.

쨍쨍 내리쬐는 햇빛, 그곳의 계절은 여름이었다. 아모르의 방. 다를 것 없는 방 안에 조금 전보다 훌쩍 큰 아모르와 카스토르가 있었다.

<쿨럭!>

아모르가 거친 기침을 토해 낸다. 아모르의 입은 피투성이였다. 손 바닥과 붉게 칠해진 이불보와 튜닉도 온통 피투성이였다.

<바보 같은 짓을 했구나.>

아모르는 다시 한 번 잔기침과 피를 토해 내고는 아무렇지 않게 고개를 들었다.

<그렇게 보지 않으셔도.>

눈빛만은 새파랗게 살아 있으나 잔기침을 토하는 그는 펄펄 열이 끓는 사람의 모습이었다.

<신력이 고갈되면 죽는다는 것쯤은 압니다.>

그렇게 말하는 그의 눈가는 불긋했다. 뺨과 목덜미도 붉었다. 그러나 아모르 별거 아니라는 듯 피를 닦아내며 손을 내밀었다.

<힘을 과하게 쓴 부작용입니다. 폐하께서 원한 수량이 많았어요.>

카스토르 옆으로 헤르난이 검을 껴안고 두 사람을 물끄러미 보고 있었다. 오랜만에 보게 된 푸른 눈이 반가운 것도 잠시, 그의 시선을 따라간다.

<……황자님.>

그의 연푸른색 눈이 아모르를 향했을 때 헤르난은 잠시 안타까운 표정을 했다.

<이리 주십시오.>

아모르는 두 사람의 시선을 무심히 외면하며 들고 있던 약을 삼켰다. 그리고 정해진 수순처럼 고통에 몸부림친다. 매일매일 해독제를 먹는 과정은 그에게 고통이었다. 그는 그 지독한 고통을 10년이 넘도록 견뎠다.

나는 눈을 지그시 감았다.

"아모르…… 당신은."

지난 시간 내내 이런 고통을 견뎠다. 나로는 짐작할 수 없는 지나간 과거기에 아무것도 해 줄 수 없는 괴로움이 느껴졌다.

"……돌아가면."

그를 꽉 안아 주어야지. 꼭……. 그렇게 결심했을 때였다.

"그만 돌아와."

거짓말처럼 그의 목소리가 들려왔다. 보이지 않는 손이 나를 덥석 잡아 끌어당겨지는 기분과 함께 나는 환상에서 깨어났다. 이마로 느껴지는 서늘한 감촉. 눈을 번쩍 뜨자 사르르 떨어지고 있는 은하늘빛 실타래가 가장 먼저 들어왔다.

"구경은 잘 했나?"

아모르가 고개를 내려 나를 응시했다.

"딱히 들키고 싶은 기억은 아닌데."

나를 꼭 끌어안은 그는 입꼬리만 끌어당겨 웃었다.

"불가항력이었어."

그는 내가 들어온 순간부터 통제하지 못했다고 말했다. 조금 전 엄청난 양의 신력은 해독 중 제어가 풀려난 것이었다며.

나는 조심스럽게 그를 올려다봤다.

"기분 나빴어요?"

"글쎄."

손이 머리로 올라왔다.

"전혀 나쁘지 않으니 정말 중증이로구나."

서툴다. 그는 그대로 흘러내려 온 머리카락을 귀 뒤로 넘겨 주었다. 서투르나 부드러운 손길에 살짝 눈을 감았다. 그가 천천히 고개를 숙여 날 바라봤다.

"……머리, 길어졌어요."

사라락 달빛에 흠뻑 젖은 머리칼이 손등을 간지럽힌다.

"아아. 부작용인지도."

나는 이전과 묘하게 달라진 점을 발견했다.

"몸은 어때요?"

길게 자라 가슴을 덮는 머리카락 외에도 조금 마르다 싶었던 몸이 단단해진 느낌이라거나 조금 더 그윽하고 깊어진 눈동자. 그리고 더욱 음영이 진 얼굴. 그는 마치 보름달에 핀 수국처럼 위험한 듯 아슬아슬한 시선으로 나를 보고 있었다.

"가벼워. 그 어느 때보다도."

아모르는 나를 잡고 있지 않은 손을 쥐었다가 펴며 말했다.

"순환을 방해하던 독이 전부 사라졌어. 약을 소화하며 그동안 쌓아 둔 신력이 전부 사라졌지만 곧 차곡차곡 쌓일 거야."

"정말, 정말 전부 나은 거예요?"

그렇게 묻는 내 목소리는 떨고 있었다. 그는 안심하라는 듯 내 허리를 껴안으며 속삭였다. 아주 기쁜 목소리로.

"그래."

나는 잠시 아무 말도 할 수 없었다.

"안 믿겨요."

이내 껴안고 있던 그의 허리를 더욱 껴안으며 고개를 파묻었다. 아, 이건 너무 기쁜데. 너무 기뻐서 말이 나오지 않는 거구나. 괜스레 눈 밑이 당기며 눈꺼풀을 파르르 떨었다.

"이건 꿈이 아니겠지. 당신이 건강해졌다는 게……."

"믿어."

누군가 툭툭 치며 일어나라고 깨운다면 울고 말 거다. 현실 같지 않은 감정은 지금까지 불행만 겪어서 행복에 익숙하지 못한 사람의 비명이었다. 나락에 익숙해진 나는 기쁨에 기뻐하는 방법을 모른다고. 그는 치부를 보인 사람답지 않게 아주 편안한 얼굴로 웃었다.

"네가 더 예쁘게 보이는 것도 넥타르의 효과인가?"

나는 피식 웃었다.

"아니. 그건 그냥 당신이 내게 푹 빠진 거예요."

그의 뺨으로 손을 가져다 대자 그가 기꺼이 얼굴을 기대고 눈을 감는다. 난 뺨으로 가로지르는 눈물을 느끼며 환히 웃었다.

접어지는 나른하고 어여쁜 눈과 창백하지만 혈색이 돌아온 뺨, 그리고 단단한 어깨와 날 잡고 있는 팔까지. 꼼꼼히 확인하고 다시 올라가면 그는 내게서 눈을 떼지 못하고 있었다. 그 편안한 낯에 나는 차츰 눈이 감겨 왔다. 이런, 하고 신음을 뱉은 아모르가 황급히 나를 잡았다.

"……아모르."

숨을 길게 뱉으며 말했다.

"나를 좀 깨워 줘요."

잠들지 않기 위해 힘을 주었다. 그를 붙잡은 손가락이 파들파들 떨렸다.

"나 지금 자면 안 돼……. 자면……."

그러나 나를 배신하듯 눈꺼풀은 한없이 아래로 추락했다.

"안 돼……. 데인이 올 거야……."

"……그가 오면 깨워 줄게. 몇 시간이라도 좋으니 눈 좀 붙여."

"하지만……."

괜찮아. 그가 다정한 목소리로 중얼거렸다. 무어라 더 말한 것 같았으나 웅얼거리는 소리로만 들렸다. 안도해서인지도 몰랐다.

"조금 자."

나는 그의 품속에 잠겨 들었다.

* * *

"이런 패턴은 지겹지 않나."

나는 익숙한 검은 공간을 바라보며 중얼거렸다. 낯선 기분조차 들지 않았다. 여기가 어디겠어. 잠들었으니 꿈속이겠지.

아무것도 없는 새끼만 공간이었다. 툭하면 나오곤 했던 꿈이기에 나는 성큼성큼 걸었다. 그에 반응하듯 공간은 검은 큐브처럼 조각조각 들어가다 나오기를 보여 주더니 이내 나를 한 공간에 서 있게 했다.

검은 나무 밑동에 앉아 있던 여자가 천천히 고개를 돌렸다.

—안녕.

호밀밭의 색을 꼭 닮은 바랜 금색 머리카락, 자수정을 콕콕 박아 놓은 듯 선명한 자색 눈동자를 가진 여자가 가느다란 팔을 흔들어 보였다. 퍽 호쾌한 손이었다.

—아실리.

여자가 찬찬히 눈을 휘었다. 어디선가 본 것 같은 모습에 눈을 찌푸렸다. 그럴 리 없지. 레베카와 루스벨라를 제외하고 저런 미녀는 보지 못했다. 이내 고개를 흔들었다.

그녀는 나와 똑같은 색을 가졌지만 나머지는 전부 달랐다. 일단은 키가 훌쩍 큰 신장에 아주 성숙하고 아름다운 낯이었으며, 결정적으로 깨끗한 뺨을 가지고 있었으니까.

"넌 일기장이지?"

대답이 돌아올까.

지금까지 이렇게 물을 때 그녀는 언제나 답을 피하거나 나를 꿈에서 깨우곤 했다. 그러나 웬일인지 오늘은 그렇지 않았다.

"일기장 좋다. 꼭 애칭 같기도 하고."

조금 전 텔레파시처럼 머릿속을 웅웅 울리는 음성 대신 그녀는 직접 입을 열어 말했다. 순간 그 목소리를 어디선가 들어 본 것 같다고 생각했지만 곧 잊어버렸다. 마땅한 사람을 찾지 못해서였다.

"조금 전 아모르 노테의 신력을 빨아들여서 그런가. 힘이 넘치네."

그녀가 허공을 바라보며 중얼거렸다. 부드러운 눈동자가 이쪽을 향했다. 깜빡임마저 무척이나 아름다웠다.

"아실리, 신력과 자격과 사람이 모두 갖춰졌어."

그녀의 눈매가 나붓하게 휘어졌다.

"사실 아모르 노테의 신력은 주신 휘하의 신의 것이지만 뭐 결과적으론 도움이 되었으니 상관없겠지. 이제 그 순간만 오면 돼."

알아 달라는 듯 나긋한 그녀의 목소리에 집중하는 대신 나는 그녀를 물끄러미 바라보았다.

"넌 누구야?"

그녀는 자색 눈을 데구루루 굴리며 고개를 천천히 기울였다.

"난 버려진 자. 조각난 절망의 파편. 난 이름이 없어."

이전 수수께끼를 자아내는 모습과 다르게 그녀는 뭐랄까 어린아이처럼 순진한 눈을 가지고 있었다. 그 눈이 나를 향할 때, 숨김없는 애정을 드러냈다.

"네 이름은 궁금하지 않아."

그에 그녀는 조금 슬픈 미소를 지었다.

"날 미워하는구나."

그 말과 함께 그녀는 눈을 내리깔다가 더욱 서글픈 깜빡임을 보였다.

"뭐 아무래도 좋아. 아실리. 내가 무엇이라고 생각해?"

"그야 일기장……."

나는 한 걸음 뒤로 물러났다. 벌떡 일어난 그녀가 다가왔기 때문이었다.

"난 정말 단순한 일기장일까?"

그러나 멀어진 거리가 무색하게 다시 좁혀 오는 그녀 때문에 우리는 다시 가까워졌다.

"그럼 왜 난 너와 같은 모습을 하고 있지?"

"뭐? 같은 모습이라니, 너는 나와 달라……."

"이건 어때?"

눈을 깜빡이자, 어느새 나와 똑같은 키, 똑같은 얼굴을 가진 십 대 소녀가 웃고 있었다. 나는 얼굴을 살며시 찌푸렸다.

"이제 너와 똑같아. 아실리."

"아니, 달라."

다른 점이라고는 뺨이 깨끗하다는 것뿐이었다. 그녀도 이걸 아는 듯 들어 올린 손가락으로 제 뺨을 가리켰다.

"내가 너와 같다면 왜 이 뺨에는 상처가 없지?"

"……변신하는 기능이 있다면 똑같이 흉내를 내라고."

"푸하하. 변신이라. 그 말은 틀렸어. 나는 이 모습밖에 못해."

일기장이 내 얼굴로 생글생글 웃는 모습은 낯설었다. 아마도 내가 이렇게 환히 웃지 않기 때문인 것 같았다. 그녀의 웃음은 곧 씁쓸함으로 번졌다.

"아실리, 난 여기로 네가 왔을 때마다 힌트를 줬어."

"네가 무슨 힌트를 줬다는 거야?"

이전에 그녀와 만났던 꿈을 꼽자면 내가 여기 와서 본 거라고는 카스토르가 내 기억의 일부를 지웠다거나, 아니면 나와 똑같은 모습을 한 그녀의 모습을 보거나 최근에는 환생 전 밤을 보기도 했…….

나는 천천히 고개를 돌렸다.

"이젠 네가 맞출 차례야. 맞추거나. 맞출 수밖에 없게 되거나."

구불거리던 금발이 힘없고 가늘게 변하며 검은빛으로 물들고 있었다. 동그랗던 눈은 가늘고 조금 노란 빛이 도는 피부.

생각나는 사람이 있었다.

"안?"

오래전 약을 먹고 변했던 그 모습이 앞에 있었다.

"정답을."

'안'의 모습을 한 그녀가 빙긋 웃었다.

"알면 넌 성장할 거야. 우린 다시 보겠지."

이게 마지막 열쇠였다고 덧붙인 그녀는 화사하게 웃는 것과 함께 빛으로 산화하고 있었다. 무슨 말이야? 그녀에게 손을 뻗었을 때, 갑자기 바람이 불었다. 불어 닥친 거대한 바람에 팔을 교차해 막았다.

―……괜찮을 거야.

번쩍 눈을 뜨자, 새하얀 천장이 보였다. 나는 벌떡 상체를 일으켰다. 기다렸다는 듯 찾아온 두통에 머리를 잡으며 양옆을 돌아봤다. 창문 밖은 아침이었다. 새벽으로부터 몇 시간 지나지 않은 듯했다.

나는 이내 곧 방 한구석에서 기묘한 빛을 피워 낸 일기장을 찾아냈다.

"젠장, 어째서 잠이……."

이를 갈며 소리치는 목소리에는 힘이 없었다. 비틀거리며 걸어갈 때마다 눈앞이 아릿했고 잠이 미치도록 쏟아졌다. 경험상 얼마 지나지 않아 다시 잠에 빠질 것을 짐작했다.

희미한 시야에 파라락 펼쳐지는 일기장이 보였다. 과거 익히 본 그림이었다.

"미래 예지? 무슨 내용인지 얼른 봐야……."

젖 먹던 힘을 다해 탁자로 가는 데 성공한 나는 일기장을 넘겼다. 아니 넘기려고 했다. 그러나 일기장에 손을 댄 그때 눈부신 금빛이 터져 나왔다.

빛은 나를 막기라도 하듯 시야를 방해했다.

"조금만……."

일기장이 미래를 예지하고 있다. 언뜻 보인 페이지, 어떻게든 보겠다는 일념으로 이를 악문다.

"큭, 조금만 더……."

그러나 다시 뿜어져 나오는 빛, 그건 지금까지와의 빛과는 달랐다. 아주 기분 나쁘고 음산한 검붉은 빛에 눈을 찌푸리며 손을 뻗으려 했다. 게임 속 채 1도 남지 않은 게이지 바처럼 눈앞에 경고등이 선명했다. 아직, 아직 자면 안 돼. 안 돼, 잠들면…….

그러나 거기까지가 한계였다.

나는 결국 미래가 쓰인 페이지를 보지 못하고 잠들었다.

* * *

다시 눈을 떴을 때, 나는 반나절이 꼬박 지났다는 걸 알았다. 사실 일어나자마자 내 옆에 누워 있던 아모르로 알게 된 것이었다. 옆에서 부스스 일어나는 얼굴을 보고 깜짝 놀라긴 했으나 곧 진정했다. 어째서 아침에 잠들었는데 다시 밤이냐는 내 질문에 아모르가 꼬박 잠들었다고 말해 준 것이다.

"하……. 얼마 지나지 않아서 다행이긴 한데 어째서 자꾸 잠드는 건지 모르겠어요."

"잠?"

"네. 미치도록 쏟아져요."

잠시 고민에 빠진 듯 이마를 문지르던 아모르가 천천히 입을 떼었다.

"······주신의 신관 각성이 어떤 환경인지 모르는데 큰일이구나."

각성? 내가 되묻자 그가 끄덕였다.

"각성의 마지막 전조다. 혹시 지금은 어때? 잠이 오나?"

"아니요."

자고 일어난 지금 언제 그랬냐는 듯 몸이 가뿐했다. 물론 머리에서 옅은 두통이 느껴지긴 했지만 이 정도는 견딜 만한 수준이었다.

"빠르면 하루 아니면 이틀. 길어야 사흘."

열을 재듯 내 이마를 재어보던 아모르가 곧 고개를 주억였다.

"그래요?"

나는 생각보다 태연하게 받아들였다. 하기야 아카데미에서부터 폰투스가 곧 각성, 각성 노래를 부르지 않았던가. 꿈속에서 마주했던 일기장도 성장 어쩌고 했던 것 같고. 이미 지겹도록 들은지라 크게 놀라지 않았다. 아니 솔직하게 말해 힘을 갖게 된다는 게 어떤 느낌인지 와닿지 않았다.

천천히 주먹을 쥐었다가 펴던 나는 고개를 번쩍 들어 아모르에게 일기장을 가져와 달라 부탁했다. 그러고 보니 기절 바로 직전 희미한 시야에서 예지를 본 것 같은데.

"아모르, 플뢰온은 어떻게 됐나요? 내 오라버니요."

"지하 감옥에 구금된 상태다. 그리고······."

어째서인지 말을 잇지 못하는 그에게서 일기장을 받았다. 그리고 펼쳐진 페이지를 보고 난 뒤 그가 말하지 못했던 것을 이었다.

"사형이죠? 내일."

"······그래."

826년 하베론의 달 21일

6황자 오라버니의 사형식이 거행되었다. 오라버니는 사형당했다.

잠들기 직전 보지 못했던 미래가 이것이었나 보다. 나는 잠시 페이지를 쓸어내린다. 긴 숨을 내쉬었다. 돌연 페이지가 순식간에 구겨진다. 나는 그 페이지를 잔뜩 구기고는 고개를 들었다. 그러고는 착잡한 얼굴을 한 아모르를 보며 옅게 웃었다.

"최악이네."

"하지만 내가 봤던 미래는 이것보다 최악이었던 적도 있어요."

바로 내 죽음.

"나는 그것을 전부 바꿔 왔고 이것 또한 바꿀 수 있어요. 아니 바꿔야만 하겠죠."

그렇게 말하다 나는 고개를 기울이며 픽 웃었다. 일기장을 향한 비웃음이었다. 일기장, 그녀가 경고한 게 고작 이 정도라면 나를 너무 만만히 봤다. 아니 지난 내 삶을 과소평가한 것이라고.

"네 수첩이 예지 못한 것이 있다면 내 회복 속도겠지."

"아모르?"

그가 손을 펼쳐 손바닥에 피어오르는 옅은 녹색 빛을 보여 주었다. 나는 그의 눈동자에서 일렁이는 금빛을 보았다. 이전에 보았던 것보다는 매우 약했지만, 어제 병석에서 일어난 사람임을 생각하면 대단한 일이었다. 신력이 쌓이는 데는 시간이 꽤 걸리는 편이고 그도 시간이 필요하다 말했으니까.

"건강한 몸에 잘 쌓인다는 걸 알게 됐지. 내일 아침이면 간단한 일이나마 도울 수 있을 거다."

"무엇을요?"

"탈출. 네가 하려는 것 말이다."

얼떨떨한 낯을 하고 있는 내게 아모르가 옅게 웃었다. 입꼬리가 근사하게 올라간 웃음이었다.

"벽 너머로 넘어가는 것 정도야."

차츰 웃음을 찾던 나는 다른 생각에 미쳤다.

"그런데 아모르. 왜 데인에게 연락이 오지 않는 거죠?"

"글쎄······."

다시 심각한 낯으로 돌아온 나를 보며 아모르가 내 미간을 살살 어루만졌다.

"거기에 대해서는 한번 알아보마. 네가 여기 있는 걸 네 측근들도 알고 있어."

"제 궁은요? 제 하녀들은?"

"일단 네 궁과 네 궁의 하녀들은 안전하다. 거긴 수도 순찰대가 번갈아 가며 지킨다고 해."

"······부탁해요. 되도록 빨리 알아봐 줘요."

"그래. 넌 일단 각성에 집중하는 게 좋겠다. ······이젠 네가 정말 신관처럼 느껴져."

내가 당장 이 궁을 뛰쳐나간다고 한들 어디로 가야 할지 모른다. 더구나 당장 할 수 있는 게 없으니까.

아모르의 손이 눈꼬리를 쓸었다.

"불안한 상태보다는 완전한 게 네게도 좋지 않겠나."

이렇게나 상황이 좋지 않은데 얌전히 각성에 집중할 수 있을 리 없지만 나는 그의 성의를 생각해 고개를 끄덕였다. 오히려 이 순간 더 빠르게 힘을 얻게 된다면 도움이 될지도 몰라.

"알겠어요. 준비할게요."

그가 만족스러운 낯으로 관자놀이에 입을 맞췄다.

* * *

깊은 밤. 나는 막 책을 덮었다. 아모르가 도움이 될지도 모른다며 가져다준 책이었다. 비록 신관만을 위한 책이라 중간중간 어렵긴 했지만 나름 도움이 됐다.

창문을 바라본 나는 한숨을 쉬었다.

"……아직도 밤이라니."

조금 답답했다. 당장 닥쳐온 위기를 어쩌지도 못하고 바라보고만 있으니 당연했다. 참지 못하고 벌떡 일어났다.

잠시 후 나는 테레나 궁에 있었다. 좀처럼 답답함을 참지 못하고 찾아온 것이었다.

<산책을 다녀오는 건 어때.>

<산책요?>

<비록 난 결계 때문에 힘들겠지만 네 궁까지라면 안전할 거다.>

이미 아모르는 내 답답함의 원인을 알고 있는 듯했다. 그는 테레나라면 안전할 거라며 보내 주었다. 물론 최소한의 안전장치는 거쳤지만 말없는 배려가 고마웠다.

<그라니우스의 답변이 왔다. 준비를 하고 있다더구나.>

그라니우스가 플뢰온의 탈출을 준비하고 있었다. 새벽까지 깨어 있던 그는 서신에 즉시 답변했다.

그러나 나는 슬픈 짐작을 한다. 그가 그 탈출에 적극적이지 않으리란 걸. 그에게 우선으로 보호해야 할 사람은 나다. 그렇기에 그는 '하는 데 까지' 해 보겠지만 모든 걸 걸고 돕지는 않을 것이다. 내가 있으니까. 황녀를 보호해야 하니까.

"정 안 되면⋯⋯."

손을 오므렸다가 피며 도드라진 핏줄을 바라본다. 그래, 내게는 최후의 수단이 있으니까.

"그래. 한 번 죽어서라도."

시간을 되돌려서라도 그를 살리면 된다. 미래는 바뀔 수 있다는 걸 직접 경험하지 않았던가. 두려움은 없었다. 길게 한숨을 내쉬며 숲을 헤쳐 걸어간다.

금지된 숲을 통해서 왔기 때문일까 나는 순찰대와 마주치지 않았다. 금지된 숲은 허락되지 않은 자가 출입할 시에 길을 잃게 되거나 또는 이 숲을 지키는 파수꾼과 만날 가능성이 크다. 어찌 된 영문인지 난 어느 순간부터 개를 마주치지 않았지만 말이야.

중정을 거닐고 있는데, 뜻밖의 사람을 만났다.

"아실리?"

난 조금 놀란 눈으로 루스벨라를 바라봤다.

"루스벨라? 왜 여기 있는 거야?"

"아⋯⋯."

눈을 깜빡이던 루스벨라는 이내 웃으며 설명했다. 내 궁 테레나가 안전하다는 이야기를 듣자마자 아모르가 이곳으로 그녀를 보냈다고.

그녀를 테렛 궁에 머물게 한 아모르는 곧 문제를 직면했다고 한다. 그곳엔 주방장이 없던 것이다. 신관은 제대로 먹지 않아도 짧은 기간이

나마 문제없지만 루스벨라는 그렇지 않았단 걸 뒤늦게 깨달은 듯했다.

"어젯밤에 옮겨 왔어."

확실히 테렛 궁은 루스벨라가 생활하기에 부족한 곳이었다. 주방장마저 쫓아냈으니. 여긴 하녀들도 있고 무엇보다 그녀를 노릴 사람은 없으니까.

"잘됐어. 여긴 하녀들도 있으니까."

"응."

루스벨라가 밝게 웃으며 끄덕였다. 어둠 속에서도 그녀의 미소만은 조명에 비춘 듯 선명하게 보였다.

"다들 친절했어. 네 친구라고 하니까 다들 이것저것 많이 묻던걸."

"그래?"

"응."

루스벨라가 더듬더듬 묘사하는 사람들에서 하녀들의 흔적을 본다. 무사하다니 다행이다. 그러나 곧 가슴에 걱정이 내려앉았다. 앞으로도 그럴지는 모르겠지만.

"내 하녀들은 다 좋은 사람이야. 너도 좋아하면 좋겠다."

"걱정하지 않아도 이미 그렇게 되었는걸."

자못 어두워진 내 안색에 루스벨라가 입을 떼어 내려 했지만 그녀는 무어라 말하는 대신 침묵을 택했다. 그 모습에 나는 옅게 웃었다.

"하녀 중 누가 제일 수다스러웠어? 역시 한나지?"

배려심마저 탑재한 여주인공이라니. 이쯤 되면 나도 홀딱 넘어가겠다.

"한나?"

하기야 얼굴 예뻐 심성 고와 심지어 머리도 좋다. 어디하나 빠지지 않는 완벽한 조건 아닌가. 원래 미녀는 남자뿐 아니라 여자도 좋아한다.

언니 멋져요.

"푸른 눈에 제일 예쁜 하녀."

"아……."

그녀를 바라보는 것 반, 본편 내용을 떠올리는 것 반. 시답잖은 대화가 오고 가는 동안 생각에 빠진 나는 잠시 루스벨라의 말을 놓쳤다.

"여전히 덤벙대더라."

"응, 뭐라고?"

"으응. 덤벙댄다고. 세숫물을 가져오다가 한번 놓쳤거든."

나는 묘한 느낌을 받았다. 그러나 잘못 들은 건가 싶어 고개를 갸웃하고는 끄덕였다.

"맞아. 한나는 좀 허술한 면이 있지."

우리는 중정을 거닐며 잠시 말이 없었다. 나는 내일에 대해 생각하고 있었고, 루스벨라는 정원을 바라보며 연신 감탄하는 듯했다. 겨울이 가까워진 계절이라 제대로 된 꽃이 피지 않은 정원이 그녀의 마음에 든 것일까? 나는 빈 아카시아 나무를 응시하는 얼굴을 보았다.

흰 도자기와 같은 피부는 달빛에 우유처럼 하얗게 빛나는 것 같았다. 깜빡일 때마다 금빛 속눈썹이 소리 없이 움직였다. 유려한 곡선이 목선으로 이어져 있다. 확실히 아름다웠다.

그런데 나는 그녀를 바라보며 왜인지 위화감을 느꼈다. 지금까지는 전혀 느끼지 못했던 느낌이…….

"내가 살았던 곳은 정원을 꾸미지 않았어."

소리 없이 이쪽을 돌아본 루스벨라가 말했다.

"내가 살던 곳의 사람들은 지치고 힘든 표정을 하고 있었어. 어린 나는 이유를 알지 못했지만 그건 쉬이 말을 걸지 못하게 되는 데는 충분했고. 나는 소심했어."

"그건 네 탓이 아니야."

나는 생경함을 지우며 말했다. 이렇게나 밝고 긍정적인 사람이 어릴 때는 소심했다니. 루스벨라의 어린 시절은 잘 모르는데. 그녀의 삶, 그러니까 『루스벨라의 빛』은 그녀가 훌쩍 자란 시점으로부터 시작했으니까.

"날 키워 준 유모에게 묻고 싶기도 해."

그녀는 나를 보지 않고 있었다. 그렇게 먼 허공을 바라보며 작게 중얼거렸다.

"왜 그랬는지. 왜 날 제대로 보지 않았는지."

그녀의 얘기에서 어렵지 않게 짐작할 수 있었다. 입양아라고 했나, 양부모 집에서 모든 사람이 그녀를 환영했던 것은 아니었던 걸까. 어느새 우리는 중정을 지나 복도에 있었다.

"루스벨라. 유모에게 물어도 네가 원하는 답은 나오지 않을지도 몰라."

"그런가?"

"하지만 네 속은 후련해질 수 있겠지."

"고마워."

그녀는 작게 미소했다.

"아실리는 참 다정하구나."

"내가?"

"응. 내가 아실리 같았다면 좋았을 것 같아. 좀 더 용기 있고 다정한 사람."

"……나 같은 사람?"

갓 태어난 강아지인 듯 순한 눈망울을 하고서 나를 바라보는 그녀의 눈에 잠시 할 말을 잃었다. 글쎄, 난 다정한 편은 아니라 생각하는데.

보통 다정함은 좀 사근사근한 사람과 어울리지 않나.

"무모함은 할 말이 많긴 해. 하지만 뒤에 나온 건 인정 못 하겠다."

나는 웃으며 이어 말했다.

"네가 말하는 게 뭔지 모르겠어. 루스벨라. 넌 참 사람을 무장 해제 시키는 재주가 있다. 정말."

나는 루스벨라와 마주하며 함께 웃음을 터트렸다. 달빛에 부서진 그녀의 미소는 아주 아름다웠다. 가슴이 뻥 뚫리는 웃음을 터트린 이 때, 어찌 된 영문인지 가슴 속에는 지극히 편안한 감정과 묘한 위화 감이 함께 자리하고 있었다. 본능이 속삭인다.

위험해. 위험해.

"이곳까지 와서 약을 만들어 준 것 정말 고마워."

"아니야. 돕고 싶었는걸."

그러나 나는 전부 지워 내며 걸음을 내딛었다. 언제고 불안함을 떨쳐 낸 적이 없다. 이건 끊임없이 이어지는 불행 탓이었다. 그러니까 그러려 니 했다. 행운을 불행의 뒷면으로, 불행의 전초전으로 행복을 알고 있는 나니까.

"여기야?"

복도를 쭉 지나 끝에 다다랐다.

"응."

우리는 문 앞에서 멈춰 섰다. 돌아보니 내 방 근처였다. 아마도 루스 벨라가 내 친구기에 내 방과 가까운 방을 내준 모양이다.

"아실리."

막 방으로 들어가기 직전 루스벨라가 나를 불렀다.

"……상황이 많이 나쁜 거야? 그러니까……."

"반란 말이지?"

망설이는 그녀를 대신해 말했다. 응. 하고 루스벨라가 고개를 무겁게 끄덕였다. 나는 씁쓸히 웃어 주었다. 지금 상황이라……, 딱히 소리 내어 말하고 싶은 상황은 아니지만 그녀는 알 자격이 있다. 그녀의 안전과도 직결된 문제니까.

"……딱히 좋은 상황은 아니야. 아니. 많이 나빠."

기둥 밖의 풍경을 보고 있던 나는 고개를 돌렸다.

"내일, 내 오빠가 사형당할지도 몰라."

그 말에 루스벨라는 숨을 들이켰다. 나는 그런 그녀를 물끄러미 바라보며 아름다운 눈동자가 안타까움으로 물드는 것을 보았다. 처연한 금색 눈동자. 얼핏 카스토르가 떠올랐다. 아니. 잊자. 카스토르를 비교하다니 그녀에게 미안한 일이지. 색만 같지 전혀 다른데 말이야. 한참 망설이던 그녀는 조금 더 흐르고서야 겨우 입을 떼었다.

"실은 아실리, 오늘 나 산책하던 도중에 어떤 사람을 만났거든. 그 사람이 네게 어떤 말을 전해 달라고 했어."

"사람?"

"응. 검은 머리카락을 가진 키가 아주 큰 남자였어."

나는 순간 숨을 멈췄다.

"그 사람이, 뭐라고 했는데?"

떨지 말자. 떨지 마. 가까스로 참아 내고 태연을 가장해 말했다.

"약속대로 난 아무것도 하지 않았다."

"……."

"도움이 필요하면 언제든지 찾아오렴."

나는 루스벨라를 통해 나온 카스토르의 말에 이를 악물었다.

"아실리, 이 사람…… 네 오라버니 맞지? 분명 그렇게 말했고. 이 분한테 도움을 청하면 안 돼? 무척이나 다정했고 뭐든 해 주겠다고 했어. 또."

"다정했다고?"

덥석. 루스벨라는 갑자기 제 손목을 잡은 나 때문에 당황한 표정이었지만 솔직하게 고개를 끄덕였다.

"응. 무척 다정했어. 부드럽게 말하며 너를 아끼는 사람이라 소개하면서, 내 이름을 듣더니 언제 한번 중앙 궁으로 오라고 말씀하셨어. 아실리, 뭔가 잘못된 거야? 아니면 내가 잘못한 거야? 말해 줘."

똑똑한 여자답게 그녀는 뭔가 이상함을 눈치챘다. 아니 내가 표정을 숨기지 못한 건지도 모르겠다. 들키지 않기 위해 표정을 가라앉혔다.

"아니. 아니야."

나는 그녀의 손을 놓고, 들어 올린 손으로 이마를 매만졌다. 곧 숙여진 고개를 따라 머리카락이 흩어져 내렸다.

"아니야. 루스벨라. 조금, 당황해서……."

카스토르는 약속대로 아무것도 하지 않았다. 그리고 나를 찾아온 것뿐이다. 하지만 그 과정에서 루스벨라를 만났고 그녀에게 친절했다. 그래 그 친절이 문제였다. 그 광기에 미친 황태자가 여주인공을 원작보다도 일찍 만나 버렸다.

손바닥을 파고드는 손톱의 감각은 이젠 너무 익숙했다. 루스벨라에게 다정하고 친절했다? 이건 원작에 따른 이야기인가. 어지러웠다.

하나 이대로 있을 수는 없었다.

"루, 루스벨라, 미안한데 먼저 가 볼게."

"아실리!"

그러나 서둘러 가려는 나를 왜인지 루스벨라가 덥석 붙잡았다.

"있잖아, 지금 이 나라는 아주 위험하다고 들었어."

나를 붙잡느라 그녀는 신등의 그림자로 뛰어 들어온다. 놀란 걸까? 이대로 간다고 하니 불안했던 모양이라 짐작했다.

"꼭 이곳에 있어야 하는 거야?"

"뭐?"

"아니, 이게 어떻게 들릴지 알아. 내게는 사실 특별한 능력이 있어. 불안한 감이 이상할 정도 잘 들어맞는다는 거야."

잠시 말을 멈췄던 그녀가 빠르게 말했다.

"그런데 지금 감이 좋지 않아. 그러니까…… 나와 월터 왕국으로 가지 않을래?"

어둠에 익지 않은 시야에 그녀의 입술이 겨우 보였다. 보지 않아도 나는 지금 무척 당황한 표정이었을 것이다.

"네 사랑하는 사람들도 같이 가도 좋아. 슬론에게 말하면 들어줄 거야. 아 아실리에게 말하지 못했지만 슬론은 월터 왕국의 왕자야. 함께 가지 않을래? 그곳은 살기 좋은 곳이고 나도 있어. 이제 네가 사랑하는 사람도 건강해졌잖아."

"루스벨라."

착하디착한 여주인공은 다정이 지나쳐 나를 걱정하고 있었다. 나는 그 걱정을 냉정히 외면할 수는 없었다. 나는 그녀의 손을 찾아 그러모아 쥐었다.

"말은 너무 고맙지만 그럴 수는 없어. 모두 데려가기에는 내가 사랑하는 사람이 너무 많아."

조영관과 순찰대, 테레나 궁의 하녀들, 레이 경, 데인과 플뢰온……

그리고 아모르. 한 손가락에 꼽기 힘들 정도로 많은 수가 있었고 모두 그곳으로 갈 수는 없었다. 결국 나는 선택해야 했고 이미 오래전 도망이란 선택지는 미뤄 버렸다. 영원히.

"여기서 도망가게 되면 나는 앞으로 다신 같은 곳에 설 수 없을 거야."

시간을 되돌린다고 해도 도망치고 좌절한 기억이 사라지는 게 아니니까.

"고마워, 루스벨라. 잊지 않을게. 아니 모든 게 끝나면 네게 돌려주고 싶어."

진심으로 모든 게…… 해피엔딩으로 끝난다면 나는 그녀와 좋은 친구로 남고 싶었다. 이야기 속 조연이 아니지만 그녀와 만났고 커다란 은혜를 입었다. 돕고 싶었다.

"그러니까 여기서 기다려 줘. 내일 아주 중요한 일이 있거든."

나는 그녀의 손을 붙잡아 내려 주었다.

"그 일만 끝내고 널 돌려보내 줄게."

"……어디로?"

그녀가 안심할 수 있게 살며시 웃는 미소와 함께 루스벨라에게로 작게 속삭였다.

"네가 사랑하는 사람에게로."

"중요한 일은, 내일 사형……당한다는 오라버니의 일?"

실망했을까 걱정했던 그녀의 목소리에는 흔들림이 없었다. 나는 천천히 끄덕이고는 돌아섰다. 한 걸음, 두 걸음, 세 걸음 걸었을까.

나는 억눌린 신음을 토해 냈다. 하필 이때! 안 돼, 자면 안 돼. 힘겹게 걸었다. 그러나 바닥이 가까워진 감각 속에서 나는 어느새 주저앉아 있었다.

"아실리, 네가 잘못 알고 있는 게 있는데 난 사랑하는 사람이 없어."

그 순간이었다.

뎅, 뎅, 뎅.

괘종시계가 울었다. 낡은 괘종시계는 찢어지는 소리와 시끄러운 굉음을 토해 냈다. 흐릿한 시야로 루스벨라는 그것을 흘끗 보더니 작게 웃었다.

"저 시계는 12시 3분에 울려. 이 시간의 물건이 아니라 그래. 시간에서 벗어난 물건이거든."

시계 소리가 잦아든다.

"고장 난 게 아니라 신력으로 고정된 거지."

순간 나는 얼어붙었다.

"나는 저 시계 앞에서 죽었어. 그게 내 첫 죽음이었지."

믿을 수 없는 이야기라도 들었다는 듯 억지로 고개를 치켜들었다. 그러나 힘이 들어가지 않았다.

"있잖아. 내일 사형장으로 가더라도 플뢰온은 구할 수 없어."

가까워지는 발소리.

"그게 '정해진 미래'거든."

뚜벅뚜벅 발소리가 고요한 복도를 울릴 때, 잠들 듯 말 듯 어지러웠던 정신이 순식간에 맑아졌다. 나는 멍하니 고개를 들어 올렸다.

"지금……."

눈앞에 선 루스벨라를 보았다.

"지금 뭐라고……."

그녀는 그림자 속에서 나붓하게 미소했다.

"모르겠어?"

그때였다. 얼굴의 반쪽이 그림자에 잠식당한 채로 웃던 그녀에게서 빛이 새어져 나온 것은. 찬연하게 빠져나오는 빛은 눈이 부시도록 빛나는 금색이었다.

"루스벨라."

"정말 모르는 거야? 아니면…… 모르고 싶은 거야?"

순금을 녹인 것처럼 아름다웠던 머리카락에서 금박이 벗겨지듯 떨어져 나간다. 토성의 고리처럼 그녀를 에워싸고 부스스 부서지는 금빛 부스러기 사이에서 마침내 호밀밭의 바랜 금발이 달빛을 반사했다.

그녀는 모든 금색이 벗겨진 머리를 쓸어 올렸다. 그녀가 쓸어 넘긴 그대로 깔끔한 모양이 남았다. 찬연한 금빛 눈이 이쪽을 향했다.

"이러면 알아볼까."

들어 올린 손이 눈을 가렸다가 이후 떼어 내자, 자색 눈동자가 나를 바라보고 있었다.

"너, 넌…… 넌 누구야."

나는 주먹을 꽉 쥐며 물었다. 그러나 이미 답을 아는 질문이었다. 머리가 내린 답을 믿고 싶지 않았다.

"나는 루스벨라 샤이 앨로제(Luzbella shy Aelroze)."

이 목소리를 들어 본 적 있다. 위화감은 거기서부터 나온 것이었다고.

"그리고 아실리 로제(Ashely Roze)에요."

그녀의 주위를 맴맴 맴돌던 금색 빛무리가 허공에 글자를 그렸다. 존댓말로 돌아온 그녀는 장난스럽게 빛을 움직였다.

"당신의 영혼을 내 몸에 넣은 장본인이기도 하죠."

춤을 추듯 흩어진 '샤이 앨로제'가 '아실리 로제'로 맞춰진다. 그녀와 나의 눈동자가 허공에서 마주쳤다.

"이상하지 않나요?"

"……."

"책의 모든 글자를 기억하는 당신의 상태가. 과연 정상일까요?"

이 순간 꿈속에서 속삭이던 일기장의 목소리가 아로새겨진다. 일기장이 나붓하게 속삭이던 목소리. 그건 지금 들려오는 목소리와 똑같은 목소리였다.

<아실리. 내가 무엇이라고 생각해?>

<그야 일기장…….>

나는 한 걸음 뒤로 물러났다.

<난 정말 단순한 일기장일까?>

그러나 몸은 더 이상 말을 듣지 않았다.

<그럼 왜 난 너와 같은 모습을 하고 있지?>

그녀가 깜빡이는 순간, 자색이었던 눈동자가 다시 금색이 되었다. 홍채 속에서 금빛 아지랑이가 폭발할 것처럼 휘몰아치고 있었다.

"책은 내 삶이에요."

루스벨라를 감싸고 있던 금빛 껍데기가 산산조각 나며 휴지 조각처럼 나부끼며 사라진다.

"당신은 다른 세계의 영혼이자 내 육체에 들어가며 나와 영혼이 섞였어요. 나는 당신을 불러오고 영혼을 쪼개는 과정에서 내 몸에 영혼의 일부를 남겼고 그 자리에 당신이 들어간 거랍니다. 일곱 살 이전의 기억이 없던 것도 한 몸에 영혼이 두 개였기 때문이죠. 이해가 가시나요?"

그녀의 신력이 불러일으킨 강한 바람이 나와 그녀의 머리칼을 거칠게 흔들었다.

<아실리, 난 여기로 네가 왔을 때마다 힌트를 줬어.>

색이 완전히 같은 머리카락, 아름다웠으나 이전과는 조금 다른 얼굴이었다. 조금 더 어리고 순한 얼굴, 크게 바뀌지 않았으나 인상을 바꾸기에 충분했다.

그제야 깨달았다. 그동안 내가 암시에 걸려 있었음을. 그녀가 가진 힘이 내게 씌운 암시, 그리고 환상. 그녀는 일기장과 똑같은 모습의 외양을 숨겼고, 주신의 힘은 상대의 정신에 파고드는 능력이었다. 그리고 그녀의 힘이 내게 통한 것은.

"당신이 아는 책 『루스벨라의 빛』은 내가 당신에게 남기고 간 기억. 나의 삶."

"……하지만 나는 그 책을 정말로 읽었어."

내가 그녀고, 그녀가 나라서.

"글쎄요. 환생한, 아니 차원을 이동한 자가 대뜸 믿기에 어떤 것이 좋을까요? 그래, 이전 삶에서 읽었던 책이면 좋겠다."

"아니야. 아니야!"

아니야. 책은 있다. 없을 리가 없다. 없으면 안 돼. 없어선 안 돼. 나는 정신없이 고개를 흔들었다. 이럴 순 없다고. 이래선 안 된다고. 어느새 그녀의 치마를 거칠게 잡아당겼다.

"나는 죽었어! 죽었고 살아났고 다시……."

"나도 수없이 죽었어요. 당신처럼. 아니 당신과는 비교되지 않을 정도로."

그녀는 빛이 없는 미소를 지으며 수를 세기가 귀찮을 쯤에 잊어버렸다고 말했다.

"수없이 반복하는 삶에서 벗어나기 위해 나는 내 영혼을 쪼개어 일부는 나의 육체에, 일부는 당신이 가진 일기장에 넣어 두었죠. 당신 영혼이 스스로 환생한 아실리 로제라 믿도록. 그 운명을 스스로의 것이라 믿도록."

"……."

"그리고 나의 영혼을 옮겨 놓을 때, 죽음에 대한 기억만 이 일기장에 떼어 놓았죠."

그녀는 그런 나를 비웃듯 허리를 숙여 얼굴을 가까이했다.

"내 운명을 고스란히 겪어 보니 어떻던가요?"

나보다는 성숙한, 그리고 나보다 아름다운 얼굴이 꽃처럼 미소했다.

"절망스럽죠? 더럽고 추악한 운명에 엮여서 불행에 빠진 기분이죠? 알아요."

이전의 그녀가 한 줄기 흰 꽃의 가련함이었다면, 머리를 틀어 올린 그녀는 도발적이고 농홍한 빛을 띠고 있었다.

"이건 찌꺼기랍니다. 내가 버린 나의 죽음이자 영혼의 일부."

그녀가 들어 올린 손을 일기장에 올려놓았다.

<난 버려진 자. 조각난 절망의 파편. 난 이름이 없어.>

이름이 없는 건 루스벨라가 버렸기 때문이었다.

"이 제국은 카스토르 드제와 아실리 로제란 두 명의 괴물을 낳았답니다."

나는 턱을 덜덜 떨었다.

루스벨라가 비릿하게 웃었다. 마침내 그녀가 이 세계의 진실을 토해 냈다. 그것은 폭발적인 빛과 함께였다. 산개하며 나를 덮친 금빛에서 정신 차렸을 때, 나는 낯선 공간에 서 있었다.

익숙한 공간이 낯선 분위기를 자아내고 있었다. 이곳은 산실이었다.

축축한 공기, 하나같이 절망에 찬 얼굴들, 탄생은 누구에게도 축복받지 못했다. 어미가 자식을 거부했기 때문이었다.

＜치우거라.＞

＜하지만 황비님, 마마의 아기씨입니다.＞

기억하는 것보다 훨씬 젊은 얼굴의 유모였다.

＜……건강하게 태어났어요.＞

그녀는 애원했다. 그러나 아기를 안고 간절히 바라던 유모는 끝내 차갑게 벼려진 아올레시아의 얼굴에 못 이겨 고개를 떨어트렸다.

＜어디론가 가서 죽여 버려.＞

＜…….＞

＜제발. 살아 있어도 불행해질 아이다. 그 애가 살아 있으면 숨을 쉴 수가 없어…….＞

아올레시아의 헐떡임이 들리는 순간 유모는 걸음을 멈췄다. 유모는 친모의 어린 시절부터 함께해 왔던 사람이었다. 이 순간 딸같이 아끼던 사람과 갓 태어나 숨을 헐떡이는 아이, 그녀가 무엇을 선택할지는 정해져 있었다.

이 세계의 진짜 '아실리 로제'의 첫 죽음은 그렇게 허무할 정도로 쉽게 일어났다.

"난 그날 각성했어요."

나는 황급히 두리번거렸으나 루스벨라는 목소리만 들릴 뿐 어디에도 없었다.

"태어나자마자 각성했고, 동시에 저주에 걸렸죠. 시간을 반복하는 저주."

그녀는 마치 이 상황을 비웃는 듯한 목소리였다. 그동안 공간이 바뀌었고, 나는 새로운 곳에 서 있었다. 거대한 황무지였다. 나는 본능적으로 이곳이 루스벨라가 말했던 국경이란 걸 알았다.

"국경으로 도망간 건 큰 이유가 없었어요. 궁에 있으면 누구든 나를 죽이려 했으니까."

시간을 반복하면 알게 되는 것이 있다. 같은 시간을 반복한다고 해서 같은 사람이 같은 행동과 같은 말을 하는 것은 아니다.

꽃병을 깼다고 가정한다면 깨진 꽃병이란 결과는 같되, 넘어지면서 깨지거나, 지나가며 실수로 건드려서 깨거나, 결과로 가는 다양한 과정이 생겨난다. 이 과정은 항상 같지 않음을 알았다. 그러나 내 이전 과거가 죽음으로 귀결되었듯 루스벨라도 마찬가지였다.

그녀가 나와 달랐던 점은 첫 시작이었다. 그녀는 죽으면 항상 태어나는 순간으로 돌아가는 것이었다.

"죽음을 반복할수록 더욱 강해지죠. 주신의 힘은……."

루스벨라가 작게 속삭였다.

그녀는 차츰 힘을 늘렸다. 방법은 죽음으로써였다. 아무도 그녀에게 생존하는 법을 알려 주지 않았기에 그녀는 혼자서 익혔다.

"나는 본능적으로 내게 어떤 사명이 있는 거라고 믿었어요."

그녀는 본능적으로 자신에게 사명이 있을 거라고, 그것을 위해 죽고 살기를 반복한다고 믿었다.

마침내 그녀는 제국의 서쪽 끝에서 해답을 찾아냈다. 멸망한 죽음의 신전에는 채 전소되지 못한 기록이 있었고 그녀는 기적처럼 그것을 발견했다.

"죽음의 신전에서 그곳의 기록을 읽고 알았죠. 내가 무엇인지. 어떤 저주를 받은 것인지."

그러다 정찰대에게 들켜 죽게 되었으나 다시 살아난 루스벨라는 궁에 남는 쪽을 택했다.

"삶이 달라진 건 아니었지만, 필요가 있을 거라 믿었죠. 내 삶이."

그녀는 궁에서 수없이 죽었고, 그럴 때마다 일기를 썼다. 다시 살아나며 일기장은 지워졌지만 어느 날부터 기록이 남아 있는 걸 발견했다. 아니, 그녀만이 읽을 수 있었다. 그녀는 어느새 일기장이 그녀의 성물이 되었다는 걸 알았다.

<세상에, 이게 내 최초의 성물!>

그리고 마침내 루스벨라는, 아니 '아실리 로제'는 카스토르를 만났다.

그들의 삶은 늘 평행선처럼 이어질 듯 이어지지 않았다. 교차할 수 없는 환경이 수없이 반복되던 어느 날, 카스토르가 만나러 오기 전까지는.

<지금부터 이단 심문을 시작한다. 황녀.>

두 사람을 가르는 것은 많았다.

황제의 강력한 후계자와 버려진 딸. 황금으로 지어진 중앙 궁과 서쪽 끝의 허름한 궁전.

황제의 명으로 아올레시아의 마지막 혈육을 살해하러 온 황태자, 그리고 죽어야 하는 황녀.

"우리는 서로를 알아보지 못했어요. 이미 그쯤 서로가 강력한 힘을 갖고 있기에 숨기는 데도 능했죠."

피가 섞이지 않은 남녀의 만남은 최악의 방식으로 끝을 맺었다.

<8황비 아올레시아의 딸, 아실리 로제 아올레시아 칼타니아스. 나는 장차 이 제국을 짊어지는 몸으로서 네게 금기시된 사법사 및 혼돈의 신관과 내통한 죄를 묻겠다.>

고개를 들면 익숙한 그림이 펼쳐졌다. 하베르미아의 달 10일, 카스토르가 하녀들을 모조리 죽이고 마침내 '아실리 로제'마저 죽이는 장면.

다른 점이 있다면 죽어 가는 하녀를 보며 울부짖지 않는 '아실리 로제'였다.

그녀는 모든 죽음을 겸허히 받아들였다. 익숙한 일인 것처럼 마침내 자신을 내려치는 검을 보며 '아실리 로제'는 태연히 눈을 감았다. 그 모습에 카스토르가 움찔했지만 이미 내려친 검을 되돌릴 수 없었다.

첫 만남에서 그녀는 단숨에 죽었다.

"딱히 그를 원망하진 않았어요. 이미 무수한 사람들이 나를 죽였으니, 그라고 특별하진 않았으니까."

다만, 하고 루스벨라가 중얼거렸다.

"이후로 나는 수없이 그에게 죽었고, 마침내 알게 된 거예요."

다시 펼쳐진 장면은 익히 내가 아는 장면이었다.

<이것도 또 하려니 재미없군.>

하베르미아의 달 10일. 다른 점이 있다면 흰 천으로 검을 닦고 중얼거리는 카스토르. 그 순간 '아실리 로제'가 번쩍 고개를 들었다.

"그도 나와 같은 사람이었어요. 나처럼 같은 시간을 반복하고, 반복한 시간을 기억하는."

나는 순간 소름이 오싹 돋았다. 이 순간 루스벨라의 목소리에 스민 환희, 기쁨, 기이한 행복을 느꼈기에.

"나는 알았어요. 내게 주어진 사명이 저 남자의 제거라는 것을. 저 남자야말로 이 땅의 악이었어요."

어딘가에서 루스벨라가 웃고 있었다.

"그 후로 나는 무슨 짓이든 했어요."

"무슨 짓이든……?"

"사막의 공주를 이용하다가 죽기도 하고 때로는 아벤타 공녀를 이용해 보고. 얼마 지나지 않아 그가 한낱 연정에 흔들릴 사람이 아니란 걸 알고 방법을 바꿨죠. 그런데……. 그의 힘은 내가 예상하는 것보다 훨씬 강했고, 정말로 다른 방법이 필요했어요."

테레나 궁을 비추던 공간이 파스스 부서져 내린다. 빛의 분자가 쌓이며 그것은 또 다른 공간을 쌓아 올렸고, 나는 뒤바뀐 공간에 서 있었다.

거대한 황무지를 어린 소녀가 건너고 있었다. 그녀는 죽고 되살아난 '아실리 로제'였다.

"이 나라를 그와 함께 없애 버리기로."

그녀는 황무지에서 수없이 죽었다. 국경 수비대의 눈먼 화살에 꿰뚫리고, 칼에 찔렸다. 상처가 악화되어 죽거나, 지나가던 도적떼에게 사냥당하기도 했으며, 어느 순간에는 굶어 죽었다.

그러나 다시 살아날수록 그녀의 힘은 강해졌다.

"내게 힘을 빌려줄 사람이 필요했고 찾는 데 공을 들였어요."

그녀는 대륙을 유랑하며 찾아 헤맸다. 그녀의 원을 들어줄 딱 맞는 사람을 찾기 위해서. 마침내 그녀는 어느 아카데미에서 그 사람을 찾아냈다. 월터 왕국의 1왕자. 현명하고 똑똑한 남자였다.

<난 루스벨라. 당신은?>

<……슬로레니안.>

공간은 마치 스크린처럼 두 연인의 장면을 보여 주었다. 달콤함이 묻어날 것 같은 장면은 내가 아는, 아니 안다고 믿었던 책 『루스벨라의 빛』의 장면이었다.

"수백 번, 수천 번이었나……. 몇백 년인지 모를 삶을 살았어요. 그래서 나는 내가 흔들릴 일은 없다고 믿었어요."

그 장면들을 물끄러미 보던 나는 새로운 사실을 알았다. 월터 왕국 왕자와 함께 있는 그녀는 죽지 않고 쭉 살고 있었다. 아니 죽음을 일부러 피하는 것처럼 보였다. 지금 말이 없어진 모습도 감상에 잠긴 것처럼 느껴졌다면 너무 지나친 생각일까.

"어리석은 나는 그 삶이 너무 소중해져서……."

루스벨라가 아주 작은 소리로 중얼거렸다.

이제 나는 루스벨라가 어디에 있는지 찾는 대신 그녀가 비추는 장면에 집중했다. 화면 속 나와 비슷한 얼굴이 웃고 있는 모습은 굳이 집중하지 않아도 눈을 뗄 수 없게 했다.

이유는 알고 있다. 수없이 거친 죽음 뒤에 환히 웃는 것이 얼마나 힘든 일인지, 나는 알고 있으니까. 나도 모르게 바랐던 화면 속 연인의 행복은 얼마 지나지 않아 끝을 맞이했다.

<제국에 온 걸 환영해.>

익숙한 내용이 펼쳐졌다.

<짐은 카스토르. 그대들도 알다시피 제국의 주인이지.>

카스토르가 등장에서 나는 작게 중얼거렸다.

"이건 책의 내용이지? 아니, 내가 『루스벨라의 빛』으로 알고 있었던 내용."

"……."

잠시 간극 끝에 루스벨라가 천천히 속삭인다.

"글쎄요. 당신이 아는 단순한 사랑 얘기는 아니에요. 당신에게 건넨 기억은 각색을 거쳤으니까."

"각색?"

대꾸하지 않았으나 침묵으로 긍정임을 알았다. 그리고 그녀가 말한 각색이 무엇인지 바로 알게 되었다. 책 속 내용과 다른 것이 있다면 루스벨라와 카스토르의 관계였다.

<그대, 「주신의 후계자」지?>

이전에 '아실리 로제'가 「주신의 후계자」임을 알지 못했던 카스토르는, 그녀가 루스벨라로 나타난 후에야 알게 되었다. '「주신의 후계자」 간에는 의지에 따라 힘이 통하지 않아요.' 루스벨라가 나지막하게 중얼거린다. 루스벨라의 말을 들으며 카스토르를 바라본다.

알고 있던 것과 달리 그들의 관계는 사랑이 아니었다. 사랑이라 속삭이지만 더없이 건조하고 따분한 눈이었으므로. 카스토르는 루스벨라의 미모와 능력보다 다른 한 가지에 집중했다.

<제가 탐나시나요?>

<아니.>

카스토르가 나른하게 미소했다.

<나와 같은 눈을 한 자는 필요 없어.>

푹. 카스토르가 발밑에 검을 찍어 눌렀다. 나는 그가 해치운 시체들을 물끄러미 바라봤다. 그의 한순간 유희거리로 희생된 이들이었다. 그가 폭군인 것만은 진실이었다. 다만 알고 있는 것처럼 진심으로 사랑에 빠진 남자가 아닐 뿐.

<나는 네게 끌린다. 이것도 빌어먹을 신의 장난질이겠지.>

카스토르는 루스벨라의 '힘'에 집착했다. 장난삼아 살해하려 들기도 했다. 같은 힘. 그럼 무엇을 할 수 있을까? 집착은 여기서부터 비롯되었다.

어느 비 내리는 밤 '아실리 로제'는 돌아서서 궁을 빠져나왔다. 이후는 예상했던 수순대로 전쟁이었다. 마침내 제국을 핏빛으로 물들이고 천년의 땅을 멸망시켰다. 루스벨라는 온 힘을 다해 죽여도 죽을 것 같지 않던 남자를 죽였다.

<이젠 정말로 죽는 걸까. 아니면 그대를 다시 보게 될까.>

<영원한 죽음이겠지요.>

죽음 앞에서도 광기를 잃지 않는 찬연한 금색 눈동자가 그녀를 향했다.

<……그래. 다시 보지 말자고.>

그와 그녀는 반복된 삶을 가지는 자만이 가진 무언의 심사를 공유했다. 그 순간 카스토르의 눈이 감겼고, 승리는 월터의 것이었다.

내가 아는 책 내용의 결말이었다.

"승리는 제 것이어야 했어요……."

그때 루스벨라의 목소리가 끼어들었다.

"모든 것이 끝나고 나는 행복했을까요?"

나는 어깨를 부르르 떨었다. 잠에서 깨어난 것처럼 선명한 적의, 음산한 목소리였다.

"아니. 나는 죽었어요. 어떤 이유도 없이. 누군가가 나를 살해한 것도 아니었어요. 그저 카스토르가 죽는 순간 과거로 돌아왔어요. 그리고 모든 것을 뒤져 본 끝에 새로운 사실을 알았죠."

"……."

"우리는 이 제국의 명운이 다할 때까지 죽고 죽이는 것을 반복하는 운명이란걸."

공간에서 검은 물이 쏟아지기 시작했다. 순식간에 발밑을 적신 물은 물이라기엔 점성이 있었다. 나는 이것이 피임을 알았다.

"오래전 주신이 깃든 나라, 그러나 신은 자살을 원했고 죽기 위해서는 모든 힘을 소진해야 했으며 그건 곧 이 나라의 멸망을 뜻했어요. 이 땅은 주신이니까."

발목을 가득 적힌 피가 서서히 차오르고 있었다.

"신의 힘이 완전히 사라지기 위해선 한 번으로 끝나지 않는 멸망이 필요했어요. 반복된 멸망이 수없이 쌓여 인과를 쌓고 그 끝에서 신은 죽음을 맞이하죠."

루스벨라의 목소리가 차차 가까워지고 있다.

"나와 그자는 이 제국을 멸망시키는 도구였어요. 시간을 반복해 자신의 힘을 없애 줄 두 명의 괴물. 나와 그자는 본능적으로 서로에게 이끌리며 서로를 죽여야 하는 운명. 그도 나도 알고 있어요."

마침내 그녀는 내 귀에 속삭였다.

"그 이끌림은 결코 사랑이 아니었다고."

새까만 공간에서 거대한 상자가 불쑥 솟아올랐다. 상자라고 생각했던 것은 새카만 제단이었다. 차츰 어둠이 눈에 익자 알게 되었다. 내가 서 있던 곳은 신전이었다.

주변을 둘러봐도 온통 검은색으로 가득하고, 거대한 기둥이며 여기저기 균열이 간 모자이크. 시든 수선화가 보였다.

<신이시여, 제발. 이 지옥 같은 삶을 멈춰 주세요. 왜 저는 죽어야 하나요? 왜! 왜! 왜⋯⋯. 이 나라는 내게 무엇을 해 주었나요⋯⋯.>

루스벨라가 울부짖었다.

<왜, 저는 끝내 열여덟 살을 넘기지 못하는 건가요?>

그녀는 무릎을 꿇은 채 하늘을 노려보며 원망을 토해 냈다. 비성과

고성이 오가며 그녀는 거친 눈물을 쏟았다. 쾅쾅, 제 가슴을 내려치던 루스벨라가 앞으로 폭 고꾸라진 건 그때였다.

＜그래…….＞

스르륵 고개를 든 그녀가 흰 얼굴로 중얼거렸다.

＜신이시여. 차라리 저 대신 제 운명을 이어 갈 영혼을 내려 주세요.＞

뺨으로 붉은 눈물이 흘러내렸다. 핏줄이 터지기라도 한 듯 뚝뚝 떨어져 내리는 눈물을 뒤로한 채 끝내 답이 없는 신에게서 눈을 돌렸다. 끅끅. 웃음이 새어 나왔다.

＜아니. 당신은 내게 아무것도 해 주지 않을 테니. 제가 찾아도 되겠죠?＞

그녀는 우는 얼굴로 웃었다.

＜신은 나를 탓해선 안 돼. 절대.＞

그 순간 나는 공간 속의 루스벨라와 눈이 마주쳤다. 그녀가 피가 흐르는 얼굴로 눈을 휘고는 입을 열었다.

"나는 다른 세계에서 당신을 데려왔어요."

천천히 다가오는 모습에 나는 주춤 뒤로 물러났다.

머리가 아팠다. 두통에 집중하지 않으려 눈에 힘을 주지만 이미 귀로 기이한 소리가 들리고 있었다. 끼이이익— 바퀴가 아스팔트를 끄는 듯한 소리. 나는 이걸 알고 있다. 등 뒤가 서늘하다. 축축하다.

'……이 냄새는 피야.'

나는 누워 있나? 아니야. 지금 보는 건 환상이야. 저기 누워 있는 나는 전생에서 죽은 나고. 옆에서 소리치는 사람은…….

"……안아! 안아! 정신 차려 봐! ……안아!"

"……유미야?"

오래전 모습을 잃었던 친구가 시체를 향해 소리치고 있었다. 어째서 인지 이름이 끝까지 들리지 않았다. 소리는 그대로 멀어진다. 한없이 멀어지다가 이내 환상마저 신기루가 되며 사라진다.

낡은 석상처럼 부서진 신기루 뒤로 말끔해진 모습의 루스벨라가 서 있었다.

"결국 책은 네 수많은 삶 중에 하나였던 거야?"

"……네. 당신이 아는 <루스벨라의 빛>은 내 수천 번의 삶 중 하나에요. 나는 수많은 삶 중 그걸 골라 당신에게 불어넣었답니다. 당신이 이 세계에 자연스럽게 적응할 수 있게."

그 말을 하며 그녀는 잠시 서글픈 표정을 했지만 그것은 나타난 것보다 빠르게 사라졌다.

"……지금까지의 내 삶이 내 의지가 아니었다고?"

"아니요. 당신의 삶이 맞아요, 아실리. 다만, 당신이 겪은 죽음을 반복하는 저주는 내가 가졌던 저주고. 책 속 이야기는 사실이며 나의 것이죠. 당신 이전의 '아실리 로제'의 이야기."

그녀는 어차피 이 이야기의 끝은 내가 당신이고 당신이 나니까 상관 없지 않겠냐고 말하며 웃었다.

"내가 당신의 몸을 차지했다면……."

나는 그녀를 노려보았다.

"여기 서 있는 당신은 뭐지?"

루스벨라가 고개를 기울였다. 금빛을 품은 눈이 보기 좋은 모양으로 휘어진다. 좋은 질문이라는 듯.

"본디 한 육체에는 두 개의 영혼이 존재할 수 없죠. 그래서 당신은 내 영혼의 일부와 결합했고 자아를 가진 나머지 부분인 나도 사라져야 했어요."

그녀가 자신의 가슴을 짚으며 말했다.

"그런데 어째서?"

내 중얼거림에 루스벨라가 옅게 웃었다. 온기라고는 느껴지지 않는 건조한 미소였다.

"이상하게도 당신의 운명은 나와 달랐어요."

성큼 다가온 루스벨라는 나를 물끄러미 보았다.

"왜 당신은 태어나면서부터 죽지 않았던 거죠?"

"……뭐?"

"왜 그녀는 당신을 죽이지 않았죠? 그리고 모두가 당신을……."

루스벨라가 말하는 그녀는 아올레시아였다. 루스벨라가 나를 노려보았다. 거센 증오와 분노를 품고서.

"왜 당신은 나와 달리 사랑받는 거죠?"

"……."

"나의 껍데기와 나의 운명과 나의 영혼의 일부마저 가져간 당신이. 왜 당신이 긴 세월 동안 나는 얻지 못했던 것을 가져간 거죠? 어째서. 겨우 한 번의 삶으로?"

그녀가 내 어깨를 붙잡고 쓰러지듯 무너졌다.

"당신이 나잖아요……."

아니다. 나는 당신이 아니다.

"참을 수가 없었어요. 원래 당신을 두고 사라져야 했을 나는 당신이 자라는 동안에 남은 힘을 다해 이곳에 머물렀어요. 세상에 두 명의 '아실리 로제'가 있을 수 없기에 당신이 아는 주인공 '루스벨라'로. 그녀의 역할을 하면서."

공간이 물처럼 흘러내린다. 눈물처럼 흘러내리는 진득한 어둠과 지독히 불행했던 여자의 삶에서 빠져나온다.

"⋯⋯이 생은 나의 마지막 생이에요. 그리고 나는 카스토르에게 협조하기로 했어요. 당신이 진정 나라면, 삶의 결론마저 같아야 하니까."

그녀와 나를 둘러싼 검은 공간이 마침내 사라지고 고요한 복도에 다시 서 있었다. 아니. 질투로 이글거리는 눈을 앞에 두고서.

"나는 이제 당신이 전부 잃고 괴로워하는 모습을 지켜볼 거야."

똑딱, 똑딱. 낡은 괘종시계의 추가 흔들린다. 심장이 쿵쾅쿵쾅 뛰었다. 감상에 사로잡힐 때가 아니었음을 안다.

나는 덜덜 떠는 입을 겨우 열었다.

"그럼, 그럼 아모르의 약은?"

"아. 그거?"

루스벨라가 생각났다는 듯이 중얼거렸다.

"그건 진짜예요. 아무리 나라도 넥타르를 가장할 수는 없었으니까."

"아⋯⋯."

"당신이 전부 잃고 체념하면 안 되잖아요."

그녀는 재미있다는 듯 씨익 웃어 보인다. 그 얼굴에 내가 알고 있던 선량한 여주인공의 모습은 어디에도 없었다.

"발버둥 치려면 약간의 희망은 있어야 하잖아요."

속삭이고는 눈을 휘었다.

"당신은 시계탑에서 날 찾았죠? 당신이 오기 전 우린 시계탑에서 이미 만났답니다."

그녀의 눈을 바라본 순간 눈앞으로 어떤 장면이 펼쳐졌다. 어둡고 좁은 공동. 시계탑의 옥상에 있는 두 남녀가 보였다.

<전쟁 준비는 순조로운가?>

<멸망 준비라 함이 맞을 텐데요. 네. 순조롭게.>

깊은 밤, 밤에 녹아든 남자는 저 멀리 사람들의 함성을 아스라이 바라보며 깊게 미소했다.

<아실리가 보고 싶네.>

그 미소에 차츰 광기가 스며들었다.

<죽고 죽어서도 끝내 잃지 않는 모습이. 욕심이 나서.>

카스토르가 이쪽을 보는 순간 환상이 파스스 사라졌다. 눈이 마주쳤다고 생각했던 건 루스벨라의 눈동자였다. 금빛 눈동자. 나는 참지 못하고 그녀를 휙 붙잡았다.

"......정말로 카스토르는 당신을 사랑한 게 아냐?"

루스벨라가 내 손을 떼어 냈다.

"그 남자가 누군가를 사랑할 수 있을까요?"

있다고 한다면 절대 나는 아니겠죠. 루스벨라가 눈을 깔며 중얼거렸다.

"미친 사람은 광기와 사랑을 구분할 수 없답니다. 아실리."

나는 그녀의 얼굴에서 익히 아는 누군가의 시선을 읽어 냈다. 목소리가 끓어올랐다.

"당신....... 카스토르와 닮았어."

"네. 미친 자들은 닮기 마련이에요."

루스벨라는 부드럽게 내 뺨을 감싸 쥐었다. 그러고는 나붓하게 속삭였다.

"미치지 않은 당신이 이상한 거야."

비밀이라는 듯 조곤조곤 속삭이는 목소리가 귀를 거칠게 파고들었다.

"당신이 나에 대해 잘못 알고 있는 게 있어요. 당신이 아는 선량한 루스벨라는 여기에 없어요. 한때, 누군가를 사랑했던 기억도 전부 오래전에 흘러간 의미 없는 기억이 되었답니다."

그렇게 말하는 그녀의 음성은 뱀처럼 신랄하고 자비가 없는 음성이었다.

"미래를 알려 줄까요?"

"입 다물어."

거칠게 내뱉는 말에도 루스벨라는 멈추지 않았다.

"발버둥 쳐도 6황자는 구할 수 없어요. 그리고 당신은 차례로 7황자와 기사를 잃게 될 거고 끝내는 사랑하는 4황자마저 잃겠지. 내 눈에는 보여."

"……아니야."

"잃기 전에는 나도 그랬답니다. 아닐 거라고."

"아니야!"

그 순간 일기장에서 피어오른 보랏빛이 성난 기세로 루스벨라를 가격했다. 예상했다는 듯 금색 빛무리에 막혀 사라졌지만 그녀를 떼어 내기에는 충분했다. 색색 숨을 거칠게 토해 내는 나를 보며 그녀가 고개를 숙였다. 그러고는 표정 없이 중얼거렸다.

"뭐. 좋아요. 나는 이쯤 하려고 했으니까."

돌풍이 피어오르기 시작했다. 한순간 좁은 복도에 나타난 거친 바람은 모든 것을 헤집었다. 쨍그랑. 무게를 이기지 못한 다기가 깨지고, 태피스트리가 거칠게 흔들린다.

"참. 카스토르가 전해 주라던 말은 진짜랍니다."

그녀는 몹시 즐겁다는 목소리로 말했다.

"나는 아무것도 하지 않았다라고."

끝끝내 덧붙인 그녀의 말에 머리카락도 생각도 마음도. 그대로 정지했다. 순금을 녹인 것 같은 저 눈동자에서 그를 떠올리지 않을 수가 없어서. 천천히 내게서 시선을 떼어 낸 루스벨라가 들릴 듯 말 듯 중얼거린다.

"이 남자는 무슨 생각일까요? 수백 번 봤지만 모르겠어."

그녀의 발밑에서 눈부신 빛이 솟아오르고 있었다. 나는 어느새 그녀의 손에 들린 새하얀 돌을 보았다. 분명 아벨이 건넨 바람의 신 성물이었다. 루스벨라가 어루만지는 순간 보석이 색을 잃었다.

"그럼, '전쟁'에서 봐요. 아실리."

발밑으로 거대한 진이 그려지며, 수없이 많은 신관이 함께했던 아카데미에서의 진과 비슷한 규모를 보였다. 루스벨라는 제 힘을 자랑하듯 진 위에 서서 우아하게 미소했다.

쏴아아—

눈을 떴을 때, 마침내 모든 것이 사라진 자리에는 새하얀 돌만이 덩그러니 남아 있었다.

영원 같은 찰나가 끊어져 지나간다.

그녀가 사라진 이후 나는 흔들림 없이 앉아 있었다. 텅 빈 눈으로 간간이 주변을 돌아보거나 하늘을 올려다보다, 어느새 바닥을 응시하며 바람을 맞고 있었다. 그렇게 한참이 지났을까. 차츰 정신이 돌아왔을 때 새하얀 주먹을 그러모았다. 손이 부들부들 주체할 수 없이 떨린다.

이게 뭐냐고. 따지고 싶었다. 원망하고 싶었다. 그러나 누구를 원망해야 할지 알 수 없었다. 이 세상에 내 편이라고는 없어서. 누군가 기대며 희망을 위탁하는 신은 이 땅을 멸망하고자 했고, 내게 유일한 희망이었던 책과 주인공은 나의 거대한 적이 되었다.

나는 이제 무엇을 따라야 하고 무엇을 바라보며 무엇을 목표로 삼아야 하는가. 언제까지고 길 잃은 아이처럼 정처 없이 불행을 헤매는 것이냐고.

털썩. 나는 풀밭의 한가운데 주저앉았다. 어느 순간에 걸어온 것인지도 알 수 없었다. 고요한 정원은 정적으로 나를 감싸 안은 채 침묵했다.

톡. 톡. 토독.

손등으로 축축한 수분이 느껴진다. 천천히 고개를 든다. 어느 순간에 달을 가린 것인지 모를 먹구름. 새카만 하늘이 보인다. 눈을 깜빡이는 새에 절망이, 눅눅한 공기를 타고 떨어진다. 뺨으로 하나둘 떨어지던 물줄기가 차츰 굵기를 더하더니 이윽고 쏟아지기 시작했다.

쏴아아— 비가 내린다. 나는 그 물줄기를 멍하니 받고 있었다.

"왜……."

어떤 생각을 했더라.

"……왜?"

누구에게 묻는 것이 아닌 의문이 터져 나왔다. 지나간 기억과 지나가 버린 불행과 겪었던 나락, 참아 왔던 것들이 한꺼번에 쏟아진다. 사냥 기회를 얻은 짐승처럼 이 비에 씻겨 내려가지 못한 불행이 다닥다닥 달라붙었다.

"나는 이제 무엇을 해야 해?"

울먹이는 목소리가 터져 나왔다. 길을 찾기 위해 얼마나 긴 시간을 허덕여야 했던가. 또 한 번 길을 잃은 미아는 영영 길을 잃은 방랑자는 어디로 가야 하느냐고.

"말해. 말해 보란 말이야!"

나는 황급히 일기장을 잡고 물었다. 이 기묘하고 기이한 일기장은 쏟아지는 빗속에서 젖지도 않은 채 나와 마주하고 있었다. 나는 일기장의 첫 장을 넘겼다. 그저 단순히 넘겼던 목차에 새로운 글씨가 떠올랐다. 어쩌면 늘 있었으나 보지 못했던 것인지도 모른다.

그 책에 마음을 주지 마세요.

이것이 일기장의 경고임을 알았다. 너무 늦은 경고였다.

"아……. 아아……."

나는 손바닥으로 얼굴을 가렸다. 채 막지 못한 서러운 울음이 터져 나온다. 수년간 단 한 번도 길게 토해 낸 적 없던 애달픈 울음은 비에 적셔져 길고 섧게 터져 나온다. 목 놓아 우는 울음이 이 빗속에 묻히기를 바라며.

그렇게 한참을 울었을까. 차츰 비가 잦아들었다. 이미 나는 비가 잦아들기 한참 전부터 눈물을 그친 채 멍하니 앉아 있었다. 처음부터 눈물이 많지 않았기 때문일까. 길게 울지 않았다. 그러지 못한 것에 가까웠다.

하늘을 올려다보면 구름의 가장자리가 푸르게 달빛으로 젖어 있다. 천천히 들어 올린 손으로 푹 젖은 머리카락을 걷어 냈다. 나는 고개를 기울여 피식 웃었다.

"킥, 킥킥."

미친 걸까? 차라리 미쳐 버릴까. 차라리 카스토르처럼 미쳐 버리면 좋겠다. 그럼 멸망마저 괜찮다고 편히 생각할 수 있을 텐데. 그러나 안타깝게도 나는 이 순간조차 미치지 못했다.

"카스토르."

내 삶을 망친 남자.

"너는 어디까지 예상했어?"

너는 나와 루스벨라가 만나 그녀에게 모든 진실을 듣는 것까지 예상했을까? 그랬겠지. 카스토르, 나와 같은 힘을 가진 자. 오래전에 미쳐 버린 사람.

"루스벨라와 카스토르. 너희 모든 주인공이 나와 적이야. 그렇지?"

시작부터 잘못된 꼬여 버린 운명이었다.

"그래. 당신들이 진정으로 미친 것이라면."

그러나 이제는 시작이 어땠든 상관없다. 이미 망쳐진 운명이 있었고 앞으로도 그들은 내 운명을 어그러지게 할 것이다.

<나는 이제 당신이 전부 잃고 괴로워하는 모습을 지켜볼 거야.>

틀어지는 것에 서슴지 않을 사람들이 있다.

"웃기지 마."

입술을 비틀어 끌어 올렸다.

"누가 같은 사람이야?"

그들은 처음부터 악이 아니었다. 한때 평범했던 자들. 그저 죄라고는 저주에 걸려 커다란 힘을 갖게 된 사람. 그러나 욕심이 낳은 피해자는 가해자가 되었고 또 다른 희생양을 낳았다.

"루스벨라, 난 네가 아니야."

세상은 당신들을 악이라 부르며. 당신들은 길을 놓쳤어. 희생당한 사람이 누군가를 죽이고 다치게 하는 것은 정당한가?

아니다.

"너희는 나를 같은 곳으로 데려가려 하지만 그렇게는 되지 않아."

아무도 없는 정원에서 중얼거린다. 어쩌면 누군가는 듣고 있을지도 모른다는 생각이 들었다. 들어도 상관없다.

"······나는 미치지 않았어."

또렷한 눈으로 앞을 바라보며 다짐한다.

"지금도. 앞으로도. 미치지 않아."

당신들은 나를 망칠 수 없다. 나의 당신들이 산산조각 낸 순간에도 지켜 냈다. 성한 것이 아무것도 없는 나로 만든다 해도 끝내 당신들의 뜻대로 되지 않을 것이다. 당신들은 최후까지 꺾지 못한 것이 있다.

"이까짓 걸로 내가 굴복할 거라 생각했어?"

소리 내어 웃음을 터트렸다. 책은 없다. 곧 이 세상이 현실. 모두가 그저 활자가 아니라 살아 있는 사람들. 모두가. 거기에 절망할 거라 생각했어? 아니 더 웃고 더 슬퍼하며 더욱 발버둥 칠 거야. 보란 듯이.

그래. 당신들이 몇 번이고 나를 무저갱의 구멍으로 걷어차고, 무너트려도 나는 무너지지 않아. 내게는 절망에서 견딘 튼튼한 다리가 있다. 다리가 없다면 팔로 기어서라도 나오리라.

당신들이 선사한 절망은 오늘의 나를 만들었다.

"병신들."

젖은 머리카락에서 물방울이 뚝뚝 떨어진다. 나는 미소했다.

"내 삶은 내 거야."

루스벨라가 남긴 초대장을 기꺼이 받아들였다. 물러설 곳은 없다. 저 멀리 동이 트는 하늘을 바라보며 잠시, 최후가 얼마 남지 않았다는 생각을 했다.

* * *

나는 벌떡 일어나 달렸다. 플뢰온을 살려야 한다. 보랏빛을 피워 올리는 일기장을 모른 체하며 나는 플뢰온이 있을 궁으로 달려갔다.

아모르의 궁에서 중앙 궁 쪽으로 달렸다. 펜네를 만나 바로 행정청으로 뛰었다. 그리고 놀란 눈을 한 그라니우스를 잡고 물었다. 그는 많은 것을 말하지 않았다. 대신 나를 플뢰온에게 데려가 주었다.

"플뢰온!"

플뢰온이 천천히 고개를 들었다. 그는 초췌해 보였으나 크게 다친 곳은 없었다.

"너……."

그러나 온몸 곳곳에 생채기가 가득했다. 눈가에 새파란 멍을 단 채로 그는 입을 벌렸다. 할 말이 많은 표정이었다.

"네가 왜 여기에……."

"내가 묻고 싶은 말이야. 멍청아!"

참지 못하고 소리를 질렀다. 그는 감옥치고는 호화로운 방에 갇혀 있었다. 침대와 화장실 시종까지 갖춰진 방이다. 그러나 나도 플뢰온도 이 방의 의미를 알았다.

사형수에게만 주어지는 방이다.

"왜 너 혼자야? 데인은? 레이 그놈은?"

"몰라. 나야말로 묻고 싶어. 어떻게 된 거야. 네가 반란이라니!"

플뢰온은 제 얼굴을 거칠게 쓸어 넘겼다. 이미 잔뜩 헝클어진 모습이다. 태어나 그를 본 이래 이토록 헝클어진 모습은 처음이었다. 언제든 그 강박적인 결벽 좀 버려라 말했지만 이딴 모습은 하나도 반갑지 않다.

"……내 어머니가 반란에 가담했다."

"황비마마가?"

6황비마마를 떠올리려 했다. 인상이 흐릿했다. 당연했다. 살면서 얼굴을 마주 본 날보다 그렇지 않은 시간이 길었다.

"내 어머닌 불카누스의 후계자였으니 곧 불카누스의 뜻이었지. 어머니는 2황자 형님이 승리하리라 믿어 의심치 않았어."

나는 탄식했다. 2황자의 반란은 실패할 수밖에 없었다. 책 속에서, 아니 또 하나의 현실에서도 처참하게 실패했으니까. 좀 더 빨리 알았다면 바꿀 수 있었을까? 내가 6황비마마에게 말을 했다면…….

"오빠. 내가 미리 말했다면…….."

"아니. 아실리, 아니다. 네가 자책할 일이 아니야."

그가 고개를 내저었다.

"내 어머닌 죽을 자릴 선택한 것이니까."

플뢰온은 흐릿하게 웃었다. 마주한 그의 얼굴은 체념이 가득했다.

"확률은 반반이었다. 2황자를 따르는 수많은 신관이 있는데도 많게 쳐 줘야 반반이었다는 거다."

2황자를 따르는 신관은 많았다. 다시 말해 현 황제에게 불만을 가진 세력은 컸다. 구심점이 된 지혜의 대신관—현 집정관은 녹록지 않은 자였다. 본성까지 들어오는 게 그리 어렵지 않았다고 한다.

어째서인지 본성까지 들이닥쳐도 황태자는 나서지 않았다. 그 말에 나는 퍼뜩 한 가지를 떠올렸다.

<적어도 네가 없는 시기 동안. 나는 아무것도 하지 않을 거란다.>

카스토르는 그날 그렇게 내뱉었다.

"그리고 아실리. 황제 폐하는 비장의 한 수를 숨기고 있었어."

파죽지세로 기세를 몰아가던 2황자의 군대는 한순간에 와해됐다.

"어째서 오빠는 거기 휘말린 거야? 오빠는, 말릴 수 있었잖아. 오빠의 어머니니까."

"나도 솔직히 조금은 동의했다. 이 제국은 신관을 중심으로 돌아가지. 지긋지긋할 정도야."

"플뢰온."

"비신관인 나는 평생 아무것도 할 수 없어. 조롱에 지쳤다. 바뀐다면……. 바뀌는 것도 나쁘지 않다 여겼어."

"플뢰온."

"아실리. 나는 죽어."

"플뢰온!"

나는 참지 못하고 소리를 높였다.

"하지만 너는 살아 있다. 그리고 앞으로도 살아 있을 거고."

"무슨 말을 하는 거야."

"이미 처형식은 내일이야. 너도 알고 있잖아."

플뢰온이 희미하게 웃었다. 그러고는 어깨 위로 손을 걸쳤다.

"반란 전에 가까스로 렉스를 빼돌렸다. 어린 불카누스 신관 중에서 가장 뛰어난 놈도 함께. 무슨 말이냐면 불카누스의 모든 재산이 사라지지 않을 거란 소리다."

우리는 평생을 함께 보냈다. 인생의 반절을 옆에 있었다. 피가 섞이지 않아도 남매였다. 그렇기에 나는 깨달았다. 네 눈동자는 처음으로 흔들리고 있었다.

"사실은 오빠. 이 반란에 참여하고 싶지 않았던 거지?"

"……."

"그렇잖아. 오빠는 오빠 몸 하나만 편하면 다인 게으른 사람이잖아.

오빠는 이 반란에 억지로 연루된 거잖아!"

"그럼 뭐가 달라져?"

그가 입술을 비틀었다. 여전히 푸른 눈동자는 거칠게 흔들렸다.

"이미 일어난 일은 돌이킬 수 없어."

"아니. 돌이킬 수 있어."

그의 어깨를 잡았다. 나는 그의 눈을 똑바로 보며 말했다.

"돌이킬 방법은 있어. 나는 그 방법을 알아. 너는 죽지 않아."

절대.

"무모한 짓 하지 마."

플뢰온이 짐짓 불안했는지 내 손목을 붙들었다. 그는 빠르게 말을
이었다.

"넌 빨리 데인을 찾아. 그놈을 찾아서 여길 떠나라. 응? 말 들어. 이
제까지 한 번도 내 말을 듣지 않았던 너란 거 안다. 그렇지만 마지막은
들어줄 수 있잖아. 어서. 그렇다고 해."

그의 말끝이 흐려졌다. 그는 내 어깨에 얼굴을 묻은 채 애처롭게
속삭였다.

"다 같이 개죽음당할 순 없잖아……."

나는 그의 손을 보며 피식 웃었다.

"정말 플뢰온답지 않다."

나는 그의 머리를 쓰다듬다가 장난스럽게 잡아당겼다.

"누구 마음대로 마지막이야?"

그가 이를 악물었다. 잇새로 흐느낌이 샜다.

"망할 병아리……."

"그래. 오빠는 그게 어울려."

그는 모른다. 내가 이미 죽어서 시간을 몇 번이고 돌이켰음을.

이제는 다시는 쓰지 않겠다 결심한 방법이었다. 그러나 언제나 그렇듯 세상에 절대란 없는 법이다.

"오빠는 내 어린 시절을 구했어."

너는 내가 모르는 시간에서 나를 지켰다. 내 봄을 아껴 주었다. 내 지나가지 않는 계절, 너와 데인을 아낀다.

"기다려. 이번엔 내가 오빠를 구할게."

플뢰온은 나를 잡으려 했지만 나는 미련 없이 그에게서 손을 떼어 냈다.

"오빠의 망할 병아리가 어디까지 할 수 있는지 지켜봐."

달칵. 문이 닫혔다. 방을 나온 난 길게 숨을 내쉬었다.

'일단 상황을 파악하는 게 먼저야.'

처형식은 내일. 사형 방식은 아침이 돼서야 알 수 있다. 방식에 상관없이 수도 콜로세움에서 치러질 것이다.

'그런데 플뢰온만 사형인가? 율리안은? 5황자는?'

일단 의문을 접어 두고 할 수 있는 일부터 하기로 했다. 복도를 걸으며 고개를 들었다. 그렇게 속도를 높이려던 순간이었다. 조금 떨어진 곳에서 낯익은 얼굴을 발견했다.

'레베카?'

레베카였다. 어째서 레베카가 이곳에? 그녀는 아직 나를 보지 못한 듯했다. 나는 복도의 기둥 중 하나 뒤로 몸을 숨겼다.

저벅저벅 걸어온 레베카가 조심스럽게 문을 열었다. 플뢰온이 있는 사형수의 방이었다. 이곳은 고위 관직이나 황족이 죄를 지을 경우에나 쓰는 궁이기에 위치를 아는 이가 드물었다. 더구나 경비가 삼엄했다.

플뢰온의 방 앞에도 근위병이 있었는데, 그들은 레베카의 등장에도 태연했다. 익숙한 것처럼 보였다.

자리를 비우기 직전 두 사람은 데면데면했다. 아니 내가 없으면 그저 사무적인 대화나 겨우 나눴다. 하지만……

'방금 레베카 얼굴은……'

마음이 복잡해졌다. 이제껏 한 번도 보지 못했던 얼굴이었기 때문이다. 아니 나는 저 얼굴을 알고 있을지도 몰라. 이제는 책이 아닌 이야기 속에서 레베카는 저런 표정을 지었던가.

나는 눈을 지그시 감았다.

이 순간이 기쁜지 슬픈지 모르겠다. 책 속 악녀였던 사람이 예정대로 폭군이 아닌 다른 사람을 사랑하게 된 것에. 무엇이 진실이고 진짜일까. 어쩌면 진짜란 게 존재하긴 할까? 이곳이 책 속이라는 믿음도 산산이 부서지고 말았는데.

'궁으로 돌아가자.'

레베카는 한참 후에나 돌아왔다. 나는 응접실에서 그녀의 귀환을 반겼다.

"어서 와, 레베카."

그녀는 나를 본 순간 놀란 얼굴을 하더니 성큼 다가왔다.

"주인님!"

"응. 레베카. 왔더니 아무도 없어서 놀랐어."

"하녀들은 안전한 곳으로 피신했습니다. 당신께서는……"

"고생했어. 나 없는 동안 궁을 지켜 줘서 고마워."

레베카의 손을 잡았다. 그녀의 손은 웬일인지 조금 거칠었다. 고생의 흔적이겠지? 마음이 아팠다.

"이제 내가 왔으니 괜찮아."

"……무엇이 말입니까?"

"전부."

그러자 레베카의 얼굴이 삽시간에 흐려졌다. 그녀는 뭔가를 말할 듯이 입을 달싹였다. 그러나 얼굴을 끝내 손으로 덮어 버리며 숨을 토해 냈다.

그리고 그녀가 손을 내렸을 땐, 도도한 낯이 자리했다.

"아직 아무도 당신께 자세한 애기를 해 드리지 않았겠지요."

"응. 하지만 대충은 알아. 플뢰온을 만났거든."

"이미 만나셨습니까? 그럼 얘기가 빠르겠군요. 6황자님께서는 반란의 주모자로 사로잡혔습니다. 그리고 6황자님을 잡아 바친 건 아벤타 공작가, 저 레베카 에일린 폰 아벤타입니다."

놀란 얼굴로 보았다. 아니 놀람뿐이 아니었던 것 같다. 레베카는 내 표정을 알아챈 듯 미소를 지었다.

"놀라셨습니까? 이번에 아벤타 공작가는 황제의 편에서 반란을 막았습니다."

억지로 서늘함을 가장한 미소였다.

"반란이 터진 날. 이 궁에 수백의 신관과 검사들이 들이닥쳤습니다. 6황자께서는 제게 말씀하시더군요. 자신을 잡아가라고."

레베카가 눈을 감았다. 그녀의 얼굴 위로 이루 말할 수 없는 감정이 스쳐 갔다.

"싫다는 제게 말씀하셨습니다. 당신의 모든 세력이 잡혀가선 안 된다고. 이미 7황자께서는 소식이 끊어졌고 제가 선택할 수 있는 일은 두 가지였습니다. 함께 잡혀가거나 그분을 잡아가거나."

눈을 뜬 레베카가 내게 말했다.

"저를 원망하셔도 괜찮습니다. 후회하지는 않으니까요."

난 그녀를 물끄러미 응시했다. 그녀는 후련한 낯이 아니었다. 그럼에도 후회하지 않는다는 듯 당당히 날 응시했다.

"저는 당신의 시녀, 당신의 길잡이, 우니카."

그녀가 무릎을 꿇어 고개를 들었다.

"제게는 당신이 없는 궁을 지킬 의무가 있습니다. 그러니 후회하지 않습니다. 어떤 벌이든 달게 받겠습니다."

나는 플뢰온의 감옥으로 가는 레베카에게서 사랑을 보았다. 풋풋하고 아련하고 희미한 사랑. 감기와 사랑은 결코 숨길 수 없는 것이기에 발견하고 말았다.

사랑과 사형수. 그건 얼마나 비참하고 서글픈 상황이란 말인가. 과거 그 순간 사랑하는 이를 제 손으로 잡아 바쳤다. 그녀가 어떤 심정일지 감히 상상하지 못했다.

"왜 내가 널 탓하리라 생각해?"

그럼에도 너는 나를 택했다.

모두가 황제를 나쁘다 말했다. 불만이 터져서 반란이 되었다. 너는 그런 황제의 편에 섰다. 사랑을 외면하고, 긍지를 외면하고, 정의를 외면하고. 돌아오지 않는 나를 걱정해 이 궁을 지켰다.

"나는 똑똑하진 않지만 레베카가 무엇을 버렸는지 알아. 내가 너를 어떻게 탓하겠니."

네가 지키려던 모든 것을 버려서. 이 궁을 외롭지 않게, 너는 치욕을 마다하고 버텼다.

"미안해. 힘든 일을 시켜서. 그 자리에 내가 없어서."

레베카는 흔들리지 않았다. 파르르 떠는 눈동자마저 감아 뜨며 억지로 눌러 참았다.

"고마워. 이젠 내가 왔으니까 괜찮아. 날 믿어. 내가 해결할게."

레베카는 끝내 내 얼굴을 보지 못하고 고개를 숙였다.

"이상합니다. 아무것도 못하는 것은 주인님 또한 마찬가지일 텐데. 어째서 믿고 싶어지는 건지요……."

기르고 길들이면 언젠가 마주 보게 될 거야. 언젠가 중얼거렸던 주문처럼 레베카는 내게 고개를 조아렸다.

"레베카. 데인을 찾아 줘. 아벤타 신관들이라면 찾을 수 있지?"

"주인님이 원하시는 대로."

직감적으로 알았다. 엉망이 되어 버린 궁, 사로잡힌 2황자, 사형을 기다리는 플뢰온. 필시 이 혼란 속에서 데인과 레이 경도 무사하지 않을 것이란 걸.

'너무 늦지 않기를.'

레베카가 일어났다. 나는 그녀에게 묻고 싶은 것이 많았지만 눌러 참았다.

<이거? 내 어머니가 주신 후계자의 상징이다. 불카누스의 반지인데 귀찮아 죽겠어.>

언젠가 플뢰온이 말했다. 귀찮을 정도로 성가신 반지라고.

<어쩌겠냐. 버리지는 못하니까 늘 끼고 있어야지. 네가 원해도 안 줘. 못 줘. 이건 내 약혼녀 거야.>

그것이 지금 레베카의 목에 매달려 흔들렸다. 나는 눈을 감아 서글픈 증표를 외면했다. 비극을 만들지 않으리라 결심하면서.

"순찰대 사람들을 불러 줘."

"네."

그날 저녁, 순찰대 케레스 신관들과 그라니우스가 한 자리에 모였다.

"황녀님, 무탈하셔서 다행입니다."

그라니우스가 쿵 무릎을 꿇었다. 그는 손을 내밀었다. 내 손을 내어주자 곰같이 커다란 손으로 이걸 쥐고 한참을 말을 잇지 못했다.

"당신마저 무사하지 못할까 참으로 걱정했습니다."

"난 괜찮아. 그라니우스. 그리고 고마워."

그러면서 순찰대를 돌아봤다.

"순찰대들도 다들 고마워."

그들은 복잡한 표정을 지었다.

순찰대는 그라니우스의 성정으로 따라 정의의 편에 선다. 그들이 추구하는 정의는 2황자와 가까웠다. 아마도 이들 또한 나를 지킨다는 이유로 무언갈 버리고 참아야 했으리라. 감상에 잠길 시간은 없었다.

"2황자님께서는 북쪽 탑에 구금되셨습니다. 5황자님께서도 함께 계신 걸로 압니다. 다만 그분은 중상을 입으시고 의식을 차리지 못했습니다."

"황제 폐하께서 역대 최약체라는 말이 무색하게도 그들을 모조리 무릎 꿇리셨습니다. 주신의 권능으로 말입니다."

그라니우스의 얼굴이 심각해졌다.

"이는 아마도 이건 신물 「주신의 관」과 「약속의 반지」를 사용하셨기 때문인 것 같습니다."

"그게 뭔데?"

소릭스가 빠르게 설명했다.

"본래 성년식에서 듣게 되실 이야기이온데 황녀님께서는 듣지 못하셨겠군요. 황제만이 사용할 수 있는 최초의 신물이자, 황위 계승식에서 황제가 후계자에게 물려주는 물건입니다. 어떤 신관이던 발아래 두게 하는 물건이라 알려졌지만…… 몇 대 전 황제 이후 사용이 불가능하다 알려졌습니다."

"그런데 폐하께서 사용하셨단 말이지? 그래서 전황을 뒤집었고?"

"예."

책 속에서 율리안의 반란은 카스토르 때문에 실패한다. 그가 압도적인 능력으로 제압해 버렸기 때문이다. 물론 이제는 책이 아니지만 말이다.

'반드시 이렇게 될 거였을까?'

줄곧 의문이었다. 미래는 정해졌는가. 어떻게든 큰 줄기로만 흘러가게 되는 걸까?

"2황자 측에 가담한 신관은 어떻게 됐지? 적지 않은 수일 텐데."

"제국 고위 신관의 반입니다. 그들 대부분 수장만 잡혀서 구금되었습니다. 아마 한차례 피바람이 불 겁니다. 황녀님."

피바람. 그라니우스는 세대교체가 일어날 것이라 했다. 그것도 폭력적인.

"모조리 잡아들이면 정무가 엉망이 될 테니까요. 본보기는 사지를 찢고, 목은 성문에 효시되며 여인 혹은 어린 자식을 볼모로 잡아 둘 겁니다."

이렇게 돌아가는 나라가 과연 정상일까. 아니다. 억압에 나섰지만 정의를 내세운 자는 사로잡히고 실패했다.

"황녀님, 이제 어쩌면 좋겠습니까?"

우직하게 나를 기다린 나의 신하들이 물었다. 나의 신하. 이것만큼 어색한 말이 있을까. 오래도록 생각했었다.

그러나 나는 모든 걸 짊어지기로 했다.

"먼저 내일 처형식에서 플뢰온, 아니 6황자부터 탈출시키죠."

놀라 나를 돌아보는 얼굴을 차분히 응시했다.

"놀랄 거 없어. 정에 휘둘린 결정은 아니니까. 플뢰온이 말하길 살아 돌아간 불카누스의 신관이 있다더라. 불카누스의 성지는 천혜의 요새야. 그리고 오래전 황제의 습격 뒤로 더욱 보완했다고 들었어."

"그렇습니다."

플뢰온은 한때 내게 탈출을 권했다. 불카누스의 성지는 숨어 지내도 아무도 모를 만큼 은밀하고 단단한 곳이라고.

"황제는 절대 모든 신관을 죽이지 않을 거야. 불카누스의 신관이 살았다고 해도 쫓지 않겠지."

"황제가 약하면 제국이 약해지죠. 마찬가지로 신관이 사라져도 제국이 약해질 테니까요."

"맞아, 소릭스. 불카누스의 성지에는 보화가 있고 많은 신관을 숨길 수 있는 요새가 있지. 그래서 플뢰온을 살려야 해. 살아남은 자들이 따르는 건 살아 있는 후계자일 테니까."

6황비 이오스테 님은 전투 속에서 사망했다. 가장 먼저 들은 소식이 그녀의 죽음이었다. 나를 예뻐라 했던 희미한 미소를 기억한다.

죽음 뒤에 무엇이 남는가.

"이미 불만의 씨앗은 사라지지 않아. 불기 시작한 바람은 상처를 남겼고 불은 사그라지지 않고 가슴에 남겠지."

난 가슴을 짚었다. 이들을 설득하기 위해서 그리고 나의 각오를 다지기 위해서.

"나는 혼돈의 신관과 손을 잡겠어."

"황녀님?"

"걱정하지 마. 그들은 나를 후계자로 따를 테니까."

무어라 하려던 그라니우스가 말을 멈췄다. 역시 노신관답게 한 번에 알아들은 모양이었다. 아울러 혼돈의 신관이 어떤 모임인지 그도 알고 있었겠지.

확실히 그는 오래전부터 황녀인 나를 황자와 다를 것 없는 눈으로 나를 봤다. 그리고 추대했다. 동정이라기엔 지나친 호의였다. 이건 여자와 남자의 차별을 두지 않는 혼돈의 신관 쪽 사상과 닮았다.

"우린 반드시 플뢰온을 살린다."

나는 생긋 웃었다.

"역전의 발판은 여기서부터 마련하는 거야."

모든 것이 잘될 것만 같았다.

그날 밤. 나는 잠을 이루지 못하고 창문을 바라보고 있었다. 잠이 오지 않은 탓에 내가 있는 곳은 방이 아닌 응접실이었다.

—탈출을 돕겠다고?

"네."

팔찌로 아모르 목소리가 들려왔다. 내 대꾸에 잠시 말이 없던 아모르가 곧 자신도 돕겠다고 말했다.

—내가 있는 편이 더 수월할 거다.

"사양하진 않을게요."

—이젠 나서지 말아 달란 소린 안하는군.

나는 살짝 웃었다.

"아쉬워요? 그렇지만 오라버니가 나서 주면 저야 좋은 걸요. 사람도 덜 다치고. 오라버니 대단한 신관이잖아."

—……치켜세워 주지 않아도 도울 거다.

"으응. 아닌데."

난 팔찌를 들어 올려 속삭였다.

"제 인생 최고의 신관은 오라버니에요."

아모르가 숨을 들이켰다. 그가 독을 극복하면서 신력이 강해진 뒤로 팔찌의 성능이 더 좋아졌다. 다시 말해 이젠 숨소리마저 들린단 거다. 그가 아주 크게 들이켜는 소리마저도.

—하……. 넌 나를 미치게 하려 하는구나.

꽉 눌러 참는 목소리였다.

"오라버니?"

그때였다. 창문이 끼익 소리와 함께 열렸다. 그 틈으로 휘리릭 넝쿨이 들어와 손을 잡아끌었다. 어어 하는 사이 끌려가면 어느새 발코니였다.

"그냥 가려고 했다."

나는 눈을 크게 떴다. 왜 네가 여기 있어?

"오, 오라버니? 왔으면 들어오지 않고서."

당황한 목소리로 중얼거리는데 그가 피식 웃었다. 발코니 밑에 서 있었으나 똑똑히 보였다.

"후회하니 않겠나?"

"으응?"

눈을 깜빡였을 뿐이다. 깜빡할 사이에 아모르의 얼굴이 앞에 있었다.

"후회하지 않겠냐. 물었다."

"무슨, 읍!"

순식간에 허리를 감싸 안은 그가 몸을 눌러 붙이며 입을 살짝 맞추고는 이마를 맞대고 웃었다.

"들어가면 아침까지 돌아가지 못할 것 같아서."

이마 위로 은하늘색 머리카락이 흩어졌다. 가까워진 녹색 눈동자를 바라봤다.

"걱정 말거라. 농이니까. 큰일을 앞두고 경솔하게 행동할 만큼 어리석진 않아."

"……농담이라는 거죠?"

"그렇지."

그런데 왜 안 놓는 건데? 싫은 건 아니지만. 그의 뺨에 손을 가져다 댔다.

"이렇게 나와도 괜찮아요?"

"건강해져도 네 걱정은 여전하군."

아모르가 내 손을 잡아 손목 깊숙이 입을 맞췄다.

"금방 가 봐야 해. 아직 황제와 형님에게 들켜선 안 되니까."

그는 독을 해결하며 잠시는 눈을 속일 수 있게 되었다고 했다. 그래서 잠깐 내 창문만 보고 가려 했다고.

"……뭐 하러 창문을 보러 와요. 내가 가면 되지."

"눈감으면 네가 보고 싶으니까."

그가 눈을 느릿하게 감았다가 떴다. 천천히 내려오는 입술에 나는 눈을 감았다. 그의 혀가 입술을 훑고 가르며 천천히 안으로 들어왔다. 그렇게 짧고 긴 입맞춤 뒤로 그가 천천히 물러났다.

"그만 가 보지."

"이렇게 아쉬운 듯이 손을 잡고요?"

그가 미간을 찡그렸다.

"……불가항력이야."

그가 발코니 아래로 가볍게 내려섰다. 신관답게 가벼운 움직임이었다. 그러고 보면 키도 크고 몸도 더욱 단단해진 아모르였다. 전과는 비교도 되지 않을 정도로 성숙해졌다. 우수에 찬 시선마저도. 아마 오늘 밤 머무르다 가겠다고 했다면…….

'아니, 이쪽을 생각할 때가 아니지.'

얼른 난간을 붙잡았다.

"내일 오전이에요."

"알고 있다. 상황을 지켜보며 연락하지."

"잘 부탁해요. 나는 더는 누구도 죽지 않길 바라."

아모르가 멈칫했다. 그는 그대로 고개만 올려 날 바라봤다.

"네가 원하는 일은 곧 내가 원하는 일이야. 로제."

부드럽게 손목과 팔을 감싼 넝쿨이 팔을 타고 올라왔다. 그가 눈을 흰 순간 꽃이 피어났다. 그는 천천히 돌아서서 어둠에 녹아들었다.

은은한 향기에 눈을 감았다. 꼭 향기에, 안긴 기분이었다.

* * *

마침내 날이 밝았다. 푹 잠들었느냐 묻는다면 아니었다. 그러나 머리는 깊은 잠에 들었던 것처럼 또렷했다.

플뢰온의 처형식 시간은 금방 다가왔다. 나는 그 어느 때보다 화려한 차림으로 궁을 나섰다. 황녀로서 반란자의 처형식에 참여하기 위해서였다.

"준비는 어때?"

"순찰대가 마지막으로 점검중입니다."

레베카가 나만 들릴 수 있을 정도로 속삭였다.

처형식에는 몹시도 많은 인파가 몰렸다. 호기심 어린 얼굴과 안타까워하는 얼굴, 그리고 흥분이 가득한 얼굴. 이곳은 살인이 합법화된 콜로세움 경기를 즐기는 나라였고 처형식 또한 스포츠와 마찬가지로 평민의 오락거리였다.

묘하게 뜨거운 공기 속에 입이 바짝 말랐다. 웅성거림 속에서 사형수 플뢰온이 등장했다.

"사형수가 등장했다!"

"반란자! 쳐 죽여라!"

"죽여라!"

아직 채 귀빈석의 반도 차지 않았을 때였다. 심지어 등장한 황족이라고는 나밖에 없었다. 어쩌면 당연했다. 2황자와 5황자는 북쪽 탑에 갇혀 있었으며 4황자는 대외적으로 궁에서 움직이지 못하는 몸이다. 6황자는 사형수이고 7황자는 현재 행방불명. 남은 것은 카스토르와 황제뿐이었다.

잠시 뒤 카스토르가 등장했다. 그 뒤에는 헤르난도 함께였다.

"오랜만이구나, 아실리."

카스토르의 인사에 나는 고개를 꾸벅 숙였다.

"제국의 고귀한 첫 번째 가지를 뵙습니다. 잘 지…… 내셨나요?"

"그래."

나를 보던 카스토르가 느릿하게 웃었다.

"너는 그러지 못한 것 같구나."

그는 말없는 나를 물끄러미 쳐다보는가 싶더니 성큼 다가왔다. 호위로 온 소릭스가 무어라 할 새도 없이 덥석 손목을 잡았다. 나는 얼른 소릭스에게 손을 내밀어 가만있으라 지시했다.

"나는 약속을 지켰지."

다가온 카스토르가 속삭였다. 울컥 감정이 치밀어 올랐다. 안 돼. 여기서 흥분해서는 안 된다. 더한 것도 참지 않았던가. 나는 그의 손을 잡으며 옅게 웃어 보였다.

"제가 원했습니까? 그래서 어찌할까요. 잘했다, 칭찬이라도 해 드리면 될지?"

노골적인 조롱에도 카스토르는 피식 웃으며 거리를 더욱 좁혔다.

"한번 해 보거라. 어떤 칭찬을 해 줄 것이냐."

숨 쉬는 소리마저 가까운 거리에서 그와 시선을 공유했다.

"아주 달콤한 순간이 되겠지."

그의 눈에 광기가 이글거렸다.

"더불어 네가 내 것이 되어 준다면야."

나는 피하지 않고 맞섰다.

"웃기지 마. 나는 평생 당신의 것이 되지 않을 거야."

나는 입꼬리를 끌어 올려 선명하게 웃었다.

"텅 빈 손에 공기만 잡아 보라지."

"……재밌구나."

잠시 나를 바라보던 그가 천천히 나를 놓았다. 그리고 언제 그랬냐는 듯 돌아섰다. 정말 거짓말처럼.

그의 뒷모습이 아직 때가 되지 않았다 말하는 것 같았다. 나는 오싹 소름이 돋았다. 항상 그가 이렇게 물러나고 난 뒤에는 폭풍이 몰려오곤 했다. 그러나 이내 그 기분은 가셨다. 누군가 옆에 앉아 속삭였기 때문이었다.

"흐응, 저 망나니 놈한테 반항하는 사람은 네가 처음이구나. 아가."

돌아보자 피처럼 붉은 눈이 있었다. 마리사였다. 그녀는 내 옆에 앉은 채 빙그르르 상체만 돌려 웃었다. 그녀의 움직임에 따라 붉은 머리채가 사르르 떨어졌다.

"마리사? 당신이 여긴 어떻게……."

"재밌는 질문이네. 나는 성녀란다. 준황족의 직위를 지녔음을 알고 있니?"

아. 나는 그제야 그녀의 직위를 떠올렸다. 성녀라는 이제껏 존재치 않던 전무후무한 직위를.

"여성 신관은 인정하기 싫으니 이런 조잡한 꾀를 내는 것이지. 차라리 2황자의 반란이 성공했어야 했어."

"그 발언 참 위험하네요. 어째서 당신은 참여하지 않았죠?"

"금제가 있기 때문이지."

그녀는 천천히 제 손을 들어올렸다. 장갑을 낀 손, 그녀가 까딱이는 손은 분명 손가락이 두 개 없는 손이었다.

"오래전 나는 황제에게 도전했다가 무참히 패배했지. 생명을 구걸하는 대가로 신관의 생명을 잃었단다."

"어떤 신관이었죠. 당신은?"

"나는 검의 신관. 내 검은 누구보다 강했지."

그녀가 잠시 제 손가락을 보며 흐릿한 웃음을 지었다.

"나의 힘은 누군가를 호위하며 보호할 때 발휘되는 힘. 지키기 위한 검은 지키려 하던 사람이 죽는 순간 부러졌단다."

"당신이 지켰던 사람은 행복했겠네요."

"글쎄."

마리사는 아주 먼 곳을 보며 중얼거렸다.

"얼마나 행복한 사람이었든 고귀한 사람이었든 이미 죽은 사람을 말해 무엇 할까. 아주 고리타분한 얘기야. 검을 사랑하던 신관은 사라지고, 사치와 화려한 장신구에 미친 체하는 여자만이 남았으니 말이지."

마리사는 그렇게 말하곤 시선을 돌렸다. 어느새 그녀의 눈동자는 다시 또렷해졌다.

"사형수에게 돌을 던지는구나. 이제 시작인 모양이지."

그 말에 나도 고개를 돌렸다.

"얼른 저 이리 새끼를 쳐 죽여라!"

처형식은 황제가 나타났을 때 비로소 거행된다. 그러나 보통은 이전에 사형수를 데려오는데, 대중이 사형대에 나타난 사형수를 조롱하고 모욕하며 돌을 던지게 하기 위함이었다.

"평화로운 시대를 위협했다!"

"쳐 죽일 반란자!"

"반문이 새끼! 제국을 어지럽힌 저놈의 사지를 찢어라! 비열한 이리 새끼!"

오늘만은 콜로세움의 1층이 대중에게도 개방되어 사형대 밑으로 인파가 까마득하게 모였다.

"있잖니."

나와 함께 같은 풍경을 보던 마리사가 느릿하게 입술을 떼었다.

"아가, 그거 아니? 저리 외치는 자 중에는 돈을 받고 욕설을 외쳐 주는 꾼들이 숨어 있단다. 그들은 처형식의 분위기를 고조시키며 군중을 부추기고 선동하지."

턱을 괸 마리사가 싱긋 웃었다.

"잘 보고 배워 두렴."

"......배워 두라니요?"

지금 오라버니의 처형을 앞둔 이에게 할 말인가.

"네 적이 사용하는 방법을 알고 익히라는 거란다. 꼭, 필요한 일이
잖니?"

마리사는 날 보지 않았다. 그럼에도 그 목소리가 선연히 들려왔다.
나는 무어라 더 말을 하려다 삼켰다. 어느새 시간이 가까워졌다. 레베
카를 보자 그녀가 끄덕였다. 난 시계를 열었다. 정각이 되기 3분전이
었다.

<정각에 폭발이 있을 예정입니다. 그때 안개의 신관인 란데스가
연기와 안개를 일으킬 겁니다.>

플뢰온은 저 인파에 섞여서 아무도 모르는 사이 혼란을 틈타 사라질
것이다.

2분 전. 대중들이 플뢰온에게 돌을 던졌다. 무심히 맞고 있던 플뢰
온이 고개를 들었다. 한순간 눈이 마주쳤다.

1분 전. 플뢰온이 웃었다. 성난 관중이 더욱 거세게 돌을 던졌다. 말
리던 신관이 휘청일 정도로 거세진다.

'바로 지금!'

거센 폭발음이 들려야 했다. 그런데 콜로세움은 어처구니없을 정도
로 고요했다. 아니 이 표현은 맞지 않다. 성난 관중의 욕설과 고함과
즐거운 함성이 한데 섞인 소리만이 이 거대한 공연장을 울렸다.

'어째서 터지지 않은 거야?'

당황한 나머지 레베카를 바라보면 레베카 또한 황망한 얼굴이었다.

'문제가 생겼다.'

필시 생긴 거다. 그러나 당장 아무것도 할 수 없었다. 자리를 비워선 안 된다. 이곳엔 카스토르가 있다. 다른 누구보다도 그를 감시하는 역할이 필요했고 돌발 시 나설 이가 필요했다. 나 말고는 누구도 할 수 없다.

흘끗 보자, 카스토르는 느긋하게 앞으로 바라보고 있었다. 그를 바라보던 중 깨달았다. 헤르난이 없다. 그의 뒤는 텅 비어 있었다. 조금 전 인사를 할 때까지 있던 사람이 사라졌다? 퍼즐이 빠르게 맞춰졌다.

설마 카스토르도 예지를 한 걸까?

나는 얼른 일기장을 펼쳤다. 좋은 선택은 아니었으나 다급한 상황이었다. 그리고 나는 그대로 굳고 말았다. 페이지가 아연할 정도로 붉은색으로 가득했다.

'이게 뭐야? 왜 이래?'

단 한 번도 이런 적이 없었다. 페이지는 엷은 붉은색이었고 그보다 더욱 붉은 글씨로 적혀 있었다.

826년 하베론의 달 21일

6황자 오라버니의 처형식이 거행되었다. 오라버니는 사형당했다.

미래는 변하지 않았다. 아니야. 이건 아직 12시가 지나지 않았기 때문이야. 그래, 그럴 거야. 내용이 변하는 건 늘 그랬잖아? 초조한 마음을 가라앉히려 했을 때였다.

아니야.

페이지 속 잉크가 일그러졌다가 펴지며 새 글씨를 덧그렸다.

이건 변하지 않는 미래.
네가 무엇을 해도, 어떻게 해도 변하지 않는 불변의 법칙.

어디선가 키득, 웃음소리를 들은 것 같았다.

포기해요, 아실리.

잘못 들은 게 아니다. 루스벨라의 목소리였다.
"아니야!"
참지 못하고 일어났다. 돌아서는 그때 마리사와 눈이 마주쳤다.
"무엇인가 뜻대로 되지 않았니? 곤란해 보이는구나."
그녀는 뜻 모를 표정으로 말했다. 조금은 안타까운 듯, 하지만 기대 어린 시선으로.
"조금만 도와주마, 아가."
뒤이어서 속삭였다. 마리사가 목에 단 목걸이에서 장식을 하나 뚝 떼어 냈다. 그리고 눈을 깜빡이자 허공에 뜬 조각이 둥실 날아갔다. 마리사는 그것을 콜로세움 1층, 사람이 없는 쪽으로 던졌다.
쾅! 거대한 폭발음이 들렸다. 내가 기다리던 소리였다. 그리고 예정됐던 연기보다 훨씬 자욱한 연기가 1층을 덮쳤다. 상황은 금세 아수라장이 되었다. 마리사가 혼란을 틈타 손을 잡았다.

"어서 가렴. 곧 황제가 올 거야."

그녀가 단호하게 말했다.

"하지만 카스토르가……."

그가 나서면 이 게임은 바로 패배한다. 마리사가 손에 힘을 주는 게 느껴졌다.

"망나니가 움직이면 내가 막아설 테니. 어서 가렴. 물론 길게 벌 수는 없다는 점 명심하고."

"왜 날 돕는 거죠?"

마리사가 멈칫했다.

"하나는 네가 죽은 1황녀를 닮았기 때문이고."

마리사가 본 적 없는 얼굴로 웃었다.

"다른 하나는……. 네게 기대를 걸어 보고 싶기 때문이라 해 두자꾸나. 난 네가 마음에 들거든."

그녀가 등을 밀었다.

"그러니. 어디 한번 바꿔 보렴."

그녀가 말한 것이 미래는 아님을 안다. 그녀는 나에 대해 아무것도 모르기 때문에. 그럼에도 그녀는 등을 밀어주었다.

나는 달렸다. 정신없이 달려서 1층에 도착했다. 아수라장이 된 사람들 사이에서 저 멀리 사형대가 보였다. 아득하기만 했다.

그 순간 누군가 팔을 덥석 잡았다.

"황녀님!"

소릭스였다. 그는 피투성이가 된 몰골로 나를 이끌었다.

"어디로 가는 거야?"

"6황자님은 메타가 모시고 있습니다. 합류할 겁니다!"

"대체 어떻게 된 거야."

"폭발을 일으키려 한 순간 디볼로 공작이 나타났습니다. 그리고 가까스로 사망자 없이 버티던 순간에 조영관께서 와 주셨고. 이미 폭발 타이밍은 놓친 뒤였습니다. 다행이 다른 사고가 일어나 줬지만……."

그가 내가 일으킨 거냐고 물었다. 나는 무겁게 끄덕였다. 그러자 그제야 안심했다는 듯 소릭스가 희미하게 웃었다.

이건 변하지 않는 미래.

일기장의 글씨가 마음에 선뜩한 울림을 피워 낸다. 고개를 젓고 얼마 걷지 않아 플뢰온과 만났다.

"아실리! 너 대체."

"설명할 시간 없어. 오빠. 우리 달려야 해."

플뢰온이 무어라 더 말하려던 얼굴을 거칠게 쓸어 내고 소릭스의 뒤를 따랐다. 말할 시간마저 아까웠고 플뢰온도 이를 눈치챘다. 한편으로는 긴박한 순간에야 눈치가 생긴 오라버니가 우습기도 했다.

네가 무엇을 해도. 어떻게 해도 변하지 않는 불변의 법칙.

가슴이 답답했다. 눈앞에 붉은 잔상이 아른거렸다. 일기장의 붉은 페이지, 그건 무엇을 의미하는가.

<발버둥 쳐도 6황자는 구할 수 없어요.>

아니다. 네 예언은 틀렸다. 나는 잘못되었단 걸 증명할 거다. 그러니 사라져. 사라지란 말이다.

<그리고 당신은 차례로 7황자와 기사를 잃게 될 거고.>

발을 재게 놀렸다. 숨이 턱 끝까지 차올랐다. 멈출 수는 없었다. 이를 악물고 신관 뒤를 따랐다. 중간에 소릭스가 여기서 대기하는 게 어떠하냐 했지만 고개를 저었다. 오늘의 끝을 목도할 거다.

<끝내는 사랑하는 4황자마저 잃겠지.>

마침내 터널의 끝에 도달했다. 언젠가 아주 오래전, 내가 잠시 잊었던 과거에 헤르난이랑 이곳과 비슷한 곳에 온 적 있다. 그는 나를 도망가게 했고 뒤를 지키다 끝내는 쓰러졌다.

그리고 이 순간 이 공간에 그가 서 있다.

"……헤르난."

그와 내가 있으나 우리는 전혀 다른 관계로 서 있다. 당신도 나도 있는데, 당신의 검 끝이 이쪽을 향했음이 다르다.

"물러나세요, 황녀님."

소릭스와 메타가 앞으로 나섰다. 그러나 헤르난은 표정 없는 얼굴로 고개를 기울였다.

"저들은 나를 상대할 수 없습니다."

헤르난의 시선은 오로지 나를 향해 있었다. 마치 나에게 말을 거는 것만 입력된 로봇처럼.

"카스토르는 선택하라 했습니다."

"선택?"

불길한 기시감이 들었다. 헤르난의 뒤로 짐마차와 아득한 출구가 보였다.

"당신과 6황자 둘 중 하나만 살려 보내라 했습니다. 선택은 당신이 합니다."

누군가 그랬다. 이지를 잃은 짐승의 신관은 가르쳐 준 말을 되풀이하는 인형 같은 존재라고. 생각해서 말하지 않는다. 오로지 그리하라 시킨 말을 외울 뿐이다.

"누가 살겠습니까?"

그러니 설득도 논리도 협박도 소용없는 인형이다.

"헤르난."

"선택하세요."

"헤르난!"

그는 소리 높여 외쳐도 그저 표정 없는 얼굴로 나를 응시했다.

그 순간이었다. 그의 뒤로 우르르 신관과 검사들이 쏟아졌다. 그들의 무기는 기묘한 금빛을 머금고 있었다.

"이들은 황제 직속 전투 신관들. 설사 나를 쓰러트린다고 해도 두 사람으로는 이 신관들을 감당할 수 없습니다."

결국 선택은 하나였다. 처음으로 돌아가 헤르난의 질문에 답하는 것.

플뢰온이 살 것인가, 내가 살 것인가.

이 순간 머리를 스친 것은 나에 대한 간절한 바람이었다. 모두가 내게 각성이 얼마 남지 않았다고 했었다. 폰투스가 주었던 성물을 함께 떠올렸다. 그걸 깨트리면 내 힘이 더 빨리 각성한다며, 그렇다며! 그러나 아무리 주먹에 힘을 주어도 모든 것이 잠잠했다. 아무 일도 일어나지 않았다. 마치 지금은 때가 아니라는 것처럼.

대체 지금이 때가 아니면, 언제인건데! 힘이, 힘이 필요하다고!

그러나 그 누구도, 일기장도 내게 대답해주지 않았다. 절망이 넘실넘실 너울처럼 발끝을 잠식했다. 나는 이 순간을 믿고 싶지 않았다.

"하하. 염병할. 이건 이미 답이 정해진 문제잖아?"

대답한 건 지금껏 침묵하던 플뢰온이었다.

"플뢰온 가만있어!"

"닥쳐. 못난 병아리야. 어쩐지 일이 잘 풀린다 싶었어."

플뢰온이 거칠게 제 머리를 흩트렸다.

"이봐, 공작. 당연히 애가 살고 내가 죽는다."

"오빠!"

헤르난은 미동도 하지 않았다. 플뢰온은 입꼬리를 비틀어 웃었다.

"이건 생각해 볼 가치도 없는 문제야. 너 죽으려 했지?"

"……."

그는 대꾸하지 않는 나에게서 시선을 돌렸다.

"저놈들이 너를 죽게 둘 것 같으냐? 너와 나. 둘 중에 누구를 택해서 지킬까?"

시선이 소릭스와 메타를 향했다. 그들은 시선을 마주하지 못하고 피했다.

"내가 살고 싶었던 건 너 때문이지. 네가 죽은 세상에 살고 싶은 건 아니야."

"플뢰온. 아니야. 나는!"

다시 살아나. 죽어도 다시 산단 말이야.

"살아도 네 희생으로 살면 그 삶이 무슨 의미가 있겠냐. 지난 시간 너를 지키며 살았는데."

나는 필사적으로 고개를 저었다. 말이 나오지 않았다.

이미 마음 한편에서 알고 있었다. 내가 여기서 죽어서 플뢰온을 살려도 플뢰온에겐 내가 없는 미래는 의미가 없다는 걸. 그리고 내게도 둘 다 사는 선택지가 아니면 또한 의미가 없다는 걸.

지금 이 시간은 틀렸다. 마침내 플뢰온이 도열한 검사들 손에 끌려갔다. 함께 있던 소릭스와 메타도 어디론가 잡혀갔다. 아득한 정신 속에 나를 불렀던 것도 같은데, 정신을 차려 보니 헤르난도 사라졌다. 나는 거대한 공터에 홀로 주저앉아 있었다.

"하. 하하. 하하하……."

나는 일기장을 펼쳤다. 붉은 페이지를 펼치자 아까와 똑같은 글씨가 보였다. 미래 내용이 일그러지며 다시 글씨를 덧그렸다.

소용없어. 소용없어. 아실리.
이건 바뀌지 않아.

어째서인지 일기장은 지난날과 다르게 나를 간곡하게 설득하는 것처럼 느껴졌다.

"황제 폐하께서 드셨습니다!"

천천히 고개를 들었다.

"사형을 거행하라!"

아득히 먼 곳에서 들려왔다.

와아아아―

잔인할 정도로 커다란 환호성. 바닥에는 누군가 덩그러니 놓고 간 검이 놓여 있었다. 엉금엉금 기어서 검을 손에 쥐었다.

"그 예지는 거짓말이야."

눈물이 뺨을 타고 흘렀다. 플뢰온, 나는 널 잃을 수가 없어. 아니야. 그렇게 두지 않아.

"그러니 나는 바꿀 거야. 너와 나 두 사람 모두 살 때까지."

검이 가슴을 향했다. 몇 번이고 해 왔던 과정은 어렵지 않다. 울음 끝에서 나는 처절하게 웃었다.

"나는 되살아나니까."

* * *

긴 복도를 저벅저벅 걸었다. 바람이 불어 하늘을 올려보면 눈부시도록 화창한 하늘이다. 감흥 없이 고갤 돌려 다시 저벅저벅, 몇 번 옆에서 걷는 걸음 수를 세어 보다 멈췄다. 의미 없는 일이다.

"여기가 플뢰온이 있는 곳인가?"

함께 멈춰선 소릭스가 고개를 끄덕였다. 그가 근위병에게 무어라 말하자, 엑스자로 교차되었던 창이 스르륵 열렸다.

"소릭스는 여기서 기다려."

"네."

그는 조금 내키지 않은 기색이었으나 딱히 신경 쓰지 않았다. 평소 같으면 한번 웃어 주기라도 할 텐데.

'평소가 아니기 때문인가.'

만사가 귀찮았다.

문이 열리면 죄수의 방치고 호화로운 방이 등장했다. 벽 무늬 같은 게 퍽 아름답다. 아니 눈 감고도 그릴 수 있을 것 같다.

"안녕, 플뢰온."

플뢰온이 천천히 고개를 들었다. 그는 초췌해 보였으나 크게 다친 곳은 없었다.

"너……."

그의 멍든 자국이 잘 보였다. 나는 그가 무어라 하기 전에 그의 얼굴을 붙잡고 이로 손에 든 병의 뚜껑을 땄다. 퉤, 나무로 만든 병뚜껑을 뱉었다. 그리고 액체를 플뢰온의 멍든 곳이며 상처 난 곳에 쏟아부었다.

"너, 너!"

"아. 미안, 미안. 계속 봤지만 볼 때마다 거슬렸거든. 사실 오빠 얼굴 빼고 잘난 게 없잖아?"

플뢰온이 아연한 얼굴로 입을 뻐끔댔다.

"농담이야."

난 희미하게 웃고는 이 방에 단 두 개 있는 의자 중 하나에 앉았다.

"너, 너, 야, 너!"

그는 입을 벌렸다. 할 말이 많은 표정이었다.

"네가 왜 여기에……."

"내가 묻고 싶은 말이야. 멍청아. 그랬던 것 같다. 처음엔."

"뭐?"

"아니야."

난 손으로 나머지 의자를 가리키며 툭툭 의자 손잡이를 두드렸다.

"아니. 아닌 게 아닌가. 어쨌거나 앉아 줘, 오빠. 올려다보면 목 아파."

그제야 플뢰온은 자리에 앉았다. 사형을 기다리는 사형수답지 않게 얼떨떨한 얼굴이다. 그게 누구 때문이겠어. 나는 피식 웃으며 고개를 숙였다.

"들어 줬으면 하는 얘기가 있어. 들어 줄래?"

고개를 들면 황당한 표정은 사라지고 어느새 진지한 얼굴로 날 보는 플뢰온이 있다. 그는 반란에 대한 얘기냐 물었다. 난 아니라고 답했다. 더욱 의문 어린 표정을 한 그에게 미약하게 웃어 주었다.

"처음에는 어떻게 널 살릴까부터 생각했어."

다시 살아나서 곧바로 그를 찾아갔다. 그가 무어라 하던 온갖 고집을 피워서 하루 전에 그를 몰래 감옥에서 빼냈다. 그러나 그리하자 그는 하루 일찍 죽어 버렸다. 이 과정에서 몇 번 시간을 소비했다.

<이렇게 해서는 그저 하루 일찍 죽을 뿐이구나.>

깨닫고 난 뒤 어떻게든 처형식 날 그를 살리려 노력했다.

"참 다양한 변수가 있었어. 나는 이걸 전부 파악하려고 했고."

헤르난이 등장했던 시간은 모조리 실패로 돌아갔다. 간신히 노력 끝에 헤르난이 없는 시간을 만들었다. 그라니우스가 죽기 살기로 헤르난을 붙잡고 있는 동안 도망치자 눈앞에 수십의 신관과 검사가 나타났다. 황제 직속 전투 신관들이었다. 다수와 소수의 싸움은 결과가 명백했다.

"있잖아. 난 정말 온갖 방법을 다 써 봤어."

마리사가 도왔던 날이 있었고 없었던 날이 있었다. 카스토르가 등장하지 않아 헤르난도 등장하지 않기도 했고 천신만고 끝에 출구의 끝에 다다라서 눈먼 검에 죽기도 했다. 그때는 내가 죽었다.

"어느 순간에 나는 깨닫고 말았어."

어느새 눈물이 뺨을 타고 흘렀다. 원했던 눈물은 아니었다. 억울해서, 비통해서, 화가 나서. 허탈해서, 허무해서, 서글퍼서. 사무치게 슬퍼서.

"내가 이 짓을 40번 400번 4,000번을 해도 바뀌지 않을 거란 걸."

나는 천천히 고개를 들어 플뢰온을 바라봤다.

"너와 나. 둘 다 살아남는 미래는 없다는 걸."

플뢰온은 놀란 눈으로 나를 보고 있었다. 나는 그런 플뢰온에게 고백했다.

"나는, 오래전에 몇 번이나 죽었다가 살아남았어. 이 이후로 나는 다시는 죽지 않기로 결심했어. 결코 죽음을 이용하지 않겠다고 맹세했어."

이 세상에 절대적인 건 없다. 나는 맹세를 깨트리며 너를 구하려 했다.

"너를 살리기 위해 몇 번이고 죽음을 뛰어넘었어. 죽는 건 아프지 않아. 하지만 몇 번이고 네 죽음을 보는 건 아파. 아파, 플뢰온. 너무 아파……."

얼굴을 가렸다.

"이젠 못하겠어. 그런 미래는 없어."

손으로 얼굴을 감싸 쥐었으나 눈물은, 손가락 사이로 새어 나갔다.

"미안해. 미안해, 플뢰온."

"……."

"너는 죽고, 너를 살리는 미래는 없는 거야."

난 몇 번이고 되풀이하며 이를 확인했어. 때론 처절하다 싶은 시간도 어처구니없던 시간도 전부 죽음으로 끝나고 말았기에.

"무슨 소릴 하는가 했더니."

커다란 손이 손을 덮었다. 온기, 차갑게 식어 가던 네가 아니라 온기가 나를 감싸 쥐었다.

"네가 망가졌던 이유가 여기에 있었냐."

플뢰온은 잠에서 깨어난 사람처럼 또렷한 눈으로 나를 바라봤다.

"나는 네게 보호받아야 할 사람이 아니야."

그가 또박또박 말했다.

"그만 나를 죽게 둬."

평소 딱딱한 어조를 쓰는 그답게 염려하는 목소리마저 오만했다. 그러나 누구보다 황자다웠던 사람이었다.

"그만 내 죽음을 인정해."

평소에는 눈치가 그렇게나 없었던 주제에 그는 모든 걸 알고 있다는 듯 날 바라봤다.

"내 긍지를 더럽히지 마라."

무슨 생각을 했는지 그가 내 손을 꽉 쥐었다.

"네가 살렸다고 한들, 언젠가 나는 진실을 알았겠지. 그때 내가 행복해할 것 같더냐?"

그는 천천히 고개를 숙였다.

"너 이 얘기하는 것도 처음이 아니지?"

처음 그날처럼 내 어깨에 이마를 댄 채 말했다. 나는 어떤 대꾸도 하지 않았으나 그는 이어 말했다.

"나는 네가 지켜 줘야 할 사람이 아니야."

그렇게 나는 깨닫고 말았다.

"싫어."

눈물이 뚝 떨어졌다. 다시 뺨을 흐르고 떨어졌다.

"싫어. 오빠. 왜 죽어. 네가 왜 죽어."

아. 나는 너를 포기하지 못하는 거구나.

"죽지 마, 오빠. 이제 말 잘 들을게. 죽지 마, 오빠. 제발, 제발 죽지 마……."

나는 죽으면 다시 살아난다. 너희는 그렇지 않다. 지난 시간 내내 모순이었다. 너희가 다치는 게 싫어서 대신 다치길 바랐다.

그러나 대신 죽어서도 너를 구할 수 없다면?

"죽었다가 살아나면 이 시간의 너는 사라져. 오라버니, 그럼 나는 어떤 시간을 살고 있는 거야? 이 시간에 네가 없어도 죽을 것 같은데.

앞으로의 시간에서 네가 없으면 어떻게 살아?"

내 삶을 채우는 조각들, 너를 잃으면 내 일상은 망가진다.

"왜 못 살아?"

플뢰온이 내 뺨을 억세게 잡았다.

"잘 들어. 사람은 살아. 어떻게든 살아. 잃어도 살고. 비참해도 살아. 네게 내가 없어도 살아."

"싫어."

"나야말로 묻고 싶다. 지난 시간 날 위해 목숨을 던졌다면, 너의 시간들은 버려진 거나 다름없잖아. 미련한 것. 못난 것. 못난 병아리. 너는 늘 나를 죄스럽게 했어. 알아? 너만 아는 시간에서, 너 홀로 상처를 안게 해서……."

플뢰온이 눈이 크게 일렁였다.

"미안하다."

그의 뺨으로 눈물이 타고 흘렀다.

"나는 늘 사과하고 싶었다. 널 처음 본 날 네게 심한 말로 상처 입혔던 것을."

"상처 입지 않았어."

"지난 시간 마음을 헤아리지 못해서 네가 상처 입었을까 봐 항상 걱정했다. 알면서도 고치지 못했다."

그가 내 손을 찾아 조심스럽게 쥐었다.

"넌 망할 병아리가 아니야."

손등에 조각 같은 뺨과 턱을 가로지른 물줄기가 맺혀 뚝 떨어진다.

"내가…… 망할 오라버니지."

오만할 정도로 당당한 눈동자. 나는 너의 이런 눈을 좋아했다. 자신만만하게 짓는 미소를 사랑했다.

"그러니까 나를 놔줘. 아실리. 나다운 최후를 맞을 수 있게 해 줘."

나의 오라버니. 나의 가족. 지난 시간 나를 지탱했던 네 거만함이 나를 이젠 아프게 한다.

"그렇게 말하면."

오라버니, 당신은 내게 잔인하다.

"들어주지 않을 수 없잖아."

나는 손으로 얼굴을 가렸다. 그가 나를 품으로 끌어당기는 것이 느껴졌다.

"치사해. 치사해……. 나만 두고 가려고."

"평생 부리지도 않던 어리광을 이제야 부리는 거냐."

"평생 부릴 테니까 살아 줘. 살아 줘, 플뢰온……."

그는 내 머리를 감싸 안았다.

"데인과 그놈과 너는 행복해. 반드시 행복해져."

처음이자 마지막으로 느낀 품은 더없이 따뜻해서 눈물이 그치지 않았다.

살아 줘.

플뢰온은 끝내 대답하지 않았다.

* * *

"처형식을 거행하겠습니다!"

사람들의 함성이 우레와 같아, 플뢰온. 고개를 돌리면 좌도 우도 사람으로 가득하다. 꼭 나의 「프리모 살바티오」처럼. 주인공은 너다.

그러나 다른 점은 이것은 처음이자 네 마지막 무대고, 나는 다신 너를 보지 못한다는 거다.

"죽여라!"

"비열한 반역자!"

황제는 2황자의 죄도, 네 어머니의 죄도 모두 네게 뒤집어씌웠다. 반복한 시간 속에서 알았다. 황제는 2황자를 죽이고 싶지 않고, 네게 모든 죄를 넘겼다.

한순간 눈이 스쳤다.

「*고집스럽게 다문 입술. 구부릴 바에야 차라리 꺾어지겠다는 고고한 기개. 그는 한 마리의 매였다. 그리고 추락한 매는 그렇게 형장의 이슬로 사라졌다.*」

내가 읽었던 '책'에서 너는 이렇게 나왔다. 나는 이 구절이 너를 참 잘 표현했다 생각했다. 이 세계는 책이 아니었으니 아마도 어떤 과거에서 너는 이런 모습이었겠지. 어째서 죽음 앞에 그리 의연하느냐 물어도 너는 답이 없다. 힘이 없어서, 아무것도 없어서 너는 죽는 거다.

<어째서 오빠는 거기 휘말린 거야? 오빠는, 말릴 수 있었잖아. 오빠의 어머니니까.>

플뢰온이 고개를 들어 하늘을 응시했다.

<나는 솔직히 조금은 동의했다. 이 제국은 신관을 중심으로 돌아가지. 지긋지긋할 정도야.>

그러나 마지막에 잠시 후회로 얼룩졌던 것은.

<비신관인 나는 평생 아무것도 할 수 없어. 조롱에 지쳤다. 바뀐

다면……. 바뀌는 것도 나쁘지 않다 여겼어.>

그가 나를 향해 말했다.

'행복해라.'

그리고 그는 마지막, 후련한 듯이 웃었다.

"간악한 반란의 주모자. 이리의 후계자."

펄럭펄럭. 바람에 죄목을 읽는 이의 옷자락이 거칠게 흔들렸다.

"6황자 플뢰데온 클라체 칼타니아스를 사형하겠다!"

거대한 함성이 떨어졌다. 바람마저 잠시 그친 순간 그 사이에서 아찔한 소리를 들었다. 와아아아아.

붉은 깃발이 올라갔다.

네가 죽었다.

* * *

3일이 흘렀다.

반란자는 장례식조차 치르지 못한다. 플뢰온은 황자가 아닌 반역자로서 죽었기에 시체마저도 수거된다.

<만약 황자님이 신관이었다면 제국의 수정에 바쳐졌을 겁니다. 신력을 흡수하기 위해서요.>

장례식마저 없는 내 오라버니, 죽은 네게 묻는다. 너는 왜 죽어야했을까? 왜 네가 저지르지 않은 죄를 품고 너는 죽었나.

왜 끝내 네가 바랐던 것은 아무것도 이뤄지지 못한 채 사라졌는가.

"주인님."

레베카가 고개를 조아렸다. 나는 초췌한 눈으로 그녀를 응시했다.

잠을 자지 않았다. 아니 자지 못했다. 밤에도 네 목소리가 들렸다. 깨어나면 너는 어디에도 없었다. 플뢰온 네가 늘 찾아오던 내 궁은 텅 비었다.

나는 가슴에 품은 일기장에서 천천히 눈을 떼어 냈다. 3일간 단 한 번도 열어 보지 않았다. 또 누굴 잃을지 몰라서. 두려워서. 읽지 않으면 다가오지 않을 것처럼 외면했다.

레베카 너는 오늘도 아름답다. 잠을 자지 못한 것은 나만이 아니고 슬픈 것은 나뿐이 아닐 텐데. 레베카는 어제와 같았고 그전 날과 같았으며 이전과 다르지 않았다. 그러나 레베카의 가슴에는 여전히 남성용 반지가 매달려 있었다.

"무슨 일이야?"

레베카가 잠시 입을 꾹 다물었다. 그녀가 천천히 눈을 내리깔았다.

"7황자님의 행방을 찾았습니다."

"어디야?"

레베카가 드물게 말을 아꼈다. 잔뜩 어두워진 얼굴을 보며 눈을 꾹 감았다가 뜬다.

"빨리."

나는 얼른 얼굴을 비볐다.

"……중앙 궁의 지하 감옥입니다."

아직 사위가 어두웠다. 하늘은 남색과 채도 높은 청남색이 함께였다. 공기에서 새벽 냄새가 느껴졌다.

"지하 감옥? 어째서? 데인은 반란과는 상관없잖아!"

난 벌떡 일어났다. 레베카가 다시 무겁게 입을 뗐다.

"황명을 거역했다 합니다."

"……황명?"

레베카가 끄덕였다.

"……오래전 황자님께서 저지른 항명이 밝혀져 구금되었습니다. 고발자는 데로스. 새로 롬의 수레바퀴의 가주가 된 자입니다."

데인과 레이 경은 한발 앞서 제국에 들어왔다. 그러나 내가 도착했을 때 감쪽같이 사라졌다. 레베카가 허리를 깊이 숙였다.

"죄송합니다. 시간이 촉박하여 자세한 사정까진 알아내지 못했습니다."

무슨 일 생기면 하겠다던 연락조차 없이.

"어디야. 안내해."

벌떡 일어났다. 다행히 요즘 외출옷 차림 그대로 잠들었기에 갈아입을 필요는 없었다. 나는 사람을 시켜 깃털의 신관을 불렀다. 펜네만큼은 아니지만 이동에 용이한 능력을 가진 이였다.

"황녀님, 호위는 저와 소릭스가 하겠습니다."

달려온 건 깃털의 신관만은 아니었다. 같은 순찰대인 소릭스와 메타도 달려왔다.

"최근 황궁은 너무 위험합니다."

현재 반란의 실패로 궁은 흉흉했으며 순찰 인력이 모자라 순찰대 케레스까지 동원되는 상황이었다. 그러나 그들은 문제없다며 고집을 부렸다. 결국 출발할 땐 그들도 함께였다.

"제, 제국의 꽃, 고귀하신 8번째 가지께 무한한 영광을! 화, 황녀님을 뵙습니다. 저는 지하 감옥의 총책임자입니다."

잠시 뒤 나는 레베카의 안내를 받아 지하 감옥에 도착했다. 이곳은 플뢰온이 갇혀 있던 곳과 다르게 정말 죄인을 가두는 곳. 데인은 3개의 건물 중에서도 가장 흉악한 범죄를 저지른 이들이 가는 곳에 있단다.

그래서인지 플뢰온을 가둔 궁과 사뭇 다른 분위기였다. 외관을 전혀 꾸미지 않은 흙빛 건물은 군데군데 검붉은 얼룩이 가득했다.

천천히 시선을 내렸다. 엎드린 자가 보였다.

"어, 어찌 이런 누추한 곳에……."

"난 그대에게 질문을 허락하지 않았는데?"

총책임자가 히익 소리를 내며 다시 고개를 숙였다. 그가 이런 행동을 보이는 배경엔 아마 카스토르가 있으리라 짐작했다. 나는 그가 아끼는 황녀로 소문이 자자했으니까.

"죄, 죄송합니다."

지금 시간은 이른 아침이었다. 아무런 이유 없이 황녀가 등장하기엔 적당한 시간이 아니었다. 더구나 자칫 오해를 사기 쉬웠다. 이에 나는 오랫동안 해 왔던 일을 다시 한 번 펼치기로 했다.

"그대가 총책임자라고?"

난 천천히 말간 웃음을 틔웠다. 플뢰온이 죽고 웃는 것도 힘들었으나 잠시 잊었다.

"여기엔 내 오라버니도 자주 오시니?"

"어, 어떤 황자님을 말씀하시옵니까?"

"나를 아껴 주시는 황태자 오라버니 말이야."

새침하게 묻자 군기가 바짝 든 총책임자가 고개를 저었다.

"아, 아닙니다! 황태자 전하께서는 최근에 오시지 않았고, 최, 최근에는 데로스 님께서 다녀가셨습니다. 로, 롬의 가주입니다."

데로스라는 말에 나는 눈을 가늘게 좁혔다. 그러나 이내 관심 없는 듯 레베카를 응시했다.

"뭐야. 오라버니께서 나를 부르셨다더니 여기가 아니었잖아? 새벽에 깨기나 하고."

나는 입술을 삐죽이며 건물 외관을 훑었다. 출구는 하나. 탈출은 어려운가. 느리게 고개를 돌렸다. 그저 한번 쳐다봤다는 듯이.

"기왕 온 거 여기 구경이나 할래."

"그, 그, 안내를 돕겠습니다!"

난 새침하게 그를 응시하며 팔짱을 꼈다.

"필요 없어. 알아서 할 테니까."

"하지만……."

난 오만하게 간수를 내려다봤다.

"지금 오라버니도 아닌 당신이 나를 통제하겠다고?"

"아, 아닙니다!"

간수가 거세게 고개를 저었다. 그사이 레베카가 다가와 속삭였다.

"7황자님은 맨 아래층에 계십니다."

"거긴 죄질이 매우 나쁜 죄수가 있는 곳인데……."

소릭스가 중얼거렸다. 그 또한 굳은 얼굴이었다.

"레베카. 너는 돌아가서 내가 말했던 일을 해 줘."

"……예. 조심하세요."

혹시 몰라 레베카를 돌려보내고 지하 감옥으로 들어섰다. 만에 하나 소릭스와 펜네가 보호할 사람은 나 하나로 줄여야 한다.

'여기도 출구는 하나.'

감시가 삼엄했으나 다행히 황녀를 막는 자는 없었다. 이미 내가 왔다는 것이 알려졌는지 하나같이 허리를 깊이 숙였다. 특히나 황태자의 보호를 받고 있다고 알려진 것 때문인지, 나를 보며 긴장한 기색이 역력했다.

"아래로 갈수록 감시가 없습니다."

소릭스가 다가와서 속삭였다.

"고문이 이뤄지고 있는 것 같습니다. 이 때문에 인력을 줄인 겁니다. 아마 도망가지 못할 거라 생각하는 거겠지요."

소릭스의 목소리는 딱딱하기만 했다. 그 말에 근거가 되듯 아래로 갈수록 비릿한 냄새가 가득했다. 심지어 신음 소리와 비명이 들리기도 했다. 반란이 있었기 때문인지 지하 감옥은 만선이었다.

마침내 가장 아래층에 도착했다.

가장 흉악범을 가둔다는 최하층 감옥은 전부 텅 비어 있었다. 데인을 찾는 어렵지 않았다. 이 넓은 곳 중 단 한 곳만 차 있었으니까.

'저긴가.'

어느 곳보다 심한 악취와 퀴퀴한 냄새가 느껴졌다. 감옥을 감시하던 간수 둘이 고개를 조아렸다. 모두 커피색 피부를 지닌 사내였다.

'……데로스와 비슷한 피부색. 데인의 민족일지도 모른다.'

가까이 간 순간 이들이 롬의 수레바퀴이리라 확신했다. 그들에게서 마치 향수를 뒤집어쓴 듯 역할 정도의 꽃향기가 풍겼으니까. 헤르난을 추적하면서 건국제에서 데로스를 만났을 때 지겹도록 맡았던 냄새다. 모를 수가 없다.

"내 오라버니를 보러 왔는데."

순간 간수가 미간을 찡그렸다. 하나 한낱 간수가 황족을 막을 수는 없었다.

"……저기 계십니다."

감옥을 보고는 미간을 찌푸렸다.

"장난해? 어두워서 아무것도 보이지 않잖아."

내가 도도하게 시선을 던지자 둘 중 당황한 간수 쪽이 허둥지둥 문을 열었다. 그사이 한사람이 슬쩍 자리를 비우는 걸 목도했다. 난 재빨리 메타에게 눈짓했다.

"아. 이런, 이런."

메타가 휘적휘적 걸어 간수 하나에게 다가갔다. 그러고는 다 들릴 정도로 크게 속삭였다.

"거 뭐 좀 물읍시다. 여기 소피 보는 곳이 어디요?"

"메타! 황녀님이 계신 곳에서 무슨 무엄한 행동이야!"

소릭스가 얼른 쿵짝을 맞췄다.

"아, 괜찮아. 소릭스. 자연스런 현상인 걸 어쩌겠어. 그런데, 메타?"

곁눈질하자 또 다른 간수는 이미 사라진 지 오래였다.

"조금 경망스러운 것 같다. 난 무례한 걸 싫어해."

"하하하. 주의하겠습니다."

메타가 손을 들고 돌아서는 자리를 비웠다. 아마도 내 신호를 알아 듣고, 먼저 사라진 간수를 쫓는 거겠지. 감옥 안으로 들어가자 역겨운 냄새가 훅 끼쳤다. 정신없이 뒤섞인 냄새에 잠시 비틀거렸다.

'이게 다 무슨 냄새인 거지······.'

감옥 안쪽에선 매캐한 냄새와 탄 냄새 그리고 정신이 아릿할 정도로 강한 꽃향기가 함께였다. 횃대에 불이 붙었다. 앞을 보는 순간 숨을 삼 켰다.

"데인!"

양쪽 팔을 벌린 채 벽에 매달린 데인이 있었다. 난 황급히 그의 팔 을 잡았다. 철컹. 무거운 쇠사슬이 흔들리자 그가 작게 신음을 흘렸다. 의식이 없어 보였다.

상체가 벗겨진 몸에는 성한 곳이 하나 없을 정도로 상처로 가득했다.

가늘거나 혹은 깊거나. 심지어 손 한 마디나 되는 상처에 경악했다.

"소릭스."

바로 돌아섰다.

"당장 그 사람 기절시켜."

간수가 눈을 크게 떴다.

"무, 무슨."

말이 끝나기가 무섭게 마찰음과 함께 그가 바닥에 쓰러졌다. 무슨 소리냐 묻기도 전이었다.

"데인. 정신 차려. 데인! 내 말 들려?"

그러나 고개 숙인 그는 미동도 하지 않았다. 그러나 손이 닿았을 때였다.

"……아실리?"

땀에 눌러 젖은 머리가 흘러내렸다. 그 사이로 데인이 고개를 들었다. 그는 눈을 가린 천을 쓰고 있었다.

"아실리 맞아?"

"데인!"

반가운 목소리로 그를 불렀다. 그러나 잠시 지나자 이상함을 깨달았다.

"아실리? 아실리? 아무도 없는 거야?"

"데인? 데인 왜 그래? 나 여기 있어!"

"또 환상인가……."

심장에 파도가 쳤다. 아니 소름이 온몸을 훑었다. 썰물처럼 빠져나간다.

"황녀님."

소릭스가 황급히 다가와 데인의 쇠사슬을 끊어 냈다.

"⋯⋯황자님께서는 고막에 손상을 입으신 것 같습니다."

"고막?"

"네. 양쪽 고막 모두요."

소릭스가 재빠르게 말했다. 그제야 데인의 귀와 목까지 흘러내린 피를 봤다. 이미 말라붙어 딱딱하게 굳어 있으나 분명 피였다.

"아울러 황자님께서는 지금 수많은 고문으로⋯⋯."

고막뿐이 아닐 것이다. 이미 눈에 보이는 부분만으로도 성한 곳이 없었다. 안쪽은 더 망가졌다는 걸까. 나는 이를 악 깨물었다.

"⋯⋯소릭스. 내가 가져오라 지시한 건 가져왔어?"

"네. 여기 있습니다!"

소릭스로부터 작은 병을 건네받았다. 그리고 나도 품에서 따로 병을 꺼내 들었다. 소릭스를 시켜 나머지 쇠사슬도 끊었다. 그리고 그를 기대게 하고 병을 기울였다. 병에 담긴 액체는 데인의 머리를 적셨다. 다음 병은 어깨로 흘려보냈다. 마침내 액체가 데인을 흠뻑 적셨을 때였다.

선연한 금빛이 데인의 몸을 감싸며 피어오르더니 감돌며 녹빛과 어우러졌다. 빛은 오랫동안 데인을 감싸 안았다. 얼마나 지났을까 빛이 사라지고 한결 깔끔해진 데인이 나타났다.

나는 한 번 더 데인의 귀에 붓고 나서야 손을 멈췄다.

"데인. 들려?"

그가 번쩍 고개를 들었다.

"아실리?"

그가 손을 뻗었다.

"들려. 들려, 아실리. 어디야?"

"여기야. 여기야 데인!"

나는 재빨리 데인을 안았다. 데인이 작게 신음을 흘렸다. 깜짝 놀라 손을 떼어 내려 할 때였다.

"흡!"

이번엔 데인의 팔이 등을 단단히 감았다. 이어 숨 막히도록 강하게 나를 안았다.

"진짜, 진짜. 아실리구나. 그렇지?"

"응."

데인이 내 어깨에 얼굴을 묻었다. 작은 떨림이 느껴졌다.

"대체 이게 어떻게 된 거야? 네가 왜 여기 있어?"

조금 뒤 데인이 나를 떼어 주고서야 겨우 물었다. 데인은 대꾸 대신 희미하게 웃었다. 그제야 그가 눈을 가리고 있단 걸 알았다. 손을 들어 눈을 가린 천을 풀어낸다. 그는 순순히 얼굴을 내줬다.

그리고 천을 모두 풀어냈을 때였다.

"데인?"

"응, 아실리."

데인은 태연하게 대답했다. 그래서 그가 괜찮은 거라 생각했다.

"데인."

"응, 아실리."

그러나 시간이 지날수록 내 얼굴은 흐려졌다.

"어딜 보는 거야. 바보야. 나 여기 있어."

데인은 엉뚱한 방향을 보다가 날 향해 고개를 돌렸다. 그럼에도 미묘하게 시선이 어긋났다.

"데인. 이건 몇 개야?"

"……."

"그럼 이건?"

"……."

데인은 태연하지만 조금 난감하게 웃었다.

"미안해, 아실리……. 나 보이지 않아."

마침내 그의 눈이 횃불 아래 드러났다. 언젠가 내가 사랑했던 눈은 붉음을 잃고 하얗기만 했다.

"시력을 잃으신 것 같습니다."

소릭스가 말을 하는 동안에도 그의 눈은 초점이 맞지 않았고, 그토록 아름다운 색을 잃었다.

"어째서. 어째서야?! 치료 신관의 약과 아모르의 약을 썼는데 낫지 않는 거야? 어째서야, 소릭스!"

"그…… 황녀님."

소릭스가 안타까운 목소리로 응답했다.

"황자님께서 받은 건 고문이 아닌 저주입니다."

그는 무거운 목소리로 이어 말했다.

"폐하께서…… 하신 일 같습니다."

"저주? 황제가 왜?"

"나를 도망치지 못하게 하기 위해서야."

데인이 끼어들었다.

"원하는 걸 들어주지 않았거든."

데인이 나지막하게 말했다.

"나는 암살자 가문의 수장이야, 아실리. 눈을 잃고 귀를 잃으면 아무 것도 할 수 없지. 황제는 이 때문에 내 시력을 앗아 간 것 같아."

"무엇 때문에!"

"황제의 병세를 완화하는 약이 있어. 4황자가 만드는 거랑 다른 거야."

"병세?"

"완벽한 계산식 아래서만 나오지. 그건 사실 고통을 가라앉게 만들며 진통제에 가까운. 나았다고 믿게 하는 마약이거든."

나는 데인에게, 데로스에게 그리고 롬의 사람들에게서만 나던 지독한 꽃향기를 떠올렸다. 마약, 언젠가 헤르난은 말했다. 약을 먹어서 본능을 억제하기도 한다고.

"그걸 만들 수 있는 건 오직 나뿐이야."

데인이 천천히 고백했다.

"황제의 수명은 내가 쥐고 있었어."

데인은 스스로 천을 다시 매길 원했다. 자신의 눈을 동여맨 데인이 레이 경을 찾았다.

"레이는 옆방에 묶여 있을 거야."

잠시 뒤 소릭스가 처참한 몰골의 레이 경을 데려왔다. 데인처럼 벽에 묶이는 대신 그는 온몸이 빈틈없이 묶여 있었다.

"소릭스!"

"네!"

마치 헤르난을 묶어 뒀던 것처럼. 소릭스가 황급히 쇠사슬과 끈을 베어 냈다. 레이 경은 오른팔이 부서졌으며 발목이 부자연스럽게 꺾여 있었다. 얼굴 또한 성하지 않았다.

"치료가 시급합니다!"

나는 데인에게 썼던 것보다 더 많은 병을 쏟아부었다. 자연 치유력을 위해서는 좋지 않았으나 이대로 가면 평생 불구가 될 수 있다는 소릭스의 말에 남김없이 사용했다.

"으윽……."

마침내 데인과 달리 완전히 말끔해진 모습의 레이 경이 천천히 눈을 떴다.

"경, 경! 나 보여?"

"……보입니다."

다행히도 선명한 남색 눈이 자리했다. 안도의 숨을 쉬는 한편 왈칵 얼굴을 찌푸렸다.

"황녀님. 이제 시간이 얼마 없습니다."

소릭스가 초조한 목소리로 보고했다. 그의 말대로였다. 난 이곳에서 오래 보낼 수 없었다.

"메타를 불러와."

"네."

메타는 소릭스가 보낸 신호에 금방 나타났다. 어둠 속에 나와 성하지 않은 데인. 그리고 두 검사와 막 완전히 낫게 된 레이 경이 있다.

"솔직하게 말해 줘. 두 사람이서 이곳에 있는 이들을 모두 상대할 수 있어?"

난 소릭스와 메타를 향해 물었다. 잠시 생각해 보는가 싶던 메타가 고개를 끄덕였다.

"네. 가능할 것 같습니다. 반란 때문인지 이곳을 지키는 수는 매우 적습니다."

이미 이곳을 한차례 둘러본 메타가 말했다.

"그래서 죄수들을 고문으로 다스린 거고요."

"날 봤던 이들은 오늘 일을 잊어야 해. 다만 최하층의 간수만은 안 될 거야. 롬의 사람이니까."

조금이라도 수상한 것이 있다면 데로스에게 보고하겠지. 정황상 그는 사촌인 데인을 이곳에 구금했다. 고문까지 마다 않았다.

"로도스가 정신과 꿈의 신관으로 최면을 쓸 줄 압니다. 다만 최하층 간수만은 따로 가둘 곳이 필요하겠군요. 저들만 롬의 사람이니까요. 지금 바로 대기 중인 순찰대를 부르겠습니다."

메타는 상황을 보겠다며 잠시 복도로 나갔다. 나는 데인을 바라봤다. 그는 모든 대화를 조용히 듣고 있었다.

"아실리. 나는 이곳을 벗어나면 안 돼."

데인이 조용하게 말했다.

"내가 이곳에 있어야 네가 안전해져. 내가 없어지면 데로스는 가장 먼저 널 의심할 거야."

"싫어."

나는 그의 말을 단호히 잘랐다.

"데인. 플뢰온이 죽은 걸 알고 있어?"

데인이 잠시 말이 없었다.

"형이…… 죽었구나."

"그래. 플뢰온이 죽었어. 내 눈앞에서. 몇 번이고 오빠를 구하려 했는데 눈앞에서 죽고 말았어."

나는 데인의 앞에 무릎을 꿇고 앉았다. 그의 손을 더듬어 쥐었다.

"몇 번이고 반복해서 구하려 했어. 그런데 데인. 안 된대. 바꿀 수 없는 미래가 있대."

아니. 나는 사실 나를 속였다. 플뢰온이 죽고 단 한 번도 일기장을 보지 않았다고. 그러나 사실은 이미 확인했노라고. 한 번 더 붉어진 일기장 페이지가 가리킨 것은 또다시 나의 소중한 사람이었다.

826년 하베론의 달 25일

7황자 오라버니가 지하 감옥에서 죽은 채로 발견됐다.
누군가 살해했다고.
무섭다. 자꾸만 누군가 죽어 간다.

눈물이 뺨을 적셨다. 그리고 데인의 손등을 그리고 내 손을 흠뻑 적
셨다.

"싫어. 데인. 나는 그만 잃고 싶어. 너마저 잃으면 나는 내가 아니게
될 거야."

나는 안다. 이제 너마저 잃으면 내가 두려워하던 일이 다가올 거라고.

"싫어. 데인, 제발……."

나는 망가지고 싶지 않아. 끝내 카스토르 같은 인간이 되고 말 거다.
싫어. 그건 싫어.

"아실리."

데인이 내 손을 잡아당겨 품에 안았다.

"네 눈물에서는 겨울 냄새가 나. 넌 항상 추운 겨울에서만 사는구나.
아실리……."

데인이 눈물 날 정도로 다정하게 속삭였다. 그가 나를 꼭 껴안았다.

"네가 원하는 일이 뭐야?"

이렇게 말하던 그는 언제나 내가 바라던 것을 이뤄 주었다. 너는
거짓말처럼 나타나 늘 다정한 기적을 주었다. 네 다정함을 좋아했다.

"살아 줘. 살아서 이곳을 나가 줘. 멀리 이곳을 떠나."

예언마저 닿지 않는 곳으로.

"……너는."

데인의 목소리가 젖어 갔다.

"너는 내게 가장 잔인한 부탁을 했어."

천천히 떨어진 데인이 입꼬리를 끌어 올렸다.

"들어줄게."

그는 눈물을 흘리지 않았다. 그런데 꼭 그가 울고 있는 것처럼 보였다.

"널 위해 살았으니까. 내 마지막 순간도 네 거야."

그가 손으로 내 얼굴을 더듬다가 어느 곳에 입을 맞췄다. 눈이었다.

"아실리. 네가 살아 있으라 말한다면 어떻게든 살게. 비참하게라도 살 수 있어. 하지만 내게도 불가능한 것이 있어. 나는 제국에 있는 한 영원히 추적당하고 눈도 보이지 않아. 이 상태로 나 혼자 떠나서는 오래 살 수 없어."

그가 조곤조곤 속삭였다. 문득 그를 바라보다 천천히 시선을 옮겼다. 그곳에는 나를 뚫어지도록 쳐다보는 우묵한 눈이 있었다. 레이 경과 눈을 마주한 채로 우리는 한참을 쳐다봤다.

"경. 경이 내게 했던 검의 맹세는 유효해?"

나지막한 목소리였다. 나조차 내가 어떤 목소리였는지 알 수 없었다. 그러나 레이 경은 짐작한 것처럼 보였다. 기다렸다는 듯 무릎을 꿇었으니까.

"……황녀님께 드렸던 그것은, 목숨을 바쳐 영원히 지키기로 했던 맹세였습니다."

그가 작게 중얼거렸다.

"내게 검을 주시오."

레이 경은 소릭스가 건넨 검을 잡아 바닥에 박았다.

"하명하십시오, 나의 주군."

나는 천천히 일어났다. 머리를 가다듬었다.

"그래. 그럼 나는 경에게 처음이자 마지막 명을 내릴게. 그대는 절대 거절할 수 없어."

레베카에게 배운 대로 허리를 세웠다. 명을 내리는데 익숙해지라던 레이 경의 말처럼 그를 내려다봤다.

"앞으로 경의 주인은 내가 아니야. 경의 주인은 여기 있는 7황자, 그리고 내 오라버니인 데인이야."

눈을 감았다. 다시 뜨며 웃었다. 남아 있던 눈물이 뺨을 가로질렀다.

"데인을 주인으로 모시며, 데인이 죽을 때까지 생명을 지키고 그 과정에서 경 또한 죽어선 안 돼."

"······."

"다시 말할게. 거절은 안 돼. 명령이야. 그리고 마지막으로······."

잔인하다 말해도 좋다. 너희가 살아서 나를 원망했으면 좋겠다.

"이곳을 떠나."

죽은 자는 원망조차 할 수 없다.

레이 경은 입술을 깨물었다. 희미한 횃불 아래서 그의 표정은 너무나 선연했다. 앞으로 나는 이날을 잊을 수 없겠지.

"명······."

그가 처음으로 말을 더듬었다.

"명을····· 받듭니다."

나를 따르기 위해 사랑도 감정도 출세도 버렸던 기사에게 나는 나를 버리라 했다.

"당신은 이제 제 주인이 아닙니다."

그가 천천히 일어났다. 검을 내려 둔 그가 다시 한 번 무릎을 꿇었다. 그리고 이 더러운 바닥에 앉아 내 발등에 입을 맞췄다.

"그러나 나는 당신의 검. 죽을 때까지 당신의 명을 받듭니다."

과연 레이 경이, 데인이 바라보는 나는 어떤 얼굴이었을까?

레이 경이 소릭스와 함께 데인을 부축하고 우리는 지하 감옥을 빠져나왔다. 날은 기분 나쁘도록 화창했다.

"아실리, 네 궁과 내 궁은 감시받고 있을 거야. 형의 궁으로 가자."

"……응."

죽은 플뢰온의 궁에서 잠시 데인의 거처를 마련했다. 순찰대를 통해 지하 감옥을 수습하고, 뒤처리를 마치고 나자 저녁이었다.

순찰대를 비롯한 그라니우스와 레베카가 이곳에 모두 모였다.

"버틸 수 있는 기간은 최대 3일입니다."

"그 안에 국외로 가야 한다니. 어렵습니다. 적어도 국경 쪽에서 누군가 돕지 않는 이상 눈을 피하기 어려울 겁니다."

"깃털의 신관도 3일을 날 수는 없습니다."

데인이 사라진 걸 아는 순간부터 추적이 시작된다. 데인은 만약 데로스의 귀에 탈출 소식이 들린 순간 추적에는 이틀 정도 걸릴 것이라 예상한다고 말했다. 그들을 천천히 바라보던 나는 일기장을 열었다. 페이지는 여전히 붉었다.

<발버둥 쳐도 6황자는 구할 수 없어요. 그리고 당신은 차례로 7황자와 기사를 잃게 될 거고.>

루스벨라의 말이 맴맴 귀에 맴돌았다. 초조해서는 아니었다. 루스벨라는 어째서 내게 그런 말을 했을까? 절망스럽게 하기 위해서? 그래,

그랬을 거다. 그녀가 아는 미래에서는 모조리 죽었을까. 그랬을 수 있겠다.

그러나 과거의 이 시간과 지금 이 시간은 다르다. 내가 알던 '책 속'에서 다정했던 '아모르'가 사실은 까칠한 성격이었던 것. 헤르난이 능력과 저주로 인해 이중적인 모습을 가진 것. 레베카가 결국 카스토르를 사랑하지 않았던 것.

시간이란 참 신기해서 작은 움직임에도 갈수록 거대한 틀어짐을 만든다. 루스벨라가 나란 영혼을 불러내어 이 세계에서 정착시켰을 때, 그녀가 원했던 미래와 달라졌다.

'들켰어. 루스벨라. 아니 일기장인가?'

그렇다면, 사실 완벽하게 정해진 미래란 건 없는 거다. 나는 입술을 비틀어 웃었다. 나는 속았다.

"그렇지?"

그러자 그 순간 일기장에서 눈부신 빛이 터져 나왔다.

미래는 변하지 않아.

"거짓말. 너는 그렇다고 나를 믿게 하려 했던 거야."

어느새 나는 일기장의 공간 속에 서 있었다. 나를 닮은 여자가 나를 바라봤다.

"플뢰온 때는 감쪽같이 속았잖아."

나는 저벅저벅 걸어가 나보다 큰 여자를 노려봤다.

"변하지 않는다고 말해 버리면 나는 거기에만 사로잡혀서 아무것도 할 수 없게 되겠지. 다른 방법은 떠올리지 못한 채."

정녕 미래가 바뀌지 않는 것이라면 나는 처음부터 카스토르에게 죽는 미래에 영원히 갇혀 있었겠지. 어떤 미래든 변한다. 변하는 키워드를 찾느냐, 찾지 못 하느냐. 그 차이다.

'그걸 깨닫지 못해서, 플뢰온을 잃었어.'

나는 증오스런 눈으로 일기장을 노려봤다.

……미안해.

일기장이 처음으로 사과했다.

"왜 그랬어? 너도 결국은 루스벨라의 편을 들었어? 그녀의 조각이니까?"

일기장은 대꾸하지 않았다. 천천히 허공에 글씨를 덧그렸다.

너는 잃어야만 했어.

"어째서!"

잃어야 비로소 완성되는 힘이니까.

하. 기가 차다는 듯 나는 비웃었다. 이 순간 스쳐 지나간 것은 폰투스의 말이었다. 내게 부족한 힘은 죽음의 힘이었다는 말. 죽음의 힘을 얻기 위해선 잃어야 했다는 건가? 그리고 아직도 모자라다고?

"그래서 데인과 경마저 잃어라? 아니. 필요 없어."

우습다.

"잃어서 얻는 힘 따위 필요 없어."

손에 쥔 일기장을 바닥에 떨어트렸다. 몸에서 떨어트려도 사라지지 않을 것이다. 내게 기생한 것이니까. 손을 늘어트렸다. 차츰 바닥에서 빛이 피어올랐다.

"언제 나는 힘이 있어서 미래를 바꿨니?"

내게는 아무것도 주어지지 않았다. 나는 맨몸으로 모든 미래를 바꿨다.

"내 삶은 내 거야."

바닥에서 빛이 점차 일어났다. 그건 이때껏 보던 일기장의 보랏빛이 아니었다. 이전보다 더욱 밝은 보랏빛과 황금빛이 뒤섞인 처음 보는 기묘한 빛이었다. 주변으로 나비가 날아갔다. 빛으로 만들어진 나비가 주변을 에워싸고 파르르 날아간다.

"내가 바보같이 굴어서 플뢰온을 잃었어."

억지로 눈물을 꾹 참았다.

"이젠 더는 누구도 죽게 하지 않아."

눈이 타는 듯이 아팠다. 눈을 뜨자 다시 플뢰온의 응접실이었다. 사람들은 아무 일 없다는 듯이 앉아 있었다. 하던 얘기도 그대로였다. 일기장을 열자 붉은 페이지는 온데간데없이 사라졌다. 데인의 페이지도 다시 새하얗게 변했다. 이젠 변할 수 있다는 듯이.

적어도 하나는 잃었으니까.

어처구니가 없어서 웃어 버렸다. 그러고는 죽일 듯 노려봤다. 플뢰온의 죽음을 이따위로 치부하는 것을 꽉 잡아 쥐었다. 일기장을 세차게 내려놓는 내게로 시선이 몰렸다.

"정녕 방법이 없어? 3일 내로 제국을 빠져나가는 방법. 터무니없는 방법이라도 좋아."

웃지 않는 날 바라보며 순찰대가 침을 삼켰다. 그러다 누군가 조심스럽게 손을 들었다.

"……저어, 사막의 왕국 라 하트에는 새가 끄는 마차 누트가 있습니다. 이 새는 사막에만 서식하며 하루에 도시 하나를 넘고, 일주일을 날아도 거뜬합니다."

그렇게 말하는 이는 커피 열매 같은 피부색을 가지고 있었다. 그는 메타와 마찬가지로 모친이 사막 출신인 혼혈이었다.

"이걸 말씀드리지 않았던 이유는 이 마차는 오래전 전쟁으로 모두 망가지고 단 하나만 남았는데……. 지금도 왕실 직계 손만이 움직일 수 있습니다."

직계 손이란 말에 나는 짐작했다. 나도 모르게 얼굴을 잡고 웃음을 터트렸다.

<라 하트의 왕족은 이 보물에 대고 맹세한 것은 절대 어길 수 없다. 나, 아하시야는 라 하트의 이름을 걸고 이 은혜를 꼭 갚겠다.>

보고 있어, 루스벨라? 네가 나타나기 전에 내가 바꾼 미래가 움직이고 있어.

<나는 그대의 편일 것이다.>

일기장이든 누구든 뜻대로 나를 움직이려 해도. 나는 몇 번이고 미래를 바꿨지. 악착같이 내 사람을 잡고 키웠어.

"펜네가 있으면 더 빨라?"

"네. 그렇습니다!"

자, 어때. 그것이 차곡차곡 쌓여서 미래를 바꾸네.

정해진 미래, 바뀌지 않는 미래라고? 우습다. 이젠 그런 말이 우습지도 않아. 아니. 그조차 산산조각 내겠어.

"당장 연락 보내."

아하시야는 다음 날 답장을 보냈다. 하늘 마차 누트를 몰래 보내겠다는 허락과 함께.

준비는 빨랐다. 약속 기한보다 하루 빠른 3일 뒤, 나와 데인, 레이경 그리고 소수의 순찰대만이 황궁을 빠져나왔다. 우리는 황궁 북쪽에 위치한 산을 꼬박 올라 마침내 약속한 장소에 도착했다. 그곳은 깎아지른 절벽이었다.

"이곳은 오래전 주신이 초대 황제를 위해 만든 산으로 신성한 산이라 하여 보호되고 있는 산입니다."

"사나운 짐승은 없어? 금지된 숲에 있는 파수꾼이라거나."

"예. 오히려 이곳엔 동물이 없습니다. 초대 황제가 고요한 장소를 좋아해서 만들어졌기 때문에요."

소릭스의 말처럼 공터는 쥐 죽은 듯이 고요했다. 그렇기에 밝은 빛을 띤 그림자마저 음산해 보였다. 응당 있어야할 것이 없는 산, 생기를 잃은 산.

"황제께서는 이곳을 잘 찾지 않으십니다. 젊으셨을 때, 이곳에서 습격을 받으셨다고 합니다."

"그래?"

잠시 기다리자 누군가 내 손을 톡 건드렸다. 돌아보자 데인이었다.

"잠깐 둘만 있을 수 있을까?"

"응."

순찰대들이 조금 멀어졌다. 그들 중 하나가 기꺼이 신력으로 소리를 차단해 주었다.

"아실리. 들었는데, 내 눈 말이야 고칠 수 있대."

고개를 번쩍 들었다.

"정말이야?"

"응. 국경 근처에 유능한 신관이 있어. 의료의 신 아스클레피오스의 대신관이었던 자인데. 오래전 황제가 건 저주를 풀었다가 쫓겨난 사람이거든. 소문만 무성하지만 그래도 그런 자라면 이것도 풀 수 있을 거야."

"소문만 무성……."

난 말끝을 흐렸다. 그가 내 뺨을 살짝 쥐었다.

"아실리. 난 다시 돌아오겠다고 얘기하고 있는 거야."

그는 뺨에 입술을 붙이고는 작게 속삭였다.

"이제 네 옆에는 있을 수 없지만, 나는 네 뒤, 그림자라도 좋으니까."

그러고는 한 걸음 물러났다. 그의 뒤로 저 멀리 거대한 새가 보였다. 빠른 속도로 가까워졌다.

"아실리. 상실에 익숙해지지 마."

데인이 말했다.

"하지만 상실을 인정해."

"데인."

"플뢰온은 네가 구할 수 없던 거야. 수많은 사람을 구한 영웅도 구할 수 없는 이가 있어."

데인은 내가 진 마음의 짐을 이미 알고 있었다. 그가 말했다. 플뢰온의 죽음은 내 탓이 아니다.

"그런 걸까?"

지난 무수한 40번의 죽음 속 끝내 구하지 못한 내 하녀들처럼.

"그래. 그러니 앞을 살아, 아실리. 시간을 반복하기에 과거가 네 발목을 잡을지라도. 현재를 살아. 나는 여기 있고, 너는 여기 있어."

그리고 마침내 마차가 내려왔다. 순찰대들이 다시 이쪽으로 다가왔고, 마차에서 내린 펜네와 잠시간 해후를 나눴다.

레이 경과 데인이 마차 앞에 섰다. 레이 경은 나를 바라보며 길게 고개를 숙였다. 그는 끝내 말없이 말보다 무거운 인사를 건넸다.

"아실리. 부탁이 있어."

마지막 순간 데인이 내 얼굴을 더듬어 잡았다.

"황제가 되어 줘."

그가 작게 속삭였다.

"우린 오랫동안 잃기만 해 왔어. 그러니 이젠……, 네가 모든 걸 가져 줘."

나는 그의 눈에 자리한 천을 보았다. 어쩌면 다시 보지 못할 그의 선홍빛 눈동자를 떠올리며.

"돌아온 나는 네 등을 지키는 밤이 될 거야."

그의 눈을 좋아했다. 마주치면 태양처럼 빛나던 눈, 눈길에 핀 동백꽃처럼 아름답던 눈. 언제나 나를 보며 다정했던 눈을 사랑했다. 아낌없이 쏟아지는 감정을 모른 체하던 순간까지도 애처롭고 다정하던 당신의 눈을 좋아했다.

이럴 줄 알았으면 한 번이라도 더 볼 것을 그랬다. 피하지 말고 더 빨리 마주 볼 것을 그랬다. 무섭다고 두렵다고 외면하지 말 것을 그랬다. 눈물이 차올랐다. 지금 얼굴을 데인이 보지 못해서 다행이라 생각했다.

"좋아, 데인."

울음과 함께 밝게 웃었다.

"나도 그렇게 생각했어. 이제 전부 뺏을 거야."

한때 2황자 율리안에게 모든 걸 넘겨주면 이 제국이 평화로울 거라 생각했다. 그러나 그 생각은 틀렸다. 그에게 줄 게 아니라 내가 가졌어야 했다.

너희를 만났고, 알았다.

"내가 행복해지면 괴로워하는 이들이 있어."

멸망을 원한다고 했나? 나는 이 제국을 존속시키겠다. 그리고 마침내 행복해지는 것.

"그러니 나는 행복해질 거야."

이것이 너희를 향한 최고의 복수이겠지.

"모든 걸 가진 뒤에."

* * *

저 멀리 사라지는 새의 모습을 바라봤다. 신력으로 특별한 처리를 했기에 다른 신관의 눈엔 띄지 않을 거라고 했나.

멀어지는 새의 모습을 바라보고 있으려니 눈이 아팠다. 새파란 하늘, 문득 새파란 색을 가졌던 사람을 떠올렸다. 그 순간 욱씬, 머리가 아팠다.

"허흡!"

숨이 막혔다. 기울어지는 몸이 누군가에게 안겼다.

"황녀님!"

소리가 아득하게 멀어진다. 물에 빠진 것처럼 시야가 아득하고 빛이 번졌다. 단순히 고통이라기엔 여느 날과 달랐다.

<아무래도 당신께서는 「각성통」을 호되게 앓는 모양이에요. 그건 힘이 강할수록 고통을 동반하며 고통스러운 꿈을 꾸게 합니다.>

이 순간 어째서 폰투스의 말이 귀를 웅웅 울리는가.

<당신의 각성이 늦어지는 이유를 아십니까? 당신께서는 분명 신의 힘을 지녔음에도 아직 각성하지 못하셨습니다. 분명 성인이 되기 전에 하는 것임에도……. 주신의 힘과 죽음의 힘. 두 가지 힘을 동시에 지니셨기 때문입니다.>

팔이 힘없이 바닥을 향한다. 희미한 시야에 울렁울렁 흔들리는 빛이 보였다. 일기장이 눈부신 빛을 토해 내고 있었다.

"……각성…… 이다……!"

"결계를…… 해……!"

소릭스와 메타 여타 다른 이들을 포함한 주변의 목소리는 더욱 멀어졌다. 그리고 폰투스의 목소리는 더욱 가까워졌다. 마치 잊으면 안 된다 되새겨 주듯이.

<신관은 어떤 신인지에 따라 각기 각성 조건이 다릅니다. 당신께서는 유일무이한 두 신의 후계자로서, 두 신의 조건을 각각 충족시키기 위해 배로 시간이 걸리셨겠지요. 하지만 이도 머지않았음을 저는 느낄 수 있습니다.>

누가 기억을 잡아당긴 기분이었다.

<당신께 부족한 것은 '죽음의 힘' 쪽입니다.>

<죽음의 힘?>

<네. 이 조건 또한 오래지 않아 달성되겠지요.>

그날 조건이 달성된다는 부분에서 폰투스가 눈을 깔았다. 줄곧 단단하던 표정에서 잠시나마 불편함을 읽어 낸다. 아벨은 폰투스보다 더

노골적인 표정으로 고개를 돌렸다. 이젠 그들의 의미를 알았다.

―주신의 힘, 이 힘의 각성 조건은 죽음을 겪는 것.

수없이 많은 죽음이 스쳤다. 무수한 죽음을 담은 네모 상자들 사이에서 한 여자가 고개를 들었다 나와 닮은 모습, 그러나 뺨에 상처가 없는 나. 일기장이다.

―죽음의 힘, 이 힘의 각성 조건은 상실. 사랑하는 이들을 잃는 것.

"어째서야?"

―상실을 겪고서야 죽음의 무게를 알게 되니까. 너는 너무 오래 걸렸어. 아실리.

일기장이 천천히 다가왔다.

―너는 네 죽음을 먼저 겪었기에 상실을 이해하지 못했어.

그녀의 머리칼이 점차 짧아지고 검은 머리카락으로 변했다. 어느새 일기장은 '안'의 모습으로 웃었다.

―너 아닌 이의 죽음을 인정하지 못했지. 그렇기에 죽음의 힘은 불안했던 거야, 쭉.

죽음의 힘은 불사, 아프지 않고 다쳐도 아프지 않은 힘. 그러나 나는 희미할지언정 고통을 느꼈다.

―아실리. 상실을 인정해.

나는 눈을 왈칵 찌푸렸다.

"내가, 지키지 못한 이들의 죽음을 인정하라고? 왜? 그렇다고 그들이 살아 돌아오는 건 아니잖아."

그러자 내 안의 내가 고개를 저었다. 아니야. 인정하라는 거야. 내가 수많은 이들은 구할 수 없었음을. 내 손이 닿지 못한 사람도 있었음을.

플뢰온.

죽어 버린 내 오라비의 이름을 불렀다.

"지금 다시 죽어도 그를 살릴 수는 없는 거지?"

—……그래.

그때 쏟아 내지 못했던 눈물이 뺨을 타고 흘렀다.

"왜, 나는 잃기만 할까? 얻는 것조차도 잃어야만 할 수 있어. 왜……."

일기장은 대꾸하지 않았다. 위로도 없다. 그렇다고 지탄하는 것도 아니다. 어째서일까. 넌 사람의 형상을 하는데 사람의 모습을 하고 있어도 사람 같지 않다고 느낀다.

"힘을 가지면 나는 강해지니?"

나는 얼굴을 감싼 채 중얼거렸다.

—그래.

일기장은 또렷하게 대꾸했다.

—데인 로웰과 레이 아쿠타를 잃었다면 더욱 강해졌겠지만.

"너는 상실을 계산하는구나. 나는 플뢰온 하나만으로 죽도록 힘들었어."

눈물이 손가락 사이를 빠져나간다. 바닥으로 뚝뚝 떨어졌다.

"좋아. 없는 것보단 나으니까. 이대로 각성하는 거니?"

천천히 손을 떼어 냈다. 난 울음으로 엉망이 된 얼굴로 웃어 보였다.

"말해. 카스토르에게 죽을까, 언제 그의 검이 날 내려칠까 겁먹지 않아도 돼?"

—그래.

"난 여전히 미래를 읽어?"

—그래.

"그렇구나. 지금 모습에서 난 힘만을 얻는다니. 그래 어디 한번 해 봐."

비웃듯이 중얼거린다. 일기장은 성큼 다가와 허리를 숙였다. 여전히 '안'의 모습이었다.

─한 가지가 부족해.

"한 가지?"

─내가 루스벨라, 진짜 '아실리 로제'의 영혼 조각이란 건 너도 알 거야. 아실리.

일기장이 표정 없이 속삭였다. 그럼에도 왠지 나는 그녀의 표정이 나를 걱정스러워 한다 느꼈다.

─이대로 각성하게 되면 너는 언젠가 루스벨라와 만나 잡아먹힐지도 몰라. 너의 각성엔 내가 있었으니까.

나는 잠깐 멈칫했다. 가늠할 수 없는 것을 보듯 일기장을 바라봤다.

"왜……, 그걸 나한테 알려 주는 거야?"

일기장은 대답하지 않았다. 그녀는 잠시 먼 곳을 응시하다 다시 시선을 돌렸다.

─네가 각성 뒤 너로 있기 위해서 필요한 건 네 이름.

"이름?"

─이름은 존재를 자리에 있게 해. 아실리, 네 이름은 뭐지?

"그거야, 아실리 로제……."

말하던 도중 말을 흐렸다. 일기장이 고개를 저었기 때문이다.

─네 진짜 이름을 기억해?

쿵, 심장이 떨어졌다.

이름을 빼앗겨 집으로 돌아오지 못하는 어떤 애니메이션을 떠올렸다.

이젠 TV가 낯설었다. 현대 문물이 어색하게 느껴질 정도로 시간이 흘렀다. 나는 잊었다. 내 이전 삶을, 가족을, 친구를, 직업을, 이름을.

"잊었는데, 어떻게 기억해?"

난 울먹이며 흐렸다.

"사랑하는 가족의 얼굴도 기억 안 나는데, 내 얼굴도! 내가 살았던 곳도 희미해지는데! 어떻게 그걸 기억해!"

억울했다. 억지로 내게 잃기를 종용하듯, 나는 어느 순간 정신을 차렸을 때 모든 걸 잊은 뒤였다. 그런데 이제 와서 기억하라니? 낯선 세계, 낯선 시간. 이방인이 되지 않기 위해 죽도록 노력했다. 내게 이래서는 안 된다. 안 된단 말이다.

―잊지 않았어.

일기장이 어깨를 짚었다. 그녀가 또렷하게 한 글자 한 글자 힘주어 말했다.

―넌, 잊지 않았어.

천천히 고개를 들어올렸다. '안'의 모습이었다. 짧은 단발머리, 짙은 눈썹, 높지도 낮지도 않은 작은 코, 부르튼 입술, 평범하고 조용한 얼굴.

"이게 내 모습이야?"

눈물이 한쪽 뺨을 타고 흘러내렸다.

"내 모습이구나."

손을 들어 올려 일기장의 뺨을 쥐었다. 목을 쓸기도, 눈썹을 만져 보기도 했다.

―루스벨라는 네 이름을 잊게 했어. 하지만 너는 잊지 않았어.

"내 이름……."

―신력은 신에게 바라는 기원, 염원. 간절히 바라는 힘. 네 힘은

거기서부터 시작해.

천천히 머리 한구석에서부터 색이 입혀졌다. 하얗던 도화지가 하나씩 채워져 간다. 그것은 꽃이 피는 모습과 비슷했다. 기억이 꽃봉오리를 맺어 활짝 피었다.

나이는 스물여덟, 직업은 사무직, 술집이 많은 동네, 술은 적당히 좋아했었다.

친구가 있었고, 이름은 외자였다, 일찍 결혼하고 힘들어 했다.

외동딸이었고, 엄마는 일찍이 사라졌고, 아빠가 있었다.

아빠는 병으로 죽었다. 그래서 병원 냄새가 싫다. 아픈 이가 안타깝다.

삶이 지도처럼 펼쳐졌다. 내가 살아왔던 삶이다. 방대해서 하나하나가 애틋한 나의 삶.

"안."

나는 천천히 중얼거렸다. 마침내 합격하고 활짝 웃던 내게서, 옷 위로 달랑달랑 흔들리는 네모난 카드에서.

"지안."

<지안아. 너나 나나 지인짜 불쌍한 인생이다. 콱 뒤질까.>

"하. 하하하."

나는 웃음을 터트렸다. 가엾게 죽어 버린 내 삶이 불쌍해서, 그리고 떠오르는 순간 알아 버렸기에.

"이 힘을 받아들이면 나는 돌아가지 못하는구나?"

가엾은 이방인은 모든 걸 알게 된 뒤 선택하게 된다. 돌아가겠나? 아니면 머무르겠나. 그러나 내게는 선택의 여지조차 없었다.

"이곳을 사랑하니까."

억울하진 않았다. 선택이 주어졌더라도 나는 돌아가지 않았을 테니까.

나는 천천히 이름을 담았다.

성과 이름, 단 두 글자로 되어 있던 나의 외자 이름.

"지안."

─안, 예쁜 이름이군요.

<넌 자기를 안이라 불러 달라고 했어.>

내 삶을 담았던 기억들이, 빛이 분수처럼 산화했다. 나의 기억을 담은 빛이 흩어져 나비가 되었다. 수천의 보랏빛 나비 속에서 나는 눈을 떴다.

어느새 허리를 훌쩍 넘기도록 길어진 머리와 길어진 팔다리를 바라보며 천천히 미소했다.

펜네는 어느 날 그랬다.

'각성하는 건 어떤 기분이냐고요? 그건 글쎄요. 저는 꽃이 피는 과정이라 생각합니다. 남성이든 여성이든 새싹이 마침내 자리 잡은 토양에서 봉오리를 맺고 피어나는 것이지요.'

몸이 무거웠다. 마음이 무거운 걸지도 모른다. 그러나 온 세상에 만연한 무언가를 느꼈다.

"이게, 신력이구나."

이건 슬픔 위에 피는 꽃이다.

턱 끝에 맺힌 눈물이 뚝 떨어진다.

"나는 신관이야."

나는 성장했다.

21.5 데인 로웰

날 때부터 기었던 사람이 있는가 하면 날 때부터 빨리 걸었던 자가 있고, 심지어 누구보다 빨리 말을 구사하는 자가 있다. 이것이 지능에 해당하는 영역이라면 데인 로웰은 그 누구보다 뛰어난 이였다. 그러나 천재는 행복과 동의어가 아니었다.

그는 행복이란 단어를 배우기 전에 행복하지 못한 자신의 삶을 먼저 깨우쳤다. 이 또한 그가 너무나 머리가 좋았기에 깨달은 사실이기도 했다.

데인의 모친, 7황비는 방랑벽이 심한 여자였다. 그들의 뿌리가 집시 임을 생각하면 그리 이상한 일은 아니었다. 다만 그의 외조부는 롬의 수장이었고, 롬의 수레바퀴가 제국에 정착하기를 바랐다.

"싫어요! 싫어요, 아버지!"

데인의 모친은 황제와의 결혼을 죽도록 거부했다. 얽매이는 건 딱 질색이었다.

"그냥 우리 돌아다니며 살아요. 네? 선조들처럼 그리 살아요. 제발."

그러나 롬의 수장의 생각은 달랐다. 방랑하는 삶이란 철없는 딸의 생각만큼 낭만적이지 않았다. 그들은 방랑하며 무예와 기예를 팔았다. 때로는 남녀 가리지 않고 몸을 팔았다. 그 과정에서 핍박받고 조롱당해도 반박조차 없이 빠르게 자리를 피해야 했다.

어렴풋이 그 삶을 기억하는 롬의 수장은 단호하게 거절했다. 결국 그의 딸은 황제와 혼인했다. 그것을 대가로 롬의 수레바퀴는 황제의 비밀기관 '황제의 그림자'가 되었다.

이미 그들이 무수히 해 왔던 일이기에 거부감은 들지 않았다. 그를 포함한 원로들뿐만 아니라 젊은이들도 그러했다. 그리고 이들은 데인의 모친의 희생을 당연시 여겼다.

제국은 사계절이 따뜻한 나라였다. 매해 곡식은 풍성하게 영글어 풍년이니 먹을 것이 부족할 일이 없다. 부족함이 없으니 자연히 사람들도 여유롭고 베풀 줄 알았다. 이것이 지나쳐 사치스럽고 향락적이기도 했다. 그러나 이 부분은 롬에게 적격이었다. 원래 이들은 기예와 예술에 뛰어난 집시들이었으니까.

데인의 모친은 온갖 역정을 내며 혼인했으나 누구보다 빠르게 황궁에 적응했다. 방랑벽이 사라진 것은 아니었다. 그의 모친은 황제를 본 순간 사랑에 빠져 버렸다.

'난 황제 폐하를 사랑해. 나만 봐 주셨으면 좋겠어!'

칼타니아스 황족, 그중에서도 주신의 힘을 가진 이들은 타고나길 남을 끌어들인다. 불행히도 데인의 모친은 이 힘에 지나치게 영향을 받는 체질이었다. 아니 그녀의 마음이 이를 부추겼을지도 모른다. 이 끌림은 힘에서 시작했으나 마음은 진심이었다.

'어떡하지? 어떡하지? 내가 낳은 아이가 신관이 아니라니!'

그녀는 황제의 눈에 들고 싶었다. 이미 그녀 말고도 6명의 황비가 있었다. 초조하던 중에 그녀가 낳은 아이는 신관이 아니었다.

황제는 신관인 아이만 총애했다. 가뜩이나 신관이 아니기에 황제의 눈에 들지 못했던 7황비이다. 그녀의 집착은 데인이 비신관이란 사실을 알게 되자 광증으로 도지고 말았다.

"네가! 네가 신관이 아니라서! 내가 사랑받지 못하는 거야. 내가 왜! 왜!"

데인의 모친은 막 기기 시작한 데인을 구타했다. 데인의 팔다리가 연약한 것은 그녀에게 고려되지 않았다. 데인은 불행히도 너무나 똑똑한 나머지 모친의 모순된 면을 이해하고 말았다.

"흐흑, 아가, 아가 미안해……. 네 탓이 아닌데. 네 탓이 아닌데…….."

악귀처럼 그를 때리다가도 밤이 되면 그를 붙잡고 흐느껴 울었다. 본디 방랑벽이 심한 여자였다. 갇혀 지내며 상사병까지 앓게 되자 광증과 편집증은 더욱 심해졌다. 그러던 어느 날 그의 모친은 결국 정신을 놓고 말았다.

"흐응, 흐응, 어여쁜 우리 딸. 엄마가 예쁘게 머릴 묶어 줄게."

"……난 딸이 아니에요. 어머니."

"그럼 엄마도 좋아해. 우리 예쁜 딸!"

데인은 작게 한숨을 쉬었다. 그의 모친은 들리지 않는다는 듯 목까지 긴 그의 머리를 묶었다, 다시 풀었다가를 반복했다. 결국 그는 그녀가 싫증 내기를 기다렸다가 몰래 밖으로 빠져나왔다.

'저 모습 뒤는 아마 패악을 부리실 때니까.'

모친의 조울증은 하루가 다르게 심해졌다. 기억도 퇴화하며 데인을 알아보지 못하는 날도 있었다. 때론 그를 딸처럼 대했다. 오늘도 그녀의 손아귀에 못 이겨 데인은 원피스를 입었다. 그러나 워낙 아름다운 얼굴이었기에 위화감 없이 잘 어울렸다.

<어머니는 네가 모시거라. 할 수 있지? 쯧, 들어가려 하는 하녀가 없으니.>

이미 7황비 궁에는 하녀도 오지 않은 지 오래됐다. 나오는 족족 모친이 패악을 떨어 쫓는 데다 롬은 뒷배라고 보자니 아직 힘이 약했기 때문이다.

'그렇다고 롬의 사람을 보내지 않는 건 그마저도 아깝기 때문이겠지.'

데인은 심드렁한 얼굴로 정원으로 향했다.

<너는 롬의 하나뿐인 후계자다. 반드시 우리 롬을 제국에 정착시켜야 한다. 알겠느냐?>

여덟 살이 되며 그는 더욱 많은 걸 알았고, 추측할 수 있게 됐다. 동시에 자신의 능력은 숨기는 편이 더욱 낫다는 걸 알았다. 이미 무심코 튀어 나간 그의 발언으로 주변에서 예사롭지 않게 보고 있다는 점이 문제였지만 말이다.

'귀찮네.'

데인은 조용한 것이 좋았다. 어릴 적부터 모친의 울음소리에 잠을 이루지 못했기 때문인지도 모른다. 정원은 그의 유일한 안식처였다. 그런데 그보다 먼저 온 사람이 있었다.

'뭐지? 어린애?'

꼬물꼬물 작은 등이 움직였다. 그에 따라 작은 그림자도 함께 요리

조리 움직였다. 기묘한 광경에 데인은 책을 든 그대로 멈춰 섰다. 갑자기 튀어나온 소녀는 그런 데인을 발견하고 먼저 말을 걸었다.

"헐, 대박."

아니 말을 건 건 아닌 듯했다. 소녀는 흙을 만지던 손 그대로 입을 가렸다.

"겁나 예쁘네."

그녀는 벌떡 일어나 얼른 탈탈 손을 털었다. 미인 앞에서 이런 추태라니 중얼거리기도 했다.

'남자애인지 여자애인지 조금 구분 안 되긴 한데, 치마를 입었으니 여자애겠지.'

소녀는 흠흠 목을 가다듬었다.

"안녕, 아가야?"

데인의 표정이 삽시간에 흐려졌다. 아가? 누가 아가란 말인가. 데인은 올해로 여덟 살이었다. 그는 또래보다 살짝 작은 편이나 많이 모자란 편은 아니다.

반면 저 소녀, 아니 소녀라 불러도 좋을지 모를 어린애는 어떤가. 네 살? 다섯 살은 되었을까? 통통한 볼 살에 아직 몸의 균형이 맞지 않아 걷는 게 용하다 싶은 외양이었다.

"다섯 살은 됐니?"

"실례야. 여섯 살이거든."

소녀가 새침하게 팔짱을 끼며 웃었다. 생각보다 움직임이 자연스러웠다. 데인이 알기로 저 나이대 아이들은 아직 움직임이 좀 부자연스럽다. 롬의 아이들만 보아도 그랬다. 한창 배울 때기 때문이다. 그런데 소녀는 무척 자연스러웠다. 더구나 어휘마저도 나이답지 않다.

"넌 누구야? 이름은 뭐니?"

"내가 묻고 싶은 말이야."

곰곰이 생각해 보던 소녀가 눈을 동그랗게 떴다.

"혹시 여기 주인이니?"

"그래. 그렇다고 해 둘게."

"어머나, 세상에. 멀지 않은 곳에 이런 미인이 있었다니!"

"뭐?"

"언니라고 불러 볼래?"

데인은 잠깐 소녀가 그의 어머니처럼 정신을 놓아 버린 게 아닐까 생각했다. 어머니 덕분에 의학 지식도 갖춘 어린 천재는 금세 고개를 저었다.

'아니야, 눈빛이 또렷해.'

그럼 제정신으로 이런다는 건데. 데인은 이해할 수 없는 것을 보듯 소녀를 보았다. 한편으로는 뛰어난 자, 천재들의 호기심이 말랑말랑 피어올랐다.

"나는 남자야."

"아하. 그래?"

소녀는 잠시 턱을 짚다가 고개를 끄덕였다. 그녀는 홀로 무언가 깨달은 얼굴이었다.

"뭐, 남자도 치마가 입고 싶어질 때가 있는 거지. 이해해. 누나는 눈이 깨어 있는 사람이야."

"……크게 오해한 것 같지만 넘어갈게."

그러자 소녀는 신기하다는 듯이 데인을 바라봤다.

"되게 나이답지 않네. 너 애늙은이란 소리 많이 듣지? 아니다. 그거

랑은 좀 다른 느낌인데 뭐지.”

“그건 뭔데?”

데인은 자신이 모르는 단어가 있다는 데에 호기심을 느꼈다. 소녀는 대답 대신 고개를 저었다.

“아. 나 이만 가 봐야 해. 몰래 나온 거거든. 늦으면 한나인가, 걔가 울어.”

“잠시만, 너! 이름이 뭐야?”

소녀가 빙그르르 돌았다. 데인이 잠시 당황했을 때였다. 소녀가 다시 반 바퀴 돌았다.

“누나 이름 함부로 묻는 거 아니다?”

소녀가 빙긋 웃었다. 그러고는 농이었다며 다시 한 번 웃었다.

“나는 아실리, 아니다.”

잠시 멈칫하며 망설이던 소녀는 이내 자신의 가슴을 짚었다.

“‘안’이라고 불러 줘.”

* * *

소녀와의 첫 만남은 인상 깊게 남았다. 데인은 그 이후로도 소녀를 잊지 못했다. 그래서 매일같이 정원에 나갔다.

소녀는 간헐적으로 궁에 나타났다.

“안녕, 생각해 보니까 네 이름을 듣지 못했더라고.”

“데인. 데인 로웰.”

“데인? 잘 어울리는 이름이네. 내가 아는 엄청 잘생긴 사람도 데인이었는데.”

안의 취미는 쪼그리고 앉아 한참 동안 데인의 얼굴을 바라보는 거였다.

여섯 살이라고 들었지만 소녀는 나이보다 훨씬 어려 보였다. 톡 치면 떨어질 것같이 커다란 눈이 처음 자신을 향했을 때, 부담스러웠다. 그러나 차츰 그 시선에 적응했다.

"너 있잖아. 크면 내 이상형이 될 것 같아."

"푸읍!"

데인이 마시던 물을 뱉었다. 좀처럼 당황하지 않던 데인이 황당한 얼굴로 그녀를 봤다.

"도대체 그런 말은 누가 가르쳐?"

"그거 내가 묻고 싶은 말인데. 『의술의 학문과 실제적 사항의 재조립』? 이런 걸 어느 여덟 살이 읽니?"

처음엔 데인이 겉멋이 들어 이런 어려운 책을 들고 다니나 했던 안이다. 왜, 어린애들은 부모가 뭘 하든 따라 하려 하니까. 그러나 같이 지내면서 알았다.

눈앞의 소년은 모든 걸 알고, 이해했다. 이 어려운 책을 이해했고 그녀가 던지는 애환도 유심히 관찰하다가 이해했다.

"에고고. 삭신이 쑤시네. 네 궁은 너무 멀어. 이정도 거리는 자전거로 딱인데."

"자전거?"

몇 번 안의 설명을 듣더니 어느 날 데인이 내민 걸 받고 얼마나 놀랐던가.

"지난번에 말한 자전거. 이렇게 생겼어?"

"……와. 세상에 마상에. 이러지 마. 우리 못 본 것으로 하자. 내가 차원 간에 깽판 놓는 사람이 된 것 같으니까."

소름 돋는다는 듯 팔을 비비는 안을 보고 난 데인은 다신 같은 행동을 하진 않았다.

<미친놈. 미친놈이야. 어떻게 하루 만에 저걸 다 외워! 저 새끼는 사람이 아니라고!>

<괴물 새끼!>

이런 반응은 낯설지 않았다. 너무 눈에 띄면 도리어 귀찮고 괴롭다는 걸 일찍이 깨우쳤다. 그래서 거부는 낯설지 않았다. 그러나 이 소녀는 그러지 않았으면 했다.

데인은 성숙했다. 남을 이해하는 천재가 스스로를 알지 못할 리 없었다. 그래서 자신의 감정을 불쑥 먼저 이해했다. 그 감정이 더욱 커진 건 그도 그녀도 예상치 못한 일이 일어났을 때였다.

<죽어! 죽어 버려! 왜 아직도 안 죽었니? 네가 신관이 아니라서 여기 갇힌 거야! 그래서 아무도 없는 거라고! 아악!>

오랜만에 어머니가 정신을 차렸다. 그를 알아본 것이 오랜만이라 반가운 마음에 가까이 다가간 게 화근이었다. 평소보다 배로 얻어맞은 배와 등이 욱신거렸다.

"늦어서 미안해."

"뭐 이 정돌 가지⋯⋯."

소녀가 그대로 멈춰 섰다.

"안?"

"너 몸이, 왜, 아니다."

데인은 그제야 자신이 소매를 내리지 않았다는 것을 알았다. 너무 쓰라려서 오는 길에 걷었던 게 화근이었다. 데인은 어찌할 바를 몰랐다. 그는 몹시 당황한 얼굴이었다.

"이리 와."

데인이 오지 않자, 안이 걸음을 옮겼다.

"지금부터 난 되게 무례한 질문을 할 텐데 대답하기 싫으면 하지 않아도 좋아."

데인이 끄덕였다.

"이거 누가 이런 거야?"

"어머니."

그는 순진하게 답했다. 안의 눈이 낮게 가라앉았다.

"아프지 않았어?"

"조금……? 익숙해져서 괜찮아."

"익숙해지면 안 돼."

데인은 저보다 한참 작은 머리를 내려다봤다. 안은 몹시도 단호한 표정으로 그의 어깨를 잡았다.

"익숙해지면 안 돼, 데인."

왜인지, 데인은 지금 안의 모습이 자신보다 한참 나이가 많은 사람처럼 느껴졌다. 그의 감은 잘 틀리는 법이 없었다.

"안. 너는 날 향해 아이답지 않다고 해. 하지만 나는 네가 그렇다고 생각해. 내가 잘못 본 거야?"

안은 소년의 뺨을 살살 문질렀다. 학대받고도 학대인 줄 모르는, 이토록 아름다운 소년이 안쓰러워서.

"아니. 네가 제대로 봤어. 나는 이래 봬도 스물여덟이거든."

그는 왜 그러하냐고 묻지 않았다. 누군가 데인에게 왜 책 한 권을 통째로 외울 수 있냐 물었을 때와 같다. 그가 그이기 때문에 가능한 거다.

그래서 데인은 작고 통통한 팔이 자신을 감싸 안았을 때 더는 그녀를 이상하게 여기지 않기로 했다. 안은 안인 거다. 데인 그가 그이듯. 그저 인정하면 그만이었다.

데인이 눈을 감았다.

* * *

두 사람의 시간은 그렇게 길지 않았다. 안이 머물다 가는 시간은 데인의 하루에 비해 너무 짧았다. 그리고 그 시간은 조금씩 더 짧아졌다.

그러던 어느 날이었다.

"안?"

여느 때와 같이 정원으로 향한 데인은 자신을 바라보는 안에게 미소를 지었다. 그러나 그 미소는 무섭게 굳어졌다.

"오빠가 데인이야?"

환하게 웃는 그녀의 미소는 안의 것이 아니었다. 평소 안은 장난기가 많았지만 활짝 웃는 게 드문 사람이었다. 오히려 나긋하게, 조용하게 웃는 쪽이었다. 특유의 차분함이 사라진 소녀의 모습은 정말 나이대 그대로 아이 같았다.

"너 누구야?"

"우와, 안 말대로야! 바로 알아보네?"

데인이 자신에게 다가오지 않자 그녀가 걸어왔다. 놀랍게도 그녀의 걸음은 평소와 달리 오리처럼 뒤뚱뒤뚱 불안하게만 보였다.

마치 진짜 아이처럼.

"나는 아실리야."

아이가 치맛자락을 들어 올리며 고개를 까딱였다. 휘어지는 보랏빛 눈이 퍽 사랑스러웠으나 데인의 눈은 서늘하기만 했다.

"이상하다. 왜 그렇게 봐?"

아이가 움찔하고 말았다.

"안은 데인은 되게 다정하고 귀엽다고 했는데."

"그런데?"

"무서워."

아이가 뒤로 물러나며 울먹였다. 그러나 이내 얼굴을 싹싹 문지르며 고개를 들었다.

"그래도 봤으니까 됐어. 난 이제 좋아!"

그리고 아이는 활짝 웃으며 얼굴을 가렸다. 마치 숨바꼭질의 술래처럼. 이윽고 아이의 손이 천천히 내려갔다.

"아아, 세상에. 이놈의 기지배. 사고 치고 튀었네."

소녀가 천천히 머리를 쓸어 넘겼다. 반쯤 뜨인 눈은 차분했다. 마치 조금 전과는 다른 사람처럼. 자색 눈동자가 데굴데굴 굴러 멍하니 바라보는 데인을 향했다.

"놀랐지?"

그녀의 눈동자가 장난기를 담고 말했다. 그러나 왜인지 웃음은 씁쓸했다.

"설명해 주고 싶은데, 시간이 없네. 다시 올게."

데인이 천천히 끄덕였다. 그렇게 돌아서는 긴 그림자를 바라봤다.

안은 며칠 뒤 다시 나타났다.

"내 몸에는 다른 사람의 영혼이 있어. 그 영혼의 이름은 아실리.

다시 말해 한 몸에 영혼이 둘인 셈인데, 똑똑한 너라면 이해할 거야. 그렇지?"

안은 설명했다. 어느 날 눈을 떴는데 자신의 영혼이 이 몸에 있었노라고.

"나는 내가 살았던 스물여덟 해를 기억해. 그러니 이건 내 몸이 아니라 그 애의 몸이겠지. 그 애 영혼은 스스로 말했어. 자긴 그저 영혼의 조각이고, 언젠가 어떤 물건으로 옮겨 갈 거래."

"그럼 문제없는 거 아니야?"

태연한 데인의 반응에 안은 피식 웃었다. 이상한 소년이었다. 이런 얘기를 아무렇지 않게 받아들이는 사람이 또 어디 있을까. 어쩌면 안은 세상에 다시없을 이해자를 얻은 걸지도 모른다. 그래서 안타까웠다.

"문제가 있는 건 아니야. 나는 이 애의 영혼을 받아들일 거거든."

"그게 무슨 말이야?"

"원래 한 몸에는 두 개의 영혼이 있을 수 없대. 그런데 내가 이 몸에 들어올 때 내 영혼이 너무 약해서 이 애가 억지로 잡아 줬다고 하더라고. 그 과정에서 이 애의 영혼이 조각만 남은 걸지도 모르잖아?"

"그건 네 추측이잖아."

"맞아. 그런데 그 애가 그러더라고. 앞으로 자긴 어떤 물건으로 갈지도 모르는데, 그 어떤 물건으로 옮기면 자신은 무시무시한 것에 잡아먹힐 거래."

안이 피식 웃었다. 즐거운 미소는 아니었다.

"그게 뭔진 설명 안 해 줬지만, 되게 두려워하더라. 어떤 물건에는 무시무시한 기억뿐이래. 솔직히 이게 다 무슨 말인가 싶어."

안은 어깨를 으쓱했다.

"그렇지만 걔가 천진난만한 애 흉내 내는 것도 그거 때문이래. 다신 세상을 보지 못할 테니까. 그냥. 안쓰럽고 안 됐더라고. 나 때문일지도 모르니까."

데인은 그게 왜 네 탓이냐 물으려 했다. 하지만 근거가 없었다. 그녀 말대로 멀쩡한 몸에 그녀의 영혼이 들어간 거라면 본래 몸의 주인은 영혼을 일부 먹혔을지도 모른다. 타당성 있다. 그럼에도 데인은 그건 아니라는 생각이 들었다. 하지만 데인은 끝내 말리지 못했다.

이후로 둘은 다시 만나기까지 오랜 시간이 걸렸다.

<롬의 후계자로서 너를 택하기로 했다. 데인.>

롬의 수레바퀴. 이들은 수장과 장로의 여식 중 가장 강하고 현명한 이를 뽑아 수장으로 추대했다. 데인은 여기서 강력한 후보였던 사촌 데로스를 제치고 후계자가 되었다. 그가 원한 일은 아니었다.

<뭐야. 뺏겼네.>

데로스는 분해하면서도 남들처럼 데인을 시기하지 않았다.

<너라면 최고의 수장이 되겠지. 나는 네 충실한 오른팔이 될게.>

데인은 전부 필요 없었다. 그들이 가져오는 일 전부 그에게 쉬운 일이었으나, 하고 싶지 않았다. 사람을 죽이거나, 잠입하는 법, 암기를 날카롭게 가는 법, 미약을 만들거나, 간자를 키우는 법과 음모를 꾸미는 법.

못할 것은 없었다. 그러나 내키지 않았다. 아니, 하고 싶지 않았다. 수장은 데인의 불만을 억지로 눌러 버렸다.

<맡지 않겠다고? 그럼 쓸모없는 네 어미를 버려도 되겠느냐.>

성의 없이 일을 진행해도 모든 이들은 흡족해했다. 그렇게 지쳐 가던 어느 날, 데인은 다시 안을 만났다.

"하기 싫으면 버려."

안은 태연하게 말했다. 처음 봤던 날처럼 그녀는 치마가 흙에 버리거나 말거나 나무에 기대서 다리를 달랑달랑 흔들었다.

"모든 걸 저버려도 돼."

"그래도 돼?"

안은 양손에 고개를 괴고 생긋 웃었다.

"당연히 되지. 네 인생인걸."

데인은 망설였다.

"있잖아. 네가 내 말을 이해하는 이유가 뭔지 알아? 단순히 머리가 똑똑해서만은 아니야."

데인이 천천히 고개를 들었다. 안은 소년을 보며 저 우수에 찬 눈동자가 몇 년 뒤 많은 이들을 울게 하리라 예상했다.

"너는 감수성이 무척 뛰어나. 그러니까 감수성 뛰어난 천재겠지. 사족이지만 그래서 넌 그림도 잘 그리는 걸 거야. 있잖아. TV에서 본 적 있거든?"

"TV가 뭐야?"

"그런 게 있어."

안이 씩 웃으며 애들은 몰라도 돼 하고 농을 던졌다. 그러고는 다리를 흔들었다.

"너무 뛰어난 아기 영재들은 부모의 고민을 이해해서 빨리 어른이 돼 버린다고 말이야. 돈 문제를 이해하고, 생활고를 이해하고. 내가 울거나 보채면 안 되겠구나 이해하고."

그녀의 시선이 천천히 데인을 향했다.

"다시 인내를 배우고 책임을 배우는 거라고. 슬픈 일이었어."

스물여덟 살과 여덟 살의 대화였다.

하나는 어린아이의 몸을 한 어른이었고, 하나는 지능이 너무나 뛰어나 어른의 말을 이해하는 소년이었다.

"있잖아, 데인. 넌 미워할 줄 모르는 거야."

"미워하다니?"

"네 어머니를. 너를 몰아붙인 사람을."

쏴아아 바람이 불었다. 데인은 가슴에도 바람이 불었다고 생각했다.

"이해하지 않아도 괜찮아."

먼저 어른이 된 소녀는 이르게 커 버린 소년을 동정했다. 그녀의 동정이 소년의 마음에 어떻게 싹을 내릴지 모르고.

"꼭 사랑하지 않아도 돼."

모든 천재가 그런 것은 아니나, 천재의 대부분은 한곳에 집요하게 파고들었다. 데인은 그 순간 그녀라는 사람만 바라보게 되었다. 단순히 소년의 풋사랑이라기에는 너무 깊은 감정.

불가항력이었다.

"네 불행은 내가 전부 안고 갈게."

"왜 네가 책임져?"

"어차피 난 곧 사라질 테니까."

소녀는 잔잔하게 웃었다. 데인은 순간 가슴에 칼바람이 스민 것 같다 느꼈다.

"사라진다니, 어디로?"

"이전에 내 몸에 있는 다른 영혼 얘기 했지? 그 애의 일부를 받아들이기로 했어. 그 대신에 난 기억을 잃게 될 거래. 그리고 그 애는 이후 어떤 물건으로 옮겨갈 거고."

안은 아무렇지 않다는 듯 다시 웃었다.

"그 애는 이거면 충분하대. 자기를 조금이나마 받아들여 주면 좋다고. 참 미련한 애야."

"하지만, 안. 기억을 잃는다는 건."

"응. 알아. 어디까지 잃을지는 나도 잘 모르겠어, 데인. 전부 잃을 지도 모르고 일부를 잃을지도 모르고."

"……."

"그래도 잃기 전에 나와 잃고 난 후의 내가 다른 건 부정할 수 없는 사실이지."

고개를 돌렸던 안이 웃는 듯 마는 듯 미소를 머금었다. 여전히 장난 스런 눈이었으나 쓸쓸함이 스쳤다.

"만약에 우리가 다시 만난 어느 날에 내가 뭔갈 소중히 품고 있잖아? 그 애가 들어간 물건일 거야. 우린 다시 만날 거랬거든."

정신 차렸을 때 데인은 안의 손을 잡고 있었다. 마음이 헛헛했다. 풍 랑을 만나고 반파되고 이윽고 해적을 만난 배의 심정이 이러할까. 덜컥 겁이 났다. 일부를 잃는 것처럼 가슴이 아렸다.

"울지 마, 데인. 네가 울면 마음이 아파."

안은 소년의 눈물을 닦아 주었다.

"네 눈물에서는…… 눈의 냄새가 나. 아마도 네 눈동자가 동백을 닮 았기 때문인가 봐."

그녀는 짧고 통통한 팔로 그를 힘겹게 안아 주었다.

"이곳에는 겨울이 없지. 그런데 내 고향은 겨울이면 흰 눈에 새빨간 동백이 피었거든. 네 눈을 보며 나는 고향을 생각했어. 그래서 좋았어."

안은 채로 안이 속삭였다.

"데인. 괜찮아."

"뭐가?"

"모든 것이 괜찮을 거야. 언젠가 너를 기억 못 하는 나를 만나더라도 이렇게 말해 줄래?"

흔들리는 꽃, 뺨 한쪽이 전부 우그러진 소녀가, 봄볕보다 밝게 웃는다.

"전부 괜찮을 거야."

* * *

데인은 안에게 마지막 전에 한 번만 찾아와 달라고 부탁했다. 안은 약속을 지켰다.

"오늘이 마지막이야."

어느새 봄이었다. 아니, 데인에게는 언제고 봄이 아닌 적 없었다. 그녀를 보던 날도 그녀를 기다린 날도 모든 날이 봄이었다.

"부탁이 있어."

데인은 말하며 다시금 뺨을 타고 흐르는 눈물을 느꼈다. 그는 알았다. 천재로서의 직감인지 몰라도, 다시 만난 소녀는 자신을 기억하지 못할 것이다.

"날 로웰이라 불러 줘."

데인을 물끄러미 보던 안이 말했다.

"그건 네게 중요한 이름이지?"

소녀가 흰 배꽃처럼 웃었다.

"만약 내가 널 다시 기억한다면 그때는 불러 줄게. 그땐 너도 날 불러 줘."

소녀가 천천히 돌아섰다. 데인은 소녀를 불렀다. 그 순간 바람이 세차게 불며 새하얀 꽃이 팔랑팔랑 떨어졌다. 마치 봄이 지듯이.

"넌 어떤 사람이 좋아?"

"나? 난 다정한 사람이 좋아."

그녀가 웃었다.

"한없이 다정이 쏟아지는 사람."

그렇게 말하는 그녀야말로 다정한 사람이었다.

* * *

이윽고 꽃이 지고, 데인은 다시 소녀를 찾아갔다. 그러나 소녀는 기억하지 못했다.

<안녕. 난 네 오라버니야.>

그렇게 소녀는 쭉 로제가 아닌 아실리가 되었다.

<오라버니?>

<응. 널 보길 기다려 왔어.>

서쪽 영지에서 막 돌아온, 권태로 똘똘 뭉친 소녀를 보며 데인은 웃었다.

<잘 부탁해. 아실리. 네게 소중한 사람이 되고 싶어.>

내 이름은 로웰이야.

* * *

"아무리 봐도 네게 그 자리는 어울리지 않는 것 같구나."

조용한 집무실, 데인을 찾아온 손님이 나지막하게 말했다.

"그 자리에 있을 사람은 네가 아니라 너보다는 조금 더 평범한 자가 어울렸겠지."

손님의 얇은 튜닉 위로 붉은색과 보라색이 섞인 토가가 부드럽게 몸을 휘감고 있었다. 토가의 끝부분을 감싼 길고 긴 새끼줄 무늬. 그건 오래전 지옥의 절벽으로 떨어진 주신을 구했던 지혜의 신 테티스를 상징하는 것이었다.

"너는 뛰어나니까."

누구도 풀 수 없었다는 지혜의 매듭을 쫓아 올라가면 흰 천을 걸친 남자의 얼굴이 자리해 있었다. 율리안 폴룩스 루체 칼타니아스. 단정하게 하나로 묶어 어깨로 길게 늘어뜨린 머리칼은 이삭처럼 찬란한 금빛이었다. 도통 권력의 정점에 선 자가 아닌 것 같은, 황자답지 않은 순하고 무구한 미소가 걸려 있었다.

팔짱을 낀 율리안이 느슨하게 웃으며 고개를 늘어트렸다. 그는 성별에도 불구하고 제국 제일 미라는 호칭이 아깝지 않았다.

"때로 세상의 평가가 잘못되었음을 느낀단다. 여신마저 홀릴 미라니, 그 이름이 어울릴 자는 따로 있지 않나하고 말이야."

줄곧 창문을 향했던 시선이 또르르 굴러 2황자를 담았다.

"그렇지 않니, 데인?"

눈을 나른히 깜빡이던 데인은 이내 무겁지 않게 미소했다. 그런 황송한 뜻은 거두어 달라는 정중한 거절을 담아.

"과찬이십니다, 저하."

꾸벅 고개를 숙였던 데인이 머리를 들었다. 머리칼이 사르르 떨어진 이마 위로 역광이 고아함을 장식하듯 유려한 선을 덧그렸다.

"제국의 두 번째 가지를 뵙습니다. 강녕하셨습니까."

"글쎄. 인사 말고, 내게 할 말이 없니? 간만에 봤는데 네 목소리를 더 듣고 싶은데. 나는."

색이 다른 시선이 허공에서 부딪쳤다. 아마도 그저 동생을 보고 싶어 찾아왔다는 율리안의 말은 틀리지 않은 말일 것이다.

'저이는 이렇게 오랜 시간 5황자를 이렇게 녹여 냈지.'

2황자는 오랜 시간 이렇게 자신과 플뢰온에게 다가왔다. 그리고 5황자를 이렇게 제 편으로 만들었겠지. 이를 두고 누군가는 가식이라 비하하였다. 그러나 데인이 보기에 이건 그의 천성이었다.

"미천한 제게 관심을 보여주시니 영광일 따름입니다."

그렇기에, 황태자와 반대되는 그에게 열광하고, 찬양하는 것이리라.

<출신에 차별을 두지 마. 또한 신관과 인간을 구분 짓지 마. 그건 너무 슬픈 일이지 않니?>

서쪽에 다시없을 패권을 거머쥔 천년의 제국은 현재 두 갈래로 찢어져 있었다.

2황자의 제2 행정청—솔시아누스 레타. 속칭 솔레타 궁은 집정관의 권한을 감시하는 중요한 역할을 맡고 있지만, 현시대에는 의미가 없어졌다. 집정관 오비디우스를 감찰해야 할 제2 행정청의 수장이 그의 외손자, 2황자이니까.

율리안은 인재를 데려오고 포섭하는 데 적을 가리지 않았다. 어제의 적마저 포용했다. 그 능력에 길길이 반대하고 그를 따르는 이들조차 혀를 찼다. 그가 가진 유일한 흠마저 그를 빛내기 위해 존재했다.

2황자에게는 그를 섬기는 수많은 검사와 대신관들이 존재했지만, 그럼에도 치명적인 단점이 있었다. 신관이 되지 못하는 평범한 '인간'.

모든 것이 신력으로 돌아가는 세상에서 비신관으로 태어난 것은 크나큰 흠결이었다. 비신관이었기 때문에 주목받지 못했다. 그 대단하다는 외가가 힘을 써도 마찬가지였다. 그러나 2황자의 미담이 퍼져 나간 것은 아주 작은 일에서부터였다.

＜가진 것을 여기에 쓰지 않으면, 어디에 쓰겠어?＞

오래전, 짐승의 신 신전이 위치한 도시 브룸트로젠이 거대한 불길에 휩싸여 사라졌던 날. 한 도시가 불길에 사라진 일은 제국 전체에 거대한 충격을 안겨 주었다.

그리고 얼마지 않아 범인이 '광기의 황태자'임이 밝혀졌을 때, 수도는 다시 한 번 충격에 휩싸였다. 고고하던 황태자의 자리를 지금과 같이 둘로 나뉘게 한 결정적인 계기였다.

율리안은 화재민들을 모두 데려와 기꺼이 제게 주어진 땅에 살게 했고 그들이 낫고 정상적인 생활로 돌아갈 때까지 지원을 아끼지 않았다. 이 것이 미담처럼 퍼지며, 지금의 상황을 만들었다.

＜나는 통치하는 황제가 되겠다.＞

그는 후계자의 자리를 얻기 위해 다른 방법을 택했다. 「후계자의 힘」을 가진 5황자를 데려와 신권과 통치권의 분리, 즉 제정 분리를 주장했다.

다정하고, 사려 깊으며, 백성을 먼저 생각하는 현명한 군주. 훌륭한 원리원칙주의자. 누군가는 그런 그를 두고 잘 키워진 가식이라 비하했지만, 인품에 반하여 지지를 자처한 자가 적지 않았다.

그런 그가 자신의 행정청, 그것도 말단이 기거하는 자리에 나타난 것은 한 사람 때문이었다.

"사람들은 황자님을 미래의 성군으로, 황태자 전하를 폭군으로 말합니다. 하지만 무엇이 진실인지는 역사가 가려 주겠지요."

사실이었다. 황태자에게 있는 절대적인 힘만 아니었다면 이미 경주의 끝은 오래전에 정해졌을지도 모른다.

그러나 율리안이 승리하기에는 조건이 부족했다. 신의 힘으로 이끌어 가는 제국에서 신력은 무엇과도 비교될 수 없는 절대적인 척도였다. 그렇기에 황태자는 강자였다. 끝을 알 수 없는 강함이 황태자를 그 자리에 있게 했다.

데인은 비상했다. 타고나길 남들보다 더 알고, 더 빨리 알게 되며, 계산의 결과를 알게 됐다.

"아직 먼 일이라고는 하나, 제게 반란을 도와달라 하신 말씀은 거절하겠습니다. 또한 듣지 못한 것으로 하겠습니다. 저는 역사 속에 있고 싶지 않습니다. 황자님."

가끔 이성을 뛰어넘는 그의 촉은 신력과 같은 영험하고 권능적인 것보다는, 세상의 이치마저 계산한 결과에 가까웠다. 그리고 그는 이것을 누군가를 위해 쓰고 싶지 않았다.

"그래서, 너는 그림자 속에 있는 거니?"

"누구도 저를 강제할 순 없습니다."

바람에 열어 둔 창문으로 스민 바람에 커튼이 크게 펄럭였다. 잠시 율리안이 머리칼을 붙잡으며 찡그렸던 눈을 뜨면, 그가 보는 눈에 갈색 머리칼을 휘날리며 아름답게 미소하는 낯이 있었다.

"이는 누군가의 강요가 아닌 제 선택입니다."

눈 속에 핀 동백처럼 붉은 눈동자는 이지적인 빛을 띠었다.

"……넌 오래전에 '황제의 그림자'가 되지 않기를 바랐다고 들었어."

그랬다. 그랬던 적도 있었다.

<그림자가 되지 않겠습니다.>

안이 사라진 날, 데인은 그녀의 말처럼 모든 걸 버렸다. 그들은 처음에 어르고 달랬다. 그리고 본보기로 모친을 죽였다. 그러나 그들이 그렇게 죽이지 않아도 이미 쇠약했던 사람이었다.

<왜 수장이 되지 않겠다는 거야? 뭐. 생각할 시간이 필요한 거라면 내가 시간을 벌어 줄게. 얼른 돌아와. 돌아오면 언제든 네게 넘겨주지.>

그렇게 그의 궁은 아무도 남지 않았다. 몇 년 뒤, 서쪽 영지에서 돌아온 아실리를 반기고 나서야 데인은 움직였다.

<역시. 난 네가 돌아올 줄 알았어. 우리의 수장은 너뿐이야.>

데로스는 그가 수장이 되었을 때, 누구보다 반겼다. 그는 그림자의 수장이 되었다.

"한 번도 제가 그림자라 여겨 본 적이 없는 것을요."

데인은 늘 남들보다 한 수를 더 보았다. 그가 보지 못한 것은 오직 하나였다. 바로 하베르미아의 달 10일. 그가 누구보다 사랑했던 이가 그날 죽어 버렸다.

"다른 사람도 아닌 황자님의 부관이라니 황송하기 짝이 없습니다."

"받지는 않겠다는 거구나."

"예. 전하의 곁에는 이미 수많은 인재들로 차고 넘치는 것을요. 제게는 과분합니다."

말을 하다 말고 데인은 설핏 웃었다.

"어차피 황제가 될 수도 없고 높이 오를 수도 없는 그림자에게 많은 것을 바라십니다. 어찌 저를 데려가려 하시는지요?"

"그런데도 좋은 사람을 보면 욕심나고 마니까. 내 욕심은 끝이 없어서, 걱정이지."

율리안이 부드럽게 웃었으나 데인은 틈을 주지 않았다.

"저 밖에는 당신의 눈에 들기를 간절히 염원하는 이들이 아주 많지요. 그들이 슬퍼할 겁니다."

"뛰어난 인재를 데려오는 것에 더 기뻐할 사람들일걸."

"아니요. 전하께서는 저를 놓아주셨으면 합니다. 지난 시간 동안 제게 너무 과분한 걸 주시려 합니다."

"당연히 네가 가져야 할 것이고 그중에서 과분한 것은 없단다."

고개를 비스듬히 기울여 웃는 율리안의 목소리는 부드러우면서 친밀함이 있었다. 그의 음색에 스며든 장난스러움을 알아챈 데인이 난감한 듯 미소했다.

"제가 맡은 온갖 더러운 일들이 당신의 오명으로 남을 것이 무섭지 않습니까?"

"네가 원해서 한 일은 아니니까. 너를 안타까이 여긴단다."

율리안은 데인을 바라보며 빙그레 웃었다. 속없는 웃음. 황자의 다갈색 눈동자는 참으로 다정도 하여 근심도 걱정도 없이 모든 걸 포용할 것처럼 따뜻했다. 어쩌면 그건 진심일 것이다. 율리안은 진심으로 데인을 걱정하고 있다.

'하지만.'

데인은 고개를 돌려 책상을 바라봤다. 황위를 이을 가능성이 거의 없다고는 하나 7황자였음에도, 데인이 가진 것은 말단 관리가 쓸 법한 책상이 전부였다.

그는 자신에게 되묻는다. 그는 이 삶에, 이렇게 살아가는 것에 불만이 존재했나.

'전혀.'

아주 오랫동안 쓴 책상엔 곳곳의 그의 버릇들이 묻어 있었다.

＜나는 기억을 잃을 거야. 데인.＞

잉크가 배인 공기, 낡은 양피지 냄새. 깃펜이 바람에 살랑살랑 제 몸을 내어 주고 한들거린다.

＜장담할 수 있어? 앞으로 무슨 일이 있어도 변하는 건 없을 거라고?＞

이윽고 스쳐 가는 작은 목소리.

아련하고 희미해서 한때는 사라질까 두려웠던 작은 소녀의 목소리.

＜아실리.＞

태연하지 않아도 될 것에 태연한 사람은, 태연하기까지의 수많은 과정을 거친 사람이었다.

＜가끔 난, 모든 걸 예상하고 안다는 것이 축복 같으면서도 저주 같다는 생각을 해.＞

그는 비상했다. 그리고 그의 두뇌는 오직 한 사람을 향해서만 사용되었다. 그래서 달라진 목소리에서 달라진 모습에서 수많은 문헌과 금지된 기록을 뒤져서 진실에 도달했다. 마침내 모든 것을 알아 버린 그때, 데인은 모든 것이 아득했고 자신이 원망스러웠다.

'너는 죽었다. 죽음 속에서 다시 살아났다.'

데인은 등 뒤로 손을 겹쳐 잡으며, 정중하고 예의 바른 미소를 담았다. 그가 굳이 말단 자리에서 서류를 잡고 씨름하는 것은 욕심이 없어서가 아니다.

"신경 써 주신 것에 깊이 감사드립니다."

굳이 고개를 숙인 것은 이쯤에서 물러나 주길 바라는 간곡한 의사였다.

"저는 제가 제 모친의 출신으로 천시받았습니다. 제국인처럼 피부가 하얗지만, 그것이 저를 차별에서 자유롭게는 하지 않았지요. 천출 집시족의 피가 어디 가진 않는다는 소리를 듣고, 배척은 일상이었습니다."

"그건!"

"황자님."

데인의 미소는 율리안을 가로막았다.

'그는 나를 더 높은 곳으로 데려가려 한다.'

아마도 그 자리는 권력의 중심일 것이다. 가라앉았던 눈동자에 냉정한 빛이 맴돌았다.

율리안은 데인을 욕심내고 있다. 그를 이 자리로 내몬 귀족들의 생각은 다르겠지만, 그는 데인의 능력을 알아봤다. 거절이 힘든 상황이다. 어쨌거나 권력을 이분한 황자였기에 고민을 거듭해 말을 해야 했다.

"황자님께서 저를 욕심내는 이유를 알고 있습니다. 제가 가진 것이 황태자를 이길 수단이 될 거라고 생각하십니까?"

그는 황제의 목숨을 손에 쥐고 있다.

"맞아. 하지만 그것만 있는 건 아니야."

"네. 이것만 있는 건 아니겠지요."

데인이 끄덕였다.

"저를 동정하셨죠."

율리안의 표정을 보지 않은 채 데인은 먼 곳에 시선을 두고 말을 이었다. 굳이 그의 얼굴을 보지 않아도 쉬이 짐작이 가기에 바라볼 필요는 없었다.

"우리는 꼭두각시 인형처럼 제각각 운명이 정해진 사람들입니다. 저는 황자였지만, 황자로서의 누리기보다 암기를 먼저 잡았습니다. 사촌 형과 함께 태어날 때부터 정해진 굴레에서 벗어나지 못했지요. 뭐. 여기에 딱히 불만이 있다거나, 있다고 해서 꺼낼 생각은 없습니다."

그가 굳이 이 자리에 있는 것은 두 황자의 세력 싸움에 끼어들기 위함이 아니다. 언젠가 이로 인한 피해를 받게 되면 보호하기 위함이었다.

"계속 그 일을 할 셈이니?"

"그 일은 황제의 그림자를 말씀하십니까?"

"그래."

"당신은 제게 참 관심이 많으십니다."

"나는 단지 네가 더 나은 삶을 살길 바라."

"황제의 손에 기구한 사정을 가진 이들은 저 하나뿐이 아닙니다. 눈에 띄었다고 모든 사람을 구제하시겠습니까?"

굳이 손위 형제에게 극존칭을 붙여 예를 차린 것은 그를 멀게 보겠다는 의지이기도 했다. 데인은 고개를 기울이고 율리안을 물끄러미 담았다. 데인은 사르르, 눈을 휘며 녹진한 미소를 지었다.

"당신은 더 많은 사람을 보셔야 하지요. 당신이 지켜봐야 할 불쌍한 사람은 제가 아닙니다."

데인은 깍지 낀 손을 풀어 제 목에 걸린 것을 툭툭 두드렸다. 데인의 목에서 흔들거리며 빛을 반사한 것은 수레바퀴 모양의 작은 펜던트였다.

"저를 불쌍히 여겨 자리를 주시려는 거라면 거절하겠습니다. 대신들의 반대를 무릅쓴 황자님만의 결정이고 배려라는 것을 알고 있습니다. 이곳에 머무른 것은 제 선택입니다."

율리안은 대꾸하지 않았다. 입술을 깨물 뿐이었다.

"저는 공명을 바라지도 않고, 제 가문이 더러운 짓거리를 통해 천한 민족의 오명을 씻고 제국 내 고위 귀족이 되는 것에도 관심 없습니다. 차라리 전부 버리고 싶은 마음이지만, 궁을 나가지 않은 것은 단 하나 때문이지요."

데인은 손을 움직여 날이 선 펜을 잡았다.

그가 이를 휙 던지자 천장에 꽂혔다. 천장에서 신음 소리가 들렸다. 2황자를 호위하던 인력일 테지. 데인은 툭 털어 버렸다. 손을 뒤로한 채 고개를 들었다.

"저는 단 한 사람만 지킬 수 있으면 족합니다."

동시에 율리안을 바라보던 눈이 휙 휘었다.

"날 때부터 주어진 길이라서, 선택할 여지가 없던 일이라서, 제가 불행할 거라 생각하십니까?"

데인은 조금 무심하고 사무적인 낯으로 2황자를 바라보았다.

"그림자면 어떻습니까. 더러운 일이면 또 어떻습니까. 깨끗한 길을 걷는 사람은 모두 행복합니까?"

2황자는 좋은 군주가 될지도 모른다. 그러나 데인은 누군가 성군이 될지 폭군이 될지, 율리안이 정이 많고 적음에는 전혀 관심이 없었다. 아니 그의 세상에는 이미 아주 적은 것이 너무 큰 자리를 차지해 다른 것에 관심 줄 자리도 신경 쓸 여력도 없었다.

"진실로 저를 데려가고자 하신다면, 여기에 대한 답을 주시길 바랍니다. 처음부터 깨끗한 길은 주어지지 않았던 사람은 행복할 수 없습니까?"

그리 말하는 데인은 한없이 진지한 낯이었다. 그가 바라보는 것은 율리안이었지만, 이 순간 떠올린 것은 다른 이였다.

<전부 괜찮을 거야.>

어린 시절 봄, 그에게 평생의 봄을 선사한 소녀. 그리고 짧은 계절과 함께 사라진 그녀.

"……너는 내게 대답할 수 없는 것을 묻는구나."

데인의 질문은 율리안이 답할 수 없는 것이었다. 율리안은 스스로를 잘 알았다. 그에게는 처음부터 화려하고 깨끗한 길만 주어졌으니까 데인의 질문에 답할 수 없다.

"이건 옳지 않아. 너는 행복할까?"

"왜 행복하지 않을 거라 생각하십니까?"

그러자 율리안이 잠시 망설였다.

"때로는 내가 볼 수 없는 것이 타인에겐 보이기도 하지. 데인, 네 인생에서 나는 관객이지만 그래서 보이는구나. 네가 선택한 길은 너를 더 불행하게 할지도 모른단다."

그러나 데인은 화사하게 웃었다.

"누구도 따르지 않는, 그리하여 불구덩이에 스스로를 처넣는 결과를 낳더라도 그는 제가 감당할 몫이지요."

그러면서 고개를 떨어트리며 맑게 웃었다.

"그렇기에 황자님의 제안은 거절하겠습니다. 이유는 언제나 똑같습니다. 저는 단 한 사람만을 위한 밤이 되기로 했으니까요."

* * *

데인의 사랑은 그림자였다. 그녀가 없으면 존재할 수 없다. 그녀가 돌아보지 않으면 드러나지 않았다. 그럼에도 데인은 제 삶에 만족했다.

<미련한 놈. 어찌 그리 미련하냐? 걔는 어릴 때 널 본 거 기억도 못한다면서?>

아실리가 현 황제의 핏줄이 아님을 알았다. 그는 더욱 망설임 없이 황제를 마약에 중독시켰다.

쾌락을 쫓도록. 오직 그만이 배합할 수 있는 것에 집착하도록.

<글쎄. 형. 나도 생각해 봤거든. 내가 아실리를 원망하고 있지 않은가 하고.>

<그런데?>

<내가 기억하고 있으니까 괜찮아.>

그의 사랑은 강요하지 않았다. 구걸하지도 않았다. 그저 나를 잊은 너이지만 행복하기를 바랐다.

"황자님, 앞으로 어찌할까요."

"서쪽 국경으로 가자. 거기엔 유능한 장군이 하나 있어."

"장군?"

"그래. 오랫동안 국경을 지킨 대신관이지."

"……눈은 치료하지 않으실 겁니까?"

"뭐. 겸사겸사."

그의 사랑은 과거에만 머물렀기에 끝내 이루어질 수 없는 사랑이었다. 그는 만족했다.

'괜찮아. 나는 널 기억하니까.'

멀어지는 제국 땅을 바라보며 데인은 천천히 웃었다. 보이지 않으나 멀어지는 것이 느껴진다. 우리의 이별은 잠시지만, 안, 너와의 이별은 영원하다.

<만약 내가 널 다시 기억한다면 그때는 불러 줄게. 그땐 너도 날 불러 줘.>

네가 끝내 나의 이름을 부르지 못한다 해도.

로제.

단 한 번도 네 행복을 바라지 않은 날이 없다.

22. 두 형제와 최악의 황제

"몸이 삐걱거려."

내 한숨에 레베카가 고개를 돌렸다. 그녀는 나를 한참 보더니 서류를 건네주었다.

"익숙해지세요."

"성장한 게 꼭 좋은 건 아니구나."

"늦게나마 성장하셨으니 좋은 거라 생각하세요."

레베카 말에 흐릿하게 웃음을 흘렸다. 갑자기 커 버린 통에 옷을 새로 지어 입어야 했다. 그동안 레베카 옷을 빌려 입었는데.

'드레스가 무기란 걸 알았지.'

레베카의 드레스는 정말로 무거웠다. 나는 새삼 대단한 눈으로 그녀를 보았다.

"레베카는 어떻게 그 드레스를 입고 버티는 거야?"

"익숙해지면 못할 게 없지요."

레베카가 가볍게 미소했다. 그러더니 그녀는 잠시 창문을 멍하니 바라봤다. 그녀가 이렇게 멍하니 창문을 보는 시간이 생겼다. 최근의 일이다. 나는 그런 그녀를 모른 체하며 서류로 시선을 내렸다.

'이것만이 내가 해 줄 수 있는 유일한 배려니까.'

데인이 떠난 지 일주일이 흘렀다.

변한 게 있냐 하면 있다고 할 수 있고, 없다고 하면 또 없다 할 수 있겠다.

전자는 당연히 나다. 신관으로서 각성하며 몸도 큰 변화를 거쳤다. 변화에 대해 얘기하자면 일단 머리가 더욱 길어졌을 뿐 아니라 키가 훌쩍 컸다. 아올레시아를 생각하면 그렇게 크지 않을 줄 알았는데 평균보다 조금 더 큰 것 같다.

'삭신이 쑤실 지경이지.'

신기하게도 각성하니 아올레시아랑 좀 더 닮은 느낌이었다. 그러니까 초상화로 봤던 아올레시아의 젊은 모습 말이다.

<황녀님, 아, 아니 그게. 황녀님 모습이……>

<왜 그래?>

순찰대들이 찬양에 찬양을 거듭하는 건 예삿일이었지만 그들이 나를 보며 얼굴을 붉히는 건 묘한 느낌이었다. 곧 불경이라며 제 뺨을 치는 그들을 말리느라 바빴지만.

하지만 변화가 없는 것은 이 상황이다.

상황은 여전히 최악이었다. 제국은 황태자와 2황자 두 세력으로 나뉘어졌다. 그중 숫자는 훨씬 많았던 2황자파가 완전히 무너졌다. 그들의 중심인 집정관은 사망했고 2황자는 유폐됐다. 황제에게 불만을 품고 정의로운 자들이 일어났으나 힘에 의해 실패했다. 상황은 암울했다.

'따지고 보자면 정의로운 이들도 아니지만.'

반란이 성공했다 한들 권력자의 이름이 바뀌는 정도였을 거다. 2황자는 온유했으나 죽은 집정관과 황후는 욕심이 많은 이였으니까.

'그래도 황제와 카스토르보다는 2황자가 나았지.'

최악보다는 차악이라 생각했다. 율리안이라면 적어도 카스토르보다는 성군이 될 것 같았으니까.

'이제 와서는 전부 소용없어졌지만.'

공식적으로 황제에게 단 한 명의 후계자만이 남았다. 카스토르 드제 칼타니아스. 그리고 숨겨진 이름이 '최후의 황제'인 자.

"황녀님 주변에 집중하십시오. 무엇이 느껴지십니까?"

"아무것도 안 느껴지는데."

옆에서 메타가 웃음을 참는 듯했다. 숨소리가 연이어 터졌다.

"이제 눈을 떠 보십시오."

눈을 뜨자 소릭스와 정말 웃음을 참는 중인 메타가 있었다.

"몸속의 힘을 집중한다는 느낌으로 눈에 그 기운을 몰아주는 겁니다."

"얄미운 메타를 한 대 때려 준다는 느낌으로?"

"……나쁘지 않군요."

나는 살짝 웃으며 메타를 쳐다봤다.

"메타. 뭔가 느껴져?"

"아름다우신 황녀님이 보입니다?"

그가 능글거리며 대꾸했다.

"이런 무례한 놈, 저놈 입을 때려도 되겠습니까, 황녀님?"

"진정해, 소릭스."

힘을 집중하는 느낌, 그렇게 말해도 잘 모르겠다.

<괜찮습니다. 황녀님께서는 각성이 늦으셨던 데다 가진 힘이 보통에 비해 큰 편이니 다루는 것이 조금 서툴거나 힘드실 겁니다.>

<오래 걸릴까?>

<처음만 힘드실 거라 생각합니다.>

소릭스는 내게 신력을 다루는 방법을 가르쳤다. 신력을 알아보는 능력을 가진 소릭스는 섬세하게 신력을 다뤘다. 그렇기에 순찰대 중 선생역할에 가장 어울렸다. 그러나 이제 일주일째였으나 도통 진도가 나가질 않았다. 그는 초조해지지 말자 하며 나를 다독였다.

"핵심은 눈입니다. 눈에 집중하는 것이지요."

"눈……. 역시 모르겠어."

오늘도 그가 말한 것을 이해하지 못하고, 진전은 없었다.

'집중하는 느낌이라.'

신력은 눈을 통해서 발현한다. 그래서 신관이 신력을 쓸 때 홍채에 신력의 빛이 아른거리는 것이고. 어릴수록 느낌을 안다고 하는데 성인이 돼서야 각성한 내게는 어려운 얘기다.

'결국 나는 나만의 방법을 찾아야 한다는 소린데…….'

친절한 소릭스에게 미안하지만 일주일이나 들었어도 못한 거면 앞으로도 어렵다고 봐야겠지.

집중, 집중하는 느낌.

나는 오래전 신력을 쓴 적 있다. 건국제에서 젤라틴 덩어리 같은 괴생물체를 이상한 빛무리가 해치웠다. 그때의 보랏빛은 일기장에서 피어났다. 그때의 느낌이 어땠더라?

'역시 모르겠네.'

하지만 다른 느낌은 안다. 나는 한 손에 일기장을 잡았다.

"한 번 더 도와줘. 소릭스, 메타."

"네!"

소릭스가 끄덕이고 내 옆에 섰다. 어느새 메타가 내 앞에 섰다. 그를 바라보며 천천히 상대를 바꿨다. 메타를 대신해 다른 사람을 생각했다. 상상하는 동안 검은 머리칼이 눈앞에 살랑거렸다.

"집중하며."

상상 속 금빛 눈동자가 휘어진다.

"아주 살짝 힘을 놓는 겁니다. 툭 건드리듯이."

그 순간이었다. 메타가 거친 숨을 뱉으며 바닥에 주저앉았다.

"커헉!"

"메타!"

나는 재빨리 눈을 감았다. 눈이 화끈하던 느낌이 사라졌다.

"괜찮아?"

"네…… 쿨럭. 너무 화끈해서 하마터면 유피넬의 천국에 갈 뻔한 것만 제외하면요?"

메타가 바닥에 누운 채로 숨을 몰아쉬며 말했다.

"입이 산 걸 보니 멀쩡한가 봅니다, 황녀님."

소릭스가 혀를 차며 중얼거렸다. 하지만 그는 퍽 염려스런 눈이었다.

"황녀님. 주신의 힘은 모든 신관을 지배하는 힘입니다. 즉 신관에게 명을 내릴 수 있지요. 하지만 보시다시피 지나치면 신관의 심장에 무리가 갑니다."

그가 걱정스런 얼굴로 나를 바라봤다.

"조금 전 명을 내리려 하셨지요? 지금보다 좀 더 약하게 뿜어내셔야 합니다."

"그러게. 어렵다."

"네. 쉽진 않으실 겁니다. 완벽히 통제하기 전까지는 드러내지 않는 편이 좋겠습니다."

현재까지 내가 각성한 사실은 비밀리에 붙여졌다. 시기가 어수선했기 때문이다.

<자칫 황녀님께서 살해당할지도 모릅니다.>

<누구에게?>

<황제 폐하께 말입니다.>

황제가 제국의 수정에 여성 신관 후보들을 제물로 바친 일을 그라니우스에게 얘기했다. 그랬더니 그는 그 점을 지적했다.

<표적이 되실 겁니다.>

그리고 내 각성을 알고서 숨기길 권유했다.

<현재 쉬쉬하지만 황제 폐하께선 반란을 진압하는 과정에서 신력의 소모가 매우 컸습니다. 고갈로 병세가 악화되셨지요.>

아이러니하게도 반란을 진압한 황제, 그의 병세는 더욱 심해졌다. 반란은 황제와 반란군 양쪽에 치명적인 결과를 가져왔다.

"신력이란 거 참 다루기 어렵다."

"곧 한 몸처럼 다루게 되실 겁니다."

그 말에 나는 일기장을 내려다 봤다.

우습게도 나는 현재 이것 없이는 신력을 다루기 어려웠다. 그나저나 나는 그라니우스가 했던 말을 떠올렸다. 황제가 반란을 진압하고 악화되었다고 했지.

"그런데, 황제가 썼다는 신물 말이야. 정확히 뭐야 그게?"

"「주신의 관」과 「약속의 반지」 말씀이군요."

황제가 쓰러진 덕분에 내 성년식은 무기한 연기됐다. 성년을 훌쩍 넘기고 1년이 다 되어 가는데도 말이다. 더구나 책 속, 아니 이 세계 과거에서 일어났던 일. 카스토르가 황제가 되는 시기가 다가오고 있다.

'원래는 율리안의 반란 뒤로 금방이었지.'

그사이 나는 소릭스가 가져온 의자에 앉았다. 소릭스가 내 옆에 주저 앉았다.

"「주신의 관」은 황금색 월계수 잎으로 만든 관입니다. 주신의 첫 번째 신물이자 「황제의 관」이라 불리기도 합니다. 「약속의 반지」 는 주신이 초대 황제에게 선물한 반지이고요."

소릭스가 조곤조곤 설명했다.

"두 신물 모두 신과 인간의 약속을 상징합니다."

"약속?"

"예. 신이 이 땅의 인간을 위해 존재하겠다는 약속 말입니다. 정확히는 초대 황제를 위한 주신의 약속이었지요."

옆에서 메타가 나뭇가지로 반지와 왕관을 그럴듯하게 그려 보였다.

"이 신물은 「프리모 살바티오」의 무대처럼 가진 이의 신력을 폭발 적으로 증폭시켜 줍니다. 또한 신과 대화도 할 수 있다고 하던데…….. 여기에 대해선 밝혀지지 않았습니다."

"어째서?"

"이건 오직 황제만이 사용할 수 있기 때문이에요."

"그렇구나."

"황제가 아닌 자가 이 신물을 걸칠 때가 있는데, 바로 계승식입니다.

살아 있는 황제가 후계자에게 자리를 물려줄 때, 이때는 후계자도 이 신물을 걸칠 수 있습니다."

"그래?"

"네."

소릭스가 짐짓 심각한 표정으로 이어 말했다.

"그런데 이상합니다. 이 두 신물은 몇 대 전부터 기능을 상실했다고 전해지거든요. 기록으로 정확히 전해지기에 거짓은 아닙니다."

"그럼 아바마마께서 방법을 찾아내신 것 아닐까? 그래서 사용한 거 겠지."

"그런 걸까요……."

소릭스가 턱 밑을 긁었다. 석연치 않다는 표정이었다.

"어쨌든 황녀님께서는 하루빨리 신력을 다루는 데에 익숙해지셔야 합니다."

"응."

그가 수업의 끝을 알렸다. 나는 미리 가져온 망토를 걸치고는 팔찌를 꾹 쥐었다. 이것을 쥔 채로 펜던트를 3번 잡아당기자 녹색 빛이 나를 휘감았다. 빛이 사라진 뒤로 옷이 헐렁해졌다. 소릭스를 올려다봤다.

"힘에 익숙해질 때까지 내가 후계자란 걸 알리지 않는 게 좋겠지? 그러니 이전과 같은 이 모습이 좋을 거고."

"예. 4황자님께서 계시니 정말 다행입니다."

이건 오래전 아모르가 약으로 나를 '안'의 모습으로 바꿔 준 것과 비슷했다. 아모르는 팔찌에 그때의 약을 스미게 하고 필요할 때 사용할 수 있게 만들어 주었다.

'정작 이걸 만들어 준 아모르는 한 번도 나를 보지 못했지만.'

나에 대한 감시가 몹시 삼엄해졌다. 덕분에 이 팔찌도 다른 이를 통해서 받아야 했다. 순찰대가 있는 곳이야 감시에 탁월한 소릭스와 메타 덕에 안전했지만 나가는 순간 수많은 눈이 나를 주시했다.

"황녀님, 괜찮겠습니까?"

"괜찮아. 오늘은 볼일 봐. 마차까지 금방이잖아."

그들을 안심시키고 복도로 나왔다. 이젠 신관이 되었기 때문인가 묘한 느낌이 뒤에서 따라붙었다.

'오늘도인가.'

앞서 말했듯 나를 감시하는 눈이 붙었다. 그중 하나는 롬의 수레바퀴, 아니 황제의 그림자였다.

"안녕, 황녀님."

복도로 나온 동시에 피하고 싶은 자와 마주쳤다. 데로스, 현재 그림자의 수장이었다.

"오늘은 안녕하신가?"

그는 노을빛 눈을 유혹하듯 휘었다. 생긴 것만큼은 선연하게 인상을 남기는 이였다.

"고귀한 황녀께서 혼자 다니시면 되겠어?"

그는 내 곁에 아무도 없는 것을 꼬집어 말했다.

"네가 신경 쓸 일은 아니지."

어차피 여기선 소리 지르는 순간 누군가 달려온다. 그건 순찰대 중 하나가 될 거고. 난 피식 웃었다.

"정말 고귀하게 생각했다면 그딴 어투로 말하지도 않았을 텐데?"

그리고 설사 그가 뛰어난 암살자라 나를 죽이려 들어도 이젠 상관없었다.

"아니면 눈 깜짝할 새에 날 죽일 자신이 있나?"

데로스가 눈을 살짝 찌푸렸다. 그러나 이내 미소를 지었다.

"아아, 황녀님. 당신은 불쾌할 정도로 내가 싫어하는 사람을 닮았어."

"그래? 잘됐네. 나도 네가 데인과 닮은 게 불쾌하거든."

그를 바라보면 어쩔 수 없이 데인이 떠올랐다. 이제는 색을 잃은 찬란한 눈동자도.

눈앞의 이는 데인의 고문에 앞장선 이였다.

"몇 번을 묻는 건지 모르겠지만. 황녀님 내 사촌 동생은 어디로 갔지? 어디로 빼돌렸어?"

"몇 번을 대꾸하는 건지 모르겠네. 몰라. 왜 사라진 데인을 내게서 찾지?"

데로스가 이글이글 타는 눈으로 나를 바라봤다.

"내 동생을 멋대로 홀리더니 빼돌리기까지 했지."

그러더니 그는 서늘하게 웃었다. 순간 미소가 섬뜩할 정도로 날 선 느낌을 주었다.

"그 애는 롬의 희망이야. 당신은 감히 그걸 짓밟았지. 롬의 복수는 집요하고 당신이 쓰러질 때까지 이어질 거야."

데로스가 고개를 숙여 속삭였다.

"이건 황녀님에게도 좋지 않을 거란 소리야."

그가 천천히 손을 뻗었다. 그걸 멀거니 보는 사이 내 목은 억센 손에 잡혔다.

"황녀님. 죽음이 두렵지 않아? 당신을 지키는 신관도 24시간 내내 당신을 지킬 순 없어. 반드시 틈은 존재하며, 우리는 그 틈을 파고드는 데 이골이 난 암살자들이지."

그가 뱀처럼 속삭였다. 나는 이 순간 그가 이토록 폭력적으로 굴어 줘서 얼마나 고마운지 모른다.

그의 얼굴에서 데인을 지워 낼 수 있었으니까.

"그래?"

나는 목을 쥐인 채로 웃었다.

"이를 어떡하지."

그 순간 허공에서 줄기가 피어났다. 천장에서 바닥에서 나타난 넝쿨이 그의 팔을 휘휘 감았다.

"뭐, 뭐야?"

나는 웃었다.

'아모르. 지켜보고 있었구나.'

줄기가 날카로운 가시를 드러냈다. 순식간의 일이었다. 다시 대지가 흔들리더니 그가 있는 땅이 그의 발을 붙들었다.

"데로스."

꼼짝 못하는 그에게 웃어 주었다.

"안 됐네. 넌 날 죽일 수 없을 거야. 내게는 나만 지켜보는 신관님이 있으니까."

넝쿨이 내게로 뻗는 손을 막았다. 칭칭 감긴 그를 보며 천천히 입을 떼었다.

"진짜 후회하는 쪽은 누구일까?"

이번엔 내 쪽에서 고개를 기울였다.

"데인은 스스로 떠났어."

내 부탁으로. 마지막 말은 붙이지 않았다.

"의무만 강요하는 가족과 민족 따위 없어서 다행이라 생각해."

"크윽, 너!"

"불경하네. 황녀에게 너라니. 당신은 공손을 배워야겠다."

나는 그가 쥐었던 목을 가볍게 어루만졌다. 그가 퍽 세게 잡았음에도 아픔은 느껴지지 않았다.

"연약한 나를 이렇게 다루면 혼나."

내가 사랑하는 사람들에게 말이지.

"잘 들어. 데로스."

나는 천천히 멀어지며 미소를 덧그렸다. 이 세계엔 참 몹쓸 인간이 많다. 눈앞의 이 사람, 죄 없는 여자들을 제 민족을 위해 납치해 바친 이 사람이 그렇다.

"날 건드리면 후회할 거야."

건드리지 않아도 넌 후회하겠지만. 데로스가 이를 악물었다.

"어쭙잖은 협박이네."

그는 무시무시한 눈으로 날 노려봤다.

"황녀, 당신이 우리의 숙원을 망쳐 놓았어. 우리는 이 원한을 잊지 않을 거다."

난 소리 내어 웃었다. 그러고는 천천히 고개를 들었다.

"글쎄 그리 꽁꽁 묶인 꼴로 하는 협박은 무섭게 들리지 않아. 데로스. 건드리면 터지는 게 어느 쪽인지 한번 볼까?"

쓰레기 같은 짓을 저지른 자들은 꼭 합당한 대가를 치를 거야. 내가 그렇게 만들 거거든.

난 눈을 휘었다. 팔찌를 한번 쥐었다 펴자, 데로스를 묶어 두었던 식물이 저절로 풀어졌다. 자유로워진 데로스는 날 노려보다가 그대로 돌아갔다. 그 순간 풀숲이 흔들리더니 어디선가 나타난 검은 그림자가 그의 뒤를 따랐다.

'일부러 나타난 거다.'

이렇게 소리 죽여 감시할 수 있단 걸 드러낸 거겠지. 나는 눈을 천천히 좁혔다.

—여전히 위험한 일만 골라서 하는구나.

팔찌에서 아모르 목소리가 튀어나왔다.

"오라버니."

—다치는 것도 한두 번이지. 언제까지 마음 졸이게 할 셈이냐.

나는 팔을 들어 올렸다.

"다치지 않았어요."

—……눈에 뻔히 보이는 거짓말에 넘어가 줘야 하나?

어쩐지 보지 않아도 표정을 알 것 같은 목소리에 그만 웃고 말았다.

—'황제의 그림자'는 현재 잠시간 특별 권한을 부여받아 여느 때보다 권한이 강하다 말을 해 준 것 같은데.

"네, 그랬었죠. 반란의 잔당을 잡기 위해 잠시간 사면권과 즉결 처분권을 가진다고 했었나요."

—그래. 제대로 기억하면서 잘도 그 앞에 나섰더군.

"제때 나타나 준 어느 분 덕분에 다치지 않은 걸요?"

아모르는 잠시 말이 없었다.

—……그건, 하루 종일 너만 봐 달란 소리로 들리는데.

"어라. 들켰나."

나는 씩 웃었다.

"해 줄 거예요?"

그가 작고 차분한 목소리로 중얼거렸다.

─……원한다면 해 줄 수 있다.

"정말요?"

─그래.

나는 잠시 그가 보이지 않음에도 작은 사랑스러움에 팔찌를 어루만졌다.

"조금 전까지 좀 화가 났었는데 금방 풀어진 거 있죠."

팔찌를 잡고 속삭였다.

"아모르 덕분에."

데로스를 만나고 느꼈던 음습한 불쾌감이 조금씩 자취를 감췄다.

"그러고 보니 나 각성했는데. 오라버니만 못 봤어요."

그는 지금 어떤 얼굴일까. 황제의 감시가 삼엄했다. 정확히는 내게 원한을 품은 데로스의 감시가 철저했다. 더구나 헤르난의 새가 정원에서 간간이 발견됐다.

아모르는 건강해진 것을 숨겨야 했고 나는 각성을 숨겨야 했다. 결국 우린 잠시 거리를 두기로 했다. 그는 내 결정을 존중했지만 글쎄, 기분은 어땠을까.

"식물로도 저를 보지 못한 거죠?"

─그래. 네가 순찰대와 있을 땐 굳이 그 안을 들여다보려 하지 않았다. 내가 힘을 쓰면 그들이 친 결계가 흔들릴 테니까.

그럼 헤르난이 보게 된다는 얘기였다. 이렇게 그는 나를 배려하느라 내 모습을 보지 못했다.

한동안 그도 나도 말이 없었다. 잠시 팔찌를 만지작거리던 나는 돌연 입을 떼어 냈다.

"오늘 찾아갈까요?"

그렇게 말하곤 다시 덧붙였다.

"아니. 찾아갈게요."

─뭐?

"오늘 데로스에게 경고한 걸로 됐어요."

아모르를 찾아가는 거야 카스토르나 헤르난도 알고 있을 테고 말이다.

"생각해 보니까 굳이 만나지 않을 필요는 없었어."

─신중해지겠다고 하지 않았나?

"내가 보고 싶어서 그래요."

난 웃었다.

"오라버니는 나 보고 싶지 않아요?"

웃음기 띤 내 말에 아모르는 잠깐 대꾸가 없다. 조금 뒤 기다렸던 목소리 대신 숨소리가 들렸다.

─하아……. 네게는 정말 못 이기겠다.

"그래서 대답은요?"

이어 숨을 삼키는 소리가 함께였다.

─참 멋대로군. 마음대로 해.

팔찌에서 돋아난 새싹이 손가락을 휘감더니 꽃을 퐁 피워 냈다.

─언제는 내 너를 이길 수 있었나.

그만이 할 수 있는 사랑스런 대꾸였다.

그날 밤.

나는 달이 뜨길 기다렸다가 밖으로 나섰다. 궁에서 나가는 길은 이제 눈감고도 갈 수 있었다.

'감시가 붙었으려나.'

어둠 속을 바라본다. 신기하게도 이전보다 훤히 보였다. 대낮까지는 아니라도 살짝 등을 밝힌 느낌이라 해야 하나. 신관은 기본 신체 능력이 다르다더니 정말인 듯싶다. 아모르의 힘으로 모습을 각성 전과 같이 바꾸고 신력을 눌러놓았지만 신체 능력은 어느 정도 남아 있었다.

'악력도 세졌지.'

손을 쥐었다가 폈다. 사실 이 어둠 속에 누군가가 숨어 있어도 상관없다. 금지된 숲.

'이곳은 황족의 피를 이은 자가 아니면 길을 헤매는 곳이랬지.'

달리 말하자면 금지된 숲이 있는 한 그들은 나를 쫓지 못한다.

잠시 뒤 나는 울타리 사이를 빠져나갔다. 아니나 다를까 내 뒤로 풀숲이 거세게 흔들렸다. 으르릉. 멀리서 희미한 짐승의 소리가 들렸다. 난 얼른 속도를 올렸다.

이어 비석을 통해 아모르의 궁에 도착했다. 그가 나만을 위해 열어둔 후문을 지나 그의 방문을 열었다.

"아아. 들어와."

그는 창문을 활짝 열고 침대에 기대어 앉아 있었다. 평소와 다르게 옷차림이 방만했다. 길어진 머리를 흐트리고 가슴이 반쯤 열린 모습에 눈을 어디다 둬야 할지 모르겠다. 그는 나른한 듯 초연했고 그러면서도 간간이 지나가는 시선에 이전의 벼려진 예민함이 언뜻 보였다.

흔들리는 은하늘색 머리카락이 아니었다면 꼭 섬세하게 깎인 조각을 보는 듯한 기분이었다. 활짝 열린 옷옷에 시선이 가 있는 걸 알아챈 듯 아모르가 옅게 웃었다.

"딱 맞는 옷이 없다."

"……그거 저랑 비슷하네요."

"그런가."

나는 습관처럼 그의 침대 밑에 주저앉았다. 그러나 그는 내 손을 잡아 손쉽게 들어 올려 침대에 앉혔다.

"늘 생각했던 건데, 넌 왜 항상 바닥에 앉지?"

"아, 습관이에요. 오라버니는 항상 침대에 있었잖아요. 침대 밑에 앉으면 오라버니 얼굴이 가장 잘 보였으니까요."

그가 잠시 표정을 찡그렸다.

"침대에 앉아도 잘 보여."

그러더니 불쑥 고개를 숙여 내게 붙였다.

"그리고 이쪽이 더 가깝다."

"……혹 다가오지 마세요."

심장에 좋지 않으니까. 눈앞에 은은한 회녹색 눈이 자리했다. 그 눈이 사르르 휘었다.

"다가오지 말라 그러니 더욱 다가가고 싶구나."

청개구리인가. 그의 입술이 눈을 스쳤다. 간지러웠다.

"내게 보여 줄 것이 있다고 하지 않았나?"

오자마자 용건인가 싶었다. 성격도 급하시지. 난 옅게 웃으며 뒤로 물러났다. 이미 이를 위해 망토 안으로 헐렁한 옷을 입고 온 참이었다.

"너무 놀라지 말아요. 아니 놀랄 것도 없겠다."

"왜?"

"별로 달라진 건 없거든요."

그는 턱을 괴더니 그건 자신이 판단하겠다며 웃음과 함께 말했다.

'정말 내 체감으로는 변한 게 크게 없던데.'

일기장으로 수없이 봐서 그런가. 스포일러를 미리 확인한 것처럼 나는 큰 감흥을 느끼지 못했다. 키나 좀 컸지. 아닌가. 실망이나 하지 않았으면 좋겠다. 천천히 물러난 나는 팔찌를 벗어 버렸다. 이와 함께 희미한 빛이 나를 휘감았다.

눈을 뜨면 내게는 변화가 느껴지지 않았다. 천천히 망토의 모자를 벗었다.

"역시, 별 달라진 건 없는 것 같아요. 있다면 키가 큰 정도? 오라버니 턱쯤은 오지 않나 싶어요."

나는 하늘을 바라봤다. 새파란 달이 떴다. 꼭 그의 머리칼을 닮은 달을 등지고 돌아섰다.

"아니다. 오라버니도 크고 말았으니, 또 다를까요?"

웃음을 머금고 그를 바라봤을 때였다. 그가 멍하니 나를 바라보고 있었다. 나는 천천히 웃음을 지웠다.

"아모르?"

"아......"

아모르는 자신의 표정을 깨달은 듯 얼굴을 감싸 쥐었다.

"아니, 난 각성이, 성장이 이런 뜻인 줄은......."

그는 뜻밖에 당황하며 중얼거렸다. 나는 한걸음에 그에게 달려갔다.

"왜 그래요?"

"아니. 잠깐! 그…… 대로. 거기 있어."

그가 팔을 뻗어 나를 막았다. 나는 의아한 듯 바라보다 그의 팔을 잡았다. 손을 얽자, 그가 참지 못하겠다는 듯 욱 신음을 흘렸다.

"오라버니? 왜. 읍!"

그리고 시야가 획 흔들렸다. 정신 차렸을 때, 그의 품에 으스러져라 안겨 있었다.

"······달의 여신 디아나가 그대로 내려온 줄 알았다."

그가 내 어깨에 얼굴을 묻으며 속삭였다.

"미와 사랑의 여신이 아니고요?"

베누스. 보통 아름다움을 비유할 때 이 여신의 이름이 쓰이곤 했다. 그래서 의아했다.

"로제. 내 세상에 가장 아름다운 것은 달이었다."

이제는 완연히 낮아진 목소리가 귀를 울렸다. 그가 천천히 떨어진다.

"너는 나의 달이니. 너보다 아름다운 건 없지."

그는 그렇게 중얼거리고는 제 얼굴을 부여잡았다. 그의 얼굴은 놀랍게도 새빨개진 채로, 나는 멍하니 붉어진 귀를 응시했다.

"부끄러워요?"

"······아니다."

유난히 새하얗고 섬세한 피부는 가리기도 부족했다.

"아니라고 말했다."

핏줄마저 얇게 보이던 하얀 피부에 물감이 톡 떨어지듯 보이는 붉음이 자꾸만 번졌다.

"왜요? 내가 너무 예뻐서요?"

"본인 입으로 그런 말이 나오나?"

"뭐 어때요. 내 얼굴인데."

"······반박할 말이 없군."

아모르가 더운 숨을 내쉬었다. 어쩐지 그의 붉음이 가슴으로 전염되는 기분이었다.

"흐응, 새삼 다시 반했어요?"

"그래."

이번엔 내가 당황할 차례였다.

"네?"

"로제. 너는 이전과 크게 다르지 않아."

어느새 그는 붉음을 가라앉히고, 손목 안쪽에 입을 맞췄다.

"하지만 가장 너다운 모습이구나. 나는 이 모습을 사랑했으니. 지금 가장 너다운 모습에 다시 한 번 사랑에 빠지고 만 걸지도 모르겠다."

아래에서 시작된 입맞춤은 팔뚝으로 다시 어깨로 그리고 목덜미로 내려앉았다.

"그리고 네가 어떤 모습이든 사랑하게 되겠지."

마침내 그가 턱 끝에 입을 맞췄다.

"전부 너일 테니까."

그에게 도달한 시선이 향한 곳은 입술이었다. 나를 향해 달콤한 말을 쏟아 낸 그가 천천히 고개를 숙였다. 눈을 감자, 이어 입술로 체온이 떨어졌다.

그의 아랫입술이 입술 사이를 가르고 들어왔다. 따뜻하고 말캉한 혀가 입술을 오랫동안 간지럽혔다. 그가 허리를 감싸 안으며 등을 쓰다듬는다.

"웃……."

절로 비음이 터져 나왔다. 그는 내 신음마저 삼켜 버렸다. 그렇게 그의 품에 안겨 그가 주는 달콤함을 만끽할 때였다. 순간 덜컥 겁이 났다.

"내가 이렇게 행복해도 되는지 모르겠어요."

입술이 떼어지고 나는 떼를 쓰는 아이처럼 그의 옷자락을 잡았다. 그의 어깨에 기댄 채 낮게 중얼거렸다.

"나는 내 작은 행복도 미안해요."

"죽은 6황자 때문에?"

그는 나를 곧바로 알아챘다. 그것이 눈물 나도록 기쁘다가 다시 서글퍼졌다.

"네."

일상 속 작은 행복을 느낄 때 플뢰온 네가 생각났다. 나는 너를 잃고 행복해도 되는 걸까? 너를 구하지 못하고 행복해도 되는 거냐고.

죽은 너는 당연하겠지만 말이 없다. 대답할 수 없겠지.

나는 너를 안다.

"플뢰온은 제가 이렇게 생각하는 걸 좋아하지 않을 거예요. 욕을 했으면 했지."

꼭 울 것 같은 얼굴로 웃었다. 망할 병아리, 라고 그가 욕을 하는 목소리가 선연했다.

"그래서 나는 그를 잊지 않는 것으로 속죄하려고요. 내가 할 수 있는 최선이니까."

행복해지는 것에 미안해할 수는 없다. 나는 행복해지고 싶다.

<데인과 그놈과 너는 행복해. 반드시 행복해져.>

너는 마지막까지 내 행복을 빌어 주었으니까. 나는 네 바람대로, 나의 바람대로 살겠다.

"네가 답을 알고, 찾아냈으니. 나는 그걸 응원하마."

그가 내 눈 위로 다시 입을 맞췄다.

"네 옆에서. 영원히."

그의 입술이 나를 찾아 더듬었다. 그의 체온 안에서 다시 한 번 천천히 눈을 감았다.

"혹시 각성하면서 신을 보았나?"

"신?"

그가 내 옷을 여며 주며 끄덕였다. 그리고 내 허리를 감싸 안더니 입을 열었다.

"신관은 각성 과정에서 신을 만나거나 혹은 신이 남겨 둔 무언가를 보게 되지."

"오라버니는 어땠어요?"

그는 잠깐 생각해 보듯 눈을 감았다.

"나는 신의 조각을 보았다. 오래전 하늘로 돌아간 신이 지상에 남겨 둔 조각이었지. 그것을 품는 순간 나는 각성하여 신관이 되었다. 하지만 모두 나와 같은 과정을 거치는 건 아니야."

그가 조심스런 손으로 머리를 귀 뒤로 넘겨 주었다.

"오래전 하늘로 돌아간 신도 있고, 조각을 남긴 신도 있고, 인간에게 그대로 깃든 신도 있다. 어떤 모습으로 나타날지는 몰라. 제각각이니 말이다."

나는 그의 말에 고개를 갸웃했다.

"저는 아무것도 아닌 유형일까요? 오라버니가 말한 일은 겪지 않았어요."

그저 일기장과 대화를 나누고 오래전 잊었던 것을 떠올렸을 뿐이다.

"주신과 죽음의 신. 두 신은 오래전에 사라졌다고 알려진 신이니 그럴 수도 있겠구나."

주신은 초대 황제의 죽음과 함께 제국의 석양에 잠들었다고 한다. 죽음의 신은 오래전 형제인 주신에게 유폐되었고. 전설이 사실이라면 두 신은 사라졌기에 보지 못한 걸지도 모르지.

"신경 쓰진 말거라. 말했듯 신마다 제각각이니까."

난 천천히 끄덕였다. 왜인지 묘하게 무언가 거슬렸지만 곧 풀릴 것 같았다. 최근의 날들은 복잡했던 실타래가 풀리는 것을 지켜보는 기분이었다. 그러니 이 묘한 감각도 오래가지 않아 금세 풀리겠지. 왜 그러했는지.

일기장의 비밀처럼 말이다.

* * *

다음 날 약간 피로한 몸을 이끌고 집무실 책상에 앉았다.

<이번 반란에 제국의 신관 중 1/3이 참여했습니다. 나머지 2/3 중 9할은 방관 혹은 중립이었으며, 1할은 황태자 전하를 따르는 자들이었습니다.>

그라니우스는 반란에 참여하지 않았다. 고위 신관 중에는 참여하지 않은 자를 찾기가 힘들어 현재 그는 과중한 업무를 도맡게 되었다. 그러다 보니 내게 올라오는 보고서의 양도 어마어마했다. 레베카가 각종 정보를 분류하고 선별해서 올리는 데도 말이다.

"레베카. 우리 나란히 사망하면 분명 사인은 과로사일 거야."

"그 말을 하시는 걸 보니 아직 덜 피곤하신 모양입니다."

"……넌 너무 차가워."

통명스럽게 대꾸하자 레베카가 서늘하게 웃었다. 그러고는 서류를 내미는 것이 얌전히 보기나 하라는 얘긴 것 같다. 참 한결같은 시녀님이다.

"알았어. 하면 되잖아?"

난 피식 웃으며 서류로 눈을 돌렸다. 현재 남은 신관들의 수를 헤아린 보고서를 막 읽고 내려 둘 때였다.

"황녀님!"

쾅! 문이 열리고, 누군가 달려왔다. 레베카는 순간 미간을 찌푸렸으나 달려온 이의 다급함을 눈치채고 재빨리 입을 꾹 다물었다.

"소릭스? 왜 그래?"

소릭스는 어찌나 빠르게 달려왔는지 숨을 크게 헉, 헉 내쉬었다.

"급한, 급한 사항이 있어서……."

소릭스는 뛰어난 검사이자 신관이었다. 신체 능력이 인간에 비해 월등한 그가 이토록 숨차게 달려왔다. 속도는 어마어마했을 것이다.

"무슨 일인데 그래?"

"계승식이 열립니다."

"계승식?"

"예. 조금 전 황제 폐하께서 선언하셨습니다!"

소릭스가 딱딱하게 굳은 얼굴로 읊조렸다.

"……황제께서 황태자 전하께 황위를 물려주겠다고 하셨습니다."

나는 그대로 얼어붙었다. 레베카를 보자, 그녀도 예상치 못한 일인 듯 비슷한 얼굴이었다. 난 얼른 얼굴을 감싸 쥐었다. 이어 머리를 거칠게 쓸어 넘기며 고갤 들었다.

"언제, 어디서 나온 얘기야?"

"오늘 오전 황제 폐하께서 모든 고위 신관과 관리를 모아서 선언하셨습니다."

내가 책으로 알고 있었던 이야기에서, 카스토르는 율리안의 반란 뒤에 황제가 된다. 사실 책 속에서는 카스토르가 반란을 진압했다. 그래서 그가 황위에 오르는 걸 반대하는 자가 없었다.

'죽을 테니까.'

그가 황제에 오르고 제국은 독재자, 폭군의 폭정에 휘둘리는 나라가 된다.

이야기 속 황제는 카스토르의 즉위에 어떤 반응을 했더라? 기억이 어렴풋하다. 잊었거나 책 속엔 없던 내용이란 건데.

사실 현 황제와 카스토르의 관계는 기묘했다.

황제는 카스토르를 싫어한다. 카스토르 또한 황제를 싫어한다. 그러나 황제는 강력한 후계자의 힘을 가진 카스토르를 인정한다. 그를 황태자 자리에 남겨 둔 것이 증거였다. 카스토르 또한 자신보다 약한 황제가 내리는 명을 꼼짝없이 듣곤 했다.

<이상해요. 황제는 왜 힘을 잃었죠?>

<카스토르를 이용한 대가였지. 그는 신의 시대를 종막시키지 않기 위해 아들을 이용하기로 한 거야.>

오래전 아올레시아는 제 아들을 수정에 산 채로 넣으려 했던 황제에 대해 말했다.

<황제는 카스토르 주변의 그가 사랑한 모든 것을 지워 버렸지. 그리고 그를 죽여 저주를 시작하게 했단다. 이것을 반복해 마침내 가장 강해진 카스토르를 저 수정에 넣고자 했지.>

그러나 황제는 실패했고, 남은 모든 힘을 쏟아서 카스토르란 짐승을 손에 넣었다.

<카스토르는 황제가 죽기 전까지 스스로 죽을 수도 그의 명을 거부할 수도 없어.>

카스토르는 황제로 인해 저주를 시작했고 죽음을 반복했다. 하지만

어떤 계기로 반복된 죽음을 탈피했다.

<카스토르는 이미 살아 있는 주신이나 다름없어.>

주신의 힘은 죽음이 쌓일수록 커지는 힘, 이미 카스토르는 누구보다 강해진 뒤였다.

<카스토르, 그는 제국이. 황제의 욕심과 탐욕이 낳은 괴물이란다.>

그런데 황제는 자신이 수정에 넣으려 했던 아들에게 황위를 물려줄 거란다. 죽일 수 없어서 겨우 온 힘을 다해 고삐를 틀어쥔 아들을 자신의 자리에 올린다? 이상했다.

'황제가 된 카스토르의 검이 어딜 향할지 모르는 것도 아닐 텐데.'

여기에 율리안이 끼어들면 이 관계는 더욱 기묘해진다.

율리안 폴룩스 칼타니아스.

황태자와 더불어 막강한 황위 후계자였던 2황자. 온유하고 온화한 성격으로 누구든 포용하는 성군의 자질을 가진 이였다. 내가 아는 이야기 속에서도 카스토르와 라이벌이나 살가웠고, 아모르를 안쓰럽게 여기며 아꼈던 사람이었다.

황제는 2황자를 아꼈다. 사실 누구보다 제국의 존속을 바라며 신의 힘에 집착하던 황제가 어째서 비신관인 아들을 그토록 아꼈는지 아무도 모른다.

'우스운 건 그걸 배신하고 율리안은 반란을 일으켰다는 거지.'

그러나 그에게 쏟아지는 총애는 사실이었다는 거다. 보라, 반란의 주동자나 다름없는 그는 북쪽 탑에 유폐되었다. 감금되었으나 살아 있다. 플뢰온이 모든 죄를 쓰고 죽었다

지독히도 꼬인 관계다.

황제는 아끼는 아들을 잃고 그가 괴물로 만든 아들을 황제로 만들게

되었고, 평화를 꿈꾸던 사람은 유폐되었다. 모든 황자가 죽거나 실종되거나, 모종의 이유로 사라졌다. 이 황성에 남은 것은 미래의 이 땅을 멸망시킬 최악의 폭군뿐.

"소릭스. 계승식은 언제지? 정해졌어?"

"예. 계승식 날짜는……."

날짜를 듣고 미간을 살짝 찌푸렸다.

'얼마 남지 않았어.'

많이 촉박한 것은 아니나 그래도 빨랐다. 하지만 처음엔 이것보다 더 빨리 거행하려 했단다.

"처음 예정일은 일주일 뒤였습니다."

"일주일? 너무 빠르잖아?"

"예. 아무래도 나라의 가장 큰 예식 중 하나이다 보니 최소한 준비 기간은 거쳐야 한다고 신관들이 입 모아 주장했습니다."

현재 이 살벌한 분위기 속에서도 반대를 제창한 걸 보면 그만큼 중요한 예식이리라. 하기야 황제가 바뀌는 일인걸.

"우습네. 내 성년식은 미루고 또 미루더니."

나는 입술을 입꼬리를 끌어 올렸다. 소릭스가 굳은 얼굴로 끄덕였다.

'나를 이렇게 묶어 둘 건가 본데.'

황제는 갖은 핑계를 대고 내 성년식을 미뤘다. 뭐 서신이야 항상 그럴듯한 이유를 붙여 날아왔지만 모두가 같잖은 이유란 걸 인정했다. 더구나 황제가 나를 어떤 취급하는지 안다. 여차하면 수정에 집어넣을 예비 스페어 키쯤으로 생각하고 있겠지.

'성년으로 인정받지 못하면 제약이 커.'

황족은 성년식에서 황제의 인정을 받는다. 이 인정이 없으면 사유 재산을 가질 수 없고, 허락 없이 궁 밖을 나설 수 없으며, 모든 활동에 황제의 허가를 받아야 했다. 여러모로 불편한 점이 많다.

이 어수선한 시기에 이런 제약이 무슨 소용이냐 싶겠냐만 현재 남아 있는 신관들에게 황녀가 성년식을 거쳤느냐 거치지 않았느냐는 상당히 큰 차이를 가진다.

'어린애가 하는 말 따윈 듣지 않겠다는 거지.'

무엇보다 황제는 나를 혼인시킬 생각이 없다. 보통 황녀는 성년이 되면 빠르게 혼인하여 이곳을 나가게 되니까 자격을 주지 않는 거다. 속이 빤히 보이는 짓이다.

"어떡하시겠습니까, 주인님?"

이젠 시녀 겸 늠름한 보좌가 된 레베카가 물었다. 나는 흘끗 아름다운 그녀의 얼굴을 보다 천천히 고개를 기울였다.

"글쎄, 어떡할까."

준비하던 것들을 떠올린다.

'아직 크게 움직일 때가 아니야.'

준비하는 것이 있으나 꺼낼 때가 아니었다. 하지만 이대로 그냥 지켜보고 있을 수도 없다.

"일단은 황녀님께서 얼른 힘에 익숙해지셔야 할 것 같습니다."

소릭스가 진지한 얼굴로 말했다.

"갈수록 위험 요소가 많아집니다. 아울러 이 궁 주변을 감시하는 롬의 인원이 늘었습니다."

"아, 그거 나 때문인가 봐."

"예?"

나는 대꾸 대신 웃었다.

'약 올린 효과가 있나 보네.'

참 우습다. 나를 감시하면 데인을 찾을 수 있다 생각하는 건가? 소용없을 텐데 말이다.

"뭐. 크게 신경 쓰지 말자. 당장 해결할 수 있는 일은 아니잖아?"

난 그 말을 하고는 턱을 톡톡 두드렸다.

"있잖아. 북쪽 탑으로 가는 길 멀어? 아니 어려운가?"

"네?"

소릭스가 반문했다.

이야기 속에서 루스벨라는 카스토르로 인해 북쪽 탑에 갇히고, 그곳에서 낯선 황자를 만난다. 바로 반란에 실패하고 유폐된 2황자 율리안을.

'그땐 이미 카스토르가 황제였을 때였지?'

착하고 동정 많은 주인공은 오랫동안 갇혀 있던 황자를 안쓰럽게 여겨 그의 탈출을 돕는다. 그 과정에서 자신도 함께 탈출한다.

'동정은 개뿔.'

이젠 주인공이 정말 착했었는지도 모를 이야기다.

지금은 루스벨라도 없고, 카스토르도 황제가 되지 않았다. 아니 이 세계에 루스벨라가 연인과 도망쳐서 올 일은 일어나지 않을 거다. 그러나 율리안은 그곳에 갇혀 있다.

"북쪽 탑 주변은 사람이 거의 살지 않습니다. 죄인을 감시하는 신관과 하녀, 시종 몇몇만이 머무르는 곳입니다."

"그래?"

이야기 속 율리안은 오래도록 그곳에 갇혀 있었다. 여기서 이상한 점을 발견할 수 있다.

"북쪽으로 가야겠어."

왜 황제도 카스토르도 율리안을 살려 뒀을까?

"레베카, 빠른 시일 내로 북쪽 탑으로 가겠어. 준비해 줘."

난 의자의 기대어 팔짱을 꼈다. 그러고는 웃으며 말했다.

"2황자 오라버니가 한번 보고 싶거든."

"황녀님, 반란 주모자입니다. 황녀님께서 위험해지실 수 있어요."

"그러니까 몰래 가야지."

소릭스를 바라보자, 그가 곤란하다는 듯 찡그렸다.

"2황자 오라버니를 따랐던 신관의 대부분은 옥에 갇혔지? 하지만 죄질이 가벼운 자들은 그대로 남았잖아."

모조리 가두면 제국 정무가 마비되니까.

"그들이 황제를 따르겠어? 황태자를 따르겠어? 설사 따른다고 해도 그런 척하는 거겠지?"

"혹시 2황자 전하께 무언가 듣고 오실 생각이십니까?"

"뭐. 겸사겸사."

나는 빙긋 웃으며 일기장을 톡톡 두드렸다.

이곳에 태어난 지 십수 년이 지났으나 단 한 번도 보지 못한 황자님, 마지막으로 만날 황자에게 무언가 있을까?

'아니 없으면 어때.'

그를 만날 이유는 만들어 내면 된다. 그리고 생각하던 중에 오래전 잊고 있던 말이 하나 생각났으니까.

'분명 헤르난이 그런 말을 했었지.'

천천히 하얀 얼굴을 떠올렸다.

<황태자 전하는 2황자 전하 앞에서 살인을 하지 않습니다.>

이제는 오래전처럼 느껴지는 이지적인 시선.

얼른 고개를 흔들었다. 어쨌거나 가는 건 나쁘지 않다.

'당장 할 수 있는 일은 없으니.'

헤르난이 어째서 그런 말을 했는지 알아보는 걸로도 충분할 테니까.

"정말 가시려고요?"

소릭스는 턱 밑을 긁적였다. 염려스런 표정이었다.

"준비하겠습니다."

잠시 날 복잡하게 바라보던 레베카가 고개를 조아렸다.

"말려도 듣지 않으시겠지요."

며칠 뒤 북쪽 탑으로 가는 날, 레베카가 복도를 걸으며 말했다.

막 망토를 여미고 있던 난 레베카를 응시했다. 각성 전 모습을 유지하느라 레베카 얼굴이 한참 위쪽에 있었다.

"듣지 않으실 걸 알아서 말씀드리지 않았습니다."

"화났어?"

그 말에 레베카가 흘끗 날 바라봤다.

"화라니요. 여기서 화를 내면 하수입니다."

"그 말은 꼭 내가 말썽만 부린 것 같잖아."

그러자 그녀는 태연히 말했다.

"말썽이면 좀 좋겠습니까. 주인님께서 일으키는 것은 사고지요."

까만 눈동자가 도도하게 나를 담았다.

"며칠 전에는 목에 시퍼런 멍을 안고 오셨지요. 누가 한 짓인지 끝내 밝히지 않으시고 말이에요."

"밝혀도 어쩔 수 없는 사람이었다니까."

데로스가 내 목을 틀어 쥔 날, 목에는 시퍼런 멍이 남았다. 다행히

이 정도는 얼마 지나지 않아 사라졌다. 아모르의 약이 있으니까.

"다치기 전에 다치지 않을 방법을 생각하시란 말입니다. 사실 백치도 아니지 않습니까. 언제까지 제가 기본적인 것들로 한 소리 드려야 하는지요?"

그녀는 대수롭지 않은 표정으로 말을 이었다. 말과 말의 향연이었다.

"······레베카. 잔소리가 너무 늘었어. 예전으로 돌아와 줘."

플뢰온, 데인, 레이 경이 사라졌다. 레베카의 잔소리가 3배로 늘어난 기분이다. 어찌 보면 잔소리에서만큼은 상실을 느낄 새도 없다.

'우습지만.'

난 고개를 저으며 발을 내딛었다.

"세 사람이 사라졌으니, 그만큼의 몫을 하는 것뿐입니다."

나는 멈칫했다. 잘못 들은 것이라 생각했다. 그러나 돌아보면 레베카의 표정이 답을 알려 주었다.

"언급해서 놀라셨습니까?"

"······아니."

그녀는 낮게 웃었다. 서늘한 얼굴이 잠깐 풀어졌지만 그 모습이 조금은 서글퍼 보였다.

"주인님. 저는 상실을 인정합니다. 그리고 죽은 자를 가슴에 품습니다. 이곳에 없는 이를 말할 겁니다."

먼 곳을 향했던 시선이 다시 나를 향했다.

"주인님께서도 그러시면 좋겠습니다."

"그리고······ 있어."

"네."

레베카는 웃고는 다시 걸었다. 눈을 내리깐 그녀에게는 조금 전 슬픔이 온데간데없었다. 성장은 슬픔을 숨기는 데 있지 않았다. 극복하는 것도 아니다. 담담히 인정하는 데 있었다. 레베카는 꼭 이를 말하는 것처럼 걸었다.

"준비는 전부 해 두었습니다. 순찰대와 함께 가시면 될 거예요."

"레베카는?"

"저는 잠시 다른 곳에 다녀올까 해요."

"어딜 가게?"

"정확히는 누굴 만날까 합니다."

잠시 뒤 짐마차 앞에서 그녀가 나를 배웅하며 말했다.

"주인님. 제가 어느 가문 사람이지요? 제 아버지는 어떤 신관이죠?"

"……아벤타 공작은 검의 신관이지. 근데 왜 묻는 거야?"

"제 아버지께는 나이차가 크지 않은 손윗누이가 있었습니다. 제게는 고모님이 되는 분이지요. 한때 누구보다 뛰어난 실력을 가진 검의 대신관이었으나 황명에 거역하여 어느 날 사라지셨습니다. 그리고 얼마 전 그분의 소식을 찾았어요."

나는 그녀가 대뜸 이런 이야기를 꺼내는 이유를 몰랐으나 그녀의 이야기가 이어질수록 생각나는 사람이 있었다.

"그 사람이 누군데?"

"이름은 마리사. 성은 버리셨습니다."

나는 눈을 크게 깜빡였다.

"저는 그분께 가문으로 돌아오라 말하려 합니다."

성녀 마리사가 레베카의 고모라서 놀란 건 아니었다. 이미 알고 있었으니까. 그러나 레베카가 이런 얘기를 꺼낼 줄은 몰랐기에 놀랐다. 내게 마음을 연 후 레베카는 한 번도 집안 얘기를 깊게 꺼내지 않았으니까.

"⋯⋯돌아가지 않으면 어쩌려고?"

레베카가 잠시 고민하는가 싶더니 이어 말했다.

"그게 안 된다면 저를 가르쳐 달라고 할까 합니다."

눈앞에 타오르는 듯 새빨간 머리칼이 거세게 흔들렸다.

"검을 배우겠단 거야?"

바람이 흔들어 놓은 사이로 검은 눈동자가 나를 바라봤다.

"아닙니다."

완전히 다른 두 사람의 머리카락이 겹친다. 심장이 요동쳤다.

"그분은 검만 잘 다루신 건 아니었어요."

레베카는 더는 말하지 않았다. 잠시 침묵한 끝에 나를 보고는 입술을 열었다.

"제국에는 여성이 공작이 될 수 없다는 법은 없습니다."

검은 눈이 새하얀 눈 속에 박힌 흑요석처럼 빛난다.

"반란으로 잃었습니다. 순찰대도, 저도. 주인님도요."

주변이 어지러울수록 그녀는 빛을 발하는 불꽃이었을까. 그녀의 웃음은 차가우나 시선은 또렷했다.

"하지만 슬픔에 잠길 겨를도 없이 움직이셨죠. 아마도 당신의 움직임을 따라 세상이 변하는 거겠지요."

마차가 출발하며 레베카가 조금씩 멀어졌다.

"그러니 당신을 지원하겠습니다. 잘 다녀오세요. 주인님."

* * *

북쪽 탑까지는 마차로 한참이었다. 신기하게도 북쪽으로 갈수록 좀 더 으슬으슬한 한기가 느껴졌다.

"눈과 바다의 신이 남긴 힘 때문일 겁니다. 황궁의 북쪽에 축복을 내리셨거든요."

황궁 중앙에는 주신이 황궁 지하에는 죽음의 신이.

"강력한 신들이 앞다퉈 축복을 내렸지요."

황궁 동쪽에는 불의 신이, 서쪽에는 바람의 신이, 남쪽에는 미와 아름다움의 여신이. 그리고 북쪽에는 눈과 바다의 신이 축복을 내렸다고 한다.

"북쪽 땅은 겨울의 기운을 품고 있습니다."

제국에 없는 계절의 기운을 품고 있는 땅. 어쩐지 레베카가 두꺼운 망토를 내게 입혔구나 싶었다. 마차에서 내려 탑까지는 금방이었다. 더구나 북쪽에 덩그러니 탑 하나만 있어서 금방 눈에 띄었다. 어떻게 들어가는지는 금방 알게 되었다.

"황녀님."

우리는 멀지 않은 공터에 모였다. 소릭스가 내게 무언갈 내밀었다.

"황녀님께서는 탑의 하녀로 들어가실 겁니다."

이거 왠지 익숙한 옷인데. 펼쳐 보자 정말 익숙한 옷이었다.

"메타가 미리 정찰을 마쳤습니다. 하녀로 들어가서 탑의 꼭대기로 가시면 됩니다."

그가 주의사항을 말해 주었다. 오래전 애나에게 들었던 것과 다르지 않았다.

'또 하녀 행세를 하게 될 줄이야.'

애나의 옷을 빌려 빨래터로 나갔던 날이 새록새록 떠올랐다.

"저희는 그동안 이 탑의 감시 인력을 담당하겠습니다."

"응. 조심하고."

소릭스가 살짝 웃었다.

"황녀님께서도 조심하십시오."

잠시 뒤 하녀 옷을 입은 내가 정문 앞에서 내렸다. 감시병은 허름한 마차를 한번 보더니 날 쳐다봤다.

"새로 온 하녀인가?"

"그런가 본데."

감시병 중 하나가 날 물끄러미 보더니 이내 창을 들어 올렸다.

"꼭대기로 올라가라. 거기 널 가르칠 사람이 있을 거다."

"네."

나는 창 사이를 스쳐 안으로 들어갔다. 꼭대기로 올라갔지만, 감시 병들이 말한 사람은 없었다.

'당연하지. 메타가 매수했다고 했으니까.'

이곳은 감시 인원은 많았으나 하녀나 시종처럼 시중인은 극소수였다. 당연했다. 이 탑은 또 다른 감옥이었으니까.

'이 방인가.'

나는 천천히 문을 열었다.

'비어 있어?'

텅 빈 침대를 보던 나는 잠시 놀라 방을 훑었다. 그리고 그윽하게 창문을 바라보는 남자를 발견했다. 남자가 천천히 고개를 돌렸다.

"어라. 새로 온 아이니?"

다정하고 나긋한 목소리였다.

"네. 새로 왔습니다. 잘 부탁드립니다."

천천히 고개를 조아리며 나는 망토의 모자를 벗었다. 그때까지 남자는 다시 창문을 바라보고 있었다.

"추운 곳까지 와서 고생이 많구나."

나도 흘끗 바라보라면 새하얀 궁전이 보였다. 그리스 신전을 변형한 듯 높이 솟아오른 기둥과 물결치듯 엎어놓은 지붕, 태양에 물든 풍경은 아주 웅장했다.

"멋지지?"

그가 속삭였다.

목소리에도 온도가 있다면 아주 따뜻한 느낌이었다.

"네, 멋지네요."

그가 웃는가 싶더니 나를 바라봤다. 그리고 눈이 커졌다.

"하녀라고?"

"네? 네."

왜 놀란 표정이지?

'나야말로 놀랐는데 말이지.'

황자들은 대부분은 살짝 올라간 눈꼬리를 가졌다. 플뢰온이 그랬고 아모르와 데인이 그러했다. 각기 품종이 다른 고양이 같았다.

그러나 율리안은 전혀 다른 느낌이었다. 연하고 부드럽게 처진 눈꼬리와 온유한 선을 가지고 있었으며, 코가 오뚝하고 오밀조밀했으나 과하지 않고 조화를 이루었다. 미소를 걸고 있기 때문일까, 낡은 옷을 걸치고 있으나 그저 그가 눈을 휘는 것만으로 허름함이 날아가는 느낌을 주었다.

'괜히 미남은 아니라는 건가.'

이야기 속 주인공이 아름답다 칭송했던 얼굴을 보았지만 감흥은 없었다.

'그런데 아까부터 왜 계속 놀란 얼굴이지?'

잔잔히 미소가 남은 얼굴은 여전히 놀란 표정이었다. 율리안이 천천히 이마를 짚었다.

"네가 하녀라고?"

그의 눈동자는 비 온 뒤 땅처럼 선명한 다갈색이었다. 그 속엔 혼란이 어려 있었다.

"그럴 리가 없는데. 왜 그렇게 얘기하는 거야? 무슨 사정이 있어서?"

"......절 아세요?"

"어떻게 모를까. 내 하나뿐인 여동생."

그가 부드럽게 웃었다.

"제국의 하나뿐인 황녀."

색이 다른 눈동자가 서로를 마주했다. 소름이 돋는 기분이었다. 날 어떻게 아는 거지?

"아실리. 다시 보는구나. 반가워."

그는 날 몹시 잘 아는 것처럼 말했다. 마치 최소한 한 번은 만나 본 것처럼 손을 흔드는 그를 보며 한걸음 물러났다.

"나를 어떻게 알죠? 우린 한 번도 마주한 적 없을 텐데."

"역시 맞구나?"

어차피 정체를 숨길 생각은 없었다. 처음부터 하녀인 척 기회를 보다 드러낼 생각이었으니까.

"기억하지 못하는 거니? 난 한 번에 바로 알아봤는데."

"무엇을요?"

내 머리나 눈 색을 알 수는 있다. 하지만 그와는 다르다. 꼭 만나 본 것처럼 친근하게 굴었다.

"똑바로 말해요. 두루뭉술한 건 질색이니까."

"이런……. 정말 기억하지 못하는 구나? 내가 흐릿한 인상은 아니라 생각했는데."

"네. 흐릿한 상은 절대 아니시죠. 그래서 더 모르겠는걸요? 저희가 언제 마주쳤죠? 속 시원히 말해 주세요."

그가 난감한 듯 웃었다.

"난 네게 선물도 했는데. 그래서 기억할 줄 알았어."

"선물?"

"그래. 건국제 날, 나는 지혜의 신관복을 입고 나갔었지. 물건 하나를 사기 위해서 말이야. 그리고 그곳에 너와 사막의 공주, 어째서인지 윌터의 왕자가 있더구나."

그가 말하는 동안 나는 그 시기를 떠올렸다. 그리고 이내 그가 무엇을 말하는지 깨달았다.

<다음에 또 만나면 그때는 한 끼 식사라도 할까요?>

<식사요? 굳이 그럴 필요가…….>

<인연은, 신이 점지해 주는 거래요.>

<……지금 저 꼬시는 건가요?>

오래전 「프리모 살바티오」를 앞두고 체쟌 왕자의 고집으로 아하시야와 나, 체쟌 왕자까지 무대 견학을 갔었다. 그리고 우연히 가판대에서 만났던 남자.

<인연이, 꼭 남녀 간의 관계에만 있나요?>

그때의 얼굴과 율리안이 겹쳤다.

"……아하시야의 목걸이?"

"아. 역시 사막의 공주 것이 맞았구나?"

율리안이 가볍게 웃었다. 한때 거대한 무리의 수장이었다고는 생각 못할 정도로 힘없는 인상이었다.

"그때의 호구가 당신이라고요?"

"호구?"

그가 순진한 얼굴로 반문했다.

"네. 누가 봐도 바가지가 분명한 가격으로 물건을 사는 걸 그렇게 부르지 않나요?"

이제 기억났다. 아주 주머니 바닥까지 탈탈 털릴 것 같아 보여서 도 왔었지.

"그래. 인상이 흐릿하게 보이는 축복을 걸긴 했지만 정말 알아보지 못할 줄은 몰랐네."

"너무 오래전의 일이에요."

"나는 널 기억하는데. 너무해."

그가 웃으며 얼굴을 기울였다. 나는 태평한 얼굴에 힘이 빠지는 기분이었다.

"난 사막의 공주의 목걸이를 네게 양보했는데."

"날 알아봤었어요?"

"물론이지. 어떻게 모르겠어."

어째, 율리안의 얼굴을 보고 있으려니 느긋한 오후의 티타임에 온 것 같은 느낌이었다. 저기 찬 바람 쌩쌩 부는 창문만 아니었다면 그렇게 착각했을지도 모르겠다.

"넌 내 여동생이잖아."

나는 어처구니없는 얼굴을 숨기지 않았다. 엄밀히 말하자면 나와 율리안은 피도 섞이지 않은 사이다.

"어떻게 얼굴 보지 않은 사이에 스스럼없이 여동생이라 말할 수 있죠?"

황제에게는 딸이 없다. 7명의 아들이 있을 뿐이지.

'물론 피가 섞이지 않았다고 가족이 될 수 없는 건 아니지만.'

더구나 전생을 기억하는 것 때문인지 플뢰온을 진짜 가족으로 받아들이는데도 오래 걸렸다. 한데 갑자기 등장해서 넌 내 여동생이야 한들 감동을 느낄 리 없지 않을까.

"만나지 못했다지만 변하는 건 아니니까. 쭉 너를 보고 싶었어. 그런데 이렇게 찾아와 줄 줄은 몰랐구나."

"보고 싶으면 한번 찾아와 보시지 그랬어요?"

"그랬으면 데인과 플뢰데온이 날 미워했을 거야. 동생들의 미움은 받고 싶지 않았거든."

율리안이 부드러이 미소했다.

"하지만 그 애들이 철저히 보호하는 널 한번쯤 보고 싶었지."

온유하고 온화한 황자, 말에서 말로 전해 들었던 황자는 그 말이 진실임을 증명했다. 보통 소문은 과장되기 마련인데 말이다.

"그래. 왜 날 찾아온 거야?"

율리안은 몸을 바로 했다. 침대에 기댔던 자세를 바꿨을 뿐인데 우아한 태가 났다. 피가 섞이지 않은 남매의 조우는 여기서 끝이었다.

"길게 머물 수 없으니까 용건만 꺼낼게요. 황제와 카스토르는 반란의 주모자인 당신을 죽이지 않았어요. 왜죠?"

"황제 폐하께서 나를 총애하셨기 때문이야. 그래서 사형당하는 대신 유폐되었지."

"……나는 당연한 걸 물어보러 온 게 아니에요."

율리안은 고개를 갸웃했다.

"이상하구나. 이 순간에 황제 폐하라면 몰라도 카스토르 형님의 얘기는 왜 나오는 거니?"

가느다랗게 휘어졌던 그의 눈이 순간 예리한 빛을 띠었다.

"아니면 네가 묻고 싶은 쪽을 잘못 꺼낸 걸까?"

그가 의자에 기대며 나를 주시했다.

"어느 쪽이야? 내가 아는 진실을 듣고 싶은 거니?"

"진실?"

나는 반문했다.

"그게 아니라면 반란에 실패한 황자를 찾아온 이유가 없을 테니까."

웃는 율리안은 무슨 생각을 하는지 모를 얼굴이었다.

"몰랐네요. 그 정도의 진실을 품고 있나 보죠?"

제국의 황자들은 대체로 벼리거나 날카로운 인상이었고, 그게 아니더라도 어딘가 나른했고 치명적인 인상을 주었다. 외탁을 한 듯한 외모 때문일까, 율리안은 전혀 다른 느낌이었다.

"폐하께서 날 죽이지 않은 이유는 하나야. 나를 아끼셨기 때문에."

율리안은 부드러운 얼굴로 말했다. 나는 그의 대답을 지적하는 대신 한 걸음 앞으로 다가왔다.

"6황자 플뢰온이 죽었어요. 처형당했지요."

율리안이 고개를 들었다. 몰랐다는 얼굴이었다. 그도 그럴 것이 북쪽 탑에 들어올 수 있는 이는 극히 제한된다. 그리고 이제는 율리안을 찾을 이가 없었다. 모조리 죽거나 옥에 갇혔으니까. 또한 두려워서 찾지 못할 테니까. 율리안은 모든 소식에서 유리되었을 것이다.

"내가 사랑했던 나의 오라버니는 모든 죄를 덮어쓰고 죽었습니다.

나는 당신의 탓이라 말하러 온 게 아니에요."

"……."

"하지만 죽은 이를 위해서라도 진실을 알아야겠어요. 당신이 알고
있다는 진실을 말해 봐요."

나는 팔짱을 끼며 천천히 상체를 숙였다.

"당신 말처럼 당신은 죽는 대신 유폐된 황자잖아? 말해. 아무것도
할 수 없는 당신 대신 유용하게 써 줄 테니까."

짧아진 말에 율리안은 잠시 말없이 나를 응시했다. 그의 시선은 조
금 전과 판이하게 달랐다. 날이 선 느낌은 아니었다. 그러나 계산하듯
신중하고 차분했다.

"……너는 다정하고 따뜻한 사람이되, 맡은 직임이 다정하게만 머물게
하지 않을 것이다. 네 자리는 어쩔 수 없이 계산을 하고 또는 이익에
따라 취하고 버리는 일도 있다. 정치란 그랬고 후계자의 자리가 그렇다."

율리안이 읊조렸다.

"내 외조부님이 버릇처럼 말씀하셨던 말이었지. 나는 착한 손자였고
바람직한 후계자가 되기 위해 애를 썼단다. 아주 오랫동안."

다갈색 눈동자는 태어날 때부터 화를 낼 줄 모르는 이처럼 고요했다.

"그래서 언젠가 모든 역학 관계를 무시하고 태풍의 핵처럼 돌아가는
상황 속 가운데 있는 얼굴 모를 여동생이 몹시도 궁금했지. 다음엔, 자
리를 마련해 볼까? 하고. 고대하면서."

"내 질문에 대한 대답은 아니군요."

율리안이 웃었다.

"폐하께서는 나를 아끼셨어. 아주 강력한 후계자가 있음에도 비신관인
나를 아끼셨을 정도로."

그건 나도 안다. 황제의 총애는 황궁 안팎에 유명했으니까.

"폐하가 보는 나는 비신관인 것을 제외하면 모든 게 완벽한 후계자였으니까. 인품과 외모, 인망과 인척까지."

율리안이 고개를 살짝 돌려 창문을 바라봤다. 조금 전 보았던 웅장한 풍경이었다.

"그래서 아들로서 사랑했나? 글쎄. 아니었지. 완벽한 껍데기로서 나를 사랑하셨다 생각해."

"껍데기?"

"진실이란 한 꺼풀 벗겨 내면 생각지 않은 것이 있기도 한 법이지."

그가 높지도 낮지도 않은 목소리로 말했다.

"폐하께서는 가진 신력을 전부 소진하고 겨우 목숨만 유지하고 계셨단다. 보통 주신의 신관이 비신관에 비해 긴 수명을 가졌음에도 불구하고. 그래서 생각하신 거야. 튼튼한 몸에 영혼을 옮기면 어떨까? 그럼 삶을 다시 살 수 있는 걸까?"

"뭐?"

생각지도 않은 소리에 눈을 크게 떴다.

"그게…… 가능하단 말이에요?"

"강력한 죽음의 신관이 있다면 가능하단다. 그리고 아주 많은 신력이 필요하지."

루스벨라, 그녀는 새로운 영혼을 부를 때 죽음의 신전에 있었다.

'죽음의 신을 향해 소원을 빌었었어.'

순간 제국 지하에 있던 수정을 떠올렸다. 율리안의 말에 따르면 영혼을 바꾸는 데에는 두 가지가 필요하다. 강력한 죽음의 신관, 그리고 아주 많은 신력.

'분명 황제는 수정에 제물을 바쳐서 신력을 충당한다고 했지.'

그래서 현재의 상태를 유지하고 있는 거라고 했다. 최소 10년이 넘는 시간 동안 이를 반복했다. 하지만 제국의 상태는 언제나 같았다.

그리고.

<나는 죽음의 신관이란다.>

나도 모르게 입을 떼었다.

"아올레시아? 설마 아올레시아가 황제 곁에 있던 이유가."

율리안이 끄덕였다.

"폐하는 당시 죽음의 신관을 모조리 살해하고 가장 강력했던 신관을 데려왔지. 그분이 네 어머니인 8황비님이야."

죽음의 신관은 상실을 통해 더욱 강해진다.

<네가 미치지 않은 것은 내 힘 덕이겠지.>

내가 그녀의 딸이기 때문에 그녀와 나는 같은 힘을 가졌다고 했다.

어째서 황제가 그녀에게 그토록 집착했는지 깨달았다. 늙고 죽어 가는 신체에서 탈피.

황제는 원하는 것이 있었고, 한 여자의 인생을 짓밟았다. 아니 그녀뿐일까. 수없이 희생당한 사람들. 비명조차 지르지 못한 사람이 있겠지.

<금빛 눈을 가진 이의 사랑에선 말이야. 썩은 냄새가 나.>

아올레시아, 당신은 무슨 생각으로 황제의 옆에 있었을까.

"아실리. 너는 반란에 실패한 자가 토해 낸 진실을 어떻게 이용할 생각이니?"

나는 천천히 고개를 돌렸다.

"이곳에서 나가고 싶나요?"

율리안은 느리게 고개를 저었다.

"내가 죽으면 살아 있는 이들이 희망을 잃을 거야. 폐하는 나를 살려 둠으로써 나를 따랐던 자들에게 인질을 잡았지. 반대로 내게도 인질이 생긴 거야."

그가 반란에 실패해서도 스스로 죽지 않는 이유를 태연하게 설명했다.

"황제는 그럼 아직도 당신의 몸으로 영혼을 옮길 기회를 노리고 있는 건가요?"

그가 끄덕였다.

"······왜 하필 당신이죠?"

"8황비님의 한계거든. 영혼의 이동은 비신관과 신관 사이에만 가능해."

나는 잠시 입을 꾹 다물었다.

어째서 황제는 계승식을 연다고 한 걸까? 황제는 여전히 영혼을 옮길 기회를 엿보고 있다. 율리안을 살려 두고, 아올레시아를 옆에 두고 있음이 증거다.

"왜, 이 모든 걸 내게 알려 준 거죠?"

"네가 유용하게 써 줬으면 해서."

우리의 시선이 교차했다. 율리안은 나긋하게 웃었다. 웃음이 정말 많은 사람이었다.

'웃음 속에 감추는 사람이거나.'

헐렁했던 공기가 순식간에 조여졌다.

"내게도 들리는 것이 있었지. 그러니 추측해 볼 수 있어. 카스토르 형님은 네게 관심을 가졌고, 너는 8황비님의 딸이지."

잠시 말을 멈췄던 율리안이 이어 말했다.

"너는 죽음의 신관이거나 주신의 후계자야."

아마도 둘 다일 거라는 생각은 못한 듯했다. 하지만 거의 진실에 근접했다.

'역시 그냥 황자는 아니라는 건가.'

나는 아무런 대꾸도 하지 않았지만 율리안은 답을 얻은 듯했다.

"말해 줘서 고맙다고 해두죠. 내가 할 말은 이게 다예요."

율리안에게서 얻을 건 이게 전부일 거란 감이 들었다. 미련 없이 고개를 돌렸다.

"잠깐!"

그는 무슨 생각에서인지 일어나 이쪽으로 오려 했다. 그러나 그만 다리가 꼬여 그 자리에 벌렁 넘어졌다.

"에고고."

"괜찮아요?"

"끄응, 탑 바닥에 대리석을 쓰지 말라 명하고 싶구나."

율리안이 머리를 넘기며 중얼거렸다. 그러고는 돌연 날 보며 다시 한 번 일어나려 했다. 그리고 또 한 번 발이 꼬였다.

'부실해서는 아닌 듯하고 병약해서도 아니고.'

나는 그를 어처구니없이 바라봤다. 그는 내 손을 거절하지 않았다.

"저기, 황성에서도 이랬어요?"

어쩐지 익숙해 보이는 모습에 물었다.

"하하하. 부관이 어딜 가서든 얌전히 앉아 있으라 했는데……."

그러자 난감히 웃는 그의 표정은 긍정이나 다름없었다.

"황자가 이렇게 헐렁하게 굴어도 괜찮았어요?"

"끄응, 도무지 고쳐지질 않는구나. 형님도 진즉 운동 좀 하라 하셨는데 영 시간이 나질 않으니."

나는 멈칫했다. 율리안이 부르는 카스토르가 지나치게 다정했기 때문이었다. 넘어지면서 완전히 풀린 긴 금발이 한들거리며 흔들렸다.

"형님과 대화한 일도 아주 오래되었구나. 참으로 냉정하시지. 아우의 생일 선물도 주지 않으셨지. 속상하게도……. 내 한 송이 꽃이라도 아주 기쁘게 받았을 건데."

율리안이 혼잣말인 듯 읊조렸다.

"……카스토르를 좋아해요?"

"응? 그 말은 이상하구나. 형님인데 어찌 싫어할 수가 있겠어."

카스토르와 율리안은 황위를 두고 경쟁하는 형제였다. 뿐만 아니라 카스토르는 율리안의 사람을 무수히 죽였다.

'아니 아마 가리지 않고 죽였겠지.'

그런데, 그럼에도 율리안의 시선에 담긴 애정은 진짜였다.

"카스토르가 수많은 이들을 죽인 걸 모를 리가 없을 텐데."

"안단다."

그가 쓴 미소를 지었다.

"세상에는 그럼에도 지우지 못하는 애정이 있어. 형님은 내게…… 가족이니까."

카스토르. 세상에는 너를 감싸는 사람도 있구나. 네가 무슨 복이 있어 이런 가족이 있단 말인가?

"아마 형님은 평생 속죄하지 않겠지."

"그럼에도 좋아한단 말인가요?"

율리안은 카스토르가 죽였던 사람 앞에서 환하게 웃었다.

"그래. 그렇단다."

난 헛웃음을 뱉었다.

"앞으로도 나를 찾아올 거니?"

"글쎄요."

"좀 더 빨리 만났다면 너와 나는 잘 맞았을 것 같구나."

무지한 이가 뱉은 말이 희미하게 아파서, 웃음을 토했다.

"당신과 나는 영원히 맞지 않을걸요."

* * *

돌아가는 짐마차는 침묵에 잠겼다. 아니, 내가 말을 하지 않으니 순찰대도 묵묵히 옆을 지키는 거겠지.

몇몇 이들은 슬쩍 눈치를 보기도 했다. 소릭스도 그중 하나였다.

"황녀님, 다음에도 탑을 방문하시겠습니까?"

"글쎄……. 소릭스 그보다 2황자가 자신을 따랐던 신관들을 설득해 주겠다는데. 믿어도 될까?"

물론 그가 직접 움직일 수 없으니 서신을 작성해서 보내겠다고 했지만.

<가엾은 이들이니, 나는 도와주고 싶어.>

율리안의 세력은 죄질이 심한 자를 제외하면 여전히 자리를 지켰다. 그리고 그 수가 적지 않았다.

소릭스는 잠시 생각을 해 보는 눈치였다.

"그분의 인품을 생각하면 이 상황에서 황녀님을 속일 이유는 없으실 겁니다. 하지만 꿍꿍이가 없다고는 할 수 없지요."

그러면서 그는 만약 재방문 시에는 수월할 거라고 자신했다.

"로도스가 최면을 걸어 두었기에 한동안 황녀님 얼굴을 기억하는 자는 없을 겁니다. 한동안은 다시 방문하셔도 문제없을 겁니다."

내가 율리안을 만나는 동안 소릭스와 메타가 순조롭게 탑을 정리했던 모양이었다.

'한동안은······.'

마지막 순간 율리안이 마음을 바꾼 이유는 하나였다. 나는 율리안에게 계승식에 대해 알려 주었다.

<폐하께서 형님께 황위를 물려주신다고?>

그는 복잡한 얼굴이었다. 황위를 놓쳐서 아쉬운 마음은 잠시였고, 이내 납득하지 못하겠다는 얼굴이었다. 그리고 이내 자신을 따르는 이를 설득하겠다 제안했다. 어쨌거나 그도 걱정됐던 모양이다.

"도착했습니다."

어느새 내 궁이었다. 소릭스의 도움을 받아 마차에서 내렸다. 돌아간 궁에는 뜻밖의 손님이 있었다.

"오셨습니까. 주인님?"

나보다 먼저 들어왔던 건지 레베카가 고개를 조아렸다. 나는 그녀에게 대답하는 대신 레베카 옆에 그림처럼 서 있는 사람을 쳐다봤다.

'아올레시아?'

화사한 드레스, 연한 보랏빛 머리칼을 틀어 올린 사람은 아올레시아였다.

"오랜만이구나."

그녀는 표정이 거의 느껴지지 않는 얼굴로 말했다.

"어쩐 일이세요?"

놀람을 가라앉히며 물었다. 그러자 그녀는 뜻밖에 미소했다.

"어미가 딸을 만나러 오는데 이유가 필요하니?"

앞뒤가 맞지 않는 말임을 나도 아올레시아도 알고 있다.

"저를 이 궁에 버려두고 한 번도 보지 않으셨던 분이 말인가요?"

"날 원망하니?"

난 고개를 저었다.

"그렇구나. 네게 긴히 할 얘기가 있어 찾아왔단다."

아올레시아는 잠시 하늘을 바라봤다.

"하지만 시간이 지체되어서 오늘은 힘들 것 같구나. 다시 한 번 너를 찾으마."

그녀는 고아하게 고개를 돌려 내게 인사했다.

"잠깐, 하려던 말이 뭐였는데요?"

현재 아올레시아는 수많은 열쇠를 쥐고 있는 이이기도 했다. 그녀의 손을 잡자 그녀는 잠시 놀란 듯 이쪽을 향했다.

"하려는 말보다는, 제안에 가깝겠구나."

그녀가 시선을 떨어트리며 읊조렸다.

"제안?"

"너를 가르쳐 주마."

그녀는 표정 없는 얼굴로 돌아와 살짝 고개를 숙였다.

"각성했지?"

귓가로 속삭이는 목소리에 깜짝 놀랐다.

'어떻게 그걸 아는 거지?'

아올레시아가 이대로 움직이지 말라는 듯 내 어깨를 잡았다.

"죽음의 대신관은 후계자가 탄생했을 때 알 수 있단다."

"알 수 있다고?"

그녀의 목소리는 집중하지 않으면 들리지 않을 정도로 작았다.

"이곳에는 눈과 귀가 너무 많구나. 그러니 다음엔 조용한 장소를 알려 주겠니?”

“……그러죠.”

아올레시아의 꿍꿍이를 알 수 없었다. 하지만 알아보기 위해서는 그녀의 말처럼 조용한 장소가 필요했다.

“그래. 서신은 내 궁으로 보내렴.”

그녀는 손을 놓고 느리게 뒤로 물러났다.

“다음에 보자꾸나.”

나는 멀어지는 그녀를 멀거니 응시했다. 발걸음에 소리도 없는 사람이었다. 마치 그늘처럼.

“……어떻게 된 거야?”

“제가 막 돌아왔을 무렵에 찾아오셨습니다.”

레베카가 차분히 대꾸했다. 그녀가 돌아온 시간을 들으니, 얼추 세 시간이 넘었다.

‘그동안 날 기다렸다는 건데.’

내 각성은 극비였다. 그러니 아올레시아의 말은 진실이겠지. 불쑥 호기심이 들었다.

‘다시 만나면 자세히 알게 되겠지.’

그녀가 돌연 나를 가르치겠다 말한 이유를.

* * *

“대신관의 의무란다.”

며칠 뒤 우리는 다시 만났다. 그리고 그녀는 내가 궁금해 하던 걸 풀어 주었다.

"의무?"

"그래. 「죽음의 후계자」가 탄생했을 때, 대신관은 극진히 모시지. 거대한 힘을 가진 존재니까."

"당신보다 더요?"

"물론이란다."

그녀는 옅게 미소했다. 눈을 휘어짓는 미소는 여전히 아름다웠다.

"언제부터 내 방이 비밀 회동을 가지는 장소가 되었는지 모르겠군."

아모르가 불만 어린 목소리로 읊조렸다. 그는 심기가 매우 불편한 얼굴이었다.

"불만 가지지 않기로 했잖아요."

"장소를 내주겠다 했지. 그런 약속은 하지 않았다만."

"흐응 안 속네."

아모르는 어처구니없다는 듯 날 바라보았다. 그러다 헛웃음을 지었다.

"그렇게 보지 말거라."

"왜요?"

"심장이 유난이지 않으냐."

그는 턱을 괸 채로 픽 웃었다.

"이렇게나 사랑스러우니."

이번엔 내 쪽에서 말을 잃었다. 아니, 좋긴 한데……. 아올레시아가 빤히 보는 앞에서는 아무리 나라도 조금은 민망함을 느꼈다. 그런 우리를 바라보던 아올레시아가 찻잔을 가볍게 내려놓았다. 그러고는 우아한 입술을 떼어 냈다.

"내가 바로 봤다면 네가 택한 이는 저이니?"

"네, 맞아요."

아올레시아가 나와 아모르를 번갈아 봤다.

"조금 놀랍구나. 난 네가 롬의 아이를 택할 줄 알았는데."

"데인 말인가요?"

"그래. 너는 그 아이와 어린 시절에 접점이 있었으니까. 이것도 잊은 모양이구나."

아올레시아는 그리 말하며 고개를 가로저었다.

"잊어버리렴. 쓸데없는 얘기니."

현재 이곳은 아모르의 방이었다. 이 전날 아올레시아의 요청대로 조용한 장소를 찾았지만 녹록지 않았다. 일단, 결계를 칠 줄 아는 신관이 필요한데 아올레시아는 많은 사람이 있는 장소를 거부했다.

순찰대를 제외하자 자연히 남은 건 아모르였다. 아니 아모르 말고는 없었지. 그는 예민하게 반응하면서도 결국 방을 내어줬다.

'그런데 아모르는 왜 아올레시아를 언짢아하는 거지? 두 사람은 접점이 없을 텐데…….'

이상한 일이다.

"시간이 없으니 빠르게 시작하자꾸나. 죽음의 힘이 어떤 힘인지 알려 준 적 있지. 기억하니?"

"불사."

"그래."

아올레시아가 가볍게 웃었다. 그녀는 딸이 있는 사람이라고는 생각할 수 없게 앳된 모습이었다. 아올레시아가 소매를 걷어붙이고 팔을 뻗었다. 어느새 그녀의 손에는 작은 단검이 들려 있다.

"어떤 것을 할 수 있느냐."

"자, 잠깐."

채 말리기도 검이 살을 내리그었다. 그리고 피가 주르륵 쏟아졌다.

"무슨 짓이에요?"

"죽음의 힘은 고통을 느끼지 않는 힘. 그리고 이렇게."

아올레시아가 눈짓했다.

"빠르게 수복한단다."

흉측하게 벌어진 상처가 순식간에 아물었다. 흉터도 없었다. 새하얀 피부를 멍하니 바라봤다.

"그렇게 볼 것 없이 너도 할 수 있단다. 한번 해 보겠니?"

아올레시아가 단검을 내밀었다. 그녀의 표정은 몹시 태연해서 손에 들린 게 단검이 아닌 꽃이라 해도 믿을 수 있을 정도였다.

"미쳤군."

챙강. 어디선가 뻗은 넝쿨이 아올레시아의 검을 떨어트렸다.

"정상이 아닌 방법을 가르치고 있어."

아모르가 아올레시아를 노려봤다. 어느새 넝쿨이 내 손목을 부드럽게 당기고, 휙 시야가 흔들리며 나는 그의 품에 안겼다.

"이건 죽음의 신전 내부의 일. 4황자께서는 관여하실 수 없습니다."

아올레시아가 짐짓 눈을 휘며 간드러진 목소리로 말했다. 내게 하던 것과는 다른 목소리였다.

"어차피 저 아이도 고통을 느끼지 않아요."

"뭐?"

아모르가 정말이냐는 듯 나를 바라봤다. 난 난감히 웃으며 그의 손을 톡톡 두드렸다.

"괜찮아요. 아모르."

이걸 말하지 않았던가. 타이밍이 이상하게 됐다.

'미래를 안다는 거나 죽음은 얘기해 놓고 왜 이걸 말 안 해서.'

일단은 수업이 먼저였다.

"그래서요? 아프지 않은 건 나도 알고 있어요. 앞으로는 수복이 빠르다는 건가요?"

"그렇단다."

어쩐지 얼마 전 데로스가 목을 졸랐을 때 멍이 너무 빨리 사라진다 싶었다.

'아모르의 약 덕분인줄 알았더니 이런 이유도 있었나.'

나는 아모르의 품을 벗어나 일어났다. 아올레시아를 찬찬히 바라보다 말고 팔찌를 벗었다. 빛이 휘감고 나는 각성 뒤의 모습으로 그녀를 마주 봤다.

"그래요. 난 또 무엇을 할 수 있죠?"

아올레시아는 대꾸가 없었다. 그저 잠시 놀란 눈으로 나를 바라봤다.

"……닮았구나."

"네?"

그녀는 얼른 고개를 저었다.

"아니다. 신력은 충분한 것 같구나."

"하지만 사용할 수가 없어요."

"네 각성은 남들과 달랐어. 그러니 신력을 다루는 방법도 보통과는 다르지 않겠니."

나를 보는 아올레시아의 눈에는 반짝이는 짙은 보라색 아지랑이가 가득했다. 원래 자색 눈동자인 그녀였지만 더욱 고요하고 그윽하게 보였다.

"신력으로 무엇을 할 수 있는데요? 그리고 나는 어떡해야 쓸 수 있죠?"

"신력은 기운이란다. 물리적인 것도 정신적인 것도 전부 가능하지. 너는 각성할 때 무엇을 생각했니?"

"……간절히 바랐어요."

나를 절망하게 만든 이들의 불행을 그보다도 나와 내 사랑하는 이들의 행복을.

"그렇구나. 그럼 너는 힘을 쓸 때도 간절히 염원하렴."

소릭스가 나를 가르쳤을 때, 나는 그의 말을 반절도 이해하지 못했다. 자연히 그가 시키는 것을 하나도 하지 못했다.

"그 수첩을 잡아 보겠니?"

그러나 나는 단 한 번 성공했었다. 일기장을 잡은 채 간절하게 원했을 때였다.

"일기장을요?"

"그래. 너는 그것을 잡는 편이 훨씬 수월할 거야. 지금은 말이다."

지난 시간에도 일기장은 언제나 내 염원에 응했다. 간절히 바랐을 때 이것은 빛을 냈다.

눈을 뜨자, 은은한 보랏빛 기운이 나를 감싸며 휘휘 돌고 있었다. 기운이 뭉쳐서 나비의 형상을 했다. 어느새 수십 마리의 보랏빛 나비가 나풀나풀 움직였다.

"나비는 이승과 저승을 오가는 동물이지. 죽음의 신의 사자이기도 했단다. 하지만 너는 이뿐만이 아니구나."

아올레시아의 말처럼 보라색 나비 사이를 가로지르는 빛무리가 있었다. 선연한 금빛, 카스토르가 쓰던 빛을 떠올리게 했다.

"보이니? 네가 두 가지 힘을 가졌기에 힘의 형태도 두 가지를 띠었어."

그녀는 내게 나비들로 모양을 만들거나 퍼트리는 등 간단한 동작을 반복하게 했다.

'나비나 저 금색 기운이나 움직이기 어려워.'

오래 하자 현기증이 느껴졌다.

"그만."

아올레시아의 눈동자는 더욱 짙어졌다. 문득 그녀가 보는 나의 눈동자도 같은 색일까 궁금했다.

"이제 넌 이 힘을 자유자재로 구사하는 연습을 하렴. 금세 익숙해질 거란다."

"알았어요."

아올레시아가 한 걸음 더 다가왔다. 그녀가 손을 들어 올려 내 뺨을 감싸 쥐었다. 그녀의 손이 내 얼굴의 흉터를 더듬었다.

"네가 가진 죽음의 힘은 내가 넘긴 것이지."

나는 그녀를 물끄러미 응시했다.

"……후회하나요?"

"글쎄. 네가 「죽음의 후계자」로 각성할 줄 알았다면, 힘의 일부를 넘겨주지 않을 것을 그랬구나."

나를 살리기 위해 흉터를 만들었던 사람은 씁쓸하게 웃었다. 그녀는 오직 내게만 이런 미소를 보였다.

"이제 와선 전부 소용없는 말이겠지."

"사람은 과거로 돌아갈 수 없으니까요."

참 아이러니하게도. 주신의 힘은 미래를 읽고 미래를 알게 되지만 과거로 돌아갈 수는 없다. 죽음의 힘도 마찬가지다. 미치지 않는 것을 막았지만 처음부터 불행을 막아 주지는 않았다.

처음부터 죽음의 힘을 자각했다면 카스토르의 검 앞에서 비명을 삼켰을까. 이제는 생각해도 모두 소용없는 일.

"이 수업이 끝나고, 이곳을 나가면 난 너와 적이란다."

나는 고개를 들었다.

"어째서요?"

"나는 황제가 바라는 것을 도울 거니까."

아올레시아의 음성은 고요했다. 동시에 그녀의 창백한 낯이 한순간 선뜩한 미소를 그렸다. 고운 자색빛 눈에 선연한 증오가 피어올랐다.

"이유를 물으면 알려 줄 건가요?"

그녀는 대꾸하지 않았다. 그저 지치고 건조한 미소 속에 증오를 드러낼 뿐이었다. 그녀의 긴 손가락이 조심스럽게 흉터를 쓸었다. 그 순간이었다.

'이게 뭐지?'

몸속으로 뜨거운 것이 밀려들었다. 터질 것같이 몸을 부풀린 것은 몸속을 멋대로 타고 흘렀다. 그저 느낌뿐이 아닌지 어느새 나와 아올레시아의 머리칼이 허공에 나부꼈다. 물결처럼 이지러지는 머리칼 사이로 그녀의 눈이 보였다.

아모르가 벌떡 일어났다. 그러나 그는 다가오지 않고 입술을 깨물었다.

'위험한 건 아닌가 보네.'

나를 꽉 채울 것 같던 기운의 느낌이 어느 순간 사라졌다. 아올레시아가 뒤로 물러났다.

"나는 대부분 전해 준 것 같구나."

"전하다니, 무엇을요?"

아올레시아는 의뭉스럽게 웃었다. 마치 진짜 표정을 가리듯 그녀의 웃음은 안개같이 희미하기 그지없었다.

"이만 가 보마."

그녀가 돌아가고 방에는 나와 아모르만 남았다. 궁으로 돌아가려는 나를 아모르가 붙잡았다.

"어딜 가려고?"

"피곤하지 않아요?"

난 그를 보며 눈을 깜빡였다. 그가 눈썹을 휙 휘었다.

"내가 무엇을 했다고? 오히려 피곤한 쪽은 너 아닌가? 신력을 오래 쓰면 체력도 소모돼."

"그렇구나. 근데 체력이 소모됐다면 더더욱 저는 돌아가야 하지 않나요?"

방에 가서 쉬란 말이 아닌가? 난 고개를 갸웃했다. 그러자 무슨 생각인지 아모르가 피식 웃었다.

"자고 가든가."

"……농담이 늘었네요."

"농담 아닌데."

그가 잡은 손목을 부드럽게 잡아당겼다. 나는 그의 가슴에 손을 얹고 올려다봤다. 그가 고개를 깊게 숙여 나를 바라봤다. 코앞에 눈동자가 있었다.

"내게 아직 말하지 않은 것이 있는 줄은 몰랐군."

아마 이건 고통을 느끼지 않는단 것을 말할 터였다. 나는 찔린 듯한 얼굴을 숨기지 못했다.

"고의는 아니에요."

정말이다. 겨를이 없었을 뿐이지. 아모르는 입꼬리를 비틀며 내 코끝에 입을 맞췄다.

"어쩐지 넌 함부로 몸을 굴리고 소중히 여기지 않더라니. 그런 이유에서였나. 뭐, 이제는 상관없다."

"아모르?"

"다치지 않게. 내가 지킬 테니까."

그가 길게 입을 맞췄다. 눈을 뜨면, 그의 눈동자가 오래도록 내게 머물렀다.

"혹시 그동안 몸에 상처가 남거나 흉이 지지는 않았나?"

나는 곰곰이 생각해 보다 고개를 갸웃했다.

'칼에 맞은 상처는…… 시간이 돌아가면서 지워졌지.'

자잘한 상처는 아주 희미하게 남았다. 아모르가 약이라도 주려나 싶었다.

"오래전에 금지된 파수꾼에 물린 거요. 하지만 치료 신관의 치료를 받아서 희미하게 남았을 거예요."

"그런가?"

그날을 기억하는지 아모르가 떨떠름한 얼굴로 대꾸했다.

"네. 오라버니가 와서 치료해 줬잖아요."

그날 그는 평생에 있는 단 두 번의 기회 중 하나를 썼었지. 나는 사랑스럽다는 듯 그의 뺨을 어루만졌다.

"그리고?"

"또 있냐구요? 음……. 오래전에 건물 잔해에 깔리고 등에 상처를 입었거든요. 그런데 이것도 치료 신관의 치료를 받아서 거의 안 남았을 거예요."

"그런가?"

그의 손가락이 자신의 뺨을 만지는 내 손등을 배회했다.

"한번 보지."

"……네?"

"농이다."

깜짝 놀라 반문하면, 그는 어딘가 심술이 난 얼굴로 나를 내려다보고 있었다.

"너는 내가 없는 곳에서 너무 다쳤어. 그리고……. 다른 남자와 있을 때 다쳤지."

그의 시선이 꽂힐 듯이 나를 향했다.

"질투해요?"

"널 지키지도 못한 무능한 놈들을 욕한 거다."

그가 시선을 살짝 돌리며 말했다.

"그리고 아무것도 못한 나에 대한 원망도."

이내 그의 시선이 가라앉았다. 나는 그의 뺨을 강제로 돌려 날 보게 했다. 그는 얼떨떨한 표정이었다.

"지금 같이 있잖아요."

"8황비는…… 네 상대로 데인 로웰을 말했지."

"네. 그랬죠."

"하지만 네 옆에 있는 건 나다. 로제."

나는 웃었다.

"맞아요."

아모르는 그제야 안심한 듯 시선을 온순하게 늘어뜨렸다. 그러고는 내 어깨에 제 머리를 비볐다.

꼭 나 아닌 이에게만 털을 세우는 고양이 같았다.

'그러고 보니 아모르의 동물은 하얀 여우였지.'

북극여우처럼 털이 복슬복슬해 보였다.

"그런데…….. 오라버니는 아올레시아를 마음에 들어 하지 않은 것 같아요."

"바로 봤다."

"왜죠?"

그는 나 아닌 누구에게든 까칠하며 날 선 예민함을 보였다. 처음 만났을 때처럼. 하지만 아올레시아를 보는 시선은 이와 달랐다.

'왜일까?'

생각해 보면 그는 아올레시아의 친우였던 아벤타 공작 부인과 친분이 있었고, 2황녀였던 솔레트디언 공작 부인과도 친분이 있었다. 물론 그걸 친분이라 본다면 말이다. 아모르가 시선을 피하며 툭 뱉었다.

"네게 무심하던 이 아닌가. 너를 버린 사람이다. 이제 와 네게 잘해도 좋게 보이지 않아."

나는 눈을 깜빡이다 입을 뗐다.

"장모한테 잘 보여야죠."

"뭐?"

"농담."

나는 활짝 웃었다. 그리고 이내 참지 못하고 소리 내어 웃었다.

"아모르 표정이 귀여워서요."

"끔찍한 농이었다."

"미안해요."

"아니, 됐어. 순간 정말 잘 보여야 하나 고민했으니까."

“……네?”

그가 내 허리를 꾹 안은 채 삐딱하게 웃었다.

“너는 이제 자연스럽게 이런 생각을 하게 한다고. 자각하나?”

그러고는 그가 당연하다는 듯 고개를 숙였다. 입맞춤이 길게 이어졌다.

이후 이틀, 혹은 사흘에 한 번씩 아올레시아가 날 찾아왔다. 장소는 언제나 아모르의 궁이었다. 그녀는 첫날과 같은 의미심장한 말은 하지 않았고, 내 훈련을 봐 주거나 조언을 던지기만 했다.

“이렇게 자주 와도 괜찮나?”

“어차피 황태자 오라버니나 헤르난은 제가 오라버니에게 자주 방문했던 걸 알아요.”

아모르는 여전히 아올레시아를 살갑게 대하진 않았다. 두 사람은 서로가 소 닭 보듯 보는 관계였다. 하지만 어째서인지 가끔 아모르가 아올레시아를 보며 복잡한 표정을 지으며 입을 움찔했다. 어느 날은 입을 오므리며 ‘장’ 하더니 얼굴을 문지르기도 했다.

그렇게 한 달이 흘렀다.

“이제 가르칠 건 없어 보이는구나.”

아올레시아는 이젠 자신이 필요 없을 거라고 선언했다.

“계승식에서 보자꾸나.”

마지막이라서인지 그가 아름답게 미소했다. 그녀가 뒤로 물러났다. 난 나도 모르게 손을 뻗었다가 다시 가져왔다.

“……조심히 가세요.”

그녀가 나를 보더니 보일 듯 말 듯한 미소를 흘렸다. 그리고 돌아 선다. 다시 돌아온 건조한 표정만큼이나 단호한 뒷모습이었다.

그녀는 그렇게 돌아갔다.

"주인님, 눈과 바다의 대신관에게서 서신이 왔습니다."

며칠 뒤 레베카에게서 서신을 받았다. 발신인은 저 멀리 있는 대신관 폰투스였다.

"레베카. 이걸 숨겨 줘. 아니, 아니다. 태워 줘. 내용은 외웠으니까."

"네."

옷을 갈아입고, 오랜만에 만난 하녀들에게 치장을 받고서 밖으로 나가자 궁 앞에 순찰대가 도열해 있었다. 잠시 일렬로 선 이들을 보며 이제는 조금 멀게 느껴지는 풍경을 되새겼다. 도열한 검사들, 그리고 검. 그러나 그날과 다른 충성스러운 이들이 무릎을 꿇었다.

"갈까요?"

계승식 날이 밝았다.

* * *

거대한 홀. 나는 아직 이 홀의 이름을 몰랐다. 평생 다녀 본 곳이라고는 내 궁과 오라비 궁, 아모르 궁이 전부였다.

'이전에 체쟌 왕자의 알현을 받았던 곳보다 더 크네.'

옆에서 레베카가 황궁에서 제일 큰 홀이자, 모든 신관이 모이는 대집회에 쓰이는 장소라 알려 주었다. 보통 예식이나 연회에 가장 먼저 등장한다면 이때는 연회의 주인일 경우다. 혹은 마지막으로 들어올수록 주인공이거나 주인공과 가까운 이들이다.

다시 말해 나는 황녀이니 내가 들어갔을 때는 이미 수많은 이들이 모여 있었다.

"반란으로 많은 수가 줄었다고 하지 않았어?"

"……수가 줄었지요. 이 중에는 죄질이 가벼운 자들도 참여했습니다. 내키지 않더라도 해야 했을 겁니다."

소릭스가 대답했다.

"새롭게 황제가 되실 황태자 전하 눈 밖에 나선 안 될 테니까요."

그는 호위로서 그라니우스와 순찰대들 대신 나와 함께하고 있었다. 더불어 레베카도 아벤타 공작가의 자리가 아닌 내 시녀로서 옆에 서 있었다.

천천히 홀을 바라봤다. 막 들어왔을 때는 보이지 않던 것이 보였다. 이곳의 기둥은 총 8개. 기둥의 앞에는 의자가 놓여 있었는데, 의자가 놓인 기둥은 단 두 개뿐이었다. 기둥을 유심히 바라보다가 알았다.

'꼭 나무처럼 생겼어.'

그리스식 기둥처럼 홈이 파여 있지만 아래위로 뻗는 대리석 모양이 흡사 멀리서 보면 나무 같았다. 천장에서 이어진 기둥의 선을 따라가면 끝에는 황제의 자리가 있었다.

'이래서 가지라 부르는 걸까?'

다시 기둥을 봤다.

첫 번째 기둥은 거대한 참나무 같았다. 기둥 옆의 깃발에는 독수리가 그려져 있었고, 깃발은 눈부신 황금색이었다. 기둥 앞에는 깃발과 마찬가지로 순금 의자가 있었다.

두 번째 기둥은 올리브 나무였다. 깃발에는 튼튼한 매듭과 올빼미가 그려져 있었으나 기둥 앞에 의자는 없었다.

세 번째 기둥의 깃발에는 날개 달린 모자가 그려져 있었고 깃발은 선명한 녹색이었다. 이 기둥에도 의자는 없었다.

네 번째 기둥에는 대리석으로 만든 열매가 주렁주렁 매달려 있었고 깃발에는 이삭과 잎사귀가 그려져 있었다. 기둥 앞에는 의자가 있었으나, 저 자리는 채워지지 않겠지.

'아모르가 오지 못하니까.'

다섯 번째 기둥을 지나 여섯 번째 기둥을 바라봤다.

각각 붉은색과 갈색, 이리와 수레바퀴가 그려진 깃발 아래에 의자는 없었다. 그리고 한 곳에는 영원히 의자가 놓이지 않을 것이다.

천천히 고개를 돌렸다.

여덟 번째 기둥은 어떤 나무일까. 앞의 깃발은 보라색이었다. 검은색 뿔잔과 나비, 수선화가 그려져 있다.

'죽음의 신.'

황제에게는 7명의 황자가 있다. 한때 내 오라비라 믿었던 자들. 그러나 나는 황제의 딸이 아니었다. 누군가는 오래전 이곳을 떠났고, 누군가는 갇히거나 유폐되었으며, 누군가는 죽어서 다신 볼 수 없다.

마침내 남은 것은 첫 번째 가지와 여덟 번째 가지. 두 사람이었다.

난 나를 응시하는 수많은 시선을 지나 여덟 번째 기둥 아래 은으로 된 의자에 앉았다.

"긴장되시나요?"

말없이 앞만 바라보는 내가 신경 쓰였는지 레베카가 물었다.

"글쎄. 긴장보다는 조금 신기한 기분이다."

더는 대중 앞에 나서는 게 꺼려지지 않는다는 게. 무섭지 않다는 게. 뒷말을 삼키며 웃었다.

"당신은 이 홀에서 가장 아름다운 사람입니다."

"가장 예쁜 사람?"

난 의아한 듯 반문했다. 각성 전 모습을 하고 있는 지금 그런 호칭이 어울리지 않았으니까.

레베카는 고개를 저었다.

"어찌 그런 아름다움만 있을까요? 사람은 때로 무너지는 집에서 아이를 구하는 사람에게서도 아름다움을 느끼지요. 숭고함에 가까운 아름다움이겠지만요."

그리 말하며 레베카는 모여 있는 이들을 응시했다.

"이 수많은 이들 중에서 가장 아름다운 분은 주인님이에요. 당신만이 제 삶을 바꿔 주었지요. 그런 분이 어찌 아름답지 않을까요?"

"레베카에게 아름답다는 말은 훌륭하다는 뜻이구나."

"네."

그녀가 성장하지 못한 볼품없는 몸에 뺨에 긴 흉터를 가진 주인에게 말했다.

"아름다움은 당당함에서 나오는 것이지요. 어깨를 펴세요. 제 주인이십니다."

어쩌면 나도 모르게 움츠러들었을까? 아니다. 두려워하진 않았으나 체념했다.

"하하. 레베카 말이 맞네. 나는 내 세상에서 제일 멋진 사람이야."

저 시선들이 나를 무엇이라 생각하든 무슨 상관이겠느냐고.

"잊었던 건 아닌데 다시 되새기게 됐어. 고마워."

"별말씀을요."

레베카가 뒤로 물러났다. 그녀의 자리는 내 의자 뒤 왼쪽 자리였다. 시녀는 주인이 오른손잡이라면 오른쪽에 왼손잡이라면 왼쪽에 자리를 잡는다.

"레베카. 예식은 어떤 순서로 진행되지?"

"황제 폐하와 황태자 전하의 입장 뒤, 황제 폐하께서 제국에 축복을 내리십니다. 그리고 두 개의 신물이 등장한 뒤 연회, 쉼포시온이 시작됩니다."

레베카가 차분히 설명했다.

"그리고 연회가 무르익었을 즈음, 황제 폐하께서 황태자 전하께 신물을 내리실 겁니다. 비로소 황제의 지위를 물려주시는 거지요."

"그렇구나."

식이 꽤나 오래 걸린다는 소리다. 나는 눈을 살짝 좁혔다. 이윽고 동쪽과 서쪽의 문이 닫혔다. 서쪽의 문은 황족만이 드나드는 문, 동쪽은 황족을 제외한 신관과 관리가 이용하는 문이었다.

그리고 이제껏 닫혀 있던 중앙의 문이 열렸다.

"황제 폐하와 황태자 전하께서 드십니다!"

살랑. 바람이 불었다. 실바람에 머리카락을 쓸어 넘기면, 머리칼 사이로 막 들어선 두 사람이 보였다. 아니. 정확히 두 사람은 아니었다. 앞쪽의 노인은 작은 가마 위에 앉아 있었으니까.

'저쪽이 황제인가.'

오래지 않은 날에 본 적 있다. 루스벨라가 있던 아카데미로 가기 전 알현했으니까. 황제는 그때와 비교하면 별다를 것 없어 보였다. 짧게 친 금발에 여전히 노쇠해 보이는 노인이었으나 금색 눈동자만큼은 형형한 빛이 돌았다.

'아니다. 이전보다 탁해 보이기도 한 것 같은데…….'

황제가 앉아 있는 가마는 이쪽의 휠체어나 다름없었다. 다른 점이 있다면 2인승이란 거겠지. 그의 옆에는 아올레시아가 있었다.

나는 그녀를 쳐다봤으나, 시선이 마주치는 일은 없었다.

가마가 천천히 다가오며 사람들의 물결이 치는 것처럼 고개를 조아렸다. 수없이 많은 사람이 모여 파도를 만드는 모습이 장관이었다.

마침내 가마가 기둥을 스쳐 지나갈 때 나는 일어났다. 그리고 천천히 고개를 숙일 때였다. 가마 뒤에서 느릿하게 걸어오던 남자와 시선이 마주쳤다.

'카스토르.'

새카만 머리칼을 높이 올려 묶은 황태자가 있었다. 가마에 가려 보이지 않았으나 그는 줄곧 나를 바라본 듯했다. 천장의 태양을 박아넣은 것처럼 찬연한 황금색 눈동자가 오로지 나를 향해 있다. 마치 나 이외의 이는 보이지 않는다는 듯이.

난 고개를 조아렸다.

"고개를 들라."

사람들이 일시에 고개를 들었다.

"여기 있는 이들은 모두 얼마 전 난을 알고 있으리라 생각한다. 짐은 아주 가슴 아픈 일을 겪었다."

몇몇 이들은 황제의 옆에 앉은 아올레시아를 보고서 눈을 찌푸렸다.

"짐은 가장 사랑하던 아들을 내 손으로 막아서야 했지. 이런 천인공노한 일을 부추긴 자를 찾아내 처형대에 올렸다."

처형대, 순간 스쳐 지나가는 선명한 기억에 이를 악물었다.

"유피테르의 천국에 반란자는 반기지 않는다."

난 일그러진 표정을 드러내지 않기 위해 가까스로 분을 참았다.

'율리안을 감싸기 위해 플뢰온을 처형시켰다.'

황제는 플뢰온을 살해했다. 반란에 실패한 이들이 받는 벌은 모두에게 공평해야 했으나 플뢰온은 모든 죄를 뒤집어쓰고 죽었다. 이처럼 모든 일의 원흉이 눈앞에 있는데, 아무것도 할 수 없다.

'아니, 지금은 참아야 해.'

눈을 뜨며 조금 전보다 차분한 눈으로 황제를 응시했다. 황제는 가마에서 내려섰다. 조금 굽었지만 그래도 여전히 큰 키였다. 노쇠하지 않았다면 꽤 위협적으로 보였을 테지.

그가 의자 앞에서 멈춰 섰다. 이곳의 모든 사람이 한눈에 보이는 높은 자리였다.

"다행히 악독한 반란자는 지하 가장 아래에 구금되거나 모조리 처형당했지. 조금 어수선했으나 다시 평화를 되찾으리라 믿는다."

황제가 천천히 좌중을 돌아봤다. 그러고는 웃었다.

"이전처럼. 제국은 평화로울 것이다. 아무 일도 없었으니까."

황제의 말이 시사하는 바는 컸다. 반란을 제압할 만큼 그의 힘이 건재하니 다시는 반란을 용인치 않을 것이다.

"두 번은 허락하지 않는다."

회장은 고요했다. 분위기는 돌을 내려놓은 듯 무거웠다. 황제도 이를 알았는지 표정을 풀어냈다.

"이런 짐이 말이 길었군."

황제가 착석했다. 아올레시아가 당연하다는 듯 그의 옆에 앉았다.

"오늘은 몹시도 즐거운 날이 아닌가."

오만한 군주의 미소였다. 그러나 가까이 있던 나는 알았다.

'눈이 웃고 있지 않다.'

입술을 끌어 올렸으되, 황제의 눈은 건조했다. 웃음기 하나 없이 대중을 응시한다.

"그만 식을 시작하지."

황제의 눈짓에 기다렸던 시종이 누군가를 안내했다.

"오늘 이 자리를 비운 지혜의 대신관 대신 이 위대한 예식을 진행하게 될 풍요의 여신 키벨레의 종입니다."

하늘하늘한 튜닉을 걸친 신관이 말했다.

"이 자리에 모두 모인 신관을 대신해 계승식을 시작하겠습니다."

지혜의 대신관, 율리안의 외조부였던 이는 사망했다. 그 자리를 동생인 이가 맡았으나 이 자리에 나설 수 없음이 당연했다.

'반란을 일으킨 신전이니까.'

황제는 이처럼 반란을 주동한 신전이라도 극소수의 신관은 살렸다. 명맥을 끊지 않겠다는 이유였다.

황제의 앞에는 어느새 커다란 제단이 솟아 있었다. 조금 전까지 없었던 것인데, 신력을 이용한 듯했다.

시종들이 제단 위로 처음 보는 잎사귀와 각종 과실, 그리고 천에 돌돌 묶인 어린 양을 바쳤다. 황제가 제단을 보며 무어라 웅얼거리자, 제단 옆의 땅이 솟구치며 그 사이로 새파란 구슬이 드러났다.

신비로운 빛이 요동치는 수정. 언젠가 아올레시아와 보았던 수정과 비슷한 색임을 깨달았다.

"저건 제국 지하에 있는 수정의 일부입니다. 계승식에서 일부만 드러내 제를 올리지요."

레베카가 조곤조곤 설명했다.

"황제 폐하께서 하늘에 제를 올리시겠습니다."

풍요의 신관의 말과 함께 황제가 자리에서 일어났다.

"제를 올린다니?"

"황제는 주신과 함께하는 자리이므로, 그 자리가 바뀔 때에는 주신께 제를 올려 허락을 구합니다."

레베카가 속삭여 대답했다.

"황실이 건재하다고 보이는 거예요."

이어 함께 들었는지 소릭스가 끼어들었다.

"제를 올린다고는 하나 황제의 신력을 선보이는 자리나 다름없어요."

그의 말처럼 황제가 제물에 손을 뻗었다. 그 손이 기이한 황금빛에 휩싸인다. 어느새 그는 손에 짧은 검을 쥐고 있었다. 황제가 손에 쥔 단검을 강하게 내리쳤다. 그것은 번쩍 번개처럼 변해 제단에 꽂혔다.

매애애애애—

어린 양이 길게 울었다. 목이 꺾인 양은 다신 일어나지 못했다. 그리고 양의 피가 과실과 잎을 적신다. 그 순간 눈부신 황금빛이 회장을 지배했다.

'눈부셔.'

눈을 가리며 가까스로 뜨자, 춤을 추는 아지랑이가 보였다. 마치 태양을 가져온 듯 선연한 빛이 아름답게 춤을 추었다. 마치 황금의 시대가 도래한 듯 빛은 찬란했다. 그러나 그 순간이었다. 빛이 사그라졌다.

"……너무 약합니다."

소릭스가 중얼거렸다.

"약하다니?"

"본래 주신이 신관이 내는 신력은 이것보다 훨씬 찬란합니다. 이 홀을 가득 메우고 온종일 버틸 만큼요. 하지만 지금은…… 전대의 반도 되지 않아요."

"폐하의 힘이 약하다는 거야?"

"그 정도가 아니에요. 황녀님."

소릭스는 다시 회장을 지배한 빛을 보며 말했다.

"저는 보입니다. 이건 매미의 울음소리처럼, 반딧불이의 빛처럼, 마지막이기에 아름다운. 슬프고 처연한 빛이에요."

어느새 소릭스의 눈은 선명한 보랏빛을 드러냈다.

'힘까지 사용해 보았다면 거짓이 아닐 텐데.'

나는 황제를 보았다. 나만 보았을까? 순간이나 황제가 비틀거렸다. 그러나 옆에 있던 아올레시아가 재빠르게 잡아 주었다. 멀리서 보면 그녀로 인해 흔들렸다 생각할 정도로 잽싼 동작이었다.

"하지만 누군가는 이 빛에 속겠지요."

소릭스의 말처럼 대부분의 신관이 몽롱한 눈으로 빛을 응시했다. 이어 소리가 터졌다.

"제국에 무한한 번영을!"

"위대하신 뿌리, 황제 폐하 만세! 이 제국은 영원하리!"

"만세, 만세, 만만세!"

모두가 찬양했다. 황제의 신력을, 회장을 가득 채운 신력에서 앞으로 영원할 권력을 바라봤다. 압도적인 힘에 매료된 이들은 하나둘씩 무릎을 꿇었다. 조금 전과 다른 자발적인 복종이었다.

황제는 천천히 고개를 돌렸다.

"관과 반지를 가져오라."

그의 눈으로 휘휘 금빛이 회오리쳤다.

건장한 신관이 조심스럽게 거대한 쿠션을 가져왔다. 한 사람이 허리쯤 오는 대리석 기둥을 내려놓고, 다른 이가 쿠션을 내려놓았다.

부드러운 천 위에 금으로 된 월계관과 자그만 지팡이가 있었다.

"「주신의 관」과 「약속의 반지」입니다."

"……반지?"

나는 작게 중얼거렸다.

"소릭스, 저거 한쪽은 지팡이로 보이는데. 어떻게 된 거야?"

"적법한 후계자가 손에 쥘 경우 반지가 됩니다."

지팡이 쪽을 보던 소릭스가 잠시 머뭇거렸다.

"하지만 지난 시간 동안 저 신물은 그냥 보여 주기만 할 뿐 후계자의 손에 쥐여 주지는 않았습니다."

"왜?"

"말씀드렸듯 황제는 힘을 잃었다는 이야기가 파다했으니까요. 아주 오래전에는 저 신물이 후계자의 자격을 시험했다고 하지만요."

소릭스의 말에 따르면 최근에는 그런 일이 한 번도 없었단다. 전대, 전전대 황제의 계승식에서도 그저 한 번 비추고 말았다고.

"이젠 그저 상징적인 신물일 따름이지요."

난 고개를 끄덕였다. 왜일까 알 수 없는 긴장감이 들었다.

'카스토르가 조용해서인가…….'

흘끗 옆을 바라보면 카스토르가 앞을 응시하고 있었다.

"제국에는 신이 함께한다. 풍요는 이어지노라."

가장 높은 자리에서 모든 이들을 돌아본 황제가 말했다.

"앞으로도 제국에는 무한한 광영이 함께하리라. 이 제국은 지지 않는 태양이다!"

"폐하를 따르옵니다!"

황제가 계단을 내려갔다. 한 단 밑 신물 앞에 멈춰 선 황제가 돌연 고개를 돌렸다.

"황태자는 내려오라."

순간 회장이 웅성거렸다. 나 또한 조금 놀라 황제를 바라봤다. 레베카가 말해 준 식순에 따르면 황제의 선언 뒤로 연회가 이어져야 했다. 그리고 연회 중간이나 끝 무렵에야 황태자를 불러 황위를 물려준다고 했는데.

카스토르가 지금껏 고정되었던 시선을 돌렸다.

그의 움직임에 웅성거림이 잦아들었다. 어느새 모든 이들이 숨을 죽이고 그를 주시했다.

"명을 따릅니다."

카스토르가 황제 앞에 무릎을 꿇었다.

"살아 있는 아들 중 3황자와 7황자가 사라졌고, 남은 4황자는 병을 앓아 밖으로 나오지 못하니. 네가 짐에게 하나밖에 남지 않은 자식이구나."

"어찌 그리 말씀하십니까."

카스토르가 무릎을 굽힌 채 웃었다.

"폐하께는 한 사람 더 남아 있지 않습니까. 사랑스런 황녀 말입니다."

순간 카스토르의 시선이 나를 향했다. 섬뜩한 기분이었다.

'무슨 소리야.'

적어도 내가 황제의 딸이 아니란 사실은 황제와 나, 카스토르까지 알고 있다. 그가 모를 리 없었다. 황제의 시선 또한 나를 향했다.

"짐은 계집을 사람 취급하지 않는다."

황제의 시선은 마치 고깃덩어리를 재단하듯 차갑고 냉정했다.

"그렇습니까?"

카스토르는 그저 웃고 말았다. 그는 무릎을 꿇었으나 위를 바라보는 그에게서 복종하는 기색은 전혀 느껴지지 않았다.

"아쉬우시겠습니다. 아버지. 평생 사랑하고 아끼셨던 율리안을 대신해 제가 이 자리에 있으니."

"말조심하라. 그건 반란자의 이름이다."

"당신이 아낀 아들의 이름이기도 하지요."

카스토르의 목소리는 나른했고 긴장감이 없었다.

"아. 한때, 저를 사로잡기 위해 제물로 썼던 이름이기도 하던가요?"

카스토르가 천천히 시선을 올렸다.

"아주 오래전에 저는 동생을 지극히 사랑하는 선량한 형이었지요. 아주 오래전에 말입니다……."

"카스토르."

황제가 강하게 불렀다. 신관은 오감이 비신관에 비해 뛰어나다. 꽤 먼 거리라 해도 그들의 대화를 들을 수 있다는 얘기였다.

'나 또한 이렇게 선명히 듣고 있으니까.'

황제가 타는 듯한 시선으로 카스토르를 내려다봤다.

"네 무례는 이것이 마지막이면 좋겠구나."

"당신의 뜻대로."

두 부자의 대화는 그것으로 끝이었다. 황제가 입고 있었던 망토를 풀어냈다. 이어 아래로 걸친 토가가 우아한 곡선을 그리며 떨어졌다. 오직 황제와 후계자에게만 주어진 색, 붉은 토가를 걸친 두 사람이 마주했다.

"지금부터 위대한 주신의 뜻에 따라 세 가지를 묻겠다."

황제가 손을 휘두르자 손에 쥔 단검이 긴 검이 되었다. 황제는 긴 검을 들어 올려 카스토르의 어깨 위로 올렸다.

"황태자는 스틱스강과 유피테르의 천국에 생명을 걸고 대답하라."

"명을 받듭니다."

카스토르의 고개가 떨어졌다.

기묘했다. 평생 카스토르가 누군가에게 무릎 꿇는 일을 보지 못하리라 여겼다. 그래서일까 이 풍경이 몹시 생경하게 느껴졌다. 더불어 이상했다. 그는 왜 이토록 얌전한가?

"너에게 제국은 어떤 의미인가?"

순간 소름이 돋았다. 어디선가 들어 본 질문이었다.

아니, 어찌 잊을까.

"저를 태어나게 만든 나라이지요. 이 땅에는 신이 있고, 신은 인간을 사랑합니다."

카스토르가 언젠가의 나처럼 무릎을 꿇은 채 대답했다. 그 순간 황제의 발밑에서 눈부신 빛무리가 피어올랐다. 바닥에 그려진 것은 기묘한 도형이 합쳐진 주술진이었다.

"진실 여부를 가리는 주술진입니다. 저기서 모두 솔직하게 대답하면 계승되는 것이지요."

옆에서 소릭스가 설명했다.

"사실 정상적으로 성년식을 치르셨다면 황녀님께서도 저 질문을 받으셨을 겁니다."

그 말에 나도 모르게 소릭스를 쳐다봤다. 나는 이미 저 질문을 받아 보았다. 그리고 대답과 함께 죽었다. 그리고 나를 죽였던 이가 그 질문을 재현하고 있다.

이제는 대답하는 이로서.

황제의 질문이 이어졌다.

"짐을 어떻게 생각하는가?"

<황제 폐하를 어떻게 생각하는가?>

"저를 만들어 내신 분이지요. 저는 폐하로 하여금 태어나 폐하의 뜻 아래서 살았습니다."

그 말에 황제는 잠시 눈썹을 휘었다. 그러나 이내 그의 얼굴 위로 흡족한 미소가 떠올랐다.

"그래. 마지막으로."

그 순간이었다.

"마지막은 제가 질문해도 되겠습니까?"

"뭣?"

난 고개를 번쩍 들었다.

"아니. 제가 질문 드리지요, 아버지."

카스토르가 느릿하게 고개를 들어 올리고 있었다.

"아버지. 당신에게는 황제의 자격이 있습니까?"

카스토르가 고개를 기울인 채 찬찬히 미소를 흘렸다.

"무엄하다. 신성한 예식 중에 무슨 짓이더냐!"

키득. 카스토르가 소리 내어 웃었다.

"없겠지."

그는 황홀할 정도로 아름다운 목소리로 읊조렸다.

"황제의 자격은 곧 신이 내려준 신력. 아버지에겐 신력이 없지 않습 니까?"

그의 목소리는 섬뜩했다. 회장이 술렁였다. 황제는 미간을 잔뜩 찡 그렸다.

"감히 계승식을 망치다니, 어서 네 죄를 알고 다시 앉지 못하겠느냐!"

"아버지께서 증명하신다면 기꺼이 앉아 드리지요."

"증명? 이 대제국의 황제인 짐이 무엇을 증명하란 말이냐."

카스토르가 뒷짐 진 채 느른히 웃어 보였다.

"위대하신 황제 폐하, 지금 바로 손을 뻗어 저것을 잡아 당신의 자격을 증명해 보이시지요."

카스토르가 가리킨 것은 그들의 바로 옆 신물이었다.

"저것은 오직 적법한 자만이 잡을 수 있지 않습니까?"

그의 눈이 휘어졌다.

"여기 모인 이들에게 당신이 건재함을 알려 주세요. 그 뒤엔 어떤 벌도 달게 받지요."

카스토르가 제 뺨을 툭툭 두드렸다. 그의 눈동자는 선명한 금색이었다. 지금 그를 노기 어린 눈으로 바라보는 황제의 것처럼. 신관들이 웅성거렸다. 황제가 아무것도 하지 않자 술렁임은 더욱 커졌다.

"아버지. 의심이란 물에 떨어진 잉크와 같아서 한번 떨어진 뒤에는 걷잡을 수 없이 퍼지고 마는 것이지요."

마치 지옥 저편에서 악마가 속살거리듯 카스토르가 속삭였다.

"그저 한 번만 손을 뻗어 증명하시면 되지 않겠습니까?"

이미 상황은 카스토르가 잡아 버린 뒤였다. 황제는 찡그리더니 손을 뻗었다.

그 순간이었다.

파지지직. 거센 충돌과 함께 황제의 손이 튕겨 나갔다.

"시, 신물이?"

"시, 시, 신물이 황제 폐하를 거부했다!"

그 누구도 예상하지 못한 상황에 경악이 목소리로 튀어나왔다.

"하. 하하하. 하하하하."

카스토르가 광소를 터트렸다. 허리를 잡고 웃음을 터트린 그가 천천히 허리를 세웠다. 검은 머리칼이 느슨히 풀어져 흘러내린다.

"이게 어떻게 된 것이냐? 네가 한 짓이지?"

황제의 음성이 다급해졌다.

"얼른 이 간악한 장난질을 풀지 못하겠느냐!"

황제가 노기와 함께 빛을 일으켰다. 황제의 거대한 신력이 그대로 카스토르를 덮쳤다. 그러나 카스토르에게 떨어진 순간 그것은 공중에서 흔적도 없이 흩어졌다.

"하하하. 아버지. 당신은 저것을 잡을 수 없습니다."

카스토르는 고개를 숙인 그대로 미소를 그렸다.

"저건 황족 중에서도 특별한 저주에 걸린 자만이 잡을 수 있지요."

나는 그를 멍하니 바라봤다.

"반란이 일어났을 때는 수명을 바쳐 저걸 잡았으나……. 이후엔 어림도 없습니다. 어찌 지옥을 헤쳐 오지 않은 자를 인정하겠습니까."

난 그가 무엇을 말하는지 깨달았다.

'특별한 저주.'

시간을 반복하는 저주를 말한다. 저 신물은 그 산지옥을 헤쳐 나오지 않고서는 절대 잡을 수 없노라고.

카스토르가 황제에게 성큼 다가갔다.

"당신은 실수했어. 나를 쥐었으면, 고삐를 좀 더 꽉 조였어야지."

카스토르가 여기까지 겨우 들릴 법한 소리로 속삭였다.

"너!"

"하하. 그동안 즐거웠습니다. 아버지."

그 순간 황제에게 들렸던 검의 주인이 바뀌었다.

푸욱. 검은 제 주인의 가슴을 찌르고 등 밖으로 삐죽 튀어나왔다. 누군가 비명을 질렀다.

"화, 황제 폐하께서!"

"황제 폐하를 찔렀다!"

아수라장이었다. 누군가는 비명을 질렀고, 누군가는 넘어져 그대로 뒷걸음질 쳤다. 누군가는 열리지 않는 문을 잡고 소리쳤다. 카스토르는 회장에 고요히 서 있었다. 그는 천천히 뺨에 튄 피를 닦아 냈다.

"역시 이 제국은 그대로 멸망하는 편이 좋겠어."

카스토르는 쓰러진 황제 앞에서 조용히 중얼거렸다. 그가 고개를 들었을 때, 눈부신 빛이 개화했다. 조금 전 황제의 빛과는 비교도 안 될 정도로 압도적이고 위압적인 빛이었다.

"아아. 참으로 오래 걸렸다."

그의 입꼬리가 천천히 올라갔다.

"다들 여기서 죽어 주겠나?"

검이 사람을 베었다. 피가 튀었다. 붉은 피비린내. 익숙한 냄새가 코를 찌른다. 그러나 누구도 반항하지 못했다. 아니 신력에 사로잡혀 꼼짝도 하지 못했기 때문이었다. 천천히 손을 움직여 보았다.

'움직여져.'

곁눈질하자 마찬가지로 꼼짝하지 못하는 소릭스와 레베카가 보였다.

'혹시 주신의 힘은 같은 주신의 신관에게 통하지 않는 건가?'

그렇다면, 이곳에서 오직 나만이 움직일 수 있다. 어느새 반 이상의 사람이 쓰러졌다. 쓰러진 사람은 모두 죽었나? 급히 살폈다. 신음하는 이들을 보면 아닌 듯했다.

'왜 멈춘 거지?'

카스토르는 감흥 없는 눈으로 풍경을 응시했다. 그러다 고개를 돌렸을 때였다. 그의 눈이 거짓말처럼 나를 향했다.

"아실리."

그의 눈으로 여태와는 차원이 다른 광기가 일렁였다.

"이 궁에서. 모든 게 사라지면 넌 나만 바라볼까?"

그가 포효하듯 속삭였다. 크지도 작지도 않은 소리였다. 그러나 카스토르에겐 내 목소리가 들린 듯했다. 홀의 중앙까지 가 있던 그가 한순간에 내 앞에 섰다.

나는 입술을 꾹 깨물었다.

"내가 당신에게 갈 일은 없어."

주먹이 꾹 쥐어졌다. 눈을 들어 사방을 훑는데 돌연 나를 잡는 손이 있었다. 당연하겠지만 카스토르였다.

"이젠 오라비라 부르지 않나?"

그가 나를 단단히 붙들었다. 그가 고개를 기울이자 흑단 같은 머리칼이 사르르 쏟아진다.

"어차피 당신은 진짜 오라버니도 아니잖아?"

그 말에 레베카가 움찔했다. 소릭스도 놀란 눈이었다.

"알았구나."

"모르길 바랐어?"

나는 그에게 턱을 잡힌 채로 웃었다.

"모르길 바랐다면 철저히 숨기지 그랬어? 내가 알고자 하니 진실은 여기저기서 내게 속삭여 주던걸."

그의 눈을 똑바로 바라보며 말을 이었다.

"어차피 · 내가 진짜가 아니란 걸 당신은 알고 있었지."

카스토르가 피식 웃었다.

"맞아."

그의 황금색 눈동자에 세찬 기운이 회오리쳤다.

"난 네가 알길 바랐고. 모르길 바랐지. 이대로 새가 되어 내 새장 속에 있어 주길 바라기도 했단다."

건국제의 밤, 그는 나에게 자신의 궁에서 평생 새처럼 살아 달라 말했다. 부족함 없이 채워 줄 테니 평생 갇혀 있어 달라고.

"기억을 잃은 널 보며 이것도 나쁘지 않다 생각했다. 아무것도 모른 채 웃는 너는 퍽 사랑스러웠으니까."

그가 턱을 잡아당겼다. 긴 손가락이 턱밑에서 목젖까지 내려간다.

"하지만 나는 역시 모든 걸 기억하고 이렇게 나를 바라봐 주는 편이 좋구나."

손가락만 닿았을 뿐인데 소름이 오소소 돋았다. 아찔하게 쏟아지는 시선 때문인지도 모른다.

"아실리. 나를 증오하나?"

"무슨 소릴 하시는지 모르겠어요."

나는 손을 모은 채 해사하게 웃었다. 긴 시간 나는 네게 이딴 미소를 꾸며 냈지.

"제게 어떤 답을 바라시나요?"

나는 가녀린 백치 목소리로 건조하게 중얼거렸다. 그대로 고개를 숙인 채 조롱하듯 웃으며 덧붙인다.

"굳이 대답하지 않아도 알 텐데."

그가 천천히 턱을 들어 올렸다. 억지로 시선이 마주쳤다.

"오라버니 당신은 이미 답을 알고 있잖아?"

나는 표정을 싹 지워내며 말했다.

"카스토르 드제."

이름을 담자, 그의 눈이 미미하게 굳었다.

"증오해."

하베르미아의 달처럼 그가 검을 든 채 나를 마주한 지금, 나는 그날의 나와 전혀 다른 낯으로 웃었다.

"당신을 향해 오라버니라 입에 담은 순간마다 역겨워서 참을 수가 없었어."

살아남기 위해 백치를 흉내 냈다. 나를 죽인 살인자를 좋아하고 아끼는 척했다. 이 얼마나 처절한 생존인가.

나는 네가 낳은 괴물이다.

그러니 넌 날 똑바로 마주해. 네가 어떤 인간을 만들었는지.

나는 내 한목숨 지키기보다 나로 인해 죽은 이들이 가엾어서, 돌이킬 수 없는 과거에 속죄하기 위해 버텼다.

"단 한 순간도 당신을 원망하지 않은 적이 없어."

내 삶을 망친 잔혹한 살인자.

"당신이 이 세상에서 없어져 버렸으면 좋겠어."

마침내 이 피비린내 나는 풍경에서 나는 진심을 토해 냈다.

"한때 내가 바랐던 소원과 같구나."

카스토르가 빙긋 웃었다. 그 웃음과 함께 더욱 세찬 바람이 그의 홍채 안에서 휘휘 돌았다.

"한때 사랑하는 이들이 모조리 몰살당하고, 칼을 휘두른 이들이 선택을 종용했을 때 나는 차라리 세상에서 없어지고 싶었지."

그가 황홀할 정도로 낮고 아찔한 목소리로 말하고는 내 뺨을 사로잡았다. 진득한 피가 묻어 있는 손이었다.

"어때? 보렴. 아실리 너를 이해할 수 있는 것은 나밖에 없단다. 아무도 반복한 시간을 몰라. 기억하지 못해."

이건 나를 유혹하는 말이다. 나를 조롱하는 말이다.

'동요해서는 안 돼.'

그러나 나는 참지 못하고 토해 냈다.

"네가 나를 이렇게 만들었잖아!"

"그래. 너는 내가 만든 사람이야."

카스토르가 낮은 목소리고 속살거리며 귀에 입을 가져다 댔다.

"그러니 앞으로도 반복할 시간이 두렵지 않니? 나는 이 제국을 멸망시킬 때까지 포기하지 않을 거란다. 수천 번 죽고 살아난 나는 멸망을 위한 최고의 도구이지. 너는 막을 수 없어."

그가 내 손을 잡아 손끝에 입을 맞췄다.

"오로지 나만 바라보는 새가 되어 줘. 무엇이든 해 줄게."

그의 뺨에 튄 핏자국이 선명했다.

"널 위해 짖을 짐승이 필요하나? 내가 되어 주지. 널 위해 세상 모든 보화를 가져다줄게. 나를 본다고 말해."

카스토르의 눈이 아름답게 휘어졌다.

"멸망한 땅에는 아무것도 남지 않아."

그의 손이 천천히 떨어졌다. 눈을 감았다가 뜨면 그는 회장을 바라보고 있었다.

"아무도 네게 알려 주지 않았던 주신의 진정한 힘을 보여 주마."

그의 발밑에서 눈부신 빛이 터져 나왔다. 나는 수정에서 기묘한 황금빛이 일렁거리는 것을 보았다. 이어 바닥으로 수십, 수천의 도형이 떠올랐다. 그리고 그 순간이었다.

"도망쳐!"

"사, 사람이 살아난다!"

검에 찔려 신음하던 이들이 일어났다. 심지어 다리를 베여 뼈가 보이도록 피가 철철 흐르는 자마저 일어나 검을 들었다.

"이, 이, 이러지 말게! 우린 같은 신관이잖나!"

다시 일어난 자들은 검을 들어 동료를 내려쳤다. 조금 전까지 동료였던 이가 검을 들자 신관들은 더욱 우왕좌왕하며 흩어졌다. 몇몇 이들은 용감하게 맞서 싸웠다.

그러나 이곳에 모인 이들은 최고의 신관이었으나, 동료를 찌르는 데는 망설임이 앞섰다.

"제, 제발 이러지 마시오!"

또한 그들의 적은 조금 전까지 동료였던 자를 거침없이 베었다. 그렇게 쓰러지는 이들이 하나둘씩 늘었다. 초점 없는 시선, 몽롱한 얼굴.

나는 황급히 카스토르를 바라봤다.

"어떠니, 아실리."

"당신……."

그때였다. 바로 옆에서 들려오는 신음에 얼른 고개를 돌렸다. 바닥에 검을 꽂은 소릭스가 부들부들 떨고 있었다. 그는 가까스로 이 힘에 저항하는 듯했다.

"안 돼. 안 돼……. 도망치세요, 황녀님……."

문득 회장을 둘러보자 곳곳에서 주저앉은 채 저항하는 순찰대가 보였다.

"너를 향한 충성심이 대단하구나."

"이러는 이유가 뭐야?"

나는 그를 노려보며 말했다.

"이러지 않아도 당신은 여기 있는 모든 이들을 몰살시킬 수 있잖아. 대체 생명을 가지고 노는 이유가 뭐야!"

카스토르는 이들을 모조리 한칼에 죽일 수 있었다. 굳이 이 잔인한 풍경을 만들어 내지 않고도 얼마든지 할 수 있단 얘기다.

"저기 보이니?"

카스토르는 천천히 웃으며 눈짓으로 한 곳을 가리켰다. 그의 시선을 쫓아가면 죽은 듯이 누워 있는 황제가 있었다.

"황제는 아직 죽지 않았단다. 급소를 비껴서 찔렀거든."

내 옆에 살짝 앉은 카스토르가 내 어깨를 잡더니 속닥였다.

"아들을 바쳐서, 죄 없는 목숨을 바쳐서 이 제국을 유지하려 했던 욕심 많은 인간이 어떤 풍경에 가장 공포를 느낄까?"

카스토르는 대답을 바라지 않았는지 홀로 웃으며 말을 이었다.

"바로 눈앞에서 모든 신관이 죽어 갈 때지. 신관의 몰락은 곧 이 나라의 몰락. 그리고 제국의 몰락."

황제가 눈을 부릅뜬 채 이 광경을 바라보고 있었다. 아울러 핏발이 선 눈으로 움찔움찔 간헐적으로 떨었다. 마치 카스토르가 말한 것을 듣고 있는 듯이.

"최고의 복수는 눈앞에서 가장 아끼는 걸 부숴 버리는 것이지. 주신은 모든 신들의 왕. 따라서 후계자인 우리는 신관을 조종할 수 있단다."

역대 최강의 후계자라 하였던가, 그 이름에 걸맞게 그는 최악의 상황을 만들어 냈다. 나는 눈을 감았다.

오래전 그는 정신을 파고들어 내 것이 아닌 감정을 느끼게 했다.

'그 힘이 더 강해지면 제압해 사람의 몸을 움직이는 것도 가능했던 건가.'

카스토르가 느긋이 관망하는 이 순간에도 또 한 사람이 쓰러졌다.

"아실리."

카스토르가 미끄러지듯 나를 응시했다.

"오늘 이 자리에 있던 자들은 남김없이 죽을 거다."

왜인지 이 순간 건국제가 스쳐 갔다. 기억을 되찾는 순간 그가 나를 붙잡고 내게 했던 말들이었다.

<……넌 제 발로 내게 오게 될 거야. 미래를 아니까.>

그가 봤던 미래는 지금을 뜻했던 걸까. 많은 이들이 죽거나 고통스러워하는 지금, 저들 사이엔 내가 사랑한 이들이 있었다. 아니, 사랑하는 이가 아니더라도 나는 무고한 사람의 죽음을 그냥 보지 못한다.

"카스토르."

나는 지그시 물었던 입술을 떼어냈다.

"저 잔인한 짓을 막을 방도가 있어?"

"어떤 것 같으니."

"있으니까 계속 내게 죽음을 강조하는 거야. 그렇지?"

카스토르는 대꾸 대신 웃어 보였다. 나는 천천히 고개를 들었다. 곳곳에서 고통에 찬 신음이 가득했다.

"……내가 당신의 것이 되면 무고한 이들은 살려 줄 거야?"

"며칠 더 사는 것에 의미를 둔다면 그리해 주마."

카스토르는 다정하지만 단호하게 말했다.

"어차피 멸망한 땅에는 아무도 살지 못해. 너와 나 말고는."

그는 허리를 숙여 소중한 것을 다루듯 내 뺨을 어루만졌다.

"나는 이 땅에 너 말고는 아무것도 남기지 않을 것이니까."

온도가 다른 시선이 허공에서 마주쳤다. 그와의 거리가 조금씩 좁혀졌다.

"카스토르. 그 삶은 내게 아무런 의미가 없어."

"네가 부른 내 이름은 무척 달콤하구나. 영원히 듣고 싶어."

"카스토르."

내 인생에 가장 증오스러운 이름, 부를 때면 이를 갈고 칼을 갈았던 이름. 나는 검을 들지 않으려 애쓰는 소릭스를 바라봤다. 옆에서 주저앉은 채 스스로를 향한 검을 버티는 레베카를 보았다.

시선이 카스토르에게로 돌아간다.

"나를 사랑해?"

그의 뺨에 손을 올렸다. 그가 처음으로 동요했다.

"당신은 내가 울어도, 빌어도 나를 외면했지. 그럼에도 언제나 찾아와 나를 죽였어."

나는 그가 했던 것처럼 그의 뺨을 문질러 보았다. 반쯤 굳은 피가 손가락에 묻었다.

그가 나를 죽였던 순간부터, 그를 향해 복수를 품었던 순간까지. 나는 천천히 그를 닮아 가고 있었다. 내 목숨을 이용해 미래를 바꾸고 내 생명을 이용해 사람을 살리려 했다.

'사실 지금 이 풍경도 아연하게 느껴져.'

생명의 소중함을 잊어 갔다.

사랑하는 이들의 생명은 소중하다. 그들이 죽지 않았으면 좋겠다. 하지만 왜 소중했더라.

"당신에게 포기를 배웠고, 체념을 배웠지. 어느새 악과 깡만 남아서 하루를 살았어."

어느 순간부터 이 부분이 무뎌졌다. 그리고 나는 내 생명을 파리 목숨 취급하며 도외시했다. 내 곁에는 플뢰온이 있었고 데인, 레이, 레베카가 있었다. 그러나 이토록 다정한 이들이 함께였지만 그럼에도 나는 조금씩 망가지고 있었던 거다.

"이러다가 나는 당신과 같은 사람이 되었을지도 몰라. 천천히 무뎌지다가…… 당신이 원한 것도 이런 거겠지."

이제는 조금씩 네가 보인다. 도통 종잡을 수 없던 폭군, 잔인한 살인마. 네가 보인다. 그리고 네가 보인다는 뜻은 내가 변했다는 얘기다.

'심연을 들여다보면 심연도 나를 들여다본다 했던가.'

너를 잡으려다 너의 일부가 내게 물들고 말았다.

"하지만 카스토르."

내 손끝에서 시퍼런 보랏빛이 꽃처럼 피었다. 차츰 퍼지던 빛이 강렬한 스파크를 만들어 냈다. 파지직! 카스토르는 황급히 뒤로 물러났다.

"너와 나는 비슷하지만 끝내 같은 사람이 될 수는 없어. 왜인지 알아? 절망스러울 때, 나는 혼자가 아니었어."

그 순간이었다. 보랏빛 빛무리 사이로 신비로운 녹색이 파고든다. 문틈에서 수백 개의 넝쿨이 뻗어 들어왔다.

"그리고 앞으로도 그렇겠지."

다시 창문에서 천장에서 심지어 벽을 뚫고 튀어나온 넝쿨이 모든 신관을 사로잡았다. 이에 멈추지 않고 반항한 자들은 바닥을 뚫고 나온 뿌리에 사로잡혔다.

문이 열렸다.

누군가 이 피비린내 나는 풍경을 뚫고 저벅저벅 걸어온다. 눈부시도록 새하얀 튜닉, 신비로운 은하늘빛 머리칼이 움직임에 따라 곡선을 그렸다.

남자가 고개를 숙였다.

"오랜만에 뵙습니다."

이윽고 모든 식물이 개화한다.

"형님."

식물이 만개한 풍경. 홀로 서 있는 자는 아모르뿐이었다. 그는 고개를 들어 계단 위에 서 있는 카스토르를 응시했다.

"아모르."

카스토르의 부름에 아모르가 살짝 고개를 기울였다. 날 선 미소가 스친다.

"네 번째 가지, 아모르 노테 칼타니아스. 계승식에 조금 늦었습니다."

아모르의 눈이 느릿하게 회장을 향해 돌아간다.

"이미 계승식이 아니게 된 것 같지만 말입니다."

슬쩍 풍경을 훑던 시선이 나를 향했다.

그의 말처럼 이곳은 살아 있는 자와 시체가 나뒹구는 산지옥이었다. 아모르가 허공에 손을 긋자 꽃이 피어난다. 식물의 푸릇한 향기가 피비린내를 가렸다. 나는 아모르의 배려임을 알았다. 겨우 숨을 토해 냈다.

'제시간에 와 주었구나.'

나를 본 아모르가 미간을 찡그렸다. 그러고는 그가 내게 다가오려 할 때였다. 눈부신 금빛이 일더니, 눈앞을 새카맣고 붉은 천이 가렸다. 카스토르였다. 그의 옷자락이 너울처럼 허공에 휘날렸다.

"그래. 오랜만이로구나, 아모르."

내 앞을 막아선 채 그리 말한 카스토르가 성큼 앞으로 나섰다. 눈 깜빡할 사이에 카스토르는 아모르 앞에 서 있었다.

"네 모습이 많이 변하여 한눈에 알아보지 못했구나."

쾅.

카스토르의 금빛과 아모르의 식물이 부딪쳤다. 아모르를 막아선 식물이 그대로 바스러지며 가루가 되어 흩어졌다. 아모르는 카스토르를 마주하며 삐딱하게 웃었다.

"형님이 익히 알던 골골대던 만신창이 모습이 아니라서 말입니까?"

그 순간 세차게 몰아친 금빛 바람이 아모르에게 화살처럼 쏟아졌다. 아모르의 손짓에 땅이 흔들리고 식물이 일어났다. 이어 후드득 새카맣게 탄 식물이 떨어졌다.

"인사가 과하지 않습니까?"

아모르가 태연히 말했다.

"잊으셨습니까? 이 땅에 남은 신관 중에서 형님을 제외하고 신력이 가장 강한 이는 저라는 것을."

그러나 완전히 피하지는 못해 아모르의 뺨에 실선이 그어졌다. 그 사이로 피가 한 줄기 흘렀다.

"그럼 물론이지. 어찌 잊을 수가 있겠니."

카스토르가 마주 웃었다.

"매일매일 해독제를 마시지 못하면 죽고 마는 가엾은 내 동생. 내가 살린 내 동생인데 너를 어찌 아끼지 않았겠니."

"당신의 연민에 기생해서 구차하게 살았던 거겠죠."

"연민? 아아, 그래. 너는 그렇게 생각했구나."

카스토르가 비스듬히 고개를 기울인다. 두 사람 사이의 빛이 자욱해진다.

"내 너를 아낀 건 사실이란다. 아모르. 너는 이렇게 나를 등지고 말았지만."

카스토르가 태연한 얼굴로 말했다. 어느새 카스토르의 손에는 장검이 들려 있었다. 아모르가 눈을 찡그렸다. 그는 삐딱한 미소를 걸었다.

"제가 배신했다 말하고 싶으십니까?"

"그래. 너도 황제의 희생자였지 않았니?"

아모르가 잠시 입을 다물었다. 사실이었다. 아모르의 눈으로 잠시 일렁임이 지나간다.

"그렇군요. 형님의 말은 틀리지 않습니다."

아모르가 눈을 느릿하게 감았다가 떴다.

"하지만 로제를 따르기로 한 이상 그런 것쯤은 잊을 수 있습니다. 미래를 걷고 싶으니까요."

아모르의 옆으로 싱그러운 녹색빛이 피어났다.

"더는 과거에서만 살지 않겠습니다."

그 말을 증명하듯 아모르는 자신에게 검을 겨눈 카스토르를 똑바로 마주했다.

"평생 황제를 증오했고, 그날 학살에 앞장섰던 유스난과 당신을 미워했습니다. 나를 죽게 두지 않는 당신이 미웠지요."

과거 아모르도 카스토르를 두려워했을지도 모른다. 황제의 군사가 들이닥치고 어머니와 궁의 모든 이를 살해하던 날, 마치 나의 하베르미아의 달처럼 소름끼치도록 아름다웠던 살해자의 눈에서 평생 벗어나지 못했을지도 모른다.

그러나 우리는 둘이었다. 하나가 아니라 둘이었기에 누군가 잠들면 흔들어 깨울 수 있었다. 악몽에 물들지 말라고. 체념하지 말라고.

"그러나 이제는 형님에게 감사합니다."

아모르는 낯을 풀어내며 부드럽게 미소했다.

"형님 덕에 이날까지 살아 로제를 만났으니까요. 태어나 처음으로, 살아 있음에 감사를 느낍니다."

아모르가 천천히 고개를 들었다.

"저는 로제와 형님이 가진 저주를 알게 되면서 하나를 더 알았습니다."

뒤이어 날 선 시선으로 카스토르를 바라봤다.

"어째서 율리안 형님은 반란을 일으키고도 죽지 않았을까요?"

아모르의 목소리는 한겨울 서리처럼 날카로웠다. 나는 북쪽 탑에서 보았던 율리안을 떠올렸다.

<폐하께서는 나를 아끼셨지. 아주 강력한 후계자가 있음에도 비신관인 나를 아끼셨어.>

그는 내게 황제가 하려 했던 영혼의 이동을 알려 주었다. 카스토르가 황제를 찌르지 않았다면, 카스토르보다 더한 괴물이 탄생했을지도 모른다.

최악의 황제.

죄 없는 이들을 사로잡아 제물로 바치며 아들들마저 제물로 삼았다. 모든 걸 이 제국과 무한한 번영을 위해서라 말하는 황제. 사람으로서 황제로서도 끔찍한 이였다.

"어릴 적부터 형님은 율리안 형님을 보려 하지 않고, 율리안 형님은 제게 형님 소식을 묻는 것을 이상하게 여겼습니다."

아모르가 오랜 악연의 귀퉁이를 풀어냈다.

"이젠 알았습니다. 형님이 제게 매일같이 찾아왔던 건 저를 율리안 형님 대신할 동생 삼았기 때문이었고, 그동안 저는 누군가의 대역이었다는 걸 말입니다."

아모르는 담담히 진실을 고했다.

"형님은 제게서 율리안 형님을 보셨습니다."

"터무니없는 소리구나."

카스토르의 목소리는 낮았다. 학살에도 여유를 잃지 않던 카스토르의 표정이 처음으로 굳었다.

"오래전 그라니우스에게서 들은 적 있습니다. 어린 시절 선량하고 현명한 황자였던 형님이 율리안 형님을 몹시도 아끼셨다는 말을 말입니다."

잠시 말을 멈췄던 아모르가 숨을 들이쉬며 이어 말했다.

"꼭 쌍둥이 형제처럼 아꼈다고 그러더군요."

그러나 이건 카스토르의 역린이었을까. 카스토르는 어느새 미소마저 지운 채 아모르를 응시했다. 금방이라도 폭발할 것 같은 흉흉한 기세였다.

"율리안 형님은 다정하고 선량하십니다. 성군의 자질을 지녔다 들었던 이야기는 사실 오래전 형님을 두고 하던 이야기이기도 합니다."

아모르는 그치지 않고 이어 입을 떼었다.

"어떻습니까, 형님. 시간을 반복하며 형님은 망가지는 동안 그대로 있는 율리안 형님이 미웠던 것이 아닙니까?"

그 순간 아모르를 향해 폭발적인 기운이 쏟아진다. 이전과는 전혀 다른 난폭하고 거대한 크기였다. 나는 놀라 아모르를 바라봤다.

"쿨럭."

쾅. 굉음이 터졌다. 연기가 가시고 거대한 구덩이 중앙에서 아모르가 거센 기침을 토해 냈다. 바스러진 줄기로 보아 공격을 막았지만 상처를 입은 것 같았다.

"재미있구나."

아모르가 크게 다치지 않은 것을 확인하고 나는 카스토르를 향했다. 쾅! 다시 한 번 굉음이 두 남자 사이를 갈랐다. 먼지를 가르고 나타난 이는 카스토르였다.

"나를 분노하게 하려 한 거라면 반쯤 성공했다 말해 주고 싶구나. 아모르."

카스토르가 웃었다. 그러나 그 미소는 더는 전과 같지 않았다. 그의 옆으로 흉흉한 기운이 폭발적으로 분사되었다.

두둑. 두둑!

"푸, 풀린다!"

아모르가 묶어 두었던 식물이 타들어 갔다. 조종당하는 신관들이 다시 일어났다. 풀려난 이들은 다시 검을 잡았다.

"큭. 안 돼!"

아모르가 이를 악물며 다시 식물을 일으켰다.

"아모르. 이 자리에서 너도 함께 죽는 쪽이 좋겠다."

나는 엉금엉금 기어 소릭스에게 다가갔다. 소릭스는 넝쿨에 묶인 채 여전히 팔을 부들부들 떨고 있었다.

"소릭스."

"크흑, 괜찮으, 십니까. 황녀님."

나는 떨고 있는 팔에 손을 올렸다. 현재 소릭스는 카스토르의 힘에 안간힘을 쓰며 저항하고 있었다. 하지만 이 공간에서 나만이 태연했다.

아무런 일도 일어나지 않았다. 조금 전에도 카스토르의 눈을 본 순간 무언가를 느끼긴 했으나 그뿐이었다. 이로서 나는 한 가지 사실을 빠르게 알 수 있었다.

'카스토르의 힘이 내게는 미치지 않아.'

그렇다면 반대로 내가 카스토르의 힘을 몰아낼 수 있는가?

아올레시아는 내게 힘을 다루는 방법을 가르쳤다. 나는 일기장을 한 손에 잡고 소릭스의 팔에 집중했다. 곧이어 희미한 보랏빛이 점차 강해지더니 소릭스의 팔을 휘감았다. 이어 빛에 잠긴 소릭스가 눈을 떴다.

"화, 황녀님. 이제 괜찮습니다!"

그의 오른팔이 뜻대로 움직이는 듯했다. 이어 레베카를 잡으려 할 때였다.

"멈추십시오."

익숙한 목소리와 함께 장검이 눈앞에 있었다. 시선이 목을 겨눈 검을 따라간다.

"헤르난."

새하얀 제복을 걸친 헤르난이 표정 없는 얼굴로 서 있었다.

"함부로 움직이지 말라는 명이 있었습니다."

"카스토르의 명이야?"

"……."

그는 대꾸하지 않았다. 나는 쓰게 웃었다.

왜 이렇게 된 걸까.

오늘도 인형처럼 대꾸하는 당신이 이제는 익숙할 때가 된 것 같은데 나는 여전히 당신의 이런 모습이 낯설다. 지나 버린 시간에서 이런 위기가 오면 거짓말처럼 당신이 나타났기 때문인지도 모른다.

나는 얼굴을 쓸어내렸다.

"왜 당신은 항상 이렇게 비참한 모습으로 나타나는지 모르겠어."

나는 당신만 바라보면 아프다.

"나를 기억해 줬으면 좋겠다."

"……."

목소리가 흐려졌다.

"나를 사랑한다고 했잖아. 헤르난."

천천히 고개를 들어 눈물을 머금은 눈으로 그를 응시했다. 이어 그의 검을 손으로 잡았다.

"내가 참 나빴어. 그렇지?"

한 번만 당신의 말을 진심으로 들어 줄 걸. 조금만 더 빨리 들어 줄 것을. 이제는 적이 돼 버린 당신에게 아무것도 해 줄 수 없어서 애달프다.

"당신이 행복하길 바라."

검을 꽉 쥐자, 뒤이어 피가 뚝뚝 흘렀다. 고통은 없었다.

"당신은 반드시 불행했던 만큼 행복해야 해."

나는 그가 그토록 보고 싶어 했던 미소를 지어 보였다. 그가 움찔했다.

"그래서 이 제국은 멸망해서는 안 돼."

"……."

나는 당신이 나를 알아보지 못하는 지금에서야 당신을 보며 웃게 되었다.

"당신이 이 땅에서 행복하게 웃는 걸 보고 싶으니까."

천천히 일어났다. 그는 표정 없이 나를 바라봤다. 그러나 다가오는 나를 제지하지 않았다.

'막으라는 명은 받지 않았기 때문인지도 모르지.'

나는 헤르난의 목뒤로 팔을 감았다. 그리고 꽉 안았다.

"미안해."

순간 그가 딱딱하게 굳었다. 그러나 그것도 잠시, 그가 내 팔을 떼어 내려 하던 때였다. 눈부신 빛이 밧줄처럼 그를 붙들었다.

"……잠시만 이대로 있어 줘."

주저앉은 헤르난을 두고 소릭스에게 달려간다.

"소릭스. 괜찮아? 몸은?"

"예. 이럴 때가 아니에요. 시녀님과 뒤는 제게 맡기고 얼른 가세요!"

소릭스가 검을 들며 말했다.

"괜찮겠어? 저건 잠시 묶어 둔 거라 오래 버티지 못할 거야!"

나는 꽁꽁 묶인 헤르난을 보며 말했다. 어쩌면 각성한 지금 헤르난의 저주를 풀 방법이 있을지도 모르나 당장은 시간이 촉박했다. 소릭스가 내 손을 다급히 잡았다. 그는 비장한 얼굴이었다.

"네. 어떻게든 막겠습니다. 황녀님은 가세요. 시간이 가까워졌어요!"

난 굳은 얼굴로 끄덕였다.

고개를 돌렸다. 카스토르와 아모르의 얼굴이 한 번에 보였다. 이미 홀은 엉망이었다. 바닥에 구덩이가 파였으며 잘게 찢어지거나 바스러진 식물의 흔적이 곳곳에 있었다. 또 한 번 빛이 터지며 먼지가 일어났다. 눈을 뜨면 카스토르가 멀쩡한 모습으로 검을 겨눴다.

"어찌 저주를 풀어 낸 모양이구나. 하지만 너 하나로 이 상황을 뒤집을 순 없을 텐데?"

잠깐 사이에 아모르는 여기저기 상처를 입은 모습이었다. 아모르는 피를 닦으며 피식 웃었다.

"제가 언제 혼자 왔다 말했습니까?"

그 순간이었다. 카스토르의 표정에서 미소가 사라졌다. 멀지 않은 곳에서 거대한 소리가 땅을 울렸다. 나만이 느낀 건 아닌지 카스토르가 재빨리 문을 향했다.

"……쿨럭, 제가, 후. 시간을 끄는 역할을 잘 수행한 모양입니다."

아모르가 삐딱한 웃음을 걸며 읊조렸다.

"이 순간을 위해서."

쾅 소리와 함께 문이 열렸다. 아니, 문이 부서져 내린다. 먼지 뒤로 끝이 보이지 않는 이들이 와르르 들어왔다.

"제국을 위하여!"

"평화를 위하여!"

드넓은 홀에 끝없이 신관이 가득 찼다. 그들은 상처 입은 자를 수습하거나 아직 쓰러지지 않은 신관을 제압했다. 가장 앞에 있던 자가 이쪽을 향해 무릎을 꿇었다.

"눈과 바다의 대신관 폰투스, 주군의 부름을 받아 도착했습니다."

자욱한 먼지바람이 이는 광경은 장엄하기까지 했다.

"아실리 로제 칼타니아스. 진정한 후계자이시여."

이윽고 먼지가 잦아들자 수십, 수백의 신관이 병장기를 들고 서 있었다. 폰투스가 신호하자 몇 백이 될지 모를 병장기의 끝은 카스토르를 향했다. 그는 본능과도 같이 날 응시했다. 계단을 사이에 두고 시선이 교차했다.

언제고 나를 내려다봤던 남자다. 그러나 지금은 내가 내려다보고 있다. 나는 천천히 걸음을 디뎠다.

"보여 카스토르?"

나는 빙그르 돌아서 치마를 붙잡았다. 찡그렸던 표정은 언제 있었다는 양 사라진지 오래였다.

"네가 기다렸듯 나도 이 순간을 기다렸지."

카스토르가 움직이려는 순간 수십의 식물이 그를 덮쳤다. 금빛에 모조리 타고 말았지만 내가 도착하기엔 충분한 시간이었다.

"네가 멸망을 바란다면 나는 막겠어."

나는 손을 뻗어 「주신의 관」을 들었다. 난 관을 든 채로 천천히 망토를 벗었다. 그 순간 아스라한 보랏빛이 몸을 휘감고 눈을 떴을 때 시야가 달라졌다.

"난 이 제국이 멸망하길 바라지 않아."

카스토르가 눈을 부릅떴다.

<여성은 황제가 될 수 없습니다.>

누가 그래?

그 법은 누가 만들었지?

월계관은 놀라울 정도로 내 머리에 잘 맞았다. 황제의 반지를 손가락에 집어넣었다.

"카스토르."

피와 영광, 삶과 죽음이 공존하는 이 순간이 찾아왔다.

"이번엔 내가 이겼어."

나는 느릿하게 시선을 내리깔아 놀란 눈을 한 카스토르에게 웃었다.

"내가 황제야."

반지와 월계관은 거짓말처럼 내 몸에 맞춰 줄어들었다. 마치 내가 쓸 것을 알았다는 듯이.

신기했다. 누구도 생각하지 못했던 반쪽짜리 백치 황녀가 이 자리에서 있는 것이. 나는 웃음을 토해 냈다. 무엇을 위한 웃음인지 모른다. 그러나 나는 얼굴을 바로하며 또렷한 눈으로 회장을 응시했다.

홀은 제압당한 이들이 토해 내는 짐승 같은 신음을 제외하면 고요했다. 카스토르는 계단 밑에서 나를 가만히 응시했다.

"······이게 네가 원하는 미래."

그의 눈에서 일렁이는 광기를 놓치지 않고 잡아낸다. 시선이 알 수 없는 것을 담고 나를 향했다. 집요했다. 그 지독함에 눈을 찌푸렸다.

"아실리. 네가 바라는 미래에 나는 없나?"

그가 숨을 내쉴 때마다 금빛이 진동했다. 표정과 달리 동요했다는 증거였다.

"있길 바랐어?"

나는 손을 꽉 쥐었다.

"집어치워. 그런 미래는 천년이 지나도 오지 않을 거야."

"하하. 하하하하."

카스토르가 비틀거리며 천천히 뒷걸음질 쳤다.

"아무래도 내가, 잘못 생각했나 보구나."

그는 손으로 얼굴을 짚은 채 말했다. 움찔. 그를 둘러싼 병장기의 간격이 좁아졌다. 신관들의 얼굴엔 긴장한 기색이 역력했다.

"······그래. 착각했어."

카스토르가 얼굴을 짚은 채 고개를 젖혔다. 나른한 자세에 비해 기세가 흉흉했다.

"처음부터 다 죽이고 나서 널 데려왔어야 했는데."

그의 앞에 있던 수십의 신관이 뒤로 날아갔다.

"넌 모든 걸 잃고 나서야 나를 택할 테니까."

자욱한 금빛 안개가 그를 둘러싼다. 땅이 흔들렸다. 기다릴 필요가 없었어. 그렇게 중얼거리는 카스토르의 머리가 너울너울 흔들린다. 홀 전체가 진동했다.

"포위를 멈추지 마라!"

폰투스가 외쳤다. 신관들이 이를 악물고 창을 들이밀었다.

쾅.

그러나 또 한 번 빛이 터지며 사람이 나뒹굴었다. 자욱한 먼지가 가득했다. 그 사이로 카스토르가 저벅저벅 걸어왔다. 천장에서 넝쿨이, 땅에서는 뿌리가 튀어나와 카스토르의 팔다리를 억압했다.

"아실리."

꽁꽁 묶인 카스토르가 그대로 웃었다.

"각성했을 줄은 몰랐어. 완전히 예상 밖이야."

그는 마치 축하라도 하듯 나를 가리켰다. 그리고 그 손이 주먹을 쥐었을 때였다.

"이리 올려다보는 너도 무척이나 아름답구나."

빛이 모든 식물을 태워 버렸다.

"좋아. 나도 모든 패를 보이마."

계단 중간에 멈춰 선 카스토르가 고갯짓했다. 그러자 누군가 천장에서 그의 옆으로 내려섰다.

"이 순간만 기다렸습니다."

데로스였다. 그는 계단 위에 선 나를 흘끗 보는가 싶더니 카스토르를 향해 고개를 숙였다.

"어디 한번 볼까. 내가 그린 미래와 네가 그린 미래 중 어느 쪽이 실현될지."

사라지는 데로스를 보는 대신 고개를 들어 나를 응시한 카스토르는 한 걸음 더 좁혔다.

쾅. 쾅. 쾅! 누구도 집중하지 않았던 기둥이 무너져 내렸다.

"궁금하구나."

두 번째 가지를 뜻하는 기둥은 홀을 떠받치던 가장 큰 기둥 중 하나였다. 천장이 아슬아슬하게 흔들렸다. 이어 다시 굉음이 터지고 또 하나의 기둥이 무너졌다. 황급히 신관들이 나섰으나 이미 늦은 뒤였다.

돌 부스러기가 쏟아진다.

"이 궁은 곧 무너질 거야."

카스토르는 여유를 모두 잃은 채 광기만을 남긴 눈으로 나를 집요하게 응시했다.

"살아남는 건 몇이나 될까?"

일기장에서 피어난 보랏빛 나비가 내게 쏟아지는 돌을 막아 냈다. 그러나 모든 이를 지킬 수는 없었다. 카스토르가 천천히 돌아섰다.

"어딜 가는 거야!"

천장이 부서지고 돌이 떨어지는 사이 그의 목소리는 똑똑히 들렸다.

"내 마지막 남은 양심과 이 제국의 중심을 없애러 갈 거란다. 나를 쫓겠니?"

전자는 이해하지 못했으나 나머지는 확실히 알았다.

'수정을 부수러 가는 거야.'

이 제국을 지탱하는 수정, 지하의 수정을 부수러 가는 거다.

"위험합니다, 황녀님!"

그 순간 거친 소리에 고개를 들었다. 아슬아슬하게 놓여 있던 거대한 천장 조각이 떨어져 내린다.

"황녀님!"

쩌저적. 모든 돌조각이 그대로 얼어붙었다.

"괜찮으십니까?!"

돌아보면 숨을 헉헉 들이마시는 폰투스가 보였다.

"폰투스, 카스토르는 지금 수정을 부수러 가는 거야!"

"수정이 부서지면 안 됩니다!"

그러나 그의 말은 채 이어지지 못했다. 어디선가 단검이 떨어졌다. 하나가 아니었다. 수백 개의 단검이 하늘에서 떨어졌다.

'황제의 그림자!'

폰투스가 이를 악물고 검을 노려보자 검이 허공에서 모조리 얼어붙었다. 그사이 허공에 뜬 신관들이 천장에 숨은 황제의 그림자들을 찾아내 떨어트렸다. 그러나 폭음이 한 번 더 터지며 멈췄던 붕괴가 이어졌다.

"로제, 얼른 가."

아모르가 말했다. 그가 뿌리와 줄기를 일으켜 그림자들을 포박했다. 그는 이어 입으로 병뚜껑을 열어 상태가 심각한 자들에게 뿌렸다.

"나는 여길 수습하고 쫓겠다."

아모르와 짧게 시선을 교차했다. 난 고개를 끄덕였다.

"……금방 와야 해요."

"물론이지."

카스토르가 간 길을 쫓아 홀의 서쪽을 가로질렀다. 눈앞이 휙휙 스쳐 간다. 나를 노리던 검이 있었다.

"황녀님, 무사히 돌아오셔야 합니다!"

어느새 정신 차린 순찰대가 내 앞과 뒤를 맡아 길을 열었다.

"잘 부탁해. 다들."

난 이를 악물고 뛰었다.

홀을 나서자 모든 것이 죽은 것처럼 평화로웠다.

'붕괴가 복도까진 이어지지 않은 건가?'

복도에는 아무도 없었으나 카스토르가 간 길을 알 수 있었다.

'아니. 카스토르인지 수정인지 모를 거대한 기운이 느껴져.'

신관은 의식하지 않아도 주신의 신관이 어디 있는지 알 수 있다. 지금 내가 느끼는 쪽이 수정인지, 카스토르인지 몰라도 이 길로 가면 만날 수 있다.

복도의 반을 지나고 속도를 올릴 때였다. 나는 본능과도 같이 멈춰 섰다.

"여기서부터는 가실 수 없습니다."

눈앞에 나타난 이는 헤르난이었다. 그가 장검을 든 채 나를 막아서고 있었다.

"……어쩐지 홀에서 당신 모습이 보이지 않더라니."

나는 우는 얼굴로 웃었다.

"당신의 추적이 필요 이상으로 빠를 시 당신을 막아서라 명했습니다."

헤르난은 인형처럼 입을 뻐끔대며 필요한 말 외에는 하지 않았다.

"미안하지만 헤르난. 그렇게는 안 될 거야."

내게 응답하듯 일기장이 희미한 빛을 드러냈다. 조금 전 각성하기 전 모습이라면 모를까 제 모습을 찾은 지금 제약이 사라졌다. 내게서 뻗어 나간 보랏빛 나비가 헤르난을 포위했다.

"저는 짐승의 신관. 이 정도로 약한 힘에는 무너지지 않습니다."

헤르난은 녹록하지 않았다. 앞을 가린 나비가 검에 베여 사그라진다.

그러나 흩어진 나비가 다시 뭉치며 그의 팔을 꽁꽁 묶었다.

"또한 같은 방법은 통하지 않습니다."

헤르난이 기다렸다는 듯 속박을 풀어냈다. 그가 일으킨 바람에 나비들이 사라진다.

'포박은 안 된다는 건가.'

한시가 급했다. 언제 수정이 부서질지 모른다. 당장 헤르난에게 뺏길 시간이 없었다.

'이 방법은 어떨까.'

그가 땅을 박차고, 순식간에 흰 물결이 가까워졌다. 나는 다시 한 번 나비를 일으켜 그의 눈을 가렸다. 그러나 보이지 않고도 안다는 듯 검이 뻗어 왔다.

일기장이 기다렸다는 듯 날 보호하기 위해 빛을 뿜었으나 나는 그 빛을 억지로 가라앉혔다. 빛을 걷어 내자 그는 기회를 놓치지 않았다. 푹. 살벌한 소리가 들렸다. 금속이 살을 꿰뚫는 소리였다.

나는 씩 웃었다.

"눈을 가리면 일단 검을 뻗을 것 같았어."

제대로 싸우자니 난 미숙했으며, 언제 카스토르가 수정을 부술지 모를 상황이었다.

검에 팬 홈을 따라 붉은 핏줄기가 이어진다.

"당신을 꼼짝 못하게 할 방법은 이것밖에 없었거든."

뚝뚝 떨어지는 핏방울은 꼭 눈물 같았다.

"……아프진 않아."

나는 한 손을 더듬어 일기장을 쥐었다.

"당신이 모르는 사실이 있다면 나는 이제 이런 것쯤은 아프지 않은

「죽음의 후계자」이기도 하다는 거야. 당신 없는 사이에 나는 아주 강해졌어. 헤르난."

강해지고도 해결 방식은 바뀌지 않았다는 게 아이러니하지만.

'카스토르는 주신의 힘으로 신관을 조종했어.'

이 검을 뽑으면 출혈량이 커진다. 아프진 않지만 죽을 수도 있다. 다시 말해 헤르난은 이 검을 뽑을 수 없다.

'그렇다면 나도 할 수 있지 않을까?'

꼭 조종이 아니라도 좋다. 헤르난을 이대로 자리에 멈추게만 해도 좋으니까 제발 듣게 해 줘.

난 일기장을 꾹 쥐었다.

"헤르난 당신은 지금껏 나를 구했지."

카스토르의 방에서, 납치되었을 때 무너지는 천장에서, 그리고 건국제 날 탑에서. 헤르난은 온도 없는 시선으로 검과 나를 번갈아 봤다.

"그리고 지금 이것까지 포함해 나를 세 번이나 해쳤어. 하지만 괜찮아. 모두 용서해 줄게."

왜일까. 이제는 보라색이 된 눈동자가 한순간 떨린 것도 같았다.

"바로잡으면 되니까."

눈을 감았다. 제발 내게 길을 알려 줘. 나는 어떡하면 그를 돌려놓을 수 있지? 일기장을 꾹 눌러 잡았을 때였다. 여느 때와 다른 눈부신 빛이 터져 나왔다.

눈을 뜨자 나는 전혀 다른 공간에 있었다.

'뭐지?'

조금 전까지 정원이 보이던 복도는 온데간데없이 온통 새카만 공간이었다.

'흡사 일기장 속 공간 같아……'

그때였다. 눈앞에서 거대한 바람이 느껴졌다. 고개를 들자 거대한 짐승이 눈앞에 있었다.

「나를 깨운 자. 그대는 신관인가?」

눈처럼 새하얀 털을 가진 짐승은 압도적인 크기의 눈을 느릿하게 감았다가 떴다. 목소리가 머리에 웅웅 울렸다.

"이게 무슨……. 그쪽은 뭐죠?"

아니, 중요한 건 이게 아니야. 나는 얼른 주변을 돌아봤다. 다시 봐도 깜깜한 공간이었다.

"저는 나가야 해요. 돌려보내 주세요!"

「바깥의 일을 걱정하나? 염려 마라. 이곳은 시간이 흐르지 않는 곳. 바깥에선 찰나일 뿐이니.」

그 말에 나는 멈칫했다. 그러고는 천천히 고개를 돌렸다. 눈앞의 짐승, 짐승의 눈동자는 짙은 보라색과 푸른빛이 섞인 오묘한 색이었다.

「묘한 아이로구나. 신관이면서 신을 만나지 못했나? 가만…….」

짐승이 머리를 갸웃했다.

「너는, 오호라. 두 신의 축복을 받았구나. 혹시 칼타니아스의 딸이더냐?」

칼타니아스, 이는 초대 황제의 이름이었다.

"아니요. 나는 그녀의 딸이 아니에요. 누구이신 모르나 그로부터 2천 년이 흘렀어요."

짐승이 눈을 가늘게 좁혔다.

「이런. 봉인된 동안 그렇게 흐르고 말았나. 어쩐지 갈수록 힘이 약해져 가더라니.」

짐승이 커다란 발톱으로 제 턱을 긁적였다.

"당신은 누구죠?"

「알면서 묻는구나.」

짐승이 커다란 몸을 일으켜 다리를 뻗었다. 기지개를 켜는 듯했다.

「나는 전쟁과 짐승의 신, 마르스. 오래전 주신의 의지에 반하는 사고를 일으키고 인간의 몸에 봉인됐지.」

"인간의 몸에?"

「정확히는 대대로 가장 강한 짐승의 신관의 몸에.」

짐승의 거대한 동공이 굴러 나를 향했다.

「그나저나 두 신의 사랑을 받는 자여, 너를 보니 많은 생각이 드는구나. 내 생전 두 신의 힘을 가진 이는 칼타니아스 말고는 다신 보지 못할 줄 알았건만. 그래, 너는 어느 쪽이더냐?」

웅웅 거대하게 울리는 낮은 음성이 알아듣지 못할 것을 물었다.

「칼타니아스는 어느 쪽도 선택하지 못하고 죽었지.」

"어느 쪽? 무슨 말을 하는 건지 모르겠지만 당신이 짐승의 신이라면 부탁이 있어요!"

오래전 신화로만 남은 일 따위 관심 없다. 나와 같은 힘을 가진 초대 황제가 어쨌단 말인가? 그녀는 이미 죽은 사람일 뿐.

나는 거대한 짐승에게 한 발짝 다가갔다.

"지금 당신을 담고 있는 몸이 이지를 잃었어요. 그를 원래대로 돌려주세요."

「광폭화를 말하는 건가?」

나는 끄덕였다. 그러자 짐승이 커다란 머리를 들이밀었다. 잠시 놀랐지만 내 얼굴만 한 눈동자를 똑바로 응시했다.

「그러고 보니 이자는 네가 아닌 다른 자를 따르고 있구나. 원래 주인인 너를 따르게 해 달란 말이지?」

어렵지 않다는 신의 말에 나는 고개를 저었다.

"아니요. 나는 그의 주인이 되길 원치 않아요. 그를 원래대로. 자유의지를 가진 사람으로 돌려주세요."

「어째서지? 너는 동반자가 아닌가. 이자는 너를 사랑해. 영원히 너만을 사랑하도록 만들어졌다.」

알고 있다. 하지만 바라지 않는다. 신이 제멋대로 정한 운명에 휘둘리는 게 어찌 정상적인 사랑이란 말인가.

「오직 너만을 사랑하며 네 말이라면 지옥까지 따를 짐승이 생긴다는 건 나쁜 일이 아닐 텐데.」

나는 울컥 참지 못하고 새하얀 털을 움켜잡았다.

"닥쳐! 헤르난은 짐승이 아니라 사람이야."

아모르가 그랬다.

<혹시 각성하면서 신을 보았나?>

신관은 각성하면서 신을 보게 된다고. 그렇다면 신관은 신을 만나서 이런 얘기를 듣나?

'운명이 이렇게 가혹하다는 걸?'

늘 생각했다. 이곳에는 신이 있다. 그러나 신은 인간을 위하지 않는다. 아니, 인간을 위한다는 말로 한 인간의 운명을 잔인하게 유린했다. 나도, 아모르도, 그리고 헤르난도.

"신이 깃들어 영원한 제국? 웃기지 말라고 그래. 이곳은 인간의 세상이야. 미래를 알고 죽음을 알고 누군가는 병을 앓고 누군가는 영원히 자기 자신을 잃고!"

털을 붙잡은 채 소리쳤다.

"그따위 힘. 사라지라 그래."

나를 물끄러미 응시하는 거대한 동공을 향하며 입꼬리를 끌어 올렸다.

"그딴 힘없이도 내가 다스려 보일 테니까."

제국의 수정, 모든 원흉은 거기에 있지 않았을까? 영원한 신의 힘. 영원에 집착한 황제가 비극을 일으키고 세 명의 괴물이 탄생했다.

나와 카스토르, 루스벨라.

괴물들의 시대는 나로 종식시킬 것이다.

"모든 대가는 내가 안고 가. 그러니 당신은 헤르난을 돌려내."

「신에게 명령하는 자라니. 칼타니아스의 핏줄은 어찌 다들 이런 것이냐?」

짐승은 투덜거렸다. 그러나 짐승의 눈꼬리가 순간 부드러이 감겼다.

「그녀 손에 사로잡혀 그녀의 짐승이 되었으니 이 또한 운명인가. 죽은 자는 말이 없고 죽은 자를 보지 못함은 신이라 하여도 마찬가지이니.」

짐승이 낮게 으르렁거렸다.

「너는 칼타니아스가 아니지만 그녀의 후손. 오래된 맹약에 따라 나는 두 신의 사랑을 받는 네 명을 따르겠다.」

짐승의 눈동자가 나를 진득하게 바라봤다. 그 순간 발밑에서 눈부신 빛이 터져 나오며 거대한 원을 그렸다. 원 중심에 선 내게 짐승이 물었다.

「네가 바라는 것은 무엇이냐?」

"헤르난이 이 운명에서 완전히 벗어나길 바라."

「들어주겠다. 대가는…… 네 신력으로 하지.」

"영원히 사라지는 건가?"

「아니. 기다리면 다시 돌아올 신력이다. 나처럼 자비로운 신을 만난 것에 감사하도록.」

짐승이 더욱 가까이 다가와 이마를 댔다. 그의 힘이 밀려들어 오면서 나는 나를 구성하는 무엇인가가 끊어지는 기분을 느꼈다.

「사슬은 끊어졌다.」

빛에 에워싸인 짐승이 말했다. 나는 왜인지 이 공간이 금방 사라질 것이란 걸 느꼈다. 본능적인 감각이었다.

「시대를 바꾸려 하는가?」

"그래."

빛 사이로 짐승의 음성이 나지막이 중얼거렸다.

「칼타니아스는 신의 힘으로 새 시대를 열고, 그녀와 같은 운명의 네가 종막시키는구나.」

시야가 아득해졌다. 이 공간에서 나가려는 모양이다. 나는 차츰 멀어지는 짐승에게 물었다.

"나를 원망해? 당신도 신이잖아."

「글쎄. 내가 네게 칼타니아스와 같이 되길 바란다면 들어줄 텐가?」

"아니. 나는 그 사람과 다른 사람이야."

「그래. 너는 칼타니아스와 다른 인간이다. 신은 변하지 않으나 인간은 변한다. 그러니 받아들이지 못한 것은 버리고 가는 게 맞는 일이겠지.」

어느새 우리가 있던 공간도 유화처럼 녹아내렸다. 짐승은 이빨을 드러내며 웃었다.

「너는 신의 시대의 마지막 황제로구나.」

한순간 짐승이 사람처럼 보였다. 긴 튜닉을 걸치고 아주 새하얀 머리칼을 가진 남자였다.

'잘못 봤나?'

눈을 깜빡이자 정말로 눈앞에 새하얀 머리칼을 가진 남자가 있었다. 헤르난이었다.

"……헤르난?"

그가 고개를 들어 날 바라보는 순간, 그의 뺨으로 뚝뚝 눈물이 떨어져 내렸다. 그는 손등으로 눈물을 훔쳐 내려 했으나 역부족이었다. 코끝에서 뚝뚝 떨어지는 눈물을 멍하니 바라보고 있으려니 그가 천천히 고개를 들었다.

"헤르난."

나도 모르게 그를 불렀다.

"정말 헤르난이야……?"

그가 내 손을 뺨에 댄 채 한동안 말을 잇지 못했다. 마침내 그가 눈을 떴을 때, 그곳에 자리한 푸른 눈동자가 보였다.

"네. 황녀님."

그의 목소리를 듣자 울컥, 안쪽에서 북받쳐 올랐다.

"……저입니다."

깨끗할 정도로 맑은 푸른색이었다. 한때, 여름의 호수를 떠올렸던 그때 모습 그대로 그가 나를 응시했다.

"정말, 당신이구나……."

흐려지는 시야를 견디지 못하고 고개를 숙이고 말았다.

"다행이야. 정말, 정말 다행이야. 정말……."

나를 쥔 그의 손이 더욱 꽉 나를 붙잡았다. 이젠 알 수 있다. 이 순간에도 아프지 않게 잡는 그가 정말 헤르난데즈라는 걸.

"돌아와서 다행이야."

나는 울음을 애써 삼키며 말했다.

"더는 내게 검을 겨눈 당신이 아니라서……."

그 말에 헤르난의 얼굴이 왈칵 일그러졌다.

"죄송합니다."

그의 입술이 파르르 떨렸다.

"……죄송합니다, 황녀님."

"아니야."

그러나 그에겐 들리지 않는 듯했다. 그를 위로하려고 한마디 더 꺼내려 한 순간이었다. 그가 내 허리를 잡아당겼다. 눈 떴을 때, 그의 품 안이었다.

"저는 어째서 당신에게 매번, 끔찍한 죄를 짓는 것입니까."

"헤르난? 일단 괜찮으니까 이것 좀 놓고 이야기하자."

그의 얼굴이 보이지 않아 불편했다. 하지만 이내 내 목에 얼굴을 파묻는 그의 등을 쓸어 주었다.

"짐승의 신께서 마지막이라며 제게 한 가지를 알려 주셨습니다."

그가 얼굴을 묻은 채 낮게 웅얼거렸다. 뭉개진 목소리가 차차 선명해졌다.

"아니, 제가 잊고 있던 기억이라 하더군요."

나는 어깨를 토닥이던 그대로 멈칫했다.

"이 시간의 저는 기억할 수 없고 기억해선 안 되는 것이지만 마지막이기에 주는 선물이라고."

"……아니. 아니. 그건 선물이 아니야."

나는 딱 잘라 말했다.

"더는 말하지 마 헤르난."

어느새 젖어 들어가는 어깨가 느껴졌다. 나는 억지로 그의 팔을 풀어냈다. 그러나 그의 팔이 더욱 허리를 파고들었다. 그는 꼭 어미에게서 떨어지기 싫은 어린 짐승처럼 나를 감쌌다. 꽉 안는 그의 체온이 아플 정도로 느껴졌다.

결국 수 초 뒤에야 나는 그를 떼어 냈다. 울어서 발긋하게 달아오른 눈이 보였다. 나는 붉어진 눈을 손으로 가려 주었다.

"잊어."

눈물마저 청초하고 아름다운 남자였다. 손 아래로 채 가시지 않는 눈물 줄기가 흘렀다.

"당신이 감당할 것이 아니야."

어째서 이제야 당신이 내 죽음을 떠올렸단 말인가.

"사과는 의미 없던 것이었군요. 기억 못하는 자의 사과가 얼마나 공허하셨을지……."

나는 나머지 손으로 그의 입마저 막고 싶은 충동을 느꼈다.

"아니. 아니야. 헤르난."

"죽음을 방관했다는 이야기가 이런 것이었군요. 사과를 해선 안 될 일이었습니다."

커다란 손이 내 손을 덮었다. 나는 나를 위해 우는 남자를 말리지 않았다. 그저 안타까워 웃었다.

"나는 동정받을 삶을 살지 않았어."

당신은 당신의 삶만으로도 버겁고 힘들었을 사람이다.

"그보다 지금 더 중요한 것이 있어. 헤르난. 그만 울어."

목이 메는 것을 참으며 '착하지.' 하고 장난처럼 덧붙인다. 그는 내 손을 꾹 눌러 잡았다.

"당신의 명을 따릅니다."

이제 그는 명을 따를 필요가 없는데도 그리 말했다. 이윽고 손을 떼어 내자 여전히 붉게 달아오른 눈이 보였다. 꼭 비 온 뒤의 하늘처럼 물기 어린 눈이었다. 하지만 청명한 눈동자는 더는 울지 않았다.

"아직 늦지 않았습니다. 카스토르는 2황자님과 5황자님과 함께 있을 겁니다."

그가 내 손을 잡은 채 또박또박 말했다. 헤르난이 방의 위치를 말했다. 나 또한 거대한 힘을 느낄 수 있었다.

'그리고 아주 미약한 힘이 함께야.'

카스토르의 힘 옆으로 어떠한 힘이 느껴졌다. 약하지만, 분명 주신의 힘이다.

'이건 5황자의 힘일까?'

인상을 찡그리는데 헤르난이 이어 입을 떼었다.

"카스토르가 2황자님과 5황자님을 상대하는 동안 수정에 먼저 가서서 대비해도 좋을 겁니다."

의문을 느끼고 그를 바라봤다.

"대비라니?"

"네. 황녀님은 성물의 인정을 받으셨습니다. 수정은 카스토르보다 황녀님을 먼저 따를 겁니다. 황제와 후계자를 우선순위로 따르는 성물이니까요."

"약식이지만 내가 황제가 되어서?"

"예."

헤르난은 두 가지 안을 말했으나 선택은 내게 맡겼다. 곧바로 율리안을 상대하는 카스토르에게 갈 것이냐, 수정으로 곧장 향할 것이냐.

"시간이 있다니 빠르게 물을게. 헤르난, 이전에 카스토르는 율리안 앞에서 살인을 하지 않는다 했어. 이게 무슨 말이었지?"

어느새 나는 존칭을 전부 생략한 채 말했으나 헤르난은 당황하지 않고 끄덕였다.

"제가 카스토르를 처음 만났을 때입니다. 그는 제게 이 땅을 멸망시키는 게 목표라 말했습니다."

"그건 알아."

"이후 그를 따르며 저는 카스토르를 향해 이전으로 돌아와 달라는 몇몇 나이 든 신관을 보았습니다. 하나 그들은 카스토르의 변화를 입에 담는 순간 모조리 죽었습니다."

헤르난은 이런 이들이 많았다고 말했다.

"율리안 님은 카스토르의 변화를 입에 담고도 유일하게 살아남은 분이셨습니다."

"변화라면……."

"어린 시절 카스토르가 아주 현명하며 사려 깊은 황태자였다는 사실입니다."

헤르난은 웃는 것도 우는 것도 아닌 복잡한 표정으로 이어 말했다.

"카스토르는 그동안 율리안 님의 어떤 말에도 그분을 살해하지 않았습니다. 후계자의 위치를 공고히 하기 위해선 그분이 없는 편이 이득인데도. 그분을 죽이는 순간 더는 감히 나설 사람이 없을 것이란 걸 알면서도 말입니다. 오히려 카스토르는, 율리안 님을 피하는 것처럼 보였으니까요."

빠르게 말을 마친 헤르난이 한쪽 무릎을 접고 앉았다. 그가 떨어트렸던 검을 잡았다. 그때였다. 등 뒤에서 굉음이 터졌다. 내가 뛰어나온 홀이 있는 방향이었다.

'다시 한 번 폭발이 일어났나?'

헤르난도 이를 느낀 듯 복도 끝을 향해 눈을 좁혔다.

"데로스군요. 황녀님, 저는 그가 또 어디에 불의 성물을 설치했는지 압니다."

그는 불의 성물이 큰 폭발을 일으킨다고 설명했다.

"일단 알았어. 나는 이대로 수정이든 카스토르든 가 볼 테니까 저 뒤를 수습해."

"네."

"수습하고 빠르게 이쪽으로 와 줘. 아모르도 함께."

왜인지 그가 살짝 눈을 찡그렸다. 그러나 곧이어 희미한 미소를 지었다.

"……예. 명을 따릅니다."

나는 잠깐 멈칫했다. 그가 무릎 꿇은 채 치맛단 끝에 입을 맞췄기 때문이었다.

"이 세상 무엇보다 아름다운 당신을 위해서."

그는 그대로 일어나 달려가 버렸다. 너무나 빠른 속도라 무어라 말할 새도 없었다. 어느새 복도 저 끝으로 희미하게 보이는 뒷모습을 마지막으로 나도 등을 돌렸다.

이제는 선택해야 했다.

나는 천천히 눈을 감았다. 일렁이는 힘이 눈에 보일 것처럼 느껴진다. 하나는 멀지 않은 방, 다른 하나는 까마득한 지하.

눈을 뜨니 어느새 갈림길 앞이었다.

나는 한쪽을 택해 달렸다.

* * *

인생은 항상 선택지였다.

죽거나 살거나. 셰익스피어의 비극 속 왕자처럼 나는 늘 죽느냐 사느냐 이것이 문제가 아닌 적이 없었다. 선택하지 않거나 포기하는 것은 꿈도 꾸지 못했다. 내 죽음은 내 죽음이 끝이 아니라 사랑하는 이들의 아픔과 죽음을 동반했다. 가장 처음 죽었던 날인 하베르미아의 달처럼 말이다.

억지로 주어진 선택지는 고통스럽다. 차라리 이 삶을 끝내고 싶어 극단적인 선택을 하더라도 다시 선택의 순간으로 돌아온다.

반복은 사람을 미치게 한다.

나를 지탱하게 했던 이들은 나를 지극히 사랑했던 사람들이었다. 수없이 반복하는 끝에서 지쳐 가던 내가 하녀들에게는 끝내 다정했던 이유는, 플뢰온과 데인에게 필사적으로 숨기려 했던 이유는.

'변한 나를 보여 주고 싶지 않아서.'

반복하더라도 바뀌지 않는 사람들. 모두가 그대로인 세상에서 나 홀로 변해 버렸다고 인정하고 싶지 않아서. 들키고 싶지 않았다. 그래서 죽음을 피하는, 절체절명의 순간에도 사랑하는 이들에게 손 내밀지 않았다.

'카스토르.'

이 순간 나는 깨닫고 말았다.

인간다움이 한 톨 남지 않은 지금의 모습이 되기까지 수천 번 반복했던 당신은 나보다도 더 마모되었을 것이다.

<내 마지막 남은 양심과 이 제국의 중심을 없애러 갈 거란다. 나를 쫓겠니?>

내게는 플뢰온과 데인이 있었다. 그렇다면 카스토르 당신에게는 누가 있었나?

율리안이다.

벌컥 문을 열었다. 길게 숨을 들이켜며 앞을 응시했다. 털썩. 눈앞으로 쓰러지는 형체가 보였다.

'누구지?'

가장 먼저 눈에 띈 건 흐트러지는 새카만 머리칼이었다.

'카스토르? 아니야.'

아니다. 머리칼이 짧고 체구가 작았다. 고개를 들자 카스토르가 보였다. 그의 앞으로 벽에 등을 붙인 율리안이 보였다.

'이 사람은…… 5황자인가?'

5황자는 황족 중에 카스토르처럼 검은 머리칼을 가진 황자였다. 좀처럼 바깥으로 나오지 않아 얼굴 한 번 본 적 없었지만. 자세히 보니, 아주 앳된 얼굴이었다. 그의 옆으로 유리알이 깨진 안경이 보였다. 고개를 든다.

"아실리."

카스토르가 반갑다는 듯 나를 불렀다.

"조금 전 헤르난과 사슬이 끊어진 걸 느꼈는데 네가 한 일이겠구나?"

어째서인지 아주 어두운 방이었다. 커튼 사이로 들어온 빛은 카스토르의 얼굴에 사선 모양을 그렸다. 그는 아주 태연하게 웃었다.

"헤르난은 두 가지 얘기를 해 주었을 것인데. 어째서 이곳에 있는 건지 모르겠구나. 네가 선택할 수 있는 길은 수정에 가거나 나를 찾아오거나. 두 가지였을 텐데."

카스토르는 정확히 짚어 냈다.

"나를 택한 거니?"

그는 피로 적신 검을 늘어뜨리며 기분 좋다는 듯 웃었다.

"형님……."

하얗게 질린 율리안이 카스토르를 부른 순간이었다. 카스토르의 얼굴에서 미소가 사라졌다. 나는 얼른 손을 뻗었다. 손을 따라 펼쳐진 자색 나비가 순간 카스토르의 손을 휘감았다.

"율리안, 2황자가 당신의 마지막 양심이지?"

그의 침묵은 긍정을 대신했다. 후드득. 나비가 만들어 낸 사슬이 하나씩 끊어지고, 다시 내가 만들어 내는 힘겨루기가 계속 이어졌다.

"네가 오기 전에 모든 걸 끝내고 너를 반기려 했는데 말이다."

카스토르가 낮게 중얼거렸다.

"넌 예상을 벗어나곤 해."

카스토르는 반항을 멈추고 붙잡힌 채로 나를 응시했다. 집요할 정도로 광기 어린 시선이었다. 그가 천천히 미소를 덧그렸다.

"맞아. 여기 있는 내 동생은 내게 마지막 남은 양심이란다. 평범한 인간일 때부터 남은 마지막 마음이기도 하겠구나."

그는 담담하게 사실을 인정했다.

"한때는 아주 우애 좋은 형제였지. 아실리, 이전에 나는 시간의 반복을 벗어나는 방법을 안다고 했다. 그 저주를 벗어나는 방법이 무엇인지 아니?"

난 각성했지만 저주에서 풀려난 것은 아니었다. 카스토르는 마치 이를 안다는 듯이 말했다.

"사랑하는 이를 이 손으로 살해하는 것이지."

그 순간 거대한 폭발이 일어났다. 그와 내 기운이 뭉치고 뭉쳐 일으킨 충돌이었다.

쾅.

이미 창살이 우그러지고 유리는 깨진 지 오래였다. 그와 내 신력은 마치 상극이라도 되는 듯 이어 충돌을 일으켰고, 그 충격에 기둥에 금이 갔다.

"큭. 안 돼!"

본능적으로 폭발의 여파를 짐작했다.

'이 방만 무너지는 게 아냐!'

난 충격을 최소화하기 위해 황급히 힘을 바닥으로 끌어모았다.

'퍼지면 황궁이 무너진다. 충격을 지하로, 지하로 바꿔야 해.'

저적저적. 충격을 이기지 못하고 바닥에 금이 간다. 그러나 멈출 수는 없었다. 곧이어 땅 밑이 와르르 무너지고 한없이 추락했다. 몸이 허공을 부유했다. 다가올 충돌을 생각해 머리를 보호하고 웅크렸다.

바닥에 부딪치는 순간에는 아무리 나라도 거센 통증을 느꼈다.

"콜록콜록!"

난 황급히 상체를 일으켰다.

'율리안. 율리안은 살아 있나?'

등을 희미하게 파고든 고통을 이겨 내며 고개를 들었을 때였다. 나는 그대로 멈칫했다.

새카만 공간이었다. 그러나 조금 전 방과 달리 안이 훤히 보인다.

중앙에서 거대하게 어둠을 밝힌 거대한 광구 때문이었다. 벽으로 그림자가 일렁인다.

시시각각 다채롭게 변하는 신비로운 빛, 나는 이 빛을 알고 있다.

'맙소사.'

나는 천천히 입을 벌렸다.

"여긴……. 황궁 지하?"

거대한 수정이 눈앞에 있었다. 바닥은 온통 돌과 부스러기로 가득했다. 자욱한 먼지바람이 가라앉자 빛이 더욱 도드라졌다.

'그 방 지하에 수정이 있었다니.'

카스토르는 의도했을까? 알 수 없다. 하지만 분명 고려했을 것이다.

'수정으로 가는 가장 빠른 지름길이었을 테니까.'

아직 떨어진 지 몇 분도 지나지 않았다. 나는 황급히 카스토르와 율리안을 찾아 시선을 굴렸다.

그때, 수정 옆에서 저벅저벅 걸어오는 이가 있었다.

"덕분에 일이 쉬워졌구나. 아실리."

카스토르였다. 그는 한손에 율리안의 멱살을 쥔 채였다.

'설마 율리안을 살린 건가?'

주신의 후계자인 카스토르와 「죽음의 후계자」인 나는 이 정도 추락에도 죽지 않는다. 하지만 율리안은 비신관이다. 수정 빛에 드러난 율리안은 군데군데 생채기가 있었으나 큰 부상은 없어 보였다.

그를 보자마자 몰래 보냈던 보랏빛이 그의 검에 갈라져 사라진다. 마치 내 수를 읽은 듯이 빠른 손속이었다. 입술을 깨물었다.

'율리안이 움직이지 않아.'

그는 기절한 것인지 눈감은 채 축 늘어져 있었다. 그러나 카스토르가 든 검은 금방이라도 율리안을 벨 것 같았다.

"율리안은 기절했구나. 이대로 죽으면 너무나 편안한 죽음일 테지."

반쯤 어둠에 잠긴 그가 웃는 듯했다.

"율리안을 죽이면 네게 무엇이 남는데?"

카스토르는 검을 멈췄다.

"남기기 위해서 하는 일은 아니란다."

그리고 율리안을 바닥에 떨어트렸다. 하지만 쓰러진 그를 향한 검은 여전했다.

"오히려 남김없이 없애기 위해 하는 일이지."

그가 고개만 돌려 나를 향했다.

"저주 얘기를 하다가 말았구나. 그렇지? 너도 모든 걸 아는 편이 좋을 테니."

그 말에 흠칫하고 손을 떨었다.

"이 저주가 어디서부터 유래되었을지도 알면 좋겠구나."

천장을 바라보니 얼마나 떨어졌는지 짐작도 못할 정도로 깊었다. 꺾었던 고개를 바로 하며 그를 향했다. 수정의 오묘한 빛이 얼룩진 얼굴로 그는 입을 떼었다.

"오래전 주신은 자신을 사랑하지 않는 초대 황제에게 자신의 힘을 지나치게 부여해 시간을 반복하게 했다. 반복하고 또 반복해, 언젠가 자신을 택하도록."

그는 누구도 알려 주지 않았던 진실을 말하며 녹진하게 미소했다.

"초대 황제는 결국 자신이 사랑했던 반려를 이용해서 저주를 벗어나고, 벗어난 뒤에 소원을 빌었지."

오싹 소름이 돋았다. 수없이 많이 들었던 초대 황제 이야기였으나 카스토르 입에서 나온 것은 단 한 번도 듣지 못했던 이면의 이야기였다.

"더는 주신이 자신에게 아무것도 할 수 없게. 주신을 이 땅에 머물게 하자. 그렇게 나온 소원이 이것이었지. '당신이 이 땅에 머물면서 이 땅을 영원히 번영하게 해 달라.'"

수많은 역사가들이 찬양했던 황제의 마지막 소원. 그 소원에는 절박하고 추악한 진실이 숨어 있었다. 마침내 껍데기가 부서지고 새빨간 이면이 드러났다.

그의 눈동자로 더욱 거친 금빛 기운이 휘몰아쳤다.

"후손을 고려하지 않은 이기적은 소원 덕에 이후 황족은 끔찍한 저주를 겪었어. 힘은 차차 변질되고 저주는 악몽이 되었지."

카스토르의 눈에서, 더욱 거센 광기가 해일처럼 일어났다. 그는 이제 자신을 주체할 수 없는 것처럼 보였다.

"수천 번 주변인들이 죽었단다. 그리고 이 저주는 어린아이에게 세상이었던 이를 죽이게 했지. 그 속에서 형제도 우애도 덧없는 것이 되더구나."

그 속으로 처음 보는 표정이 드러났다.

"아실리. 같은 처지에 놓인 자가 왜 필요한지 아니? 아무도 이해할 수 없기 때문이야."

그의 눈은 이제 나를 향해 있지 않았다. 바닥에 쓰러진 채 정신을 잃은 동생을 향했다.

"율리안. 내 아우는 말했듯 내게 마지막 남은 양심이었단다. 수천 번 반복 속에서 변함없는 아우가 참으로 애처롭고, 사랑스러우며."

카스토르의 목소리가 웅웅 울려서 들렸다.

"증오스러웠지."

심장이 거세게 울렁거렸다.

<……카스토르를 좋아해요?>

<응? 그 말은 이상하구나. 형님인데 어찌 싫어할 수가 있겠어.>

카스토르가 낳은 피해자임에도 나는 카스토르와 같은 처지였기에 느꼈다.

<세상에는 그럼에도 지우지 못하는 애정이 있어. 형님은 내게 가족이니까.>

그는 수백, 수천 번을 죽었다. 나는 안다. 잔인하게도 반복되는 시간 속에서 사랑하는 이들은 변함없다. 그들은 언제나 아무것도 모르는 눈으로 나를 응시한다.

<황녀님, 오늘은 날이 좋을 거예요!>

40번의 반복 동안 한 번씩 나를 미치게 했던 것이었다. 왜 나를 기억하지 못하는 거야? 왜? 왜 나만 기억하는 건데! 왜! 왜!

수십 번 가슴을 치며 원망했던 하루, 이를 깨물며 울음을 삼켰던 하루. 당신은 이 하루를 수천 번을 견뎠다. 나는 한때 나를 외면하고 방관했던 헤르난을 끝내 용서하지 못했다. 헤르난에게도 사정이 있었음에도 불구하고 끝내 받아들이지 못했다.

수천 번 반복했다던 당신은 어떤 시간을 견뎠나? 이것이 수천 번이 되면 사랑하는 이마저 증오하는 시간이 되는 걸까?

"하. 하하하……."

이 순간 나는 이해하고 싶지 않은 것을 이해하고 말았다.

"당신에게 율리안은…… 사랑스럽지만 당신을 괴롭게 하는 이였다는 거지?"

카스토르에게는 율리안이 내게 플뢰온과 데인 같은 존재였다. 그러나 이제 그 효력도 다한 것이다. 무심하게 살해하려 할 만큼.

"맞아. 사랑스럽지만 나를 이해하지 못하는 이는 미치게 해."

무슨 마음인지 안다. 나도 느껴 봤으니까.

그런데, 그게 어쨌다는 거지?

일기장에서 홀에서와는 전혀 다른 폭발적인 힘이 튀어나와서 카스토르를 묶어 버렸다.

"조잡한 변명, 잘 들었어."

나는 고개를 기울여 웃었다. 나는 당신을 이해했다는 사실을 결코 들키고 싶지 않았다. 혐오스러웠다.

"저자가 당신의 마지막 양심이라니. 그렇다면 살려야지."

방을 가득 메운 빛 사이를 비틀대며 걸었다.

"당신이 불편하게 느낀다면 무조건 살려야지."

나는 화사한 빛 사이에서 웃었다. 나를 바라보는 살인자에게로.

"살아서 한 번이라도 더 당신에게 형이라 부르게 할 거야."

내게서 쏟아진 빛이 나비가 되어 율리안을 이끌어 왔다.

"억지로라도 당신에게 달콤한 말을 속삭이게 해야지. 당신이 괴로워하도록."

나는 기절한 율리안을 끌어안고 웃었다. 어째서일까. 정신이 또렷했다. 아울러 온몸에 힘이 넘쳤다. 손이 뜨겁다. 반지가 빛을 토해 내고 있었다. 이것 때문인 걸까.

"아실리."

"다가오지 마."

고개를 들었다. 사슬에 묶인 그가 눈앞에 있었다. 그가 눈을 느리게 감았다가 뜨자, 그의 주변으로 금색 기운이 농도를 높이며 똘똘 뭉쳤다.

힘겨루기를 하듯 나의 힘이 막아선다.

"돌아가지 못하는 날이 그리웠나? 돌이키지 못해서 후회했어? 나처럼? 당신이 그렇게 만든 나의 시간처럼?"

나는 입술을 휘어 차갑게 웃었다.

"그렇게는 안 되지. 카스토르. 어찌 당신이 원하는 대로 만들어? 당신 때문에 난 한 번도 내 뜻대로 살아 본 적이 없는데."

나를 이렇게 만들고서도 당신에게 양심이란 게 남아 있다니. 역겹다.

당신을 증오해.

"증오해."

그가 천천히 턱을 들어 올렸다. 시선이 마주쳤다.

"널 미워해. 사무치도록 미워하고 증오해. 당신을 혐오해. 내 생을 전부 바쳐서 저주해."

한 글자 또박또박 끊어 말한다.

"당신을 향해 증오를 담은 순간마다 못 수십 개를 삼킨 듯 피가 철철 흘렀어."

생생하게 떠오르는 죽음의 순간들.

"나는 당신이 만든 괴물."

눈물이 흘렀다.

"당신은 처음부터 알고 있었던 거야. 괴물은, 사람으로 돌아갈 수 없다는 걸."

아아, 이젠 안다.

나는 어떻게 해서든 이 순간을 벗어날 수 없다. 죽고 말았던 플뢰온이 되살아나지 못하고, 과거의 내 시간이 돌아올 수 없듯. 흉터가 남아 버렸기에. 극복했지만, 이미 변해 버린 것은 돌이킬 수 없다.

“아실리.”

“그, 이름으로 날 부르지 마.”

그와 나의 기운이 뭉치고 흩어지며 계속 겨루었다. 팽팽한 분위기 속에서도 우리는 서로를 향한 시선을 떼어 내지 않았다.

“나한테 왜 그랬어?”

“…….”

“말해. 왜 나였냐고!”

그의 멱살을 쥐고 다그치지만 그는 태연했다.

“……시작은 황제에게 빼앗기고 싶지 않은 마음이었다.”

그가 억지로 손을 뻗었다.

“너를 반복해서 죽이면 진정한 힘이 눈을 뜰 것을 알았지.”

그 손이 나에게 닿지 않았음에도 뺨에 솜털이 일어섰다. 마치 닿은 것처럼 선득했다.

“너는 죽음 속에서도 살아 있었어. 아름다웠다.”

그의 목소리에 늘 서려 있던 유혹하는 듯한 마성은 사라졌으나, 여느 때보다 심장을 거세게 울렸다.

“너를 가지고 싶었다. 누구도 너를 보지 못하게 평생 나의 새장 안에서 안전하게. 너를 가지고 싶었어.”

그가 진심을 다해 말하고 있다는 것을 알았다. 손안의 일기장이 진동했다. 그의 반항이 거센 탓이었다. 그러나 나는 힘을 쥐어짜내서 그를 구속했다.

“네가 사랑한 이는 아모르였나?”

“…….”

“너와 같은 이를 사랑하다니. 동정에서 시작했나 보구나.”

"닥쳐. 동정이 아니야."

나는 이를 악물며 대꾸했다. 신력의 대립은 더욱 거세졌다. 그와 나의 신력은 마치 물과 기름처럼 절대 섞이지 않으려는 듯 반발했다.

그가 묶인 채로 천천히 고개를 기울였다.

"이상하지. 이 순간에 나는 율리안이 어떻게 되든 상관없다 느낀단다. ……지독하게 증오했는데 말이다."

카스토르가 거센 기운을 일으킨다. 이겨 내지 못하면 그가 포박에서 풀려난다는 생각에 지지 않고 기운을 끌어냈다. 반지가 있는 손가락이 타들어 갈 듯 뜨거워진다.

"아실리. 나는 이 제국의 망령이야. 끝내 이 땅을 멸망시키고 말겠지. 수천 번 반복 끝에서 하나만을 바라며 살았으니."

기운이 바람을 일으킨다. 세찬 바람 속에서 카스토르의 목소리만은 똑똑히 들렸다.

"너만은 나를 이해하겠지. 나는 너를 귀애하고 아끼며, 이 순간에도 모든 신경이 네게 쏠려 있어."

꽁꽁 묶였음에도 그는 팔을 들어 올려 내 뺨을 감싸 쥐었다. 그의 입꼬리가 천천히 올라갔다.

"그래. 사랑. 사랑이구나. 너를 사랑해."

그는 광기가 휘휘 몰아치는 눈으로 고백했다.

"너는 반복 끝에서도 누군가를 사랑했다. 다정했으며 아끼는 이가 있었어."

광기에 물든 이라기에는 너무도 또렷하게 들리는 목소리였다. 아름다워서 귀를 막아 버리고 싶을 만큼.

"누군가를 완전히 소유하기 위해서는, 그이가 나를 사랑하게 하는 것보다…… 나를 증오하게 하는 것이 빨랐어. 나는 수천 년 전에 사랑을 잃었으니까."

그의 얼굴이 점차 가까워졌다.

"너는 나를 사랑하지 않겠지."

이 순간 내 눈은 그 어느 때보다 강렬한 긍정을 드러냈을 것이다. 그 또한 깨달았는지 미소를 지어 보였다. 그는 나를 향해 허리를 굽혔다.

"넌 나를 증오해."

그는 사슬이 목을 죄이는 순간에도 숨 쉬는 소리가 들릴 만큼 내게 가까이 다가왔다.

"그러나 네가 누군가를 사랑하는 마음은 날 향한 증오를 이기지 못하겠지."

숨소리가 섞였다.

"네 삶에서 나를 배제하지 못할 거야. 사랑보다 이 증오가 클 테니까."

닿기 직전 그가 멈춰 섰다.

"나는 그걸로 만족해."

입술이 닿을 찰나 거센 폭음이 터진다. 나는 그대로 튕겨 나가 저 뒤 벽에 등을 박았다. 신음을 흘렸다. 신력이 주는 충격엔 고통을 느끼는 걸까? 등으로 아릿한 고통이 느껴졌다. 벌떡 일어났다.

'일기장!'

단숨에 수정 가까이에서 쭉 밀려났다. 너무 어두워서 일기장이 보이지 않았다. 손을 가로로 뻗자 일기장이 휙 날아와 손에 잡혔다.

"율리안을 보호해."

멀지 않은 곳에 나와 함께 튕겨 나갔던 율리안이 보였다. 그는 아직 깨어나지 못한 듯 미동도 없다. 그러나 미약한 숨소리로 보아 아직 살아 있었다. 일기장이 반항하듯 부르르 떨었다. 나를 감싸며 짙어지는 빛은 내 뜻을 거부한다는 신호였다.

"내 말 따라. 어서!"

신력을 분산하면 카스토르에게 대항하기 힘들어진다.

'하지만 자칫하면 율리안은 죽는다.'

더는 무고한 사람을 죽게 둘 수는 없다.

"카스토르!"

카스토르가 수정 앞에서 손을 뻗었다. 그러나 수정이 그를 거부하듯 그의 손이 튕겨 나왔다.

"황제가 먼저라 이건가."

아스라하게 들린 말에 퍼뜩 정신이 들었다. 머리를 더듬었다. 조금 전까지 쓰고 있었을 왕관은 바로 옆에 떨어져 있었다. 눈짓하자, 자색 나비가 날아오르며 내게 왕관을 건넨다.

'황제는 나야.'

수정이 따르는 이는 황제, 그리고 후계자 순이다. 카스토르가 수정에 무엇을 하려 하든 간에 수정은 지금 나를 따른다.

그 순간이었다.

"막아서면 베어 내면 그뿐."

중얼거리던 카스토르의 검이 날카롭게 수정을 베고 지나갔다. 수정엔 흠집도 나지 않았다. 그러나 챙강. 소리와 함께 얇은 막이 부서진다. 그 막이 수정을 둘러싼 보호의 주술임을 알아차렸다.

'안 돼!'

땅을 박차고, 나는 순식간에 카스토르 앞에 멈춰 섰다. 젖 먹던 힘을 짜내서 수정을 보호했다. 쾅! 힘과 힘이 부딪쳤다.

"큭!"

하나 카스토르의 검이 번개같이 내질러지고, 신력이 합쳐진 어마어마한 검이 거세게 수정을 때렸다.

"늦었구나."

카스토르가 얼굴만 돌려 망연하게 선 나를 보며 미소 지었다. 그의 뒤로 쩌적쩌적 그물처럼 금이 간 수정이 보인다. 금방이라도 깨질 것같이 위태롭다.

"안 돼……."

그가 완전히 돌아섰다. 역광 탓에 돌아선 그가 웃는 입꼬리만 보였다.

"주신의 축복이 깃들어, 이 땅에는 봄과 여름만이 존재하며 항상 화창한 날을 유지했지. 또한 결계를 만들어, 이 땅을 외침으로부터 보호했다."

말이 끝나기 무섭게 우르릉 쾅쾅, 희미한 우레 소리가 들렸다. 항상 화창한 날을 유지하는 이 땅에서 절대 들릴 리 없는, 들려서는 안 될 소리였다.

"드디어 이 땅을 수호하는 결계가 깨졌구나."

카스토르가 담담하게 말했다. 나는 그의 손끝으로 뚝뚝 떨어지는 핏물을 보았다.

"감수할 것이 있었으나……."

수정을 부수는 대신 그도 성치 못했던 것이리라.

"곧 이 수정도 완전히 부서지겠지."

그의 광소 뒤로 수정이 아련하게 보인다. 흡사 하루 살고 죽는 반딧불이의 빛처럼 수정 안에서 그 어느 때보다 밝고 화려한 빛이 일렁였다. 불안이 심장을 뚫고 튀어나올 것 같았다.

"보았니, 아실리? 이 땅은 사라져야 마땅하단다."

저벅저벅. 걸어온 그가 내 팔을 잡아당겼다. 그가 내 뺨을 소중한 것을 쥐듯 부드럽게 감싸 안고는 천천히 떼어 낸다.

"나는 절대 멸망을 포기하지 않아. 이제 마지막 발판을 위해 나서야 겠구나."

그의 손에 들린 것을 보며 눈을 크게 떴다.

'저건……!'

바람 신의 성물이었다. 언젠가 3황자인 아벨이 내게 주었으나 루스벨라가 내게서 훔쳐 간 것이었다.

"마침내 이 땅이 멸망하고, 너와 나 두 사람만 살아남는다면 너는 날 더 증오할까?"

그의 눈에서 가늠할 수 없는 광기가 일렁였다. 만족스러운 미소가 함께였다.

"아실리, 끝을 위해 잠시 잠들어 주겠나?"

"뭐?"

나는 그 순간 가까스로 그의 손을 피했다. 그의 손에는 불길한 금빛이 깃들어 있었다.

"네가 황제라면 조금 거슬릴 일이 생길 것 같으니."

"나를 잠재우겠다고?"

"봉인에 가깝겠지. 깨어나면 모든 게 끝나 있을 거야."

그의 눈이 번뜩이며 나를 향했다. 한순간 꼼짝도 할 수 없었다.

'큭, 주신의 힘!'

움직이지 못한 것은 아주 잠깐이었으나 그걸로 충분했다.

"아무래도 힘을 다루는 능력은 이쪽이 한 수 위인 것 같구나."

그가 내 경험이 일천한 것을 꼬집으며 손을 뻗었다. 그때였다. 카스토르가 고개를 번쩍 들더니 한 걸음 뒤로 물러났다.

"누구냐."

이어 그가 번개처럼 검을 내질렀다. 눈앞에서 피분수가 터졌다. 붉은 핏방울이 구슬처럼 알알이 튀어 나가는 장면이 마치 슬로우 비디오처럼 흘러간다.

"아…… 올레시아?"

신비로운 자색 머리칼이 눈앞에서 출렁 춤을 추었다.

"이 순간에 방해라니."

카스토르가 이를 악물었다.

그는 다시 검을 들려 했지만 나는 그의 손이 후들 떠는 것을 목격했다. 그의 손이 반도 채 올라가지 못했다. 수정을 파괴했으니 그 또한 많은 부상을 입었는지도 모른다.

"이런, 시간이……."

카스토르가 성물을 꽉 움켜쥐었다.

"아실리, 잠시 이별이지만."

그가 그대로 상체를 숙여 내 귓가에 속삭였다. 그의 발밑으로 바람이 불며 그의 모습이 차츰 희미해진다.

"네 증오는 언제나 나와 함께이겠지."

그의 상체가 더욱 기울어졌다. 입술이 닿을 듯 가까워진 순간.

"전쟁이구나. 아실리."

그가 사라졌다.

"아올레시아!"

그가 사라졌다 느낄 새도 없이 나는 눈앞에 쓰러지는 몸을 붙잡았다.

"……호들갑 떨지 말거라. 별것 아니니."

아올레시아가 내 팔을 잡으며 나지막이 말했다.

"어, 어떻게 별게 아니에요?"

몸에 꽂힌 검 손잡이에서 피가 줄줄 새며, 그녀의 흰 옷을 가득 적셨다.

"검이, 당신 몸에……. 심장에 박혔는데!"

손이 덜덜 떨렸다.

카스토르는 마지막 순간 정확하게 아올레시아의 심장을 노렸다. 마치 그곳이 아니면 안 되기라도 하듯. 아올레시아가 깊게 숨을 들이켠다.

"하아……. 잊었니? 흡, 나는 죽음의 대신관이란다. 심장이 손상되더라도 살아 있을 수 있어. 잠시 동안은."

그 말대로 아올레시아는 심장에 검이 꽂히고도 살아 있었다. 그녀의 담담한 말에 나는 고개를 들었다.

얻어맞은 것처럼 검을 배회하던 손도 멈춘 채였다.

"무, 무슨 말이에요?"

그녀는 내 말에 대꾸하지 않았다. 대신 일어나서 수정을 향했다.

"이상하지 않니? 수정이 정말 파괴됐다면 산산조각 나고도 남을 시간인데."

"당신 지, 지금 무슨 말을……. 수정은 부서졌어."

"아니야. 자세히 보렴. 수정은 완전히 깨지지 않았어."

그녀의 말처럼 수정은 금이 간 위태로운 모습으로 간신히 형상을 갖추고 있었다. 아올레시아의 손이 수정을 더듬었다.

"네가 보호하는 데 성공했구나. 네 힘이 느껴져."

"내…… 가?"

"그래."

마지막 순간 나는 온 힘을 다해 수정을 보호했다. 아올레시아는 그게 유효했다며 천천히 고개를 끄덕였다.

"이 정도면 손을 쓸 수 있겠구나."

"그만해. 일단 당신의 치료가 먼저야!"

"황제가 죽었단다."

무어라 더 말하려던 나는 입을 다물었다. 그녀가 말한 황제가 나는 아니었다.

'선황.'

모든 일의 원흉인 최악의 황제를 말하는 것이리라.

"카스토르와 약속한 건 여기까지였지……. 이제 나는 삶에 여한이 없어."

후련하게 웃는 그녀를 보며 알았다. 황제는 마지막 순간 그녀에게 명을 달리했다는 것을.

"그런데 너는 희망이 죽은 눈이로구나."

당신은 이제 자유로워졌을까? 나는 헛웃음을 지으며 말했다.

"내가 이제 무엇을 할 수 있죠?"

카스토르의 즉위를 막기 위해 혼돈의 신관을 불러들였다. 각성을 숨겼다. 그러나 수정은 파괴되고 말았다. 반쪽뿐인 성공이다.

"당장 바깥에는 번개가 치고, 화창한 날은 사라졌어요. ……이제 내가 무엇을 할 수 있는데?"

그리고 완전하지 않으면 소용없는 성공이었다. 입술을 깨물었다. 무엇을 해야 좋을지 알 수 없었다. 아올레시아가 나를 보았다. 그녀가 천천히 손을 들어올렸다.

"나는 네게서 이런 눈을 보고 싶지 않았단다."

그 순간 휘청대는 그녀의 몸을 얼른 부축했다.

"젠장. 더는 말하지 말아요! 일단 치료부터……."

"들으렴. 중요한 얘기니까."

그녀가 쓰러진 채 내 팔을 꽉 붙잡았다. 어느새 그녀의 입가로 핏줄기가 흘렀다.

"이 수정 안에는 사실 죽음의 신이 봉인되어 있단다. 2천 년 동안 신력이 흘러넘쳤던 이유는 한 신을 이곳에 가둬 놓았기 때문이야. 쿨럭!"

"아올레시아!"

"긴, 쿨럭……, 하아. 긴, 세월 동안 신은 육체가 사라지고 정신마저 흩어져 신력만이 남아 수정 자체가 되었다. 네가 각성하고도 신을 보지 못한 이유기도 하지."

"그만. 이제 와선 중요하지 않은 얘기잖아요. 일어나! 얼른 여기를 벗어나!"

그녀가 고개를 저었다.

"초대 황제를 위기에서 구한 건 그녀의 반려였던 죽음의 신이었지. 그러니 나는 죽음의 신처럼 널 도우려 한단다."

그녀는 왈칵 피를 토해 내면서도 꿋꿋하게 말했다.

"이미 부질없는 목숨."

"말, 하지 말라고 해도……."

"나는 이 수정의 마지막 제물이 되겠다."

그녀는 이미 죽음을 각오한 눈이었다.

"물론 내 한목숨 바치더라도 완전한 복원은 힘들겠지만 그래도 그럭저럭 버틸 수준은 될 거란다."

아니, 제 목숨 따위 아무래도 상관없다는 달관자의 눈인지도 모른다. 나는 부아가 치밀었다.

"당신이 이런다고 고마워할 것 같아? 목숨을 아껴. 살아 있음에 감사하란 말이야!"

"글쎄. 나는 지금 누구보다 이 순간이 기쁘단다."

"그럼 혼자서 죽으란 말이야. 나한테 왜 이러는 건데!"

나는 희생이 달갑지 않다. 나를 위한 희생은 지긋지긋하다. 어째서 지금 이 순간 당신의 얼굴에서 플뢰온이 겹쳐 보이는가?

"희생은 싫어. 싫어요……. 당신은 내 엄마가 아니잖아. 흡, 왜 그래? 나를 버렸잖아, 왜 이러는 건데. 이기적으로 살아. 불행했으면 앞으로는 행복해지란 말이야!"

당신은 지난 세월 나를 외면했던 사람인데. 우리는 남인데. 타인인데. 왜 이제야 나를 이렇게 따뜻하게 바라보는 거냐고.

"너를 가르치며 문득 그런 생각이 들었단다. 내가 널 버려 둔 동안 네게는 너를 보살필 어른이 없었겠구나."

그녀가 손을 뻗어 내 얼굴을 더듬었다. 점차 핏기가 가신 그녀는 눈이 잘 보이지 않는지 초점이 맞지 않았다.

"그래서 너는 너를 스스로 돌보기 위해서. 아이이되 어른이 되었겠지."

"유…… 모가 있었어."

"그래. 하지만 네게 어른이 되지 못했겠지? 널 보호할 만큼 강한 어른이."

유모의 성정을 잘 안다며 그녀는 희미하게 웃었다.

"늘 스스로 묻고 스스로 답을 찾아야했겠구나. 아무도 알려 주지 않았겠지. 가장 외로운 순간에도……."

덤덤한 그녀의 말이 가슴을 파고들었다.

"그러니 물어보렴. 네가 품은 의문을 내가 모두 풀어 줄게."

"마지막에 그게 무슨 소용인데."

"하고 싶은 말이 있지 않니?"

그녀의 손이 다정하게 뺨을 쓸었다. 마치 어리광을 부려 보라는 듯이 따뜻한 손에 눈물이 뚝 떨어졌다.

"네 부끄러운 모습은 나만이 알 거란다."

나는 이를 악물었다.

"이…… 땅에. 이 땅에……."

나의 칼타니아스에.

"아직, 희망이 있나요? 있어?"

"물론."

그녀의 손가락이 눈물을 훔쳐 냈다.

"그리고 이건 네가 만든 가능성이란다."

그녀의 손이 점점 차갑게 식어 간다.

"아가."

그녀가 홀가분한 음성으로 나를 불렀다.

"나는 황제의 딸의 어미는 되고 싶지 않았으나."

"……."

"네 엄마는 되고 싶구나."

나는 그녀의 손을 잡고 울음을 터트리고 말았다.

"이제서야, 이제야 나한테 왜 이러는 거예요……."

"너를 사랑하게 되었단다."

아올레시아가 누구보다 아름답게 웃었다.

"너는 누구니?"

단순히 내가 누구냐를 묻는 것이 아니었다. 아마도 더욱 깊은 것을 짚어 냈을 것이다.

"나, 나는……."

직감이 들었다. 그녀는 지금 내가 진짜 아실리 로제가 아님을 알고 있다.

"나는……. 당신이 보는 그대로에요."

"쿨럭, 그, 렇구나."

죽어 가는 그녀는 언젠가 이렇게 화사하던 사람이었을 것이다.

"이름이 뭐니?"

"안. 지안."

"예쁜 이름이네."

마지막 힘을 다해 일어난 그녀가 내 이마에 입을 맞췄다.

"너는 잘 컸어."

그것이 그녀의 마지막 미소였다. 그녀는 기다렸다는 듯 수정 쪽으로 쓰러졌다. 황급히 손을 뻗었으나 그녀의 신력이 가로막았다.

"아가, 기억해 주겠니."

희미한 웃음이 망막에 새겨졌다.

"희망은 네 손안에 있고, 그건 오로지 네가 만들어 낸 것이란다."

그녀의 발끝이 사라진다. 아올레시아는 발끝에서부터 차츰 입자가 되어 사라지고 있었다.

"아아. 아실론. 드디어 나는 그를 보게 될까……."

그녀가 중얼거렸다.

"더는 비극은 없을 거란다. 그런 감이 드는구나. 아가."

그러고는 천천히 고개를 들어 나를 향했다.

"이곳에서 너를 지켜볼게."

마침내 돌고 돌아 나의 엄마가 마지막으로 웃었다.

"내 마지막 힘을 담아, 축복을 비마. 너의 행복을."

찬란한 미소가 그녀가 내게 남긴 마지막 기억이었다.

* * *

나를 구조하러 온 신관들을 따라 홀로 돌아왔다. 마침내 다시 옥좌로 돌아왔을 때였다.

"크, 큰일이옵니다!"

누군가 거칠게 홀 안으로 들어섰다. 남자는 엉망이 된 홀을 보며 흠칫했다가 나를 향해 뛰어왔다. 신관은 「주신의 후계자」를 느낀다. 본능적으로 알아챈 것이리라.

"월터 왕국이 전쟁을 일으켰습니다!"

모두가 경악한 얼굴로 남자를 쳐다봤다. 그러나 나는 홀로 태연한 낯으로 남자를 응시한다.

"지휘관은 왕국의 1왕자 슬로레니안 레 월터."

책 속이 아닌 이야기, 그러나 멸망으로 향하는 끝은 같다.

"무서운 속도로 이곳을 향하고 있다 합니다!"

이젠 무엇을 해야 하는가?

"빠르게 이곳을 수습해."

이야기의 끝. 전쟁이다.

23. 최후의 전쟁 (1)

칼타니아스 서쪽 에페소스는 거대한 황무지이다. 풀 한 포기 자라지 않는 이 땅에는 신기하게도 거대한 숲이 있다. 숲과 황무지, 참으로 아이러니한 조합이지만 오래전 이곳에 머물다 사라진 신 디아나 덕에 이러한 기묘한 풍경이 가능했다.

제국의 신력이 차차 약해짐에 따라 숲도 조금씩 사라졌다. 그러나 과거에 비해 4할 이상 줄었다고 하나, 황무지의 숲은 여전히 건재했다.

"대신관이시여."

에페소스의 거주 구역은 숲 바로 옆이다. 숲은 신전이 있는 장소라 하여 신관들만이 출입할 수 있었다.

"그들의 움직임이 포착되었습니다."

황무지에는 거대한 그물이 있었다. 혹자는 벽이라 부르나 모양이 그물

같이 생긴 데다 튼튼한 철로 만들어졌기에 그물이라 부르곤 했다. 이 또한 오래전 사냥을 즐기던 신 디아나가 남기고 간 산물이다.

에전에야 사냥을 위해 쓰였으나 시간이 흐르고 차차 숲이 사라지며 국경을 가르는 벽의 역할을 했다. 이 그물을 통해 제국에서 바깥으로 나갈 수는 있으나, 바깥에서 안쪽으로 들어오기 위해서는 이곳을 지키는 신관의 허가가 필요했다.

이 때문에 디아나의 신관들은 서쪽을 지키는 방패가 되었다.

"윌터 놈들 말이더냐. 아무래도 우릴 말려 죽이려는 모양이군."

그러나 디아나의 신관이 서쪽에 머물게 된 이유는 한 가지 더 존재했다.

여성이 고개를 들었다. 청색 머리가 굽이쳤다.

"정확한 위치는?"

"그들은 덫을 피해 동쪽으로 이동했습니다. 동시에 전진하더군요. 3일 전보다 더 가까워진 셈이지요."

"수도로 보낸 놈은 도착했다더냐."

그녀는 여성치고는 매우 낮은 목소리였다. 사냥의 신 디아나는 자신의 대신관을 여성으로 한정했다. 현 황제는 여성 신관을 탄압했으나 여성으로만 이어지는 신마저 어쩌지는 못하여, 수도로 불러들이는 대신 서쪽에 유배했다. 대신관 또한 황제와 충돌하는 대신 서쪽의 방패가 되기를 받아들였다.

"네. 아울러 보고서가 도착했는데……."

황제는 이들이 남성을 신관으로 받아들이게 했다. 그렇기에 현 디아나의 신관들은 혼성이었다.

"새로운 황제가 즉위했습니다."

"그래, 황궁에서 초대장 날아왔었잖아. 즉위식한다고. 근데 표정이 왜 그러냐?"

"그게…… 황녀께서 황제가 되신 듯합니다."

"뭐?"

대신관 아탈란테는 놀라서 고개를 번쩍 들었다.

"황태자는 어쩌고?"

계승식이 있다고는 그녀도 들어 알았다. 황태자가 즉위할 것이 당연했다. 여성 후계자가 있다는 것도 놀라운데, 그 황제가 여성 후계자를 즉위하게 두었다니?

"선황은 서거하셨습니다. 황태자의 손에 살해당하셨다는 모양입니다……"

보고하던 신관이 두루마리를 쥔 채 난감한 표정을 지었다. 허, 대신관이 혀를 찼다.

"개판이군."

아들이 아비를 살해하고, 막내 황녀가 오라비를 몰아내고 황좌를 거머쥐었다는 건가? 어딘가 석연치 않았다. 최강의 후계자를 이길 만한 힘이 있었다는 것도 신기한데, 그런 이가 지금까지 금기시되던 여성 신관이라……

"멋진 개판이야."

대신관이 탁자를 치며 킬킬 배를 잡고 웃었다.

"이봐. 솔직히 말해 봐. 너희 나 없이 얼마나 버틸 수 있냐?"

대신관이 거대한 활을 만지작거리며 물었다.

"글쎄요. 3일이 최대이지 말입니다."

"그럼 안 되겠네. 수도에 한번 가 봐야 할 성싶은데……"

대신관이 중얼거리며 천을 걷어 냈다. 창문을 대신한 천이 걷히고 황무지가 드러났다. 아탈란테는 거대한 활을 조준해 무성의하게 당겼다 놓았다. 그 순간 그녀의 귀에 억, 하는 단말마가 들렸다. 옆에 있던 신관이 고개를 돌리자, 그의 눈에 말에서 떨어지는 월터의 병사가 보였다.

"척후병이군요."

보통이라면 보이지 않겠으나 신관의 신체 능력은 월등했다.

"그래. 결계가 사라지고 더욱 판을 치고 있네."

"이대로라면 거주 구역까지 금방입니다."

"뭐. 아직까지는 유능한 전략가 덕에 버티고 있으니 망정이지."

황무지 너머 언덕에 월터의 군사가 나타난 지 딱 5일째였다. 그들은 새까맣게 몰려와서는 어쩐 일인지 바깥에서 서성였다. 아탈란테는 그들이 결계 밖에서 대기하는 것임을 알았다. 그들이 무엇을 기다렸는지는 금방 나타났다. 얼마 뒤 결계가 사라졌으니까.

'그것도 계승식에 맞춰서 말이지.'

그러나 에페소스의 반항이 만만치 않아 그들은 섣불리 들어서지 못하고 있었다. 신의 그물 덕택이었다.

"저 그물을 이렇게 쓰리라고는 생각도 못했는데 말이지."

"여신의 안배이지요."

"흥. 여신께서 이딴 일에 쓰라고 주셨겠느냐. 신성 모독이니라, 인마."

그렇게 말하며 그녀의 눈이 먼 황무지를 향한다. 결계는 사라졌으나 신의 힘은 여전히 땅에 머물러 있다. 이는 아주 희망이 사라진 건 아니라는 뜻이다.

이윽고 황무지로 수십의 무리가 나타났다. 조금 전 척후병이 속했던 척후 부대이리라.

아탈란테가 다시 활을 들었다. 숨을 몰아쉬며 눈을 가늘게 좁혔다. 그 순간 그녀의 청색 눈에서 자색 불길이 일었다. 비가 내렸다. 그녀가 선택한 땅에 화살이 비처럼 내렸다. 자비 없는 화살이 침략자에게 벌을 내린다. 성물 녹틸루카의 능력이었다.

"대신관님의 활은 언제나 백발백중이로군요."

"아니. 하나…… 아니, 둘 놓쳤다."

그녀는 한 부대를 전멸하고도 후련하지 못한 표정이었다.

'이상해.'

그녀가 활을 쏜 순간 묘한 감이 들었다. 그리고 그녀는 단 두 사람을 맞추지 못했다.

'대체 이 힘은 뭐지. 내 힘을 무위로 만들다니.'

가장 후미에 있던 두 사람. 둘 다 새카만 망토를 입어서 얼굴이 보이지 않았다.

'어째서 주신의 힘이 느껴진 거지?'

힘을 무로 만드는 힘은 하나밖에 없다. 모든 힘을 통제하는 힘. 하지만 어째서 윌터 왕국에서 후계자의 힘이 느껴진단 말인가?

"……보고할 일이 한두 가지가 아니군."

활을 내려놓은 그녀가 중얼거렸다. 길게 땋은 청색 머리가 이리저리 흔들렸다.

"가서 그를 불러와."

"누굴 말씀하십니까?"

"그 왜, 귀신같이 좋은 방법 생각해 내는 걔 말이다."

"네!"

아탈란테는 신관이 놓고 간 보고서를 바라보며 눈을 살짝 찡그렸다.

"그나저나 황제란 말이지…….."

디아나의 신관은 황실과 사이가 좋지 않다. 이곳에 그들을 유배한 이가 황제였으니까.

'버티는 건 최대 한 달.'

그러나 어차피 군대를 요청하기 위해서는 황제를 알현해야 한다. 그녀가 됐든, 그녀의 수하가 됐든.

"황제가 여성이라. 중앙의 고리타분한 놈들이 쌍수 들고 반대하지 않으려나."

그녀가 저 멀리 월터의 진영을 보며 중얼거렸다.

* * *

나는 불현듯 눈을 떴다. 벌떡 상체를 세우자 등 뒤가 흥건했다. 잔뜩 긴장했을 때나 나올 법한 식은땀이다. 나는 이마를 닦으며 고개를 기울였다.

'방금 뭐였지?'

분명 누군가 나를 불렀는데, 그 목소리는 순식간에 사라졌다.

하늘을 보자 깜깜한 밤이었다. 이런 시간에 나를 부를 이는 없을 것이다. 더구나 계승식 이후 어수선한 시기라 경비가 더욱 강화된 지금에는 더더욱.

"무슨 일인가."

함께 누워 있던 아모르가 상체를 일으켰다. 나는 그의 어깨에 기대며 고개를 저었다.

"분명 누군가 불렀는데……. 잘 모르겠어요. 환청인지."

탁자에 놓아둔 일기장을 보며 중얼거렸다.

'혹시 루스벨라인가?'

그러고 보니 각성 전에도 그녀의 목소리를 들은 적 있지 않았던가.

'플뢰온이 죽던 날, 그녀의 목소리가 계속 머릿속에 울렸지.'

일기장을 통해 내게 말을 전달할 수 있는 걸까?

"환청이라, 신관에게 일어나는 일 중 우연은 없다는 말이 있지."

잠시 고민하던 아모르가 말했다.

"그럼……."

"보통 신관이 듣는 말은 신의 뜻이다. 신이 남긴 말이지."

하지만 내게 힘을 준 두 신은 이 땅에 존재하지 않는다. 하나는 땅에 깃들고, 하나는 수정에 녹았으니까.

"사람의 음성일 가능성은 없을까요? 이를테면 성물을 통해 남긴 거라거나."

"그럴 가능성도 있지. 나만해도 식물을 통해 뜻을 전달할 수 있으니까."

그가 관자놀이에 입을 맞추며 속삭였다.

"이제 진정이 좀 되었나?"

"아……."

그의 손이 눈가를 어루만진다. 눈을 스친 손 뒤로 그의 얼굴이 보였다.

"네. 괜찮아요. 이런 것쯤이야 익숙한걸."

나는 그의 손을 잡으며 희미하게 웃어 보였다. 그는 난감한 듯 눈을 조금 찌푸렸다.

"이런. 잘 안다 이건가."

이내 단단한 팔이 허리를 감싸며 그가 머리를 붙였다.

"내가 그런 말을 싫어한다는 것도 알았으면 좋겠는데."

날숨이 코를 간지럽혔다. 그는 코끝에 가벼이 입을 맞추고는 이어 말한다.

"속상하다는 것도."

"으응, 미안해요. 읏?"

그가 그대로 내 어깨에 머리를 묻었다. 맨살에 그대로 닿는 숨에 움찔 어깨가 떨렸다.

"미안하다니. 그럼 하던 일, 마저 해도 되겠지?"

"자, 잠깐만. 아모르."

"싫어. 못 참아."

레베카가 준비한 침의는 어깨가 고스란히 드러나는 옷이었다. 물론 그녀는 누군가 내 어깨를 파고들 거라고는 생각 못한 채 주었겠지만.

"잠깐, 잠깐잠깐. 잠깐만요!"

그가 고개를 들었을 때, 가까스로 그의 입을 막고 눈을 마주했다.

"지금 몰래 들어왔다는 자각은 있는 거죠?"

바깥에는 호위를 맡은 순찰대가 있다. 당연히 옆방에는 레베카가 있고.

"물론."

그가 입을 가로막힌 그대로 눈을 야살스레 휘었다.

"그래서 최대한 조용히 하고 있지 않나."

그가 나른하게 속삭였다.

'아, 아모르가 이런 표정도 할 줄 알았나?'

당황하는 사이 손이 미끄러지며 그의 손에 안착했다. 손끝에 입 맞춘 그가 고개를 들었다. 어느새 그의 다른 손이 허리에서 미끄러져 다리를 붙들었다. 그는 입술을 가져다 대며 치마 아래 드러난 하얀 다리를 쓸 었다.

"내일은 홀에서 회의가 있지?"

"네? 으읏, 네."

"그런데, 언제까지 내게 존칭을 붙일 셈인가?"

"아⋯⋯."

그의 말이 맞았다. 이전까지 황녀였다면, 이제는 황제였다. 내 쪽이 그보다 신분이 높았다. 그가 목 아래 입술을 눌러 붙였다. 따뜻한 숨이 간질간질하다. 생경한 감각에 뺨이 발긋하게 달아오르는 기분이었다.

"친애하는 황제 폐하. 그대는 이제 눈앞의 황자보다 높은 분이 아니신가."

"⋯⋯그렇지만 자각이 안 드는걸. 내내 수습만 했으니까요."

"이젠 익숙해져. 얼른."

"아, 음. 그럴게⋯⋯."

어설프게 말꼬리를 늘린다. 그러자 그가 못마땅하다는 듯 내 입술을 톡 쳤다.

"따라해. 그러겠다."

"그러겠⋯⋯ 다?"

"옳지. 그리고 사랑한다."

"사랑한⋯⋯ 아모르?"

"그래. 나도."

눈을 동그랗게 뜨며 그를 바라보자, 그가 만족한 듯 눈을 접었다. 이내 입술이 내려앉았다.

"언제 어디서든 함께하마."

입맞춤이 녹진하게 입술을 녹였다. 그가 잠시 떼어 내며 속삭인다. 그리고 다시 이어졌다.

"사랑스러운 로제. 나의 황제시여."

* * *

다음 날. 계승식이 일주일이나 흐른 뒤, 겨우 홀의 정비가 끝나고 드넓은 홀에 다시 한 번 신관이 모였다.

"혼돈의 신관과 손을 잡다니요!"

이전보다 신관의 수는 줄었다. 그날 부상을 입거나 사망한 자도 있었고, 무엇보다 그날과 달리 중요한 대표 격 인사만 모였기 때문이다. 또한 신관 귀족 외에도 비신관 인사들도 함께였다. 행정직 요직 중에는 더러 비신관 귀족이 있었다.

'비신관은 배려하지도 않는군.'

그들은 흥분을 주체하지 못하고 신력을 가시화시키는 몇몇 신관 쪽을 보며 고개를 절레절레 저었다.

"그들은 역사 내내 제국의 반역자였습니다. 언제고 황실의 뒤를 노리는 하이에나 같은 자들이었단 말입니다! 그런 자들과 손을 잡다니 인정할 수 없습니다."

열변을 토하는 이는 창과 방패의 대신관이었다. 이들은 검의 신전과 함께 무력 집단의 일이순위를 다투는 신전이었다.

"거기다 황실을 제외하고 가장 강력한 신전인 눈과 바다의 신전이 혼돈의 신관이었다니, 한 번 배신하는 것이 어렵지 두 번은 어렵지 않습니다. 폐하, 이런 배신자들을 어찌 믿으십니까? 이들이 언제 다시 배신할지 알 수 없는 일입니다!"

그의 뒤를 이어 나이 든 대신관이 고개를 끄덕였다. 강의 신 이나코스의 대신관이었다. 그 옆에서 함께 끄덕이는 자는 안개와 새벽의 신 아우로라의 대신관으로 둘 모두 온건한 성향을 지녔다.

나는 황실을 제외하고 가장 강한 신관은 아모르와 헤르난인 걸 알려 줄까, 아니면 혼돈의 신관이 더는 배신할 일은 없다고 말할까 고민했다.

'들을 얼굴이 아니네.'

좀 더 지켜보는 쪽을 택했다. 그러자 폰투스가 앞으로 나섰다.

"눈과 바다의 신전 대표로서 말씀드리지요. 먼저 저희가 앞으로 황실을 등지는 일은 절대 없습니다. 나를 비롯한 혼돈의 신관 전체가 바라는 후계자께서 황제가 되셨으니 말입니다."

저주가 풀리지 않은 그는 여전히 소년의 모습이었다.

"아니면 스틱스강에 대고, 맹세를 해 드오리까?"

그러나 누구도 그를 얕잡아 보지 못했다. 눈과 바다의 신관만이 가진 서늘한 기운이 그의 주변에 자리했기 때문이었다.

"그 전에 누군가의 팔다리를 얼리는 것이 먼저일 것 같은데."

그 말과 동시에 쩌저적, 회의 탁자에 얼음 꽃이 피었다.

"탁자 얼리지 마. 폰투스."

낮게 주의를 주자, 폰투스가 실례했다는 듯 고개를 숙여 보였다.

"이런 실례했습니다."

날 향해 살짝 낯을 풀었던 그가 고개를 돌렸다.

"사실 이 소리를 다른 누구도 아닌 창과 방패의 대신관에게 들을 줄은 몰라서 말입니다."

"무어라?"

"반역자가 반역자를 매도하는 것은 참으로 우스운 일 아닙니까?"

그가 서늘하게 시선을 빛냈다.

"우리가 오래전에 실패했다면 그대들은 최근에 실패한 일일 텐데."

그 말에 창과 방패의 대신관이 숨을 삼켰다. 이 자리 대부분은 2황자의 난을 따랐던 신관이었다. 폰투스는 좌중을 돌아보며 힘 있게 말했다.

"스스로 떳떳한 자, 혼돈의 신관을 향해 검을 던지시지요."

언젠가 그는 더는 황제의 만행을 두고 보지 못했기에 혼돈의 신관이 되었다 했다. 그러니 가엾은 이들을 불쌍히 보아 달라 말했다.

"그대들 대부분은 이 제국 뒤에 추악한 진실을 알았을 터. 하면 최악의 황태자가 즉위하는 것이 옳았던 것인지?"

폰투스가 조용조용하고 서늘한 목소리로 읊조렸다. 그의 작은 목소리는 공간을 압도했다. 한마디로 공간을 지배한 그는 돌연 시선을 한쪽으로 옮겼다. 시선을 따라가면 한 사내가 있었다.

"그대는 어찌 생각합니까. 지혜의 대신관."

그러자 시선을 받은 사내가 머리를 들었다. 이십 대 후반쯤 되었을까, 아주 앳된 사내였다.

'저런 이가 대신관 중에 있었나?'

"갑자기 제게 물으실 줄은 몰랐으나 질문을 들었으니 답을 해 드려야겠군요."

굳이 앳되었다 표현한 건 나이가 지긋한 신관과 대신 사이에서 유독 눈에 띄었기 때문이었다. 아모르와 레베카가 주었던 정보를 뒤적이다가 알아냈다.

'죽은 율리안의 외조부를 이어 대신관이 되었다고 했지.'

나는 툭툭 옥좌를 두드려 레베카를 불렀다.

"새로 지혜의 대신관이 된 사람은 죽은 대신관의 동생이라 하지 않았어?"

작게 눈을 찌푸리며, 그녀에게 속삭였다.

"나이에 의문을 느끼셨겠지만 동생 맞습니다. 죽은 이의 부친이 뒤늦게 나이 차가 큰 늦둥이를 보았다 합니다."

소리 죽인 의문에 레베카가 대답했다.

"사생아입니다."

그러니까 죽은 지혜의 대신관의 부친이 아주 늦게 아들을 하나 더 봤다는 건가.

'지혜의 대신관도 핏줄에서 핏줄로 이어지는 힘이었지.'

강한 힘일수록 핏줄로 연결된다. 3등위 신인 지혜의 메티스 또한 그러했다. 반란으로 여태 황가를 제외하면 제일 지위가 높았던 지혜의 대신관 일가는 풍비박산 난 것이나 다름없었다.

살아남은 자 중 그나마 가장 힘이 강한 자가 이어받았겠지. 하지만 저 얼굴로 율리안 할아버지 격이라니……

"더구나 신관은 대부분 젊음을 오래 유지합니다. 보이는 것보다 나이가 많은 이입니다."

그럼 저기 나이 든 대신관은 왜 저러하느냐 물으려다 말았다. 생각해 보니 오래 살았겠구나 싶었다.

"폐하."

지혜의 대신관이 나를 불렀다.

"지혜의 대신관 디케가 감히 한 말씀 올려도 되겠습니까."

조금 전, 나와 레베카의 대화가 그들 귀에도 들렸겠지만 모른 척할 거다. 이게 다 권력이다. 내가 고개를 까딱여 허락하자, 안경을 걸쳐 쓴 남자가 부드럽게 웃었다. 나는 저 안경이 날카로운 낯을 가리기 위한 도구라는 생각이 들었다.

"전쟁 준비에 돌입해야 할 시기입니다. 한시가 바쁜 시간이지요. 신은, 혼돈의 신관과 손을 잡는 것도 나쁘지 않다 봅니다."

마음에 들지는 않지만 어쩔 수 없다는 소리인가. 나는 계속해 보라는 듯 남자를 응시했다.

"한데, 신에게는 약간의 의문이 있습니다. 긴 역사 동안 제국은 장자 계승이 원칙이 아니었으나 대부분의 후계자가 장자였음은 부정할 수 없지요."

나를 따르는 이들의 눈초리가 가늘어졌지만 그는 차분하게 말했다.

"후계자가 없던 때에는 부득이하게 강력한 신관이 잠시 제위에 올랐다고 하나, 폐하의 위로는 아직 살아 계시는 황자님께서 계시지요. 그리고 한 분께서는 강력한 신관입니다."

"나 말인가?"

옥좌 오른쪽에 편히 기대어 서 있던 아모르가 나른하게 말을 던졌다. 아모르의 얼굴에 미미하게 짜증이 어렸다.

"저런 황자님, 언짢게 해 드렸다면 사과드리겠습니다."

대신관은 아모르를 향해 정중히 고개를 숙여 보이고는 다시 나를 향했다.

"폐하, 저는 원칙을 말하는 것입니다. 현명하신 황제께서는 지혜의 대신관이 재판을 함께 관장함을 아실 터입니다. 한시가 바쁜 상황이나 저희는 완전히 원칙을 무시할 수도 없지 않겠습니까?"

"이봐, 지혜의 대신관. 그대는 무엇을 말하고 싶은 거지?"

지금껏 침묵하던 그라니우스가 끼어들었다.

"저런. 힘의 대신관께서는 심기가 불편해 보이시는군요."

"그래. 전쟁을 앞두고 시시콜콜 하찮은 시비를 거는 이유가 무엇인지 묻고 싶은데.”

“시비라니, 그리 들렸습니까? 그럼 좀 더 명확하게 말해 볼까요.”

지혜의 대신관은 그라니우스가 부숴 버린 탁자에서 눈을 떼어 내며 허리를 꼿꼿이 폈다. 그는 다갈색 머리를 가진 남성이었다. 얼핏 햇살에 비친 머리칼이 금빛 줄기를 품은 것같이 보이기도 했다. 안경 아래 보인 눈은 서늘하여, 계산하는 것처럼 보이기도 했다.

“법전에는 대원칙이 적혀 있습니다. 여성은 황제가 될 수 없다.”

모든 이가 숨을 삼켰다. 설마하니 내 즉위를 정면으로 반박하는 이가 있을 줄은 몰랐을 것이다.

“선황께서 정하진 원칙입니다. 폐하께서는 이를 어찌하겠습니까?”

그는 고개를 조아리며 물었다. 이미 나를 폐하라 부르면서 나의 정통성을 의심한다. 그러나 그렇다고 이 사람에게 나를 끌어내릴 방법은 없다 봐도 좋았다. 순전히 조롱이었다.

나는 입꼬리를 끌어 올렸다.

“바쁜 시국임을 강조하면서. 묻고 싶은 건 마음껏 묻는구나.”

레베카가 조언했다.

<황제가 되셨으니 몸가짐과 행동은 더욱 달라지셔야 합니다.>

<어떻게?>

<위엄을 가지셔야 하지요.>

황녀로서 나설 때와 다른 말씨와 행동을 짧게나마 배웠다. 우스웠다.

삶은 변하고 또 변한다. 어느새 가장 밑바닥에서 올라 나를 버려진 황녀 말하던 이들을 내려다본다.

“묻겠네. 그 법은 누가 만들었지?”

“선황께서 만드셨습니다.”

"그 황제는 묘지에 묻혔지."

"……."

"아니, 죽었다 표현하면 되겠나?"

나는 입술에 손을 가져가며 눈을 휘었다.

"나는 누구지?"

"……황제이십니다."

대신관이 꺼리는 낯으로 답했다. 이에 나의 웃음이 검은 잉크처럼 진해졌다.

"그래. 내가 황제야. 내 오라비로부터 제국을 지탱하는 수정을 보호한 것은 나."

누구도 황제를 강제할 수 없다.

"수정이 파괴됐다면 이 자리에 서 있을 수도 없던 자가 바로 그대 같은 대신관이지. 제국을 구한 것은 나인데, 나를 끌어내리고 무엇을 하고 싶다는 걸까……."

난 빙그르 웃었다.

"아니면, 그대는 내가 폭군이 되길 바라나?"

누군가 숨을 크게 들이켰다.

"……가당치 않습니다."

"농일세. 나는 선황처럼 살고 싶진 않거든."

"……."

"그리고 내 오라비처럼 되고 싶지도 않으니 말이다."

황제의 자리가 꽤 높이 있어서 오래전에는 바닥에 있는 사람이 잘 보이지 않겠다 생각했더랬다. 그런데 지금 보니 신관의 시력은 생각보다 더 좋아서 모든 얼굴이 똑똑히 보였다.

붉으락푸르락하는 얼굴도, 당황하는 얼굴도, 그리고 홀로 태연한 얼굴도. 가장 마지막, 홀로 태연한 얼굴은 지혜의 대신관의 것이었다. 나는 그에게서 눈을 떼었다.

"그래. 지혜의 대신관 디케. 그대 말대로 내게는 아직 살아 있는 오라비가 둘이나 있다."

이 자리에 없는 3황자와 데인은 굳이 언급하지 않았다.

"어때요. 4황자 오라버니."

대신에 옥좌 오른편에 기대선 아모르에게 물었다.

"황위가 탐나시나요?"

"글쎄."

흘끗 날 바라본 아모르가 픽 웃었다.

"저는 다른 게 탐이 납니다만."

그 순간 옥좌를 타고 탐스러운 붉은 꽃이 피었다. 화려하게 핀 꽃 사이로 그가 나만이 알아챌 수 있는 불통함을 보였다. 마치 이런 질문이 불쾌했다는 듯이. 그가 손을 뻗어 내 손등에 입을 맞췄다.

"나는 너의 반려 자리로 충분해."

나에게만 들릴 법한 목소리로 중얼거린 그가, 순종적인 낯을 하며 한쪽 무릎을 접었다.

"폐하, 당신과 저는 친오누이가 아닐뿐더러 당신께서 쓴 관과 반지는 주신이 황제로서 인정한다는 증거."

그러나 나를 보는 시선은 오직 나만이 알 수 있다. 절대 물러나지 않겠다는 진득한 시선을.

"당신께서는 이미 증명하셨습니다. 누군가는 가당찮은 정통성을 내세워 지탄할지 모르나, 그런 이는…… 어느 날 사라져도 아무도 모를 것입니다."

날카롭고 서늘한 그의 시선이 아래를 향했다.

여기 있는 누구도 이 뜻을 모르지 않을 것이다. 아울러 나와 그의 관계도. 나는 그의 뺨을 사랑스럽다는 듯 어루만지고는 고개를 돌렸다.

"그렇다네요."

나는 보지도 않고 또 다른 이에게 말을 걸었다.

"또 다른 오라버니의 생각은 어때요?"

지금까지 한마디도 하지 않았던 사람이 율리안이었다. 율리안의 시선이 날 향했다.

"아실리."

"네. 오라버니."

율리안이 희미하게 웃었다. 그는 알아챈 듯했다. 지금의 존칭이 나의 마지막 배려라는 것을. 이내 그가 자리에서 일어났다.

"놀라워. 나라면 이렇게 할 수 있었을까?"

그는 부드럽고도 쓸쓸한 미소를 지었다. 2황자이자 황위에 가까웠던 사람. 단 한 번도 그와 제대로 마주한 적이 없었다. 처음은 서로가 서로를 몰랐고 탑에서는 오직 나만 다급한 상황이었다.

모두가 그를 좋은 이라 말했다. 카스토르만이 그를 위선적이며 추악하다 말했다. 그러나 아마 그가 실로 어떤 이였는지 알게 될 날은 오지 않을 것이다. 한때 카스토르의 양심이었고 마지막 기둥이었을 그가 나를 다정하게 올려다본다.

"나는 한때 네 이름을 제대로 부르고 너와 대화를 나누고 싶었단다."

어째서냐는 나의 시선을 기민하게 눈치챈 율리안이었다.

"어째서냐면 우리는 남매니까."

율리안이 웃었다.

"하지만 이것이 오누이로서의 마지막이겠지."

율리안을 따르는 이들은 지극히 충성스럽다. 그렇기에 이 지경이 되어서도 그를 포기하지 못한 이가 있다. 그도 나도 알았다. 한쪽이 굽히고 굴복해야 하는 것임을.

"친애하는 황제 폐하, 2황자로서 마지막 청이 있습니다."

그의 목소리가 일순 바뀌었다. 다정함은 온데간데없이 사라지고 눈앞에는 2황자이자 황위에 가까웠던 이가 서 있었다.

"청컨대, 부디 이 소원만은 당신 앞에 서서 요청하게 해 주십시오."

"허락한다."

허락이 떨어지자, 그가 황좌 앞 계단 위를 올랐다. 이어서 그가 허락받은 이만 설 수 있는 공간, 옥좌 앞까지 걸어왔다. 부드러이 웃은 그가 행동을 취했다.

"제가 마지막으로 드릴 청은 이 맹세를 받아 달라는 것입니다."

그의 허리가 노송처럼 천천히 굽어진다.

"율리안 폴룩스 칼타니아스. 제국의 2황자가 맹세합니다."

그는 척박한 탑 생활로 수척한 낯이었지만 우아하게 무릎을 굽혔다.

"맹세컨대 나는 당신을 배신하지 않겠습니다. 어떤 시련 앞에서도 배신치 않겠습니다. 아울러 이 맹세는, 스틱스강을 걸고 영원히 지켜질 맹세임을 증명합니다. 저는 신관이 아니기에 여기 계신 모든 이들을 증인 삼아 나의 목숨을 당신께 바치고자 합니다."

숨조차 들이켜지 못하는 긴장감 속에서 그가 고개를 숙였다.

"반역자를 살린 자비로우신 새 황제시여."

느슨하게 묶은 금빛 머리칼이 흔들거리며 아래로 쏟아진다.

"영광을 거머쥔 황제 폐하께 충성을 맹세합니다."

그의 목소리는 위엄이 있었으며, 또렷했다. 율리안은 비신관이기에 맹세는 강제적이지 않다. 신관처럼 운명을 담보 삼지 않는다는 것이다. 그러나 공개적으로 선언한 이상 다시는 황위를 탐낼 수 없게 된다. 스스로 모든 걸 포기한 거다.

그가 완전히 무릎을 접자, 이윽고 모든 신관이 무릎을 굽혔다. 마치 당연하다는 듯이.

나는 고개를 당겨 가장 처음 의문을 제시한 지혜의 대신관을 바라봤다. 그는 언제 그랬냐는 듯 신관들 사이에서 정수리를 보였다. 너무 순순하게 고개를 숙였다. 마치 처음부터 그렇게 하기로 했다는 듯이.

"이제 드디어 전쟁 얘기를 할 수 있겠군."

아모르가 질린다는 듯이 한마디 뱉었다. 나는 동의한다는 듯 실소를 머금었다.

* * *

회의가 끝나고, 나는 순찰대의 호위를 받아 방으로 이동 중이었다.

"결국 정확히 정해진 건 없네."

"상황 파악이 우선이니까요. 곧 에페소스에서 사자가 올 겁니다."

"거기가 디아나의 땅이었지?"

"네. 대신관은 유능한 장군이지요."

레베카가 그 사람은 명궁이기도 하다며, 대신관이 쓰는 활에 대해 설명했다.

"강력한 성물입니다."

"그럼 버티는 건 문제 없겠네?"

"아마 한동안은요."

전쟁이란 하루아침에 준비할 수 있는 것이 아니었다. 더구나 막 반란이 일어난 지 얼마 안 된 제국은 어수선했다.

'유능한 전투 신관들이 반란에서 죽거나 사형당한 것도 있고.'

이거 완전 어지른 놈 따로 치운 놈 따로 있다는 고약한 말이 떠오르는데, 안 치우면 멸망이라니 이 악무는 수밖에 없다.

"가장 큰 문제는 지휘관이 부족하다는 겁니다."

"혼돈의 신관 배치해."

"네. 그렇지만 반발이 클 겁니다."

"싸우는 놈들 불러다 그라니우스에게 보내 버려."

의외로 그라니우스가 기강을 잡는 데 한몫하고 있다. 한 번은 창과 방패의 신관과 혼돈의 신관 간부 간 싸움을 말리는 걸 보고 역시 순찰대 휘어잡던 짬밥은 어디 가지 않구나 감탄했다.

'하지만 여전히 인원이 부족하단 말이지.'

레베카의 보고를 받으며 복도로 들어서는데, 저 멀리 서성이는 사람이 보였다.

"헤르난."

그가 번쩍 고개를 들었다.

"폐하. 부르셨다고 들었습니다."

그는 얼른 고개를 조아렸다. 분명 부르기는 했으나 복도에서 서성이란 말은 아니었는데. 흘끗 옆을 보자, 레베카가 못마땅하다는 듯이 헤르난을 바라보고 있다. 하기야, 그녀는 이지를 잃은 그의 모습을 잊지 않았을 것이다.

'둘을 같이 두지 않는 게 좋겠지.'

헤르난을 부른 건 용건이 있기 때문이다. 딱히 큰 비밀은 아니었다.

"헤르난."

"네!"

"……한 발짝 물러나."

"네!"

"눈 반짝이지 말고."

그러자 모르겠다는 듯 고개를 갸웃하더니 그는 얼른 끄덕였다.

'아니. 그 얼굴을 하지 말아 달라는 애긴데.'

나는 양해를 구하고, 복도에서 용건을 꺼냈다.

"당신을 향한 여론이 좋지 않아."

"예."

"그래서 나는 다음 대회의에 당신을 부를 거야."

나는 짐짓 진지한 낯으로 계획의 물꼬를 틀었다.

"괜찮겠습니까?"

그는 꼬박꼬박 정중하게 대꾸했으나, 긴장감이 전혀 느껴지지 않은 목소리였다.

"괜찮지 않겠지."

나는 눈을 찡그렸다.

"하지만 무슨 수를 써서든 괜찮게 해야 해. 당신의 무해함과 필요성을 호소해야 한다고. 무슨 말인지 알아듣겠어?"

"네. 이해했습니다. 신관과 대신들 앞에서 제 뜻을 증명해 보이면 되겠군요."

"……당신 얘기인데, 왜 그리 긴장감이 없어?"

헤르난은 카스토르의 최측근이자 최근엔 황제의 명 또한 따르기도 했다.

'주로 반란 인사를 잡아들이는 일이었지.'

그의 의지가 아니었다고 하나 일어난 일은 일어난 일. 당장 헤르난을 사형시키라는 탄원서도 함께 받는 실정이다. 특히나 2황자를 따랐던 이들 사이에 원성이 자자했다.

"아. 긴장감을 가져야 했을까요?"

당연하지 않느냐는 내 표정에 헤르난은 청초한 낯을 떨어트리며 유순하게 웃었다.

"이 순간이 너무 행복합니다. 폐하. 세상이 다르게 보입니다."

그는 흡사 대형 짐승이 꼬리를 반갑게 휘휘 젓는 것처럼 밝은 얼굴이었다.

"뭐?"

"당신만이 저를 믿어 주신다면 무엇이 상관."

"그만."

헤르난은 제 입을 가로막은 나를 바라봤다. 놀란 눈이다.

"그 이상 말은 허락하지 않아."

단호한 대꾸에 그의 호수빛 눈이 살짝 흐려진다. 먼 길을 돌고 돌아 다시 보게 된 이 푸른 눈동자가 어쩔 줄 모르며 눈꺼풀 아래 숨었다. 그리고 그가 조심스럽게 내 손목을 잡으려던 때였다.

"시간이 지체된 것 같은데."

휘리릭. 녹색 넝쿨이 손목을 휘감았다. 이쪽이 더욱 빨랐다가 맞을 것이다. 돌아보자 아모르가 삐뚜름하게 미소 짓고 있었다. 나는 헤르난에게서 손을 떼어 내고는 쓰게 웃었다. 그리고 그를 지나쳐 걸었다.

"레베카, 다음은 어디지?"

"네? 네. 강의 대신관이 알현을 청하고 있습니다."

* * *

그날 밤, 둥근달이 둥둥 떴다.

"이 세계의 달은 늘 보름달이네요."

막 벽에 기대서 있던 아모르가 대꾸했다.

"이 세계란 말은 이상하군. 뭐. 항상 보름달이긴 하지."

새파랗게 뜬 달을 하염없이 바라보노라면 눈마저 파랗게 물들 것 같다.

"하지만 항상 보름은 아니야. 한 번쯤은 아닌 날을 본 적 없나?"

"음, 글쎄요?"

"이곳의 달은 황제가 가진 신력에 영향을 받지. 정확히는 제국을 둘러싼 결계가 달을 늘 보름으로 보이게 한 거야. 그러니 달이 어그러진 날은 황제의 신력이 온전치 않은 날이다."

그러고 보니 리프예국으로 갔을 때는 초승달을 보았다.

"그럼 지금은요?"

"지금은 더는 관련 없는 이야기지. 결계가 부서졌으니까."

"아하. 결국 지금 보는 달이 진짜 보게 된 보름달이군요? 그동안은 결계가 보름달로 보이게 한 달만을 봤던 거구요."

이 세계의 무엇 하나 좋아하지 않았지만 저 달만은 좋아했었다. 아모르를 향한 길에는 늘 보름달이 떠 있었기 때문이었다. 당신을 향한 길은 늘 밝은 밤이었지. 그 달이 신력의 장난이었더라도 감사한다.

"그나저나 편히 말을 해 달라 하여도."

"하하. 익숙해서 떨어지지 않는 걸 어떡해요. 정 불편하면 아모르도 내게 존칭을 붙여요. 공평하게."

다가오는 아모르를 익숙하게 바라봤다.

"당신이 원한다면, 그렇게 해 볼까요? 로제."

잠깐, 이런 느낌이 아닌데.

"잠깐, 잠깐. 좀 이상해요."

"무엇이 이상하신지?"

"당신이 존댓말 하니 기분이 좀……."

"좀?"

푹신한 베개에 등을 묻었다. 아니, 묻었다기보다는 뒷걸음질 치다 묻게 되었다. 그런 내 위로 묵직한 체중이 다가왔다. 그림자는 곧 나를 전부 가두고, 그림자의 주인은 늘 그랬듯 입술을 가져갔다.

"으읏, 응."

"그대를 섬기는 자로서 누려야 할 것을 누리게 해 드려야지."

질척이는 소리와 함께 입술이 젖어 들었다. 그의 손이 맨살을 쓸었다. 건반을 치듯 섬세한 손에 목뒤로 오싹한 소름이 돋았다.

"폐하, 당신의 모든 곳에 제가 있었으면 좋겠군요."

"으응, 존댓말, 하지, 말라니까……."

"아직 저를 모르시나 보군요. 하지 말라면 더 하고 싶은데."

예민한 곳을 건드리는 그 때문인지, 키스만 했을 뿐인데 발가락이 곱아들었다. 이윽고 그의 손이 통이 넓은 상체 사이로 들어와 등을 쓸어내렸다. 그를 잡은 손에 힘이 들어간다.

"쉬이. 힘 빼."

얼마나 지났을까, 입술이 잠시 떼어졌을 즈음에 가쁜 숨을 토해 냈다.

"아모르?"

입술 사이엔 아주 약간의 틈만 존재했다.

"더."

그는 헐떡이는 나를 지그시 바라보며, 재촉했다. 무엇도 강요하지 않는 그였기에 그저 허리에 손을 감고 나를 바라볼 뿐이었으나, 시선이 여느 때와 달랐다.

아모르는 짐승이 머리를 비비듯 내 이마에 자신의 이마를 비비며 독촉한다. 응하는 대신 그의 손을 붙잡았다.

"무슨 일 있었어요?"

"……무슨 일. 내가 아니라 네게 있었겠지."

뾰족하게 날을 세웠으나 나를 향한 것은 아닌 듯했다. 나를 보지 않는 시선과 하대로 돌아온 목소리 하며. 심기가 영 불편한 모습에 잘못이라도 했나 생각에 빠진다. 하루를 꼬박 돌이켜 봤다. 돌연, 그의 옷을 움켜쥐고 상체를 일으켰다.

"음, 어. 설마……. 헤르난?"

"……."

설마.

"질투해요?"

말을 하면서도 설마 싶어서 눈을 깜빡였다. 대꾸는 없었다. 대신 선연한 입술이 나를 집어삼켰다. 마치 그 이름을 입에 담지도 말라는 듯이.

'와. 정말…….'

자꾸만 비죽이 웃음이 배어 나왔다. 그의 입술을 고스란히 받아들이면서도 신기해 멈추질 않자 결국 그가 도중에 입술을 떼어 냈다.

"무엇이 그리 즐겁지?"

"아, 아니 아모르가 질투를 할 줄은 몰라서."

"처음은 아닐 텐데."

"그랬어요?"

금시초문이라는 듯 멀거니 그를 올려다보자, 그는 복잡한 낯으로 한숨을 쉬었다.

"넌 어째서 다른 곳엔 그리 눈치가 빠른 사람이 어찌 애정 문제에만 둔한 것이냐."

그런가.

"글쎄요."

딱히 그렇다고 생각해 보지 않았으나 그가 그렇다고 하면 그런 거겠지.

"한 사람의 애정에만 민감하면 되지 않을까요?"

"로제."

"그 사람은 응당 당신이구요."

그의 손을 찾아서 뺨에다가 가져다 댔다. 언제나 차가운 손인데, 체온으로 덥혀서인지 꽤 뜨겁다. 지금 날 바라보는 시선처럼.

"세상에서 날 로제라 부를 수 있는 이는 당신뿐인걸요."

얼굴을 돌려 그의 손에 입을 맞췄다.

"이걸로 만족하라고?"

"음. 왜요. 뽀뽀로는 안 되나?"

"왜, 내가 사내가 아니라고 못을 박지 그래."

다가오는 그의 입을 검지로 막았다. 아니, 이런 돌진은 이후의 일이 무섭단 말이지. 불만인 듯 미간을 찌푸린 그는 이내 체념한 듯 내 어깨에 이마를 기댔다.

"……엉망이 된 내 모습이 즐겁나?"

오랜만에 듣는 날 선 목소리에 추억에 잠겼다가 나는 쿡쿡 웃으며 그의 뺨을 쥐었다.

"즐겁기는 당연히 즐겁죠. 나는 아모르랑 있는 시간이 가장 행복한걸."

머리를 든 그는 유순한 맹수처럼 날 응시했다.

"……정녕 그리 생각하나? 정말로?"

"물론이죠."

그를 달래려는 심산으로 평소보다 힘주어 고개를 끄덕였다. 나를 물끄러미 보던 아모르는 이내 고개를 기울여 픽 웃었다. 곧 사람을 유혹하듯 아슬아슬한 미소로 얼굴을 가까이 가져와서는 속삭인다.

"그럼."

스르륵. 상의를 묶어 두었던 끈이 풀리고 천이 아래로 사락 내려간다.

"좀 더 즐거운 걸 해 보면 어떤가?"

"자, 잠깐, 잠깐잠깐. 아모르!"

그의 손은 번개의 신보다 빨랐으며 시선은 마치 불꽃을 담은 듯 격렬하고 뜨거웠다.

"폐하, 급한 전갈입니다."

때마침 문을 열고 들어온 레베카가 아니었다면, 다음 일은…….

레베카는 아연하게 나와 아모르를 응시했다.

"밤이 깊은 것으로 압니다만."

"응? 응, 그렇지."

"분명 폐하께선 홀로 침실로 들어가셨을 텐데."

"……그것도 그렇지."

"침상엔 두 분이로군요."

"……."

시녀님은 태연하게 미사일을 날렸다.

"교접하셨습니까?"

"아, 아니!"

"아직."

"그래, 아직…… 아모르!"

레베카에게는 노크하지 않아도 들어올 권한을 허락했다. 난 끙 소리를 내며 얼굴을 부여잡았다.

'이를 후회하는 건 아니지만…….'

레베카를 바라보자, 그녀는 못마땅한 듯 아모르를 주시하고 있었다.

"예상 못한 일은 아니었습니다만. 그래도 혼인 전에 이런 식은 곤란하지 않습니까?"

"무슨 상관이지? 어차피 나는 그녀의 소유고."

그가 픽 웃었다.

"같이 살 건데."

아모르는 무엇이 문제냐는 듯 평소와 다르지 않은 얼굴이다. 나는 낯을 애써 펼쳤다.

"그래서 급한 전갈이 뭔데?"

레베카는 일단 이건 다음으로 넘기자는 내 제안을 떨떠름하게 받아들였다.

"누군가 찾아왔습니다."

"……찾아와?"

이 시간에?

레베카가 사람을 밝히는 대신 급한 용건이라고 한 번 더 붙였다. 흘끗 아모르를 보는 것을 보아, 누군지 아모르에겐 알리기 싫은 건가?

못마땅한 시선을 보아 그런 듯했다. 심술 같지만.

'레베카, 꼭 딸 시집보내는 엄마 같은 얼굴이잖아······.'

마치 철없는 딸이 사고 친 걸 목도한 보호자의 모습 같기도 하다. 가만 보면 어린애 취급은 각성 전이나 후나 변함없는 것 같단 말이지.

'아무튼 이럴 때가 아니지.'

침소에 들어도 한참 전에 들었을 시간에 누군가 나를 찾아왔다.

"보통 이 시간에 찾아오면 무엄하다, 하고 쫓아내지 않아?"

"······그건 그렇습니다만."

레베카가 한숨을 쉬었다. 그녀의 날숨에서 그 법도를 모두 무시하고서라도 볼 필요 있는 사람임을 알았다. 결국 가운을 걸치고 응접실로 나섰다. 물론 레베카는 아모르를 남겨 두고 오길 바랐을 테지만, 그 바람은 지켜지지 않았다.

"제국의 고귀하신 뿌리, 황제 폐하를 뵙습니다."

나를 찾아온 이는 놀랍게도 지혜의 대신관이었다. 나는 설핏 미간을 찌푸렸다.

'이 사람이 왜 이 시간에?'

대신관은 못마땅한 내 기색을 알아차리기라도 한 듯 알아서 고개를 조아렸다.

<법전에는 대원칙이 적혀 있습니다. 여성은 황제가 될 수 없다.>

그리 말했던 대신관은 낮의 건방짐은 어디에도 없이 순종적으로 무릎을 꿇었다.

"방문하기에 은밀한 시간이라 생각하지 않나?"

"······죽을죄를 지었습니다. 하나 사태의 심각성이 크다 사료되어 이리 달려오게 되었습니다. 잠시나마 하해와 같은 자비를 베풀어 신의 말을 들어 주시겠습니까."

나는 눈썹을 꺾었다. 침묵은 곧 허락이었다. 대신관이 얼른 고개를 조아렸다.

"말씀드릴 것이 있습니다."

"무엇인데?"

"결계에 대해서입니다."

그는 용건을 듣는 순간 자신을 쫓지 못하리라 생각했던 모양이다. 그리고 이는 사실이었다.

"고개를 들라."

말을 한 순간 굳었던 어깨가 부드럽게 이완된다. 그가 고개를 들자, 낮에 보았던 것과 같이 안경이 얼굴에 걸려 있었다. 그 아래로 짙은 눈동자가 눈에 띄었다.

"디케라고 했던가."

"미천한 이름을 기억해 주시니 영광입니다."

"결계란 제국을 수호하는 대 결계를 말하는 것이겠지?"

"역시라고 생각했지만 폐하께서는 아무것도 모르시는군요."

순간 눈을 찌푸렸다. 그러다 문득 이런 생각이 들었다. 이 사람은 꼭 작정하고 속을 긁으려는 것 같았다. 원하는 바가 이쪽이라는 듯.

'낮에도 그런 말을 당당히 했지.'

황제의 성별을 꼬집던 말을 감히 누가 할 수 있었을까. 반대쪽 이들은 물론이요 같은 파벌인 자들마저 기함하게 했다. 슬쩍 돌아보자 레베카가 끄덕인다. 함께한 시간이 꽤 흘러서일까 레베카는 가끔 내 생각을 먼저 읽고는 시선으로 답하곤 했다.

"좋아. 이 시간에 찾아온 거라면 아주 다급한 거겠지. 하지만. 그대가 원하는 게 무엇이든 간에 나를 분노하게 해서 얻을 건 없을 것이네. 그런데도 계속 이리 나오겠나?"

난 의자에 기댄 채 나지막이 경고를 꺼냈다. 그는 깨달아야 한다. 어떤 수작이든 바닥에서부터 올라온 이에게 씨알도 먹히지 않는 것임을. 그렇기에 가볍게 언급하며 못을 박았다. 사실 이 정도 시비는 간지럽지도 않다.

"송구합니다. 못 배운 이의 무지라 생각하시고 아량을 베풀어 주시옵소서."

"무지라. 지혜의 대신관이 할 말은 아닌데."

그러자 안경알 아래 눈이 잠시 크게 뜨였다.

"지혜의 신관이 모두 현명하고 똑똑한 것은 아닙니다. 가끔 어리석은 판단을 하기도 하지요. 돌아가신 제 형님처럼."

죽은 전 대신관을 언급하며, 그의 짙은 눈이 살짝 웃은 듯도 했다.

"신이 알려 드리고자 하는 것은 사실 지혜의 신전에 극비로 내려오는 비밀입니다."

그러나 차츰 가라앉은 그의 낯이 진지한 빛을 띠었다.

"그러나 이제는 폐하께서도 마땅히 알고 계셔야겠지요. 특히나 결계가 사라진 지금이라면 더더욱."

"도대체 어떤 얘기를 하려고 뜸을 들이는 거지?"

"결계를 세우는 방법입니다."

그 말에 나는 심드렁하던 태도를 던졌다.

"결계에 필요한 대리석이나 도구는 대장장이의 신이 만들었고, 주문과 주술진은 지혜의 신이 만들었습니다. 2천 년이 지난 지금도 각각의 신전에 전승되고 있지요."

"결계를 다시 세우는 게 가능하다는 얘긴가?"

"이론상으로는 그렇습니다."

"……허무맹랑한 소리는 아니겠지?"

"아닙니다. 신의 이름을 걸고 맹세할 수 있습니다."

대결계가 다시 세워진다면 전쟁은 훨씬 유리해진다. 아울러 강력한 힘을 가진 카스토르에게서 이 나라를 보호할 수도 있겠지. 하지만 그 말을 전하는 자는 오늘 낮까지만 해도 당당히 내 자격을 꼬집던 이였다.

"이걸 내게 알려 주는 이유가 뭐지?"

감정이 움직이자 기다렸다는 듯 주변으로 보라색 나비가 나타나 대신관의 주변을 에워싼다. 그가 움찔했다. 진의를 꺼내 보란 압박에 대신관이 바로 반응했다.

"지혜의 여신은 주신에게 잡아먹히고 그의 머릿속에서 지혜를 속삭이는 신입니다. 주신과 밀접한 관계 때문인지 저희 또한 적게나마 주신의 능력을 흉내 낼 수 있지요."

"흉내?"

"예. 직감적으로 미래를 느낍니다."

대신관이 차분하게 자신의 입장을 설명했다.

"물론 주신의 신관처럼 절대적인 예언은 아닙니다. 그저 이렇게 되겠구나. 막연한 감에 가깝지요. 그리고 폐하를 따르지 않으면 모조리 멸망한다는, 오싹한 감각을 느꼈습니다."

그리 말하던 그가 돌연 사무적이던 표정을 흐렸다. 안경 아래 의문이 서린 눈이 나를 향했다.

"그런데 이상한 점은 하루에도 여러 번 감이 다르다는 것입니다. 하루는 멸망을, 하루는 온전한 미래를 감지합니다."

이에 나는 본능적으로 깨달았다.

'아직 미래가 정해지지 않은 거야.'

미래는 팽팽히 맞서고 있다. 카스토르가 멸망시키는 미래와 내가 뒤바꿀지도 모를 미래. 대신관 디케의 말은 내게 실낱같은 희망을 안겨 주었다. 적어도 가능성이 있다는 것이니까.

그래서인지 목소리가 부드럽게 풀어졌다.

"그래. 이제야 얌전히 복종한 이유를 알겠군."

"낮에 있던 제 발언이 신경 쓰이십니까?"

"글쎄. 율리안과 짜고 보여 준 쇼를 말하는 건가?"

대신관이 잠시 놀랐다는 듯 눈을 깜빡이다가 정중하게 웃었다.

"제가 폐하를 너무 무르게 보았던 것 같습니다."

돌려 말했지만 긍정의 표시였다.

"저는 지혜의 대신관이기 이전 율리안 전하의 보좌관이었지요."

낮의 대회의에서는 지혜의 대신관이 모두가 알게 모르게 품었으나 감히 말하지 못한 황제의 성별을 굳이 꺼내어 공공의 적이 되었고, 뒤를 이어 율리안이 기다렸다는 듯 충성을 맹세했다.

돌이켜 보니 잘 짜인 연극이란 걸 알게 되었다. 신관이 흩어지지 않게 하기 위함이라는 것도.

"그래, 그래서 대결계를 세우는 데 필요한 재료가 있다면 뭐지?"

"일단 살아남은 불카누스 신관을 불러들이십시오. 필요한 것은 적절한 때와 지혜의 신관, 불카누스의 신관. 그리고 결계를 다시 일으킬 거대한 신력입니다."

나는 끄덕였다. 플뢰온이 마지막 순간에 살려 둔 불카누스의 신관 렉스를 떠올리며.

거대한 신력은 아마 내가 가진 것으로 충당할 수 있지 않을까.

"적절한 때라면 어떤 때를 말하는 것이지?"

"결계를 다시 세우는 데는 오랜 시간이 걸립니다. 이 말인즉 그동안 결계 없이 침략으로부터 버텨야 한다는 말입니다."

결계를 다시 세우는 동안에 서쪽의 전선이 무너지지 않아야 한다는 얘기였다.

"그리고……."

"잠깐."

그때였다. 그동안 침묵하던 아모르가 번개처럼 손을 내질렀다.

"아모르?"

그가 손을 뻗은 곳에서 퀘에엑, 듣기 싫은 소리가 귀를 긁었다. 돌아보자, 그곳에 새까만 무언가가 떨어져 있었다. 아모르가 그것을 주워 왔다.

"……까마귀?"

새까만 까마귀였다. 그러나 크기는 보통 새의 반 이상 컸으며 반쯤 뜨인 눈은 놀랍게도 황금색이었다.

"형님의 동물이다."

아모르의 말이 끝나기 무섭게 까마귀가 차츰 희미해지며 눈앞에서 사라졌다.

"형님이 전령을 보냈었군."

누구도 그 말의 뜻을 모르지 않았다.

카스토르가 모든 것을 들었으리라.

* * *

3일 뒤 다시 열린 대회의. 미리 전달된 시종의 말을 듣자 하니 이전 회의보다 더 많은 이들이 참가했다.

'율리안이 충성을 맹세했기 때문이겠지.'

헛된 욕망을 품었던 이도 포기했다는 소리다. 더구나 전쟁의 소식을 듣고 은둔해 있던 신관들도 속속들이 모이고 있다고 했다.

'이건 폰투스의 공이었고.'

어쨌거나 수하들이 유능한 탓에 크게 힘들일 없이 속속들이 군대가 모이고 있었다.

"근심 어린 표정입니다."

"내 결정에 사람이 죽거나 살거나. 모든 게 달려 있으니까요."

나는 고개를 돌려 율리안을 향했다. 모락모락 김이 나는 차와 그는 그려 놓은 듯이 잘 어울렸다. 율리안은 그윽하게 미소했다.

"결정. 그건 참 어려운 일이지요."

오래전 이 세계가 책 속 이야기라 믿었을 때, 전쟁은 아득히 멀리 있는 일이었다. 막연히 일어난다 혹은 일어날지도 모른다 여겼다. 나는 사랑하는 이를 빼돌리며 나 또한 벗어나리라 마음먹었다. 그만큼 무관했고 먼 일이라 생각했다.

"네. 단역이 이야기의 끝을 맺는 것만큼 지금 상황이 우습게 여겨지네요."

"스스로를 단역이라 여기십니까?"

나는 대답 대신 그를 응시했다.

대회의 시작 전 잠시 그를 불러냈다. 용건이 있었는데 나도 모르게 엉뚱한 얘기를 꺼내고 말았다.

"글쎄요. 진짜 단역이었다면 이 자리에 서 있지 않겠지요."

그가 스스로 물러난 것을 존중해 나는 그에게 기꺼이 말을 높여 주었다.

"그런데 어찌 표정은 슬퍼 보이시는지요."

"착각이 아닐까 합니다. 쓸데없는 말이었으니 잊으세요. 그보다 지금 상황을 어찌 보시나요?"

율리안은 유능했다. 자리에서 물러난 직후 바로 나의 보좌를 자처한 그는 놀랍도록 빠르게 맡은 바를 처리하기 시작했다. 단 3일 동안 그의 활약이 두드러질 정도로.

'확실히 이 사람이 황제였다면 성군이었긴 하겠다 싶었지.'

더구나 곁다리로 들어온 지혜의 대신관도 못지않게 유능해서 한시름 덜었다. 그라니우스를 제외하면 행정과 보급 체계를 맡을 이가 없어 곤란했던 차였으니까.

"준비는 순조롭습니다."

"전쟁은 군사만으로 진행되지 않습니다. 그렇지 않나요?"

"네. 옳으십니다."

이미 서쪽에서는 많으면 하루에 두 번, 삼일에 두세 차례 교전이 일어났다. 디아나의 신관은 용맹하다. 그러나 그들이 언제까지 버틸 수 있을지 모를 노릇이다.

'눈과 바다의 도시에서 폰투스가 키워 낸 군대가 서쪽으로 향했지만…….'

이 또한 시간이 꽤 걸린다.

"지혜의 대신관에게 결계를 다시 세우는 것에 대해서 들었겠지요?"

"네 들었습니다."

나는 생각을 멈추고 율리안을 올곧이 바라봤다.

"만약 카스토르가 다시 나타난다면 당신을 인질로 쓸 수 있을까요?"

율리안이 움찔했다. 그는 태연한 표정이었으나 한순간 떨리는 손을 보았다.

"어려울 겁니다."

"어째서죠?"

"제가 진정 형님의 약점이었다면 형님은 저를 데려가셨겠지요."

그는 쓸쓸하게 웃으며 현실을 인정했다.

"아니, 이젠 알 수 있습니다. 형님은 미련 없이 저를 죽이실 거란 걸. 앞으로도 저는 인질은 되지 못할 겁니다."

"그렇군요."

"이를 물으신 건…… 제가 형님의 편을 들지도 모른다고 여기셨기 때문인가요?"

율리안이 부드럽게 웃으며 물었다. 북쪽 탑에서 봤을 때도 느꼈으나…… 그는 세상 근심 걱정이랑은 전혀 멀어 보이는 아름다운 낯으로 이렇게 핵심을 뚫곤 했다.

"그런 건 아니에요."

그랬다면 굳이 나를 따를 이유가 없었겠지.

"나는 다만…… 아니. 아니에요. 그나저나 지혜의 대신관이 당신의 보좌관이었다던데."

"네. 맞습니다."

"참 유능한 보좌를 두었더군요. 황제의 침실에도 당당히 들어오던걸요."

"하하하. 그이는 머리는 좋은데 앞뒤 가리지 않는 성격이라…… 무례는 대신 사과드리겠습니다."

"말로만?"

반쯤 성의 없이 뱉으며 차를 홀짝일 때였다. 쿵. 갑자기 탁자가 진동하기에 놀라 얼굴을 들었다. 그곳에는 율리안이 바닥에 앉아 무릎을 잡고 끙끙대고 있었다.

"……뭐하세요?"

"아. 사과를 드리려고."

나는 어처구니없는 얼굴로 그를 쳐다봤다.

"무릎을 꿇으려면 의자에서 먼저 일어나셔야지요."

"아."

아니. 깨달았다는 표정 하지 말아 줄래?

"아하. 한 번도 탁자 앞에서 무릎을 꿇은 적이 없어서 몰랐습니다."

"상식 아닌가요?"

뭐 이런 허당이 다 있나. 이런 얼굴로 그를 보다 말고 돌연 지금껏 말없이 서 있던 아모르를 바라봤다.

'원래 이런 사람이에요?'

아모르는 기다렸다는 듯이 고개를 끄덕였다.

'원래 이런 인간이다.'

행정이다 보급이다 전략에는 다른 사람처럼 똑똑하게 굴던 사람이 세 걸음을 채 못 걷고 넘어지는 인간이란 게 세상 미스터리다.

"일어나세요."

"아. 감사합니다."

"저기. 이런 모습을 보고 보좌관은 무어라 하던가요?"

문득 지혜의 대신관이 떠올라 물었다. 대신들 앞에서 황제에게 강짜를 놓거나 오밤중에 찾아올 정도로 결코 호락호락한 이가 아니었는데, 그런 사람이 따르는 이가 율리안이니 신기할 정도였다.

"음, 의자에 못 박혀 앉아 주었으면 좋겠다거나 이런 호구가 내 주군이라니 하고 한숨을 쉬었던 것 같네요."

그가 빙긋 웃었다.

"좋은 이랍니다."

어디가?

"……확실히 알겠네요."

두 사람이 어떤 관계였는지 말이다. 황제의 자식은 죄 황제를 닮아 고양이 같은 눈매였다. 그러나 율리안만은 눈꼬리가 반대로, 그래 마치 헤르난처럼 처진 강아지와 같았는데 그가 그 눈매를 나긋하게 접었다.

"맹세는 지켜질 겁니다. 다만 사실 말 못할 진심이 있습니다."

"그게 뭐죠?"

듣고 잊어 주겠다 하자, 고맙다 말한 율리안이 방긋 웃으며 말을 꺼냈다.

"전쟁이 끝나면 다시 한 번만 형님 얼굴을 보고 싶은 마음입니다."

"……당신 속 터진다는 소리 많이 듣죠?"

말없이 배시시 웃던 그는 일어나다 다시 한 번 더 쿠당탕 넘어졌다. 결국 아모르가 한숨을 쉬며 넝쿨을 일으켰다.

"손이 많이 가는 형님이군."

"아. 아직 형님이라 불러 주는 거니?"

아모르는 나긋하게 웃으며 손을 뻗는 율리안에게 귀찮다는 표정이었다.

* * *

이야기를 마치고 자리를 정돈한 뒤, 홀로 향했다. 한 번 부서진 곳이었으나 홀은 언제 그랬냐는 듯이 웅장한 모습을 드러냈다. 이 정도 홀을 금세 복원해 내니 신력은 참 편리한 도구가 맞다. 그 힘이 어느새 사람마저 삼키고 역전하고 말았지만.

'인간을 위한 힘이었을 텐데, 이젠 인간을 집어삼키는 힘이 되었으니까.'

아모르도, 헤르난도, 그리고 나와 카스토르도 말이다. 그리고 힘이 낳은 최악의 인간은 죽은 황제였을 테지.

전보다 더욱 정갈하게 도열한 신관들이 허리를 숙였다. 무릎을 꿇는 자도 있었고, 작게 만세를 중얼거리는 이도 있었다.

'더욱 많은 신관이 모였구나.'

다들 하나같이 약속이라도 한 듯 단정한 전통 옷차림이다. 새하얀 튜닉과 물결치는 토가, 그 사이에 빛을 반사하는 은박에서 눈을 떼어 낸다.

난세에는 간신이 들끓고, 영웅이 태어난다. 이들이 바랐던 새 황제는 어떤 모습이었을까. 그런 생각을 하다 보니 어느새 옥좌 앞이었다. 내가 자리에 앉자, 신관과 대신들이 반듯하게 허리를 폈다. 그리고 내 옆에는 아모르가 기다렸다는 듯 자리 잡았고, 한 계단 아래에는 율리안이 있었다.

"제국의 위대하신 뿌리시여, 황제 폐하께 보고 드립니다."

그라니우스가 나서서 무릎을 꿇었다. 그는 그 상태로 현재까지 응집한 신관의 숫자와 일반 군사의 수, 그리고 그 밖의 군량과 투석기의 숫자를 일목요연하게 나열했다.

이미 알고 있는 사실이었으나 이는 나보단 다른 신관과 대신관에게 알리는 바가 컸다. 전쟁 준비는 순조롭다고 말이다. 이후로도 각 신관이 나서서 맡은 바에 대한 보고를 올렸다. 아주 오래전 사극에서 보았

듯이 한 사람씩 앞으로 나와서 고하는 방식이었다.

슬쩍 율리안을 바라보자 그가 끄덕였다. 문제없다는 얘기다. 하기야 여기서 거짓을 고했다간 본인 목만 달아나지 않을 거라고 알 테니 말이다.

시선이 데구루루 옮겨가 얌전히 앉아 있는 헤르난을 향했다. 시선을 느꼈는지 그가 웃었다. 아니 처음부터 나만을 보고 있었던 것처럼. 강렬한 시선에 작게 한숨을 쉬었다.

'그렇게 보지 말라니까.'

꼭 동네 애완 숍에서 나 좀 데려가 달라 꼬리 치는 강아지 같다. 멀쩡한 청년에게서 이런 느낌을 느끼는 건 또 뭔지. 눈을 살짝 감았다가 떴다. 눈꺼풀은 집요한 시선을 숨겨 주었다.

'어차피 나는 책임지지 못할 행인에 불과할 텐데.'

다시 한숨과 함께 고개를 들었을 때였다. 막 혼돈의 신관 중 누군가 발언하고 있었다.

끼익—. 굳게 닫힌 문이 열리고 그 사이로 누군가 저벅저벅 걸어왔다.

"성녀?"

잠시 멍하니 보던 누군가가 중얼거렸다. 그러더니 얼른 소리쳤다.

"맙소사. 이, 이게 무슨 무례요!"

그러나 그녀는 그런 소리에도 아랑곳 않는 걸음으로 성큼 걸어왔다. 붉은 머리칼은 파도처럼 등 뒤에서 거칠게 흔들렸다.

"위대하신 뿌리시여."

언제나처럼 가슴이 푹 파인 얇은 옷에 장갑을 낀 마리사가 계단 앞에 당도했다.

"선황의 성녀가 새 황제 폐하를 뵙습니다."

"성녀!"

나는 마리사의 발아래를 칭칭 감은 넝쿨을 바라보다 손을 들어 올렸다. 아모르가 흘끗 보더니 살짝 고갯짓했다. 그 작은 움직임에 그녀를 구속했던 넝쿨이 사르르 풀렸다. 아울러 내 손짓에 신관과 대신들 또한 고요하게 침묵했다.

"그래. 무슨 일인가요?"

나긋하게 묻자, 마리사의 눈이 일순 커졌다가 다시 휘어진다. 황제의 시선, 황제의 말 한마디가 모두 권력을 뜻한다. 모두가 낮잡아 보던 이라 하여도 황제가 총애한다면 이후로 전혀 다른 삶을 살게 되겠지. 먼 일이 아니다.

"미천한 성녀이니 말씀 낮춰 주시겠습니까? 과분합니다."

"미천하다 생각하지 않으니까요."

나는 턱을 괸 채 생긋 웃었다.

"또한 대회의 중에 당당히 들어올 만큼 중요한 용건이 있었겠지요?"

"물론입니다."

과거 그녀의 행적을 아는 바 이유 없이 이런 행동을 하는 사람은 아니다. 아니나 다를까 마리사가 농홍하게 웃었다. 그녀가 손에 든 것은 자그만 두루마리였다. 양피지를 묶은 끈 끝에는 납작한 동전이 달려 있다.

"한시가 바쁜 이 시점에 얼른 전달되어야 할 문서가 전해지지 못하고, 전령이 문 앞에서 서성이지 않겠습니까."

그녀가 동전을 뒤집어 보여 주었다. 저건 달과 사냥의 신 디아나의 문양이었다. 시종이 서신을 받아 내게 전달했다. 서신을 펼치고 얼마 있지 않아서 난 표정을 흐렸다.

[위태롭습니다. 어째서인지······.]

급하게 쓴 것인지 중간 부분 필체가 흐려졌다.

[적중에 주신의 신관이 있습니다. 여성으로 추정됩니다. 저희는 이
자를 막을 수 없습니다.]

루스벨라인가. 눈을 꾹 감았다.
'많이 급하다.'
수많은 이가 죽었고, 하루에도 감당할 수 없는 부상자가 발생한다.
투박하지만 정중하고 간곡한 의사를 담은 원군 요청이었다.

[이곳에 훌륭한 지략가가 있어 버텨 내고 있으나, 얼마 가지 않아 더
많은 인원이 필요할 것입니다. 소수라도 좋습니다. 신관이라도 먼저 보
내 주십사 곡절히 부탁드립니다.]

현재 서쪽은 몇 배에 해당되는 인원을 막아 내고 있다. 정말 한계에
부딪친 것일지도 모른다.
"무슨 일인지 여쭤도 되겠습니까, 폐하."
상황을 살피던 율리안이 물었다.
"서쪽 상황이 다급하다. 한시바삐 원군이 필요해."
디아나의 대신관이 요구한 것은 당장 강력한 원군으로 활약할 수 있고
빠르게 이동해 줄 이들이다. 다시 말해 신관이다.
'바람신의 유적을 사용하면 몇이나 보낼 수 있지?'

나는 초조하게 숫자를 세었다. 적어도 너무 적다. 그런데다 누굴 보내란 말인가?

"먼저 순찰대를 보내면 어떠하지?"

"아니 됩니다, 폐하! 그들은 폐하를 지키는 호위가 아닙니까."

순찰대를 보낼까 생각하던 나는 반대에 부딪쳤다. 그리되면 호위할 인원이 부족해진다는 얘기였다.

'혼돈의 신관을 보내야 하나. 그럼 서쪽의 반발이 있을 것 같기도 하고.'

이럴 땐 혼돈의 신관이 한때 제국 공공의 적이었던 사실이 안타깝다.

"폐하, 한 가지 청이 있습니다."

신관과 대신의 술렁임을 뚫고 누군가 말했다. 돌아보자 아직 당당히 서 있는 마리사였다.

"청이 무엇인가요?"

"부디 들어주시겠습니까?"

무엇인지도 말하지 않고 거듭 청하는 그녀의 말에 여타 신관들이 얼굴을 찌푸렸다. 감히 황제의 권위에 도전했다는 듯이 참지 못하고 쫓아내 달라 소리치는 이도 있었다.

나는 아우성을 자제시키며 마리사를 물끄러미 내려다봤다.

"그대는 몇 번이나 나를 도왔지요. 그러니 내가 할 수 있는 청이라면 들어주겠어요."

"감사합니다."

부스스 웃는 그녀가 입 모양으로 아가, 하고 부른 것 같았다.

"성녀 마리사. 저의 오래전 이름은 검의 대신관 마리사 엔시스."

사방에서 날카로운 시선이 날아오는 데도 우뚝 선 그녀는 마치 그대로 하나의 검처럼 보였다.

"폐하께서 오래전 잃은 제 이름을 되찾아 주시겠습니까?"

"내가 어떻게 하길 바라나요?"

"제게 검을 주십시오."

이 순간 그녀는 성녀도, 얇은 치마를 걸친 선황의 야살스러운 꼭두각시도 아니었다. 한때 삶을 빼앗겼으나 비로소 되찾길 원하는 검사만이 눈앞에 존재했다.

"선황은 제게 검과 손가락을 앗아 갔으며, 신력을 자유자재로 쓸 수 없는 저주를 걸었습니다."

그녀가 장갑을 벗어 손목을 내밀었다. 언젠가 헤르난의 목에 걸려 있던 금제처럼 새빨간 줄이 보였다.

"그동안 풀지 못했나요?"

"오직 주신의 신관만이 저를 자유롭게 할 수 있습니다."

내가 그 저주를 풀어 주길 바란다는 말이었다.

'할 수 있을까.'

생각한 순간 일기장이 희미하게 빛을 드러냈다. 이내 손을 들자, 손끝에서 작은 보랏빛 나비가 날아간다. 나비가 마리사의 손에 내려앉았다.

파직! 검고 붉은 번개가 튀었다. 마치 반발하듯 맞서던 번개는 나비와 함께 가루가 되어 사라진다. 그리고 마리사의 손목에는 새빨간 줄 대신 붉은 상흔이 남아 있었다.

"저주가……."

마리사가 손목을 감싸며 중얼거렸다.

"레베카, 검을."

황제랍시고 예의상 차는 검이 있다. 제례용이라 그저 번쩍번쩍할 뿐이지만 마리사에게는 어떤 검이라도 상관없어 보였다.

"어떤 검이라도 좋나요?"

"진흙으로 더러워진 싸구려라도 좋습니다."

"좋아요. 내가 이 검을 준다면 무엇을 할 건가요?"

"제가 무엇을 하길 바라십니까?"

모두가 쥐죽은 듯 숨죽인 틈에서 계단에서 내려온 나는 그녀에게 검을 건넸다. 무릎을 굽힌 그녀에게 진중하게 응답했다.

"나는 삶을 빼앗긴 자들이 자유롭기를 바라요."

마리사는 소리 죽여 웃었다. 마침내 고개를 든 그녀의 눈은 마치 아득히 먼 곳을 바라보듯 잠시 아연했다가, 다시 나를 응시했다.

"저를 자유롭게 해 주신다니. 그렇다면 저는 이 검으로 서쪽 전투에 앞장서겠습니다."

그녀가 검을 잡자, 검 끝에서 붉은빛이 피어올랐다.

"청컨대 폐하. 저를 지원 신관의 선봉에 세워 주시겠습니까?"

불꽃처럼 일렁이는 신력은 내가 느끼기에도 적지 않은 힘이었다. 그녀가 검을 바닥에 꽂았다.

"검의 신관의 검에는 각자 의미가 있습니다. 제 검은 수호의 검. 폐하와 이 나라를 지키겠습니다."

"이 나라에 삶을 빼앗기고도 지키겠다는 건가요?"

"예. 이제 폐하께서 이 나라이시니까요."

마리사는 과거 어둑한 골목에서 긍지를 담았던 때처럼 말했다. 나는 쓴 미소와 함께 고개를 기울였다.

"당신이 가겠다고 선언한 곳은 사지입니다. 나는 소수의 신관만을 보낼 겁니다."

"예. 상관없습니다."

아니, 그렇게밖에 보낼 수가 없다. 인원을 빠르게 보내기 위해서는 바람신의 성물을 이용해야 하는데, 여기에는 인원 제한이 분명했으니까.

"검의 신관은 존재 자체로 검. 자신이 부러질 곳을 스스로 정합니다."

밑단이 더러워지는 것도 아랑곳하지 않으며 무릎을 꿇은 마리사. 그녀를 보던 나는 천천히 눈을 떼어 냈다.

"당신의 생각은 어때요. 디볼로 공작."

몇몇 이가 눈을 동그랗게 떴다. 황제가 존칭을 사용해 준 것에 더불어 그 주인공이 황태자의 충실한 심복이었던 자였기 때문이리라.

"폐하의 모든 말씀이 옳습니다."

헤르난이 유순하게 답했다. 짤그랑. 그의 손에서 사슬이 부딪친다. 흉포한 짐승의 신관인 그가 이 자리에 있는 대신 신관들이 내세운 조건이었다. 나는 잠시 무릎 꿇은 마리사와 헤르난을 번갈아보았다.

여기 황제에게 삶을 잃었던 마리사가 있다. 그리고 또한 삶과 자기 자신의 전부를 잃었던 헤르난이 있다. 자유를 잃었던 두 사람은 어째서 다시 한 번 구속당하길 바라는가.

"이곳에 있는 모두가 당신을 믿지 못해요. 당신은 내 오라버니의 충성스러운 수호자였으니까."

"부정하지는 않겠습니다."

누구도 그를 위해 변명하지 않는다. 황태자 곁에서 고독하게 머물렀던 자이니까. 그가 이지를 잃었다는 사실은 누구도 알지 못한다. 그래서 스스로 변명조차 할 수 없다.

가엾고 안타까우며 안쓰러운 사람.

"당신은 강력한 힘을 가졌으며, 지금 살아남은 이 중에 가장 위협이 될지도 모를 신관."

인간은 헤어날 수 없는 불행에서 신을 찾는다. 그러나 신이 불행의 원인인 인간은 누굴 찾을까.

어느덧 나는 헤르난을 오롯이 응시했다.

"하지만 나는 전쟁을 앞두고 있으며 결계가 사라진 지금 단 한 사람이라도 아까운 상황이지요. 그렇기에 나는 당신을 기꺼이 이용할 생각입니다."

그는 얌전히 무릎을 꿇었다.

"지혜로운 판단을 어찌 따르지 않겠습니까. 충심을 다해 따르겠습니다."

언젠가 수줍게 날 부르던 때처럼 긴장감이라고는 전혀 없는 나긋나긋한 목소리였다.

"마음껏 이용해 주십시오."

"폐하!"

어느 이름 모를 대신관이 벌떡 일어났다. 이 상황이 말도 안 된다는 얼굴이었다.

"보세요. 당신을 믿지 못하는 이들이 저렇게 많은데, 어찌하면 좋을까요?"

나는 헤르난에게 보란 듯이 고개를 까딱였다. 이에 잠시 시선을 내린 헤르난이 천천히 고개를 들며 입을 떼었다.

"……잠시 계단을 올라가도 되겠습니까?"

잠시 홀은 안 된다는 아우성으로 가득했다. 하나 나는 반발을 물리치고 그의 접근을 허락했다. 계단 위는 빛을 더욱 받는 자리였다. 아마도 홀을 만든 자의 안배이겠지. 그 덕에 빛이 부스러기처럼 쏟아진 하얀 머리칼이 고스란히 눈에 들어왔다. 무릎을 굽힌 그가 물었다.

"폐하, 어찌하면 여기 있는 모든 이가 저를 믿겠습니까?"

"그건 당신이 생각해야 할 문제겠지요."

나는 얌전히 손을 내주었다. 헤르난은 내 손등에 이마를 댔다.

"사실 저는 당신께서 저를 믿어 주시기만 하면 됩니다."

티를 내지 않으려 했으나 터져 나오는 고소를 숨길 수 없었다. 지그시 눈을 감았다 뜨며 그를 응시했다.

"그러면, 내게 무엇을 줄 건가?"

다시금 황제의 하대로 돌아오며 표정을 지워 낸다. 당신과 나의 관계는 여기까지라는 듯 선을 긋는 것처럼.

"폐하. 저는 당신께 해를 끼치는 이는 기꺼이 베어 내는 손이 되겠습니다."

그는 양 무릎을 꿇고 마치 애정을 갈구하는 짐승처럼 읊조렸다.

"카스토르의 심장을 가져올까요?"

조급한 음성이었다. 누군가 숨을 참았다.

"당신의 적을 베어 내면 인정해 주시겠습니까?"

소리 없는 아우성이 홀을 지배했다. 누군가는 믿을 수 없는 낯으로 이 광경을 보고 있었다. 여기 있는 이들은 수호자는 주인이 아닌 자에게 무릎을 꿇어선 안 된다는 사실을 누구보다 잘 알았다.

이건 명백한 배신이었다. 더는 주인을 따르지 않으며, 새 주인을 섬긴다는 명확한 의지였다.

"주인의 명예는 저의 명예, 피로 바닥을 물들지언정 당신의 옷자락 하나 적시지 않겠습니다. 반발하는 자를 기꺼이 베어 나의 손을 더럽히겠습니다. 고귀한 당신의 손은 늘 깨끗하도록."

엄숙한 분위기 속에서 더없이 청초한 목소리가 낭랑하게 울린다.

그러니 나를 받아 주세요. 그의 온몸이 하나를 발한다.

"짐승의 맹세는 힘과 복종으로 만들어진 굴레. 그러나 저는 스스로 고개를 숙이겠습니다."

당신은 이것마저 당신의 기쁨으로 느끼는 듯했다.

"그만. 이쯤 하면, 공의 뜻은 전달되었겠지."

그는 미련했다. 굴레와 족쇄를 주섬주섬 주워 쓰는 당신을 말리지 못하리란 걸 알았다.

"어쨌거나 전쟁에 그대의 힘이 필요한 것은 사실이니까. 여기에 있는 이들 또한 다들 알아들었을 터. 나는 내 휘하의 이들이 아둔한 자들이 아니라 믿네."

헤르난이 이 땅에서 평화롭게 살기 위해서는 그가 전쟁에서 공을 세우는 수밖에 없다. 황태자의 기사였던 그는 적이 많았다.

"일단 그대의 역할은 추후에……."

"외람되오나 폐하."

나는 손을 빼내다 말고 멈칫했다.

"저도 지원 신관으로 가게 해 주십시오."

"뭐?"

"선봉에 서겠습니다."

헤르난은 전쟁이 치열한 곳, 나와 같은 주신의 신관 루스벨라가 신관을 유린하는 곳에 가겠다고 나섰다. 스스로 가겠노라고.

"간청 드립니다."

손을 뻗었으나, 끝내 닿지 못한 제 손을 바라보며 그가 희게 웃었다.

"시간을 끄는 데는 저만 한 이가 없을 겁니다."

결국 기나긴 대회의 끝에 지원 신관과 그들을 이끌 지휘관이 정해졌다.

짐승의 신관과 검의 신관 마리사. 두 사람이었다.

헤르난이 인사를 올렸다. 나의 결정이 기쁘다는 듯 눈을 감은 그에게서 목소리가 새어 나온다.

"기적을 일으키겠습니다. 폐하."

* * *

회의가 끝나고 나는 헤르난을 불러들였다. 시선이고 뭐고 신경 쓸 때가 아니었다. 그다음으로는 마리사를 불러들일 생각이었으니까.

"공도 마리사도 죽으러 가겠다는 건가?"

말하지 못했지만 서쪽에서 온 서신에는 사망자의 숫자가 함께 적혀 있었다. 서쪽 장군의 보고는 시종일관 차분했고 정확했다. 선연한 숫자에 섬뜩한 기분마저 들었다.

이것이 전쟁이구나. 사람이 죽는구나.

회의에 참가한 대신관들은 이 지원이 죽음과 가까운 길임을 알았다. 누군가는 용감히 지원을 나섰다. 누군가는 제 신전 신관들을 보내길 꺼렸다.

하지만 참여하든 참여하지 않든 지금 지원하는 것이 그저 시간 벌이에 불과함을 안다. 그렇기에 가장 강한 이들은 가길 꺼려했다. 결국 치료 신관을 제외하면 지원자 중 가장 강력한 신관은 헤르난이었다.

"어찌 죽으러 가는 길이겠습니까."

그가 나를 달래듯 나긋하게 소리를 낮췄다.

"직접 말씀드리기 부끄러우나 저는 강합니다. 이 힘으로 인해 최악이라 불렸습니다."

레베카가 말하길 각성한 뒤에 내 눈에서 얼핏 짙은 보랏빛 아지랑이가 피어난다고 했다. 이것은 내가 분노할수록 혹은 짙고 지독한 감정을 느낄수록 아주 진해진다고.

지금 그를 보는 눈에는 새파란 보랏빛이 일었을까?

"폐하, 그럼 제가 맹세하면 믿으시겠습니까?"

사슬에 감긴 짐승의 신관이 다시 한 번 맹세를 내밀었다.

"아니. 당신은 더는 내게 맹세하지 마."

"폐하."

"하지 마. 싫어."

"폐하."

짐짓 목소리를 낮추며 그에게 달려들 듯 그의 옷자락을 쥐었다.

"어디까지 내게 희생할 셈이야?"

주변 이들이 놀라든 말든 상관없었다. 어째서 운명을 엮었던 저주에서 풀려났으면서 왜 당신의 시선은 끝내 나를 향하고 마는 거냐고. 희생은 지긋지긋하다.

"희생이 아닙니다."

"아니. 알잖아. 이젠 당신은 내 동반자가 아니야. 내게 아무것도 아니라고."

"아닙니다."

흡사 멱살을 잡힌 모양에도 헤르난은 당황하는 대신 희미하게 웃었다.

"자리를 비켜 주겠습니까?"

그는 고개를 돌려 레베카와 아모르에게 청했다. 아모르는 헤르난을 지그시 응시했다.

"……마지막이다."

아모르가 자리를 비켜나며 레베카를 데려간다. 레베카는 나의 끄덕임에야 비로소 자리를 물렀다.

마침내 둘만 남은 방에서 그가 내게 마음을 긁어모아 내밀었다.

"당신을 경애하고 사랑하는 것이 오로지 신의 힘이라 생각하십니까?"

"그것 말고는 없잖아. 아니, 없다고 해."

"폐하."

그의 눈은 서글퍼 보였다.

"제가 인간이 아니라 생각하십니까."

"……."

"아니면 잃는 것이 두려우십니까?"

그는 내 대답을 짐작한 것처럼 희미하게 웃었다. 이어 흘러나오는 그의 목소리는 또렷했다.

"이 전쟁에서 절대 죽지 않겠습니다. 제 마지막은 오롯이 폐하 앞에서 맞이하겠노라 맹세하겠습니다."

수많은 시간을 교차한 그는 눈치챘는지도 모른다. 그의 눈이 플뢰온을 잃고 데인과 레이 경마저 잃은 내게, 더는 상실을 안겨 주지 않겠노라고 말하고 있었으니까.

나는 결국 그를 설득하려는 것도 다그치던 것도 잊고 웃고 말았다.

"자유가 그립지 않나?"

"느껴 본 적이 없어 모르겠습니다."

"난 그것을 그대에게 줄 수 있어."

"그 세상에 당신께서도 계십니까?"

이것이 당신의 사랑이구나. 끝내 응하지 못해서 미안하고 처연하며, 홑씨처럼 가녀리고 안타까운 당신의 사랑.

"맹세를 받아들이지."

당신은 끝끝내 자유를 걷어차고 내게 다시 한 번 묶이길 간청했다. 나는 말릴 수 없다. 당신이 시작한 그 사랑에 답할 수 없는 것처럼, 끝조차 당신의 몫이니까.

"승리를 안겨 드리겠습니다."

며칠 뒤, 신관으로 뭉친 부대가 황궁을 떠났다. 황궁에 그들이 마지막으로 건넨 말이 유언이자 마지막 인사라고 모르는 이는 없었다.

"레베카. 지혜의 대신관에게 가서 결계 생성 준비를 앞당기라고 전해."

"네!"

그럼에도 나는 그가 건넨 약속을 믿기로 했다. 반드시 승리할 것이라고.

기적은 존재한다.

이 자리에 선 내가, 황제가 된 내가. 바로 나의 존재가 기적 아니었던가.

* * *

제국의 서쪽, 에페수스.

까악까악. 까마귀가 울었다. 본디 주신의 동물로서 신성시되는 새다. 그러나 전쟁에서는 조금 다른 의미였다. 시체 위에서 장송곡을 부르는 새였으니.

너른 황야에는 죽은 이들이 수없이 누워 있다. 그나마 다행인 것은 적군의 옷이 더 많다는 점일까.

시체 사이에 말뚝처럼 우뚝 선 여성이 있었다. 시체 더미에서 검을 주워 든 여성은 미련 없이 돌아섰다. 몸만 한 활을 짊어졌는데도 전혀 거리낌 없는 걸음이다.

그녀 뒤로 길게 땋인 머리칼의 그림자가 곡선을 그리며 따라갔다. 그녀가 도착한 곳은 칼타니아스 진영이었다. 숲의 입구에 쳐진 울타리를 넘자 보초가 그녀를 반겼다.

"아탈란테 님!"

"장군님!"

손을 휘휘 젓고, 그녀는 가장 큰 막사로 들어섰다. 그녀는 들어서자마자 한 손에 들었던 자루를 쏟아냈다. 자루에서는 우수수 글라디우스와 활이 쏟아졌다.

"누가 이거 좀 가져다 묻어 줘라."

병사 하나가 달려와서는 이것을 챙겨갔다. 아탈란테는 낡은 카우치에 몸을 기댔다. 숨이 죽은 카우치는 그다지 편하지 않았다.

"현재까지 죽은 이가 백이니 이제 이백오십 남았나?"

"죽은 이가 아흔 일곱이고 살아 있는 신관이 이백 칠십입니다. 그리고 막 신력을 발현한 이와 신관 후보를 포함하면 삼백이 조금 넘지 말입니다."

디아나 신전의 큰 강점을 꼽자면 신관이 되기 쉬우며, 그에 비해 힘은 강한 편이고 수에 구애받지 않는 것이다.

'그 옛날 여성만 신관으로 받았을 때라면 모를까 황제의 명으로 구분 없이 받았더니 몇십 년간 폭발적으로 증가했지.'

결과적으로 그 점이 전쟁에서 버티는 이유 중 하나가 되었다. 매일 식량난에 시달릴 거라며 짜증을 내던 행정관이 들으면 애석할 일이다.

이미 죽고 말았지만 말이다.

"으으으. 죽겠네."

몸을 길에 늘인 대신관에게 진한 피비린내가 함께했다. 그러나 누구도 찡그리지 않는다. 이미 여기서는 음식 내음보다 익숙한 향취였다.

"얼른 지긋지긋한 전쟁이 끝났으면 좋겠는데. 지겨워 죽겠어 아주."

"채 한 달도 되지 않았지 말입니다."

"누가 그걸 모른대?"

아탈란테가 귓구멍을 후비적후비적 파내는 시늉을 했다.

"아무리 녹틸루카가 편리해도 말이야. 한계가 있다고. 한계가."

어깨에서 활이 툭 떨어졌다. 그녀는 심드렁하게 발가락으로 활을 잡아 허벅지 위로 올렸다. 새하얀 활은 지난 모든 전투에서 빛나는 공을 세운 물건이나 취급은 굴러다니는 것과 진배없었다.

"아. 좀. 대신관님 성물 발가락으로 잡지 마십시오!"

"시끄럽다. 여신께서 내게 하사하신 성물을 내가 다루겠다는데."

"여신님 노하십니다! 대노하시겠습니다!"

"아. 내가 기도했는데, 괜찮다고 하셨느니라."

그녀가 킬킬대며 끙차 소리와 함께 허리를 접었다. 상체를 일으킨 아탈란테의 시선은 막사 한쪽을 향했다. 그곳에는 조금 전, 아탈란테가 이곳에 들어설 때부터 고요히 앉아 있던 남자가 있었다.

"댁 말대로 오늘은 '그자'가 나오지 않던데."

그녀는 다리를 꼰 채 발가락을 까딱까딱 흔들었다.

"이봐, 천재적인 지략가. 이것도 예상한 건가?"

호칭이 재미난 지 남자는 그대로 웃어 보였다.

"나오는 데 일정한 패턴이 있어 예상한 것뿐."

언제나처럼 설명은 없이 짧게 말하고서 다물어 버린다.

'빛이 잘 들지 않은 곳에 있으면 무얼 하나, 얼굴만으로 훤한 달이 뜬 것 같은데 말이지.'

아탈란테는 언제 봐도 참으로 반반한 낯이라 생각하며 입을 떼었다.

"혹시 댁도 신관 아냐? 미래를 보는 거 아니냐고."

"그럴 리가. 난 평범한 인간이라고 세 번은 말한 걸로 기억하는데."

"그럼 어떻게 아는 거야? 나한테만 말해 봐. 아, 입은 무거우니까 걱정 말고."

"말해도 행동하지 못할 텐데, 뭐 하러 할까. 입 아프게."

"거참. 말로 때리지 말고"

그런 게 아니면 어떻게 그리 신묘하게 적의 전략을 알아채는 거냐고. 막 물으려던 아탈란테는 멈칫했다. 남자가 고요하게 웃고 있었다. 왜일까. 그녀는 저 아름다운 청년이 웃으면 선뜩했다.

"누군가 오는 것 같은데."

입꼬리만 끌어 올린 얼굴은 마치 명인의 그림 같았다. 그림이든 조각이든 너무 완벽하면 비현실적인 기분을 불러오는 법이다.

"누가 온다고? 아. 정말이네."

아탈란테가 휘익 휘파람을 불자, 부관이 체통 좀 지키라며 말렸다.

"신관도 아닌데 기척은 기가 막히게 안단 말이지. 더구나 장님인데 말이야. 혹시 전직 암살자인가? 누굴 죽여 봤나? 응?"

"대신관님. 좀."

"글쎄. 알면 놀랄 텐데."

남자가 미소를 보이는 일은 좀처럼 드물었다. 그러나 오늘따라 그는 제법 자주 웃었다.

"어쩌다 이런 금덩이가 나타났을꼬. 이 황무지에 기적이로다. 이봐, 천재 청년, 그대가 원하는 게 뭐라고 했지?"

"이 전쟁의 종식."

"그래서 네가 얻는 건 뭔데?"

디아나의 신관들은 이 나라를 지키는 데 최선을 다한다. 그러나 어느 날 홀연히 나타난 청년은 신관도 아니었으며 관리도 아니었기에 이 나라를 지킬 필요도 의무도 없었다.

"사랑하는 이의 행복."

아탈란테는 청년이 다정하게 말하는 순간 잘못 들었나 싶었다.

"허어, 쓸데없이 낭만적이네."

그녀가 고개를 갸웃하는 동안 천막의 문이 열리고 또 다른 사내가 들어섰다. 그는 아탈란테를 흘끗 보며 목례를 올리더니 지략가라 불린 남자에게로 곧장 향했다.

"다녀왔어?"

남자는 조금 나긋하게 목소리를 풀었다.

"네. 별일 없으셨습니까."

"꼭 너 없으면 아무것도 못할 것처럼 말하네."

"아무것도 못하시는 것 맞잖습니까. 틀린 말은 아니지요."

"하하하. 정말, 변함없이 건방지다니까. 레이는."

레이는 무심하게 사내를 응시했다. 허리를 접어 웃던 남자가 천천히 고개를 들었다.

"무모함은 당신만 하겠습니까. 데인 님."

부드러운 갈색 머리칼 아래로 눈을 가린 천이 보였다. 데인은 입술을 끌어 올렸다.

"주인을 탓하다니, 참으로 못된 시종을 붙여 줬다니까."

"누가 시종입니까."

"그럼 노예?"

데인이 나긋하게 반문하자, 레이는 그냥 입을 꾹 다무는 편을 택했다. 창문 밖에 산들바람이 불었다. 전쟁에 부는 모든 바람에는 쇠와 비릿한 피 냄새가 한데 뭉쳐 있다.

데인은 가만히 바람을 느끼다 문득 말했다.

"바람이 바뀌었네."

그는 천천히 시간의 흐름을 되짚었다.

"네? 이제는 바람에서 뭘 느끼십니까? 저 몰래 각성하셨습니까?"

레이는 조금 아연하고 질린 표정이었다.

"솔직히 말해 보십시오. 진짜로 저 몰래 각성하신 것 아닙니까?"

피식 웃은 데인이 살짝 고개를 저었다.

"그냥 감이지."

"무슨 놈의 감이 적장이 숨은 곳도 때려 맞추고, 암습도 때려 맞춥니까?"

"보이는 걸 보인다고 말하지. 무어라 할까 그럼."

"눈도 보이지 않으시면서 무슨. 황, 아니 데인님의 그 말이 제일 무서운 것 압니까?"

"그렇게 느끼지 않으면서 엄살은. 레이, 나가 봐."

레이가 뻐근한 목을 주무르며 머리를 기울였다. 그는 데인의 손이요 발이며 눈이었다.

"어딜 말입니까?"

데인은 바람이 느껴지는 곳으로 고개를 향했다.

"오늘이나 내일 중으로 손님이 올 것 같아."

그러고 그는 아마 아탈란테가 있을 곳으로 얼굴을 돌렸다.

"들었겠지. 손님이 올 거야."

아탈란테가 무심히 눈을 껌뻑였다.

"누군데?"

"당신이 애타게 기다리던 사람 아닐까."

아탈란테가 벌떡 일어났다. 데인이 그리 말하니 스치는 것이 있었다.

'아! 왜 그걸 생각 못했지. 정신없긴 했군.'

그녀는 보좌 중 아무나 가리키며 명했다.

"이봐. 숲 서쪽으로 가 봐."

"네? 거긴……. 바람신의 성물이 있는 곳 아닙니까?"

"그래. 얼른 거기로 가서 대기하라고."

오래전 제피로스의 대신관이 디아나의 숲을 좋아하여 이곳에 그들의 성물을 만들었다. 하지만 이제는 쓸모없는 것이기도 했다.

"그거 이제 못쓰지 않습니까?"

"멍청아! 황제 폐하께서 무엇이냐?"

"그거야 주신의 신관……. 아하! 다, 다녀오겠습니다!"

「주신의 후계자」는 주신의 축복 덕에 모든 성물을 제약 없이 쓸 수 있다. 그러나 선황이 거의 힘이 없는 이라 디아나의 신관들이 잠시 잊고 있던 사실이었다.

"대, 대신관님!"

데인의 말은 정확히 맞아 떨어졌다. 해질 무렵 아탈란테의 보좌가 얼떨떨한 얼굴로 돌아왔다.

"왔습니다! 지원군이 왔어요!"

그의 뒤로 약 60명에서 70명가량 되는 신관이 함께였음은 물론이다. 곧이어 디아나 신전 측의 핵심 인물과 새로 나타난 이들이 한데 모였다. 그제야 지휘관이랍시고 나타난 여성을 본 아탈란테의 눈이 커졌다.

"마리사?"

다시는 보지 못하리라 생각했던 친구가 눈앞에 있었다.

"오랜만이네. 란테."

그것도 과거와 같이 검을 들고 말이다.

"이거 참. 활 쏘다 눈이 침침해졌나……. 지금쯤 천 쪼가리나 입고 배시시 웃고 있어야 할 인간이 왜 여기 있어?"

"흐응, 뇌에서 바로 뱉는 버릇은 여전하구나. 친구야."

말은 그렇게 했으나, 아탈란테의 눈은 반가움으로 반짝였다. 나이로 따지면 아탈란테가 조금 위였으나 그게 그거라 홀랑 날려 먹은 지 오래된 사이였으니까. 특히나 이젠 오랜 친구들을 저승으로 보낸 마리사에겐 감회가 새로웠다.

"다시 만난 기쁨은 잠시 제쳐 두고, 일단 들어와. 소개할 사람이 있어."

아탈란테가 고개로 가장 큰 막사를 가리켰다. 이에 마리사 또한 웃었다.

"나도 마찬가지야. 나이로 지휘를 먹긴 했지만 하나 더 있거든. 우리 쪽 지휘관."

잠시 뒤 모두 모인 자리, 그렇게 데인과 헤르난이 마주했다.

"7황자님?"

무심하던 헤르난의 얼굴에 짙은 색채가 입혀졌다.

"어째서 당신이 여기 계시는 겁니까?"

그라도 놀랄 수밖에 없었다. 그도 그럴 것이 눈앞의 황자는 실종되었으나 은연중 사망했을 것이라 추측하던 이였으니까.

"뭐? 황자? 누가? 쟤가?"

"어머나. 7황자?"

반면 헤르난의 목소리를 듣고서야 정체를 알게 된 데인은 고요하게 웃고 말았다.

"어째서라, 내 군이 답할 필요는 없지."

데인이 고개를 기울이자, 천 자락이 귀를 쓸었다.

"최고의 지원군이 왔네. 반갑진 않지만."

미소는 아찔하도록 아름다웠으나 목소리에 담긴 감정은 선연했다. 눈 위의 붉은 천은 마치 그의 눈동자를 대신하는 듯했다.

데인이 황자라는 사실로 인해 모두 한바탕 뒤집어졌으나 금세 안정을 되찾았다. 전황이 시급했을뿐더러, 특히나 아탈란테가 그를 향해 어쩐지 때깔이 좋더라니, 하고 한마디로 일축해 버린 탓에 아래 신관들도 김이 샌 탓이었다.

"다급하다고 들었는데."

"아아. 많이 다급하지."

회의실 내에는 비릿한 쇠 냄새와 절인 가죽 냄새가 가득했다. 회의실이라기보단 디아나의 신관들이 사냥할 때 쓰는 용도로 만든 천막이라 썩 훌륭하진 않았다.

"일단 상황을 알려 줘, 아탈란테."

"물론."

짧게 끄덕인 아탈란테가 보좌에게 눈짓했다.

"상황은 썩 좋지 않습니다. 아군의 삼분의 일이 사망한 데다 남은 이 중에 부상자가 꽤 됩니다."

디아나 측 신관이 현재 아군 상황과 남은 인원과 상태 그리고 적진의 상황을 설명했다. 양측은 그 후로 번갈아 가며 정보를 주고받았다. 마침내 적군의 숫자가 밝혀졌을 무렵 마리사의 표정이 묘해졌다.

"겨우 삼백으로 이 군사를 막았단 말이야?"

가능하냐고 묻고 싶었으나 불필요한 질문이었다. 이미 가능한 것으로 모자라 훌륭하게 해내 보이지 않았던가.

마리사는 새삼스러운 눈으로 데인을 바라봤다.

'7황자 데인 로웰. 롬의 수레바퀴와 비밀 기관 황제의 그림자 수장.'

선황의 꼭두각시였기에 데인이 어떤 일을 했는지 모르진 않았다. 보통이가 아니라고는 생각했지만 이건 상상을 뛰어넘는 수준이다. 지금 신경 쓸 쪽은 이쪽이 아님을 알면서도 자꾸 시선이 갔다.

"어떻게 가능한 겁니까?"

헤르난이 막 이곳에 도착한 모두가 묻고 싶었던 질문을 꺼냈다.

"모든 지략은 저분께서 세웠다고 들었으나, 황자님께서는 눈이 멀지 않으셨습니까."

황자의 눈을 바로 꼬집다니 고래 심줄이 아니고서야 어려운 일이다. 그러나 정작 데인은 심드렁한 태도로 그의 질문을 무시했다.

"그것이 지금 중요한 일인지."

"글쎄요. 눈 먼 당신께서 어떻게 지형을 아는지 정도는 여쭤볼 수 있지 않습니까."

헤르난이라고 이유 없이 던진 질문은 아니었다. 그는 적어도 같은 진영끼리 최소한 알 것은 알아야 한단 생각이었다. 데인은 보지 않아도 제게 집중된 공기를 느끼며 작게 미소했다.

"지도를 외웠지. 전부."

헤르난의 눈썹이 들썩 움직였다.

"오래전 일이야. 필요가 있어 암기했을 뿐."

그러나 그는 더는 묻지 않았다.

"또한 시력만 잃었다 뿐이지 난 공기를 느끼고, 흙의 질감을 느껴. 이것만으로 밤에 비가 올 것인지, 말의 배설물이 어디에 버려졌는지, 앞으로 적이 어디로 향했을지 충분히 알 수 있지."

그 말로 헤르난은 그가 시각을 잃기 전에 많은 걸 외웠고 알았겠구나 짐작했다. 데인을 황궁 안에서 고이 길러졌을 황자로 착각한 아탈란테만이 고개를 갸웃했다.

"상황에 안 맞는 질문이긴 한데, 뭐 하러 쓸데없는 걸 외웠던 거야?"

데인은 말을 아꼈다. 그가 모든 지도를 외웠던 까닭은 언젠가 이 나라에서 도피할지도 모를 누군가를 위해서였다고. 이를 말할 이유도 필요도 느끼지 못했다. 아니, 그녀에게 하는 말이 아니면 모든 말은 가치가 없다.

"좋아. 회의를 계속하자고. 다들 이의 없지?"

이후 회의는 급박한 상황만큼이나 빠르게 진행됐다. 그렇게 새로 온 이들의 편제가 어느 정도 끝났을 무렵이었다.

"헤르난데즈, 너는 어느 정도로 강하지?"

데인의 한마디가 부싯돌이 되었다. 마른 장작에 불이 붙었다.

"나는 이 전쟁을 반드시 승리로 이끌 거고, 그러기 위해서는 네 전력을 알아 둘 필요가 있지. 어때, 짐승의 신관은 어느 정도로 강한가?"

아탈란테는 데인의 물음이 충분히 필요하다 생각했다.

'그러고 보니, 유스난은 성깔이 더럽긴 해도 실력 하나만큼은 인정받곤 했지.'

마리사는 한때 검으로 이름이 드높던 신관이었다. 객관적인 실력과 능력 또한 아탈란테가 보증할 수 있었다.

"유스난의 아들은 어느 정도이려나? 나도 궁금한데."

헤르난은 자신을 향한 시선에 냉소를 머금었다. 대체로 디아나의 신관 쪽에서 불신을 읽었기 때문이었다. 그때, 뿔피리 소리가 울렸다.

"마침 방문한 이가 있으니 증명하면 되겠군요."

한 번, 두 번, 세 번. 길게 이어진 이 소리의 뜻을 모르는 자는 없었다. 적이 나타났다. 달랑 검을 들고 나선 헤르난은 밖으로 나섰다. 디아나 측 신관이 우왕좌왕하며 눈치를 봤다.

"어, 어떡하죠? 말립니까?"

"내버려 둬. 지금 온 건 척후 부대일 테니까."

"하지만……."

방금 소린 숫자가 꽤 된다는 신호였다. 데인이 쫓아가려는 이들을 제지했다.

"그 정도는 혼자 충분할 거야."

"하지만 책사, 아니, 황자님? 곧 '그 인간'이 등장하지 않나?"

아탈란테가 조금 염려스런 낯으로 데인을 바라봤다. 상황을 모르는 마리사가 두 사람을 번갈아 응시했다.

"그 인간? 누굴 말하는 거지?"

"말보단 직접 보는 게 나을 거야."

그렇게 말한 아탈란테가 다시 데인을 향했다.

"이봐, 황자님. 짐승의 신관에겐 딱히 이렇다 할 성물이 없어. 정말 혼자 보내도 괜찮은 거야?"

데인은 끄덕였다. 지켜보자는 말에 결국 그들은 망루에 올랐다.

"한눈에 보이네."

저 멀리 헤르난이 새카만 먼지를 앞두고 있다. 망루에는 마리사와 아탈란테, 그녀의 보좌 하나 그리고 레이와 데인까지 다섯이 전부였다. 눈이 보이지 않는 데인을 대신해 아탈란테가 설명했다.

"어어, 저기 적이 온다. 온다. 검 뽑는데?"

그동안 적이 침습했을 때, 그들은 디아나의 성물 녹틸루카의 힘을 빌어 대군을 물리곤 했다. 녹틸루카는 지정한 구역에 날카로운 화살비를 내릴 수 있다. 이 화살은 신력으로 만들어졌기에 보통 무기로는 막을 수 없고, 따라서 비신관인 윌터군은 속절없이 당하곤 했다.

또한 넓게 퍼진 곳일수록 유리해서 대군은 이렇게 물렸다. 녹틸루카가 대군을 흩어 놓으면 숨어있던 다른 디아나의 신관들이 후미를 공격했다.

'황자가 적절하게 적군의 행동을 예측했기 때문이었지.'

그동안의 성공은 이렇게 소수가 힘을 쓰기 좋게 적절하게 윌터 군을 몰거나 지형을 적절히 이용한 덕분이기도 했다. 하지만 최근엔 이마저 힘들어졌다.

'곧 저자도 그 이유를 알게 될 테고.'

아무튼 아탈란테는 입을 잠시 꾹 다물고 짐승의 신관을 바라봤다. 소문만 흉흉한 그 실력을 눈으로 똑똑히 지켜보고 싶었다.

'인원은 백 정도인가.'

갈수록 인원이 늘고 있다. 윌터국에서도 계속 보충한다는 증거다. 새카맣게 몰려오는 이들 사이에서 헤르난의 표정은 차갑고 태연했다.

약 열 걸음 정도 거리로 좁혀지자, 마침내 헤르난이 검을 들었다. 쾅. 지층에 거미줄처럼 균열이 가고 파츠츠츠, 깨진 돌이 아래로 굴러 떨어진다. 균형을 잃은 이들 사이로 파고든 자는 담백하게 검을 휘둘렀다. 그리고 펼쳐진 광경에 이어 그녀는 입을 벌렸다.

"아니 잠깐. 이게 가능해?"

아탈란테는 얼이 빠져서 중얼거렸다.

"바, 방금 한 번에 사라졌는데? 방금 새하얀 팔은 뭐야?"

헤르난이 검을 뽑은 건 순식간이었다. 아탈란테는 짐승이 움직이는 것을 보았다. 한 합에 하나씩, 그리고 전부 쓰러지기까지 정말로 오래 걸리지 않았다.

"이봐, 황자님. 쟤 물건인데?"

그녀는 꼭 데인을 처음 보았을 때처럼 같은 말을 담았다.

헤르난 앞으로는 아무것도 남아 있지 않았다. 처음부터 지평선이었던 것처럼. 쓰러진 적군만이 잠시의 시간을 증명했다.

"이 정도면 시간은 충분히 끌겠네."

저 정도 힘이라면 군사 사이를 누비며 지휘관의 목을 가져오는 것도 가능하다. 또한 마리사는 어떤가? 쓸 수 있는 방법이 무궁무진하게 늘어났다. 뛰어난 신관 하나는 전황을 뒤바꾼다. 더구나 그냥 뛰어난 게 아니다. 오늘따라 더욱 많았던 부대 하나를 그냥 숨 쉬듯 쉽게 썰어버리는 이라면 더욱.

그러나 낙관적이던 아탈란테의 표정은 그리 밝지만은 않았다. 얌전히 듣고 있던 레이가 조그맣게 속삭였다.

"괜찮겠습니까?"

데인은 살짝 끄덕이며 평이하게 대꾸했다.

"그도 알아야지. 오래 숨기지도 못할 텐데 말이야."

한편 적군의 척후부대를 전멸시킨 헤르난은 피에 잔뜩 절여진 검을 내려다 봤다. 사실 신관과 비신관의 힘의 격차는 명확해서, 그리 뛰어나지 않은 신관도 최소 장정 열을 상대할 수 있다. 디아나의 신관들이 겨우 삼백으로도 전선을 지켜 낸 이유이기도 했다. 하물며 피라미드의 정점에 선 그라면 어떨까. 그에게 이 정도는 잠시 움직이는 것에 불과했다.

헤르난은 피를 의미 없이 바라보다 검 끝을 늘어트렸다. 그때였다.

뿌우우— 뿌우우우—

다시 한 번 뿔피리가 울렸다. 조금 더 거친 소리에 헤르난이 고개를 들었다. 그러나 그의 시선 어디에도 부대는 보이지 않았다.

'적이 아닌가?'

그렇다면 어찌하여 피리를 불었단 말인가. 헤르난이 잠시 망설이는 사이, 바위 너머로 부대 하나가 등장했다.

'부대? 저 숫자가?'

부대라기에는 형편없이 적은 수인지라 헤르난은 작게 미간을 찡그렸다. 그러나 발견한 이상 그냥 둘 순 없는 법, 그가 땅을 박찬 순간 가장 선두에 선 이가 헤르난을 눈앞에서 보았다.

"으, 으아악!"

헤르난의 검이 춤을 추듯 허공을 유영했다. 속도는 순식간이었다. 털썩, 쓰러진 이의 숫자를 세며, 헤르난이 시선이 한 사람을 향했다.

'저자가 지휘관인가.'

검은 로브, 그의 짐작상 지휘관이리라. 헤르난의 검이 망설임 없이 로브를 향했다. 은빛 날이 눈 깜짝할 사이에 심장을 향해 쇄도했다.

"오랜만이네."

검이 일으킨 바람은 로브를 흔들고 지나갔다. 그가 의도한 바가 아니다.

"안녕, 디볼로 공작."

붉은 입술이 도드라졌다. 여인의 굴곡이었다. 헤르난은 잠깐 당황한 낯으로 손을 응시했다.

'헛손질.'

방금 일격에 신력을 담았다. 그러나 손은 의지를 배반했다. 마치 또 다른 주인이 있는 것처럼.

'이것이 가능한 자는······.'

카스토르.

혹은 주신의 신관뿐이다.

〈6권에 계속〉